U0038280

讖詩三百首

——由讖詩發現台語字音——

黃明輝◎編注

這是一本
由聲韻來探討台語文讀音
與白話音異讀結構的類字典

黃明輝

1948年 出生
台灣人
淡江文理學院畢業
現職臺北市臺灣省城隍廟
河洛漢詩學苑母語詩文教師
(2002～)

本書係由財團法人臺北市臺灣省城隍廟資助出版

目錄

序

約在十多年前，編者曾被電視台的一個節目「台語傳真」所迷，該節目是由張宗榮先生主持，大嬌和小嬌助理。
張先生依其豐富的才學和經驗，引用了許多讖詩為觀眾算命、解惑。
但我卻是對讖詩內容的台語字音感到興趣，所以就抄錄了一部分的讖詩內容，並且致電給他（當時接電話者，可能是大嬌或小嬌），希望可以借用他在電視節目上發表的讖詩作為教學之用，立獲首肯，令我由衷感謝。

編者從事台語教學十多年後，突然想起這段故事，一時興起，決定將所收集的讖詩以台語音加以注釋，希望讓眾多對台語有興趣人士，可以作為參考之用；同時也讓喜歡古典詩文學的人士，多了解一下民間通俗文學的另一面。

本書的完稿、出版，最要感謝林瑛俐及張麗華兩位專業老師的校對和指正。
又本書在進入二校時，也感謝大學同學林美慎的試讀，並提出一般讀者的看法，盡量使本書更能接近大眾。

黃明輝 2019 於台北市

導讀

讖詩中所使用的台語字音

「民俗文學」或稱「通俗文學」。
有別於文學界對於文學作品的詮釋，自詩經、楚辭、以至唐詩、宋詞等，歸類屬於「精緻文化」的作品，都可以在學校成為課程。

但是「讖詩」、「籤詩」通常不入學者之眼，屬於不登大雅之堂的作品，卻是一般生活中，人民百姓的精神動向及認同的一種潛意識表現。

它表達、並保留了民族的傳奇、神話、述異、史詩、掌故、戲劇、舞蹈，乃至民俗行為，當中也有少數選用了古典詩詞。

它從民間的立場，揭露了正史之外的稗官野史及傳說，不完全脫離歷史的事實。

特別在遣詞用字上，由於不同時段及層次的社會背景，從中可以發現許多當時用語和現在用語的異同。
由於讖詩中使用了大量的文讀音，據估計這些作品，可能來自河洛中古音，只是歷經四次的大移民，特別是宋代亡國後，大量中原人士移民閩南，與「古代閩南白話音」相混，形成文白相雜的「當代閩南語」。
由於時間的推移，目前在台灣大部分使用台語的人，都以泉州腔、漳州腔為主流音系，並且是文讀音、白話音夾雜使用。

「讖詩」與「籤詩」略有不同，依漢學前輩口述：讖詩的流傳時間比籤詩更為長久，可以推測出可能在上古時期的古中國就已經存在，並且延續到清朝尚有補遺。

例如「杯葛」一詩，應是在1880年(清光緒七年)以後之作，而百卉含蘤的「蘤」字卻是「花」的古字。

又讖詩的字數不限，可以是一兩字，也可以上千字以上，如劉伯溫的燒餅歌。

由讖詩的結構，可以發現讖詩必有諧韻，但可能文白音相雜，卻沒有如古典近體詩的平仄要求，所以必成於古典古體詩的時代，甚至可能是與詩經、楚辭時代並存的作品，而且是集合各個不同時代，不同背景累積而成的眾人作品。

因此，其中的許多用字遣詞，可以給現代的台語研究提供參考。

當然，語言的字音有很多是口耳相傳，再加上普遍的百姓都有著「約定俗成，達意即可」的觀念，因此在台語的字音，存在著很大比例的走音現象，給了後來的使用者許多困擾。

至於籤詩的形成，大約是在唐朝滅亡後，進入五代十國的時期。

中原許多文人學者，大量往南逃亡避難，往往借住寺廟，有的就替寺廟書寫籤詩，其體裁大部分為唐宋所流行古典近體詩的格律，但都是四句七言的絕句形式。

台語學者曾說過台語有五難：1.古今異音、2.一字多音、3.文白異音、4.連續變音、5.有音無字。

如果讀者看過本書後，可以發現其實本書是以介紹台語用字和語音為主要目的，特別著重在文讀音和白話音之間的關係，但是對於其他的四難也多少有所涉獵。

文讀音的部分，資料容易收集，因為有多種書籍可供參考。
白話音則相對比較複雜，由於台語的白話音多年來欠缺整理，又台灣的社會變化迅速，時有新字音產生，再經過口耳相傳，常常造成形音義不符，使得後來者，無法很肯定的知道某字音的書寫、發音、來源是否正確，特別是外來語更是無法理解。

例如「烏魯木齊」一詞，大家直覺是錯誤的，於是有人就認為是「烏滷莫製」走音而來。
另外「阿里不達」一詞，就被解釋為「Ali Buddha」的外來語。
以及「閩南語」一詞，很多人都呼為「蠻南語」。
至於新出爐的「踹共」、「醬」、「喬」等字詞，大約數年後的年輕人，也是無法理解其根源的。

教育部在 2009 年以「教會羅馬拼音」(以下簡稱教羅)為版本略為修改而成為「臺灣羅馬拼音」(以下簡稱台羅)使用。

為何本書繼續沿用教羅？最主要的原因是修改不多。

其次是當時教羅不方便電腦的使用，譬如鼻化韻母音(小鼻音)的上標符號，以及不易呼「eng」一音等，所以教育部稍微修改成為台羅以方便電腦使用，但也不盡完美。

由於目前沒有和台羅適配的字典，許多台語研究者還是習慣使用《康熙字典》的「切音」方法，但是某些字音就無法用台羅切出正確的發音。

例如：「暖」，乃管切

lain2 + koan2 = loan2〈教羅〉

Nai2 + koan2= noan2 〈台羅〉

也就是如果用台羅拼音的聲母「n、m、ng」來拼音，則可能造成瘸瘸的鼻音，如：軟、暖、馬等音。
若有小鼻音時，例如「馬」字，在教羅為「ba^{n2}」，但台羅則為「ma^{2}」，也就是教羅先發「b」聲母音，再收鼻音，在台羅則直接發鼻音的「m」聲母音，兩者的發音順序略有不同。

又如教羅的「eng→ek」入聲音，但是在台羅則變成「ing→ik」入聲音，書寫用「ik」，而發音為「ek」，造成學生混淆。

體例：讖詩的內容及注釋符號的說明

·以ㄅㄆㄇ注音者，係以華語(北京語)發音。之所以羅列ㄅㄆㄇ注音符號，係因為河洛語的中古音進入近古音的華語時，彼此系出同源，字音都有著可循的規矩，譬如在聲調方面，華語的四聲調和台語的八聲調就有互通的模式。其對應如下：

華語的第 1 聲→台語的第 1 聲
華語的第 2 聲→台語的第 5 聲
華語的第 3 聲→台語的第 2 聲
華語的第 4 聲→台語的第 3/7 聲

其餘台語的入聲，即台語第 4、8 聲，則被打散，派入到華語的四個聲調裡。上述的原則，在白話音不若文讀音那麼適用。

·以羅馬字音注音者，係以台語發音。但以下注釋皆以教會羅馬拼音為之，而聲調都以阿拉伯數字上標表示，方便表達變調，且都以本調標示之。

·許多漢字，都可能有兩個或兩個以上的意思和不同的讀音，在以下的詩文字音的解釋，只是選擇性的列出而已。

·「ü」：目前教育部在台語教學上，有關羅馬拼音的基本母音(a i u e o o͘)中並沒有收錄扁口「ü」一音，可是一般民間的口語及古典河洛詩詞卻經常使用，特別是使用泉州腔語音的大多數人，都可以很正確的發出此音，但使用漳州腔的語音則無區分「u、ü」兩音，只呼「i」。
例如：選舉、語言、參與、名譽、許可等等

·台語的字音是屬於單形體、單音節，特別在白話音的口語，時常有「虛字音」出現，如 a、e、le 等。

其功能除了平衡音節外，並無特殊的意思。
直到後來才衍生「小化」或稱「小稱詞尾」，例如：牛 a、淡薄 a…。
以及「輕視」意味，或稱「貶稱詞尾」，例如：警察 a、報馬 a…。

但是由於白話音，尚無完整且統一的對應字，所以有「仔」、「阿」、「子」、「咧」等不同用法。
在此暫時以「a」、「e」等羅馬字代替。

·目前台語使用的結構上，在字音方面是「文白異讀」互為運用。
文讀音豐富了台語的語音，充實了語彙，尤其文化及科學用語的引進，大大提高了台語漢字書寫的可能性。

而白話音是生活上的語音，歷史悠久，又隨著時間、環境、文化等的迭變，也一直在脫胎新生，絕不像文讀音那麼穩定不變。

特別在俚語、諺語的使用時，大部分是以白話音為之，除非是引用了詩詞或者類似《昔時賢文》的用詞，就應該以文讀音呼之。

略將文讀音的使用範圍加以界定，即通常使用在文章、詩詞、典故、成語、專有名詞、術語、標題、以及可以構成一個詞項的時候，皆以文讀音呼之為宜，特別是新語彙。

- 文：文讀音
- 白：白話音

- theng$^{1/3}$：係指「聽」有第一聲和第三聲。但若只有第一聲，習慣上不加註調號。
- 難^{7}：係指該漢字的台語聲調，以本調標示
- 難$^{7-3}$：係指該漢字台語聲調的變調。僅部分字音加註變調的情形，其餘依變調規則。

註：台語有八個聲調，由於歷史的演變過程中，遺失了第六聲調，所以今人稱之為「七聲八調」，而將第六聲調歸與第二聲調同。

又台語有變調的情形，且非常普遍；在漳州音和泉州音兩者的變調系統略有不同，茲介紹如下：

漳州音：5→7→3→2→1→7
泉州音：5→3→2→1→7→3

在入聲韻尾音收「h」則 8→3，4→2
在入聲韻尾音收「t、p、k」則 8⇄4

(其實從音階判斷，應該是 8→3，如「鹿$^{8-3}$港」一詞，但從習慣稱之為 8⇄4 互換)

· *敖力*、*食丘*：係指該字無法打出，而以兩字相疊，置中或並排成為一字，並以斜體字及小一號字體方式表示之

· (唐)(集)(廣)(正)(彙)(玉篇)(韻補)：係指《唐韻》、《集韻》、《廣韻》、《正韻》、《彙音寶鑑》等諸字典

· 漳：係指漳州腔
· 泉：係指泉州腔。

由於漳、泉腔在台語被視為多數人使用的主流音系，所以本書原則上不收錄如宜蘭腔、金門腔、鹿港腔等地次方言音，也不使用中國福建與台灣不同聲調及語詞的閩南音。

· 教 ：係指教育部的推薦用字或音，教育部的閩南語建議用字，「借音」很多，如把「老鼠」寫成「鳥鼠」，把「畫眉鳥」寫成「花眉仔」…。

決定字音的方式是由委員們以「多數決」來決定的，而且一部分是遷就走音的現象，將錯就錯。

· 粵 ：係指粵語音
· 日 ：日語外來語也
· 勾 ：破音字
· 英 ：英語外來語也
· 台 ：係指台語也
· 華 ：北京語、華語也。
教育部更訂「國語→華語」，「國字→漢字」
· 客 ：客語也
· 藥 ：漢藥用語也
· 俗 ：今日台語通用字音，或強勢音
例如「雲」un^5/in^5→hun^5，「北」pek^4→pok^4，「彥」$gian^7$→gan^7

· 走音 ：係指該字音有走聲、落韻、亂調、錯意的四種可能情形

· 走聲 ：係指該字音聲母，有互換使用的情形
· 落韻 ：係指該字音，改變韻母音

· 亂調：係指該字音，亂了聲調
· 錯意：係指該字或詞項的意思，因時代不同，意思被改變了。

· 名：係指名詞
· 形：係指形容詞
· 動：係指動詞

· 諺：諺語，通常諺語是泛指一般市井流傳的智慧語言，在修辭上略有字義及編排之美，而且可以反映當時的社會生活情形。

大部分的俚諺語都以白話音為之。
但是引用類似《昔時賢文》及詩詞之類的用語，則須以文讀音呼之。

· 俚：俚語，又稱為歇後語或謔噱 a 話(giat[8] khek[8] a oe[7])。
其修辭漫無軌跡可循，雖是一種直白的語言，但保有濃厚的地方色彩。
隨著社會變遷，時有令人會心一笑的新字詞出現。

· 氣音：台語字音有氣音與無氣音之間的轉換，形成的確切理由，尚無法了解。
但從康熙字典的字音和目前民間所使用的發音，確實存在這現象，也就是康熙字典編撰後的三百年來，字音已有演變，使許多無氣音字變成有氣音字，或者原來有氣音的字音變成無氣音。

·鼻音：康熙字典裡並沒有鼻音，但語言在各種環境下都可能產生某些變化。
近代所使用的少數台語字詞，則有鼻音出現，特別在白話音的部分。

在《彙音寶鑑》裡的白話音韻母音，如：更、關、官、薑、姑，糜、閒等韻。

在華語注音，聲母為「ㄇ」的字音，很多都有鼻化音，如：麻、馬、瑪、罵、摸、磨、魔、貌…

在華語注音，聲母為「ㄋ」的字音，也有很多字音有鼻化音，如：那、娜、拿、乃、奶、迺、奈、倷、耐…

另有台語韻母音是「o」或「o˙」「u」的字音，也會帶有鼻化音，如：老、火、奴、潦、牟、謀、娥…

·擼--死，擳--過 輕聲：兩虛線係指後字是輕聲，前字唸本調。(引用台羅的用法)
註：有時輕聲的使用，會造成辭意的改變。如「後日」與「後--日」。

·「?」：指該字音查無資料，徵求解惑者。
由於台語時代久遠，缺少整理，造成了許多的走聲、落韻、亂調、錯意的走音現象，所以很大比例的字詞、語音非常紊亂，無從了解根源，只好借字、借音勉強運用。

·在聲韻上，如果扁口「o」多了鼻音，則書寫習慣是「o^{n}」，而呼成圓口「$o^{\cdot n}$」。而不須寫成「$o^{\cdot n}$」。

·入聲韻尾是「ok」、「op」，都呼圓口「$o^{\cdot}$」。
但是收「oh」的話，則呼扁口「o」。

·音讀音：台語白話音許多音有音無字，因此借用其他不同意思之漢字音使用，或者自行造字，造成以音害義的情況。

·訓讀音：台語白話音許多音有音無字，因此借其他同義之漢字使用，雖明其義，但卻以義害音，不知其字之正確發音。

·教羅：教會羅馬拼音。
·台羅：台灣羅馬拼音。

·假借：無適當的字詞而假借同義詞用之，如同訓讀音。

·連音：口語白話音如有上字的韻母音最後一字母與下一字的聲母相同，則連成一音呼之；如：「昨昉」chah^{4} hng→chahng，或者是字音快讀所造成；如：「查某人」一詞呼成 cho·^{5} lang^{5}

·異體字：兩字同義，卻有不同的寫法者。

·方音差：台語有不同的方言音或次方言音，可能是長期口耳相傳造成走音的情形。

·註：廈門腔是在鄭成功屯兵廈門，招募了許多泉屬、漳屬的士兵，他們交雜生活一起，語音互相影響。

自鄭成功、鄭經父子趕走荷蘭人，進入台灣後，一百多年來，泉漳兩地人口不斷持續地湧入廈門。泉漳兩地的方言相互交流和影響，使得廈門同時吸收了泉州腔、漳州腔兩種方言的特色，而形成了廈門腔，也就是俗稱的「漳泉濫」。

但是此廈門腔並不影響台灣，因為台灣和福建自鄭氏東寧王朝與福建分治四百多年之久，彼此歷經了不同的社會背景及文化，自然在語音上也產生了很大的差異。

識詩三百首
由識詩發現台語字音

目錄索引

本書的目錄索引共分為兩部分。

第一部分是「識詩目錄及頁數」，全部有 211 個小項目，及兩項漳泉腔聲韻的互換、使用規則，和一項台語兩疊字及三疊字連音的聲調變化。
每個小項目詳列台語用字、詞項及內文頁數，以供讀者可以詳細查明其字音及字義。

第二部分是「依聲母和韻母的變化，查詢文讀音及白話音互換規則之目錄、頁數」，共有 56 個小項目。
可以方便讀者快速使用聲母及韻母的互換規則來了解延伸的其他字音。

讖詩目錄及頁數

181. 誶誶念、碎碎念、踅踅唸，鑾皮，飯濾，藝量
澹濾漉，風颱回南，回失禮，回願、許願，
回話，回多謝，蠅頭小利，無/沒頭蠅，胡蠅
……（451）
182. 露營，露胸，露下頦，吐氣，吐一口氣，嘔吐，
渴望，渴念，戽水、湳水，戽斗……（455）
183. 真確，無的確，蛋殼、卵殼，水殼 a，殼菜、
孔雀蛤、孔雀蚶，蚶 a、蛤蠣，硬殼殼、
硬叩叩，有硞硞……（457）
184. 破綻，趖龜腳，放聲、放調，放見，通緝，
裁縫，縫褲腳，腳縫，門縫，紩衫，閬縫，
閬閬曠曠、埌埌壙壙，裂褲腳，裂腮腮，
裂腳脛，翕燒、熻熱，講話翕--人，翕油飯、
蒸油飯……（459）
185. 一蹴可幾，洶氣，汰水，管汰--伊，汰功夫，
洗衫枋、汰枋/板，芥菜，玻璃摡乎清氣，
借躖，戴孝，戴物件……（463）
186. 溢奶，溢--出來，益錢、搤錢，路隘，噎奶，
踅夜市，玲瓏踅，嚙/嚙骨頭，丟掉、抗掉，
薛平貴，跌倒、跋倒，跋價，歡喜……（465）
187. 門扃，門戶，鴻鵠，鵠的，新聞，聲聞，家婆、
雞婆，客觀，人客官/倌……（469）
188. 垂愛，垂--落來，伏案，伏倒、趴下，洗浴，
什細，什麼，豆沙，沙漠……（471）
189. 䋾，捙衫，衫捙 a，罩捙，捙乎著，線索，
線頭，老康健，勇健……（473）
190. 退時行，鞋苴，尿苴 a，苴棉被，苴桌巾
……（475）

依聲母和韻母的變化，查詢文讀音及白話音互換規則之目錄、頁數

24. 韻母 iau⟵⟶io：照、鏢、漂、蕉…（219）
25. 韻母 iong⟵⟶eng：宮、供、弓…（32）
26. 韻母 eng⟵⟶ia^{n}：正、精、驚、聽、聲…（224）
27. 韻母 ong⟵⟶ia^{n}：痛、娘、向、惶…（409）
28. 韻母 ong⟵⟶iu^{n}：薑、腔、張…（428）
29. 韻母 ong⟵⟶ng：荒、楓、方、光、扛…（144）
30. 韻母 a⟵⟶e：稼、把、家、袈…（266）
31. 韻母 un⟵⟶ng：門、頓、褪、笨…（296）
32. 韻母 au⟵⟶a：罩、炒、尻、拋…（310）
33. 韻母 i⟵⟶u/ü：是、諮詢、資本、姿勢…（139）
34. 韻母 n⟵⟶m 忍、欣、訢、昕…（40）
35. 韻母 ai⟵⟶oa：汰、芥、蓋、概…（463）
36. 少介音「i」煎、千、健、獻…（126）
37. 受聲母「p、b、ph、h」影響，其介音不見：
尾、復、洽、蠻、瞞、饅…（131）
38. 入聲音 k→h：合、洛、落、麥、樂、各…（109）
39. 入聲音 t→h：直、熄、寂、繕、辣、搢…（111）
40. 入聲音 p→h：甲、岬、搭、塔、褡、壓…（114）
41. 入聲音 ek→eh：厄、伯、柏、擘、格、呃
…（413）
42. 入聲音 it⟵⟶ek：嗇、職務、品質、疾病
…（161）
43. 入聲音 ek→ioh：惜、臆、績、尺…（117）
44. 入聲音 iat→eh→ih→it：噎、鱉、吉、契
…（465）
45. 華語聲母「ㄐ」→台語聲母「k」：澆、雞、機、
基…（390）

前言

由於本書重點在注釋漢字的文讀音、白話音以及漳洲腔、泉州腔的使用。
每個字音後面都有例句詞項，甚至於成語、專有名詞、詩詞及俚諺語陳列，但只有部分有加註羅馬字拼音，因為台語是一種文白漳泉夾雜使用的語言，也許各地呼音略有不同，所以留白，由讀者自行斟酌。

同時例句詞項中有很多是華語用詞，基於語言是隨著時間推進，社會變遷而產生許多新名詞，編者認為彼此應該是可以相容的，而文讀音絕對可以很合理的呼出符合漢字形音義的語音，否則台語的研究將淪為考古學而已。

讖詩三百首
由讖詩發現台語字音

1. 臉書、面冊，寫真，一腹火，火車，剉冰
礤冰，拭玻璃，手摺簿，臭臊，同儕，搜曆
鬖頭鬖面，鬖赤、散赤，守寡，聳勢，聳鬚
覞鬚，鏞孔，顏神、卵神，蛋白質、卵白質
皮蛋，巨蛋，小巨蛋

鏡蒙塵，面失真。
勤擦拭，為顏神。

鏡蒙塵，面失真。苦衷隱，為顏神。
不改進，火焚身。轉變迅，屈自伸。

·鏡：ㄐㄧㄥˋ keng³[文] kiaⁿ³[白] 照面之具 鑑也，
明鏡高懸 破鏡重圓 目鏡 鏡頭 試鏡
鏡蒙塵(係指古銅鏡常需擦拭)

.蒙：ㄇㄥˊ bong⁵ 覆也 被也 冒也 承也 欺也
幼童也，蒙蔽 承蒙 蒙難 蒙昧(bong⁵ boe⁷)
蒙童(bong⁵ tong⁵ 啟蒙之童子也)

.塵：ㄔㄣˊ tin⁵ 灰塵 塵世 塵埃 凡塵 風塵 紅塵

.面：ㄇㄧㄢˋ bian⁷[文] bin⁷[白] 顏前也 見也 向也
前也，面會 面容 照面 面向 前面 頭面 面像
面冊[教] (bin⁷ chheh⁴ 臉書也，liam² sü)

.失：ㄕ sit⁴/sek⁴ 銷也 過也 亡也，失魂 過失
失敗 失誤 遺失 失戀⁷ 失格

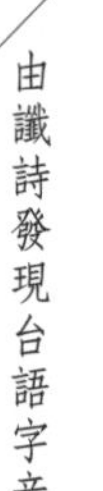

·真：ㄓㄣ chin 實也 精也 正也 畫像也，真相
真實 真正 天真 寫真[日]（しゃしん写真 sia shin 照片也）
寫真：《張君房麗情記》「蒲女崔徽寫真，寄裴敬中。」

·勤：ㄑㄧㄣˊ khin^5[漳] khun^5[泉] 勞也 殷也，勤勞
勤儉 勤苦 勤學 出勤
殷勤(in khin^5[漳]，un khun^5[泉])
（參見第 535 頁，漳洲腔與泉州腔的互換規則）

·衷：ㄓㄨㄥ tiong 善也 誠也，衷心 苦衷 折衷
chiong[走聲]（姑不衷[錯意]，姑不將也），
（參見第 290 頁，姑不將）

·隱：ㄧㄣˇ in^2[漳] un^2[泉] 蔽也 藏也 微也 痛也，
隱蔽 隱藏 隱約 隱疾 隱痛

·火：ㄏㄨㄛˇ ho^2[文] ho^{n2}[鼻音] hoe^2[漳] [白]
he^2[泉] [白] 燃化 光也，火災 火上加油 煙火
一腹火(chit^8 pak^4 he^2/hoe^2) 軍火 火燒 大火
火車(he^2/hoe^2 chhia，ho^2 chhia)
火大(he^2/hoe^2 toa^7 脾氣也)

·焚：ㄈㄣˊ hun^5 燒也，焚燒 焚化爐 焚掠

·身：ㄕㄣ sin 身體 船身 自身 身分 身段
身軀：sin khu。(hun su 宜蘭腔也)
合需/合軀[教]（hah^8 su）一軀衫(chit^8 su sa^n)

·擦：ㄘㄚ chhat^{4}[文] chhoah^{4}[白] 摩之急也，擦拭
摩擦 擦粉(chhat^{4} hun^{2}) 擦油漆[台] 漆油漆[華]
擦冰(chhoah^{4} peng 剉冰[俗] 礤冰[教])
礤：ㄘㄚˇ chhat^{4} 摩也
擦纖(chhoah^{4} siam/chhiam)
纖：siam→chhiam 細也 小也，纖細 纖巧

·拭：ㄕˋ sit^{4}/sek^{4}[文] chhit^{4}[白] 刷潔也，擦拭
拂拭殘碑敕飛字 拭桌頂 拭玻璃

○上古音以聲母辨音辨義，其中某些音的轉變，演變成日後的文、白音的區別，或不同的文讀音呼法。聲母 s ⇄ ch/chh，例如：

·手：siu^{2}→chhiu^{2} 手足 腳手 手術 助手
手指[華] 手只？(戒指)
手摺簿(chhiu^{2} chih^{4} pho͘^{7} 日誌本也)
·守：siu^{2}→chiu^{2} 守約 守護 看守所 守寡
守佇人兜
·水：sui^{2}→chui^{2} 風水 水火無情 水道頭 水痕
·深：sim→chhim 燭影深 深明大義 水深 深度
·碎：sui^{3}→chhui^{3} 瑣碎 破碎 碎片 碎糊糊
碎碎念[錯意] (誶誶唸 sui^{3} sui^{3} liam^{7}，soe^{3}/se^{3} soe^{3}/se^{3} liam^{7} 諫也 詬也 言也)
踅踅唸[教]
·粹：sui^{3}→chhui^{3} 純粹 民粹
·淬：sui^{3}[文] chhui^{3}[文] 淬礪 淬染
·誶：sui^{3}[文] chut^{4}[文] 誚也 詬也，誶誶念/叫

・焠：sui^{3}[文] chhui^{3}[文]→chhuh^{4}[白] 焠火
火--焠著(he^{2}/hoe^{2}--chhuh^{4} tioh^{8})

・晬：soe^{7}→che^{3}[泉] choe^{3}[漳] 周年也，度晬

・噪：so^{3}→chho^{3}→chhau^{3} 聒噪 噪耳 噪耳聾

・筅：sian^{2}→chhian^{2}→chheng^{2} 仝筅，筅帚
筅黗(chheng^{2} thun^{5} 農曆十二月二十四日送神返天庭述職後清潔神像、神桌)
雞毛筅

・臊：so→chho 臭臊(chhau^{3} chho) 臭仝殠
腥臊(chhe chhau)(o→au)(參見第16頁，臊)

・星：seng→chhi^{n}/chhe^{n} 繁星 星火 明星 天星

・醒：seng$^{1/2}$→chhi$^{n1/2}$/chhe^{n2} 醒目 睏醒

・嬸：sim^{2}→chim^{2} 大嬸婆 a嬸(伯叔之妻也)

・棲：se→chhe 仝栖，棲遲 棲托 棲教 棲一下

・滲：sim^{3}→chim^{3} chham^{1}(彙) 下漉也，滲透

・閂：soan→chhoa^{n3} 閂閂 閂門(chhoa^{n3} bng^{5})

・儕：sai^{5}[文] chai^{5}[文] che^{5}[漳] choe^{5}[泉] 同儕
同儕(tong^{5} chai^{5} 指同輩同學朋友)
(tang^{5}/tong^{5} che^{5}/choe^{5} 指作伴一起也)

・裼：sek^{8}[文]→seh^{8}[白] chia^{3}[文]
小兒涎衣也，頷裼(am^{7} seh^{8})

・傖：chhong→song^{5} 鄙賤之稱也，粗俗也
「莊腳傖，都市戇。」[諺]
倯[教] (song→song^{5} 形小可憎之貌)

・擤：seng^{2}→chheng^{2} 擤鼻 擤鼻涕[華]

・成：seng^{5}→chia^{n5} 成功 成樣 不成人

・石：sek^{8}[文]→siah^{8}[白]→chioh^{8}[白] 藥石 金石
石榴(siah^{8} liu^{5}) 石頭 石油

·搜：so͘→chhiau 搜查 搜羅 搜物件 搜厝

·象：siong⁷→chhiuⁿ⁷ 現象 象徵 大象 象鼻

·少：siau²→chhio² 少許 缺少 少數 少人

·伸：sin 文→chhun 白→chhng 白 伸縮 伸展 伸手 伸出去 講袂伸斜(kong² boe⁷ chhun chhia⁵ 難以溝通也)

·翅：si³→chhi³→sit⁸ 白 魚翅 翅股(sit⁸ ko͘² 翼股 教) 雞翅

·食：sit⁸→chiah⁸ 食物 食言 食福 食飯 趁食

·嚐：siong⁵→chhiong⁵ 仝嘗，嘗試 臥薪嘗膽 未嘗 嘗味

·鬖：ㄙㄢ sam³→chham³ 髮亂也，鬖頭鬖面 鬖獅 鬖赤/散赤 教 (sam³ chhiah⁴→san³ chhiah⁴ 窮也)

茹鬖鬖(jü⁵ sam³ sam³→jü⁵ chham³ chham³)

茹氅氅 教 (jü⁵ chhang² chhang²)

氅：ㄔㄤˇ chhiong² 文 chhang² 俗

大氅：羽衣也

·聳：siong²→siang²→sang²→chhang²，高也 悚也，高聳 聳勢(sang² seh⁴ 高姿態也)

敞鬚/聳鬚 教 (chhang³⁻² chhiu 作怪也)

敞：chhiang²→chhang² 走音 高顯也 露也

覕鬚 反 (bih⁸ chhiu 白 低調也)

覕：ㄇㄧㄝˋ biat⁸ 文 避不相見也

・剡：siam^{2}→chhiam^{2} 利也，一剡一剡 肉剡
攕：ㄒㄧㄢ chhiam^{2}[教] 李仔攕(糖葫蘆)
・蛇：sia^{5}→choa^{5} 蛇行 畫蛇添足 掠蛇 白蛇
・生：seng→chhi^{n}[泉] chhe^{n}[漳] 生存 生命
生涯 生肉 生手 生疏
・徐：sü^{5}/si^{5}→chhi^{5} 徐行 徐徐 a 行 徐先生
・斜：sia^{5}→chhia^{5} 斜陽 斜一旁 歪擱徐斜
・飼：sü^{7}/si^{7}→chhi^{7} 飼料 飼養 飼牛食草
・鞘：siau^{3}→chhiau^{3} 刀衣也，刀鞘
・鼠：su^{2}→chhu^{2}/chhi^{2} 鼠輩 鼠竄 獐頭鼠目
袋鼠 貓鼠[台]（偏義複詞，偏鼠）
烏鼠[教] 老鼠[華]
・從：siong^{2}→chiong^{5}→chong^{5}[教]（少了介音「i」)疾走貌，亂亂從 從東從西
・豎：su$^{6-7}$/si^{7}→chhai^{7} 立也，豎立 豎柱 a
・書：su→chu 書法 文書 書畫 讀書 書店
書包 書架 a
・舂：siong→cheng 搗粟也 舂臼(cheng khu^{7})
・秫：sut^{8}→chut^{8} 秫米[台]（糯米[華]）
・麈：chu^{2}→sut^{2} 麋屬，麈尾/捽尾[教] 拂塵也
(參見第 131 頁，尾)
・燼：sin^{7}→chin^{7} 災餘也，灰燼 餘燼
・銹/鏽：siu^{3}→chiu^{3} 鐵鏽 生鏽[華] 鏽孔 鏽壞
・市：si$^{6-7}$→chhi^{7} 行市 市儈 市集 海市蜃樓
菜市 a 市場 市郊 市民 未赴市
・巳：si$^{6-7}$→chi^{7} 節名 辰屬，上巳 辰巳午未
・床/牀：song^{5}→chhong^{5}→chhng^{5}[白] 床頭金盡
床前明月光 眠床 安床

·僧：seng→cheng 僧侶 僧廟 僧多粥少
野奸僧

·船：soan^{5}→chhoan^{5}→chun^{5}[白]→sian^{5}[詩]
石磯西畔問漁船(sian^{5}) 行船騙馬 船長
帆船 船主 盤船(poa^{n5} chun^{5} 搭船也)

·浚/濬：sun^{3}→chun^{3} 疏浚 浚溝 浚河

·笑：siau^{3}→chhiau^{3}→chhio^{3} 見笑 笑談 笑話
(參見第199頁，笑)

·帚：siu^{2}→ch/chhiu^{2} 敝帚自珍 掃帚

·蟳：sim^{5}→chim^{5} 紅蟳 蟳肉

·愁：siu^{5}→chhiu^{5} 憂愁 愁苦 愁緒

蜍：si^{5}→chi^{5} 蟼蜍(chiu^{n} chi^{5} 蟾蜍也)

…

·顏神：gan^{5} sin^{5}→lan^{5} sin^{5}[走音] 卵神，臭屁也

·卵：ㄌㄨㄢˇ loan^{2}[文] lng^{7}[白] 完卵 卵生
雞卵糕[台] (koe/ke lng^{7} ko 雞蛋糕[華])
語音為ㄌㄢˇ lan^{2}
教育部審定後只收ㄌㄨㄢˇ一音

([華]、[台] 都少介音「ㄨ、i」)
lan^{7}[俗] 卵脬(lan^{7} pa) 卵屌(lan^{7} chhiau^{2})

蛋：tan^{7} (字彙補) 徒歎切，音仝但
蛋白質[華] (tan^{7} pek^{8} chit^{4}[文])
卵白質[教] (lng^{7} peh^{8} chit^{4})
皮蛋(phi^{5} tan^{7}→phi^{5} tan^{3}[亂調])
巨蛋(ku^{7} tan^{7}) 小巨蛋(siau^{2} ku^{7} tan^{7})

2. 閂、閆，真穿，竄孔竄縫，傳種，傳香煙，亂濺扞家，喬/矯/撟測，固陋俗古，問問題，開開開

閂楗不護，盜賊入戶。
換木加金，家中安固。

問問問，閃閃閃。
閂閆閂開，左右正點。

·閂：ㄕㄨㄢ soan 文 chhoa^{n3} 白 門橫關也，
soan→sng 白 門閂(bng^5 sng)
內閂外扃(loe^7 soan goe^7 keng)
（參見第 4 頁，閂）

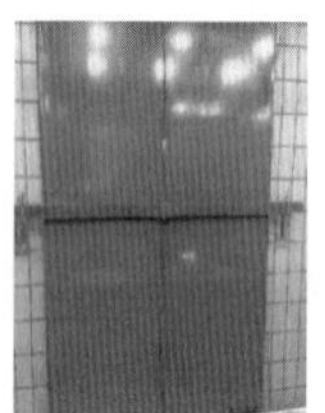

閂閂 閂門(chhoa^{n3} bng^5)

◯台語文讀音的韻母音為「oan」，則有許多字音可能轉成「ng」的白話音。 例如：

·磚：choan→chng 磚瓦 磚 a 角 台/磚塊 華 金磚 柴磚 台/木磚 華

·酸：soan→sng 酸言酸語 辛酸 寒酸 華 凍酸 台/凍霜 教 （參見第 439 頁，凍） 臭酸 心酸酸 硫酸

·痠：soan→sng 腰痠腿痛 痠軟 痠痛 痠抽痛

·穿：chhoan→chhng→chhian 詩 望穿秋水 穿衣 穿山甲 穿梭 穿針 穿線

真穿/誠穿教（chin/chhia^{n5} chhian 準也）

誠教（真誠，同義複詞）

·軟/輭：joan^{2}/loan^{2}→lng^{2} 柔軟 軟弱 軟語
軟化 瘦軟 軟土深掘 吃/食軟飯

·管：koan^{2}→kong^{2}→kng^{2} 管道 風管 一管米

·捲：koan^{2}→kng^{2} 捲起千堆雪 捲逃 捲土重來
捲尺 紙捲 捲捲--咧

·轉：choan^{2}→tng^{2} 轉途 轉方向 轉--來(tng^{2}--lai^{5} 回來也 回家也） 轉動(tng^{2} tang^{7}）

·貫：koan^{3}→kng^{3} 罪惡滿貫 貫串 貫通 連貫
貫鼻 一貫錢

·勸：khoan^{3}→khng^{3} 勸告 規勸 相勸(sio khng^{3})
勸勸(khoan^{3} khng^{3})（參見第 497 頁，勸勸）

·鑽：choan$^{1/3}$→chng^{3} 鑽孔 鑽 a lak^{4} 鑽(鑽物也）
攮鑽(lng^{2} chng^{3} 鑽營也） 鑽石華/璇石教

·攢：choan^{3}→chng^{3} 聚也，攢食(參見第 147 頁，攢）

·算：soan^{3}→sng^{3} 算術 算數 計算 算盤 筆算
「買賣算分，相請無論。」諺

·竄：chhoan^{3}→chng^{3} 匿也 逃也，抱頭鼠竄
竄逃 亂竄 竄孔竄縫

·傳：thoan^{5}→thng^{5} 傳送 飛鴿傳書 傳種
傳香烟(thng^{5} hiu^{n} ian 傳宗接代也）

·卵：loan^{2}→lng^{7} 覆巢之下無完卵 卵生(loan^{2} seng) 卵巢(loan^{2}/lng^{7} chau^{5}) 雞卵

·椀：oan^{2}→ng^{2} 襣手椀/擘手椀教（ㄅㄧˋ pi^{3} chhiu^{2} ng^{2} 捲袖子也）

·還：hoan^{5}→hng^{5} 還家 還魂 歸還 還錢(hng^{5} chi^{n5})

‧斷：toan^{7}→tng^{7} 不斷 斷絕 隔斷 拗斷
斷腳斷手

‧園：oan^{5}→hng^{5} 園林 園地 公園 花園

…

‧閂：tu^{2}，是指門後用直木頂住，拄也，與閂的功能一樣，閂是用橫木

‧楗：ㄐㄧㄢˋ kian^{7} 限門也 關楗也，此指門上關插的直木條
《老子‧道德經》「無關楗而不可開」

‧盜：ㄉㄠˋ to^{7} 賊也，盜竊 強盜 盜匪 海盜[華]/海賊[台]

‧賊：ㄗㄟˊ chek^{8}[文] ch/chhat^{8}[白] 害也 盜也，盜賊 亂臣賊子 賊頭賊腦 掠賊 賊巢/賊岫[教]
墨賊(bak^{8} chat^{8} 烏賊也)
《荀子‧修身第二》「害良曰賊，竊貨曰盜。」

‧入：ㄖㄨˋ jip^{8} (正)日執切，內也 進也 納也 沒也，進入 出入 沒入 入門
jip^{8}→lip^{8} 習慣泉腔音者，聲母可能由 j→l

◯在華語注音中，聲母為「ㄖ」者，皆須發聲為「j」音，否則「當年(lian^{5})、當然(jian^{5})」則不易區別。 例如：

「儒、如、茹、孺、濡、繞、遶、任、忍、染、然、燃、日、戎、茸、若、弱、入、讓、嚷、攘、人、仁、辱、溽、惹、熱、饒、肉、柔、刃、蕤、芮…」

還有其他音也須念成(j)聲母音，如華語注音為(ㄦ)的字音，聲母也須念成(j)。例如：「二、而、兒、爾、耳、餌、洱…」等。

·戶：ㄏㄨˋ ho͘[7] 單扇的門曰戶，對開雙扇的門曰門。門戶 戶口 戶籍

·換：ㄏㄨㄢˋ hoan[6-7] 文 (集)胡玩切，易也，換文金不換 更換 變換

hoan[2] (彙) 亂調 之所以發生此錯，原因出在切出第六聲調時，由於聲母非「b、g、零聲母」，所以該轉為第七聲調。(參見第98頁，戶)

oa[n7] 白 相換 交換 換湯不換藥

·木：ㄇㄨˋ bok[8] 文 bak[8] 白 樹木 木材 木瓜 就木(人死入棺也) 呆若木雞 木工 木匠 木屐(bak[5] kiah[8] 柴屐也)

·家：(參見第326頁，家)

·安：ㄢ an 文 oa^{n} 白 平安 安全 安插 安寧 南安 東安 安排(喬測 俗 矯/撟測也，矯/撟乎好勢)

◯台語文讀音的韻母音為「oan、an」，則有許多字音可能轉成「oa^{n}」的白話音。 例如：

·般、搬：pan/poan→poa^{n} 如此這般 一般 搬厝
·官、棺：koan→koa^{n} 官官相護 作官 棺木 棺材
·肝：kan→koa^{n} 肝腸寸斷 心肝
·單：tan→toa^{n} 簡單 單據 孤單
·潘：phan/phoan→phoa^{n} 潘沫 潘先生
·攤/灘：than→thoa^{n} 攤販 攤平 攤牌 走攤 海灘
·煎：chian→choa^{n} 煎熬 煎魚 煎茶 煎藥
·山：san→soa^{n} 陽明山 玉山 草山 山谷
·鞍：an→oa^{n} 鞍山 馬鞍
·歡：hoan→hoa^{n} 歡迎 合歡 歡喜 歡頭喜面
·趕：kan^{2}→koa^{n2} 趕盡殺絕 趕快 趕緊 趕路 趕集
·款：khoan^{2}→khoa^{n2} 不是款 款待 款(捲)錢走 款款來 緊事款辦
·碗/盌：oan^{2}→oa^{n2} 碗油 碗盤 碗糕 碗粿
·壇、彈、檀：tan^{5}→toa^{n5} 天壇 天公壇 彈跳 臭彈^{7} 檀木 檀郎 檀林 檀香山
·泉：choan^{5}→choa^{n5} 九泉 泉流 泉州 泉水 溫泉
·瞞、鰻：boan^{5}/ban^{5}→boa^{n5} 欺瞞 瞞騙 鰻魚
·汗：han^{7}→koa^{n7} 汗青 汗漫 汗流浹背 流汗
·段：toan^{7}→toa^{n7} 段數 一段一段 手段 段落
·伴：phoan^{7}→phoa^{n7} 玩伴 伴遊 作伴 伴手

·濺：chian$^{3/7}$→choa$^{n3/7}$ 濺出 亂濺(引申胡說也)

·旱：han^{7}→hoa^{n7} 洘旱[教] 苦旱 渴旱(khat^{4} han^{7})

·換：hoan^{7}→oa^{n7} 換文 更換 金不換 換錢 換人

·岸：gan^{7}→hoa^{n7} 夾岸曉煙楊柳綠 傲岸 靠岸 水岸
泊岸(pok^{8} gan^{7}[文] 靠岸也，poh^{8} hoa^{n7}[白] 堤也)

·泛：hoan^{3}→pha^{n3} 冇也，泛心 泛粟 泛石

·湍：thoan/chhoan→chhoa^{n3} 湍急 湍流

·案：an^{3}→oa^{n3} 辦案 草案 香案(hiu^{n} oa^{n3}[白])

·扞：ㄏㄢˋ han^{7}(集) 侯幹切，禦難也，手抵也
han^{7}→hoa^{n7} 扞/捍衛 扞家 扞頭 扞乎好勢

·乾：kan→koa^{n} 乾脆 乾淨 魚乾 肉乾 餅乾

·滿：boan^{2}→boa^{n2} 滿員 滿月 大碗擱滿墘

·看：khan^{3}→khoa^{n3} 看護 看穿 相看 看見 看輕

·半、絆：poan^{3}→poa^{n3} 半仙 半平 瘸腳絆手

·判：phoan^{3}→phoa^{n3} 判官 裁判 判刑 評判

·炭，湠：than^{3}→thoa^{n3} 生靈塗炭 土炭 炭礦 湠開

·傘、散、汕：san^{3}→soa^{n3} 遮陽傘 雨傘 聚散 散形
龍角散(ㄙㄢˇsan^{2}) 汕頭

·線：sian^{3}→soa^{n3} 一線天 線頭 針線
「感情留一線，日後好相看。」[諺]

·晏：an^{3}→oa^{n3} 清晏 晏起 晏來

·閂：soan→chhoa^{n3} 閂閂 閂門

·讕：lan^{5}→loa^{n5} 讕言 詆讕(tu^{7} lan^{7}[走音])

·瀾：lan^{5}→loa^{n5} 波瀾 漚瀾/爛(au^{3} loa$^{n5/7}$)

·爛：lan^{7}→loa^{n7} 燦爛 濫爛(lam^{7} loa^{n7}) 爛貨

·寒：han^{5}→koa^{n5} 春寒 寒冷 寒天

·盤、磐：poan^{5}→poa^{n5} 盤旋 碗盤 地磐

…

‧固：ㄍㄨˋ ko˙^{3} 堅也 鄙陋也，堅固 固定
固陋：《榮木‧陶淵明》「嗟余小子，稟茲固陋」
《司馬相如‧子虛賦》「鄙人固陋，不知忌諱」

‧固陋俗古：(ko˙^{3} lo˙^{7} siok^{8} ko˙^{2}) 固執鄙陋，食古不化也 漚古也(au^{3} ko˙^{2} 漚：ㄡ/ㄡˋ 久漬也)
《訓儉示康‧司馬光》「人皆嗤吾固陋，吾不以為病」
(ko˙^{2} lok^{8} sok^{8} ko˙^{2}) [俗] [走音]

‧問：ㄨㄣˋ bun^{7}[文] bng^{7}[白] 問問題(bng^{7} bun^{7} te^{5}/toe^{5})（詳見「目錄 118. 第 296 頁」，門）

‧閃：ㄕㄢˇ siam^{2} 雷擊電光[名] 躲避也[動] 躲在門縫裡偷看也，閃電 閃光 閃開 閃^{2}--縫

閃一下 siam$^{2-1}$ chit^{8} le 從門縫偷看也，偷閃^{1}
閃--一下 siam^{2}--chit^{8} le 閃避也，閃$^{2-1}$開
(註：「閃」字習慣上用在偷窺時呼第一聲，用在閃避時則為第二聲)

‧開：ㄎㄞ khai [文] khui [白] 開始 開放 開門

開開：khui$^{1-7}$ khui^{1} 門打開的狀態
開^{1}--開：前字念本調，後字念輕聲，有命令將門打開的語氣
開開--開：khui$^{1-7}$ khui$^{1-7/1}$-- khui [輕聲]，
最後一字唸輕聲，有命令的口氣

開″開開：khui″ khui$^{1-7}$ khui^{1} 第一字唸類似比較誇張的第五聲調(教育部稱之為第九聲調，「khui″」標之)，是台語白話音特有的最高比較級，第二字唸正常變調，第三字則唸本調。

通常只有在第一字是「降變調」才有所謂的第九聲。
(但「田岸″路」chhan$^{5-3}$ hoa^{n}″ lo$\cdot^{7}$ 卻是例外，第九聲呼在第二字「岸」)

「降變調」是指變調之音降了聲階，反之「升變調」或聲階不變則不須第九聲，前兩字音依正常變調即可。例如：

降變調：香″香$^{1-2}$香^{1}　花″花$^{1-2}$花^{1}　光″光$^{1-2}$光^{1}
深″深$^{1-2}$深^{1}　直″直$^{8-4}$直^{8}
升變調：軟$^{2-1}$軟$^{2-1}$軟^{2}　爽$^{2-1}$爽$^{2-1}$爽^{2}
臭$^{3-2}$臭$^{3-2}$臭^{3}　[illegible]$^{4-8}$[illegible]$^{4-8}$[illegible]^{4}

但若是漳音的第 5 聲變調為第 7 聲，則屬同音階，非降變調，依正常變調即可。
油$^{5-7}$油$^{5-7}$油^{5}　肥$^{5-7}$肥$^{5-7}$肥^{5}

若泉音的第 5 聲變調為第 3 聲，則屬降變調。
油″油$^{5-3}$油^{5}　肥″肥$^{5-3}$肥^{5}
(參見第 553 頁，台語兩疊字及三疊字連音的聲調變化)

3. <u>腥臊，骨肉，雞肉，生菇/菰臭殕，豐沛</u>
<u>熱沸沸，氣怫怫，楓 a 樹，芙蓉，放調，腹腸</u>
<u>腹肚，反行，反面，反盤，反車，反身</u>
<u>扯盤反、俥盤反，反勢、凡勢，扮勢，反頭</u>
<u>翻頭，胖奶，販 a、欺販，宋販，偏宋販</u>

腥臊瘦肥，肉逢蘇東坡。
牝牡驪黃，馬遇九方皋。

‧腥：ㄒㄧㄥ seng 文 生肉也，腥風血雨
chhe/chhi^{n}/chhe^{n} 白 物未熟也，臭腥

‧臊：so 腥臭之氣也，臭軒味(chhau^{3} hian^{3} bi^{7})
軒：hian^{3} (集)許建切，音仚憲。臭軒也，
《禮‧內則》「麋鹿田豕，麕皆有軒」

‧臊：ㄙㄠ ㄙㄠˋ so→chhau《註》「豕膏也」，即豬油。
《後漢書‧東夷傳‧挹婁》「冬以豕膏塗身，厚數分，以御(禦)風寒」

‧腥臊：chhe chhau 俗
本為「惡臭味」，後語意轉為褒稱有「食物充足」之意。妻操錯意
今意為豐沛(phong phai^{3})也

《韓非子‧五蠹》「鑽燧取火以化腥臊」
《屈原‧涉江》「腥臊並禦」

·肉：ㄖㄡˋ jiok[8]文 bah[4]白 骨肉 肉麻 肉感
肌肉 雞肉 肉慾 肉脯(bah[4] hu[2])
褪腹--體（thng[3] bak[4]--the[2]）褪肉體走音
（腹，hok[4]→pak[4]→bak[4]。p→b 聲母濁化）
（參見第 137 頁，褪）

·肥：ㄈㄟˊ hui[5]文 pui[5]白 下頦肥肥(頦：ㄏㄞˇ e[7] hai[5] hui[5] hui[5]) 肥肉(pui[5] bah[4])

○上古音無喉音「聲母 h」，如：佛、婦、房、方等，皆是聲母「p/ph→h」而成為文白音的聲母變化。(清· 錢大昕·音韻學家)

《廣韻》之切音的上字如選用「芳 hong[1]」、「符 hu[5]」，取聲母時，「h」有時必須轉讀為「p」或「ph」。

例如：「翩」 芳連切 hian[1]，但是「芳 h」→「p 或 ph」，則念成 pian[1] 或 phian[1]

「豐」 敷馮切 敷戎切 hong[1]，同樣「敷 h」→「p 或 ph」，則豐沛 hong phai[3]→phong phai[3]

「殕」 ㄈㄡˇ 芳武切 hu[2]→phu[2]，物敗生白曰殕，生菇/菰臭殕(si[n] ko· chhau[3] phu[2] 發霉也)

以下是無喉音的上古音「h→p、ph」成為今之白話音的例字：

· 佛：hut^{8}→put^{8} 佛祖 佛教 佛公 拜佛
· 費：hui^{3}→pi^{3}(ㄅㄧˋ) 所費 費用 經費
· 沸：hui^{3}→pui^{3} 沸騰 沸點
hut^{4}→phut^{4} 灑也 怒也，熱沸沸 氣沸沸
沸沸跳/趒(phut^{4} phut^{4} thiau^{3}/tio^{5})
· 拂：hut^{4}→phut^{4} 燒拂拂(sio ph/hut^{4} ph/hut^{4})
· ⿰足弗 / ⿺走弗：hut^{4}→phut^{4} ⿰足弗⿰足弗跳 ⿺走弗⿺走弗趒
· 刜：hut^{4}→phut^{4} 刜草坉塗
· 怫：hut^{4}→phut^{4} 氣怫怫
· ⿰目弗：hut^{4}→phut^{4}→phuh^{4} 目珠⿰目弗⿰目弗(入聲 t→h [白])
· 婦：hu^{7}→pu^{7} 婦女 婦人人 新婦(sin pu^{7} 媳婦)
· 富：hu^{3}→pu^{3} 富貴 富死(pu^{3} si^{2}) 大富[教]
· 孵：hu→pu$^{1/5}$ 孵化 孵卵
· 楓：hong→png 楓葉 楓 a 樹 (ong→ng)
· 房：hong^{5}→pong^{5} 洞房 書房 阿房宮 (pang^{5}[白])
· 芙：hu^{5}→phu^{5} 芙蓉
· 方：hong→png 四方 方向 方先生 (ong→ng)
· 發：hoat^{4}→p/phoat^{4}→phoah^{4} 發病
(生病[華] 破病[俗]) (集)(正)方伐切

· 發生：同義複詞，發病[台] hoat^{4}→p/phoat^{4}→phoah^{4}，生病[華] 破病[俗] [錯意]
《王充・論衡》「故發病生禍，絓法入罪。」
《司馬遷・史記》「發病而死，不敢置後。」
「…亞父大怒而去，發病死。」

·放：hong^{3}→p/phang^{3} 放假 放棄(hong^{3} khi^{3}) 放去(phang^{3} khi^{7}) 開放 放捨棄(pang^{3} sia^{2} khi^{3}) 放手 放見(phang^{3} kian^{3}/ki^{n3} 不見也) 放調[台] (pang^{3} tiau^{7} 放話也)

·浮：hu^{5}→phu^{5} 浮動 浮升 浮生 浮沉 浮浪蕩

·扶：hu^{5}→phu^{5} 扶持 扶挺(phu^{5} tha^{n2}) 扶扶挺挺 扶卵脬(抔卵脬ㄆㄨˊpho$^{\cdot 5}$ 以手掬物也)

·蜂：hong→phang 蜜蜂 蜂蜜

·斧：hu^{2}→po$^{\cdot 2}$ 斧斤 班門弄斧 斧頭

·甫：hu^{2}→p/pho$^{\cdot 2}$ 男子美稱也，尼甫 某甫 尊甫 查甫/查埔[教] (cha po$^{\cdot 1}$ [亂調])

·捧：hong^{2}→phong^{2}/phang^{2} 捧讀 捧物件 捧^{2}場

·腹：hok^{4}→pak^{4} 捧腹大笑 心腹 腹腸 腹肚

·幅：hok^{4}→pak^{4} 幅度 幅員 一幅圖

·馮：hong^{5}→pang^{5} 馮先生

·蓬、篷：hong^{5}→p/phong^{5} 斗篷 蓬門 蓬萊閣

·飛：hui→pe[泉] poe[漳] 岳飛 張飛 放風飛 飛車(phe/phoe chhia[氣音] 飆車也)

·吠：hui^{7}→pui^{7} 犬吠 狗吠

·芳：hong→phang 芬芳 芳味[教] 磅米芳[教]

·奮、糞：hun^{3}→pun^{3} 奮鬥 奮起湖 糞便 糞埽

·縛：hok^{8}→pak^{8} 作繭自縛 縛雞之力 束縛 綑縛

·縫：hong^{5}→pang^{5} 縫紩 密密縫 縫褲腳，
紩衫(ㄓˋtit^{8}→tih^{8}→thi^{n7} 縫紉也)
hong^{7}→phang^{7} 厝縫 桌縫 孔縫 想孔想縫

·分：hun→pun 時分 分張(度量也) 分錢

·販：hoan^{3}→phan^{3} 販賣 小販 販夫走卒 量販店(liong^{7} hoan^{3} tiam^{3})

販 a(phan^{3} a 冤大頭也 一曰畚子)
畚：ㄆㄛˋ phoan^{3}/phan^{3} 詈言也 面大也
欺販(khi phan^{3}) 起販錯意 (另指惱羞成怒)
偏宋販(phi^{n} song^{3} phan^{3}) 騙宋販

宋販(宋，指呂宋也，昔日呂宋華僑返鄉都大手筆修祖墳、蓋房子，出手闊綽而被敲竹槓，今喻冤大頭也或掠胡也)

·飯：hoan^{7}→png^{7} 一飯千金 食飯
飯桶錯意 (一曰由「笨桶」走音而來)
·帆：hoan^{5}→phang^{5} 張帆 春帆樓 帆船
·傅：hu^{3}→po͘^{3} 太傅 傅先生
·反：hoan^{2}→peng^{2} 覆也 不順也，造反
反行^{7} (hoan^{2} heng^{7}) 反面 反盤 反身 反車
扯盤反(chhia^{2} poa^{n5} peng^{2} 俥盤反教)

反頭/翻頭教 反者翻也，故反切又稱翻切
反^{2}勢/凡^{5}勢教 扮勢(情況也)
「做雞就筅，做人就反/拚，做牛就拖，
做人就磨。」諺

·胖：phang^{3}→hang^{3} 胖奶(hang^{3} li^{n}/le^{n} 嬰兒肥也) 胖面 面胖胖 胖胖

·彼：pi^{2}→hi^{2} 彼此 彼時陣 彼--踏 這--踏反
彼腳踏 這腳踏反
佇這--踏 佇彼--踏 佇：ti^{7} 久立也

·痱：ㄈㄟˊ hui^{5}（集）符非切，音仝肥，小腫
　ㄈㄟˋ hui$^{3/7}$（集）父$^{2/7}$沸^{3}切，熱瘡也，
　痱瘤 痱子粉(pui$^{2-1}$ a hun^{2} [亂調])
　pui^{3}[文]（彙） pui^{2}[白]（彙）風病也 熱瘡也

·服：ㄈㄨˊ hok^{8}→pok^{8}（廣）蒲北(pek^{4}，pok^{4})
　切， 食用也，(參見第138頁，服)
　服菸/薰(pok^{8} hun 菸[俗]/薰[教] 抽菸也)
　…

·瘦：ㄕㄡˋ siu^{3}[文]（集）所救切，
　瘠也 不肥也，瘦弱 瘦身 瘦輕身 乾瘦
　《釵頭鳳·陸游》「春如舊，人空瘦 siu^{3}」

　san^{2}[白]（彙）san^{2} pi pa 烏焦瘦[教]（瘦不成形）
　瘦變脯(san^{2} pi^{n3} po·^{2}→san^{2} pi^{n3}/pi pa [走音])

　so·^{3}[文] 在《彙音寶鑑》及甘為霖《廈門音字典》都呼 so·^{2}。但是若依華語、台語的聲調變換原則，似乎華語第四聲轉換成台語第三聲比較妥當。
　「馬行無力皆因瘦(so·^{3})，人不風流只為貧」[諺]

·牝牡：ㄆㄧㄣˋ ㄇㄨˇ pin^{7} bo·^{2} 牝：畜母也
　母牛也，牝雞司晨。牡：畜父也 公牛也

·驪黃：ㄌㄧˊle^{5} 指毛色純黑或黃的良馬

·九方皋：識馬之人，春秋戰國之人，伯樂暮年推薦給秦穆公的相馬高手。

4. 舉枷、擛枷、夯枷，鼻水管管流，鼓吹，糶米糴米，米概、斗概，大概，概紃，亂概，概穲

灶冷仍熅燼，管吹火再興。
耦耨糶無盡，推陳自出新。

・灶：ㄗㄠˋ cho^{3} 文 chau^{3} 白 仝竈字，炊飯具也，
灶腳/灶跤 教 灶神
「腳乾手乾，不別入灶腳」諺 跤焦手焦 教
「倖豬舉灶，倖囝不肖，倖某對人走。」諺
擛：gia^{5} 教 舉也，擛枷(gia^{5} ke^{5} 枷：項械也)
擛：khian (集)丘言切，舉也
夯：ㄏㄤ gia^{5} 教 夯枷(gia^{5} ke^{5} 自找麻煩也)
hang^{2} 文 (字彙)呼講切，人用力以肩舉物，

・熅：ㄩㄣ un 鬱煙也，熅聚火無焱者也

・燼：ㄐㄧㄣˋ sim^{7}→chin^{7} (集)徐刃切，災餘曰燼，灰燼

・管：ㄍㄨㄢˇ koan^{2} 文 kong^{2} 白 kng^{2} 白 管理
管樂器 絲管 靴管(hia kong^{2}) 一管米(chit^{8} kng^{2} bi^{2}) 一管/捲風(chit^{8} kng^{2} hong)
鼻水管管流(phi^{n7} chui^{2} kong^{2} kong^{2} lau^{5})

・吹：ㄔㄨㄟ chhui 文 chhoe 漳 白 chhe 泉 白
吹噓 風吹 吹風 吹予焦 教 鼓吹 動 (煽動也)
ㄔㄨㄟˋ chhui^{3} (集)尺偽切，鼓吹 名

·興：(參見第 344 頁，興)

·糶：ㄊㄧㄠˋthiau³ 文 (集)他弔切，音仝眺，
出穀也，糶米 thio³ 白　賣米也
糶手(批發市場喊價人員)

·糴：ㄉㄧˊ tek⁸ 文 (集)亭歷切，音狄，入米也，
糴米 tiah⁸ 白　買米也

·概：kai³ 米概，昔時糴米，刮平斗斛的木棒。
米概 斗概 概循/紃/線 氣概 梗概 概況 概念
大概 亂概 概先(蓋仙 錯意 胡扯也) 一概而論
概好(kai³ ho²) 上概好(另曰上介好，上界好)
概穤(ㄇㄟˇ kai³ bai² 非常不好也)

概好，概穤：一曰介好，介穤
介：耿介孤直也
臭蓋 黑白蓋 亂蓋(俗 訓讀音 胡扯也)

「目珠/睭掛斗概，看著物件著欲愛。」諺

·耦：ㄡˇ go·ⁿ² 《疏》兩人耕為耦

·耨：ㄋㄡˋ lo·ⁿ⁷ 耨如鏟。耘也，以鋤耨禾也

·陳：ㄔㄣˊ tin⁵ 文　列也 布也 故也 久也，陳情
陳陳相因 陳居 陳米 鋪陳 陳述 陳腔濫調
tan⁵ 白　用於姓的呼音，陳先生

5. 五色人、雜錯人，亶賂、等路，圓輪輪，輪輪遨圓滑、滑溜，幾圓，錢較大圓，輪轉，海翁演講，講話

待人諴愖，敬神諴心。
先亶為賂，圓夢賜金。

‧待：（詳見「目錄 18，第 62 頁」，待）

‧人：ㄖㄣˊ jin[5] 文 lang[5] 白 人類 行人 黃種人
婦人人(hu[7] jin[5] lang[5])
（詳見「目錄 201. 第 497 頁」，人）
五色人 雜錯人(chap[8] chho[3] lang[5])
錯雜(一意為嫌人聒噪也)

《琵琶行．白居易》
「大絃嘈嘈如急雨，小絃切切如私語。嘈嘈切切錯雜彈，
大珠小珠落玉盤。」

‧愖：ㄔㄣˊ sim[5/7] 仝諶，信也 誠也

‧諴：ㄒㄧㄢˊ ham[5] 和也，迎神之樂為諴雅

‧亶：ㄉㄢˇ tan[2] 信也 誠也，本義為多穀，引申為厚也，《書‧盤庚》「誕告用亶」
《儀禮‧士冠禮》醮辭曰：旨酒既清，嘉薦亶時

‧賂：ㄌㄨˋ lo˙[7] 遺也 以財與人也，外賂 a
（參見第 446 頁，賂）

·亶賂：tan[2] lo͘[7] 與人厚禮也，等路[教] 伴手/手信[日]

·圓：ㄩㄢˊ oan[5][文] i[n5][白] 團圓 圓滿 圓心
圓滑[華]（oan[5] hoat[8] 作人滑溜也 kut[8] liu）
圓山a 圓a花 圓滾滾(i[n5] kun[2-1] kun[2])
圓輪輪(i[n5] lin[5] lin[5][詩]→i[n5] lin[3-2] lin[3][亂調])
輪輪遨(lin[5] lin[5] go[5]→lin[2] lin[2] go[5][亂調])
輪轉(lun[5] choan[2]→lin[5] tng[2]→lin[3-2] tng[2][亂調])
幾圓(kui[2] i[n5] 多少錢也)
錢較大圓(chi[n5] ka[3] toa[7] i[n5] 形容值錢也)

·夢：ㄇㄥˋ bong[7][文] bang[7][白] 空思夢想 作夢

◯坊間時常會聽到台語有「o͘ ⇄ a」對轉之音，日久之後甚至被歸類為文、白音的區別。
例如：

木、目、陸、讀、獨、六、落、橐、篤、
逐、啄、數、角、獄、琢、邈、殼、濁、
濯、握、沃、渥、翁、鰫…（參見第439頁，凍）

海鰫(hai[2] ang) ong(集)烏公切，魚名，
鯨魚也
《本草》「漳州海中有海鰫魚，取其糞，乾之盛器，可避蠅。」

註：講：ㄐㄧㄤˇ kang[2][文] kong[2][白]
演講(ian[2] kang[2]) 講話(kong[2] oe[7])

6. 跬過，腳/跤踝，跛腳、䠙腳，結婚，打結不結，結凍，結疕，控疕，一疕仔

跬步不休，跛鼈千里。
缺遇成周，終其月彌。

蹶而不䠙，失志無解。
中遇貴人，點燈結綵。

一代不如一代，時災並非人呆。
傷踝因循成䠙，復健七月重來。

·跬：ㄎㄨㄟˇ khui^{2}(廣)丘弭切， hoah^{8}[白] 跬步
hoah^{8}→hoah^{n8}[鼻音]→hah^{n8}[俗] [白] 跬過 跬大步
《類篇·司馬法》
「凡人一舉足曰跬。跬，三尺也。兩舉足曰步。步，六尺也。」

·跬步千里：《荀子·勸學篇》「故不積跬步，無以致千里；不積小流，無以成江海」，喻學習應該有恆，不可半途而廢。

·跛：ㄅㄛˇ pho^{2} 足偏廢也，跛腳

·䠙：pai^{2} 跛也，䠙腳[台] 跛腳[華]（瘸跤[教] khe^{5} kha）

·鼈：ㄅㄧㄝ piat^{8}[文] pih^{8}[白] 仝鱉
「四書讀透透，毋別黿鼉龜鼈竈。」[諺]

「龜笑鱉無尾，鱉笑龜腳短。」諺

·彌：ㄇㄧˊ/ˇ bi$^{5/2}$ 終也 息也 益也 長也 久也，歷久彌新 彌撤 彌月

·蹶：ㄐㄩㄝˊ koat^{4} (集)居月切，失足/腳也 僵也 一蹶不振

·踝：ㄏㄨㄞˊ ㄏㄨㄚˋ hoa$^{6-7}$ (集)戶瓦切，足之外也 脛兩旁內外曰踝 足股也，足踝 hoa^{7}→hoa^{n7}鼻音 腳踝/腳目 跤教 腳也

·結：ㄐㄧㄝˊ kiat^{4}文 kat^{4}白 締也 縛也，交結 結束 結婚 打結(phah^{4} kat^{4}) 結相偎 結作陣 不結(put^{4} kiat^{4} 不結實也) 生做不結不結 結猴群 (kiat^{4} kau^{5} kun^{5} 結交群/結猴拳走音)

kiat^{4}→kat^{4} (應是在語言的演變過程中丟了介音「i」，而約定俗成為白話音)

結凍(kiat^{4} tang^{3}→kian tang^{3}俗)
結疕(kiat^{4} pi^{2}/phi^{2}→kian phi^{2}俗 結痂也)
控疕(khong^{3} phi^{2}→khang^{3} phi^{2})
疕：ㄆㄧˇ pi^{2} phi^{2}氣音 (集)補履切，音仝匕，痂也 《字彙補》瘡上甲。一疕仔教

結：kian^{1}→kiat$^{4/8}$ 這是台語四十五韻母音由平聲韻轉成入聲韻的情形。

7. 浮浪蕩，蔽思、閉思，鬱怞、鬱卒，發病、生病破病，真忝、很累，租屋、稅厝，等一下、候一下蛇行，白蛇，白蛇傳

浮雲蔽日，陰霓鬱怞。
雷破九天，蟄蛇出窟。

· 浮：ㄈㄨˊ hu^{5} [文] phu^{5} [白] hiu^{5} [詩] (上平十一尤韻)
汎也 濫也，漂浮 虛浮 浮力 浮沉 浮筒 浮水
浮浪蕩(phu^{5} long^{7} tong^{7}→phu^{5} long^{7} kong^{3}
浮浪槓 [走音]) 虛而不實，放縱沒拘束也

· 蔽：ㄅㄧˋ pe^{3}/pi^{3} 掩也，衣不蔽體 蒙蔽
蔽思/閉思 [教] (pi^{3} sü^{3}) 扭捏也 不大方也
(參見第 451 頁，敝) (參見第 446 頁，思)

· 鬱：ㄩˋ ut^{4} 積也 氣也 腐臭也 滯也 聲不順暢
也，氣鬱 鬱悴/鬱卒 [教]

· 悴：ㄘㄨㄟˋ (集)昨律切 chut^{8} 憂也，鬱悴
(集)秦醉切 chui^{7} 憂也，顏色憔悴

· 怞：ㄔㄨˋ t/thut^{4} chut^{4} (廣)丑律切 憂心也
鬱怞 (ut^{4} chut^{4} 鬱卒 [教] ㄩˋ ㄗㄨˊ)

· 破：ㄆㄛˋ pho^{3} [文] phoa^{3} [白] 剖也 裂也，破壞
破洞 破孔/破空 [教] 破病 [錯意]
撞破(tong^{7} phoa^{3}→long$^{3-2}$ phoa^{3} [走音])

○發生：同義複詞的詞項，常有台語和華語各取一字使用，而彼此的意思相同。例如：

發病[台]（phoah⁴ piⁿ⁷/peⁿ⁷[白] hoat⁴→p/phoat⁴→phoah⁴）（參見第18頁，發）

生病[華]（seng peng⁷[文] 破病[俗] [音讀音]）

其他：

·情調：才情[華]，才調 [台]

·光亮：真光[台]，誠光(chiaⁿ⁵[教])，很亮[華]。

真誠(同義複詞)

·烏黑：真烏[台]，很黑[華]

·寒冷：真寒[台]，很冷[華]

·震動：地震[華]，地動[台]

·庇佑：保庇[台]，保佑[華]

·緊急：很緊[台]，很急[華]

·忝累：真忝[台]，很累[華]

忝累：ㄊㄧㄢˇ thiam²，謙稱不能盡職也

《傅咸·御史中承箴》「懼有忝累」

累也，人真忝 活欲忝死[教]

·立即：立馬[華]，即馬[台]　這馬[教]

·疊沓：一疊錢[華]，一沓錢[台]

·拉扯：拉倒[華]，扯倒[台](chhia²⁻¹ to²)

拉平(摸 khiu² 平[教])，扯平[華]

·租稅：租屋[華]，稅厝[台]（厝、茨 chü⁵）

·穩妥：穩當[華]，妥當[台]

·家門：離家[華]，出門[台]

·頓餐：三頓[台]，三餐[華]

·猜臆：給你猜[華]，奉/乎你臆[台]/予你臆[教]
·翻掀：翻書[華]，掀書[台]
·容許：容允[台]，允許[華]
·生受：生氣[華]，受氣[台]
·投訴：投話[台]，告訴[華]
·煞尾：收煞[台]，收尾[華] [台]
·病症：病灶[華]，症頭[台]
·路過：借路[華]，借過[台]
·埋葬：下葬[華]，扛去埋[台]
·擦抹：擦粉[華]，抹粉[台]
·遷徙：搬遷[華]，搬徙(si^{2}/soa^{2}[台])
·精準/神：走精[台]/走鐘[俗]，失準/失神[華]
·節目：一節一節[華]，一目一目[台]
·勢頭：扮勢[台]，苗頭[華]
·等候：等一下[華] [台]，候一下[台] (hau^{7} chit^{8} e^{7})
·磨耗：消磨品[台]，消耗品[華]
·傖俗：人真傖[台](song^{5})，人很俗[華]
·領取：領錢[台] [華]，取錢[華]
…(其餘例句參見第 404 頁，流)

·蟄：ㄓˊ chip^{4}[文] tit^{8}[白] 蟲屬 藏伏也

·蛇：ㄕㄜˊ sia^{5}[文] choa^{5}[白] 蛇行(sia^{5} heng^{5})
白蛇傳(pek^{8} sia^{5} toan^{7}) 白蛇(peh^{8} choa^{5})
蛇 a 形(choa^{5} a heng^{5} 地名，八里龍形也)
蛇：方言有稱為「溜」

·窟：ㄎㄨ khut^{4} 孔穴也，山豬窟 巢窟

8. 放棄，芎蕉、一枇弓蕉，「失戀就愛揀招配」
媽祖宮，供果、敬果，一鍾茶，胸坎ㄅ/種，腫一瘤
腳踵頭 a，海湧，踜高，踜腳尾，冗冗，冗剩
大眾，眾人，卸世眾，現世，光映映，映目
鬖窮人、散窮人，公用，好用，無捨施，花香
花芳，香菇，傳香烟，烇孔、磅空，磅米芳

棄鏈用韁，捨短取長。
移栽接種，芎蕉晚香。

· 棄：ㄑㄧˋ khi^{3} 捐也 忘也，放棄(hong^{3} khi^{3})
放棄(phang^{3} khi^{3} 遺失也)

上古音的聲母「p/ph」和中古音的聲母「h」對換而成為白話音和文讀音的不同使用。
上古音無喉音「子音 h」，如：佛、婦、房、方、等，皆是子音「p/ph→h」
(清．錢大昕．音韻學家)
(詳見「目錄 3. 第 17 頁」，肥)

· 芎：ㄑㄩㄥ kiong (集)邱弓切，香草也， 川芎
芎蕉(keng chio 香蕉也) 弓蕉[教]
kian chio [走音]
kim chio→kin chio 金蕉[落韻] (m→n)

「失戀[7]就愛揀招配→失戀[7]就愛食芎蕉皮」
[俚] [走音]

·芎蕉的量詞：芎蕉欉開花結出來的叫做「一莖keng」芎蕉（一扂芎蕉錯意）
一般是買「一枇pi^{5}」芎蕉（烏魚子亦稱一枇）
食的時候稱食「一莢goe^{n2}/ge^{n2}」芎蕉

◯台語韻母音為「iong」，則可能變化為白話音的「eng」，例如：

·宮：ㄍㄨㄥ kiong→keng 廣寒宮 皇宮 媽祖宮 宮廟

·供：ㄍㄨㄥ ㄍㄨㄥˋ kiong$^{1/3}$→keng$^{1/3}$ 供給 供辭 供^{3}養 供^{3}品 口供 供狀 供^{3}奉 供^{3}果(敬果)

·弓：ㄍㄨㄥ kiong→keng 弓箭 弓形 弓蕉教

·鍾：ㄓㄨㄥ chiong→cheng 酒器也 凝聚靈秀的氣，鍾靈毓秀 鍾愛 鍾情 一鍾酒 一鍾茶

·鐘：ㄓㄨㄥ chiong→cheng 鐘鼓 鐘鼎文 鐘樓 時鐘 掛鐘 校長兼槓鐘

·舂：ㄔㄨㄥ chiong→cheng 舂米 舂臼

·癰：ㄩㄥ iong→eng 癰疽(iong chhi/chhü 瘻 a)

·胸：ㄒㄩㄥ hiong→heng 胸襟 胸坎 胸部

·種：ㄓㄨㄥˇ/ˋchiong$^{2/3}$→cheng$^{2/3}$ 種^{2}類 種^{2}種 種^{2}族 打種^{2} 種^{2}子 種^{2}著爸母
種^{2}(gene→基因華→種 cheng^{2}白)
種^{3}植 種^{3}因 種^{3}瓜得瓜 種^{3}花 種^{3}菜

·踵：ㄓㄨㄥˇ chiong^{2}→cheng^{2}→chng^{2} 足跟也，踵頭a 腳踵頭a(偏義複詞，偏義趾頭也)

·腫：ㄓㄨㄥˇ chiong^{2}→cheng^{2} 臃腫 腫脹 腫一癗(lui^{2}) 腫一瘤(liu^{5})

·炯/烱：ㄐㄩㄥˇ kiong^{2}→keng^{2} 光明也，炯炯有神
烱戒 烱鑒
·瓊：ㄑㄩㄥˊ khiong^{5}→kheng^{5} 瓊島 瓊花
·湧/涌：ㄩㄥˇ iong^{2}→eng^{2} 泉湧 涌泉 波濤洶湧
海湧 湧現
·踴/踊：ㄩㄥˇ iong^{2}→eng^{2} 踴躍
·踜：ㄌㄥˋ liong^{3}→leng^{3} 踜腳尾 li^{n3}[泉] le^{n3}[漳]
踜高/踜懸[教] (liong^{3}/leng^{3} koan^{5})
·衆：ㄓㄨㄥˋ chiong^{3}→cheng^{3} 大衆 觀衆 衆人
卸世衆(sia^{3} si^{3} cheng^{3} 丟人現眼也)
卸世卸衆
現世[教] (hian^{7} si^{3})

·冗/宂：ㄖㄨㄥˇ jiong$^{6-2}$雜也 忙也 剩也 多而無益
閑散也，冗長 冗員 宂務
jiong^{7}/liong^{2}→leng^{7}[教] 宂早 褲帶宂宂
·映：ㄧㄥˋ iong^{3}/iang^{3}→eng^{3}[白] ia^{n3}[白]
放映 映射 光映映 映目(ia^{n3} bak^{8})
·龍：ㄌㄨㄥˊ liong^{5}→leng^{5} 龍山寺 一尾活龍
·窮：ㄑㄩㄥˊ kiong^{5}→keng^{5} 貧窮 窮盡 窮途
人窮志不窮 鬖窮人(sam^{3} kiong^{5} lang^{5})
散窮人(鬖赤人/散赤人[教])
「豬來窮 keng^{5}，狗來富 pu^{3}，貓來起大厝」[諺]

·從：ㄘㄨㄥˊ chiong^{5}→cheng^{5} 從事 從此
從來(chiong^{5} lai^{5}，cheng^{5} lai^{5})

‧容：ㄖㄨㄥˊ iong^{5}→eng^{5} 盛也 受也 包涵也，
(仝閒，有容/閒來坐？) 包容 有容 容允

‧雄：ㄒㄩㄥˊ hiong^{5}→heng^{5} 英雄 有雄(受精也)

‧用：ㄩㄥˋ iong^{7}→eng^{7} 公用 用途 好用

…

‧捨：ㄕㄜˇ sia^{2} 釋也 棄也，施捨
無捨^{2}無施^{3}/無捨施：bo^{5} sia^{2} bo^{5} si^{3}
施：ㄧˋ si^{3} (廣)施智切，惠也 與也，布施^{3}

‧香：ㄒㄧㄤ hiong[泉][文] hiang[漳][文]
phang[白] hiu^{n}[勾] 芳也，
芳香(hong hiong 芬芳也) (phang hiu^{n} 拜拜燒的香也) 香味 香港 香菇(hiu^{n} ko͘)
擛香[教] (gia^{5} hiu^{n}) 香腳(hiu^{n} kha)
香烟(華語指「菸」也，台語指子嗣也，傳香烟 thng^{5} hiu^{n} ian)
花香/花芳[教] (hoe phang)

炐：ㄆㄤˋ phong^{3}[文] phong^{7}[俗] 火聲
完物遇火張起也，
炐孔(phong^{7}→pong^{7} khang [走聲])

磅空[教] (pong^{7} khang 山洞也)
磅米芳[教] (pong^{7} bi^{2} phang 爆米花也)
(參見第 121 頁，拚)

9. 連鞭，淺拖 a，拖沙，偏--人，相偏，偏一旁 莫要緊，莫較長，驛夫 a，易經，貿易，容易

苦愁非一年，愁苦為拖延。
事成學驛馬，成事在連鞭。

莫怨天心偏，咎由自取然。
成事如驛馬，換騎易連鞭。

·連鞭：liam-pi^{n}、liam-bi^{n}，(連音及濁化)
　　快也 立即也 待會兒，連鞭到
　　連：lian^{5} 文 liam^{5} 白 連累 相連 連線
　　鞭：pian 文 pi^{n} 白 鞭打 皮鞭 連鞭

·拖：ㄊㄨㄛ tho 文 thoa 白 曳也 延緩也 引也，
　　拖延 淺拖 a(拖鞋也) 拖沙 拖欠 牽拖 拖累

·偏：ㄆㄧㄢ phian 文 phi^{n} 白 側也 頗也 旁也
　　邪也 鄙人不中，偏頗 偏見 偏旁 偏向
　　偏--人(phi^{n}--lang^{5}) 偏孤旁(偏心也)
　　相偏(sio phi^{n} 占便宜也)
　　偏一旁/偏一爿 教 (phi^{n} chit^{8} peng^{5})
　　爿：ㄅㄢˋ pan^{7} 計算商店的名稱，一爿店
　　劈木也，左為爿，右為片

◯台語文讀音的韻母「ian」轉成白話音韻母「i^{n}」的白話音。也有少數習慣上會轉成「e^{n}」的白話音。(詳見「目錄 17. 第 58 頁」，燕)

·咎：ㄐㄧㄡˋ kiu^{7} (集)巨$^{6-7}$九切，音仝舅，
相違也 愆也 過也 惡也，自取其咎

·莫：ㄇㄛˋ bok^{8} 無也 勿也 不可定也，莫非 莫測
莫須有 莫等閒 莫使金樽空對月
bok^{8}→boh^{8}[俗] 莫要緊 莫需要
莫較長(boh^{8} kah^{4} tng^{5} 不伐算也)
性德莫好(seng^{3} teh^{4} boh^{8} ho^{2})（tek^{4}→teh^{4}）
性地莫好[俗]（seng^{3} te^{7} boh^{8} ho^{2}）
無較縒[教]（縒：ㄘㄨㄛˋ chuah^{8} 於事無補也）

·成：（參見第268頁，成）

·驛：ㄧˋ ek^{8}[文] iah^{8}[白] 遞也 馬也，驛站 驛馬車
前驛、後驛[日]（火車站之前站後站）驛夫a

·騎：ㄑㄧˊ ki^{5}[文] khia^{5}[白] （集)渠羈切，跨馬也
兩紙交接處，騎馬 騎驢 騎縫章
ㄐㄧˋ ki^{7} (集)奇寄切，馬也，鐵騎 騎兵
坐騎 一騎紅塵妃子笑

·易：ㄧˋ ek^{8} 卦象之書也，易經。ia^{7}[俗] 易經
變易也 交易也，貿易(bo$^{\cdot 7}$ ek^{8}) 交易 易容
i^{7}/i^{n7} 不難也，容易(iong^{5} i^{7}) 易如反掌

10.三層肉，三寶，三角六肩，三思，冇粟，冇數摔冇，有身，有錢，真裕，蟧蟹、毛蟹

三月冇蟧，九秋冇蟹。
庖中有酒，久癮隨解。

·三：ㄙㄢ sam文 sa^{n}白 三才 三元 三國 三軍
三層肉台（五花肉）三等 三樓 三重埔 三角板
三角湧 三代人(sa^{n} te^{7} lang^{5}) 三角六肩
(sa^{n} kak^{4} lak^{8} keng 形容走路有江湖味)
ㄙㄢˋ sam^{3}勾 屢次再三也，三思(sam^{3} sü)

·月：ㄩㄝˋ goat^{8}文 goeh^{8}漳 白 geh^{8}泉 白
月下老人 月宮 a月a 月份 月半 月娘 月刊

·冇：ㄇㄡˇ pha^{n3}粵 粃也：不成穀也 空心也
質地鬆散不結實也，冇蟳 冇粟教 摔冇(siak^{4} pha^{n3} 乾脆也) 冇數(pha^{n3} siau^{3} 壞帳也)
一曰「泛」hoan^{3}→phoan^{3}→phan^{3}→pha^{n3}
不實也，空泛

·有：teng^{7}俗 飽實也，如花生飽實
硬也 堅實也，有身教
註：冇、有，皆非漢字原有，康熙字典未收錄，但粵語典、潮州語典有此字。

·有：ㄧㄡˇ iu^{2}文 u^{7}白（彙）富有 有情 有效
ㄧㄡˋ iu^{7} 通「又」，十有五月

但「裕」：ㄩˋ u^7（唐)羊戌切，音仝諭
《說文》「衣物饒也」

·螃：ㄆㄤˊ pong^5 螃蟹 毛蟹俗（bng^5/bo˙^{5} he^7）

·蟹：ㄒㄧㄝˋ hai^7 旁(仄，通側)行甲殼類動物
《唐》螃蟹，本只名蟹，俗加螃字。
《爾雅翼》：蟹，八跪而二螯，八足折而容俯，
故謂之跪，…其腹中虛實亦應月。

·秋：ㄑㄧㄡ chhiu 千秋 春秋 麥秋 秋色 秋意
秋清（參見第 374 頁，清）

·庖：ㄆㄠˊ pau^5《說文》廚也，廚房，庖廚 庖丁
代人做事，代庖

·癮：ㄧㄣˇ in^{2}漳 un^{2}泉 倚謹切，《玉篇》內病
也，茶癮 酒癮
gian^{2}教 癮酒 癮菸/癮薰教（菸癮也）

·解：ㄐㄧㄝˇ kai^{2}文 ke^{2}白 散也 脫也 判也
說也，庖丁解牛 支解 解散 解脫 解釋 解說
解決 解開
買肉時要求解解--咧（ke^2 將肉切一切也）
大小便也，解手 大小解
ㄐㄧㄝˋ hai^7 發送也 鄉舉也，押解^7
解元（鄉試榜首）「解名盡處是孫山，賢郎
竟在孫山外」（參見第 293 頁，名落孫山）

11. 序大，序小，順序，順煞，煞車，煞嘴，煞尾 收煞，慢且序、慢且是，忍耐，吞忍 忍---一下，瀾爛，漚瀾/爛

春夏連霪雨，荒田不見稆。
忍耐候春牛，一鞭就順序。

連霿三冬雨，荒田不見稆。
補備候春牛，一鞭就順序。

· 霪：ㄧㄣˊ im⁵ (集)夷針切，久雨也
《淮南子》「禹沐浴霪雨」
《范仲淹 · 岳陽樓記》「若夫霪雨霏霏，連月不開，陰風怒號，濁浪排空」

· 鞭：(參見第 35 頁，連鞭)

· 序：ㄒㄩˋ su⁷ 泉 si⁷ 漳 序文 秩序 就序
序大(si⁷ toa⁷ 長輩也) 序小/細(si⁷ soe³/se³ 晚輩也)
慢且序(ban⁷ chhia² si⁷ 且慢也) 慢且是 教

· 順序：sun⁷ su⁷/si⁷，古義為「順理而有序，和諧而不紊亂」，即順利也
《後漢書》「動靜以禮，則星辰順序」
《魏書》「然即位以來，百姓晏安，風雨順序」
《亳州謝到任表 · 宋 曾鞏》「使天地人神，莫不順序」

順煞(sun^{7} soah^{4}[白] 偏義複詞，偏順，隨手也)
煞：sat^{4}[文]　soah^{4}[白] 收也 降也 停也，
煞車(sat^{4} chhia)
收煞(siu soah^{4} 收尾也)
煞嘴(soah^{4} chhui^{3} 食物好吃或話不停嘴也)
煞尾(soah^{4} be^{2}/boe^{2} 路尾，收尾也)

·秜：ㄌㄩˇ lu^{2}[泉]　li^{2}[漳]　自生稻也，仝穭，通旅《後漢・光武紀》嘉穀旅生。寄也，不因播種而生。註：「禾野生曰秜」

·雺[異體字]：lok^{8} 雺雨仝落雨。即「落」古字（玉篇）（唐）盧各切，雺音洛。《說文》雨零也。

·忍：ㄖㄣˇ jin^{2}[文]　(集)爾軫切，从人上聲，
jim^{2}[俗]　lun^{2}[白]　莫妄作也，
忍耐 忍耐一下 忍受 吞忍^{2} 忍---一下

◯由河洛中古音的韻書裡，可以發現和現代台語讀音的韻母音有異讀的情形「n↔m」，而成為優勢的俗音，但仍然以文讀音對待。 例如：

·欣：ㄒㄧㄣ hin (集)許斤切，hin→him
·訢：ㄒㄧㄣ hin (集)許斤切，hin→him 仝欣
·昕：ㄒㄧㄣ hin (集)許斤切，hin→him
日將出也

·任：ㄖㄣˋ　jim$^{7/5}$（集)如鴆切，jim^{7}→jin^{7}
堪也 當也 負也 擔也 用也，責任 任用

·甚：ㄕㄣˋ　ㄕㄣˊ　sim$^{7/5}$（集)時鴆切，
sim$^{7/5}$→sin$^{7/5}$[落韻]　劇過也 尤也 深也

·臏：ㄅㄧㄣˋ　pin^{7}（集)婢忍切，pim^{7}→pin^{7}，
但此音只呼pin^{7} 膝蓋骨也

·忍：ㄖㄣˇ　jin$^{6-2}$（集)而^{5}軫^{2}切，忍耐 忍受
jin^{2}→jim^{2}（彙）

·認：ㄖㄣˋ　jin^{7}（廣)而^{5}振^{3}切，認同 認識
jin^{7}→jim^{7}[文]（彙）　jin^{7} [白]（彙）

·仞、刃：ㄖㄣˋ　jin$^{6-7}$（集)而振切
jin^{7}→jim^{7}
仞，八尺曰仞 萬仞宮牆。刃，刀堅也

·韌：ㄖㄣˋ　jin^{7}（集)而^{5}振^{3}切，lun^{7}[白] 堅韌
韌性 韌命　jim^{7}（彙）

·瀾：ㄌㄢˊ　lan^{5} 大波浪也，波瀾(pho lan^{5})
ㄌㄢˋ　lan^{7}（集)郎旰切，音爛 義仝。
loa^{n7}[白]　瀾土/塗[台]　瀾泥[華]
又分散也，漫瀾 淋漓
瀾爛(lan^{7}→lam^{7}[落韻]　lam^{7} loa^{n7})
漚瀾/爛(au^{3} loa$^{n5/7}$)

…

·鞭春牛：又叫鞭春，興於西周時代，
高承《事物紀原》「周公始製立春土牛，蓋出土牛以示農耕早晚」
昔中國皇帝於春始需鞭春牛，以求豐收。

12. 豬椆、豬牢，攬牢牢，黏著著，監視，太監 監獄，喊驚，嚇驚，相攙，海市蜃樓，晨昏二市 市井，應市、趕市、上市，未赴市

監市履豨，肥則上市。
瘦欲生肉，換椆再飼。

·椆：ㄔㄡˊ tiu⁵（集）陳留切，木也，
tiau⁵ 白　豬椆 牛椆。牛牢 教

·牢：ㄌㄠˊ lo⁵→liau⁵ 椆也，牛牢 豬牢 假借 教
《說文》「閑養牛馬圈也」，牛牢 豬牢

lo⁵→tiau⁵？甲你攬牢牢。堅也 固也
黏著著：ㄓㄨㄛˊ ㄓㄠˊ liam⁵ tiau⁵ tiau⁵
黏--著：ㄓㄜ˙ liam⁵--tiau⁵，liam⁵--tio⁵

·豨：ㄒㄧ hi（廣）香衣切 大豕也，人呼豬也，南楚謂之豨
《莊子・知北遊》「大豕也，豬豨之總名」

·監：ㄐㄧㄢ kam 文　ㄐㄧㄢˋ kam³ 文
察也 領也 視也 牢也，監 1/3 察　監 1/3 視
太監 3　監 1/3 工　監 1/3 事
kaⁿ 白　監獄(kaⁿ gak⁸。獄：giok⁸ 文) 監牢

◯台語文讀音的韻母音為「am」，則有些字音可能轉成「aⁿ」的白話音。 例如：

‧擔：tam$^{1/3}$→ta$^{n1/3}$ 擔^{1}當(tam tong/tng)
擔^{1}心(tam sim) 擔^{1}柴(ta^{n} chha^{5})
擔^{1}擔^{3}(ta^{n} ta^{n3})
‧三：sam→sa^{n} 三千 三心兩意 三寶 三樓
‧衫：sam→sa^{n} 衣衫不整 衫 a 褲 長衫
‧敢：kam^{2}→ka^{n2} 勇敢 不敢 敢好 敢死隊 敢死
‧膽、胆、疸：tam^{2}→ta^{n2} 膽怯 大膽 膽肝 黃疸
‧喊：ham^{2}→ha^{n2} 呼喊 喊驚(ha^{n2} kia^{n} 嚇驚 heh^{4} kia^{n})
‧攙：ㄔㄢ chham→chha$^{n1/2}$[亂調] 相攙(sio chha^{n2})
攙扶(chha^{n2} pho͘^{5}) 攙一下
‧餡：am^{7}→a^{n7} 豆餡 漏餡[華]
‧坩：ㄍㄢ kham→kha^{n} 土器也，食飯坩中
‧炎：iam^{7}→ia^{n7} 通焰，日頭赤/熾炎炎
(參見第 345 頁，炎)
…

‧市：ㄕㄟ si$^{6-7}$ (唐)時^{5}止^{2}切， chhi^{7}[俗]
買賣聚會的地方，市集 市場 菜市 a 市面
市井(si^{7} cheng^{2})
井：cheng^{2}[文] chi^{n2}[白] [泉] che^{n2}[白] [漳]
行政區域名，都市 市鎮 市政
海市蜃樓(hai^{2} si^{7} sin^{7} lo͘^{5}/liu^{5})

《史記‧平準書註》師古曰：「古未有市，若朝聚井汲，便將貨物於井邊貨賣，曰市井。」《周禮‧地官注》：「朝市朝時而市，商賈為主。夕市夕時而市，販夫販婦為主。故曰晨昏二市。」今有「黃昏市場一詞」

應/趕/上市　未赴市[反]（未赴飼[錯意]　來不及也）
上市：siong[7] si[7][文]　chiu[7]/chiu[n7] chhi[7][白]

·履：ㄌㄩˇ　li[2]/lu[2]（集）兩几切，踐也
《說文》「足所依也」
《易・坤卦》「履霜堅冰至」
《詩經・大雅》「敦彼行葦，牛羊勿踐履」

·監市履豨：
估量豬隻肥瘦，由腳脛的肉愈多，知豬愈肥。語出《莊子・知北遊》：「正獲之問於監市履豨也，每下愈況。」
正獲、監市皆是官名，履豨是用腳踩著豬去試肥瘦。「每下愈況」本指要知道豬的肥瘦，要從最下部不易長肉的小腿部分去試，此處肉愈多，豬就愈肥。比喻從低微之處去看道，道就越明顯。此義後世罕用，或混同「每況愈下」，比喻情況愈來愈壞。（文/萌典）

·肥：ㄈㄟˊ　hui[5][文]　pui[5][白]　肥沃　沃肥　肥料
（參見第 17 頁，肥）

·瘦：ㄕㄡˋ　siu[3][文]　so·[3][文]　san[2]　[白]
（集）所救切，瘠也
（參見第 21 頁，瘦）

·飼：ㄙˋ　si[7][文]　chhi[7][白]　（集）祥吏切，通食，以食食人也，飼養　飼父母　飼囝

13. 方便，藥方，方先生，賰錢，領頸，領領喉淀聲咽，聲喉，撽擹，嗑嘴，計畫/劃磺火大，荒穢，穢屑，穢垃圾，臭軒

順時失分寸，不順方求順。
今夜月無雲，來年包有賰。

·分：(參見第 338 頁，分)

·方：ㄈㄤ hong 文 (集)分房切，方便 四方
hng 白 藥方(詳見「目錄 49，第 144 頁」，荒)
png 白 姓也，方先生
hong→png (詳見「目錄 3，第 17 頁」，肥)

◯自唐宋之後，語音漸漸發生改變，某些字音的聲母音可能由零聲母變成有「h」的聲母，即「零聲母⇄h」互換，而成為文白音的不同。(註：零聲母和 h 聲母的互換會影響切音，最常出現的是「胡」字的聲母。) 例如：

·雲：ㄩㄣˊ un⁵ 泉 in⁵ 漳 (集)王分切，
hun⁵ 俗 風雲 雲深不知處
un⁵→hun⁵ (但是漳州腔 in⁵ 則無此現象)

·胡、湖、蝴、壺、瑚、醐：ho͘⁵→o͘⁵
胡椒餅(ho͘⁵ chio piaⁿ²) 胡人 蝴蝶 五湖
尿壺 茶壺(te⁵ o͘⁵ 茶鈷 教 te⁵ ko͘²)

·話：hoa^7→oe^7 [白]（參見第 196 頁，話）

·旱：han^7→oa^{n7} 苦旱 旱災 旱田
渴旱(khat^4 han^7[文]→khoh^4 oa^{n7}[白]) 洘旱[教]

·含：ham^5→am^5 (集)胡男切，銜也。
am^5(胡，少聲母 h) 餵小兒吃時所發出之聲也。

·頷：ㄏㄢˋ ham$^{6-7}$ (唐)胡^{5}感^{2}切。ham^7→am^7
頷頸(am^7 keng^2→am^7 kun^2[俗])
頷領(am^7 lia^{n2} 領子也)
（參見第 176 頁，頷）

·換：hoan^7→oa^{n7} 金不換 交換 換錢

·下：ha^7/he^7→e^7 下面 下次 頂下 下腳/跤

·廈：ha^7/he^7→e^7 大廈 廈門

·活：hoat^8→oat^8/oah^8 活潑 活動 生活 活跳跳

·侯：ho˙^{5}→hau^5/hio^5/hiu^5/au^5 姓也，公侯
侯門 侯一下 侯--一下(耽擱一下也)

·喉：ho˙^{5}→au^5 嚨喉腔/嚨喉空[教] 聲喉
喉淀聲咽 牛聲馬喉

·枵：hiau→iau 空也，枵腹從公 枵腹肚
《正字通》凡物饑耗曰枵，人饑曰枵腹

·雄：hiong^5→iong^5 雄雄 英雄 雌雄 高雄

·蠔：ho^5→o^5 蠔，蚌屬也。蚵，《玉篇》蚵蠪，蜥蜴也。 蠔 a 煎非蚵 a 煎

·狎：ㄒㄧㄚˊ hap^8→ap^8 (胡甲切、轄甲切)

·葉：iap^8→hioh^8 葉先生 葉綠素 樹葉 a

·嗑：ㄎㄜˋ ㄏㄜˊ ap^{8}→hap^{8} 食也 合也
多言也，「欲食胡蠅家己嗑」 嗑嘴 嗑牙[華]
胡蠅[教] (ho·^{5} sin^{5} 蒼蠅也)

·畫：ㄏㄨㄚˋ hoa^{7} (集)胡卦切，畫分 畫形
hek^{8}→ek^{8} (集)胡麥切。
(參見第 196 頁，畫)

·劃：hek$^{4/8}$→ek$^{4/8}$ 做事也，計劃(ke^{3} ek^{4}[白])
oe^{7}[白] 裂也，刀劃(to oe^{7}[白])
刀剖開聲，《後赤壁賦·蘇軾》「劃然長嘯
草木震動」

·瓦：oa^{2}→hia^{7} 磚瓦 頭璋瓦 瓦片 厝瓦 瓦厝
·洪：hong^{5}→ang^{5} 洪水 洪荒 洪先生
·紅：hong^{5}→ang^{5} 美紅 紅色 口紅 紅人 紅葉
·後：ho·^{7}/hio^{7}→au^{7} (正)胡口切，空山新雨後
後悔 後--來 後會有期
·會：hoe^{7}→oe^{7}/e^{7} 合也 聚也，聚會 開會 會曉
會當
·燴：hoe^{7}→oe^{7} (彙) 燴飯
·雨：u^{2}→ho·^{7} 雨水 雨露均霑 落雨 霎霎 a 雨
·黃、癀：hong^{5}→ng^{5} 黃道吉日 黃色 黃疸
·磺：hong^{5}→hng^{5}/ng^{5} 硫磺 磺火大(生氣也)
·浣：ㄏㄨㄢˋ ㄏㄨㄢˇ ㄨㄢˇ hoan^{7}→oan^{2}
(集)胡玩切，滌也 浣溪紗 浣衣 浣腸
古人每十天洗一次澡，故十天為「浣」；
一月分為上浣、中浣、下浣。

·惶：hong^{5}→hia^{n5}→ia^{n5} 驚惶(kia^{n} ia^{n5} 驚營也
恇營也)

·軒：hian→ian 軒窗 掬水軒(kiok^{8} chui^{2} ian)
(臭軒 chhau^{3} hian^{3} 臭味也)

·穢：ㄏㄨㄟˋ oe^{3}/e^{3}→hoe^{3}？荒穢(hng hoe^{3})
穢垃圾(oe^{3}/e^{3} lah^{8} sap^{8})
穢屑(oe^{3}/e^{3} siak^{4}→oe^{3}/e^{3} seh^{4}/se^{3})

·幽：iu→hiu 幽靈 幽默 幽會 幽靜 清幽

·鞋：he^{5}→e^{5}/oe^{5}（集)戶佳(ke)切，皮鞋 鞋帶
hai^{5}[詩] 手提金縷鞋

·暈：un^{7}[泉]→in^{7}[漳]→hin^{7}[俗] 暈車(hin$^{7-3}$ chhia)
(參見第 183 頁，羊)
…

·賰：ㄔㄨㄣˇ sun^{2}→chhun^{2}（集)式允切
《玉篇》(賱賰 un^{2} chhun^{2}，ㄩㄣˇ，富有也)
有賰 賰錢[教] 富也
裕賰(同義複詞)，今日有賰(u^{7} chhun$^{2-1}$[走音])

14. 清生、精生、狰牲，逕自，相爭，相諍，拎物件傾偎，一每、一回、一擺，瞠--人，睜--人

生死面臨，一飯千金。
新舊抉擇，東西斟酌。

· 生：ㄕㄥ seng 文 chhi^{n} 白 泉 chhe^{n} 白 漳
si^{n} 泉 白 se^{n} 漳 白
生存(seng chun^{5})
生死(seng su^{2} 文，si^{n} si^{2} 白)
生活(seng hoat^{8} 文，seng oah^{8} 白)
後生(hio^{7} seng 文，hao^{7} si^{n} 白 兒子也)
出生(chhut^{4} si^{n})
生肉(chhi^{n}/chhe^{n} bah^{4})

清生(chheng si^{n}→cheng si^{n} 精生 教 狰牲 俗)
註：「清生」一詞係昔日連雅堂不齒清國人而發之詞，有鄙視之意，後人走音也。
「Chink」意譯為窄眼、斜眼，是英文中一個種族性的污辱用語，對象是中國人或華人。
此字眼是從十九世紀清國人在美當奴工開始。

○台語文讀音的韻母「eng」轉成白話音泉腔的韻母音「i^{n}」、漳腔的韻母音「e^{n}」的白話音。
例如：

· 庚：keng→ki^{n}/ke^{n} 貴庚 年庚 長庚
· 逕：keng^{3}→ki^{n3}/ke^{n3} 逕行 逕自(ki^{n3} chai^{7})

- 更：keng→ki^{n}/ke^{n} 更迭 更年期 更漏子 三更
- 繃、弸：peng→pi^{n}/pe^{n} 繃帶 弸緊(pi^{n} an^{5})
- 乳：leng→li^{n}/le^{n} 牛乳 乳房
- 羹：keng→ki^{n}/ke^{n} 羹湯 閉門羹 肉羹 牽羹
- 坑：kheng→khi^{n}/khe^{n} 坑洞 散兵坑 古坑
- 靪：teng→ti^{n}/te^{n} 補也，鞋靪
- 爭：cheng→chi^{n}/che^{n} 爭取 戰爭 相爭
- 証：cheng^{3}→chi^{n3}/che^{n3} 仝證，証明 相証
- 諍：cheng$^{1/3}$→chi$^{n1/3}$/che$^{n1/3}$ 相諍 諍輸贏
- 晶/精：cheng→chi^{n}/che^{n} 精神 精米 水晶/精
  妖精(iau cheng/chi^{n}/che^{n}/chia^{n})
- 舂：cheng→chi^{n}/che^{n} 舂米 舂臼
- 甥：seng→si^{n}/se^{n} 外甥 外甥女
- 穎：eng^{2}→i^{n2}/e^{n2} 發穎[教]（puh^{4} i^{n2}/e^{n2}）
  穎：eng^{2} 禾末也，聰穎也
- 嬰 eng→i^{n}/e^{n} 翁嬰(嬰兒也) 田嬰[教]（蜻蜓也）
- 青：chheng→chhi^{n}/chhe^{n} 青草 面青青 青面獠牙
- 哼：heng→hi^{n}/he^{n} 哼哼叫
- 哽：keng^{2}→ki^{n2}/ke^{n2} 哽著
- 井：cheng^{2}→chi^{n2}/che^{n2} 古井 井底之蛙 深井
- 省：seng^{2}→si^{n2}/se^{n2} 節省 台灣省 省錢 輕省省
- 踜：ㄌㄥˋleng^{3}→li^{n3}/le^{n3} 踜腳尾
- 柄：peng$^{2/3}$→pi$^{n2/3}$/pe$^{n2/3}$ 把柄(pa^{2} peng^{2}) 手柄
- 蹬：teng^{3}→ti^{n3}/te^{n3} 蹬高/蹬懸[教]（ti^{n3}/te^{n3} koan^{5}）
- 撐^{1}：theng$^{1/2}$→thi$^{n1/2}$/the$^{n1/2}$ 撐渡船 撐腿(仝挺^{2})
  (鐵腿[俗])（參見第 357 頁，撐）
- 姓：seng^{3}→si^{n3}/se^{n3} 姓名 百家姓 貴姓

·性：seng^{3}→si^{n3}/se^{n3} 性命 個性
歹性德(phai^{2} seng^{3} tek^{4}→teh^{4} 壞脾氣也)
一日歹性地
·擤：seng^{3}→si^{n3}/se^{n3}/chheng^{3} 擤鼻 擤鼻涕華
·靘：ㄑㄧㄥˋchheng^{3}→chhi^{n3}/chhe^{n3} 色黚也，
靘色(青黑色也)
·拎：leng→li^{n}/le^{n} 手提物也，拎著 拎物件
·棚：peng^{5}→pi^{n5}/pe^{n5} 戲棚 漚戲敖力(gau^{5})拖棚
·坪：peng^{5}→pi^{n5}/pe^{n5} 地坪 坪數
·傾：kheng^{5}→khi^{n5}/khe^{n5} 傾錢 傾偎/倚(khi^{n5} oah^{8})
·澎、彭：pheng^{5}→phi^{n5}/phe^{n5} 澎湖 彭先生
·暝：ㄇㄧㄥˊ/ˋ beng$^{5/7}$→bi^{n5}/be^{n5} 山居秋暝^{7} 暗暝
·瞑：beng^{5}→bi^{n5}/be^{n5} 青瞑
·病：peng^{7}→pi^{n7}/pe^{n7} 發病(破病俗) 病痛 一病不起
·鄭：teng^{7}→ti^{n7}/te^{n7} 鄭重聲明 鄭先生
·硬：geng^{7}→gi^{n7}/ge^{n7} 真硬 硬斗？
·肯：kheng^{2}→khi^{n2}/khe^{n2}→khun^{2} 肯定 中肯 不肯
·應：eng^{3}→i^{n3}/e^{n3}→in^{3}白 答應 應該 應嘴應舌
·星：seng→chhi^{n}/chhe^{n} 星期 繁星 天星
·醒：seng$^{1/2}$→chhi$^{n1/2}$/chhe$^{n1/2}$ 醒目 打/拍醒驚
·瞠：theng→chhi^{n} 直視也，瞠--人
·睜：cheng→chhi^{n} 不悅視也 睜--人
…

·一飯千金：指韓信飯食漂母的故事，
《韓信祠堂對聯》「存亡一知己，生死兩婦人」
指成也蕭何，敗也蕭何一人
兩婦人指浣紗婦及呂雉皇后

·死：ㄙˇ su^{2}/sü^{2}[泉] si^{2}[漳] 殁也，生死 死亡

·一：一 it^{4}[文] chit^{8}[白] 數之始也，一次 一擺
一週 一周(如月餅的四分之一也)

每一回(まいかい) 在台語約有三種口語音，其中前兩種是受到日語的影響。
一每：chit^{8} bai^{n2}
一回：chit^{8} kai^{2}
一擺：chit^{8} pai^{2}

·飯：ㄈㄢˋ hoan^{7}[文] png^{7}[白] 炊米以食，
一飯千金 飯囊
飯桶（笨桶 pun^{7}→png^{7}，一曰笨蛋之走音）

·千：ㄑㄧㄢ chhian（時下大多數人都走音唸成 chhen，少了介音「i」）三千 千萬

·抉：ㄐㄩㄝˊ koat^{4} 挑選也，抉擇 抉剔

·擇：ㄗㄜˊ tek^{8} 揀選也，選擇 擇偶 擇善
抉擇：同義複詞，均有「揀選」意

·斟：ㄓㄣ chim 勺也 取也 計也

·酌：ㄓㄨㄛˊ chiok^{4} 盛酒行觴也 核也
（參見第 195 頁，斟、酌）

15. 薤露，還原，還價，還錢，還是，百襇裙，趁早趁錢、趁食，花瓶，幫贈/助，研灰、研烌稟食，稟告

生命交關，還論韭蔥薤蒜。
死路轉彎，神前稟告無患。

·薤：ㄒㄧㄝˋ hai[7] 葷菜也，露蕎(lo˙[7] gio[7])，
蕎頭[華] [客] Rakyo [日] 薤白[藥] (hai[7] peh[8])

·薤露：輓歌名，形容人生何其短，有如薤葉上之露珠，一見陽光就消失
非今人口語之「害--lo˙」，喻事情糟糕也
應為薤[7]--露(hai[7]--lo˙[7])

《漢樂府·輓歌》
上闕《薤露》為王公貴人逝世時所用
「薤上露，何易晞！露晞明朝更復落，人死一去何時歸！」

下闕《蒿里》為士大夫去世時所用
「蒿里誰家地，聚斂魂魄無賢愚。鬼伯一何相催促，人命不得少踟躕。」

·關：ㄍㄨㄢ koan [文] koai[n] [漳] [白] kui[n] [泉] [白]
姓也 閉也 聯屬也 檢查卡也 集合辦事處也，
關雲長 關閉 關係 關門 海關 關說 交關

·韭蔥薤蒜：素食者禁食之

·還：ㄏㄨㄢˊ ㄏㄞˊ hoan^{5}[文] heng^{5}[泉][白]
hai^{n5}[漳][白] 退也 歸也 償也 再也 尚也，
退還 還原(hoan^{5} goan^{5}) 還願(hoan^{5} goan^{7})
還價(hai^{n5}/heng^{5} ke^{3}) 還錢 還是(hoan^{5} si^{7})
還數(hoan^{5}/hng^{5}/heng^{5}/hai^{n5} siau^{3} 還賬也)

◯台語文讀音或白話音的韻母音為「an、ian」或「eng」，則彼此有許多互轉而成為日常使用的字音。例如：

·間：kan[文] -keng[白] 離間 中間 房間 隔間
·曾：chan$^{1/5}$[白] -cheng$^{1/5}$[文] 姓也，曾先生 曾孫 曾經
·襇ㄐㄧㄢˇ/ˋ：kan^{2}[文] -keng^{2}[白] 裙褶也，百襇裙
·繭：kian^{2}[文] -keng^{2}[白] 蠶繭 娘a繭
繭殼[教] (keng^{2} khok^{4})
·揀：kan^{2}[文] -keng^{2}[白] 揀食 失戀就要揀招配
(失戀就要食芎蕉皮[走音])
·肯：khun^{2}[文] khan^{2} ? -kheng^{2}[白] (正)苦等切，肯定
·等：tan^{2}[白] -teng^{2}[文] 等待 等一下 等等 等a
·眼：gan^{2}/gian^{7}/gin^{2}[文] -geng^{2}[白] 眼中釘 眼白 龍眼
·研：gian$^{2/5}$[文] -geng^{2}[白] 研磨 研灰/研烌[教](geng^{2} hu
「火烌性，歕就著。」[諺] 喻壞脾氣也
·筅ㄒㄧㄢˇ：sian^{2}[文] chhian^{2}-chheng^{2}[白] 雞毛筅
筅帚 筅黗(黗：ㄊㄨㄣˊ thun^{5} 黃濁也 黑也)
·鱗：lan^{5}[白] -leng^{5} ?/lin^{5}[文] 魚鱗 打鱗/拍鱗[教]

·零：lan[5]白 -leng[5]文　凋零 零星教（闌珊也）
·剩：seng[3]文 -san[3-1]白 走音 零剩(彙)(lan[5] san[1])
·瓶：pan[5]白 -peng[5]文　花瓶(hoe pan[5]白) 瓶瓶罐罐
·陳：tan[5]白 -teng[5] ?/tin[5]文　姓也，陳先生
　　陳情 陳抗 陳米
·前：chian[5]文 -cheng[5]白　前頭 頭前 前聲呼後韻
·層：chan[5]白 -cheng[5]文　層次 樓層 更上一層樓
·贈：chan[7]白 -cheng[7]文　贈助 幫贈(助) 贈送
·艋：beng[2]文 -ban[2] ?/bang[2]白 走音
　　艋舺(bang[2] kah[4] 係原住民語音 小舟也)
·踜：ㄌㄥˋleng[7]文 -lan[7]/lam[7/3]白 走音 ?
　　足踢也，腳/跤踜 踜腳尾(leng[3] kha be[2])
·反：ㄈㄢˇ hoan[2]文　peng[2]白
　　(參見第 20 頁，反)
…

·稟：ㄅㄧㄥˇ ㄌㄧㄣˇ lim[2]（集)力錦切，
音仝懍，賜穀也 與也 供也 給也 受也，
《歐陽氏曰》古者給人以食，取之倉廩，故稱稟給，稟食(lim[2] sit[8])

·稟：ㄅㄧㄥˇ ㄌㄧㄣˇ pin[2]→peng[2]（集)筆錦切，
賓上聲。天賦 呈文 遵令也，稟賦 稟帖 稟承
稟告(pin[2]/peng[2] ko[3]) 稟白
《書．說命》「臣下罔攸稟令」

16. 招數，招呼，出招，奉招、夆招，烏、黑、黯暗，紺色，お歲暮，烏紗

福神在招呼，天色漸漸烏。
起程趁未暗，入川進成都。

· 招：ㄓㄠ chiau 文 chio 白 以手呼人也，招呼
相招 招認 出招 招手華 (iat[8] chhiu[2]台)
奉招(hong[7] chio 招贅也) 招數(chiau so͘[3])
夆招教 ：ㄈㄥˊ hong[5] (集)符容切，牽挽也
遇也
予人招教

· 呼：(參見第 81 頁，呼)

· 烏：ㄨ o͘ 黑也，烏鴉也，烏暗路。何也，烏有先生者，烏有此事也《史記・司馬相如傳》
烏紗帽 烏紗(o͘se 行賄也 錯意)

(お歲暮 おせいぼ o͘se[3] bo͘[3]→o͘se)
(お歲暮是指企業在年終為了感謝老客戶一年來的支持而贈送的禮品)
今日台語只取「o͘se」使用，並錯意為行賄

· 黯：ㄢˋ am[2] (集)乙減切，深黑色，雲黯 黯淡
悲感的，《江淹・別賦》「黯然銷魂者，惟別而已矣！」

黯然：傷別貌。
「黯」指人內心的感傷。「暗」指外在環境無光

· 黑：ㄏㄟ hek[4] 文 o˙ 白 黑心 黑市 黑暗 烏暗 教
今「烏」多用於白話，「黑」多用於文言。

· 暗：ㄢ丶 am[3]（集）屋紺切，日無光也 不明也 深也
紺：ㄍㄢ丶 kam[3]/kham[3] 深青透紅色
（紺：こん kon 日）紺色：khong[3] sek[4] 台

暗挲挲 暗瞇摸 暗暮暮[7] 暗漠漠（bok[8]）暗光鳥
暗時 陰暗時 烏暗天 暗黗（衫色黗黗 thun[5]）

· 暗挲挲：am[3] so so→o˙ so[5] so[5] 亂調
烏挲挲/烏趖趖 教

· 抄、挲：ㄙㄨㄛ，ㄕㄚ so（集）桑何切，手挼挲也
《韓愈・石鼓歌》「誰復著手更摩挲」
挲草連頭薅（徹底也，有效也）
剾草 教（khau chhau[2] 薅草也）

· 暮：ㄇㄨ丶 bo˙[7]（集）莫故切，黑暗的
《班婕妤・自悼賦》「白日忽移光兮，遂晻莫而昧幽」。莫=暮（「莫」為「暮」的初文）
暗暮暮（am[3] bo˙[7-3] bo˙[7]）

· 趁：ㄔㄣ丶 thin[3] 文 than[3] 白 逐也 從也，趁早
趁錢 趁食

17. 叩叩躓，躓倒，頓躓，煙埃，扁食，扁鑽梘尾，鋌鉛片，講話譾着，人真淺，相諓/諍話諓，手諓，皮皺、衫縐，皺皺皺，縐縐縐腮泥、司奶，泥古

鵲啣泥，燕築巢。
皺展眉，好事娓。

·鵲：ㄑㄩㄝˋ chhiok^{4}[泉] chhiak^{4}[漳]
吉祥預兆也，喜鵲 扁鵲 鵲橋 鵲起 鵲報

·啣：ㄒㄧㄢˊham^{5} 仝含、銜，銜命 銜恨 口銜
(正字通)「凡口含物曰銜」

·燕：ㄧㄢˋ ian^{3}[文] i^{n3}[白] 燕子(ian^{3} chü^{2})
燕 a (i^{n3} a [白]) 燕好 燕窩 燕尾服
ㄧㄢ ian^{1}[文] 燕國 燕珠(人名，生於北京)

◯台語文讀音的韻母「ian」轉成白話音的韻母「i^{n}」的白話音。也有少數習慣上念「e^{n}」，例如：

·邊：pian→pi^{n} 旁邊 囥一邊 放 pang^{3}/hong^{3} 一邊
·編：pian→pi^{n} 編織 編籃 a 竹編
·鞭：pian→pi^{n} 鞭打 鞭春牛 連鞭 皮鞭
·篷：pian→pi^{n} 竹篷(竹輿也)
·躓：tian→ti^{n} 跋也，叩叩躓 躓倒 頓躓/顛(迍邅)
·偏：phian→pi^{n}/phi^{n} 偏一半(旁) 相偏(sio phi^{n})

·篇：phian→pi^{n}/phi^{n} 篇幅 一篇文章

·天：thian→thi^{n} 天時地利 走路看天 天氣

·煙：ian→i^{n} 煙筒 煙埃(i^{n} ai→i^{n} ia，eng ia 俗)

·扁：pian^{2}→pi^{n2} 扁食 扁頭 扁鑽 陳水扁 扁纖教

·匾：pian^{2}→pi^{n2} 牌匾

·謇：kian^{2}→ki^{n2}/ke^{n2} 難言口吃也，講話謇着

·梘、筧：kian^{2}→ki^{n2}/keng^{2} 梘尾(景美也)

·淺、謭：chh/chian^{2}→chi^{n2} 人真淺(嫩也)

·變：pian^{3}→pi^{n3} 改變 變化 變猴弄 變蠓 講膾變

·見：kian^{3}→ki^{n3} 見笑 見風轉舵 看見 見面

·片：phian^{3}→phi^{n3} 片段 片瓦 製片 瓦片
phia^{n2}(勾) 鋻鉛片(a ian^{5} phia^{n2} 鋅片)

·箭：chian^{3}→chi^{n3} 箭無虛發 踢毽(箭)子 射箭

·諓：chian^{3}→chi^{n3} 巧讒也，諓話 諓贏 相諓(爭/諍)
諓：ㄐㄧㄢˋ chian$^{6-7}$ (正)慈^{5}演^{2}切，謔也
善言也，話諓 手諓(參見第281頁，埩)

·扇：sian^{3}→si^{n3} 葵扇 吊扇

·綪：chhian^{3}→chhi^{n3} 青赤色也，綪色

·蒨、茜：chhian^{3}→chhi^{n3} 草盛也

·年：lian^{5}→li^{n5} 春來春去報年年 新年 過年

·墘：khian^{5}→kh/ki^{n5} 邊也，坡墘 水墘

·纏：tian^{5}→ti^{n5} 纏綿 糊膏纏 縺纏 纏對

·錢：chian^{5}→chi^{n5} 錢財 錢先生 金錢

·棉：bian^{5}→bi^{n5} 棉花 木棉花 棉被

·眠：bian^{5}→bi^{n5} 睡眠華 睏眠 眠床
陷眠(ham^{7} bin^{5}) 一眠(暝)大一寸

·綿：bian^{5}→bi^{n5} 絲綿 纏綿 綿綿不斷

·院：ian^{7}→i^{n7} 鞦韆院落夜沉沉 學院 病院
·麵：$bian^{7}$→bi^{n7} 湯麵 麵粉
·淀：ㄉㄧㄢˋ $tian^{7}$→ti^{n7} 水淀/水滇[教]（滿也）
…

·巢：ㄔㄠˊ $chau^{5}$ 鳥室也，鳥巢 燕巢

·菱：siu^{7} 鳥巢也。
岫[教]：巢穴也，鳥仔岫 賊岫
岫：ㄒㄧㄡˋ siu^{7} 山穴也

·皺：ㄓㄡˋ $chiu^{3}$[文] $jiau^{5}$[白] 面紋也，皺紋 皺眉
面皺皺 粧輕皺一痕

·縐/裯：ㄓㄡˋ $chiu^{3}$[文] $jiau^{5}$[白]（集）側救切，
衣不伸也，衫縐 漉縐縐
皺皺皺/縐縐縐($jiau^{5}$ $chiu^{3}$ $chiu^{3}$)

「皺」與「縐」都有不平的紋路，依部首卻有分別：在人身上是「皺」；在織品上是「縐」。在台羅漢字則一「皺」字通吃。

·泥：ㄋㄧˊ le^{5} le^{n5}[鼻音]（集）年題切，泥土 泥濘
ㄋㄧˋ le^{7} le^{n7}[鼻音]（集）乃計切，滯也
不知變通也 食古不化也，拘泥 泥古不化 泥古
腮泥 泥言 泥酒 泥飲 不可泥看
《論語》「致遠恐泥」。

泥古(le^{7} ko$^{\cdot 2}$ 食古不化也，今錯意走音為「茶壺」有批評他人「低陋 ke^{7} lo$^{\cdot 7}$」之意。低路[教])
茶鈷[教] (te^{5} ko$^{\cdot 2}$)

司奶：sai lai^{n}[教] [錯意]
腮泥(sai le^{7}/le^{n7}) (廣)奴禮切，以軟言柔語說盡好話要求也
《元積‧遣悲懷》「泥他沽酒拔金釵」泥：ㄋㄧˋ le^{7}

台語的走音現象比比皆是，所以「腮泥」一詞如上所述，應呼為「sai le^{7}」，或「sai le^{n7}」，如今走音為「sai lai^{n}」。

◯至於「e→←ai」本有韻母音互轉的情形，但鼻化現象是口語化產生的，例如：
(詳見「目錄 154. 第 380 頁」，犀)

(腮/顋泥 ㄋㄧˋ sai le^{7}/le^{n7}→sai lai^{n})
(荔枝：le^{7} chi→lai^{n7} chi)
腮、顋：ㄙㄞ sai 頰腮也，嘴笑佮裂腮腮

‧腮[名]、揌[動]：si→sai 嘴腮 腮泥
揌嘴顆 (sai chhui^{3} phe^{2}/phoe^{2}) 喙顆[教]
顆：ㄆㄧˇ phoe^{2}[漳] [教] phe^{2}[泉] [教]

‧娓：ㄨㄟˇ bui^{2}/bi^{2} (集)武斐切，順也 美也，娓娓道來

18. 等待，琵琶，胡椒餅，胡先生，卜卦，擱淺擱再來，歪擱徐斜、歪膏抑斜，擱不著，猝死註死，相推，飛行機，飛車

龍擱淺水，待浪相推。
時逢潮退，乘雲高飛。

·龍：ㄌㄨㄥˊ liong^{5} 文 leng^{5} 白 龍年(liong^{5} lian^{5} 文，leng^{5} li^{n5} 白) 弄龍(lang^{7} leng^{5})
龍蛇混雜 龍虎鬥 龍山寺 龍眼(leng^{5} geng^{2})

·待：ㄉㄞˋ tai^{7}→thai^{7} (集)蕩亥切，等待 接待

○由於早期的音效設備不甚發達，所以舞台上的演員，為了讓台下位置較遠的觀眾能夠聽得清楚，增加舞台效果。有意無意之間在語音上改變了某些無氣音的字音變成了有氣音；
或者原來有氣音的字音反而變成了無氣音。
當時觀看戲曲娛樂的觀眾，受此「置入性行銷」的潛移默化，用語亦受到影響。

當然，有氣音與無氣音之間的轉換，形成的確切理由，尚無法了解。但從《康熙字典》的字音和目前民間所使用的發音，確實存在此現象，也就是《康熙字典》編撰後的三百年來字音演變，使許多無氣音的字變成有氣音。
例如：

·癶：poat^{4}→phoat^{4}（集)北末切，音鉢，癶腳

·雄：hiong^{5}→iong^{5} 高雄 雄雄

·待：tai^{7}→thai^{7} 等待 接待 待遇

·騰：teng^{5}→theng^{5} 騰飛 騰雲 騰達

·傳：toan$^{5/7}$→thoan^{5} 經傳^{7} 飛鴿傳書 傳話

·琵琶：pi^{5} pa^{5}→phi^{5} pha^{5}

·健：kian^{7}→khian^{7} 健康 康健

·佩、珮：poe^{7}步昧切→phoe^{3}[亂調] 佩服 玉珮

·軌：kui^{2}居鮪切→khui^{2}(彙) 出軌 軌道

·雲：un^{5}[泉] [文] in^{5}[漳] [文]→hun^{5}[俗]

·胡：ho$^{\cdot 5}$戶姑切→o$^{\cdot 5}$，胡椒餅 胡說 胡先生

·亭、婷、蜓、程、呈、懲：teng^{5}→theng^{5}

·訣：koat^{4}→khoat^{4}，訣別

·卜：pok^{4}→phok^{4}，卜卦 占卜

·姜：kiong→khiong，姜子牙

·般若：poat^{4} che^{2}→phoat^{4} che^{2}，《心經》用字

·深：sim[文]→chhim[白] 水不厭深 深水 深淺

·遍：pian^{3}→phian^{3} 數遍 行遍天下

·盤：poan^{5}→phoan^{5} poa^{n5}[白]，玉盤 盤山過嶺
盤車 底盤

·拘：ku→khu，舉朱切(唐)。khu(彙) 拘留

·輯ㄐㄧˊ、緝ㄑㄧˋ：chhip^{4}→chip^{4}，此音反
而由有氣音變成無氣音，編輯 通緝

·活：hoat^{8}→oat^{8}，活潑。oah^{8}[白] 生活

·啼、隄/堤、蹄：te^{5}→the^{5} 啼號 堤防 馬蹄香

·絿：kiu^{5}→khiu^{5}，結規絿

·域：ek^{8}→hek^{8}，區域 西域

·假：ka^{2}→kha^{2}，假使

·激：kek^{4}→khek^{4}，激動 刺激 激使

·權：koan^{5}→khoan^{5}，權利 民權

·蟲：tiong^{5}→thiong^{5} 昆蟲

·抱：po^{7}[文]，po$^{6→7}$→pho^{7}，稻草一抱一抱

·襟：kim^{1}→khim^{1} 衿(kim^{1}) 襟(khim^{1})

·僕：pok^{8}→phok^{8} 僮僕

·愁：chiu^{5}→chhiu^{5} 憂愁 月夜愁

·帚、箒：chiu^{2}→chhiu^{2} 敝帚自珍 掃帚

·鄙：pi^{2}→phi^{2} 鄙陋(pi^{2} lo·^{7}) 卑鄙

·枯：kho·^{1}→ko·^{1} 枯木逢春 枯枝

·當：tang^{1}→thang^{1} 敢當(kam^{2} thang)

·戮：tok^{4}→thok^{4} 戮破 齒戮[教]（齒剔 thok^{4} 也）
（參見第 479 頁，剔）

·卒：chut^{4}→chhut^{4} 小卒(chut^{4}) 卒婚 卒業

·猝死：ㄘㄨˋ chhut^{4}（集)蒼沒切，暴疾也
突也，倉猝 （玉篇)今作卒，chut^{4}
猝死(chuh^{4} si^{2}[白] 一日註死)

·悸：kui^{3}→khui^{3} 大心悸/大呻喟ㄎㄨㄟˋkhui^{3}

·清生：chheng→cheng[走聲]，(連橫鄙視清國人而語之)
cheng si^{n} 罵語也，精生[教]/猙牲[俗]
畜生：hiok^{4}[文] thek^{4}[白] thiok^{4}[白]

·笑容：siau^{3}→chhiau^{3} 見笑 siau^{3}[教] 笑談

·稽：ke→khe 會稽(koe^{3} ke) 稽查(khe cha)

·透：tho·^{3}[文] thau^{3}[白] 透色(to·$^{3-2}$sek^{4}，thau$^{3-2}$sek^{4}) 透明

·並：peng^{7}→pheng^{7} 並進 並且 並立 比並

·杞：$khi^2 \to ki^2$ 杞人憂天 枸杞

…

·擱：ㄍㄜ kok^4 文 koh^4 白 添加也 安放也 停也，

擱筆 擱置 擱淺 擱再來

歪擱徐斜/歪膏抑斜 教 ($oai\ koh^2\ chhi^5\ chhia^5 \to oai\ koh^2\ chhi^5\ chhoa^7$ 俗)

斜：sia^5 文 $chhia^5$ 俗 $chhoa^7$ 俗

$koh^4 \to khoh^4$ 氣音 擱淺 擱/靠壁

擱不著($khoh^4\ boe^7\ tiau^5$ 倚不住也)

·推：ㄊㄨㄟ thui(彙) (集)通回切，排也 盪也

擠也 進也 移也。前牽為輓，後送為推。

the 漳 thoe 泉 相推(sio the/thoe)

推辭 推遲 推動($thui\ tong^7$)

chhui (集)川錐切，順遷也，推事 推薦

推敲(chhui khau)

《易・繫辭》「寒暑相推，而歲成焉」

·潮：(參見第 249 頁，潮)

·飛：ㄈㄟ hui 文 pe 漳 白 poe 泉 白 飛翔 飛馳

飛舞 張飛(tiu^n hui 人名屬於專有名詞，呼文讀音，但姓則可文可白，視習慣)

飛行機 日 (飛機也。飛靈機 hui $leng^5$ ki 走音)

放風飛($pang^3$ hong pe/poe)

飛車(pe/poe chhia→phe/phoe chhia 飆車也)

(pe/poe→phe/phoe 氣音)

19. 焚燒，焚膏繼晷，忝累，虛疒疒、魚累累、虛瘵瘵，薪勞，辛勞，勞力，買賣，汲水、上水

日落又焚膏，辛勤失意遭。
無錢做買賣，天數為薪勞。

焚膏繼晷，日積月累。
勞而無功，採薪汲水。

・落：（參見第 294 頁，落）

・焚：ㄈㄣˊ hun^5（集）符分切，燒也 火灼物也，
焚燒（hun^5 siau）焚化爐 焚書坑儒

・焚膏繼晷：hun^5 ko ke^3 kui^2 日夜勤讀不倦
《唐・韓愈・進學解》「焚膏油以繼晷，恆兀兀以窮年」

・晷：ㄍㄨㄟˇ kui^2（正）古委切，音仝軌，日景也 規也 太陽的影子，斜晷 日晷
《博雅》柱影也

・膏：ㄍㄠ ko（集）居勞切，燈油也 油脂也，藥膏 糊膏纏（ko$^{\cdot 5}$ ko ti^{n5} 糾纏不清也）膏膏纏教 勾勾纏錯意 （參見第 425 頁，纏）

・累：ㄌㄟˋ lui^7 辛苦也 事相緣也 涉也，

忝累(thiam^{2} lui^{7}) 拖累 家累 累及
ㄌㄟˊ lui^{5} 累贅(lui^{5} choe^{3})
ㄌㄟˇ lui^{2} 增也，累累 累加 累積 累犯

虛疒疒(hü/hi lek^{4} lek^{4}→hi leh^{4} leh^{4} 白)
疒：ㄔㄨㄤˊ ㄋㄜˋ lek^{4} 有病而倚靠 疾也
虛弱也，魚累累 錯意
虛瘰瘰 教 ㄌㄨㄛˇ lo^{2} 筋結病也

·薪勞：ㄒㄧㄣ ㄌㄠˊ sin lo^{5}
之前指為人作稼之長工，
今指領薪水之人。辛勞 教

·勞力：lo$^{5-3/7}$ lat^{8}→lo$^{\cdot 2}$ lat^{8} 走音 教 今指感謝之意
力：ㄌㄧˋ lek^{8} 文 lat^{8} 白

·買賣：ㄇㄞˇ ㄇㄞˋ
bai^{n2} bai^{n7} 文
be^{2} be^{7} 漳 白
boe^{2} boe^{7} 泉 白
「買賣算分，相請無論。」諺
(喻親兄弟明算帳)
(參見第 535 頁，漳洲腔與泉州腔的互換規則)

·汲：ㄐㄧˊ khip^{4} 文 引水於井也，汲水
汲汲：不休息也
chhiu^{n7} 白 汲水也。上水 教 (chhiu^{n7} chui^{2})

20. 諞先a，諞--人，亂亂傱，捋捋趖、賴賴趖 趙趙a行，趙趙a來，闖禍，中立，中酒，中肯

騙騙騙，衝衝衝，馬闖鹿也傱。
急射空，等有功，中的杏林中。

·騙：ㄆㄧㄢˋ phian^{3} 意指躍馬疾馳也，仝艑行船騙馬。今意巧言欺騙是錯誤的，應為「諞」

·諞：ㄆㄧㄢˊ ㄆㄧㄢˇ pian$^{5/2}$（集）蒲眠切，使巧言也，諞言也 騙子也，諞先a，諞--人

·傱：ㄙㄨㄥˇ siong^{2}→chong^{5} 走聲 亂調 仝走从前進意 疾貌，亂亂傱 傱出傱入

·趖：ㄙㄨㄛ so→so^{5} 亂調 走意也 走疾也，亂趖
捋捋趖：捋 ㄌㄜˋ ㄌㄨㄛ loat^{8}→loah^{8}
賴賴趖 教（loa^{7} loa^{7} so^{5} 閒逛也）
捋捋挲：挲 ㄙㄨㄛ so 撫摸也

閒：han^{5} 文 eng^{5} 白，𤺑：孳乳文也，音仝閒
羊𤺑：iu^{n5} han^{5}→iu^{n5} hin^{5} 走音 羊癲瘋也
（參見第183頁，羊）

·趙：ㄓㄠˋ tiau^{7} 文 tio^{7} 白 姓也 國名也
趨行也 少也 久也，趙匡胤(tio^{7} khong in^{7})
完璧歸趙(oan^{5} phek^{4} kui tiau^{7})

《花間‧歐陽炯‧南鄉子》

「荳蔻花間趖晚日，苦苓枝尾趙晨曦。」

苦苓枝尾「趙」晨曦。趙：趨行也
趙趙 a 行(tau[7] tau[7] a kia[n5] 走音 少了介音「i」，緩行也 小心走也)
趙趙 a 來(慢慢也 小心也)

‧闖：chhoang[3] 闖禍 李闖王
「天堂有路你不(m[7])去，地獄無門闖進來。」諺

‧中：ㄓㄨㄥ tiong 宜也 內也 半也 平也，
中間 中央 中立 中止 中性

ㄓㄨㄥˋ tiong[3] 的也 當也 要也，中風
中酒 中暑 中用 中毒 中肯

‧杏林：東漢末年至三國時期的東吳名醫董奉，醫道高明，醫德高尚，且以妙手回春之術，聞名於世。
同期被譽為「建安三神醫」即是董奉、華佗與張仲景。
後來董奉到豫章廬山隱居。但是他每天為人治病，分文不取。重病被他治好的人，董奉就讓患者種植五棵杏樹，病況輕的，就種植一棵。過了數年，形成了一片茂盛的杏樹林，於是後人皆以「杏林」一詞代表醫壇。

21. 現此時，鱟戛、鱟桸、匏桸，摳草、剾草
薅草，人真摳，一抱一抱，一抱頭鬃懷抱
拔草，鞋拔，拔河、搝大索

此事如殺鱟，欲成學捉漏。
挲草連頭摳，稻香滿懷抱。

好酒藏窖，非人不窌。
配合佳餚，老薑鮮鱟。

遲稻田生莠，疏耕難出秀。
挲草要拔根，下冬飽穗稍。

· 此：ㄘ∨ chhi^{2} chhu^{2}/chhü^{2}（集)淺氏切，止也
近也 彼之對也，如此 此地
現此時(hian^{7} chhü^{2} si^{5} 現主時 錯意)

· 鱟：ㄏㄡ丶 hau^{7} 魚名，似蟹，節足，甲殼堅硬，
十二足，尾巴細長，長五六尺，雌常負雄，
雄小雌大

昔以殼作為舀水之器，稱鱟戛(擭)a （鱟殼 a)
戛：ㄐㄧㄚˊ hau^{7} khat^{4} a
「好好鱟，刣甲屎若流」諺，喻壞事也

· 桸：ㄒㄧ hi （集)虛宜切，勺也，
匏桸：ㄆㄠˊㄒㄧ pu^{5} hia 教 桸仔

·宰：ㄗㄞˇ chai^{2} (集)子亥切，从戠上聲，官稱
治也 主也 烹也 屠也，宰相 主宰 庖宰 宰割

·挲：(參見第 57 頁，抄、挲)

·摳：ㄎㄡ kho͘ (廣)口侯切。挖掘、抓緊、提也、
吝嗇也。kho͘→khau 白 摳土 摳緊
人真摳(lang^{5} chin kho͘→lang^{5} chin khok^{4} 走音)
抓緊、提也：《禮・曲禮》「摳衣趨隅」

·摳草：今意為以言語消遣他人。剾草 教

·薅：ㄏㄠ hau 文 khau 白 (正)呼高切，拔去田草也，
薅草(khau chhau^{2} 鋤草也) 剾草 教

◯上古音聲母為 k/kh→h 的中古音文白變換的例
字。(華語聲母厂系字) 註：例字不多，
也有其他非聲母為「厂」的字音，僅供參考。
(詳見「目錄 98. 第 244 頁」，寒)

·抱：ㄅㄠˋ po^{7} 文 pho^{7} 氣音 phau^{7} 白 (唐)薄^{8}浩^{7}
切，持也 引取也 挾也，懷抱(hoai^{5} phau^{7})
抱囝 a/抱囡 a 教 (pho^{7} gin^{2} a)
作為竹、草之量詞，一抱一抱(it^{8} pho^{7})
或曰一抱頭鬃(頭髮也)

·窖/窌：ㄐㄧㄠˋ kau^{3} 穴也 穴地藏穀曰窖。
又通作「窌」仝音義

·䪗：ㄒㄧㄢ hiam（集）馨兼切，昔專指薑之辛味香也(今則䪗、辣不分）辛味也，䪗䪗 䪗薑
䪗薑(hiam kiu^{n}，薟薑[教] ㄒㄧㄢ)
莊薑(chi^{2}→chi^{n2}[鼻音] 嫩薑也)
(詳見「目錄171.第428頁」，莊、薑)

·莠：ㄧㄡˇ iu^{2} 醜也，莠言自口，狗尾草也，莠草似稷而無實。
稂莠不齊（long^{5} iu^{2} put^{4} che^{5})

·拔：ㄅㄚˊ poat^{8}[文] poeh^{8}[白] phoah^{8}[白]（彙）
抽起也 特出也，選拔
拔牙[華]/挽嘴齒[台]/挽喙齒[教]
拔草[華]（poeh^{8} chhau^{2}）挽草[台]（ban^{2} chhau^{2})
鞋拔(oe^{5}/e^{5} poeh^{8}) 拔--斷(poeh^{8}--tng^{7})
拔肩(phoah^{8} keng)（彙）披在肩膀上也
拔河[華]（poat^{8} ho^{5})
摼大索[教]（giu^{2}/khiu^{2} toa^{7} soh^{4}，摼ㄑㄧㄡˇ khiu^{2}，手舉也)

pat^{8}（集)蒲八切，辨入聲(pan^{7}→pat^{8})

《垓下歌·項羽》
「力拔(pat^{8})山河氣蓋世！時不利兮騅不逝！
騅不逝兮可奈何！虞兮虞兮奈若何！」

·稩：ㄐㄧㄡˋ chiu^{7} 稻稔實也

22.刈/割稻a尾，刈包，刣割，劉肉，劉一刀

稻將垂頭，麻雀啁啁。
鐮歷一刈，早收無愁。

·飽穗垂頭：(pau^{2} sui^{7} sui^{5} thiu^{5}/tho͘^{5}) 謙虛也

·刈：一ㄟ gi^{7} (廣)魚肺切，gai^{n7}(彙) 穫也，
草曰刈，穀曰穫。割也 殺也 絕也，刈麥
刈稻a尾(koah^{8} tiu^{7} a be^{2}/boe^{2} 撿現成也)
刈包(kat^{4}→koah^{4} 俗 一曰割包 koah^{4} pau)

·割：kat^{4} 文 koah^{4} 白 刣割 教 (thai^{5} koah^{4})
開刀也，割稻a尾

·刣：ㄓㄨㄥ chiong 刮削物也，刣 thai^{5} 教

·劉：ㄌㄧㄡˊ liu^{5} 文 lio^{5} 白 lau^{5} 白
(集)力求切，殺也 姓也，劉備(lau^{5} pi^{7})
劉--一刀(lio^{5}--chit^{8} to)
劉肉(lio^{5} bah^{4} 片肉也)

·稻：ㄉㄠˋ to^{7} 文 tiu^{7} 白 種子曰「穀」，去殼成
「米」 禾稻 稻草 稻穗 稻田

·歷：(lek^{8} 割也)

·啁啁：(chiu 狀聲詞 鳥鳴也)

23. 餈、糍、臯、糗、脙、黴菌，碗粿，熘/餾清飯 泔水、潘水、餿水，辨別，別籤詩，離別 別人，別--人，別貨

米餈軟臯，麥餌乾糗。
各有千秋，別於肉脙。

黴粿莫熘，泔糍不糗。
一切重新，米麥同臯。

·餈：ㄘˊ chü^{5}[泉] chi^{5}[漳] 飯餅也

·糍：ㄘˊ chü^{5}[泉] chi^{5}[漳] 粿糍 麻糍 麻糬[俗]

·臯：ㄐㄧㄡˋㄑㄧㄡˇ kiu$^{7/2}$ 舂糗也 仝糗

·糗：ㄑㄧㄡˇ khiu^{2} 熬米麥也 乾飯屑也 乾飯也
擣熬穀也 糒也，糗糒：行軍之乾糧

·脙：ㄑㄧㄡˊ khiu^{7} 軟脙也， Q彈[俗]
𩚨𩚨[教] (khiu^{7} khiu^{7})

·黴：ㄇㄟˊ bi^{5} 物中久雨青黑 黴敗也 面黑也，
黴菌(bi^{5} khun) 黴癠(bi^{5} chhit^{4} 面黑身瘦也)

·粿：ㄍㄨㄛˇ ko^{2}[文] koe^{2}[漳][白] ke^{2}[泉][白]
米食也，碗粿 芋粿蹺(khiau) 菜頭粿

·熘：ㄌㄧㄡˋ liu^{7} 冷物再蒸使其重溫

餾：liu^{7} 教 餾/熘清飯。(餾，蒸餾也)

·泔：ㄍㄢ kam 米潘也 米汁也，

泔水 華 　潘水 台 (phun chui^{2} 餿水也)

《說文》「周謂潘曰泔」

《注》「烹和之名」

·別：ㄅㄧㄝˊ ㄅㄧㄝˋ piat^{4} 文 分辨也，

辨別^{4} 別^{4}籤詩

piat^{8} 文 分離也 訣也，離別^{8} 分別^{8}

近曰離，遠曰別^{8}

七十送卿難為別^{8}，遠也 訣別^{8}也

《江淹·別賦》「黯然銷魂者，惟別^{8}而已矣」

《宋·謝惠連·夜集歎乖詩》

「詩人詠踟躕，搔首歌離別^{8}。」

pat$^{4/8}$ 白 少了介音「i」

別人(pat^{4} lang^{5} 識人也) (pat^{8} lang^{5} 他人也)

別--人(pat^{4}--lang^{5} 識人也)

別貨(pat^{4} he^{3}/hoe^{3}識貨也)

不別(m^{7} pat^{4} 不認識也)

又聲母 p→b 濁化現象，m^{7} pat^{4}→m^{7} bat^{4}

「不別(pat^{4})撿豬屎，頭一擺煞拄著豬漏屎」諺

(喻倒楣也)

「風水、查某(文章)、茶，正別--咧沒幾個」諺

24. 忐忑，構人怨、顧人怨，餿聲、梢聲、燒聲 搜查，搜身，十八骰 a，扁欉，腳數，腳餿 蚼蟻，葮漏，呼謏，謏話，痟話，逗留、兜留 吊脰，矸脰，漚跤，漚古，漚客，浸漚，漚糜 兜、家，抓面

躊躇忐忑，花容失色。
春盡枝頭，無華[1]空折。

·躊躇[教]：ㄔㄡˊ　ㄔㄨˊ　tiu^{5} tu^{5}/ti^{5} 猶豫不進也 仝躊躅、躊躕。(tiu^{n} ti^{5}[走音]　張持[教])
(參見第 529 頁，躊躇)

·忐忑：ㄊㄢˇ　ㄊㄜˋ　tham^{2} thek^{4} 忐忑不安

·頭：ㄊㄡˊ　tho͘^{5}[文]　thio^{5}[俗]　thau^{5}[白]
thiu^{5}[詩] 下平十一尤韻
首也，頭頭是道 山頭斜照卻相迎 頭殼 頭路
齣頭真濟(參見第 490 頁，齣) 匝頭(參見第 117 頁，匝)
頭璋瓦(頭璋 a [走音]，係指第一胎的孩子，不論男女。)(參見第 427 頁，璋)

◯台語文讀音的韻母音為「o͘」，其中有些字音的韻母音會轉成「au」，而成為日常生活上的白話音。例如：

.搆：ㄍㄡ　ㄍㄡˋko͘→kau 通「構」，牽搆(罟)
搆無 搆會著(kau e^{7} tioh^{8})

構：ㄍㄡˋ ko˙³ 合也 成也 嫌隙也，
結構 構造 構思 構陷 構怨 構難 構禍
構人怨/顧人怨[教]（ko˙³ lang⁵ oan³）
《荀子勸學篇》「彊自取柱，柔自取束。
邪穢在身，怨之所構。」

·溝：ko˙→kau 溝通 水溝
·勾：ko˙→kau 曲也，勾引 勾當 勾通 勾結
·鉤：ko˙→kau 鉤物件 鉤 a 鐵鉤
·摳：kho˙→khau 挖也 提也 挈衣也 錘擊也，
摳土 摳頭殼 摳裙(攏裙 lang² kun⁵ ?)
（參見第 147 頁，攏）
·偷：tho˙→thau 偷竊 偷天換日 偷物件 小偷
·艘：ㄙㄠ so/so˙→sau ? 大船也
·餿：ㄙㄡ so˙→sau→sio ? 食品變味也
餿水(so˙ sui² 潘也，phun)
餿聲/梢聲[教]（sau siaⁿ 燒聲[錯意]
騷聲[音讀音]）腳餿(kha sau 罵語也，
kha sio⁷[亂調] 腳臭味也)
·狗/蚼：ko˙²→kau² 兔死狗烹 狗尾續貂
「狗咬(苟杳)呂洞賓」 黑狗
蚼蟻(kau² gia⁷ 螞蟻也)
·垢：ko˙²→kau² 塵垢 耳垢
·斗：to˙²→tau² 海水不可斗量 米斗 步罡踏斗
·走：cho˙²→chau² 走馬蘭臺 走路(跑路也[華])
走狗 走投無路(走頭無路[錯意])
·吼：ho˙²→hau² 深水靜流 淺水怒吼 吼聲
（號 ho⁵/⁷：大呼也，哀號⁵ 號⁷名 號⁷令）

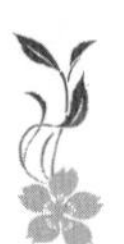

‧夠：ko˙^{3}→kau^{3} 食人夠夠 夠時 夠即馬 夠位

‧鬥、鬬、閗：to˙^{3}→tau^{3} 鬥氣 戰鬥 奮鬥
（鬥陣[教] 罩陣也）

‧透：tho˙^{3}→thau^{3} 透色 透支 透明 透氣 透水
（參見第 384 頁，透）

‧奏：cho˙^{3}→chau^{3} 奏請 演奏

‧扣：kho˙^{3}→khau^{3} 擊也，十扣柴門九不開
扣押(khau^{3} ah^{4}，押：ap^{4}[文] ah^{4}[白] 音仝
壓)， 折扣 鈕扣[華] 扣留

《遊小園不值，南宋・葉紹翁》上平十灰韻
「應嫌屐齒印蒼苔(tai^{5})，十扣柴門九不開(khai)
春色滿園關不住，一枝紅杏出牆來(lai^{5})。」

‧嗽：ㄙㄡˋ so˙^{3}→sau^{3} 咳嗽 聲嗽 歹(鄙)聲嗽

‧搜：so˙→chhiau 搜索 搜查 搜身軀

‧樓：lo˙^{5}→lau^{5} 樓闕 樓頂 樓腳 樓梯 樓先生

‧露：ㄌㄨˋㄌㄡˋlo˙$^{7/3}$→lau$^{7/3}$ 露^{7}營 露$^{3/7}$水
露^{7}出馬腳 露^{7}白 赤身露^{3}體 露^{7}宿

‧口：kho˙^{2}→khau^{2} 口說無憑 人口 進出口
啞口(a^{2} kho˙^{2}[文]→e^{2} khau^{2}[白]
e^{2} kau^{2}[走音]）（參見第 266 頁，稼 a→e）

‧骰：ㄊㄡˊ ㄕㄞˇ to˙^{5}→tau^{5} （正）徒侯切，
骰子，博陸采具，
十八骰 a、十八 a（骰子三個六）

《新添聲楊柳枝詞・溫庭筠》上平四支韻
「井底點燈深燭伊(i)，共郎長行莫圍棋(ki^{5})。
玲瓏骰子安紅豆，入骨相思知不知(ti)。

扁梢/櫼教（pi^{n2} chi^{n} 三個ㄠ也）
（指柴梢/櫼，扁細，小也 ㄠ也或楔也）

·投：to͘^{5}→tau^{5} 投桃報李 走投無路 投降 北投
·侯：ho͘^{5}→hau^{5} 公侯 侯門深似海 侯先生
·猴：ho͘^{5}→kau^{5} 猴急 潑猴
猴猻 a（kau^{5} sun a→kau^{5} san a 走音）

·數：ㄕㄨˋ so͘^{3} 文→siau^{3} 白（多了介音 i）
數學 數目 算數 數簿(siau^{3} pho͘^{7})
數念教 數想教

腳數(kha siau^{3})貶稱詞也
原指他人腦袋不行，連簡單的加法用指頭數，不夠數，用腳趾頭幫忙。

ㄕㄨˇ so·^{2}→sau^{2}→sau^{1} 亂調

跔數 kha sau 錯意

（另說跔傻 so·→sau，貶稱詞也 無能也，

或曰同性妓院，跔傻間。

另意 kha sio^{7} 跔臭味也，即臭跔傻）

跔數：kha/kiok^{4} siau^{3}→kioh^{4} siau^{3}

（角色也）

ㄕㄨㄛˋsok^{4} 屢也 繁也，數次

·漚：ㄡ ㄡˋ o·$^{1/3}$→au$^{1/3}$ 浸濫也，

漚^{3}貨(au^{3} he^{3}/hoe^{3} 爛貨也)

漚^{3}瀾/爛(au^{3} loa$^{n5/7}$ 批評他人不上道也)

漚^{1}皎(au^{1} kiau^{2}博歹皎)

漚^{3}客(au^{3} kheh^{4} 奧客音讀音)

漚^{3}古(au^{3} ko·^{2} 差勁也)

浸漚(chim^{3} au^{3} 浸泡而爛也)

漚糜(au^{1} be^{5}/boe^{5} 煮稀飯也)

·喉：ho·^{5}→hau^{5}→au^{5} 嚨喉 (h→零聲母)

·後：ho·^{7}→hau^{7}→au^{7} 後患 後備兵 後來 後日

·候：ho·^{7}→hau^{7} 等候 候時機 候補 候一下

·厚：ho·^{7}→kau^{7} 厚待 厚重 厚生橡膠

厚話 厚衫 (聲母 h→k)

「歹瓜厚籽，歹人厚言語。」諺

·漏：lo·^{7}→lau^{7} 漏洞百出 葭漏(ka lau^{7}) 漏水

漏潗潗(lau^{7} phi^{3} phe^{3}，lau^{7} phe^{3} phe^{3})

·呼：ㄏㄨ ho˙（集)荒胡切，喚也 嘆詞 仝乎，
呼喚 稱呼 呼音 照呼(依約定也)
呼吸(ho˙ khip[4])「出息為呼，入息為吸」

呼[勾]：hau（集)虛交切，仝詨，矜誇也，
呼謏/詨謏(hau siau[5] 不實也 說謊也)
譃謏(ㄋㄩㄝˋ ㄒㄧㄠˇ giat[4] siau[2/3]→
giat[8] siau[5][走音]?）一曰「譃笑」[走音]
(參見第 317 頁，譃)
謏：ㄒㄧㄠˇ siau[2]→siau[5][亂調]
誘為善也 稗官小史曰謏說 謏聞
謏話/痟話[教]（siau[2] oe[7] 胡說也)

·豆：to˙[7]→tau[7] 目光如豆 青豆
been 豆/敏豆[教]（bin[2] tau[7]）
·痘：to˙[7]→tau[7] 種痘[華]/種珠[台]（cheng[3] chu)
·逗：to˙[7]→tau[7] 留也 止也，
逗留(tau[7-1] liu[5][亂調] 或曰兜留)

·脰：ㄉㄡˋ to˙[7]→tau[7] 頸也，吊脰(tiau[3] tau[7]
上吊也) 矸脰(kan tau[7] 關渡也)
·兜：ㄉㄡ to˙[文] tau[白]（集)當侯切，
to˙→tau
家也，恁兜(jin[2]/lin[2] tau 你家也)
阮兜(gun[2] tau 我家也)

·兜鍪：ㄇㄡˊ bau[n5] 古時戰士的頭盔
便帽也「兩僧皆戴紅兜」

兜子：登山時坐的篼轎 竹篼
褲兜：衣服等的小口袋
兜捕：兜著--咧 兜咧手--咧，扣住也
兜圈子：繞也 圓也，月將兜
兜生意、兜攬、兜售：招攬也
吃不完兜著走：用小袋或使衣物成袋形裝
　　東西，兜著一裙子的草莓。
兜風：乘車觀賞風景或納涼
恁兜、阮兜：家也
兜胸：小兒涎衣也，幼稚所穿，掛在胸前的圍
　　兜。又昔日女人胸兜也
兜率(lut^{8})天：指三十三天外彌勒所居之地
兜留：留住也 被扣住也
…

·無華^{1}空折：ㄏㄨㄚ hoa^{1} 花也

《金縷衣．唐．杜秋娘》上平四支韻
「勸君莫惜金縷衣(i)，勸君惜取少年時(si^{5})。
花開堪折直須折，莫待無花空折枝(chi)。」

·折：ㄓㄜˊ chiat^{4} 斷也 拗也 挽也，折斷

·挽：ㄨㄢˇ boan^{2} 文 ban^{2} 白（少了介音「o」）
拔也 引也，挽救 挽花 挽草 挽回 挽嘴齒
(參見第 131 頁，尾)

·抓：ㄓㄨㄚ jiau^{3}/liau^{3} 教 搔也，抓破皮
抓面(jiau^{3}/liau^{3} bin^{7})

25. 淌淌滾、強強滾、沖沖滾，蒸糟糕，心糟糟 蒸煙，蒸燒，菸/烟/菸炊、薰吹、薰喙仔，薰屎 薰頭，豆粕，糟踏、糟蹋，高踏鞋，踏蹺/蹺

舊年蒸糟糕，新歲糕又糟。
火旺淌淌滾，鬆餜發發高。

糟糕何時了，糟踏不算少。
爐灶冷重溫，火焱粿美妙。

· 淌：ㄊㄤˇ ㄔㄤˇ chhiong^{3} 泉 chhiang^{3} 漳
(集)尺亮切，大波也 水貌 流下也，淌淌滾
淌眼淚 華
《註》「皆文畫擬象水勢之貌。」
強強滾 俗 沖沖滾 教 搶搶滾 俗
強強 kiong^{5} kiong^{5} 教 幾乎 硬是 硬要，
強強欲昏去

· 淌淌滾，今呼 chhiang^{3} chhiang^{3} kun^{2} 前兩字
「淌淌」皆念第三聲調而不變調，是目前的習慣
用法。
(參見第 553 頁，台語兩疊字及三疊字連音的聲調變化)

· 蒸：ㄓㄥ cheng 《說文》「折麻中幹也」
《詩・小雅》「以薪以蒸」
《箋》「麤(粗)曰薪，細曰蒸」眾也，天生蒸民
《類篇》cheng^{3}→chheng^{3} 氣之上達也，
蒸煙(chheng^{3} ian) 蒸油飯(chheng^{3} iu^{5} png^{7})

今曰蒸 cheng[1] 文 chhe[1] 白 炊也，蒸燒
《列子註》「溫蒸同乎炎火」

· 炊：ㄔㄨㄟ chhui 文 chhoe 白 漳 chhe 白 泉
炊粿 炊飯 烟/煙炊(hun chhoe/chhe 菸/煙斗)
薰：hun 教 菸也，薰吹 薰屎 薰頭 薰喙仔

· 粿：(參見第 74 頁，粿)

· 糟：ㄗㄠ cho 文 chau 白
酒滓也 酒母也，酒糟 紅糟
做酒剩下來的渣。凡提去了精華所剩下來的廢物，都可以叫做「糟粕」ㄆㄛˋ

粕：phok[4] 文 phoh[4] 白 豆粕(tau[7] phoh[4])
用酒渣製食品，紅糟(ang[5] chau)
形容事情敗壞，糟糕(cho ko) 糟糠 糟心
糟蹋(chau thah[4]) 胃糟糟 心糟糟(心懵懵)

· 糕：仝餻。蒸糟糕(指年糕蒸壞了)。真糟糕 華

· 踏：ㄊㄚˋ tap[8] 文 tah[8] 白 踐踏 踏實
糟踏(chau tah[8]) 踏青
高踏鞋(koan[5] tah[8] oe[5]/e[5]，高跟鞋 華
ハイヒール Haihīru 日 High hill 英
懸踏鞋 教) 踏蹺/蹺(tah[8] khiau 踩高蹺/蹺也)
這/彼腳踏(chit[4]/hit[4] kha tah[8]，鹿港腔用語，這裡，那裏也)

26. 兔唇、缺嘴，趟腳，趟粒 a，石粒/礫 a 弈棋粒，飯真粒，簷舌腳，蹽跤

兔無唇，天有分寸。
馬受窘，人解出運。
趟腳雞，時逢稻孫。

淺水龍困，喜遇飛雲。
趟腳雞窘，飢逢稻孫。

·兔：ㄊㄨˋ tho·3 (集)土[2]故切，獸名，耳長，上唇中裂，善跑跳。兔脫 兔死狗烹 兔 a

·唇：ㄔㄨㄣˊ tun[5] 俗 chhun[5] (集)船倫切，仝脣
(詳見「目錄 33. 第 101 頁」，持)
兔唇 華 (tho·3 tun[5] 缺嘴 台 khih[4] chhui[3])，是口腔頷面部的先天性畸形。

·窘：ㄐㄩㄥˇ khun[2] 困迫也，窘迫 枯窘 窘態
馬窘(ba[n2] khun[2]) 通常是指馬匹腳部受傷的窘態，即蹇也，跛腳也，蹇馬嗚嘶(馬嘶也)

·解：(參見第 38 頁，解)

·趟：ㄊㄤˋ ㄊㄤ theng[3/1]→chhiang[3]
聲母 th→chh，韻母 eng→iang
雀躍的樣子，
若走若趟(la[n] chau[2] la[n] chhiang[3-2] 亂調)

趟粒 a(chhiang^{3} lih^{8} a 童玩也 跳格子也)
趟腳(chhiang^{3} kha 指腳跛而用單腳跳行也)
(跤教 腳也)

兒歌：「趟腳雞，踜腳尾，媽祖宮，點電火，…」

粒 lip^{8} 文→lih^{8} 俗 liap^{8} 白 石粒 a(chioh^{8} lih^{8} a，石頭 a 也，石礫 a)
三代粒積，一代傾空 棋粒/棋子教
一粒一粒 飯粒(png^{7} liap^{8})
飯真粒(liap^{8} 指煮的米飯比較硬)

弈：一ㄧˋ ek^{8} 文 教羅 ik^{8} 文 台羅→ih^{8} 白
弈棋粒（ih^{8} ki^{5} lih^{8} 下棋也）

・稻孫：再生稻也 稗糠也，

・稻：(參見第 73 頁，稻)

・腳：ㄐㄧㄠˇ kiok^{4} 泉 文 kiak^{4} 漳 文 kha 白
跤教 躧跤(pai^{2} kha 跛腳也)
簷舌腳(iam^{5} chi^{7} kha 屋簷也)
(liam^{5}/li^{n5}/gim^{5}/jim^{5} chi^{7} kha 方音差)
駑馬腳(參見第 97 頁，馬)
腳數(參見第 79 頁，數)
彊跤教（khiang^{3} kha 精明能幹也）

27. 奇數，東西，西方，東西南北，西瓜 什/啥麼東西

奇貨可居，新舊有異。
趕集東西，晨昏二市。

·奇：ㄑㄧˊ ki[5] 文 少有也 異也，奇人 奇事 奇景
奇怪 奇遇 好奇(ho^{n3} ki[3])
ㄐㄧ ki 文 khia 白 單也，
奇偶(ki go͘[2]/go^{n2})
奇數(ki/khia so͘[3])

·貨：ㄏㄨㄛˋ ho[3] 文 hoe[3] 漳 白 he[3] 泉 白
(集)呼臥切，財也，貨真價實 貨腰 財貨
貨物 貨色 老貨仔 錯意 (老歲 a)
(參見第 535 頁，漳洲腔與泉州腔的互換規則)

·可：ㄎㄜˇ kho[2] 許也 但也 大約也，可以 可觀
可是 可憐蟲(kho[2] lian[5] thiong[5]) 可靠

可憐蟲：南朝劉宋郭茂倩《企喻歌詞》
「男兒可憐蟲，出門懷死憂（iu）。
屍喪狹谷中，白骨無人收（siu）。」

·居：ㄐㄩ ki 漳 kü/ku 泉 止也 處也 安也
坐也，安居 家居 居心叵測

·新：ㄒㄧㄣ sin 初也，新娘 新年 新法

·舊：ㄐㄧㄡˋ kiu^{7} 文 ku^{7} 白 故也 不新也，懷舊 舊人 舊貨 舊情綿綿

·有：（參見第 37 頁，有）

·異：ㄧˋ i^{7} 怪也，怪異 異常 異數 變異 異鄉

·趕：ㄍㄢˇ kan^{2} 文 koa^{n2} 白 追逐也 催也，趕市 趕集 趕緊 趕路 趕盡殺絕

◯台語文讀音的韻母音為「oan、an」，則有許多字音可能轉成「oa^{n}」的白話音。
（詳見「目錄 2. 第 12 頁」，安）

·集：ㄐㄧˊ chip^{8} 安也 聚也，集合 召集 集集 市集 集大成

·市：（參見第 43 頁，市）

◯上古音以聲母辨音辨義，其中某些音的轉變，演變成日後的文、白音的區別，如：
聲母 s ⇄ ch/chh
（詳見「目錄 1. 第 3 頁」，拭）

·東：ㄉㄨㄥ tong 文 tang 白 方位名 主人 物品，羅東(lo^{5} tong) 屏東 東方 作東(cho^{3} tong) 東西(tong si 什麼東西，tang sai 方位也) 台東(tai^{5} tang) 廣東(kng^{2} tang) 東西南北

·西：ㄒㄧ se 文 (集)先齊切，上平八齊韻，西方
西天 西門 西洋 西湖 西遊記
sai 白 廣西 東西南北 西螺大橋 西北雨
si 勾 古通支韻，西瓜(si koe)
什/啥麼東西(sia^{5}/sa^{n5} bih^{n4} tong si，罵語也
sia^{5}/sa^{n5} bih^{n4} tang sai 啥物也)

◯近古音的北京話，若韻母音為「ㄧ」，則在台語有相對韻母音為「e」的情形。例如：

梨、黎、犁、蠡、妻、淒、棲、隄、羝、低
詆、題、提、雞、稽、兮、溪、犀、梯、迷
泥、齊、第、地、帝、遞、棣、體、替 …

·東西：指城門的位置，昔時城市有四門，曰東西南北門。趕集買賣都在東西兩門，故引申東西為貨物也，買東西。
由於東西兩市是人群聚集處，而以東市為刑場，以儆效尤。

28. 魚翅，落翅a，燖，合需、合軀，一軀衫，老牌孤老，真老，老松，老夫，老歲a、老貨a，饕餮

魚翅須久燖，老饕食秋蟳。
非時枉費心，穀熟自豐稔。

燕窩須久燖，魚翅要三浸。
比目魚何有，二春東海尋。

·翅：ㄔˋ si^3→chhi^3 (正)式至切，音啻
啻：si^3[文] the^3/thi^3[白]
魚翅：hi^5 chhi^3（魚刺，另意也）
翅：si^3→sit^8[俗] 落翅a 翅股 雞翅

·須：ㄒㄩ su 仝需，需要 必須 須臾
合需、合身，指衣服合身、合於需要也

合軀(hah^8 su) 一軀衫[教]，「身軀」一詞宜蘭腔呼為「hun su」，教育部引用了次方言

·久：ㄐㄧㄡˇ kiu^2[文] ku^2[白] 永久 久長

·老：lo^2→lau^2 (補韻)郎口切，孤老 老牌 老手
真老(chin lau^2 老練也)
老師(lo^2 sü，lau^7 sü)，(lau^7 sai 指老手也)
lau^7[白] 老大人 老歲a(老貨a [錯意]) 死老猴
老耄耄(參見第165頁，耄) 老叩叩[俗]
真老(chin lau^7 大齡也) 老鷹(lau$^{7/2}$/lo^{n2}/lo^2)？

lo^{n2}[鼻音]　老松 怪老子 老夫 老少^{3}(不老為少^{3}老少^{3}，不多為少^{2} 多少^{2})

·孤老、孤佬(孤露)：ko˙ lo^{2}→lau^{2}。 ku^{5} lo˙^{2}[客]
《與山巨源絕交書、嵇康》「加少孤露，母兄見驕」，指少年失父，孤苦無依。
孤露：喪父體弱，《廣》「孤露可憐也」。

·燖：ㄒㄩㄣˊ sim^{5}[文]　tim^{7}[白]　火熱物也

·饕：ㄊㄠ tho 貪財也《註》貪財為饕，貪食為餮。

·餮：ㄊㄧㄝˋ thiat^{4} 貪食也
饕餮：今指貪嗜飲食

·鱘：ㄒㄩㄣˊ sim^{5}[文]　chim^{5}[白]　水族名，紅鱘
上古音以聲母辨音辨義，其中某些音的轉變，演變成日後的文、白音的區別，或不同的文讀音呼法。聲母 s →← ch/chh，例如：
(詳見「目錄 1. 第 3 頁」，拭)

·稔：ㄖㄣˇ jim^{2} 年也 熟悉也 穀熟也(秋也)，故一年為一稔 熟稔 豐稔

·尋：(參見 193 頁，尋)

·比目魚：特徵是兩眼均位於身體的一側

29.悛，痊，豎子居肓，橫人豎子，棺材

藉口不悛，遲早入棺。
一時忍變，二點病痊。

·悛：ㄑㄩㄢ chhoan 改也 止也，怙惡不悛

·痊：ㄑㄩㄢˊ choan[5] 病除也，痊癒

註：包括「痊」及以下的各字，在聲調上，華語的部分都為華語第二聲「ˊ」。但是台語的部分都維持第一聲。且聲母音有氣音及無氣音的轉換。
所以，為了聲調轉換的一致，以及習慣用法，在台語音部分都改為台語第五聲使用可也。

註：以下各字的初文(聲符)為「全 oan」

『銓：ㄑㄩㄢˊ choan[5] 衡也 量也 次也

詮：ㄑㄩㄢˊ choan[5] 解諭也 評事論理也，詮釋

筌：ㄑㄩㄢˊ choan[5] 取魚竹器也

荃：ㄑㄩㄢˊ choan[5] 香草也』

·栓：ㄕㄨㄢ soan 文→chhoan 文→chi^{n} 白
木釘也，柴栓 栓子 櫼仔 教

·痠：ㄙㄨㄢ soan 文 sng 白 身體痠痛也，痠痛
痠軟

·二豎：膏肓也。
人體心臟和橫膈膜之間的部位。
舊說以為是藥效無法到達處。
引申為病症已達難治的階段。

·豎子居肓，橫人豎子：豎 a（sut^{4} a 走音 罵語也）
（鴻門宴范增罵項羽曰：「豎子不足與謀也，
奪項王天下者，必沛公也。」）
豎：si^{7} 漳 su^{7} 泉

戌 a 錯意 亥 a 錯意 卒仔 俗 （參見第 483 頁，戌）
戌仔(sut^{4})、亥仔(hai^{7})：指戌、亥位居地支
最後的兩個排名。（子、丑、寅、卯、辰、
巳、午、未、申、酉、戌、亥）

春秋時晉侯病重，夢到病症化為二個小孩在對話，說要逃到膏肓之間，使良醫來了也無可奈何。典出左傳·成公十年。後遂以二豎為虐比喻病魔纏身。

·棺：ㄍㄨㄢ koan 文 koa^{n} 白 棺木
棺材(koan chha^{5}/koa^{n} chha^{5}) （參見第 12 頁，安）

30. 著災，敢若，敢是，危險，何乜苦，看覓，新婦婦人人，脫窗，格鬥，格式，挨來缺去，挨粿

多年之灾，若困險崖。
何時脫窘，如婦懷胎。

疏忽惹烖，久閡生灾。
無能突破，忍災苦挨。

·灾、災、烖：ㄗㄞ chai [文] che [白] 天火也，危害也，火災 天災 災難 救災

·著烖、著災、著灾：tio^{7} che [白] 指受害倒楣也，雞災 豬災 著災[教]

·若：ㄖㄨㄛˋ jiok^{8}[泉] [文] jiak^{8}[漳] [文] na^{2}[教]
若是 如若 若何 敢若/見若(ka^{2}-na^{2}[教] 好像也)
敢：ㄍㄢˇ kam^{2}[文] ka^{n2}[白] 勇敢 敢死 敢是

·困：ㄎㄨㄣˋ khun^{3} 圍也 窮也 疲也 艱難也，
圍困 窮困 貧困 困難 困獸猶鬥

·險：ㄒㄧㄢˇ hiam^{2} 難也 不可測也，保險
險境^{3}(參見第 122 頁，境) 陰險(im hiam^{2})
危險(gui^{5} hiam^{2}) 危險(hui^{5}/ui^{5} hiam^{2}[走音])

·崖：ㄧㄞˊ gai^{5} ga^{5} gi^{5}[詩] 在此要念「gai^{5}」以求諧韻

·何：ㄏㄜˊ ho[5] 胡也 那也 問也 姓也，何故
奈若何 為何 何況[3]
何覓苦/何乜苦[教] (ho[5] bih[n4] kho·[2])
看覓 (khoa[n3] bai[n7])
乜：ㄇㄧㄝ bia[2][文] bih[n4][白] 眼乜斜也

·婦：ㄈㄨˋ hu[7][文] pu[7][白] 婦女 夫婦
媳婦[華] 新婦(sin pu[7][台]) (參見第17頁，肥)
婦人人(hu[7] jin[5] lang[5]) 婦女也

·懷胎：指十個月的時間

·脫：ㄊㄨㄛ toat[8] (正)徒活切，音仝奪[8]
thoat[8][氣音] thoah[8][白] 解也 免也 輕易也，
脫衣[華]/褪衫[台] (參見第137頁，褪)
逃脫 脫險 脫線 脫衣舞
目珠/眲脫窗 (bak[8] chiu thoah[8] thang)

·格：ㄍㄜˊ kek[4][文] keh[4][白] 格律 格鬥 格式

·閡：ㄏㄜˊ gai[7] (集)牛代切，外閉也 止也 阻礙
不通也，隔閡
hai[7] (集)下改切，音仝亥，藏塞也

·挨：ㄞ ㄞˊ ai[文] e[漳][白] oe[泉][白] 推也 強進
也，凡物相近也，挨罵 挨餓 挨打
挨來缺(khoeh[4]/kheh[4])去
挨粿(oe ke[2]，e koe[2]，oe koe[2]，e ke[2])

31. 契丹，地契，契兄，客兄，契合，默契 無捨施，驚馬腳，滷肉腳，馬嘶，馬虎、馬夫 馬椅

契而不捨，病而不疒。
舟渡不通，馬行終克。

秋風蕭瑟，秋花將疒。
春雨如絲，夏復顏色。

·契：ㄑㄧˋ ㄑㄧㄝˋ khiat^{4}[文] 勤苦也，
契丹ㄑㄧˋ (khit^{4} tan)
契闊談讌ㄑㄧㄝˋ(khiat^{4} khoat^{4} tam^{5} ian^{3})

khe^{3}[漳] (廣)苦計切，khoe^{3}[泉] khi^{3}[勾] 合也
憂也 苦也 約也 券也，地契 契約 契合 契爸
契母 契兄(khe^{2} hia^{n} 客兄[錯意])
契合(khi^{3} hap^{8})

默契(bek^{8} khiat^{4}[文]，bek^{8} kheh^{4}[白])
khiat^{4}→kheh^{4}[白]

·捨：ㄕㄜˇ sia^{2} (集)始野切，釋也 棄也，捨棄
施^{1}捨 捨身 無捨施^{3}(bo^{5} sia^{2} si^{3} 可憐也)

·病：ㄅㄧㄥˋ peng^{7}[文] pi^{n7}[泉][白] pe^{n7}[漳][白]
疾甚也，病夫 病入膏肓 病院[台] 醫院[華]

發病(phoah4 pin7 [台] 生病[華]) 病人
(參見第 18 頁，發生)

·疒：(參見第 66 頁，累)

·馬：ㄇㄚˇ ban2 [文] be2 [白] 畜也，馬匹 駿馬 快馬
馬首是瞻 馬耳東風 馬力 馬夫 駑馬戀棧
馬鈴薯 騎馬 駑馬腳(滷肉腳/跤[錯意])

馬嘶(ban2 se，今曰喝酒過也) 啉酒馬嘶

馬公 (ban2 keng 媽祖宮→媽宮→馬公)

馬虎：應是馬夫，「馬者為焉，夫者為天」，意
指請裁/凊彩[教] (chhin3 chhai2 隨便也)

馬椅(be2 i2 裝潢工使用的三角形樓梯)

立即：同義複詞，
立馬[華] 即馬[台] 這馬[教]

「馬英九」係專有名詞，以文讀音為妥
(ban2 eng kiu2)
目前台語呼人之姓，約一半文讀音，一半
白話音

32. 無的確，無的定，無定著，無確誓、無較縒咒誓，無得比、沒得比，庖子、廚師、刀煮師總舖師

饕餮無柰，漏網螃蟹。
庖子出招，久癮隨解。

·無：ㄨˊ bu⁵ 文 bo⁵ 白 教 沒有也，無閒 無效
無柰(bu⁵ lai^{n7}) 無法度(bo⁵ hoat⁴ to˙⁷)
無私 無能 無作用 無路用 無定時 無法無天
無辜(bu⁵ ko˙)
無的確(bo⁵ tek⁴ khak⁴ 可能也)
無的定(bo⁵ tek⁴ tia^{n7} 不安分也)
無定著(bo⁵ tia^{n7} tioh⁴ 可能也)

無較縒 教 (bo⁵ khah choah⁸ 於事無補也)
無確誓 俗 （彙）咒誓 教(chiu³ choa⁷)
（縒，ㄘ ㄘㄨㄛˋ chhi 叉宜切，絲亂也）

無得比 沒得比(bo⁵ tek⁴/tit⁴ pi²)
註：「無」、「沒」此兩音時有交互使用的情形

「有功無賞，打破愛賠。」諺 得不償失也

·戶：ㄏㄨˋ ho˙$^{6-7}$ (廣)侯$^{5/7}$古^{2}切，

◯《康熙字典》若切出第 6 聲時的處理方法：
陽上聲/第 6 聲注意事項：(以下例字皆屬文讀音)

第 6 聲轉讀成第 7 聲：《聲母 k. t. p. h. ch. s》
第 6 聲轉讀成第 2 聲：《零聲母及聲母 g. b.》

若子音為「l」或「j」時，轉為第 2 聲或第 7 聲皆有，依習慣讀之即可：

子音「l」〔有的字習慣讀成鼻音 n〕
轉讀為第 2 聲之常見字：

. 旅 lü^{2} . 裡、李、里、鯉 li^{2} . 女 lü^{2} . 禮 le^{2}
. 暖、卵 loan^{2} . 努 lo$^{\cdot 2}$(no$^{\cdot 2}$) . 老 lo^{2}(no$^{\cdot 2}$)
. 魯、鹵 lo$^{\cdot 2}$. 壟、隴、兩 liong^{2} . 朗 long^{2}
. 壘、磊 lui^{2} . 輦 lian^{2} . 柳 liu^{2}
. 覽、攬 lam^{2} . 領、嶺 leng^{2} . 冗、壤 jong^{2}
. 耳 ji^{2} . 忍 jim^{2} . 染、冉 jiam^{2} . 擾 jiau^{2}
. 汝 jü^{2} …

轉讀為第 7 聲之常見字：
. 呂、侶 lü^{7} . 怒 lo$^{\cdot 7}$(no$^{\cdot 7}$) . 餌 ji^{7} . 懦 lo$^{\cdot 7}$…

· 饕餮：(參見第 91 頁，饕、餮)

· 螃蟹：pong^{5} hai^{7}。毛蟹[俗] (bng^{5} he^{7})
(參見第 38 頁，螃、蟹)

· 庖子：ㄆㄠˊpau^{5} 刀煮師也(to chi^{2} sai) 廚師也總舖師也 (參見第 401 頁，煮)(註：舖為鋪之異體字)

33. 勒索、揩油，勒死，儉腸勒肚，記持，張持躊躇，相拄撞，三腳拄，拄數，注文，笮孤注笮--著，湍流，泏--出來，貓鼠，鳥鼠，卵屌沾一下，擦纖，惙一下，氣惙惙，臭濁

餓堪帛勒，老學松柏。
求好堅持，明星喜黑。

·帛：ㄅㄛˊ pek^{8}[文] peh^{8}[白] 絲織品的總稱，絲帛腳帛(昔纏腳布也)。 財貨也，財帛

·勒：ㄌㄜˋㄌㄟ lek^{8}[文] (集)歷得切，馬頭絡銜絡其頭而引之 強迫也，勒索(lek^{8} sok^{4}) 勒令收住韁繩停馬也，勒馬(有銜曰勒，無曰羈)雕刻也，勒石
leh^{4}[白] 儉腸勒肚 (khiam^{7} tng^{5} lek^{8} to·^{7}→khiam^{7} tng^{5} leh^{4}/leh^{n4} to·^{7}[走音])

chhui [白] 用繩繞著拉扯也，勒死[華] (chhui si^{2}，chhui--si^{2}[台])

揩：ㄎㄚ khai (廣)口皆切，舞弊牟利占便宜也，揩油/敲油[教] (kha^{3} iu^{5} 韻母音由 ai→a)
ㄎㄞ khai 擦也，揩背[華]

·堪：(參見第 530 頁，堪)

·松：ㄙㄨㄥ siong^{5}[文] chheng^{1}[白] (參見第 532 頁，松)

·柏：ㄅㄛˊ pek[4]文 peh[4]白 松柏
松柏坑白（chheng[1] peh[4] khi[n]/khe[n]）

·黑：ㄏㄟ hek[4]文 o͘白 烏也 烏黑也，
口語習慣呼「烏」，文言習慣呼「黑」

·持：ㄔˊ ti[5]→chhi[5]（唐）直之切，握也 執也，
把持 持續 支持
記持教（記憶也）會記--持（會記得）
無愛--持(bo[5] ai[3]--ti[5]不要也)
無張持教（bo[5] tiu[n] ti[5]無躊躇也）
（參見第529頁，躊躇）
記--著(ki[3]--tit[4]，獪/未/袂教 記--著）
記乎著(ki[3] ho͘ tiau[5])

◯進入近古音的明朝《洪武正韻》之後，許多聲母音變，有些聲母「t→←ch」、「th←→chh」。但也有在中古音韻的韻書裡就同時收錄兩個上述不同的聲母。例如：

·住：ㄓㄨˋ（持 ti[5]遇 gu[7]/gi[7]切，音 tu[7]/ti[7]→chu[7]/chi[7]） 住/佇佗位(ti[7] to[2] ui[7])
韻母 i→ai chi[7]→chai[7]（參見第207頁，似）
掠乎住(liah[8] ho͘ chai[7])

·拄：ㄓㄨˇ chu[2]→tu[2]（正）腫庾切 音主，撐也
支也，《疏》「拄楣稍舉，以納日光」
拄乎著 拄a好 拄嘴 拄話 一領拄三領

路中拄到你 相拄撞(sio tu^2 tng^7)
拄數(tu^2 $siau^3$ 抵帳也) 拄這(tu^2 $chiah^4$)
臭拄憨($chhau^3$ tu^2 $kham^2$ 瞎貓碰上死耗子) 拄下頦(tu^2/thu^2 e^7 hai^5)
三腳拄(sa^n kha tu^2，三腳督[錯意] [走音])

·注：ㄓㄨˋ chi^3[漳] chu^3[泉](集)朱戍切，聚也 屬也 引也 註也，注意 灌注 注重 注定
葮注斗/葮注 a/加薦仔/葮注袋
(參見第 355 頁，葮注斗)

注文[日]（chu^3 bun^5 ちゅうもん chumon 預定也 訂貨也 點菜也)
chu^3→tu^3 孤注一擲 賭注 投注站 大注
窄孤注(teh^4 ko˙ tu^3)

·窄：ㄗㄜˊ $chek^4$ (廣)側伯切，(側 $chek^4$ 伯 pek^4 切，$chek^4$→tek^4→teh^4)
狹也 迫也，窄--著($chek^4$/teh^4--$tioh^4$/$tiau^5$ 擠到也 壓到也) 硩著[教]

·茶：ㄔㄚˊ ta^5[文] te^5[白] $chha^5$(彙) [俗]
(集)直加切

·查：ㄔㄚˊ ㄓㄚ $cha^{1/5}$ (集、唐)莊加切、鋤加切，水中浮木也 姓也 檢點也，
cha^5→$chha^5$，檢查 $^{1/5}$
cha→ta 查某 查甫 cha po˙/ta po˙)
(參見第 371 頁，查)

·湍：ㄊㄨㄢ thoan（集）他官切，疾瀨也
chhoan(彙)→chhoa^{n3} 白 亂調
湍流(chhoa^{n3} lau^{5}，掣流 教 chhoah^{4} lau^{5})
（參見第 13 頁，湍）

·泏：ㄔㄨˋ tut^{4}→chut^{4}→choat^{4}→choah^{4} 白
水溢出貌，泏水 泏--出來(choah^{4}--chhut^{4} lai^{5}，chut^{4}--chhut^{4} lai^{5})

·知：ㄓ ti→chai 知也/知影 教 （影 eng^{2}→ia^{n2}）

·鳥：ㄋㄧㄠˇ liau^{2}、liau^{n2}、niau^{2}
(正)尼了切，飛鳥(hui liau^{n2}) 鳥語花香
鳥鼠 教 （liau^{n2} chhu^{2} 老鼠也）
貓鼠 台 （liau chhu^{2} 偏義複詞，偏鼠）

另音ㄉㄧㄠˇ 音同屌 tiau^{2}（集）丁了切， tiau^{2}→chiau^{2} 白 粉鳥(hun^{2} chiau^{2})

·屌：ㄉㄧㄠˇ tiau^{2}（字彙）丁了切，貂上聲，男子陰。
(正字通)此為方俗語，史傳皆作勢。去勢
tiau^{2}→chiau^{2} 卵屌(lan^{5} chiau^{2})

·砧：ㄓㄣ tim（集）知林切，音斟。tim→chim
《秋興八首之一‧杜甫》「白帝城高急暮砧」
chim→tiam 白 砧板 菜砧 肉砧

·珍：ㄓㄣ tin (集)知鄰切，从音真
tin→chin 美也 貴也，珍珠 珍惜

·鋤：chü^{5} (集)牀魚切，chü^{5}→tü^{5}/ti^{5} 鋤頭

·沾、霑：ㄓㄢ chiam(集)(正)之廉切，音詹，
漬也 濡也
《陳丞相世家》「汗出沾背」，通作霑
chiam→tiam→tam (少了介音「i」)
沾--一下(tam--chit^{8} e^{7} 走音)

·棹、櫂：ㄓㄠˋ tau^{7} (集)直教切，tau^{7}→chau^{7}
chau^{7}(彙) 船槳也

·滓：ㄗˇ chi^{2} (唐)阻史切，chi^{2}→tai^{2}/thai^{2}
澱也，茶滓 尿滓 滓渮(汰渮 thai^{3} ko ?)

·窗：chhong/chhang (集)麤叢切、
(韻會)初江切，chhang→thang 白 窗 a 門

·鏺：ㄓㄨㄟˋ toat^{4}→phoah^{4} (彙)刀割草也，
鏺柴。 chhoah^{4} 鏺番薯簽之器具
擦：ㄘㄚ chhat^{4}→chhoah^{4}
擦纖/籤/籤 (chhoah^{4} chhiam) 擦番薯纖

·惙：ㄔㄨㄛˋ toat^{4}→chhoah^{4} (彙)
心驚也，惙一下 氣惙惙
惙一跳/*走兆* (chhoah^{4} chit^{8} tio^{5})

·推：ㄊㄨㄟ thui(彙) the 漳 thoe 泉
chhui 勾 （參見第65頁，推）

·濯：ㄓㄨㄛˊ tok⁸/tak⁸（集）直角切，音濁，
滌也，tok⁸→chok⁸ 濯纓 濯足

·濁：ㄓㄨㄛˊ tok⁸/tak⁸（集）直角切，音濯，
混也，tok⁸→chok⁸ 臭濁(chhau³ chok⁸)
lo⁵ 白 濁水溪 水濁(chui² lo⁵)

·貞：ㄓㄣ teng→cheng（集）知盈切，正也
定也，堅貞 貞潔

·屯：ㄓㄨㄣ tun（集）株倫切，難也，
ㄊㄨㄣˊ tun⁵（集）徒渾切，聚也，屯兵
tun⁷ 白（彙）
邅：tian（集）張連切，難行不進貌
迍(屯)邅：ㄓㄨㄣ ㄓㄢ tun tian
(今日 tun³ tian/tiⁿ 遲疑不前也)

·礁/焦：ㄐㄧㄠ chiau→ta（韻母 iau→a）
礁溪 嘴焦 乾焦/干焦 教

·陣：ㄓㄣˋ tin⁷→chun⁷ 罩陣 陣容 一陣風

·斫：ㄓㄨㄛˊ 之若切 音灼 chiok⁴→tok⁴
(少介音 i) 刀斬也，斫柴

·遭：ㄗㄠ cho→tio （集)臧曹切，遇也，
遭賊偷 遭災/著災(tio che [教])

·捶：ㄔㄨㄟˊ chui^{5}/choe^{5}→tui^{5} 通作搥，
搗也，捶心肝(choe^{5} sim kan [文]，tui^{5} sim koa^{n} [白]) 捶頭殼
捶/搥胸坎(tui^{5} heng kham^{2})

·晝：ㄓㄡˋ chiu^{3}→tiu^{3} （集)陟救切，音咒
陟：ㄓˋ tek^{4} （集)竹力切，登也 陞也
《書．舜典》「汝陟帝位」
tau^{3} [白] 中晝(tiong tau^{3} 中午也)

·沖：ㄔㄨㄥ tiong$^{1/5}$→thiong$^{1/5}$→chhiong$^{1/5}$
（集)持中切 （韻補)仲良切，音長
tiong^{5}→thiong^{5}→chhiong^{5}→chhiang^{5}→chang^{5} 沖水 淌淌滾/沖沖滾[教]

·趟：（參見第 85 頁，趟)

·酌：ㄓㄨㄛˊ chiok [泉] chiak [漳]
chiak^{4}→chak^{4}→tak^{4}→tah^{4}
酌酒(tah^{4} chiu^{2})，酌油(tah^{4} iu^{5})
（參見第 195 頁，酌)

·臭：ㄔㄡˋ chhiu^{3}→thiu^{3}→chhau^{3} [俗] 臭豆腐
（集)尺救切，抽去聲 （參見第 307 頁，臭)

…

34. 辣椒，不羞鬼，不是款，不當，不旦時

果澀因早，薑獭要老，
適時東西，不好也好。

·辣：ㄌㄚˋ lat[8]文 loat[8]文 loah[8]白 辛甚曰辣
辛辣 辣椒 心狠手辣(sim hun[2] siu[2] loat[8])

·獭：ㄒㄧㄢ hiam (集)馨兼切，香也 辛味也，獭薑
(參見第 428 頁，莶、獭)

·澀：ㄙㄜˋ sip[4] (集)色入切，不滑也，青澀
siap[4]俗 酸澀 苦澀 澀味 艱澀

·老：(參見第 90 頁，老)

·不：ㄅㄨˋ put[4]文 m[7]白 (彙) 非也 未也，
不二故 姑不將 姑不而將 不羞鬼(siu→su)
不求人 不好 不是款 不成人(m[7] chia[n5] lang[5])
毋：m[7]教 白 毋但教 (m[7] na[7])
不當(m[7] thang 不要也，put[4] tong[3] 不適合也)
ㄈㄡˇ ho˙[2]勾 仝否，不然也，否則

不旦時：(put[4] tan[7] si[5]文，m[7]--ta[n7] si[5]白)
指極短的時間
《韓詩外傳》「雉關於籠中，雖常啄粱粟，不旦時而飽，卻羽毛憔悴，低頭不鳴」

<u>35. 杯葛，比並，河洛，各樣，脫窗，縖領巾
頷面，慣習、慣勢，寂寞，恬寂寂，電索
落落長，納涼，壓手把，匝頭，匝--起來
棉績被，燒烙，胳胉跤，衣著，著--啦，著火
潑猴，潑水，撥時間，目睫毛，搳拳，划拳
泏水，汰枋，對人汰、汰功夫，疶屎，喝聲
乎/予你聽，定著，搭肩，褡衫，鴨霸、壓霸
插話，插花，這踏，一沓錢，煠/煤菜，盒a
虎頭鍘，搨胸坎，蛇蜇、蟑螂，貼錢，貼心
貼鈎，貼偎</u>

竝非無適合，失意為杯葛。
忍退雙方贏，今秋有麥割。

·杯葛：poe/pai kat[4]

集體抵制之意

一種抵制運動，如不參與、不買賣、不工作、不援助、不接觸，以促使對方反省的運動，均稱為「杯葛運動」。

杯葛是外來語—boycott

1880 年，英國地主反對當時的土地改革，拒絕降低 25% 的田租，並驅逐佃戶。當時的英軍退役上尉 Charlie Boycott，在愛爾蘭擔當梅歐郡地主歐恩爵士的土地經紀人，並殘酷剝削和壓迫愛爾蘭地區的農民，最後在「土地同盟」的領導下發起了杯葛運動，成為英國杯葛運動的起源。

1880 年是清光緒 6 年，中國自明朝即逢歐洲大航海時代中期，歐洲因商業利益東來，就和當時清朝有密切的貿易往來，語言借用情形自然發生。估計此篇讖詩文應在清末時期所寫。

·竝：ㄅㄧㄥˋ peng[7] 並也 比也 皆也 偕也，
比並(pi[2] p/pheng[7] 氣音)

·合：ㄍㄜˇ ㄏㄜˊ kap[4] 文 kah[4] 白 hap[8] 俗
hah[8] 白 併集 會也 同也 遇也 答也，
合意(kah[4] i[3] 甲意 俗，hah[8] i[3]) 相合(sio kap[4]) 合作(hap[8] chok[4]) 會合(e[7] hah[8])
(參見第 274 頁，合)

○白話音係一般人生活上對話之語音，其中有很多語音，特別是由文讀音的入聲音韻尾
「t. p. k」轉成「h」
也就是入聲韻尾「h」，只在白話音才有

註：「op、ok」皆呼圓口「o˙」，「oh」則呼扁口「o」

●台語入聲韻尾「k→h」，而成為文白音對轉的情形，例如：

·洛：ㄌㄨㄛˋ lok[8]→loh[8] 河洛(ho[5] loh[8] 福佬/老 教)
·落：ㄌㄨㄛˋ lok[8]→loh[8] 落落長(loh[8] loh[8] tng[5])
坐落(cho[7] loh[8] 位置也)

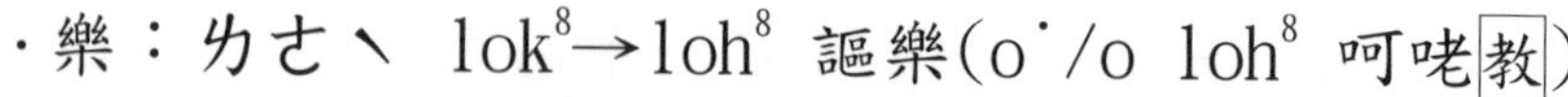
·樂：ㄌㄜˋ lok^{8}→loh^{8} 謳樂(o˙/o loh^{8} 呵咾[教])

·各：ㄍㄜˋ kok^{4}→koh^{4} 各樣(koh^{4} iu^{n7} 異常也)

·卻：ㄑㄩㄝˋ khiok^{4}→khioh^{4} 卻覺(khioh^{4} kak^{4} 抾捔[教]) 知覺[反] (參見第 365 頁，覺)

·烙：ㄌㄨㄛˋ lok^{8}→loh^{8} 烙印(lok^{8} in^{3})
燒烙(sio loh^{8}→sio lo^{7}[走音] 熱絡也)

·莫：ㄇㄛˋ bok^{8}→boh^{8} 莫要緊 莫需要
莫要莫緊 莫較長(boh^{8} kha^{3} tng^{5}/tiong^{2})

·索：ㄙㄨㄛˇ sok^{4}→soh^{4} 繩索 電索(電線也)

·胳：ㄍㄜ kok^{4}→koh^{4} 胳膊[華]
胳腒跤[教] (koh^{4} lang^{2} kha)
胳肢[華]/撓肢[台]/擽呧[教] (giau^{n} ti 用手指致癢也)

·閣：ㄍㄜˊ kok^{4}→koh^{4} 樓閣(liu^{5} kok^{4})
蓬萊閣(hong^{5}/phong^{5} lai^{5} koh^{4})

·桌：ㄓㄨㄛ tok^{4}→toh^{4} 椅桌(i^{2} toh^{4})

·樸：ㄆㄨˊ phok^{4}→phoh^{4} 樸實(phoh^{4} sit^{8})

·粕：ㄆㄛˋ phok^{4}→phoh^{4} 豆粕(tau^{7} phoh^{4})

·朴：ㄆㄨˊ ㄆㄧㄠˊ ㄆㄛˋ phok^{4}→phoh^{4}
朴子(phoh^{4} chü^{2})

·拓：ㄊㄨㄛˋ ㄊㄚˋ thok^{4}→thoh^{4}
開拓(khai thok^{4}) 拓本(thoh^{4} pun^{2})

·做：ㄗㄨㄛˋ chok^{4}→choh^{4} 做死(choh^{4} si^{2})

·薄：phok^{8}→phoh^{8} 薄命(phok^{8} beng^{7})
淡薄(tam^{7} phoh^{8})

·著：ㄓㄠˊ ㄓㄨㄛˊ
tiok^{8}→tioh^{8}→toh^{8}(少介音「i」)

衣著(i tiok^{8}) 執著(chip^{4} tiok^{8})
著--啦(tioh^{8}--la) 著火(toh^{8} he^{2}/hoe^{2})

·藥：一ㄠ丶 iok^{8}→ioh^{8} 西藥(se ioh^{8})

·鶴：ㄏㄜ丶 hok^{8}→hoh^{8}
白鶴(pek^{8} hok^{8}[文] peh^{8} hoh^{8}[白])

·郭：ㄍㄨㄛ kok^{4}→koh^{4} 城郭(seng^{5} kok^{4})
郭--先生(koh^{4}/keh^{4}/koeh^{4}--sian si^{n})

·錯：ㄘㄨㄛ丶 chhok^{4}/chho͘^{3}[文]→chhoh^{4}/chho^{3}
[白] 錯誤 錯失

…

● 台語入聲韻尾「t→h」，而成為文白音對轉的情形，例如：

·直：ㄓˊ tit^{8}→tih^{8} 一直(it^{4} tih^{8} 不間斷也)

·熄：ㄒ一ˊ sit^{4}→sih^{4} 熄火 拍熄(phah^{4} sih^{4})

·寂：ㄐ一ˊ chit^{8}→chek^{8}→chih^{4}或chhih^{4}
恬寂寂(tiam^{5} chih^{4} chih^{4}，
tiam^{5} chhih^{4} chhih^{4})
寂寞(chit^{8}/chek^{8} bok^{8}→siok^{8} bok^{8}[走音])

·縖：ㄒ一ㄚˊ hat^{8} （集）下瞎(hat^{4})切，束物也，
hat^{8}→hah^{8} 縖領巾(hah^{8} lia^{n2} kun 圍圍巾也)

·辣：ㄌㄚ丶 loat^{8}→loah^{8} 辛辣 辣椒(loah^{8} cho)

·頳：ㄌㄨㄛ loat^{8}→loah^{8} 頳面(loah^{8} bin^{7} 打臉也)

·說：ㄕㄨㄛ soat^{4}→seh^{4} 解說(kai^{2} seh^{4}/soeh^{4})
說明(seh^{4}/soeh^{4} beng^{5})

·紮：ㄓㄚˊ chat^{4}→chah^{4} 紮便當（仝扻便當）

·搳：ㄏㄨㄚˊhat^{8}（集）下瞎切，音轄。猜測也
行酒令也，搳拳[台]（hoah^{8} kun^{5} 划拳[華]）
hat^{8}→hoah^{8} 多了介音「o」

·割：ㄍㄜ kat^{4}[文] koah^{4}[白] 諸侯割地 割草
割讓 割據 割愛 割斷 刣割[教] 開刀也
刣：ㄓㄨㄥ thai^{5}[教]

·揦：ㄌㄚˋ ㄌㄚˊ lat^{8}→loah^{8} 揦背

·發：ㄈㄚ hoat^{4}→p/phoat^{4}→phoah^{4} 生病也
（集）（正）方伐切，（方：聲母為h/p）
發病[台]（phoah^{4} pi^{n7}/pe^{n7}）/生病[華]/破病[教]

·潑：ㄆㄛ phoat^{4}→phoah^{4} 潑猴（phoat^{4} kau^{5}）
潑水（phoah^{4} chui^{2}）

·撥：ㄅㄛ poat^{4}→poah^{4} 撥開 撥款 撥時間

·渴：ㄎㄜˇ khat^{4}→khoah^{4} 涸渴也

·鉢：ㄅㄛ poat^{4}→poah^{4} 托缽/鉢 擊缽詩

·葛：ㄍㄜˊ kat^{4}→koah^{4} 草名 姓也，葛布衣
葛粉

·錣：ㄓㄨㄟˋ toat^{4}→phoah^{4}（彙）刀割草也，
錣柴。toat^{4}→chhoah^{4} 錣番薯簽之器具

·擦：ㄘㄚ chhat^{4}→chhoah^{4}
擦纖/釺/籤（chhoah^{4} chhiam）

·泏：ㄔㄨˋ ㄕㄜˋ choat^{4}→choah^{4} 水泏出也

·獺：ㄊㄚˋ that^{4}→thoah^{4} 水獺

·闊：ㄎㄨㄛˋ khoat^{4}→khoah^{4} 闊別 開闊 闊嘴

·汰：ㄊㄞˋ thai^{3}/that^{4}→thoah^{4} 簡淅也，
汰乎清氣 汰予清氣[教]
對人汰 汰功夫（thoah^{4} kang hu 跟人學也）

·活：ㄏㄨㄛˊ hoat^{8}→oah^{8} 生活 活潑 活動

·煞、殺：ㄕㄚˋ ㄕㄚ sat^{4}→soah^{4} 煞尾(soah^{4} be^{2}) 煞氣(soah^{4} khui^{3}) (煞)剎車(sat^{4} chhia) 煞/殺拍(soah^{4} phah^{4} 紲拍[教])

·抹：ㄇㄛˇ ㄇㄛˋ ㄇㄚ boat^{4}→boah^{4} 抹粉

·末：ㄇㄛˋ boat^{8}→boah^{8} 細粉也 遠也 端也，末世 末端 香末(hiu^{n} boah^{8})

·瘬：ㄒㄧㄝˋ siat^{4}→chhoah^{4} 瘬屎

·喝：ㄏㄜ ㄏㄜˋ ha/hat^{4}→hoah^{4} 大聲訶也，喝聲(hat^{4} sia^{n}，hoah^{4} sia^{n})

·捋：ㄌㄨㄛ ㄌㄜˋ ㄌㄩˇ loat^{8}→loah^{8} 手按也，捋背 捋尻脊骿[教]

·熱：ㄖㄜˋ jiat^{8}→joah^{8}/loah^{8} 鬧熱 熱天 熱拂拂 熱天(loah^{8} ti^{n})

·脫：ㄊㄨㄛ thoat^{4}→thoah^{4} 解脫(kai^{2} thoat^{4}) 脫衣舞 脫窗(thoah^{4} thang)

·拔：ㄅㄚˊ poat^{8}→phoah^{8} 披也，拔肩 拔衫

·跋：ㄅㄚˊ poat^{8}→poah^{8} 蹎跋也，跋倒

·鈸：ㄅㄚˊ ㄅㄛˊ poat^{8}→poah^{8} 鐃鈸 鐃鈸

·黜/詘：ㄔㄨˋ thut^{4}→thuh^{4} 黜/詘臭(thuh^{4} chhau^{3} 掀底也)

·禿：ㄊㄨ thut^{4}→thuh^{4} 禿額 禿頭(thuh^{4} thau^{5})

·挖：ㄨㄚ oat^{4}→oeh^{4} 挖土 挖孔

…

●台語入聲韻尾「p→h」，而成為文白音對轉的情形，例如：

·甲：ㄐㄧㄚˇ kap^4→kah^4 菜甲 甲意 甲等
·岬：ㄐㄧㄚˇ kap^4→kah^4 山岬 岬角
·搭：ㄉㄚ tap^4→tah^4 搭船 搭車 搭肩
　搭配(tap^4 phoe^3/phe^3，tah^4 phoe^3/phe^3)
·塔：ㄊㄚˇ thap^4→thah^4 鐵塔
　高塔(ko thah^4，懸塔[教] koan^5 thah^4)
·褡：ㄉㄚ tap^4→t/thah^4 衣蔽也，
　褡衫(thah^4 sa^n→tha^7 sa^n[走音] 搭配或加一件衣服)

·鴨：ㄧㄚ ap^4→ah^4 鴨綠江 番鴨 鴨肉扁
·押：ㄧㄚ ap^4→ah^4 拘押 押人
臘、蠟、獵：ㄌㄚˋ ㄌㄧㄝˋ lap^8→lah^8
　臘月 臘腸 打蠟 狩獵 打獵

·踏：ㄊㄚˋ tap^8→tah^8 這踏
　這腳踏(chit^4 kha tah^8 這裡，鹿港方言)
　彼腳踏(hit^4 kha tah^8 那裏，鹿港方言)
　高踏鞋(koan^5 tah^8 oe^5/e^5 高跟鞋[華])

·疊：ㄉㄧㄝˊ t/thiap^8→thah^8 重疊 疊高
　相疊 疊羅漢

·沓：ㄊㄚˋ tap^{8}→tah^{8} 重疊也，一沓錢
·炠/煠：ㄒㄧㄚˊㄧㄝˋ sap^{8}→sah^{8} 炠/煠菜
·匣、盒：ㄒㄧㄚˊ ㄏㄜˊ ap^{8}→ah^{8} 一盒 盒a
·雜：ㄗㄚˊ chap^{8}→chah^{8} 錯雜聲 雜項 雜史
下雜a(下料也)
·鍘：ㄓㄚˊ chap^{4}→chah^{4} 虎頭鍘 刀鍘 鍘草
·蚋：ㄖㄨㄟˋ lap^{8}→lah^{8} 仝蠟
加蚋a(萬華後車站之古地名)
·榻：thap^{4}→thah^{4} 榻榻米 下榻
·搨：ㄊㄚˋthap^{4}→thah^{4}/tah^{4} 手打也，搨心肝
搨胸坎（摧心肝 choe^{5} sim koa^{n} 白）
·譶：ㄊㄚˋ tap^{8}→tak^{8}→tah^{8} 俗
（參見第152頁，譶）
·舺：kap^{4}→kah^{4} 甲板 俗
·硳：chap^{4}→chah^{4} 用重力壓下也，硳石頭

·虼蚻 教：ㄍㄜˋ ㄓㄚˊ（ka choah^{4}）
chap^{4}→chah^{4}/choah^{4}？
虼蚻（ka choah^{4} 蟑螂也），蚻蜻似蟬而小
虼：音不詳
·貼：ㄊㄧㄝ thiap^{4}→thap^{4}→tah^{4} 體貼
貼錢(thiap^{4} chi^{n5}→thap^{4} chi^{n5} 俗)
貼心(tah^{4} sim) 貼偎(tah^{4} oah^{4} 靠近也)
貼鈎(tah^{4} kau 碼頭工人背麻袋手持之鈎)

·闔：ㄏㄜˊ hap^{8}/khap^{8}→khah^{8} 閉也，闔門
門闔偎--來(掩門也)

·頁：一ㄝˋ iap^{8}→iah^{8} 頁數(iah^{8} so͘^{3})

·⿰衤甲：ㄒ一ㄚˊ kap^{4}→kah^{4} 吊⿰衤甲a (tiau^{3} kah^{4} a)

·扱：ㄐ一ㄚ chap^{4}→chah^{4} 同挾，挈也
扱便當/紮便當(chah^{4} pian^{7} tong)

·盒：ㄏㄜˊ ap^{8}→ah^{8} 一盒(chit^{8} ap^{8}，chit^{8} ah^{8})
(chit^{8} khe^{2} a 是 case [英])

·佮：ㄍㄜˊ kap^{4}→kah^{4} 我佮你(goa^{2} kah^{4} li^{2})

·習：ㄒ一ˊ sip^{8}→sih^{8} 慣習(koan^{3} sih^{8}/si^{3} 慣勢[教]

·霎：ㄕㄚˋ sap^{4}→sah^{4} 霧霎霎(bu^{7} sah^{4} sah^{4})
霎霎a雨(sap^{4} sap^{4} a ho͘^{7} 毛毛雨也)

·塞：ㄙㄞˋ sai^{3}/siat^{4}→seh^{4} 塞錢(捐也 行賄也)

·納：ㄋㄚˋ lap^{8}→lah^{8} 納涼(lah^{8} liang^{5})
(na^{2} liang^{5} [走音])

·合：ㄏㄜˊ hap^{8}→hah^{8} (正)胡閤切，音盒
(參見第109頁、274頁，合)
合需/合軀[教] (hah^{8} su 合身也)

·壓：一ㄚ ap^{4}→ah^{4} 壓霸(ah^{4} pa^{3}) 欺壓 鎮壓
壓落底(ah^{4} loh^{8} toe^{2}/te^{2})
壓手把(ap^{4}→at^{4} chhiu^{2} pa^{2}) 遏手[教] (握手也)

·插：ㄔㄚ chhap^{4}→chhah^{4} 插事(chhap^{4} sü^{7})
插牌(chhap^{4} pai^{5}) 插手(chhap^{4} chhiu^{2})
插花(chhah^{4} hoe) 插嘴 插話

·粒：ㄌ一ˋ lip^{8}→lih^{8} 棋粒/棋子[教](ki^{5} lih^{8})
弈棋粒(ek^{8} ki^{8} lip^{8}→ih^{8} ki^{5} lih^{8})
liap^{8}[白] 飯粒

·睫：ㄐ一ㄝˊ chiap^{8}→chiah^{8} 迫在眉睫
目睫毛(bak^{8} chiah^{8} bng^{5}) 睫毛膏

·匝：ㄗㄚ chap[4]→chah[4]→chat[4]落韻

圓滿的，匝月

圍一周也，圍宛城三匝 繞樹三匝

密也 盛也，匝頭(chap[4] thau[5] 喻頭腦不靈光也) 匝匝(chap[4]→chat[4]落韻 緊密也)

匝--起來(chah[4]--ki[2] lai[5] 引申遮、堵也

…

◯ 註：入聲音為「ek」，則可能轉成白話音的「ioh」。 例如：

·惜：ㄒㄧˊ sek[4]→sioh[4] 惜惜 可惜 疼惜

·績：ㄐㄧ chek[4]→cheh[4]→chioh[4]

棉績被(bi[n5] chioh[4] phe[7]/phoe[7])

·臆：ㄧˋ ek[4]→ioh[4] 乎你臆/予你臆教（猜也）

·尺：ㄔˇ chhek[4]→chhioh 尺寸 公尺

·糴：ㄉㄧˊ tek[8]→tioh[8]→tiah[8] 糴米 糶米反（ㄊㄧㄠˋ thio[3]）糶手(拍賣員也)

·石：ㄕˊ sek[8]→chioh[8] 石頭（聲母 s→ch）

·著：ㄓㄠˊ tek[8]→tioh[8] 著定(tek[8] tia[n7]安靜)

定著(tia[n7] tioh[8] 安靜也)

著--啦(tioh[8]--la，是也)

…

何況其中很多發音是走音的，可是積非成是之後，就無法挽救。以下例句雖然聽起來瘸瘸的，但是若不及時矯正，年久月深，也可能變成當然耳。例如：

·答案：tap^{4} an^{3}→tah^{4} an^{3}
·十六樓：chap^{8} lak^{8} lau^{5}→chah^{8} lah^{8} lau^{5}
·一箍銀：chit^{8} kho͘ gun^{5}→chih^{8} kho͘ gun^{5}
·撤銷：thiat^{4} siau→theh^{4} siau
·撇步：phiat^{4} po͘^{7}→pheh^{4} po͘^{7}
·肅靜：siok^{4} cheng^{7}→so͘h cheng^{7}
·昨夜：chok^{8} ia^{7}→chah^{8} ia^{7}
·目鏡：bak^{8} kia^{n3}→bah^{8} kia^{n3}
·激烈：kek$^{4\text{-}8}$ liat^{8}→keh^{4} leh^{4}
·腹肚：pak^{4} to͘^{2}→pah^{4} to͘^{2}
…

·意：一ㄧˋ i^{3} 志也 心所向也，心意 意思 中意
意見 愜意 合意(hap^{8} i^{3}，hah^{8} i^{3}，kah^{8} i^{3})
甲意[俗] 意料 意外 言簡意賅
生意 [華]：ㄕㄥ ㄧˋ 生機也 買賣也
生理 [台]：seng li^{2} 生物的生活現象也 買賣也

《古今奇觀·七卷》
「今見朱小官在店，誰家不來作成，所以生理比前越盛。」

《古今奇觀·三十卷》

「引孫是個讀書人，雖是尋得間破房子住下，不曉得別做生理，只靠伯父把得這些東西逐漸用去度品回。」

《今古奇觀》是中國明代末年短篇白話小說集姑蘇抱甕老人編。由此可見那時候的語言字音已經將進入河洛語近古音的時期，也正是語音最亂的時期。

·忍：(詳見「目錄11·第40頁」，忍)

36. 活活叫，活潑，潑水，雞毛筅，筅黜，拼音拼罩，併命，打拚，拚糞埽，盡量拚/盡碰拚盡量/盡磅

活潑猴難牽，亂飛雞筅田。
忠實是關鍵，狗來富貴連。

·活：ㄏㄨㄛˊ hoat^{8}[文] oat^{8}[俗] oah^{8}[白] 生動也
生也，生活 活動 活潑(oat^{8} phoat^{4}) 活水
hoat^{8}→oat^{8} 係受「胡決切」之「胡」字
聲母由「ho·^{5}→o·^{5}」的影響。

koat^{4}（集)古活切，水流聲也，《詩·衛風》
「北流活活」(註：應屬上古音之狀聲詞，今形
容大口喝水，活活叫 koat^{4} koat^{4} kio^{3})
(參見第 222 頁，叫)

·潑：ㄆㄛ phoat^{4}[文] phoah^{4}[白] 散去水也 澆也，
活潑 潑猴 潑婦 潑辣[華]（刺爬爬[台]）潑水

◯自五胡亂華之後語音漸漸發生改變，某些字音的
聲母音可能由零聲母變成有「h」的聲母，即
「零聲母⇄h」互換，而成為文白音的不同。
（註：零聲母和 h 聲母的互換會影響切音，最常
出現的是「胡」字的聲母。）例如：
(詳見「目錄 13. 第 45 頁」，雲)

·牽：khian[文] khan[白]（少了介音「i」）
(參見第 248 頁，牽)

·筅：ㄒㄧㄢˇ sian^{2} 文 chhian^{2}/chheng^{2} 白
筅帚也 兵器也，雞毛筅 狼筅
筅黗(chheng^{2} thun^{5})

黗：ㄊㄨㄣˊthun^{5} 黃濁也 黑也，衫色黗黗
「做雞就筅 chheng^{2}，做人就反(拚)peng^{2}，
做牛就拖，做人就磨。」諺

·拚：ㄆㄢˋ pian^{7} 文 pia^{n3} 白 拊手也 手舞貌，
埽廚也
《疏》拚是除穢，埽是滌蕩
拚掃 拚糞埽(pia^{n3} pun^{3} so^{3})
盡量拚/盡碰拚 俗 盡量/盡磅 教（盡量也，
量、磅皆是秤具也）（參見第 34 頁，香）

打拚：（日治時嚴格要求家戶每月必須定期拍打
棉被曬太陽，以及清掃灶腳，養成衛生習慣。
所以婦女們見面時都會互相招呼「打拚未?」）

·併命：ㄅㄧㄥˋ peng^{7} 文 pia^{n3} 白 同死也，又競
也，《註》「對敵相拒也」。今錯意為拼命ㄆㄧㄣ

·拼：ㄆㄧㄣ p/pheng 文 phin 俗（集）悲萌切，
湊合也，拼湊 華 拼罩(phin tau^{3}) 拼音

·富：（參見第 178 頁，富）

37. 環境，境界，清糜、湆糜，糜爛、潘湆

境遇不憺，求速必慘。
度過今年，無糜有湆。

·境：ㄐㄧㄥˋ keng^{2} (集)舉影切，疆也
　　一曰竟也，通「竟 keng^{3}」 環境^{3} 境$^{3-2}$界
　　通常華語的第四聲調在台語則為第三或第七聲調
　　但是今音俗呼「環境^{2}」

·不：(參見第 107 頁，不)

·憺：ㄉㄢˋ tam^{7} 憺靜也 安也，神不能憺 心憺
　　《謝靈運詩》「游子憺忘歸」

·糜：ㄇㄧˊ bi^{5} [文] 粥也 爛也 浪費也 亂也，
　　糜爛 糜費 盜賊糜沸
　　boai^{n5} [白] be^{5} [白] boe^{n5} [白] 水飯也，
　　清糜(chheng be^{5}/boe^{n5}/boai^{n5})
　　糜爛(bi^{5} loa^{n7} 生活糜爛，另意為毀傷也。
　　糜爛作穡，勤也)
　　ㄇㄟˊ 黍類的別名，糜子
　　(參見第 209 頁，糜)

·湆：ㄑㄧˋ khip^{4} [文] am^{2} [白] 幽濕也
　　潘湆(phun am^{2} 餿水也)
　　湆糜(am^{2} be^{5}/boe^{n5}/boai^{n5} 清粥也)

38. 槳、櫓、樐、艣、艪，篙船、篙ボート、篙 boat 擼死，倒退攄

雙槳逆擼/撈，寧以單櫓。
未逢順流，只好暫渡。

一再失誤，篙公難艪。
最好他圖，否則難渡。

· 槳：ㄐㄧㄤˇ chiong[2] 文 chiu^{n2} 白 船槳

· 艣/櫓/艪：ㄌㄨˇ lo·[2] 行船搖櫓 仝樐
艣/櫓：櫓單槳雙，槳短櫓長
「告(篙[3])，敢若搖櫓。」俚
取「告 ko[3]、篙 ko[3]」的諧音，意指無效也

· 篙：ㄍㄠ ko（集)居勞切，進船竿也，撐篙 竹篙
ko[3]（集)居號切，木槳筏船也，
篙[3]船(ko[3] chun[5]) 仝槔
篙 bo·[3]-to·[3]（篙ボート日 篙 boat 英 筏小船也）

· 擼/掳：ㄌㄨˇ lo·[2] 搖動也，擼--死

· 攄：ㄕㄨ thu 泉 thi 漳（集)抽居切，舒也 布也 散也，攄陳意見
lu 教 推剪 推移，攄仔 攄頭毛 倒退攄

39. 尾絡、尾溜，剪絡 a，歡迎，迎神，總摠頭 菜頭摠，摠頭鬃

迎新送舊，飽食忘憂。
千緒一絡，總之無愁。

·絡：ㄌㄧㄡˇ liu^{2}（集）力九切，絲縷的組合也，
《類篇》一曰絲十為綸，綸倍為絡
量詞：麵線一絡　一絡頭鬃　五絡垂髯
尾絡/尾溜[教]（boe^{2}/be^{2} liu^{2}→liu^{1}[亂調] 尾巴也）（參見第 131 頁，尾）

剪絡 a：扒手也。剪鈕仔[錯意]
昔繫荷包等物的絲線，扒手常剪斷此線而行竊，故稱剪絡(剪絡 a)

·緒：ㄒㄩˋ sü^{7} 絲的端頭　開端也　殘餘也，緒端

·迎：ㄧㄥˊ geng^{5}[文]　gia^{n5}[白]　歡迎(hoan geng^{5})
迎神(gia^{n5} sin^{5}) 迎接(geng^{5} chiap^{4})
(由於華語沒有聲母「g」，所以許多人無法正確地發出 geng^{5} 之聲音，而呼之為 eng^{5})

·總：ㄗㄨㄥˇ chong^{2}[泉]　chang^{2}[漳]　仝摠，用手聚束之，總角　總括　總集　總結(chong^{2} khiat^{4})
總攬　總摠頭(chong^{2} chang^{2} thau^{5})
菜頭摠(chhai^{3} thau^{5} chang^{2})
摠頭鬃(chang^{2} thau^{5} chang)

40. 雙手搿，掰開，掰--開，捧場，狀況，田蚌

寒來暑往，每下愈況。
蚌養蛤池，生珠用搿。

·搿：ㄍㄜˊ phong^{2} 仝捧，正也 持也 兩手相合也，搿物件 用手搿 雙手搿

·掰：ㄅㄞ poe^{2} 漳 白 教 pe^{2} 泉 白 教 撥也 拂也，掰$^{2-1}$開 掰^{2}--開 掰走 掰頭鬃

·捧：ㄆㄥˇ hong^{2}/phong^{2}
彩袖殷勤捧玉鍾 雙手用捧 捧腹大笑
phang^{5} 白 雙手端也，捧飯碗 捧場

·況：ㄎㄨㄤˋ hong^{3} (集)(正)許放切，
狀況^{3}(chong^{7} hong^{3}) 每下愈況^{3} 況$^{3-2}$是
hong^{2} (唐)許訪切 亂調 (《唐韻》是唐朝的韻書，比宋朝的《集韻》早。
雖然大多數人習慣使用「hong^{2}」，但基於變調的理論，仍建議改為「hong^{3}」。)

·蚌：ㄅㄤˋ pong^{7}/pang^{7} 蜃屬，大蛤也，
田蚌/田貝(chhan^{5} poe^{3} 俗)

·蛤：ㄍㄜˊ kap^{4} 蛤蜊(kap^{4} li^{5}/le^{5} 蜊仔 la^{5}-a 教)
蚌蛤也，小曰蛤 大曰蜃(ㄕㄣˋ sin^{7})
ㄏㄚˊ 蛤蟆(kap^{4} ba^{5} 蟼蜍也)(參見第 7 頁，蜍)

41. 孑孓，孑然一身，蠓仔，蠔 a 煎、蚵仔煎
煎茶，煎藥，僭造，相染、相濫，墮胎、落胎

歷經春花秋月，挨過夏日冬雪。
受冷熱之煎熬，蚉脫胎於孑孓。

·孑：ㄐㄧㄝˊ kiat^{4} 單也 餘也 短也 後也，孑立
孑然一身 孑遺

·孑孑：特出貌，《詩．鄘風》「孑孑干旄，在浚之城。」

·孓：ㄐㄩㄝˊ khoat^{4} 孑孓小虫，孑孓

·孑孓(kiat^{4} khoat^{4}) 蚊也 蚉也 蟁也，
水蛆 chhu [泉] chhi [漳] 一名蛣蟩
《註》倒跂蟲也，化為蟁（參見第 141 頁，蠉）

·蚊、蚉、蟁：ㄨㄣˊ bun^{2} [文] bang^{2} [白] 蠓仔 [教]

·挨：（參見第 95 頁，挨）

·煎：ㄐㄧㄢ chian [文] choa^{n} [白] 烹調法 熬也，煎熬
蚵仔煎 [俗] (o^{5} a chhian，蠔 a 煎也)
煎茶(choa^{n} te^{5}) 煎藥(choa^{n} ioh^{8})
大腸煎 [台]／米腸 [華]
煎：chian→chen [走音] 少了介音「i」

○少介音「i」，這是普遍存在的一個很嚴重的走音現象，不只在口語中出現，特別在現今的台語流行歌曲的歌者無一例外。其他字音如：

千、健、獻、煙、貼、淵、節、先、仙、演、變、便、宿、天、騙、緣、現、電、賢、善、燕、練、掩、憲、免、牽、延、沿

也(ia^{2}→a^{2}　曷 ah^{8} 教) 也是 也好 你也來了

感：ㄘㄨㄟ chiok^{4}→chiak^{4}→chak^{4} 少介音「i」，感造「chak^{4} cho^{7}」，打擾也)

染：ㄖㄢˇ jiam^{2}→liam^{2}→lam^{7} 走音　li^{n2} 白
傳染 染著油 染色 染料
相染(sio lam^{7} 混在一起也。一曰「相濫」)
…

·熬：ㄠˊ go^{5} go^{n5} 俗　煎也 勉強也 煮也，煎熬
熬夜 熬苦 熬菜 熬不過 華

·胎：ㄊㄞ thai 文　the 白 (集)湯來切，凡孕而未生皆曰胎 器物的坯子，懷胎 胎兒
胚胎(phoe thai 泉　phe thai 漳)
第一胎(te^{7} it^{4} the 頭璋瓦也)
墮胎 華 (to^{7} thai)　落胎 台(lau^{3} the)

·於：(參見第509頁，於)

42. 秘密，門關乎密，密密密密，網路，緝邊、縫邊

結網易，被破難。密密緝，
不如換。下新罾，鱢入罕。

·密：ㄇㄧˋ bit[8] 文 密密縫 秘密 密不透風
bat[8] 白 不疏也，門關乎密
鉄較密--咧 教（thi[n7] khah[4] bat[8]--le）
密〃密密（參見第 14 頁，開）
密密密密(bit[8]-bit[8] bat[8]-bat[8]) 緊密也

·網：ㄨㄤˇ bong[2] 文 bang[7] 白 網路 補破網

·易：（參見第 36 頁，易）

·緝：ㄑㄧˋ chhip[4] 縫也，緝邊 華
（參見第 63 頁，輯、緝）
（縫邊 pang[5] pi[n] 台）捉拿也，緝拿 緝捕 緝私

縫：hong[5]→pang[5]（詳見「目錄 3，第 17 頁」，肥）

·罾：ㄗㄥ cheng 文 chan 白 漁網也，魚罾

·鱢 異體字：go[n5] 形容魚肥美。酥：ㄙㄨ 隋唐時用之。鮮：ㄒㄧㄢ 明代用之。

·罕：ㄏㄢˇ/ˋ kan[2/7] 有長柄之小網，易可捕鳥
仝罕ㄏㄢˇ han[2]，網也 少也，稀罕

43. 霎霎，雨霎 a，霧霎霎、霧嗄嗄，零剩、闌珊 零星，冗剩，孤苦零丁，夢覺，眠夢、陷眠

霎霎零零，何時圓夢。
雨過天晴，光明在望。

·霎：ㄕㄚˋ sap[4]文 sah[4]白 小雨也 雨聲也 極短時間也，霎霎 a 雨 雨霎 a 一霎時 霧嗄嗄教/霧霎霎(bu[7] sap[4] sap[4]文→bu[7] sah[4] sah[4]白)
嗄：ㄕㄚˋ sa[3]（集)所嫁切，沙去聲，聲破也

·零：ㄌㄧㄥˊ leng[5] 餘雨也，雨零零。lan[5](彙)白 零餘 數目空數，零碎 零數 孤苦零丁 零亂
（參見第 55 頁，零)

·零剩(彙)：lan[5] san 闌珊/零星教
冗剩教 (liong[5] siong[7] 寬裕也，一曰量商)

·闌珊：《別詩·李陵》「意興闌珊」
《青玉案·辛棄疾》「那人卻在燈火闌珊處」
《詠懷詩·白居易》「白髮滿頭歸得也，詩情酒興漸闌珊」
《浪淘沙·李煜》「簾外雨潺潺，春意闌珊」

·圓：（參見第 25 頁，圓)

·夢：ㄇㄥˋ bong[7]文 bang[7]白 好夢留人睡 作夢 夢醒時分 夢覺 眠夢(bin[5] bang[7]白 陷眠也)

<u>44. 走路看天，無甚/啥路用、無甚/啥用途，扁擔擔擔，摺痕，對摺，煞尾，路尾，收煞，尾絡尾溜、塵尾、捽尾、摔尾、拂塵，紲話尾尾䑋、尾脺，壞了了，樊籠，樊梨花，柑 a 瓣楨錘/鎚 a，重錘錘，鐵槌，柴槌，捶心肝</u>

路頭挑棉絮，路尾担鐵鎚。
先乾而後苦，怨嘆心肝搥。

鞠躬盡瘁，夢碎心悴。
痛苦捶心，財力白費。

·路：ㄌㄨˋ lo·^{7} (唐)洛故切，音同賂。道路 路程 路徑 路不拾遺 路尾(指下一步也) 沒路來 冤家路窄(oan ke lo·^{7} chek^{4}) (chek^{4}→cheh^{4}) 冤家娘債[走音] 冤家路債[走音] 冤家量債[教]

行路看天(kia^{n5} lo·^{7} khan^{3} thian→kia^{n5} lo·^{7} khian^{3} thian [走音] 多了介音「i」，不專心也)

無甚/啥路用[台] 無甚/啥用途[華]
(路途，同義複詞，參見第 404 頁，流)

·頭：ㄊㄡˊ tho·^{5}[文] thio^{5}[俗] thau^{5}[白] thiu^{5}[詩] 首也 最好也 數名 詞尾助詞，
(參見第 76 頁，頭)

·挑：(參見第 479 頁，挑)

·担：ㄉㄢ 動 tam[1] 文 ta^{n1} 白 仝擔，

ㄉㄢˋ 名 tam[3] 文 ta^{n3} 白 仝擔，

背曰負，肩曰擔，

扁[2]擔[3](pi^{n2} ta^{n3}→pin ta^{n} 走音)(參見第59頁，扁)

擔[1]任 擔[1]心 擔[1]保 擔[1]架 擔[1]蔥賣菜

擔[1]擔[3] 擔[3]a 罩一擔[3] 擔[3]頭真重

·棉：ㄇㄧㄢˊ bian[5] 文 bi^{n5} 白 木棉 棉花

棉績被（績，chek[4]→cheh[4]→chioh[4]）

棉紗 棉襖 棉織品

摺棉被(chih[4] bi^{n5} phe[7]/phoe[7])

摺：liap[4] 文 chih[4] 白 折也，摺痕 對摺

手摺簿(chhiu[2] chih[4] pho·[7] 小筆記本或存摺)

拗棉被(au[2] bi^{n5} phe[7]/phoe[7])（參見第513頁，拗）

·尾：ㄨㄟˇ ㄧˇ bui[2] 文 （集）無匪切，bi[2] 俗

boe[2] 漳 白 be[2] 泉 白 尾聲 話尾

終尾(chiong be[2]/boe[2]) 終其尾 巷a尾

尾絡(be[2]/boe[2] liu[2]→be[2]/boe[2] liu 亂調 尾巴

也，尾溜 教)（參見第124頁，絡）

「紅姨隨話尾 be[2]/boe[2]」俚 紲話尾 教 soa[3]

「企在雲頂弄麈尾」俚 此意指高人也

麈尾(chu[2] bi[2]→sut[4] bi[2] 俗) 捽尾 教 拂麈 俗

(詳見「目錄1.第3頁」，拭)

《名苑》「鹿大者曰麈，群鹿隨之，視麈尾所轉而往，古之談者揮焉」

麈：ㄓㄨˇ chu^{2} 麋屬似鹿而大

煞尾(soah^{4} be^{2}/boe^{2} 收煞也）路尾

（參見第 39 頁，順序）

尾朘：ㄗㄨㄟ choe [文] chui [白] 赤子陰也

尾脺：ㄘㄨㄟˋ chhui^{3} [文] chui(彙)鳥尾肉也

◯河洛語音受到近古音的影響，若聲母是唇音「p、b、ph」，喉音「h」的時候，其介音「i、u〈oa〉」在目前的習慣上，某些字音則發生可有可無的走音現象。例如：

· 復：hiok^{8}→hok^{8}（房 hong^{5} 六 liok^{8} 切）光復 復原

· 洽：hiap^{8}→hap^{8}（侯 ho͘^{5} 夾 kiap^{4} 切）接洽

· 蠻、瞞、饅：boan^{5}→ban^{5}
（莫 bok^{8} 還 hoan^{5} 切）小蠻腰 欺瞞 饅頭

· 漫、萬：boan^{7}→ban^{7}（莫 bok^{8} 半 poan^{7} 切）
（無 bu^{5} 販 hoan^{7} 切）漫天 浪漫 萬一 千萬

· 盼/叛：phoan^{3}→phan^{3} 盼望 顧盼 叛逆 叛亂

· 鰻：boan^{5}→ban^{5}(謨關切，音仝瞞）
鰻魚(boa^{n5} hi^{5} [白])

· 顢：boan^{5}→ban^{5}（謨官切）顢頇

· 還：hoan^{5}→han^{5}（胡關切，音仝環）還錢

· 挽：boan^{2}→ban^{2}（武遠切，音仝晚）挽面 挽菜

·壞：hoai7→hai7(胡怪切，懷去聲）破壞
壞了了(hai7/phai2 liau2 liau2)
壞人(p/phai2 lang5)

·番：hoan→han（孚艱切，音仝翻）番薯
人真番錯意(人真喧 大語或小兒泣不止也)

·般、搬：poan→pan→poan（逋潘切，音班）
這般 搬厝

·扳：ㄅㄢ poan→pan（廣)布還切，
「一個剃頭，一個扳耳。」俚（pian 走音)

·卵：ㄌㄨㄢˇ ㄌㄢˇ loan2→lan7(魯6管2切)
卵脬 ㄌㄢˇ ㄆㄠ（lan7 pha）(au→a)

·樊：ㄈㄢˊ hoan5→han5（附袁切，音煩）
籠也 姓也，樊籠 樊梨花(han5 le5 hoa)

·別：ㄅㄧㄝˊ piat4/8→pat4 辨別4 別4籤詩
離別8 不別(m7 pat4) 別4貨(pat4 he3/ho3)
(參見第 75 頁，別)

·副：ㄈㄨˋ hiu3→hu3（敷救切，芳遇切）佐也

·辦：ㄅㄢˋ pian7→pan7 花辦 pan7→ban7
(聲母音濁化 p→b) 柑 a 一辦一辦

·錨：ㄇㄠˊ biau5→bau5 錨錠 抛錨

·豁：ㄏㄨㄛˋ hoat4→hat4（呼括切，歡入聲)
谷也 免除也，山豁 豁免 豁達
ㄏㄨㄚˊ hoat4→hoah4 白 豁拳(划拳也)
仝揞拳(參見第 112 頁，揞)

…

·絮：ㄒㄩˋ si3 漳 su3/sü3 泉 去聲六御韻，所以呼
「ü」。綿也 迭迭也，棉絮 花絮 絮叨 絮聒

·鎚、錘：ㄔㄨㄟˊ tui^{5} thui^{5}[白] (正)直追切，鍛也，鐵鎚 所以擊物，與錘同，槓鎚 a 重錘錘[教]

·槌：ㄔㄨㄟˊ thui^{5} 或作椎。擊也，棒槌 柴槌 槓槌(kong^{3} thui^{5})

·捶：(參見第 106 頁，捶)

·乾：ㄑㄧㄢˊ khian^{5}[文] 乾坤 乾隆 乾乾
ㄍㄢ kan[文] ta[白] 乾淨 乾燥 乾枯 乾糧
干焦[教] (kan ta)
乾：koa^{n}[白] (詳見「目錄 2. 第 12 頁」，安)

·瘁：ㄘㄨㄟˋ chui^{7} (集)秦醉切，病也 勞也 毀也，盡瘁

·悴：ㄘㄨㄟˋ chui^{7} (集)秦醉切，憂也，憔悴 心悴 (chui^{7}→chhui^{3}[走音])
chut^{8} (集)昨律切，憂也，鬱悴(鬱卒[教])

45. 傖俗，傖人、倯人，遺書，遺傳，贈遺，自己家己

傖人不識琛，鈊石遺在陰。
歲逢巳酉丑，遇合化成金。

·傖：ㄘㄤ chhong (集)千岡切，song[5] 俗 鄙俗之謂也 亂貌，傖囊 傖人(song[5] lang[5] 俗人也)
傖俗(chhong siok[8] 同義複詞)

seng[5] (正)士庚切，鄙賤之稱
吳人謂中州人為傖，楚人別種也，
陸機呼左思為傖
《韓愈詩》「無端遂饑傖」

倯：ㄙㄨㄥ song (集)思恭切，音仝松
《揚子·方言》「隴右人名嬾(懶)曰倯，又謂形小可憎之貌」

倯：song[5] 教 俗不可耐也
song[5] 白 「庄腳傖，都市戇」諺

·琛：ㄔㄣ chhim→thim (集)癡林切，美寶也

◯進入近古音的明朝洪武正韻之後，許多聲母音變，有些聲母「t→←ch」、「th←→chh」。但也有在中古音韻的韻書裡就同時收錄兩個上述不同的聲母。例如：(詳見「目錄 33. 第 101 頁」，持)

·鈔：ㄑㄧㄠˇ chhiau^{2} (集)七小切，音仝悄，
美金也 好也

·遺：ㄧˊ ui^{5} 失也 亡也 餘也 留也，
遺言(ui^{5} gian^{5}) 遺留(ui^{5} liu^{5})
遺書(ui^{5} su/sü) 遺囑(ui^{5} chiok^{4})
遺屬(ui^{5} siok^{8}) 遺傳(ui^{5} thoan^{5})
遺憾(ui^{5} ham^{7})
ui^{7} 贈也，遺贈(ui^{7} cheng^{3}) 贈遺(cheng^{3} ui^{7})
i^{5} 四支韻，遺書(i^{5} su/sü)

·己：ㄐㄧˇ 字型開嘴呼音為 ki^{2} 私也 身也
自也，自私 自己(chü^{7} ki^{2})
家己[教] (kai^{7} ki^{7} 自己也)

·已：ㄧˇ 字型半嘴呼音為 i^{2}，止也 畢也 甚也
訖也，已經

·巳：ㄙˋ 字型合嘴呼音為 chi^{7}[白] si^{7}[漳] [文]
su^{7}/sü^{7}[泉] [文]

·酉：ㄧㄡˇ iu^{2} 就也，酉時

·丑：ㄔㄡˇ thiu^{2} 辰名

46. 褫目睭、撐目睭，褫換、替換，睜神、睛神，褪衫，退色、褪色，褪腹--體，複衣，單衣服事，服菸/薰、食菸、喫菸

褪色彩衣，複染尤娸。
舊衫甘褫，新服心怡。

·褫：ㄔˇ ti$^{6-7}$[漳] ti$^{6-2}$[漳] te$^{6-7}$[泉] te$^{6-2}$[泉]
thi^{2}[漳] the^{2}[泉]（唐）池爾切，音仝豸 thi^{2}(彙)
脫也 解也 奪也 奪衣也，褫奪 褫職
褫換[教]（the^{2}/thi^{2} hoan^{7}/oa^{n7}）
替換(the^{3}/thoe^{3} oa^{n7})

裭：ㄔˇ thi^{2}[教] 仝褫 裭開[教]（thi^{2} khui）
張開也 展開也，目睭褫抉開 褫目[教]（撐目也）
目睭[教]（bak^{8} chiu 目珠也）
珠：chu/chiu（韻補）叶音周，睭[俗]

睜神[俗] 睛神[俗] 精神[教]（cheng sin^{5} 醒也）

·撐：(參見第 357 頁，撐)

·褪：ㄊㄨㄣˋ ㄊㄨㄟˋ thun^{3}[文] thng^{3}[白] 卸衣也
花謝也 退縮也，褪衫(thng^{3} sa^{n}) 褪手
褪色(thun^{3} sek^{4}，thoe^{3}/the^{3} sek^{4})
褪腹--體（thng^{3} bak^{4}--the^{2}）
(腹：hok^{4}→pak^{4}→bak^{4}，聲母濁化 p→b)
thoe^{3}[泉] the^{3}[漳] 一曰退色

·色：ㄙㄜˋ sek^{4} (集)殺測切，顏氣也 人之憂喜，皆著於顏，故謂色為顏氣。彩色 女色 顏色

·複：ㄈㄨˋ hok^{4} 重也 重衣也，衣服有裏，複衣 單衣[反]

·衫：ㄕㄢ sam[文] sa^{n}[白] 單衣也，長衫 衣衫不整 衫a褲 衫裾a (sa^{n} ki a 衣襬也)
(詳見「目錄12，第42頁」，監)

·服：ㄈㄨˊ hok^{8} 衣服 藥劑一服 服藥 服務 服裝 水土不服 服從 服事(hok^{8} sai^{7} 服侍也)

hok^{8}→pok^{8} (廣)蒲北切，
服菸/薰(pok^{8} hun 抽菸也，菸[俗]/薰[教])
食菸/喫菸(chiah^{8} hun)
(詳見「目錄3.第17頁」，肥)

一服[日] (いっぷく指飲茶，食菸或服藥一次)
所以「服菸/薰」有人引申為「puh^{4} hun」

·娸：ㄑㄧ khi 醜也，詆娸

·怡：ㄧˊ i^{5} 悅也 和樂也，《論語》「兄弟怡怡」

47. 多少，年少，就是，蠓藤，撓撓蠓、蟯蟯旋 上好，概好，「上卌就袂廿」，木柵

不是少[2]開花，就是無好瓜。
蠓藤赍緣上[2]，柵下瓠匏夸。

· 不：(參見第 107 頁，不)

· 是：ㄕㄧˋ si[7]漳 su[7]/sü[7]泉 上聲四紙韻（i→ü）
是非(si[7]/su[7]/sü[7] hui）是故 是否 是以 於是

◯在中古音的韻書裡，到了現代台灣時有某些文讀音的韻母音發生異讀情形，而成為優勢的俗音，但仍然以文讀音對待。在韻書裡常出現的韻部有：〔支/紙/寘/質〕

此群字若置於韻腳處，為求諧韻可依照原來中古音之切韻讀，若是不置於韻腳，或可用異讀的優勢文讀音，比較容易聽懂。

例如在「平聲四支韻」、「上聲四紙韻」、「去聲四寘韻」的例子：

平聲四支韻：
. chi(即夷切)→chü 諮詢 資本 姿勢 滋事
滋補 孳生
. chhi(此移切)→chhü 雌雄 趨勢 尿苴 趄倒

·chi^{5}(疾之切)→chü^{5} 慈悲 磁性 磁磚
·si(息移切)→sü 斯文 司機 思考
·si^{5}(似茲切)→sü^{5} 詞曲 辭典 祠堂

上聲四紙韻：
·chi^{2}(將止切)→chü^{2} 子弟 桑梓
·chhi^{2}(淺氏切)→chhü^{2} 此後 如此
·si$^{6-7}$(詳里切)→sü^{7} 相似 奉祀 巳年
·si$^{6-7}$(鉏ㄔㄨˊ里切)→sü^{7} 士林 名仕
·si^{2}(疏士切)→sü^{2} 歷史 駕駛 使用
·si^{2}(胥里切)→sü^{2} 遷徙 生死 玉璽 敝屣

去聲四寘韻：
·si^{3}(息利切)→sü^{3} 四方 意思 放肆 恩賜 刺使
·si^{7}(仕異切)→sü^{7} 是非 順序 頭緒 嗜好 祭祀 事業
·si^{7}(時吏切)→sü^{7} 侍候 侍衛 後嗣
·chi^{7}(疾二切)→chü^{7} 自由 自來水 三字經
·chhi^{3}(七四切)→chhü^{3} 次要 造次
·ji^{7}→jü^{7}：漢字
·khi^{3}→khü^{3}：去了了
…

(參見第 548 頁，「圓口 u」和「扁口ü」的使用規則)

·少：ㄕㄠˇ siau^{2}[文] 不多為少^{2}，多少 少許 缺少 少見多怪 少頃(siau^{2} kheng^{2})
chio^{2}[白] 少數 真少/誠少[教] (chia^{n5} chio^{2})

ㄕㄠˋ siau[3] 文 不老為少[3]，年少 少壯
少校 少婦不知愁 少年老成

·就：ㄐㄧㄡˋ chiu[7]（集)疾僦切，成也 迎也 從也
能也 終也，成就 就是 就職 就近 就會曉

就：chiu[7]→tio[7] 就是(chiu[7] si[7]，tio[7] si[7])
就按呢 教（tio[7]/to[7] an[2] le[n]） 就會曉

·蠉：ㄒㄩㄢ hian 文（唐)許緣切，蟲行貌，
蠕行蠉動，
《疏》「井中小赤蟲也。一名蜎，一名蠉，一名
孑孓，一名蛣蟩。」

soan 俗 蠉藤(soan tin[5] 長垂貌）酒醉塗跤蠉
蠉走(soan chau[2] 溜走也)
撓撓蠉/蟯蟯旋 教（ㄋㄠˊ giau[n] giau[n] soan)

·藤：ㄊㄥˊ teng[5] 文 tin[5] 白 蔓藤也，藤條

·夤：ㄧㄣˊ in[5] 恭也 敬惕也 進也 緣連也
攀求附進也，夤緣 夤夜

·上：ㄕㄤˋ siong[7] 名 形 對下之稱 崇也 尊也，
上位 上人 上下 上概好(上界好 錯意)
上好 教（尚好 錯意 最好也） 概好(介好 錯意)
（參見第 23 頁，概）

介：耿介孤直。 清介：清高孤介
《南史・陸慧曉傳》「清介正立，不雜交遊」

上：ㄕㄤˇ siong^{2}[動] 登也 升也 進也，
雲上^{2}于天 上^{2}青天 黃河遠上^{2}白雲間
苔痕上^{2}階綠

註：在文言文或詩詞裡的動詞均應讀此音，才能符合平仄格律及諧韻。

上：chiu^{n7}[白] 登也，上山(chiu^{n7} soa^{n}) 上車
「上卌就袂廿」[諺] (chiu^{n7} siap tio^{7} boe^{7} liap^{4} 指上了四十歲就不比二十歲勇猛)

卌：ㄒㄧˋ sip^{4} siap^{4}[俗] 數目名，四十也
廿：ㄋㄧㄢˋ liap^{4} 數目名，二十也

・柵：ㄓㄚˋ chhek^{4} 編數木也，
(唐韻)豎木以立柵也，木柵
柵：ㄕㄢ sa[俗] 木冊也 棧也，木柵(地名也)
冊：ㄘㄜˋ chhek^{4} 以繩索或皮索編竹木成冊

・瓠：ㄏㄨˋ ho͘^{5} 瓢也，瓠蘆。同匏，亦作葫

・匏：ㄆㄠˊ pau^{5}[文] pu^{5}[白] 音仝庖，瓠也

・夸：ㄎㄨㄚ khoa 大也，夸大(仝誇大)

48. 愛婧，婧氣，婧瑺瑺、水噹噹，花蔫，蘤

努力施肥，辛勤澆水。
度過三冬，花開婧蘤。

·婧：ㄊㄨㄛˇ tho² 音仝妥 豔美也，
ㄉㄨㄛˋ to⁷ 仝惰
sui² 教 《揚子方言》艷美也，愛婧
婧氣(sui² khui³) 誠婧 教 (chiaⁿ⁵ sui²)
婧瑺瑺(瑺：玉珮碰擊聲) 水噹噹 錯意
「愛某婧，就愛佮某洗腳腿。」諺
「婧花緊蔫，婧某偲照顧。」諺 難呀！
偲仝惡：oh⁴ 教 困難 不容易 慢也，真偲 偲講

《前漢·外戚傳》李夫人曰：
「妾不敢以燕婧(to⁷)見帝」

·蔫：ㄋㄧㄢ ㄧㄢ lian 俗 ian (唐)於乾切，
物不鮮也，今曰花草蔫去 花蔫(hoe lian)
ian³ (正)伊甸切，音仝宴。臭草也

·蘤：ㄨㄟˇ ui⁶⁻² (唐)韋⁵委²切，古花字也
花榮也，百卉含蘤
古音ㄏㄨㄚ，改訂為ㄨㄟˇ

·澆：ㄐㄧㄠ kiau 薄也
ㄌㄧㄠ liau⁵ (集)力交切 音聊。
回波為澆，沃也 渥也。jiau⁵ (彙)

49. 抛荒，柴枋，當當時，敢當，撞球，撞著你 搪著你，尻川、腳膾，標榜，封神榜，熿火大 攮攢/鑽/縱，攢便便，攮褲，放縱，人真/誠縱 嗆注，嗆聲、唱聲，倚偎，倚靠、偎靠

燈燼非油盡，事荒心不慌。
欲成靠有志，鑿壁借燭光。

· 鑿：ㄗㄨㄛˋ　ㄗㄠˊ　chok^{8}→chak^{8}→chhak^{8} [白]
(唐)在各切，音昨。穿通也，鑿孔　冰鑿 a
確實也，確鑿 [華]
礙眼也，鑿目　刺鑿(參見第 229 頁，刺)

· 鑿壁借光成語出處：《東晉・葛洪・西京 雜記・卷二》「匡衡字稚圭，好學貧而無燭，鄰居有燭而不逮，衡乃鑿壁引其光，以書映而讀之。」

· 燼：ㄐㄧㄣˋ　chin^{7}　火燒剩也，燼餘　灰燼

· 荒：ㄏㄨㄤ　hong [文]　hng [白]　收成不好也　棄也
冷落也　雜草蔓生也，荒廢　荒年　荒唐　荒涼
抛荒(pha hng　荒廢也)

◯台語文讀音的韻母音為「ong」，則有許多字音可能轉成「ng」的白話音。 例如：

· 楓：hong→png　楓葉　楓樹林　楓 a 樹（此音聲母及韻母都變化，即 h→p，ong→ng）

·方、坊、荒：hong→hng/png 方法 方向 地方
方先生 工作坊 荒郊野外 荒涼 拋荒
·光：kong→kng 光明 光芒 照光 光線 月光
·扛：ㄍㄤ ㄎㄤˊkong→kng 扛貨 扛夫
扛鼎《史記·項羽本紀》「力能扛鼎」
·康、糠：khong→khng 健康 康先生 糟糠 米糠
·撞：ㄓㄨㄤˋ $tong^7$→tng^7 撞球 相拄撞
撞著你/搪著你[教]
·湯：thong→thng 商湯 湯匙 圓 a 湯
·莊、裝，妝、粧、庄、贓：chong→chng
田莊 包裝 化/畫妝 嫁妝 梳妝 栽贓 贓貨
·桑、喪、霜、雙：song→sng 桑麻 桑 a 葉
喪家 霜雪 霜 a 角 雙親
雙雙對對(sang→siang[俗] 多介音「i」)
(參見第 234 頁，雙)
·央、秧：iong→ng 央教 中央 插秧 稻秧 a
·四兩盎 a：ㄤˋ ong^3→ng^3 原意瓦器，可以盛水盛酒。四兩盎則指竹編可盛蔬果等，而秤斤兩。(簊，指竹編。如早期菜市場賣魩仔魚所用有掛耳之平底小竹籃)

「四兩簊 a 愛除」[俚]：不可偷斤兩也

·倉、艙、瘡、脂：chhong→chhng 米倉 船艙
痔瘡 跤/腳脂(尻川[教])
·榜：$pong^2$→png^2 標榜 放榜 榜單 封神榜
·鋼：ㄍㄤ，ㄍㄤˋ $kong^{1/3}$→kng^3 鋼鐵 鋼琴

·管、廣：kong^{2}[白]→kng^{2}[白]　竹管　油管　水管
靴管(hia kong^{2})　一管/捲風　一管米　廣東
koan^{2}[文]　(廣)古滿切，管理　絲管

·當：tong^{3}→tng^{3}　當店(當鋪也)

當：tong/tang→tng　當當時(tng tang si^{5})
當然(tong jian^{5})　擔當(tam tong/tng)
(我當^{1}你、我等^{2}你、我撞^{7}你)

當：tang^{1}→thang^{1}[氣音]　敢當(kam^{2} thang)

·燙：thong^{3}→thng^{3}　燙青菜(煠青菜[台])　滾水燙

·盪：tong^{7}→tng^{7}　仝盪，盪水(飄洗也)

·嗆：ㄑㄧㄤ，ㄑㄧㄤˋ　chhang^{3}→chhng^{3}　嗆哼
嗆注[俗]　(chhiang^{3} tu^{3})　嗆聲[俗]/唱聲[教]
(參見第 295 頁，唱)

·郎、榔：long^{5}[文]　[泉]　lang^{5}[白]　[漳]→lng^{5}[白]
少年郎(lang^{5})　郎君　牛郎織女　檳榔

·唐、塘、堂：tong^{5}→tng^{5}　唐朝　唐山　大唐江山
水塘　廳堂

·長、腸：tiong^{5}→tng^{5}　日長似歲閒方覺　長短
斷腸　腸 a 肚　鳥 a 腸　(參見第 266 頁，長)

·糖：tong^{5}/thong^{5}→thng^{5}　糖 a 餅　糖漿　糖尿病

·床：chhong^{5}→chhng^{5}　床前明月光　眠床　床單

·黃、癀、熿：hong^{5}→ng^{5}　黃道吉日　黃色　腳癀
起癀　熿火大(hong^{5} he^{2} toa^{7} 喻發脾氣也)

·浪：long^{7}→lng^{7}　海浪　浪頭

·狀、臟：chong^{7}→chng^{7}　心臟　狀態　獎狀　狀紙

·向：hiong^{3}/hiang^{3}→ng^{3}　方向　向望(少聲母 h)

·踵：chiong^{2}→chng^{2}　足後跟也　踵頭 a

·攮：ㄋㄤˇ long² (字彙)乃黨切，long²→lng²
推擠也，以手推物塞入，攮--來 攮--去
攮攢/鑽/縱(lng² chng³ 鑽營也)
lang² 白 提也 挈衣也，攮褲 攮裙(攏裙)

攢：ㄗㄢˇ choan³ (集)徂畔切，聚也，
攢食(choan³ chiah⁸ 賺食也) 攢錢
攢：ㄗㄨㄢˋchoan³→chng³ (彙)仝鑽，
穿物也，攢/鑽孔(chng³ khang)
ㄘㄨㄢˊ chhoan⁵ 教 準備也，
攢好勢 攢便便(chhoan⁵ pian⁷ pian⁷)

縱：ㄗㄨㄥˋ chiong³→chhiong³ 氣音→
chheng³→chng³ (集)足用切，恣也 放也
亂也，放縱(hong³ chh/chiong³) 縱亂
人真/誠縱(lang⁵ chin/chiaⁿ⁵ chheng³)
(參見第 83 頁，蒸 chheng³)

·丈：tiong⁷→tng⁷ (參見第 437 頁，丈)
·囥：ㄎㄤˋ khong³→khng³ 藏也，囥一邊 借囥
…

·靠：ㄎㄠˋ kho³ 倚也，靠近 靠山 靠背 靠攏
倚偎(i² oa² 同義複詞，oa² kho³倚靠 教/
偎靠 台)

·借：ㄐㄧㄝˋ chia³ 文 chioh⁴ 白
借貸 借問 借光 華 借錢(chioh⁴ chiⁿ⁵)

50.博筶/杯，撥亂反正，撥開，擘開

東撥西擘，求神無筶。
緣來做伙，過去風吹。

·筶：ㄍㄠˋko² 音仝槁 poe 俗 博筶 卜筶 博筊 教

·杯珓：ㄐㄧㄠˋ kau³(廣)古孝切，音教
《類篇》「巫以占吉凶者」

《演繁露》「杯珓，用兩蚌殼，或用竹根」
或作筊ㄐㄧㄠˇ ㄐㄧㄠˋ
《石林燕語》「高辛廟有竹桮(ㄅㄟ 仝杯)筊，以一俯一仰為聖筊」
今稱博桮(仝杯)、擲杯、博筊 教、擲筊、擲筶

·撥：ㄅㄛ poat⁴ 文 poah⁴ 白 挑也 移也，
撥亂反正(poat⁴ loan⁷ hoan² cheng³)
撥開(poah⁴ khui) 撥時間 撥貨(簸貨?) 撥款

·擘：ㄅㄞˇ poe² 漳 白 pe² 泉 白 用手撥開也，
擘走 擘開(pe²/poe² khui)擘擘--咧

·緣：ㄩㄢˊ ian⁵ 姻緣 緣故 有緣無緣。時下大多數的人在呼此音時，都將介音「i」省略了，錯呼為「en⁵」，造成了很嚴重的走音現象。
(詳見「目錄 41.第 126 頁」，煎)

51. 飍，道歉，滑溜，溜滑梯、趄石攄，一箍溜溜 講話真溜，蒸餾，餾話，那--復，不復你

風飍飍，田歉收。
水溜溜，魚難留。
一往一復，三春三秋。

·飍：ㄒㄧㄡ hiu (集)香幽切，音仝咻
驚風也 驚走也，風飍飍叫(風咻咻叫)
蓋借疾風形，擬奔走之狀也 風激盪猛烈也
飍：ㄅㄧㄠ piu (集)必幽切
piu→hiu
(詳見「目錄 3. 第 17 頁」，肥)

·歉：ㄑㄧㄢˋ khiam3 (集)苦簟切，食不滿也
少也，歉收 歉歲 歉意(khiam3 i3)
致歉(ti3 khiam3)
道歉(to7 khiam3→to7 khiam1 亂調)
抱歉(po7 khiam3→po7 khiam1 亂調)
khiam2 (彙) 亂調

·溜：ㄌㄧㄡ liu 私走也，溜：方言比喻為「蛇」
尾溜教 (be2/boe2 liu 尾巴也 尾絡2也)
(參見第 124 頁，絡)
光滑也，滑溜(kut8 liu) 溜走
溜滑梯華 (liu hoat8 the)
趄石攄教 (chhu chioh8 lu)
一箍溜溜(chit8 kho˙ liu liu→chit8 kho˙ liu3 liu3 亂調 指一無所有也)

ㄌㄧㄡˋ liu^{3} 水流下也，簷溜 溜溜 溜溜去
講話真溜(kong^{2} oe^{7} chin liu^{3})
仝餾，蒸餾。餾 liu^{7}教 餾話(傳話重複也)

·復：ㄈㄨˋ hok^{8} (集)房六切，去而又來 失而
又得，復原 光復
報也，復仇
回答也，復信

hok^{4} (集)方六切，重也 反覆也，重複/復

ㄈㄡˋ hiu^{7} (集)浮富切，再也 重新也，
復來 還復來
不復兒時仙島景 亦復如是
桃紅復含夜雨，柳綠更帶朝煙。
天生我材必有用，千金散盡還復來。

那--復：(lo$^{2/5}$/lo$^{n2/5}$--hiu^{7} 不再也)，今口語常
曰 lo^{n2-1}--hiu^{3}亂調 不甩也
不復你(m^{7} hiu^{7} li^{2}) 不甩你也

52. 噐嘴鼓、答喙鼓、答嘴鼓，謳噐，諳諳叫 狩獵，打獵

言 言 言，噐而好聽。
犬 犬 犬，猋至狩成。

· 言：一ㄢˊ gian[5] 語音也，言語 言明 言談
gan[5] 走音 少了介音「i」
ian[5] 走聲 少了聲母「g」

○受了近古音華語的影響，時下的許多「華語人」由於華語沒有聲母音「g」，所以念台語時也常常省略了聲母「g」 而成為走音的現象。例如：

· 言語：gian[5] gi[2]→ian[5] i[2]
· 歡迎：hoan geng[5]→hoan eng[5]
· 魏先生：gui[7]--sian si[n]→ui[7]--sian si[n]
· 堯舜：giau[5] sun[7]→iau[5] sun[7]
· 危險：gui[5] hiam[2]→ui[5] hiam[2]
· 宜蘭：gi[5] lan[5]→i[5] lan[5]
· 作業：chok[4] giap[8]→choh[4] iap[8]
· 妨礙：hong[2] gai[7]→hong[2] ai[7]
· 懷疑：hoai[5] gi[5]→hoai[5] i[5]
· 信仰：sin[3] giong[2]→sin[3] iong[2]
· 真偽：chin gui[7]→chin ui[5]
· 昂聲：gang[5] sia[n]→ang[5] sia[n]
· 兀立：gut[8] lip[8]→ut[8] lip[8]
…

·譶：ㄊㄚˋ tap^{4} 疾言也 言不止也，謵言
謵譶：ㄙㄜˋ ㄊㄚˋ sip^{4} tap^{4}→siap^{4} tah^{4}[白]
→siap^{4} phah^{4}[走聲] 原意為言不止也
(另曰煞拍、殺拍、紲拍[教])

有人講話真謵譶 siap^{4} phah^{4}[走聲]
(今意指講話乾淨俐落 阿莎力也)

謵：ㄙㄜˋ sip^{4}[文] siap^{4}[白]

譶嘴鼓→答喙鼓[教] 答嘴鼓[俗] 相褒也

·誻：ㄊㄚˋ tap^{8}[文] tah^{8}[白] 妄語也，
誻誻：多言也 愚者之言也，
誻誻叫(tah^{8} tah^{8} kio^{3}→ta ta kio^{3}[走音])

·猋：ㄅㄧㄠ piau 犬走貌。phiau 回風貌，一作飄

·狩：ㄕㄡˋ siu^{3} 圍守也 冬獵為狩，
狩獵(siu^{3} liap^{8})
獵：liap^{8}[文] lah^{8}[白] 打獵(phah^{4} lah^{8})

53. 伏案，伏佇塗跤，翳步，飄瞥，裙嫳，捷運較捷來，腳手真敏，半遂，年兜

伏鵰性烈，蟄久飛捷。
未滿半年，翼傷未翳。

·伏：ㄈㄨˊ hok[8]文 pok[8]→pak[8]→phak[8]白 偃也 匿也 匐也，伏案(hok[8] an[3]) 伏兵 伏罪 伏筆 伏佇塗跤教 (phak[8] ti[7] tho·[5] kha 趴街也)

·𢷹、翳：ㄅㄧˋ phiat[8] 飛也 振翼也，
翳步(妙招也)
斜瞥：phiat[4]《阮郎歸・宋 張炎》「瞥然飛過水鞦韆」
阮：goan[2] 姓也。gu[n2] 意指「我們」也

·飄瞥：ㄆㄧㄝ phiat[4] (集)匹蔑切，過目也
《世說新語》「飄瞥」，今喻帥也

·嫳：ㄆㄧㄝˋ phiat[8]→phet[8]走音→pheh[8]走音
(廣)普蔑切 易使怒也，輕貌
指衣服飄舞貌《漢書・司馬相如傳》「便姍嫳屑，與世殊服」
衫裾嫳來嫳去 裙嫳

·蟄：ㄓˊ chip[4]文 tit[8]白 蟲類藏伏也，蟄蟲 蟄伏 驚蟄

·捷：ㄐㄧㄝˊ chiat^{8} 敏也 疾也 成也 勝也，大捷 捷報 捷運[教]（chiat^{8} un^{7}）敏捷(bin^{2} chiat^{8}) 敏：be^{n2}[俗] 腳手真敏(kha chhiu^{2} chin be^{n2} 靈敏也)

chiap^{8}（集)疾葉切，捷用愈好用 較捷來[教]（khah^{4} chiap^{8} lai^{5}）敏捷 緊捷

·滿：ㄇㄢˇ boan^{2}[文] 盈溢也，滿足 滿貫 boa^{n2}[白] 滿滿是 大碗擱滿墘 滿面春風

·半：ㄅㄢˋ poan^{3}[文] poa^{n3}[白] 物中分也，半徑 半島 半身不遂 半遂(poan^{3} sui^{7} 低陋也) 半子 半仙 半平 半山 一半 半碗飯
(詳見「目錄 2. 第 12 頁」，安)

·年：ㄋㄧㄢˊ lian^{5}[文] li^{n5}[白] 春來春去報年年 新年 過年 年節 年兜(li^{n5} tau 年終也)

◯台語文讀音的韻母「ian」轉成白話音的韻母「i^{n}」的白話音。也有少數習慣上念「e^{n}」例如：
(詳見「目錄 17. 第 58 頁」，燕)

54. 未曉、袂曉，鳥巢、鳥菱、鳥仔岫，未雨綢繆繆論，仙草、菰草，草頭洪武、臭頭洪武枵鬼，腹肚枵

未雨不綢繆，涑來苦自受。
欲進先求安，新巢輸舊菱。

巢破鳥啁啾，雪中無艸修。
樹枵暫作菱，下暑草如裘。

·未：ㄨㄟˋ bi^{7}[俗] boe^{7}[白] bui^{7}(集)無沸切，不也
沒有也，未可 未完 寒梅著花未 未曉(袂曉[教])

·巢：ㄔㄠˊ chau^{5} 鳥室也，鳥巢(liau^{n2} chau^{5})
巢穴 巢居 燕巢 覆巢之下無完卵

·菱：siu^{7} 鳥巢也，鳥菱(chiau^{2} siu^{7})
岫：巢穴也，鳥仔岫[教] 賊岫[教]

·岫：ㄒㄧㄡˋ siu^{7} 山穴也 山峰也，林岫 雲岫

·綢：ㄔㄡˊ tiu^{5} 軟而薄的絲織物，絲綢 綢緞

·繆：ㄇㄡˊ ㄇㄧㄡˋ biu^{5} biu^{7} 詐也 差誤也
妄言也，繆誤 繆論(biu^{7} lun^{7})
ㄇㄧㄠˋ biau^{7}（變音，非本音）姓也

·綢繆：tiu^5 biu^5 經營以做準備，未雨綢繆

·涷：ㄉㄨㄥ tong 暴雨也 夏月暴雨謂之涷雨
(參見第 273 頁，雨)

註：「涷」教育部審定後改念ㄉㄨㄥˋ，但和台語的 tong^1 聲調不合

·啁啾：ㄓㄡ ㄐㄧㄡ chiu chiu 鳥鳴也

·艹、艸、草：ㄘㄠˇ chho^2 [文] chhau^2 [白] 草木
草稿 潦草(lo^2 chho^2) 草書 草包 草藥
仙草 [俗] 茄草

草頭天子/草頭洪武：指朱元璋由一介草民而成為群雄之頭貴為皇帝
草頭：草民之頭頭也

臭頭洪武非臭頭 [走音] 草頭→臭頭 [走音]
朱元璋遺世之十三幅畫像皆戴帽，無從得知是否有臭頭？

·枵：ㄒㄧㄠ hiau 虛也 木根空也
《正字通》凡物饑耗曰枵，人饑曰枵腹
iau [教] 枵鬼(iau kui^2) 枵飽吵
腹肚枵(pak^4 to$^{\cdot 2}$ iau)
(詳見「目錄 13. 第 45 頁」，雲)

55.涷雨，水凍，凍霜、凍酸，乞食，食食，飼飯

雨涷雪瀌，身凍腹枵。
乞食逢犬，換家瞧瞧。

·涷：（參見第273頁，雨）

·凍：ㄉㄨㄥˋ tong[3]文 tang[3]白 冰凍 腳/跤手凍
凍酸/凍霜教（吝嗇也）傷凍霜(siu[n] tang[3] sng)。 傷教（siu[n] 傷好 傷歹 傷清彩）
（參見第439頁，凍）

·瀌：ㄅㄧㄠ piau（集)悲嬌切，雨雪盛貌，
雨[7]雪瀌瀌，
雨：ㄩˋ u[7]動 天雨花（thian u[7] hoa）

·乞：ㄑㄧˇ khit[4] 求也 與也 取也，丐助 沾丐
乞食台（khit[4] chiah[8] 乞丐華 khit[4] kai[3]）

·食：ㄕˊ sit[8]/set[8]（集)實職切，飯食也。
chiah[8]白 食物(chiah[8] bih[n8])
食食(chiah[8] sit[8]食物也)
職韻、質韻兩韻在詩韻有通韻的情形。
（詳見「目錄58，第161頁」嗇）
ㄙˋ sü[7]文 chhi[7]白 仝飼 餵食也，飼養
飼料 飼飯(chhi[7] png[7] 餵飯也)

·瞧：ㄑㄧㄠˊ chiau[5] 偷視貌（參見第397頁，眼一下）

56. 目珠/睭金金看、目珠繩繩看、目珠真真看 等a，秤/稱a，量/磅a，親情，親情五族 親情五十，爭差，差錯，差遣，參差

金等等君情，絲毫差不行。
若非合我意，甘願孤單行。

·金：ㄐㄧㄣ kim (集)居吟切，白金 足金 金銀
目珠/睭金金看(目珠繩繩看也 目珠真真看也)
(參見第 350 頁，降)

·等：ㄉㄥˇ teng² 文 tan² 白 階級也 次第也
同也 待也 比也 輩也，上等 等閒 等比 等輩
相等(siong teng²，sio tan²) 等待 等一下

·等a，稱/秤a，量/磅a：依貴重，大小不同使用之
量器也
等a：(teng² a)專門秤貴重體小的東西，如金
子，藥材等。等金 金等(秤金子之秤也)

·情：ㄑㄧㄥˊ cheng⁵ 文 chiaⁿ⁵ 白 感情 情形
親情(chhin cheng⁵ 指血緣之親也)
(chhin chiaⁿ⁵ 指親戚也) (參見第 434 頁，親情)
親情五族(親情五十 教 錯意)

·差：ㄔㄚ chha 泉 chhe 漳 不相值也，差價 爭差
ㄔㄚˋ chhat⁸ 文 錯誤也 不同也，出差錯
ㄔㄞ chhai 派遣也，差使 差遣 出差
ㄘ chhi 不齊也 絲亂貌，參差不齊

57. 勸說，苦勸，勸勸，笨拙，旋斡，斡頭、越頭

有病空呻吟，勸君入杏林。
望聞問切後，馬上就開心。

人勤事拙，有苦難說。
杏林花開，有人旋斡。

· 病：ㄅㄧㄥˋ peng[7] 文 pi[n7] 泉 白 pe[n7] 漳 白
疾甚也 瑕疵也 憂也 恨也，毛病 語病 病症
病入膏肓 發病(phoah[4] pi[n7]/pe[n7] 破病錯意)
(詳見「目錄 7. 第 28 頁」，破)

· 空：(參見第 342 頁，空)

· 呻：ㄕㄣ sin 病聲也，呻吟

· 吟：ㄧㄣˊ gim[5] 詠也 歎也，吟詩 吟哦 吟風弄月

◯由於華語沒有合口韻母音尾「m」，所以台語中許多尾音收「m」的字音，很多人無法合嘴呼出正確的音。例如：

臨、林、心、音、南、感、覽、侵、吟、凜
淫、任、男、森、飲、針、斟、陰、朕、金
枕、寢、鴆、禽、尋 …

·勸：ㄑㄩㄢˋ khoan^{3}[文] khng^{3}[白] 勉也 助也
教也，勸誘(khoan^{3} iu^{7}) 勸說(khoan^{3} soat^{4})
相勸(sio khng^{3}) 苦勸(kho·^{2} khng^{3})
勸勸(khoan^{3} khng^{3}) (參見第 497 頁，人)

·馬：ㄇㄚˇ ba^{n2}[文] be^{2}[白] 駿馬 快馬 馬年
(參見第 97 頁，馬)

·杏林：(參見第 69 頁，杏林)

·望聞問切：望以目察，聞以鼻占、問以言審、
切以指參，明斯診道，識病根源，能合色脈，
可以萬全。
是中醫的診斷程序，用以下藥。

·拙：ㄓㄨㄛˊ choat^{4} 不巧也，笨拙(pun^{7} choat^{4})
拙荊(choat^{4} keng) 巧婦常伴拙夫眠

·斡：ㄨㄛˋ oat^{4} 轉也 旋也 運也 柄也，斡旋
彎彎斡斡^{4} 斡^{4}正片(oat^{4} chia^{n3} peng^{5}[教])
斡^{4}頭[俗] (oat^{4} thau^{5}→oat^{3} thau^{5}[走音])
越^{8}頭[教] (oat^{8} thau^{5}→oat$^{8-3}$ thau^{5})

58. 努力，稼穡，做穡人，作息人，企鵝、徛鵝徛家，徛票

努力耕耘，結果收秕。
棄嗇從商，半年業企。

· 努：ㄋㄨˇ lo˙² 文 lo^{n2} 鼻音 （集）暖五切，勉也
用力也，努力
努力(lo˙²/lo^{n2} lek⁸→lo˙⁵/lo^{n5} lek⁸ 亂調)

· 耕：ㄍㄥ keng 文 ke^{n} 漳 白 ki^{n} 泉 白 犁田也，
耕田 耕作 舌耕 筆耕 農耕 耕耘 耕者有其田

· 耘：ㄩㄣˊ un⁵ 泉 in⁵ 漳 （集）王分切，除草也，
耕耘 耘田 耘人之田
雖然《康熙字典》曰音同「雲 in⁵/un⁵」，但「雲」現在是呼「hun⁵」的強勢俗音。所以「耘」字不呼「hun⁵」。

· 結：ㄐㄧㄝˊ kiat⁴ 文 kat⁴ 白 締也 縛也
（參見第 27 頁，結）

· 嗇：ㄙㄜˋ sek⁴/sit⁴ 收穫農作物的事情，稼穡
不當省而省，吝嗇
sek⁴/sit⁴ 詩韻中職韻和質韻相通

仝穡，穡頭 作穡人 教
作息人：日出而作，日入而息

《擊壤歌》「日出而作，日入而息；鑿井而飲，耕田而食。帝力何有於我哉！」

◯在中古音的韻書裡，由於四質韻和十三職韻有通韻的情形，也就是韻母音「it」和「ek」有互轉用的情形，指在詩韻音的使用，但在日常生活上也有使用。 例如：

- chit^{4}⟷chek^{4}：職務 品質 水蛭 窒息 紡織 即時 即刻 即將 即使 立即 即馬 這馬教
- chit^{8}⟷chek^{8}：疾病 妬嫉
- sit^{4}⟷sek^{4}：教室 老實 損失 琴瑟 精悉 秀色 雕飾 方式 蘇軾 拂拭 常識 作息人 作穡/嗇人教
- sit^{8}⟷sek^{8}：寄食 日蝕 植物
- kit^{4}⟷kek^{4}：吉祥
- kit^{8}⟷kek^{8}：北極
- tit^{8}⟷tek^{8}：秩序 大直 相得 叔姪 叔侄 特殊
- it^{4}⟷ek^{4}：記憶/記持教（ki^{3} ti^{5}） 壓抑
- it^{8}⟷ek^{8}：安逸 佚失 湧溢 鉤弋 蚌鷸 舞佾
- thit^{4}⟷thek^{4}：怒叱 約敕 敬飭
- chhit^{4}⟷chhek^{4}：推測 怒叱 漆車(黑車也)
- phit^{4}⟷phek^{4}：匹配 馬匹 匹夫
- lit^{4}⟷lek^{4}：苗栗
- kit^{4}⟷kek^{4}：橘(桔)綠 香橘 荊棘
- hit^{4}⟷hek^{4}：地域

·hit^8⟷hek^8 ：考劾
·pit^8⟷pek^8 ：闢循 闢紃 癖循
…

·企：ㄑㄧˋ khi^3[文] khia^7[白]（集）去智切，音仝器
舉踵望也，企望 企立 企圖 企業
《前漢‧高帝紀》「日夜企而望歸。」
企鵝(khi^3 go^5)/徛鵝[教](khia^7 go^5)

靠右企立（香港捷運站扶梯告示）
《謝靈運‧徙斤竹澗越嶺溪行》
「企石挹飛泉，攀林擿卷葉」

擿：ㄓㄜˊ tek^8 擲也，又仝摘

·徛：ㄐㄧˋ ki（彙） khi$^{1/3}$（集）丘奇切，居義
切，舉足以渡也 立也，
本義為《爾雅》「聚石以為步渡者。」，後引申
為《廣韻》「徛，立也。」
khia^7[白] [教] 徛家 徛票

·秕：ㄅㄧˇ pi^2 仝粃，穀不成者 不成粟也

59.相推、推敲，敲頭殼，敲油，耄嘴，老耄耄

官鬼兩相交，西東兌震爻。
棺材裝死體，耄耋詳推敲。

·推：(參見第 65 頁，推)

·敲：ㄑㄧㄠ khau (集)口交切 (集)丘交切，敲擊頭
部也 擊也 叩也，敲門(khau bun^{5}) 敲詐
推敲(chhui khau)
kha^{3} 教 敲電話 敲門(kha^{3} bng^{5})
敲油(kha^{3} iu^{5} 揩油 敲詐也)

ㄑㄩㄝˋ khiak^{4} (彙)
敲頭殼(khiak^{4}/khiok^{4}→khok^{4} thau^{5} khak^{4})

《左傳・定二年》「邾莊公與夷射姑飲酒，私
出，閽乞肉焉，奪之杖以敲之」

《賈誼・過秦論》「執敲扑以鞭笞天下」
註：短曰敲，長曰扑。
扑：phok^{4} 杖也

·毃、敲ㄑㄧㄠ、搉ㄑㄩㄝˋ：khak^{4} (集)克角切
《說文》擊頭也，以手重敲猛擊，挖取也
《前漢・五行志》
「高后支斷戚夫人手足，搉其眼，已為人彘」

·敲敲念：ㄑㄧㄠ khiau(集)丘焦切，敲木魚 推敲
khiau→khau 少了介音「i」。叩叩念？

·官鬼：「交官窮，交鬼死，交著羅漢食了米。」諺

·兌：ㄉㄨㄟˋ toe^{7} 卦名

·震：ㄓㄣˋ chin^{3} 卦名

·爻：ㄧㄠˊ hau^{5}（集)何交切。gau^{n5}（彙）
音仝肴，卦名 八卦的象辭，爻辭

·死體(si$^{2-1}$ the^{2})、屍體(si$^{1-7}$ the^{2}) 兩者呼音略微不同

·耄：ㄇㄠˋ bo^{7}（集)莫報切，bo$^{\cdot 7}$（韻補）叶莫故切，
bo^{n7}(彙) 惛忘也 年過七十也，耄齡 耄勤
耄亂(老番顛也)
老耄耄(lau^{7} bo^{n3} bo^{n3} 亂調)
耄嘴(bo^{n3}/bau^{n3} chhui^{3})

《鹽鐵論，散不足》
「古者庶人耄老而後衣絲，其餘則麻枲(ㄒㄧˇ si^{2} 麻也)而已，故命曰布衣。…」

·耋：ㄉㄧㄝˊ tiat^{8} 年過八十也，耄耋

「推敲」一詞是比喻寫文章，做事等經過反覆的思考和琢磨，其典故是唐朝的詩人賈島，去探訪朋友李凝，看到友人幽靜的居所觸景生情，即興賦詩一首，這便是後來流芳於世的

《題李凝幽居》：上平十三元韻
「閒居少鄰並，草徑入荒園。
鳥宿池邊樹，僧敲月下門。
過橋分野色，移石動雲根。
暫去還來此，幽期不負言。」

但詩中「僧敲月下門」一句中的「敲」和「推」那個字更適合呢，賈島始終無法決定。
在回家的路上，賈島反覆誦吟，由於忘神，面對鳴鑼喝道而來的官轎竟不知避讓，直衝過去。
家丁們把這個衝撞官轎的年輕人帶至轎前，聽候發落。
原來這名官員正是當時聞名京城的大文人韓愈韓退之。
問明緣由，韓愈不禁被這個年輕人嚴謹的推求態度所感動，韓愈略作沉思，道出自己的見解：

「鳥宿池邊樹」點名了詩人是在夜間拜訪，從閒居少鄰並，草徑入荒園這兩句可以看出這是主人幽靜的隱居之地。

若用「推」字的話，則明顯帶有唐突擅闖之意了，這樣就顯得詩人不太禮貌，所以還是應該

先敲門較為妥，因而用「敲」字更好。
這一席話令賈島茅塞頓開，此後賈島便尊稱韓愈為自己的「一字師」。

60.蟬翳葉，禪宗，翳--著，風葉a，欺呵，蜈蚣

莫求蟬翳葉，莫信術士言。
能學蛹化蝶，一切順自然。

·蟬翳葉：sian5 e3/i3 iap8

《馮夢龍·古今笑史·愚癡》
顧愷之癡信小術，桓玄嘗以一柳葉紿之
曰：「此蟬翳葉也，以自蔽，人不見己。」
愷之引葉蔽己，玄佯眯而溺之。
愷之信玄不見己，受溺而珍葉焉。

·蟬：ㄔㄢˊ sian5 蟲名，善鳴，音仝禪
禪：sian5→siam5 走音 禪宗(sian5 chong)

·翳：一ˋ e3 (集)壹計切，i3 (彙) 屏也 滅也 掩也
障也 隱也 蔽也 蔭也 眼疾蔽也，
翳--著(e3--tioh4 引申為被傳染到)
《說文》華蓋也。
《急就篇註》謂凡鳥羽之可隱翳者也

·葉：一せˋ iap8 文 hioh8 白 葉落歸根 樹葉a
風葉a(hong iap8 a，hong iah8 a 電扇葉片)
一葉 門葉a(通「頁」用，iap8 文 iah8 白)

·莫：(參見第36頁，莫)

·蛹：ㄩㄥˇ iong^{2} 蠶化為蛹，蛹化為蛾

·蝶：ㄉㄧㄝˊ tiap^{8}文 iah^{8}教 蝴蝶 仝蜨
蛺蝶也

《曲江．唐 杜甫》
「穿花蛺蝶深深見，點水蜻蜓款款飛。傳語風光共流轉，
暫時相賞莫相違。」

花蝶a hoe iah^{8}--a俗
尾蝶 boe^{2}-iah^{8}教

◯另有韻母音o/o˙←→ia對轉的例句：
註：例字不多，僅供參考

·鵝：go^{5}→gia^{5} 天鵝 鵝肉
·蛾：go^{5}→gia^{5}→ia^{5}係受近古音華語的影響，
少了聲母「g 」。
·花蛾：go^{5}→ia^{5} 蝴蝶也，尾蝶 boe^{2}-iah^{8}教
·蛾仔：iah^{8}-a^{2} 蝶仔教 臭蛾仔 蛾仔四界飛

·呵、訶：ho→khia 欺呵/訶(khi khia) 呵難
《關市呵難之．韓非子》「呵：盤查，責
問也」
·蜈：go˙^{5}→gia^{5} 蜈蚣(gia^{5} kang)

61. 改變，變猴弄，變蠓，講袂變，盤車，盤撋 盤山過嶺，龜囉鱉嗦，金龜婿，龜毛，龜裂

風雲早變天，三峽渡無船。
盤山不辤遠，轉出已入川。

致遠自邇，龜行千里。
盤山過嶺，不達不止。

·變：ㄅㄧㄢˋ pian^{3}[文] pi^{n3}[泉][白] pe^{n3}[漳][白]
改變 變猴弄(pi^{n3} kau^{5} lang^{7})
變蠓(pi^{n3} bang^{2} 耍手段也)
講袂變(kong^{2} boe^{7}/be^{7} pi^{n3} 不聽勸也)
(詳見「目錄17.第58頁」，燕)

·盤：ㄆㄢˊ poan^{5}[文] poa^{n5}[白] 盛物之器也
曲也 旋也，盤a 碗盤 盤旋(poan^{5} soan^{5})
盤車[教] (poa^{n5} chhia 換車搭乘也)
盤山過嶺[教] 腰子盤(橢圓形的盤子)
扯盤反/捙盤反[教] (chhia^{2} poa^{n5} peng^{2})
盤撋[教] (pua^{n5}-nua^{2}[台羅]，poa^{n5} loa^{n2}[教羅])
撋：ㄖㄨㄢˊ joan^{5} 摧物也，佮人盤撋

·辤：ㄘˊ sü^{5}/si^{5} 仝辭 文辭也 不受也，辭職 相辭
《魏志·楊修傳》「絕妙好辤」

·船：(參見第318頁，船)

·遠：ㄩㄢˇ oan[2] 名 形　遠山 遠行

ㄩㄢˋ oan[7] 動　離也 去也，遠小人

hng[7] 白　真遠/誠遠教

·川：ㄔㄨㄢ chhoan 文　chhian 詩　河川 川流不息

《春日偶成．宋 程顥》下平一先韻
「雲淡風輕近午天(thian)，旁花隨柳過前川(chhian)
時人不識余心樂，將謂偷閒學少年(lian[5])。」

·轉：(參見第 315 頁，轉)

·邇：ㄦˇ ji[2] 親也 近也，親邇 致遠自邇 邇來

·龜：ㄍㄨㄟ kui 文　ku 白　烏龜也 慢也 縮也，
龜縮 龜行 龜囉鱉嗦 金龜婿(kim kui se[3])

婿：se[3] 文　sai[3] 白 大小婿(toa[7] soe[3]/se[3] sai[3]
→toa[7] soe[3]/se[3] sian[7] 走音)

龜毛(ku bo[n])是日本外來語，遇問(ぐもん 日 ?)（意指每事盤問也)

ㄐㄩㄣ kun 匀 (集)俱倫切，裂也，龜裂 龜手

《桓靈時童謠．東漢 無名氏》
「舉秀才，不知書(su)；察孝廉，父別居(ku)。
寒素清白濁如泥，高第良將怯如龜(ku)。」

62. 捲尺，捲錢，捲螺 a 風，四界趖，四界踅踅--轉來，四界彳亍，迌迌、七逃，四秀庶饈，四神湯、四臣湯

浪捲南海，有風不成颱。
舟行四界，慈航保無災。

·捲：ㄐㄩㄢˇ koan² 文 khoan² 氣音 kng² 白 收也聚也，捲簾(koan² liam⁵) 捲尺(kng² chhioh⁴)
捲錢(khoan² chiⁿ⁵，kng² chiⁿ⁵ 捲款逃跑也)
捲螺 a 風(kng² le⁵ a hong 龍捲風也)
雞捲 錯意 (ke/koe kng² 加捲也)

·四：ㄙˋ su³/sü³ 泉 文 si³ 漳 白 四方 四季
四平八穩 四方八達 四面楚歌 不三不四
四肢(sü³ chi)

四正(si³ chiaⁿ³) 四周(si³ chiu) 四樓
四界趖(si³ koe³/ke³ so⁵ 教)

庶羞(饈)(si³ siu 原指各種美味也)
《荀子・禮論》「祭齋大羹，而飽庶羞」
四秀 教 (si³ siu³ 零食也)

四神湯 錯意 (四臣湯也，指中藥材：淮山、芡實、蓮子、茯苓，具有「補益脾陰，厚實腸胃」的功效。

·界：ㄐㄧㄝˋ kai^{3} 文 限也 境也，界線 世界

koe^{3} 泉 俗 ke^{3} 漳 俗 四處也，一四界

四界 教（到處也，四界踅 四界行 四界去）

上概好(上界好 錯意 上介好 錯意)

(參見第 23 頁，概)

踅：ㄒㄩㄝˊ thiat^{4}(集)丑例切，半途折回

也，踅回 踅--轉來(seh^{8}--tng^{2} lai^{5}) seh^{8} 教

·四界彳亍：ㄔˋ ㄔㄨˋ thek^{4} thok^{4}，足之步也

左步為彳，右步為亍，合之為行

迌迌 俗（thit^{4} tho^{5} 七逃 錯意 音讀音）

《魏都賦・左思》「四界彳亍」

63. 創治，結規絿，糾絞，伸冤，伸手，講袂伸斜/扯

治絲益棼，愈急愈困。
舊絿難伸，不斬不順。

·治：ㄓˋ ti^{7} (正)直意切，理也，治療 治亂 政治
創治[教] (chhong^{3} ti^{7} 作弄也)

·棼：ㄈㄣˊ hun^{5} 亂也，治絲益棼 林木棼錯

·絿：ㄑㄧㄡˊ kiu^{5} khiu^{5}[氣音] 絲纏過緊也，急也
不競不絿 心肝結規絿 繡絿
kiu^{2} (彙) 絞也 督也，仝糾，
糾絞(kiu$^{2-1}$ ka^{2})
心肝糾痛(sim koa^{n} kiu^{2} thia^{n3})

·愈：ㄩˋ ji^{2}[漳] (彙) ju^{2}/lu^{2}[泉] u^{2}(集)勇$^{6-2}$主切
勝也 賢也 過也 病瘳也，韓愈 愈來愈好
愈：為陽上聲 (集)勇$^{6-2}$主^{2}切(第六聲)，由於聲母為「零聲母」，則依習慣轉為第二聲。但也有人呼為第七聲「ju^{7}/lu^{7} ji^{7} u^{7}」
(詳見「目錄 32. 第 98 頁」，户)

·伸：ㄕㄣ sin[文] chhun[白] chheng[白] 舒也
理也，伸展 伸冤(sin oan) 伸腳出手
(chhun/chheng kha chhut^{4} chhiu^{2}) 伸手
講袂伸斜/扯(kong^{2} boe^{7} chhun chhia^{5}/chhia^{2} [走音] 不可理喻也) 袂[教] (boe^{7} 未也)

64. 空甕a，甕肚、甕囊，魚肚，腹肚，領絺、涎帕a 長頸鹿，救濟，濟話、厚話，濟少

抱甕灌畦，災來領絺。
苦心改進，水米濟濟。

窖甕之酒，越陳越馨。
芃垂之韮，不刈不生。

·抱：(參見第71頁，抱)

·甕：ㄨㄥˋ ong3 文 ang3 白 瓦器也，甕中捉鱉
酒甕 水甕 空甕a
甕囊(ang3 lang5→ang3 lang2 亂調)
甕肚(ang3 to·7 沒度量也，忌妒也 甕囊也)
肚：ㄉㄨˋ to·7 習稱動物之胃，牛肚 豬肚
魚肚 「雞a腸，鳥a肚。」諺 沒度量也
ㄉㄨˇ to·2 習稱人之腹肚(pak4 to·2)

·灌：ㄍㄨㄢˋ koan3 (集)古玩7切，音仝貫，溉也
注也 飲也，灌溉 灌水
koan3 to·7 kau5(稱猛灌水也)

·畦：ㄑㄧˊ he5 田五十畝曰畦，菜畦 畦丁
《史記·貨殖傳》「千畦薑韭」

·災：ㄗㄞ chai 文 che 白 仝灾，天火也 禍也，
(參見第94頁，灾、災、烖)

·領：ㄏㄢˋ ham$^{6-7}$（唐)胡^{5}感^{2}切，am^{7}（彙）頤領
領頸(ham^{7} keng^{2}→am^{7} kun^{2}[俗]) 領首 領領
頸項(keng^{2} hang^{7} 脖子之前半部曰頸，後半部曰項)
長頸鹿(tiong^{5} keng^{2} lok^{8} 昔曰麒麟鹿)
長領鹿[教]

·褯：ㄐㄧㄝˋ chia^{3}[文] seh^{8}[白] 包裹出生小孩之被
領褯：am^{7} seh^{8}[白] 小兒涎衣也，
涎帕 a(loa^{n7} pe^{3}/poe^{3} a)
兜胸，幼稚所穿，掛在胸前的圍兜

·濟：ㄐㄧˋ/ˇ che$^{6-7}$（集)子禮切，眾多也，
che^{7}[教] [漳] choe^{7}[泉] 多也，濟話(厚話也)
濟濟多士(che^{7} che^{7} to sü^{7}) 人才濟濟
濟少(choe^{7}/che^{7} chio^{2} 多少也)
che^{3} 渡也 補助也 賙求也，濟河 救濟
濟南路[俗]（che^{3} lam^{5} lo͘^{7})

·馨：ㄒㄧㄥ heng 香遠聞也，馨香禱祝 德馨 馨逸

·芃：ㄆㄥˊ p/phong^{5}（唐)薄紅切，草盛也，芃芃

·韭：ㄐㄧㄡˇ kiu^{2} 仝韭，菜名 葉叢生細長而扁，
韭菜 韭黃 韭蔥薤蒜(ku^{2} chhang hai^{7} soan^{3})
kiu^{2}→ku^{2}[俗]（少了介音「i」)(參見第 53 頁，薤)

·刈：(參見第 73 頁，刈)

65. 老牌，招牌、看板，磨鍊，拖磨，石磨，禁忌不禁，禁不住，算數，數簿

招牌日日落，看板天天起。
先天命似磨[7]，後天磨[5]不止。
不禁身心苦，休息數日子。

·招：ㄓㄠ chiau 文 cho 白 招兵買馬 市招 出招
招待 招數 招魂 招標 招親 招呼 相招 嘴招
（參見第 56 頁，招）

·牌：ㄆㄞˊ pai[5] 牌樓 門牌 牌位 骨牌
老牌(lau[2] pai[5] 知名也) 招牌(chiau pai[5])

·看板 日：招牌也，「かんばん khan[3] pan[2]， khan[n5] pa[n2]」

·磨：ㄇㄛˊ bo[5] 文 boa[5] 白 摩擦也 研細也，琢磨
磨粉 拖磨(thoa boa[5]) 磨鍊(bo[5] lian[7]) 折磨
ㄇㄛˋ bo[7] 文 石製物也，石磨(chioh[8] bo[7])

·禁：ㄐㄧㄣˋ kim[3] 制止也 監押也 避忌也，宮禁
監禁 禁忌
ㄐㄧㄣ kim 忍耐也 擔當也，不禁 禁不住

·數：ㄕㄨˋ so·[3]→siau[3](多了介音 i) 腳數(kha siau[3]) 算數(sng[3] siau[3]) 數簿(siau[3] pho·[7])
ㄕㄨˇ so·[2]→sau[2]→sau[1] 亂調 （參見第 79 頁，數）

66. 富死，大富，同輩、同/仝沿，「輸人不輸陣，輸陣難照面」，配達，適配、速配

東西不對，難^{5}以相配。
曉得之人，富貴之輩。

·富：ㄈㄨˋ hu^{3} 係由上古音的pu^{3} 轉變而來
「p、ph」的上古音聲母轉變成中古音的
聲母「h」。富貴 富強 富裕，又姓也

《左傳》「周大夫富辰」，呼音「pu^{3}」
滿清八大家族之一「富察氏」後人簡稱為
「富」姓，如富毓屏(pu^{3} iok^{8} peng^{5} 人名也)

富：pu^{3}[教] 裕也，富死(pu^{3} si^{2} 卯死也)
大富[教] (pu^{3}→pu^{5}[亂調] 屎大富$^{3/5}$[俗])
「大富(hu^{3}/pu^{3})靠天，小富(hu^{3}/pu^{3})靠勤」[諺]

通常這些上古音成為今之白話音，而中古音則成為今之文讀音。

其他字例上有：豐、殕ㄈㄡˇ、佛、浮、房...
等等，且大部分的華語音聲母為「ㄈ」。
(詳見「目錄3. 第17頁」，肥)

·輩：ㄅㄟˋ poe^{3} (廣)(集)補妹切，poe^{3}(彙)
比也 類也 行也，同輩 前輩(chian^{5} poe^{3})

我輩 輩 7-3 分亂調　應為輩 3-2 分
同輩(tong5 poe3　同/仝沿教 kang5 ian5)

《說文》「軍發車百輛為一輩」
輩：在春秋戰國時，各諸侯擁兵自重，當時由軍營出戰車時，每一百輛稱為「一輩」，所以有前輩、後輩之分。
部首從「車」。後另意引申出「一輩子」，係華語用法，台語則稱「一世人」，一世為三十年。
又古代稱一紀則為十二年，今稱百年為一世紀。

·難：ㄋㄢˊ lan5 困難也，難分難解 難受 難題
難堪(lan5 kham) 難為情

「輸人不輸陣，輸陣難 5 照面。」諺
「難」須唸本調，強調「難」也，若變調則呼成「卵屌 lan7 chhiau2」的諧音。所以今人改成「輸人不輸陣，輸陣歹看面。」

ㄋㄢˋ lan7 患也 蹇也 憂也 憚也，災難
患難 責難 難民 難兄難弟

·配：ㄆㄟˋ phoe3泉　phe3漳　匹也 對也 當也
合也 媲也，匹配 配合 食飯配菜 適配 配當
配達(送貨也)
適配(sek4 phoe3→sih4 phoe3→sü3 phoe3)
速配錯意 走音

67. 恬靜，恬恬、惦惦，我踮遮等你，擋踮

恬靜無愧，事在人為。
時合運對，貓狗入闈。

·恬：ㄊㄧㄢˊ tiam^{5} 安也 靜也，恬靜
恬恬(tiam$^{5-3/7}$ tiam^{5} 惦惦[錯意])
惦惦(tiam$^{7-3}$ tiam^{7} 一詞已成強勢俗音，形容安靜也。)

·惦：ㄉㄧㄢˋ tiam^{3}（彙）思念也，惦念 惦記

·踮：ㄉㄧㄢˋ tiam^{3} 在也 住也[教]，踮腳
我踮遮等你[教] 恁兜踮佗位[教]
擋踮(tong^{3} tiam^{3}→tong^{3} tiam^{7}[亂調] 停止不動也)

·貓：(參見第 262 頁，貓)

·狗：ㄍㄡˇ ko͘^{2}[文] kau^{2}[白] 兔死狗烹 黑狗
(詳見「目錄 24. 第 76 頁」，頭)

·闈：ㄨㄟˊ ui^{5} 宮闈 入闈
庭闈（父母住的內室，引申為父母之意）

68. 枯，跍，跔，曲痀，曬乾、曝乾，豆乾、豆干，干焦，撚嘴鬚，好撚，三竿

夜黯天增寒，燈枯油未乾。
撚心光再亮，一照到三竿。

·黯：（參見第 56 頁，黯）

·枯：ㄎㄨ kho͘ （集）空胡切，ko͘（彙），音仝跍。
枯乾 枯枝
跍：ㄎㄨ kho͘ 蹲也 亞洲蹲也（專指亞洲人的蹲姿，通常西方人無法使用此蹲姿，都會仰倒）。 khu^{5}[教]
跔：ㄐㄩ ku khu^{5}[俗]（集）恭于切，腳不伸也 蹲也
痀：ㄐㄩ ku（集）權俱切，僂也 尪也，
曲痀(khiau ku 駝背也)

·乾：ㄍㄢ kan[文] ta[白] koa^{n}[勾] 燥也，風乾 乾脆
乾燥 曬乾[華] 曝乾[台]（phak^{8} ta，phak^{8} koa^{n}）
豆干(tau^{7} koa^{n} 豆乾也） 干焦(kan ta[教])
ㄑㄧㄢˊ khian^{5} 卦名，乾坤 乾隆 乾乾
（參見第 302 頁，暴）

·撚：ㄋㄧㄢˇ lian^{2} 以手指頭揉，撚紙條 撚嘴鬚
驅逐也，撚掉 好撚(ho^{2}lian^{2}好歛？戲乞物也)

·三竿：sam kan 日上三竿也，喻天亮

69. 牛奶，娘奶，胖奶，奶/乳帕 a，偷食哺偷吃步，空嘴哺舌、空喙哺舌，韌脯脯，癲痟羊痟，暈車、眩車

彷徨無主，娘奶失乳。
哺之牛羊，代也甫甫。

· 彷徨：ㄆㄤˊ ㄏㄨㄤˊ pong^{5} hong^{5}
ㄈㄤˇ ㄏㄨㄤˊ hong^{2} hong^{5}
彷彿也 不安貌 遲疑不進也

· 娘：ㄋㄧㄤˊ liong^{5}[文] liu^{n5}[白] lia^{n5}[白] 仝孃
娘子(liong^{5} chü^{2}) 姑娘(ko˙ liu^{n5})
a 娘 a(a liu^{n5} a) a 娘(a lia^{n5})

· 奶：ㄋㄞˇ lai^{n2}[文] le^{n2}[漳][白] li^{n}[泉][白]
少奶奶(siau^{2} lai^{n2} lai^{n2}) 奶媽(lai^{n2} ba^{n})
牛奶(gu^{5} leng[教]，gu^{5} le^{n}/li^{n}[白]) 溢/噎奶
母曰娘奶(liu^{n5} le^{n2} [白])
奶帕 a (leng poe^{3}/pe^{3} a，奶罩也)

· 乳：ㄖㄨˇ ju^{2}/ji^{2} ji^{n2}[文] leng[白] 汁也 液也
乳中汁液。胖乳(hang^{3} leng 嬰兒肥也)
乳帕 a (leng poe^{3}/pe^{3} a，奶罩也)
leng→li^{n}/le^{n} （詳見「目錄 14. 第 49 頁」，生）

· 哺：ㄅㄨˇ ㄅㄨˋ po˙^{7} 嚼吃也 餵食也，

哺乳[華]/飼奶[台]（chhi^{7} leng/li^{n}/le^{n}）
偷吃/食哺(thau chiah^{8} po$^{\cdot 7}$）偷吃步[教]
空嘴哺舌(khang chhui^{3} po$^{\cdot 7}$ chi^{7} 空喙哺舌
[教])

·韌：ㄖㄣˋ jin^{7} lun^{7}[俗]（集)而振切，柔而固也，
堅韌 韌性 韌帶 命真韌
韌脯脯(lun^{7} po$^{\cdot 2}$ po$^{\cdot 2}$→lun^{7} po$^{\cdot 3}$ po$^{\cdot 3}$[亂調])

·牛：(參見第 197 頁，牛)

·羊：一ㄤˊ iong^{5}[文] [泉] iang^{5}[文] [漳] iu^{n5}[白] 山羊
綿羊 羊癲瘋[華] 癲癇[華] 羊癇[台]
癲癇：ㄉㄧㄢ ㄒㄧㄢˊ（tian han^{5}），另稱
腦癇、羊癇、羊癲瘋、羊角風、發羊吊
羊癇[台]（iu^{n5} han^{5}→iu^{n5} hin^{5} 羊暈[走音]）
暈：ㄩㄣ ㄩㄣˋ un^{7}[泉] in^{7}[漳] hin^{5}[俗]
眩：ㄒㄩㄢˋ hian^{5}[文] hin^{5}[白] 頭眩目暗
暈車[華]/眩車[台]（hin^{5}/hian^{5} chhia）
（暈眩，同義複詞）

·甫：ㄈㄨˇ hu^{2}（集)匪父切，問人名號也，台甫
p/pho$^{\cdot 2}$(集)彼五切，一曰仝圃

男子美稱也 大也 剛剛也，甫畢
查甫(cha po$^{\cdot 2}$→po$^{\cdot 1}$[亂調])。查埔[教]
（查甫之查為虛字音也）(參見第 371 頁，查)

70. 草茨，古厝，圮圯，人真暢，醇酒、醇酎

圮屋不守，更新汰舊。
茨換高樓，暢飲醇酎。

城內高樓非我宿，籬中草茨是吾家。

·茨：ㄘˊ chü[5] 泉 chi[5] 漳 chhu[3] 教 茅茨、
草茨(chhau[2] chhu[3] 以茅蓋屋也)

又蒺藜也，《註》布地蔓生，細葉，子有三角，刺人，一稱刺蒺藜。俗稱「刺查某」。
(參見第 229 頁，刺)

·厝：ㄘㄨㄛˋ chhok[4] (集)倉各切，厲石也，
厝石。置也，厝火積薪

詩曰：他山之石可以攻厝，今詩借作「錯」字
閩南人對家或屋子的異稱，古厝 頂厝

停柩備葬：將遷神而安厝 暫厝慈湖
大厝(棺木也)

chho·[3] 文 音仝錯
chhu[3] 白 宅也，瓦厝 古厝 厝邊頭尾

·圮：ㄆㄧˇ ki² 覆也 毀也，圮圯

·圯：ㄧˊ i⁵ 橋也
《前漢·張良傳》「良嘗閒從容遊下邳ㄆㄟˊ，圯上遇一老父，授以書」

·汰：（詳見「目錄185，第463頁」，汰）

·舊：ㄐㄧㄡˋ kiu⁷[文] ku⁷[白] 少了介音「i」

·高：（參見第349頁，高）

·暢：ㄔㄤˋ thiong³[泉] thiang³[漳] 爽也 達也，暢快 人真暢 順暢

·飲：ㄧㄣˇ im² 主動去喝 含受也，飲酒 飲恨
ㄧㄣˋ 給人喝或給牲口喝水，飲馬
啉：lim[教] 啉酒 啉茶

·醇：ㄔㄨㄣˊ sun⁵ 厚酒也 精純也，醇厚 醇酒
《說文》不澆酒也，澆kiau 一曰薄也

·酎：ㄓㄡˋ tiu⁷ 醇也 釀也 酒純也，醇酎
《說文》三重醇酒也

·宿：（參見第490頁，宿）

71. 六出，訹，吐嘴舌，吐錢，蝶、蜨，尾蝶仔

花開六出，色香外出。
三月吐芳，蜂蝶皆訹。

香氣內鬱，蜂蜨難訹。
冬末夏初，花開六出。

· 六出：雪花。因雪似花瓣分為六片，故稱為「六出」。

花瓣也，因花生六瓣，故稱為「六出」。
南朝陳·徐陵〈經騩〉詩：「三晨喜盈尺，六出舞崇花。」

唐·元稹〈賦得春雪映早梅〉詩：「一枝方漸秀，六出已同開。」也稱為「六出花」。

古代婦女有七出之條，犯其中一條則被休棄。唯帝王、諸侯之妻，無子不出，稱為「六出」。（文/萌典）

· 訹：ㄒㄩˋ thut⁴ 誘也，
謏：ㄒㄧㄠˇ siau² 誘為善也，謏訹
謏聞。稗官小史也，
謏話/痟話教 (siau² oe⁷ 胡說也)

呼謏：ㄏㄨ ㄒㄧㄠˇ ho͘→hau

hau siau²→hau siau⁵ 亂調 不實也

(參見第 81 頁，呼)

又口語上嘗有人曰：某某女人乎人詸(sut⁴)
去，意思是指被騙上床也。
(thut⁴→sut⁴ 走聲 ?)

·㞷：ㄍㄨˇ kut⁴ 出也

·吐：ㄊㄨˇ tho͘² 口吐也，吐哺 吐露 吐嘴涎
吐嘴舌(tho͘²⁻¹ chhui³ chi⁷)
ㄊㄨˋ tho͘³ 嘔也，嘔吐 上吐下瀉
吐錢(tho͘³⁻² chiⁿ⁵)

·芳：ㄈㄤ hong 文 phang 白 香草也 香也，芳香
(詳見「目錄 3，第 17 頁」，肥)

·鬱：(參見第 28 頁，鬱)

·蜨：ㄉㄧㄝˊ tiap⁸ 蝴蝶也，尾蝶仔(iah⁸ 教)
(參見第 169 頁，蝶)

72. 鶩--出來，渥澹，沃花，沃雨，浽澹，趨頭前趨勢，毛毛 a 雨

放馬馳驅，霙渥身軀。
茆店候霽，日出再趨。

風飆樹不靜，雨渥人難挺。
下晡風暫停，夜雨毛毛景。

·馳：ㄔˊ ti^5 疾驅也。鶩：ㄨˋ bu^7 奔也 疾也
《漢書·音義》「直騁曰馳，亂馳曰鶩」
鶩--出來(bu^7--chhut^4 lai^5 突然冒出來也)

·渥：ㄨㄛˋ ok^4/ak^4 (集)乙角切，霑也 久漬也，渥濕。沃澹ㄊㄢˋ tam^{5}教 (ak^4 tam^5) 浽澹
角：kok^4/kak^4

浽：一ㄣˋ gin^7 (韻會)疑^{5}僅^{7}切，銀去聲，滓也 澱也，腳澹浽來浽去 浽澹(in^3 tam^{5}走聲亂調 少了聲母「g」)

·沃：ㄨㄛˋ ok^4 (集)烏酷切，ak^{4}白 澆也 淋也
灌溉也 盛也 盥水也， 沃花教 沃雨教
《左傳·正義》「盥謂洗手，沃謂澆手」
《詩·小雅》「隰桑有阿，其葉有沃。」

·霙：一ㄥ eng (集)於^{1}驚切，霰也 雨雪雜下也。
霙霙：白雪貌

·茆：ㄇㄠˊ bau[6-2] (唐)莫[8]飽[2]切，鳧葵
蓴菜草(蓴：ㄔㄨㄣˊ sun[5])，草叢生也
通茅，茆店：茨也 厝也

·霽：ㄐㄧˋ che[3] (集)子計切，雨止也，天霽

·趨：ㄑㄩ chhu 走也 行也 赴也 疾行也， 趨向
趨迎 趨利 趨頭前(chhu thau[5] chi[n5])
ㄘㄨˋ chhok[4] 仝促 速也
趨勢(chhu se[3]→khut[4] se[3] 走音 錯意)
(參見第 393 頁，趄)

·颻：ㄧㄠˊ iau[5] (集)餘招切，風高也 上行風也
飄颻

·挺：ㄊㄧㄥˇ theng[6-7] (集)待[7]鼎[2]切， 拔也
直也，挺拔 挺直，我挺你 相挺
挺腿 仝撐腿。 鐵腿 俗
theng[3] thui[2]→the[n3] thui[2]→thih[4] thui[2]
走音 錯意
(參見第 357 頁，撐)

·晡：(參見第 190 頁，晡)

·毛：ㄇㄠˊ bo[n5] 文 bng[5] 白 眉髮之屬 獸毛也，
毛髮 羽毛 毛巾 華 面巾 台。 細小也，
毛毛雨 華 毛毛 a 雨 台 (bng[5] bng[5] a ho·[7])
bo[n] 俗 龜毛(ku bo[n] 走音)
(參見第 171 頁，龜)

73. 下晡、下昏、下昉，昨昏、昨昉，避免，閃避

風颭雨湔，避如逃兵。
飃停涑霽，下晡上京。

·晡：ㄅㄨ po˙ 申時 下午三點到五點，下午也，
下晡 下晡時 下昏[教] 昨昏[教]（昏：hng [白]）

昉：ㄈㄤˇ hong^{2}[文] hng^{2}[白] 音仝仿，旦初明
炤也 開始也，hong^{2}/hng^{2}→hong^{1}/hng^{1}[亂調]？
下昉：e^{7} hng^{2}→e-ng（白話音連音）
昨昉：chah^{8} hng^{2}→cha-ng（白話音連音）

·颭：ㄓㄢˇ chiam^{2} 風吹浪動也

·湔：ㄆㄥ pheng 水擊聲，湔渤
《杜甫詩》「湔口江如練，蠶崖雪似銀。」

·避：ㄅㄧˋ pi^{7}（集）毗^{5}義^{7}切，音仝鼻，逃也
迴避 閃避 逃避 避難 避雷針
避免(pi^{7} bian^{2}→phiah^{4} bian^{2}[走音])
閃避(siam^{2} pi^{7}→siam^{2} phiah^{4}[走音])

·飃：ㄆㄧㄠ phiau 風貌 仝飄

·涑：（參見第156頁，涑）

·霽：（參見第189頁，霽）

74.破樹椏，破肉，母舅，舂臼，就底，夭壽，夭嬌

風雨飄瀟，舊枝動搖。
忍破枝葉，新春夭嬌。

·破：ㄆㄧˇ phi$^{1/2}$ （集)普靡切，披上聲，
破折也，通作披(phi/phe/phoe)
ㄆㄧ （集)攀靡切，音仝披，開肉也，破肉
《史記・魏其武安侯傳》「枝大於本，不折必披」

破：phi$^{1/2}$/phe$^{1/2}$/phoe$^{1/2}$ 破甘蔗
破樹椏(phe chhiu^{7} le)
椏：ㄧㄚ a（樹椏 a→e→le 多了聲母「l」）

·舊：ㄐㄧㄡˋ kiu^{7}[文] ku^{7}[白] 少了介音「i」其他
例如：舅(kiu^{7}→ku^{7} 母舅)、臼(kiu^{7}→ku^{7}/khu^{7} 舂臼)、就(chiu^{7}/kiu^{7}→chu^{7}/ku^{7} 就底)…

·瀟：ㄒㄧㄠ siau 風雨暴疾貌，風雨瀟瀟

·夭：ㄧㄠˇ iau^{2} 短命也、早死也，殀壽，仝夭壽
《孟子・盡心上》「殀壽不貳，修身以俟之」
一曰天命為 120 歲，未半則為夭壽。
「七十三，八十四，閻王沒叫家己去」[諺]

夭：ㄧㄠ iau^{1} 色愉貌，夭夭如也 少好貌，
桃之夭夭 夭嬌 妖嬌[俗]

75. 考妣、哭爸，梅花，樹梅，趁早，趁食、討趁
早暗，早晏，敎力早，明 a 早，早起時
陰暗時，好--佳哉，好尾梢、好結尾，好啼
好事尚/常

冬陽如珍寶，尋梅要趁早，
竊笑晚日趖，人花兩相好。

·冬：ㄉㄨㄥ tong 文 tang 白 四時盡終之季也
喻年也，冬藏 冬扇夏爐 冬天 冬尾 年冬

·陽：一ㄤˊ iong^{5} 泉 iang^{5} 漳 太陽 陰陽
山的南面，衡陽(衡山之南)
水的北面，漢陽 洛陽(漢水、洛水之北)

·如：ㄖㄨˊ ju^{5} 泉 ji^{5} 漳 lu^{5} 泉 俗 如果 如此
如今 如出一轍 如喪考妣(kho^{2} pi^{2})
考妣：子女稱已死的父母親(今錯意為哭爸)

·珍：ㄓㄣ tin (集)知鄰切，从音真，美也 眾也
貴也，美珍 珍貴 珍珠 珍惜
(tin→chin) 聲母音(t→ch) 對換而成文白音
(詳見「目錄 33. 第 101 頁」，持)

·寶：ㄅㄠˇ po^{2} (集)補抱切，珍也，寶貝 珍寶
三寶(sa^{n} po^{2} 批評他人差勁也，低陋也)

·尋：ㄒㄩㄣˊ sim^{5}文 chhoe^{7}白 漳 chhe 白 泉
找也，尋找 尋訪 尋覓 尋花問柳 尋人

中國古代的長度名，八尺為「尋」
《周禮·地官·媒氏註》「八尺曰尋，倍尋曰常」
《曲江·杜甫》
「酒債尋常行處有，人生七十古來稀」這首律詩中，「尋常」對「七十」是屬數字對。

·梅：ㄇㄟˊ boe^{5}文 m^{5}白 bui^{n5}俗（集）模杯切，
果名 花名，梅花 梅子 梅雨 梅山 梅毒
樹梅(chhiu^{7} m^{5})

《唐·王維》去聲四寘韻
「君自故鄉來，應知故鄉事(si^{7})。
來日綺窗前，寒梅著花未(bi^{7})。」

《宋·盧梅坡·雪梅·其一》下平七陽韻
「梅雪爭春未肯降(hong^{5})，騷人擱筆費評章(chiong)。
梅須遜雪三分白，雪卻輸梅一段香(hiong)。」

·要：一ㄠ iau 求也 招也，要求 要脅(iau hiap^{8})
一ㄠˋ iau^{3}文 boeh^{4}漳 白 beh^{4}泉 白
欲也 契也 約也，重要 要緊 要人 要害 需要
「要食沒要趁」俚 遊手好閒也

·趁：ㄔㄣˋ thin^{3}文 than^{3}白 逐也 從也 去也，
趁早 趁食 趁錢 討趁(tho^{2} than^{3})
thim^{3}→thin^{3}（集）丑刃切

·早：ㄗㄠˇ cho^{2}[文] cha^{2}[白] chai^{2}[俗] 晨也 先也，
早暗 早晏(cha^{2} oa^{n3}) *敎力早*[教] (gau^{5} cha^{2})
早起頓(cha^{2} khi^{2} tng^{3} 早餐也)
明 a 早(beng^{5} a cha^{2}→bin^{5} a chai$^{2/3}$[走音])
早起時(cha^{2} khi^{2} si^{5}→chai^{2} khi^{2} si^{5}[走音])
陰暗時[反] (im am^{3} si^{5})

·笑：ㄒㄧㄠˋ siau^{3}[文] chhiau^{3}[俗] chhio^{3} [白]
見笑 笑談 笑話 見笑轉受氣 笑咍咍
(參見第 199 頁，笑)

·趖：ㄙㄨㄛ so→so^{5}[亂調] 走意也 走疾也
「荳蔻花間趖晚日，苦苓枝尾趙晨曦。」
(參見第 68 頁，趖)

·趙：ㄓㄠˋtiau^{7}[文] tio^{7}[白] tau^{7}[俗] (參見第 68 頁，趙)

·好：ㄏㄠˇ ho^{2} 美也 喜也，相好 好事 友好
好景不常 好消息 好尾梢 好結尾
好--佳哉[教] (ho^{2} --ka chai 好家在[音讀音])
「三好加一好」[俚] (死好也)

ㄏㄠˋ ho^{3} ho^{n3}[鼻音] 好色 好奇 好學
好吃懶作[華] 好高騖遠(ho^{3} ko bu^{7} oan^{2})
好啼(ho^{n3} thi^{5} 多言也)
好事尚/常(ho^{n3} sü^{7} siong^{7}/siong^{5})

76. 斟酌，酌酒，酌油，等斟、頂真，斟茶，蹉跎

三斟四酌，蹉跎至今。
斟酌二字，能悟得琛。

·斟：ㄓㄣ chim 勺也 取也 計也，斟酒 斟酌
等斟(teng[2] chim 嚴格要求也 審度事理也)，
頂真俗（teng[2] chin 落韻）
頂針（teng[2] chim 針黹用之指環）
斟：thin[5]教 倒也，斟茶(thin[5] te[5]) 斟酒

·酌：ㄓㄨㄛˊ chiok[4]文 tah[4]白 盛酒行觴也 商量也，酌酒(tah[4] chiu[2]白) 酌油 酌核 酌定 酌辦
斟酌教（雙聲兼同義複詞，另意小心也）
斟酌：參酌也，《周語》「後王斟酌焉」
《前漢·敘傳》「斟酌六經，放易象論」

·蹉：ㄘㄨㄛ chho（集)倉何切，失時也 虛度光陰，
蹉跎(chho to[5])
chha（彙）蹉過也，義仝差
chhi（彙）失足意外傾跌也，蹉跌

·跎：ㄊㄨㄛˊ to[5]（集)唐何切，蹉跎也

·琛：ㄔㄣ chhim→thim（彙）（集)癡林切，
美寶也，
天琛：自然之寶

77. 畫面，計畫，畫圖，話柄，話多謝，厚話 話法螺、吹法螺、話唬爛

太平生財開始有，亂世不變後來無。
好比宋朝陶學士，年年依樣畫葫蘆。

一生牛馬己為奴，半世苦勞無可圖。
欲求轉運先自轉，否則依樣畫葫蘆。

·畫：ㄏㄨㄚˋ hoa^{7}（集)胡卦切，畫面 畫分 畫形
hek^{8}→ek^{8}（集)胡麥切，計策也，
計畫(ke^{3} ek^{8}[白]）仝計劃
係受「胡 ho·^{5}→o·^{5}」聲母音變影響

hoe$^{6-7}$→oe^{7}[白]（韻補）叶胡對切，計畫(ke^{3} oe^{7}
仝計劃）畫圖(oe^{7} to·^{7})
也是受「胡 ho·^{5}→o·^{5}」聲母音變影響

·話：ㄏㄨㄚˋ hoa^{7}（集)胡掛切，話當年 話語
話劇 話柄
(若胡字音誤讀為 ho·^{5}→o·^{5})，則 hoa^{7}→oa^{7}。

hoe^{7}[泉] [白] he^{7}[漳] [白]
話多謝(hoe^{7}/he^{7} to sia^{7}）回多謝[俗] 話失禮
(參見第 535 頁，漳洲腔與泉州腔的互換規則)

oe^{7}[白] 濟話 厚話 講話 笑話
話法螺(oe^{7} ho la 吹法螺)

(holahuki 法螺吹き[日]) 胡說也
話唬讕 (oe[7] ho[2] lan[7][走音] [錯意])

二戰前日本人曾經用三個押韻的名詞來形容中國人有三項德行：一是「嘘つき Wusozuki 欺騙也」，二是「法螺吹き Holahuki 吹牛也」，三是「落書き Lakugaki 亂寫也」。(文/李筱峰專欄)

· 始：ㄕˇ si[2][漳] sü[2][泉] 初也，開始 始終如一 秦始皇 始末

· 葫：ㄏㄨˊ ho͘[5] hu[5][詩] 《詩韻集成》上平七虞韻，因叶韻需要，呼圓口「u」

· 蘆：ㄌㄨˊ lo͘[5] lu[5][詩] 《詩韻集成》上平七虞韻，因叶韻需要，呼圓口「u」

· 牛：ㄋㄧㄡˊ giu[5][文] gu[5][白] 耕牛 牛鬼蛇神 牛痘 牛耳 牛車 做牛做馬 牛聲馬喉 使牛做馬

· 宋朝初年，翰林學士陶穀自以為文筆高超、才能出眾，想好好表現一下好升職，他勸宋太祖重視文字工作。
趙匡胤以為他的工作只是抄寫而已，說是依樣畫葫蘆。
陶穀的目的沒有達到，就在住處墻上題詩：
「堪笑翰林陶學士，年年依樣畫葫蘆。」

78. 妃子笑、茘枝，笑談，譲笑，笑詼，笑咍咍見笑，笑罵，詭笑，碩士，熟似，靠熟、靠俗

交春雨水足，蔬果皆榮淑。
妃子笑盈盈，桂圓碩又熟。

汗馬無功，茘枝未紅。
隔夕再見，笑容不同。

馬不停蹄，成敗汗水知，
事不宜急，茘枝香豔時。

· 妃子笑：茘枝也
　台灣「玉荷苞」、「烏葉 a」均屬之

· 茘：ㄌㄧˋ le^{7} [泉] [文] li^{7} [漳] [文] 香草也 樹名也，
　茘枝 仝離支，(le^{7}→lai^{n7} [白])
　e→←ai（茘枝：le^{7} chi→lai^{n7} chi）
　（腮/顋泥 ㄙㄞ ㄋㄧˋ sai le^{7}/le^{n7}）
　（sai le^{7}/le^{n7}→sai lai^{n} [走音]）
　（參見第 60 頁，泥）

· 未經保存處理的茘枝有「一日色變，二日香變，三日味變，四日色香味盡去」的特點。

茘枝的保鮮相對較為困難。傳聞唐代唐明皇為博楊貴妃一笑，從嶺南把茘枝送到長安，為了保存茘枝的色香味，要以快騎驛送。

《過華清宮・唐 杜牧》詩：上平十灰韻
「長安回望繡成堆(toe)，山頂千門次第開(khai)。
一騎紅塵妃子笑，無人知是荔枝來(lai^5)。」

《病橘・唐 杜甫》詩：上平四支韻
「憶昔南海使(si^3)，奔騰獻荔枝(chi)。
百馬死山谷，到今耆舊悲(pi)。」。

《楊貴妃外傳》談到楊貴妃在馬嵬驛被賜縊死，恰好廣州進貢的荔枝到，玄宗用它來祭奠貴妃。

・笑：ㄒㄧㄠˋ $siau^3$ (集)仙妙切，欣也 喜也 戲弄也，一笑泯恩仇 笑語盈盈 謔笑 笑納 笑罵
$chhiau^3$ 俗 笑談 談笑 笑顏
$chhio^3$ 白 笑面虎 愛笑 笑嘻嘻 微微a笑 笑話 笑咍咍 笑詼($chhio^3$ khoe/khe)
謴笑(kun^2 $chhio^3$ 以順言謔弄)

笑詼ㄏㄨㄟ、笑悝ㄎㄨㄟ：khoe (集)枯回切。謔也 嘲也，詼諧。 註：悝猶嘲也，與詼同。
笑詼($chhio^3$ khoe)，笑虧 錯意

《前漢・枚乘傳》「枚皐詼笑類俳倡」
《張衡・東京賦》「由余西戎孤臣而悝穆公於宮室」。

咍咍：ㄏㄞ hai (集)呼來切，高興而笑的聲音
《皇甫湜・吉州刺史廳壁記》「昔民嗷嗷，今民咍咍」

《左思・吳都賦》「東吳王孫囅ㄔㄢˇ然而咍」

見笑:(kian^{3} siau^{3}) 被人譏笑。
《莊子·秋水》「吾非至于子之門則殆矣，吾長見笑於大方之家」。
《通典》「人之性，不欲見毀訾，不欲見笑，君子然後笑」。
《三國志・武帝紀》「蕭何、曹參、縣吏也，韓信、陳平負汙辱之名，有見笑之恥，卒能成就王業，聲著千載」。
《曹操魏武三詔令・第三次求賢令・建安二十二年》「高才異質，或堪為將守，負污辱之名，見笑之行，或不仁不孝，而有治國用兵之術，其各舉所知，勿有所遺！」

·立春、交春：節氣名，雨水後十五日，斗指東北為立春。時春氣始至，四時之卒始，故名立春，民俗謂稱交春。是謂立春，也謂交春

·碩：ㄕㄨㄛˋ[俗] ㄕˊ sek^{8} 大也，碩大無朋
碩士：(sek^{8} sü^{7}→sok$^{4-8}$ sü^{7}[走音])

·熟：ㄕㄨˊ ㄕㄡˊ[俗] siok^{8}[文] sek^{8}[白] 成熟
熟語 煮熟 熟似(sek^{8} sai^{7}，熟識[訓讀音])
靠熟/靠俗[教] (kho^{3} siok^{8} 靠勢也)
(參見第 531 頁，熟)

79.佛祖，佛公，佛a票、芭樂票，佛a

力壯不惜身，老來求醫人。
藥醫不死病，佛渡有緣人。

·佛：ㄈㄛˊ hut[8] 文 put[8] 白 佛祖 佛教 佛公

·佛a票：(put[8] a phio[3] 指不兌現的支票，今曰芭樂票。)
七十年代台灣經濟起飛時，資金缺乏，生意人習慣將見票即付的支票背書轉讓當作遠期支票使用。後來碰上石油危機，跳票屢現，之後每當生意人再收到背書之遠期支票時，擔心跳票，於是將票據置於佛桌上祈禱支票屆時兌現。
佛a (put[8] a 引申為罵人差勁也)

·力壯不惜身：「四十五歲以前看學歷，四十五歲以後看病歷。」諺

·醫：一 i 治病工也，醫生。(集)或作毉 異體字

·藥：一ㄠˋ iok[8] 泉 iak[8] 漳 ioh[8] 白 治病劑也，仝葯，醫藥 藥方 藥劑師 藥房

·緣：ㄩㄢˊ ian[5] 緣分 有緣無緣 姻緣 緣故
en[5] 走音 少了介音「i」
(詳見「目錄41.第126頁」，煎)

80. 鏗鏘，司功鈃 a，醞釀，屎礐 a、茅房、廁所佛跳牆

人似鐘鏗鏘，事如酒醞釀。
道在茅坑裡，法通佛跳牆。

·鏗：ㄎㄥ kheng （正）丘庚切，金石聲 撞也，鏗鏘 鏗然 鏗鏗(一曰鏗鏘 kheng khiang)
《楚辭·招魂》「鏗中搖簴」
簴：ㄐㄩˋ ku[7] 懸鐘磬的直木
khian(彙) khai[n] 白(彙) 鑼聲之餘音也，kheng kheng khai[n] khai[n]

·鏘：ㄑㄧㄤ chhiong 泉 chhiang 漳 （正）千羊切，玉聲也 金屬輕觸聲 樂聲也 鳴聲也，鏘鏘 khiang 白 鏗鏘(kheng chhiong 文，kheng khiang 白)
鏘鏘叫(khiang khiang kio[3])
《左傳·莊二十二年》「鳳凰于飛，和鳴鏘鏘」

鈃：ㄒㄧㄥˊ giang 白 （彙）似鐘而頸長，即鈴也，司功鈃 a （sai kong giang a）
（參見第 208 頁，司）

·醞：ㄩㄣˋ un[3] 藉也 含蓄也，醞釀 風流醞藉

·釀：ㄋㄧㄤˋ liong[7] 漸漸地變成 酒也，佳釀

· 茅坑：bau^{n5} kheng 文
　　屎礐 a 台（礐：ㄑㄩㄝˋ sai^{2} hak^{8} a）
　　茅：hm^{5} 白　坑：khi^{n} 白 泉　khe^{n} 白 漳
　　茅房 華　便所 教　廁所也

· 佛跳牆：
「罈啟葷香飄四鄰，佛聞棄禪跳牆來」一說福州人鄭春發廚師研究改進，將豬、鴨、雞及其他十數種材料，以紹興酒罈煨製宴客，取名為「福壽全」。由於「福壽全」在福州話中與「佛跳牆」諧音，故有文人賦詩稱讚此道菜，從此以後人們皆以「佛跳牆」呼之。

另有稗官野史，說是濟公葷酒不拘，在開封城拜拜時外出飲宴，回廟時將剩餘之佳餚混裝於一甕。由於不敢由廟門進去，便爬牆而入，不巧被住持撞見，胡謅該甕之食物為佛跳牆。
是指菜尾混在一起，煮過非常好吃，連吃素的佛都情不自禁的要跳牆出去吃。

· 道濟(濟公)謂：酒肉穿腸過，佛在心中坐，故曰「法通佛跳牆」。

· 道在茅坑裡：道者，無心順自然，不論山珍海味或青菜蘿蔔，上茅坑拉出來都一樣，為「道在茅坑裡」。

81. 女兒紅，花雕，守佇人兜，埋沒，沒收，扛去埋

人開女兒紅，我獨守花雕。
十月再埋甕，期待花不凋。

‧女兒紅，花雕：

古代有這麼一個說法：家裡有小孩誕生都要埋一罈酒，十八年後孩子結婚時挖出來，給兒子的叫狀元紅，給女兒的就叫女兒紅，雖然是民間傳說裡的東西，但實際上這種酒確實存在，它是一種陳年黃酒。

還有一說，若是小孩早夭，則該罈酒則不需埋十八年，稱為花凋，恐覩物傷情，後改稱為花雕。

‧守：ㄕㄡˇ siu^{2} 保護 等候 看管 不貪德行，保守 守候 看守 操守
siu^{3} 古官名，太守
chiu^{2}[白] 守寡 守佇人兜 （參見第 81 頁，兜）

‧雕：ㄉㄧㄠ tiau 章明刻琢，雕刻 雕琢

‧凋：ㄉㄧㄠ tiau 夭也，凋瘁 凋落 凋零 凋敝

‧埋、ㄇㄞˊ bai^{5}[文] tai^{5}[白] 藏也 沒也，埋沒 (bai^{5} but^{8}) 沒收(but^{8} siu→bok^{8} siu[走音]) 埋藏 扛去埋（扛ㄍㄤ ㄎㄤˊ kng khi^{3} tai^{5}）

‧甕：（參見第 175 頁，甕）

82. 土豆，塗豆，塗跤，賒數，菜瓜蒲，剖豆，剖柴

土豆花落，佛瓜落花。
豆稔剖豆，瓜熟破瓜。

曾經盈困，雞鼠蝕吞。
賒油續盰，豆剖瓜分。

· 土豆可能指下列物品：
1. 馬鈴薯，中國（尤其東北）多稱土豆。
2. 花生，台語稱「塗豆教」，俗寫作「土豆」。
花生又稱落花生、落生、地豆、豆仁、落地松、長生果、果子。
中國早年以及日本稱其長生果，俗稱唐人豆或南京豆，歐洲一些國家稱它為中國堅果。

· 塗：ㄊㄨˊ to͘⁵ tho͘⁵ 泥也 路也 抹也，塗跤教

· 土：ㄊㄨˇ tho͘² 文 tho͘⁵ 白 泥土 土地

· 佛瓜/佛手瓜：佛手瓜清脆，外觀為果梨形，綠色，長約 7.5-10 厘米，上有凹槽，種子僅一枚。
果可煮食、烤食或生吃。
台灣人食用的綠色龍鬚菜是此種植物新生的嫩莖。

· 稔：（參見第 91 頁，稔）

·囷：ㄐㄩㄣ khun 積穀也，圓曰囷，方曰倉

·蝕：ㄕˊ sit^{8}[文] sih^{8}[白] 敗創也，日月蝕也
（參見第 526 頁，蝕）

·賒：ㄕㄜ sia 買貨暫不付錢也 遠也 長久也，賒欠 賒數(sia siau^{3}) 路賒 歲月賒

·旰：ㄍㄢˋ kan^{3} 晚也，旰食 日旰

·剖：ㄆㄡˇ pho·^{3}[文] phoa^{3}[白] 判也 破也也，剖豆 解剖 剖腹 剖柴(phoa^{3} chha^{5} 劈柴) 剖甘蔗
豆，to·^{7}[文]→tau^{7}[白] 紅豆生南國 紅豆a
（詳見「目錄 24. 第 76 頁」，頭）

·剖豆：意指聊天、開講也 (pho·$^{3-2}$ tau^{7})
昔日台灣在「客廳即工場」開始經濟起飛的年代，家家戶戶的女人在老公上班後，都匯聚在一起，由商家提供青豆之類的作物供婦人們剖豆，之後再由商家統收計算工資。
之後這種邊聊天邊剖豆的行為被稱為「剖豆」，即聊天也。

·瓜：ㄍㄨㄚ koa[文] koe[白] 瓜瓞綿綿 木瓜 香瓜
菜瓜蒲(chhai^{3} koe po·^{5})
啃瓜子(khoe^{3}/khe^{3} koe chi^{2})

83. 師父，犀利，靡角、眉角，牛仔，司功，指趾
同奴a，熟似，逕自，膣屄，服事，糜爛，真住
無裨害、無敗害，嘘嘘叫，黴菌，挑/刁致故
致蔭，致--著，致衰，帶屎、致使，激使，肚臍
轉臍，纏滯

一生命似磨[7]，半輩要拖磨[5]。
清明桐始華[5]，白露桂開華[1]。

·似：ㄙㄧˋ sü[7] 文 泉 si[7] 文 漳 →sai[7] 白 熟似

◯台語韻母音在四支韻、四紙韻、四寘韻「i」，有些字音的韻母音會轉成「ai」而成為白話音。 例如：

·師、獅：sü→si→sai 師父 老師 出師 師傅
老師府 弄獅 虎豹獅象 膨獅獅 教
·犀：se→si→sai 犀牛 心有靈犀一點通
犀利(se li[7] 文 sai lai[7] 白)
·利：li[7]→lai[7] 利刀 利害 磨利利 嘴利
·眉、楣：bi[5]→bai[5] 畫眉深淺入時無 眉開眼笑 眉目
目眉 眉角 錯意 （應為鉅細靡遺之「靡角」）倒楣
門楣
·知：ti→chai 知也→知影 教
·差：chhi→chhai/chha 參差 出差 差遣 爭差 差別
·孜：chi→chai 勤也 汲汲也，孜孜不倦 猶日孜孜
·姿：chi/chü→chai[1/5] 態也，姿態 姿勢 姿色

穲姿姿 bai^{2} chi chi　穲姿/穲才 教 (bai^{2} chai^{5})
穲：ㄇㄟˇ bai^{2} 俗 教 (集)母亥切，雨傷禾也
醜也

· 仔：chi$^{5/2}$→chai$^{5/2}$ 牛仔

· 司：sü→si→sai 司功(sai kong)→師公 錯意

司功參軍：《隋書》、新舊《唐書》記此官員，掌管：考課、祭祀、禮樂、學校、選舉、表疏、醫筮、喪葬等事。

今走音錯意為「司功→師公」「司傅→師傅」

司功鈃ㄒㄧㄥˊㄐㄧㄢ：heng^{5} (廣)戶經切，《說文》似鐘而頸長。一曰古青銅製長頸酒器。

sai kong heng^{5}→sai kong giang a

(司功鏘 a，giang 白 彙)(參見第 202 頁，鏘)

· 司奶 教 (sai lai^{n} 撒嬌也)

(參見第 60 頁，泥)

· 指、趾：chi^{2}→chai^{2}　指趾 chi^{2} chai^{2}/chai^{n2}

· 駛：si^{2}/su^{2}→sai^{2} 駕駛 駛車

· 裡(裏、內)：li^{2}→lai^{7} 內裡 表裡 裏海 裡面

· 梨：li^{5}→lai^{5} 梨 a 漚梨 a 鳳梨/王梨 教

· 己：ki^{2}→kai^{2} 家己

· 姒：si^{7}→sai^{7} 同姒 同姒 a(東西 a 錯意 妯娌也)

同姒：ㄙˋ sai^{7} 兄弟的妻室，少婦稱長婦為「姒」，長婦稱少婦為「娣」。

娣姒：ㄉㄧˋ ㄙˋ te^{7} sai^{7}，古代各嬪妾的合

稱，如《新唐書，竇皇后傳》「諸姒娣皆畏，莫敢侍。」

姒：si$^{6-7}$→sai^{7}(廣)詳里切
今之妯娌 ㄓㄡˊㄌㄧˇ（tiok^{8} li^{2}）吳語也

·似：si^{7}→sai^{7} 相似 似是而非 熟似
·自：chü^{7}/chi^{7}→chai^{7} 自動 自從 自來(chai^{7} lai^{5})
逕自(keng^{3} chü^{7}/chi^{7}[文]→ki^{n3} chai^{7}[白]
→chheng$^{7-3}$ chai^{7}[走音]？)（參見第49頁，逕）
·屄：pi→pai/bai 膣屄(chi bai)
(chit^{4}→chih^{4}→chi)
·屎：si^{2}→sai^{2} 屎礐 ㄕˇ ㄑㄩㄝˋ（sai^{2} hak^{8}）
·事：sü^{7}/si^{7}→sai^{7} 事情 故事 東窗事發
服事/服侍[教]（hok^{8} sai^{7}）
《顏氏家訓‧教子》「服事(伏事)」

事：(s→ch→t)聲母連續音變
sü^{7}/si^{7}→sai^{7}→tai^{7} 見笑事(kian^{3} siau^{3} tai^{7})
啥物事（ㄕㄚˊ siah^{4} bih^{n8} tai^{7}）
事誌[俗]/代誌[教](tai^{7} chi^{3}，今曰大誌)

·糜：bi^{5}→bai^{5}/bai^{n5}/boai^{n5} 食糜

·糜爛：ㄇㄧˊ bi^{5}[文] be^{5}/boai^{n5}[白] 粥、稀飯，
水飯，又爛也 浪費也，清糜 清糜
糜爛(bi^{5}/bi^{n5} loa^{n7} 另意，勤也)

ㄇㄟˊ黍類的別名，如穈子

穈子：是一種穀類，就是稷。它的籽實稱為黍。也稱為黍米、黃米。黍米磨成的麵，稱為黃米麵。穈子磨粉後可做成窩窩頭、黃饃饃。

穈子也可以用來釀酒，或是直接煮來吃。煮的時候因為穈子的糯性不好，較粗，所以不會像煮飯一樣的煮，而是放較多的水將它煮到爛。

・住、砛、跓：chi^7→chai^7 真砛(chin chai^7 穩也)
tu^7→chu^7→chi^7→chai^7 掠乎住 所住(所在也)

・唏、噓：hi→hai/hai^n 噓噓叫(參見第222頁，叫)

・鯉：li^2→tai^2 錦鯉 鯉a魚

・髀：pi^2→pai^2 髀a骨

・裨：ㄅㄧˋ pi^7→pai^7 裨益 無裨害(無敗害)
ㄆㄧˊ pi^5→pai^5 裨海 裨將 裨官野史

・鄙：phi^2→phai^2 粗鄙 鄙人(歹人、壞人)

・黴：bi^5→bai^5/bai^{n5} 黴菌(參見第532頁，菌)

・致：ti^3→tai^3 挑/刁致故(thiau ti^3 ko·^{3})
致蔭(ti^3 im^3 庇佑也)
致--著(tai^3--tio^3 被影響也)
致衰(tai^3 soe 帶衰訓讀音)
致屎錯意 (tai^3 sai^{2}帶屎訓讀音 致使也 ti^3 sü^2)

・使：si$^{2/3}$/sü$^{2/3}$→sai$^{2/3}$ 使^{2}性德(tek^4→teh^4)
激使(kek^4 sü^2→kek^4 sai^2 結屎錯意)

致使(ti^{3} sü^{2}→tai^{3} sai^{2} 帶屎[錯意])
獪使 逢入京使(sü^{3}) 使用 使命 使館
大使(tai^{7} sai^{3})(使，ㄕˋ→ㄕˇ[俗])

·臍：chi^{5}/che^{5}→chai^{5} 肚臍 轉臍(tng^{2} chai^{5})
·鰓：sai [文]→chhi [白] 魚鰓
·私：si/sü→sai 私傢 (sai k/khia)?
私奇[教] (sai khia 私房錢)
家私[教] (ke si 工具 家具 武器)
·徙：si^{2}→sai^{2}→soa^{2} 遷徙 徙位 徙轉動 徙步
·西：se→si→sai 西方 西瓜 西旁 東西南北
·篩：sai/si→thai 篩選 篩粟 a 米篩目(米苔目[錯意])
·滯：ti^{7}→tai^{7} (補韻) 叶直帶切，凝滯 纏滯
…

·半：ㄅㄢˋ poan^{3}[文] poa^{n3}[白] 瘸腳半遂 一半

·拖：ㄊㄨㄛ tho[文] thoa[白] 曳也 引也，拖磨 牽拖
淺拖(拖鞋也) 拖重 拖沙(做事不俐落也)

·磨：(參見第 177 頁，磨)

·華：ㄏㄨㄚˊhoa^{5} 光彩也，光華 精華 榮華。
時光，年華。浮誇也，虛華。白髮也，華髮。
ㄏㄨㄚˋ hoa^{7} 姓也 華山
ㄏㄨㄚ 仝花

·白露：立秋也 桂花秋開

84. 才高八斗，步罡踏斗，阿斗，土垢、塗垢，走精走鐘，抖擻

才高八斗，如玉蒙垢。
遇合運開，精神抖擻。

·才高八斗：南朝謝靈運說：「天下文才共一石，曹子建獨佔八斗，我得一斗，天下文人共一斗」。

·斗：ㄉㄡˇ to˙^{2}[文] tau^{2}[白] （集)當口切，斗者，聚升之量也， 升十之也，才高八斗
海水不可斗量
星宿名，北斗七星 阿斗(今日無能也)

步罡踏斗(po˙^{7} kong tah^{8} tau^{2} 自顧不暇也)
文讀音韻母「o˙→au」白話音韻母
(詳見「目錄 24. 第 76 頁」，頭)

《疏》科斗，(kho to˙^{2}蝦蟆子也，青蛙子也)
蝌蚪[今] 頭圓大而尾細，古文似之。

·垢：ㄍㄡˋ ko˙^{3}[文] kau^{3}[白] （集)舉^{2}后^{7}切，塵垢
土垢/塗垢[教]（tho˙^{5} kau^{2}[俗] [走音]）蓬頭垢面
(此切音應呼 ko˙^{3}，但註从音「苟 ko˙^{2}」。
而且《彙音寶鑑》也註明為「ko˙^{2}」)。
但「垢ㄍㄡˋ」是華語第四聲，通常是和台語的第三聲調或第七聲調相對應。

·精神：同義複詞，走精[台]　失神[華] [台]　走鐘[俗]

·抖：ㄉㄡˇ to˙2[文]　tau2[白]　打也 舉貌，抖擻
抖攬 發抖[華]

·擻：ㄙㄡˇ so˙2 舉也 奮發 振作，
抖擻(to˙2 so˙2)
《王維·遊化感寺》「抖擻辭貧里，歸依宿化城。」
ㄙㄡˋ so˙3 撥除爐灰的動作，擻火

85.醜陋，醜行，穤姿姿，穤才、穤姿

人敬有，狗咬醜，困中不露首。
三月三，九月九，蒙正請水酒。

·呂蒙正是北宋時期的一位傳奇宰相，一生經歷兩個極端，前半生流落窮困，貧寒艱辛；入仕之後位極人臣，大富大貴。

呂蒙正自幼父母雙亡，因此淪落為乞丐，但他非常好學。在尚未發達之前，白天乞討，並投靠於佛院，晚上住破窯挑燈閱讀，因為三餐不繼，數次投江未遂，遇一算命者曰；日後當成為三公地位。

後來當朝宰相千金與母親到佛寺參佛禮拜，遇到了呂蒙正，見其五官長相及氣質，認為呂蒙正將來必然大貴，因而相爺千金劉月娥與呂蒙正兩人即私訂終身。

當朝相爺為女舉辦拋繡球招親，劉月娥將繡球拋給呂蒙正，相爺甚為不爽，擬用千金銀兩買回繡球，遭拒，又因其女執意下嫁給呂蒙正，故將呂蒙正與其女兒趕出家門，自此，兩人相依為命當了乞丐夫妻。

相爺夫人不忍女兒受苦，贊助百兩紋銀給呂蒙正進京赴考，而呂蒙正亦不負期望，高中狀元，日後更榮昇到正一品，官左宰相。

·陰曆三月初三，即上巳。古人在這一天，有修禊的習俗，後演變為春遊飲宴的節日。

《唐· 杜甫. 麗人行》
「三月三日天氣新, 長安水邊多麗人。…」

·醜：ㄔㄡˇ chhiu² 文 bai² 白 彙 惡也，醜名
醜行(chhiu² heng⁷) 醜陋(chhiu² lo·⁷)

䆀姿姿(bai² chi chi 很醜也)
䆀姿/䆀才 教 (bai² chhai⁵) 不好也 不妙也
(參見第 207 頁，姿)
䆀，ㄇㄟˇ bai² 俗 教 (集)母亥切，禾傷雨也
醜也

· 唐代風俗九月九日重陽節，人們佩帶茱萸囊登高、喝菊花酒，以為可以避災厄。

《王維. 九月九日憶山東兄弟》上平十一真韻
「獨在異鄉為異客, 每逢佳節倍思親(chhin)。
遙知兄弟登高處, 遍插茱萸少一人(jin⁵)。」

·本文諷刺人性看高不看低。
呂蒙正赴京考試之前，於三月三以酒宴請鄉親，被嫌酒如水而棄之；九月九高中狀元回鄉再次宴請鄉親，卻以水當酒，可是鄉親個個都說好喝如酒。

86. 應該，答應，應嘴應舌，伸縮，阻撓，撓亂撓肢，蚯螾、蚯蚓、杜蚓

應變學蚯螾，暑寒知縮伸。
委屈三冬後，輕身蠉出塵。

有錢難買背後好，無病休嫌瘦輕身。

·應：ㄧㄥ eng 當也，應當 應該(eng kai)
ㄧㄥˋ eng[3] 答也，報應 應市(指當季的東西)
答應(tap[4] eng[3] 文，tah[4] eng[3] 白)
in[3] 勾 應話 應嘴應舌(in[3] chhui[2] in[3] chih[8])

·變：(參見第 170，變)

·學：ㄒㄩㄝˊ hak[8] 文 oh[8] 白 受教傳業也 習也，
學生 教學 學習 好學 學堂(oh[8] tng[5]) 學功夫

·伸：ㄕㄣ sin 文 chhun 白 舒也 直也 昭雪也，
伸展 伸手 伸張 伸冤 伸縮

·縮：ㄙㄨㄛ siok[4] 文 kiu 白 lun 白 收斂也
畏避也 長變短也，縮減 縮小 縮影 縮水
伸縮(sin siok[4]，chhun kiu，chhun lun)
縮：sok[4] 走音 少了介音「i」

·蠉：(參見第 141 頁，蠉)

·撓：ㄋㄠˊ $lau^5 \rightarrow lau^{n5}$(集)尼交切，擾亂也，
阻撓($cho^{\cdot 2}$ lau^5)。 屈服也，百折不撓。
《釋名》「物繁則相雜撓也」
《左傳・成十三年》「撓亂我同盟」
撓亂(lau^5 $loan^7$ 鬧亂也)

撓：ㄋㄠ $lau^n \rightarrow giau^n$？抓也、搔也、搔也，
撓著癢處。癢撓撓[華]（不求人也，搔癢用）
撓肢/擽呧[教]（$giau^n$ ti，ki→ti [走聲]）
撓撓蠉/蟯蟯旋[教]

·瘦：ㄕㄡˋ $so^{\cdot 3}$[文] san^2[白] siu^3[詩] 不肥也
（參見第 21 頁，瘦）

·輕身：空身 單身 獨身 身體輕盈 分娩 大小解也，
瘦輕身

·蚯：ㄑㄧㄡ khiu 蚯蚓(khiu un^2/in^2) 杜蚓[教]

·螾：ㄧㄣˇ in^2 蟲名，蚯螾 仝蚯蚓

·買賣：ㄇㄞˇ ㄇㄞˋ bai^{n2} bai^{n7}[文]
boe^2 boe^7[泉] [白] be^2 be^7[漳] [白]
（參見第 535 頁，漳洲腔與泉州腔的互換規則）
「買賣算分，相請無論。」[諺]

87. 簡單，最後通牒，遲緩，緩刑

以為簡單，事實困難。
急不如緩，等待時間。

· 簡單：中國古代用來書寫文字之竹板為簡，由於戰國時才有毛筆的使用，之前則使用刀筆。
因為當時的書寫工具極為不方便，所以用字極簡。
言簡意賅(gian[5] kan[2] i[3] kai)，書寫一片竹簡能說明清楚的話，絕不多寫，是為簡單也，同時也是文言文的形成。
木板為牒，牒：泛指木、竹、玉片等書寫用具，有文書之意。通牒 最後通牒 譜牒

· 為：ㄨㄟˊ ui[5] 造作也，以為 作為
ㄨㄟˋ ui[7] 所以也 緣也 助也，為何 為什麼

· 緩：ㄏㄨㄢˇ hoan[6-7] (正)胡[5]管[2]切，綽也，
緩[7-3]慢 遲緩[7] 緩[7-3]刑 緩[7-3]步

若將(正)胡管切之「胡」誤以為是零聲母的「o͘[5]」，則可能在切出第六聲時，誤轉為第二聲調「oan[2]」，而呼為 緩[2]刑 緩[2]步
(詳見「目錄 32. 第 98 頁」，戶)
oan[7] (彙)走音，少了「胡 ho͘[5]」的聲母「h」

88. 拈鬮，抽鬮，鬮書，囑書，度晬，照紀綱照起工，你捱叫、gi^{n2} gai^{n2}叫，諳諳叫，堂e堯e，鵁鴒、老鷹，咻咻叫，嚄嚄叫

失敗輪流，成功照鬮。
能忍劫數，歲過無愁。

·鬮：ㄐㄧㄡ kiu 文 (廣)居求切，手取也，鬮取
拈鬮(liam kiu 文 liam/li^{n} khau 白) 抓鬮 華
為賭勝負或決定事情而抓取的揉成團或捲起的做好記號的紙片。

拈物件(li^{n} bng^{7} kia^{n7} 用手指拿東西)
khau 白 抽鬮 a (thiu khau a 抽籤也)

鬮書(kiu su) 指未留遺囑，而後子孫分配遺產之方法，在過世前已經預留遺產分配則稱為「囑書」。

·晬：ㄗㄨㄟˋ soe^{7}→che^{3} 泉 choe^{3} 漳
(唐)子對切，周年也，度晬 抓晬
(詳見「目錄 1. 第 3 頁」，拭)

·抓周 華：試周、試兒、晬盤會、度晬

·照：ㄓㄠˋ chiau^{3}→chio^{3} 東照宮 照鏡
照紀綱(chiau^{3} ki^{3} kang 照起工 教 錯意 按部就班也 按規矩也)

◯台語文讀音的韻母音為「iau」，其中有些字音的韻母音會轉成「io」，而成為日常生活上的白話音。例如：

- ·鏢：piau→pio 鏢師 保鑣/鏢 射鏢
- ·漂：piau$^{1/3}$→pio$^{1/3}$ 漂流 水漂 漂白 漂亮
- ·蕉：chiau→chio 芭蕉 芎蕉/弓蕉教
- ·椒：chiau→chio 椒月 椒房 胡椒 辣椒
- ·招：chiau→chio 招待 招數 招架 出招 招呼
- ·燒：siau→sio 燒毀 燒殺淫掠 燒水 燒拂拂 燒聲錯意/梢聲教（應為餿聲 sau sia^{n}）
- ·腰：iau→io 小蠻腰 腰纏萬貫 腰子 腰果
- ·舀：iau^{2}→io^{2}→iu^{n2} 舀湯 舀水
- ·瞭：liau^{2}→lio^{2} 明瞭 瞭解 目珠瞭一下
- ·錶、褾：piau^{2}→pio^{2} 褾褙 褾框 手錶 水錶
- ·小：siau^{2}→sio^{2} 大小 小心 小人
- ·秒：biau^{2}→bio^{2} 秒忽 分秒必爭 秒數
- ·叫：kiau^{3}→kio^{3} 叫囂 叫喚 叫苦連天 叫人
- ·醮：ㄐㄧㄠˋchiau$^{3/7}$→chio^{3} 醮辭 再醮 作醮 醮--人(參見第 387 頁，醮)
- ·照：chiau^{3}→chio^{3} 東照宮 照明 按照 照鏡
- ·釣：tiau^{3}→tio^{3} 釣名 釣餌 釣魚 釣竿 上釣
- ·吊：tiau^{3}→tio^{3} 吊物件 吊脰(上吊也) 一吊錢
- ·票：phiau^{3}→phio^{3} 玩票 票券 機票 一票人
- ·糶：thiau^{3}→thio^{3} 糶米 糶手(批發叫賣員)（糴米 tek^{8}→tiah^{8} 買米也）
- ·邵：siau$^{3/7}$→sio$^{3/7}$ 邵先生

·橋：kiau^5→kio^5 橋牌 橋梁

·笑：chhiau^3(siau^3)→chhio^3 不苟言笑 笑話
笑詼
詼ㄏㄨㄟ：khoe（集)枯回切，謔也 嘲也

·潮：tiau^5→tio^5 潮濕 黑潮 潮水 潮州

·藻：ㄆㄧㄠˊ phiau^5→phio^5 浮萍也，水藻

·窯：iau^5→io^5 窯口 磚窯

·么：iau→io 最小也，老么 么點
扁梢 扁纖[教]（pi^{n2} chi^n 擲骰子最小點也）

·搖：iau^5→io^5 搖落 招搖 搖轉動

·描：biau^5→bio^5 描繪 描寫 描循(紃) 描格 a

·堯：giau^5→gio^5 堯舜 堯 e 堯弟 堯兄，
堯 e，指同名之友人
堂 e，指同姓之友人

·轎：kiau^7→kio^7 轎車 扛轎

·趙：tiau^7→tio^7 完璧歸趙 趙先生
(參見第 68 頁，趙)

·尿、溺：jiau^7→jio^7 尿道 尿遁 放尿 厚屎尿

·廟：biau^7→bio^7 廟堂 城隍廟 宮廟

·鴞：iau/hiau→hio
鵅鴞 lai^5 hiau→lai^5 hio→ba^5 hio^7，
老鷹[俗] 厲鴞ㄌㄧˋ ㄧㄠˋ le^7 iau^3，
黑鳶ㄏㄟ ㄩㄢ(o˙ ian) 學名

·挑：thiau→thio 挑工 挑夫 (參見第 479 頁，挑)

…

·數：(參見第 79 頁，數)

·叫：kiau^{3} 文 →kio^{3} 白 　叫囂 叫喚 叫苦連天 叫人
　你揑叫 客 (gi^{n2} gai^{n2} kio^{3}，客語的「你」呼
　音為「gi^{n2}」,「我」呼音為「gai^{n2}」。
　今意聽不懂也 聒噪也)

·咻咻叫：ㄒㄧㄡ hiu/hiu^{n} 生病的呻吟聲

·嚄嚄叫：ㄏㄨㄛˋ hek^{8}→heh^{8} 白 多話或大聲呼叫

·嗐嗐叫：ㄏㄞˋ hai^{7}→hai^{n}? 嘆氣聲也

·喈喈叫：ㄐㄧㄝ kai/kai^{n} 急速也「北風其喈」聲音和諧《詩經·小雅·鼓鐘》「鼓鐘喈喈」

·噱噱叫：ㄐㄩㄝˊ kiat^{8} (唐)其虐切，《說文》大笑也。《廣韻》嘔噱，笑不止也。
《前漢·敘傳》談笑大噱。
噱頭 華 ㄒㄩㄝ ㄊㄡˊ
齣頭 台 (參見第490頁，齣)

·呼呼叫：ㄏㄨ ho˙/ ho˙^{n} 喚也 嘆詞也，
ho˙→hiu 與「咻」同音

·嗡嗡叫：ㄨㄥ ong 牛聲 蟲聲

·哄哄叫：ㄏㄨㄥ hong 許多人同時發聲也，哄堂

·嗽嗽叫：ㄙㄡˋ so˙^{3}→sau^{3} 咳嗽聲也，歹聲嗽

·濞濞叫：ㄆㄧˋ phi^{3}/phe^{3} (phi^{3} phe^{3} kio^{3}，phe^{3} phe^{3} kio^{3}) 水激之聲也，疾言也

·咳咳叫：he 白 →khe (參見第246頁，咳)

·譶譶叫：ㄊㄚˋ tap^{8}→tah^{8} 多言也

·嘔嘔叫：ㄡ ㄡˇ o˙$^{1/2}$→ok^{4} 想吐之聲也

89. 淡薄，薄攦絲，正經，正實，正港，假鮑 打/拍醒驚，領領，鼎盤，平仄，妖精，靈聖 倩--人，抨碗盤，擊石頭

君心莫淡薄，妾意正棲托。
願得雙車輪，一夜生四角。

· 此詩由唐朝詩人陸龜蒙以女性的口吻描繪了婦人不捨丈夫隔天又要離家經商的心裡感觸。

· 陸龜蒙，唐代文學家、農業家，(?-881)。此詩題為「古意詩」

· 莫：ㄇㄛˋ bok[8] 文 boh[8] 白 無也 勿也 不可定也
（參見第 36 頁，莫）

· 薄：ㄅㄛˊㄅㄠˊ pok[8] 文 少也 聊也 輕也
嫌也，林薄也 稀薄也 薄言采之 輕薄
人成各，歡情薄（陸游・釵頭鳳）
世情薄，人情惡（唐琬・釵頭鳳）

poh[8] 白 淡薄 淡薄 a
攦：ㄌㄧˋ le[7]（集)郎計切，折也 撕也
（詳見「目錄 181. 第 451 頁」，敝）
薄攦--絲(poh[8] le[7] si→poh[8] li[7]--si)
薄縭絲 教
ㄅㄛˋ pok[4] 文 迫也 侵也， 薄[4-8]暮
薄[4-8]寒 雷風相薄[4] 不知薄[4-8]暮冷陰移

·妾：ㄑㄧㄝˋ chhiap^{4} 次妻也，小妾 妻妾成群

·正：ㄓㄥ cheng [文] chia^{n} [白] 正月 新正年頭
正實(chia^{n} sit^{8} 真實也)
假鮑 [反] (ke^{2} pau^{7}→ke^{2} pau^{5} [亂調] 贗品也)
開正(khui chia^{n})
ㄓㄥˋ cheng^{3} [文] chia^{n3} [白] 正經 正確 校正 正當
正實(chia^{n3} sit^{8}) 四正 真正 正本(chia^{n3} pun^{2})
ㄓㄥˇ cheng^{2} 仝整 正數 一千元正/整

精：ㄐㄧㄥ cheng [文] chia^{n} [白] 精神 狐狸精
妖精(iau chia^{n})

正港：chia^{n3} kang^{2}
1683 年清國占領台灣，於 1684 年頒布「台灣編查流寓例」，簡稱「移民三禁」。規定持有渡航許可證的單身男士(羅漢腳)才准到台灣，而且人貨只准由八里港、鹿港、北港登岸才屬合法的「正港」，表示「貨真價實」

◯台語文讀音的韻母音為「eng」，則有許多字音可能轉成「ia^{n}」的白話音。例如：

·驚：keng→kia^{n} 驚動 驚營(kia^{n} ia^{n5}) 著驚
打/拍醒^{1}驚(phah^{4} chhi^{n}/chhe^{n} kia^{n})
(參見第 502 頁，驚)
·京：keng→kia^{n} 京城 進京 北京

·骿ㄆㄧㄢˊ：pian^{2}→phia^{n2} 脊(跤)髓骿?

·聽、廳：theng→thia^{n} 聽聲 音樂廳 聽覺

·聲：seng→sia^{n} 正聲電台 錯雜聲 聲明 聲音

·纓：eng→ia^{n} 請纓 蘿蔔纓華

·兄、馨：heng→hia^{n} 兄弟 溫馨 阿兄

·嶺、領：leng^{2}→lia^{n2} 山嶺 翠嶺 領帶 帶領
一領衫 頷領(am^{7} lia^{n2}白) 衫領

·餅、丙：peng^{2}→pia^{n2} 餅乾 許丙丁 丙等 丙申年

·囝：keng^{2}/kian^{2}→kia^{n2} 囝婿/囡婿教/子婿俗

·鼎：teng^{2}→tia^{n2} 三足鼎立 鼎盤 三腳鼎 李國鼎

·影：eng^{2}→ia^{n2} 影響 影迷 影印 身影 電影
知影（知也，ti→chai）

·請：chheng^{2}→chhia^{n2} 申請 請安 請客 邀請

·併：ㄅㄧㄥˋpeng^{7}→pia^{n3} 同死也，併命
(參見第 121 頁，拚，併，拼)

·鏡：keng^{3}→kia^{n} 明鏡高懸 破鏡重圓 照鏡 鏡臺

·椗：teng^{3}→tia^{n3} 錨也 門限也，船椗 戶椗/碇

·聖：seng^{3}→sia^{n3} 聖人 靈聖 聖媽

·映：eng^{3}→ia^{n3} 放映 ia^{n3}→ia^{n2}亂調
中秋月餅一面鏡，照甲大廳光映映(ia^{n3} ia^{n3})

·倩：ㄑㄧㄥˋchheng^{3}→chhia^{n3} 倩--人(chhia^{n}--lang^{5}
聘僱也) 倩雇 奉倩(奉：乎人之連音也 予人教)
「毋別銀倩人看，毋別人死一半。」諺
ㄑㄧㄢˋ chhian^{3} 美也 顧也，倩影 倩女幽魂

·平：peng^{5}→pia^{n5} 平反 平仄(pia^{n5} che^{3})

·行：heng^{5}→kia^{n5} 行人 行路

·成：seng^{5}→chia^{n5} 成樣 成人 成功 成大

·城：seng^{5}→sia^{n5} 城隍廟 城下之盟 城市 城內
·情：cheng^{5}→chia^{n5} 感情 親情(親戚也)
·呈、程、埕、庭：teng^{5}→tia^{n5} 簽呈 稻埕 大庭
·程：theng^{5}→thia^{n5} 工程 程序 程先生
·營、贏：eng^{5}→ia^{n5} 經營 兵營 驚營 輸贏
贏眩(ia^{n5} kiau^{2} 贏錢也)
·名：beng^{5}→bia^{n5} 功名 名字 號名 名聲
·迎：geng^{5}→gia^{n5} 歡迎 迎鬧熱 迎神
·定、錠：teng^{7}→tia^{n7} 定定 定着 銀錠
石碇 戶碇(磴)
·命：beng^{7}→bia^{n7} 生命 使命 性命 命案
·簷：seng^{7}→sia^{n7} 簷 sia^{n7} 籃(謝籃) 簷殼
·砰：pheng→phia^{n} 石相擊聲
·抨：pheng→phia^{n} 揮也，抨椅桌 抨碗盤 抨物件
掔：ㄑㄧㄢ khian 掔石頭教
…

·棲：ㄑㄧ se→chhe 鳥宿也，仝栖，
棲托 棲/差一下(央一下) 棲/差教(央教)
聲母 s ⇄ ch/chh (詳見「目錄 1. 第 3 頁」，拭)

·車：(參見第 358 頁，車)

·四：(參見第 172 頁，四)

·角：ㄐㄩㄝˊ ㄐㄧㄠˇ kok^{4} (字彙補)古祿切，
kak^{4} (廣)古岳切，牛角 主角 口角 角色
角落華/壁角台(piah^{4} kak^{4}) 角聲寒 kok^{4}/kak^{4}

90. 逐日、逐工，調養，才調，調查，調兵，友誼

宣室求賢訪逐臣，賈生才調更無倫。
可憐夜半虛前席，不問蒼生問鬼神。

· 此詩《賈生》對西漢文帝的求賢諷刺深刻，表現了詩人李商隱對蒼生的關懷。
最可惜的是，漢文帝在半夜裡禮賢下士，不問百姓的事，反而問鬼神來由的事。

· 宣室：西漢時未央宮的前殿。在詩裡指漢文帝

· 室：ㄕˋ sit[4]/sek[4]
在中古音的韻書裡，由於四質韻和十三職韻有通韻的情形，也就是韻母音「it」和「ek」有互轉用的情形，指在詩韻音的使用，但在日常生活上也有使用。 例如：
（詳見「目錄 58. 第 161 頁」，嗇）

· 逐：ㄓㄨˊ tiok[8] 文 追也 從也 走也 斥也 放也 驅也，追逐 斥逐 驅逐
tak[8] 白 每也，逐日 教（tak[8] jit[8] 每日也）
逐工 教（tak[8] kang 每日也）

· 才調：ㄉㄧㄠˋ chai[5] tiau[7] 才華也 才能也

· 調：ㄊㄧㄠˊ tiau[5] 調和 調笑 調戲 調解 調養

ㄉㄧㄠˋ tiau⁷ 音調⁷ 才調⁷[教] 調度 調換
調⁷⁻³兵(tiau³⁻² peng [亂調])
調⁷⁻³查(tiau⁷⁻³ chha⁵，tiau⁷⁻³ cha¹)
(參見第 371 頁，查)

·情調：同義複詞。才情[華] [台] 才調[台]

·無倫：ㄌㄨㄣˊ lun⁵ 輩也 等也 比也 理也，
人倫次序 無以倫比
lin⁵[詩]（上平十一真韻，韻母音為「in」）

·虛：ㄒㄩ hi [漳] [白] hü[泉] 徒然、空自、白費，
真實不虛 虛偽⁷ 虛有其名 空虛
虛疒疒(hü/hi lek⁴ lek⁴[文]，hi leh⁴ leh⁴[白])
虛瘰瘰[教] 虛累累[走音] 魚累累[錯意]

·前席：「前」作動詞「趨前」用。即兩人閑聊時，一方聽得入神，不自覺地把身體或椅凳挪向對方靠近。

·賈生：賈誼也，古稱儒者為「生」，又因他年輕，漢文帝就稱他為「賈生」。
又因他曾經被貶為長沙王太傅，所以，後人又稱他「賈太傅」、「賈長沙」。

·誼：ㄧˋ ㄧˊ gi⁷/⁵ 交情也，友誼。仝義
友誼(iu² gi⁷，iu² gi⁵)

91. 衣錦返鄉，載重，車載，十載寒窗，刺鑿鑿目，鑿耳，刺字，刺牙牙，刺查某，刺爬爬刺耙耙

十載懸樑，五車文章。
今科上榜，衣錦返鄉。

·錦：ㄐㄧㄣˇ kim² 文 gim² 白 五色錦文也，錦繡
錦衣 錦標 錦西街 衣錦返鄉

·載：ㄗㄞˋ chai^7/3 (彙)乘也 勝也 承也，載^3-2 貨
重載³ 車載⁷ 厚德載⁷物
ㄗㄞˇ chai²/chai^n2 (彙)年也 歲也，十載寒窗

·十載寒窗:即「十年寒窗」長期在寒窗下刻苦讀書。
形容長時間閉門苦讀

·懸樑刺股：把頭髮懸繫在房樑上，用錐子刺扎大腿。形容刻苦學習

·刺：ㄘˋ chhi³ 文 chhia³ 白 尖物鑿也，刺刀
刺繡 刺鑿 刺客 魚刺 骨刺 挑花刺繡
刺牙牙(chhi³ ga⁵ ga⁵→chhi³ gia⁵ gia⁵ 走音
多了介音「i」)

刺鑿：chhi³ chhak⁸ (同義複詞)
華語習慣用「刺」，如：刺耳 刺眼。
台語習慣用「鑿」，如：鑿耳 鑿目 鑿眼

chhia[3]白　刺花 刺字 刺青 刺查某 刺爬爬

刺查某：蒺藜也，布地蔓生，細葉，子有三角，刺人，一稱刺蒺藜，(漢樂府詩·孤兒行)
俗名刺查某(今曰兇悍女人)
鐵蒺藜(武器也)

刺爬爬：爬: pa[5]文　pe[5]白 (集)蒲巴切，
音琶，搔也 梳也，爬梳 爬頭鬃(今意抓頭髮)
《韓愈·進學解》爬羅剔抉。
刺耙耙教　赤北北音讀音

·車：(參見第358頁，車)

·五車：指五車書。形容讀書多，學識豐富。學富五車的出處《莊子·天下》「惠施多方，其書五車。」

92. 豬屠，龍山寺，龍角散，龍眼，瘾龜交侗戇
科技，腳蹄、跤蹄，一必一中

屠龍之技，時無所用。
馬不停蹄，一必一中。

·屠龍之技：《莊子·列禦寇》「姓朱者學屠龍於支離益，單千金之家，三年技成，而無所用其巧」

學習必須從實際出發，講求實效，如果脫離了實際，再大的本領也沒有用。

·屠：ㄊㄨˊ to·^{5} 殺也 裂也，屠宰 屠殺 屠夫
豬屠(ti/tü to·^{5} 豬隻屠宰場也)

·龍：ㄌㄨㄥˊ liong^5 文 leng^5 白 龍舟 龍船
龍蝦 龍行虎步 龍山寺(liong^5 san si^7)
一尾活龍 龍角散^2 (參見第 357 頁，傘)
龍眼(leng^5 geng^2 眼：gan^2/geng^2/gin^2)
(參見第 332 頁，眼)

「龍交龍，鳳交鳳，瘾龜交侗戇。」諺
「leng^5 kau leng^5，hong^7 kau hong^7，un^2 ku kau tong^3 gong^7 門當戶對，適配也)
侗：ㄉㄨㄥˊ tong^5→tong^3 亂調 愚也 無知也

◯台語韻母音為「iong」，則可能變化為白話音的「eng」，例如：(詳見「目錄 8. 第 32 頁」，宮)

◯台語文讀音或白話音的韻母音為「an」或「eng」，則彼此有許多互轉而成為日常使用的字音。例如：
(詳見「目錄15.第54頁」，還)

·技：ㄐㄧˋ ki$^{6-7}$（集)巨^{7}綺^{2}切，術也 藝也
巧也，技$^{7-3}$術　科技^{7}(ko ki^{7}→ko ki^{1} 亂調)
一技之長(it^{4} ki^{7} chi tiong^{2})
ki^{2}（彙）亂調

·蹄：ㄊㄧˊ te^{5} 獸足也，腳蹄 跤蹄 教(kha te^{5})

·馬：(參見第97頁，馬)

·必：ㄅㄧˋ pit^{4}→pih^{4} 走音（入聲韻母 t→h 受華語無入聲音之故，正在走音中）定詞也，
何必要 何必 必須 一必一中

·中：(參見第69頁，中)

93. 樂不思蜀，歇業，歇睏，小寐、稍歇、小歇 歇後語、孽/謔噱 a 話

路比蜀道，難如上青天。
今日風雨，稍歇等明天。

·《蜀道難》「噫吁戲，危乎高哉！ 蜀道之難，難於上青天！…」是中國唐代詩人李白的代表作品。

·蜀：ㄕㄨˇ siok[8] 地名，今之四川 巴蜀
樂·不思蜀(lok[8]·put[4] sü siok[8] 這句成語應句讀在「樂」之後，所以「樂」念本調)

·道：ㄉㄠˋ to[7] 理也 言也 由也 路也，講道 公道
道理 道路 水道頭(chhui[2] to[7] thau[5]→chhui[2] to˙[7] thau[5] 走音 水龍頭也)(參見第 283 頁，水)

·稍：ㄕㄠ sau 漸也，稍微 稍稍

·歇：ㄒㄧㄝ hiat[4] 文 heh[n4] 白 hioh[4] 白 休息也
小寐也 bi[7]，(sio[2] bi[7]→sio[2] bi[5] 亂調)
稍歇(sau hiat[4]) 小歇(sio[2] hioh[4]，sio[2] heh[n4])
歇業(hiat[4] giap[4])
歇後語(hiat[4] ho˙[7] gü[2])
孽/謔噱 a 話 (giat[8]/giak[4] kiak[8] a oe[7])
謔：giak[4] (正)迄却切，戲也，
謔笑(giak[4] siau[3])(參見第316頁，潲)
歇睏(heh[n4]/hioh[4] khun[3])

94. 雙雙對對，靴管，管理，樹椏枝，杈椏枝
地祇主，口齒、嘴齒，黑痣，指點，指指點點
敧敧，敧一旁，容容，蝌仔

雙管齊下，枝幹生枝。
三才容容，圓夢四知。

·雙管齊下：

張璪又作張藻，字文通。吳郡（江蘇蘇州）人。唐代畫家，創「破墨法」工山水松石，畫松更是「特出古今」。官至侍部員外郎、鹽鐵判官。安史之亂時曾被安祿山收留。亂平後，被貶為衡州司馬、忠州司馬。

張璪畫松時「嘗以手握雙管，一時齊下，一為生枝，一為枯枝」，是成語「雙管齊下」典故之由來。

·雙：ㄕㄨㄤ song 泉 文 sang 詩
siang 俗（多了介音「i」）
偶也 成對也，無雙 身無彩鳳雙飛翼 雙生 雙親 雙人

sang（唐）所江切，註：本音係屬韻書中的上平三江韻 kang，韻腳為「ang」）
上聲韻為「三講 kang2」
去聲韻為「三絳 kang3」
入聲韻為「三覺 kak4」

平聲韻其中一部份自同時收在「東韻」、「冬韻」也有幾個日常用字雖只收在「江」韻，但在台灣北部說泉腔的口音，平時已習慣唸成「ong」，例如：

雙窗撞悾降邦幢淙逢瀧…

雙雙對對(siang siang tui³ tui³，song song tui³ tui³，sang sang tui³ tui³) 皆有人說

·管：(參見第22頁，管)

·枝：ㄓ chi 文 ki 白 枝葉 枝節 一枝筆
樹椏枝(chhiu⁷ a ki) 杈椏枝(chhe a ki)
(參見第191頁，殑)

◯上古音以聲母辨音辨義，其中某些聲母音的轉變，演變成日後的文、白音的區別，如：

聲母 ch→k， chh→kh

·祇：chi→ki 祇仰 祇候 地祇主(地基主 錯意)
·枝：chi→ki 樹枝 枝葉 枝節 一枝紅艷露凝香
·肢：chi→ki 肢體殘廢 肢解 四肢
chi→ti 撓肢/擽呧 教 (giauⁿ ti)
·梔：chi→ki 黃梔花 梔子
·痣：chi³→ki³ 黑痣 美人痣

·指：chi^{2}→ki^{2} 指點 指紋 指正 指物件
指指(ki^{2} chai^{2}/chai^{n2})
指指點點(ki^{2} ki^{2} tiam^{2} tiam^{2})

·齒：chhi^{2}→khi^{2} 口齒 嘴齒 伶牙俐齒

·譙：ㄑㄧㄠˊ chiau^{7}→kiau^{7} (正)在笑切
呵也 以辭相責也
唦諫譙(chho^{3} kan^{3} kiau^{7})

·揪：ㄐㄧㄡ chhiu (集)將由切。聚歛，約束也
chhiu→khiu^{2} 揪作陣/摸作陣 教

·覷：ㄑㄩˋ chhü^{3}→khü^{3} 輕視也，不可小覷

·攲：ㄑㄧ khi (集)丘奇切，傾側攲斜也，攲攲攲一旁
註：本音聲母並非由 ch/chh→kh。
按「攲ㄑㄧ」字與「攴ㄆㄨ」部首之「攲ㄐㄧ」不同。
攲：ㄐㄧ ki 以箸取物也；khi 不齊貌

《戴復古．九日詩》
「醉來風帽半攲斜，幾度他鄉對菊花。
最苦酒徒星散後，見人兒女倍思家。

《宋．蘇軾〈洞仙歌．冰肌玉骨〉詞》
「人未寢，攲枕釵橫鬢亂。」

…

·三才：中國哲學名詞，其來自《易經》，指天、地、人，包括三者為通才。

·四知：東漢名士楊震於東漢永初二年春，調任東萊太守，路過昌邑，縣令王密是他在荊州刺史任內舉薦的官員，聽到楊震到來，晚上悄悄去拜訪，並帶金十斤作為禮物。(註：東漢時的一斤只相當於今天的 250 克左右，十斤相當現在的二·五斤金)。

王密送重禮，除了表示對楊震過去的舉薦感謝，也是希望請這位老上司以後再多加關照。楊震當場拒絕了這份禮物，說：「故人知君，君不知故人，何也？」王密以為楊震假裝客氣，便道：「暮夜無知者。」楊震立即生氣的說：「天知、地知、我知、子知，何謂無知？」，王密只得帶著禮物，狼狽而回。

·三七二十一：據說講這句話的人是大說客蘇秦。

他告訴齊宣王，齊國首都臨淄城共有七萬戶人家，每戶至少有三名男丁，總計共有二十一萬名男丁的雄厚兵力，根本不用害怕秦國。

其實，蘇秦的算法有漏洞，因為並非每戶都有男丁，即使有三名，也有可能是幼童或是老者。 所以人們就戲稱蘇秦的算法是不管「三七二十一」。

·峇：ㄍㄜˊ ㄎㄜˋ khap[4] 文 ba[7] 俗 (集)渴合切，合也，真峇(chin ba[7] 合適也)

峇教：ㄅㄚ ba[7] 原意山窟也

「缺嘴 e 賣蜊仔肉，峇峇」俚

蜊仔(ㄌㄧˊ la[5]-a 教)

95. 人真僐，偲講，惡惡嚷，晏起，晏睏

善惡由己，得失為喜。
有無在人，早晏天意。

．善：ㄕㄢˋ sian^{7} (集)上演切，吉也 良也 佳也
大也 多也，善人 善良 善戰 善惡 善終
初文：善
孳乳文：膳、繕、鱔、蟮、僐…
僐：sian^{7} 作姿也，人真僐(累也，不起勁也)
癐[教]

．惡：ㄜˋ ㄜˇ ㄨ ㄨˋ ok^{4}[文] oh^{4}[白] o$^{\cdot 3}$/o$^{\cdot n3}$[俗]
仝偲 不易也，惡人 罪惡 惡言惡行^{7} 可惡
偲講[教] (oh^{4} kong^{2}) 惡惡嚷(o$^{\cdot n3}$ o$^{\cdot n3}$ jiong^{2})

．得：ㄉㄜˊ tek^{4}[文] tit^{4}[白] 獲也 合也，所得
得意 得罪 得著 有得有失

．早：(參見第 194 頁，早)

．晏：ㄧㄢˋ an^{3} (集)於諫切，oa^{n3} (彙)[白]
遲晚也，問日之早晏(cha^{2} oa^{n3})
晏起(oa^{n3} khi^{2}) 晏睏(oa^{n3} khun^{3})
安靜也 太平也，清晏 晏然
晏晏：和藹可親

．己：(參見第 136 頁，己)

96. 變佹變怪、變鬼變怪，佹辯、詭辯，孽子，妖孽造孽，逆子，忤逆，叛逆

焚膏繼晷，事與願佹。
枯樹孽生，未子先蔫。

·膏：ㄍㄠ ko 燈油也 油脂也，藥膏 齒膏[台]
糊膏纏(ko˙⁵ ko tiⁿ⁵ 糾纏不清也)
勾勾纏[錯意] 膏膏纏[教] [錯意]
(參見第 425 頁，纏)

·晷：ㄍㄨㄟˇ kui² 音仝軌，日景也 規也
太陽的影子，斜晷 日晷《博雅》「柱影也」

·焚膏繼晷：(參見第 66 頁，晷)

·事：ㄕˋ sü⁷[泉] [文] si [漳] [文] sai⁷[白] (i→ai)
事情 事件 事務
服事(hok⁸ sai⁷ 服伺也，或曰伏事)
(詳見「目錄 83. 第 207 頁」，似)

·與：ㄩˇ u²/ü²[泉] i²[漳] 參與(chham u²/ü²/i²)
與人方便(予人方便)

泉州腔魚韻→虞韻。 如：ku khu
泉州同安腔魚韻則保留上古音 ü。如：kü khü
漳州腔魚韻→支韻。 如：ki khi
(詳見「目錄 47. 第 139 頁」，是)
(參見第 548 頁，「圓口 u」和「扁口ü」的使用規則)

·佹：ㄍㄨㄟˇ kui[2] 重累也 依也 奇怪也，佹依
佹詞 變佹變怪（變鬼變怪俗） 佹辯（詭辯）

·枯：ㄎㄨ kho͘（集）空胡切，槁木也，枯樹 枯等
ko͘（彙）

·孼：ㄋㄧㄝˋ giat[8] 庶生也 猶樹之有主、孼也
旁出也 婢妾之子也，孼子
惡因也，造孼
妖怪也，妖孼
孼潲教 (giat[8] siau[5])
（參見第 316 頁，潲）

·逆：ㄋㄧˋ gek[8] 迕也 亂也 不順也，忤逆 逆境
逆子 逆耳 逆浪 叛逆(phoan[3]/phan[3] gek[8])
（參見第 132 頁，盼/叛）

·藹：（參見第 143 頁，藹）

97. 相爭，相諍，爭氣、出脫，受氣，口氣，氣口好氣，歹氣，差一氣，透氣，幾歲，幾成，呸面屁面，呸痰，魚肚，魚溜，魚餌，釣餌

新婦不爭氣，魚兒不食餌。
是時間未至，是緣分來遲。

·新婦：sin pu^{7} 媳婦也
「富沒富(pu^{3})，看起厝，看娶新婦(pu^{7})。」諺

·婦：(參見第 95 頁，婦)

◯上古音演變成中古音時，聲母音變，由脣音的聲母音「p/ph」變成喉音的聲母音「h」，在台語的白話音保存了許多例字音。而在華語大部分的聲母音則為「ㄈ」。例如：
(詳見「目錄 3. 第 17 頁」，肥)

·爭：ㄓㄥ cheng 文 chi^{n} 泉 白 che^{n} 漳 白
不讓也，爭奪 爭功 爭鬥 爭霸(cheng pa^{3})
爭氣(cheng khi^{3} 出脫也 chhut^{4} thoat^{4})
相爭[1](sio chi^{n}/che^{n} 互不讓也)
(相諍ㄓㄥˋ sio chi^{n3}，sio che^{n3}。通爭)

◯台語文讀音的韻母「eng」轉成白話音泉腔的韻母音「i^{n}」、漳腔的韻母音「e^{n}」的白話音。
例如：(詳見「目錄 14. 第 49 頁」，生)

·氣：ㄑㄧˋ khi^3[漳] [文] khu^3[泉] [文] khui^3[白]
息也， khi^3→khui^3
空氣(khong khi^3) 元氣(goan^5 khi^3)
氣力(khui^3 lat^8) 出氣(chhut^4 khui^3)
受氣[台] (siu^7 khi^3) 生氣[華]
口氣(khau^2 khi^3) 氣口(khui^3 khau^2)
好氣(ho^2 khui^3 時運好也)
歹氣(phai^2 khui^3 悖運也)
差一氣(chha chit^8 khui^3 差一截也)
透氣(thau^3 khui^3→thau$^{2-1}$ khui^3 [亂調])
敨氣[教] (ㄊㄡˇ thau$^{2-1}$ khui^3 舒氣也)

◯河洛語音受到近古音的影響，若聲母是唇音「p、b、ph」，喉音「h」或聲母為「k」的時候，其韻母音可能有「i⇄ui」對轉而成為文讀音和白話音的對換。在目前的習慣上可能發生可有可無的走音現象。 例如：

屄：pui→pi→pai/bai（聲母濁化 p→b，韻母 i→ai）
膣屄(chit^4→chih^4→chi bai 陰戶也)
碑：pui→pi（彼為切）碑文 口碑 石碑
幾：ki^2→kui^2 幾何 幾樓 幾成 幾歲
溦：bi^5→bui^5 溦溦 a 雨
呸：phi→phui 呸聲 相爭之聲也 鄙斥之聲也
呸：ㄆㄟ ㄆㄟˋ phui^3 呸面/屁面[俗] (phui^3 bin^7) 呸痰(phui^3 tham^5 吐痰也)

屁：phi^{3}→phui^{3} 放屁(h/pang^{3} phui^{3})
尾：bi^{2}→bui^{2}(無匪切)→boe^{2}/be^{2} 麈尾 尾絡
(參見第 131 頁，尾)
費：hui^{3}→pi^{3}→pui^{3} 費用 費先生
季：ki^{3}→kui^{3} 四季 季節 季刊
肺：hui^{3}→hi^{3} 肺結核 肺活量 肺部 肺管
…

·魚：ㄩˊ gü^{5} 泉 文 gi^{5} 漳 文 hü^{5} 泉 白
hi^{5} 漳 白 鱗類水產也， 掠魚 魚鱗 魚肝油
魚肚(hi^{5} to$^{\cdot 7}$)(參見第 175 頁，饗)
魚雁往返 魚目混珠 魚肉鄉里
魚溜/魚鰡 教 (hi^{5} liu 泥鰍也)

·食：ㄕˊ sit^{8}/sek^{8} 文 chiah^{8} 白 欲食也 吃也
(詳見「目錄 58. 第 161 頁」，嗇)

·餌：ㄦˇ ji^{2} (集)忍止切，餅餌 果餌 魚餌
ji^{7} (集)仍吏切，釣餌

98. 儌倖，僥擺、囂俳，猴急，猴猻a，變猴弄捉/掠猴，死老猴，金含，茶壺、茶鈷，翕相熗燒，撞球，撞破

毀容破鏡，汲水蛇驚。
明心見性，大覺有情。
道無儌倖，有恆必成。

·儌：ㄐㄧㄠ∨ kiau（集)堅堯切，覬非望也

·倖：ㄒㄧㄥ丶 heng$^{6-7}$（集)下耿切，不該得而得也，倖仝幸。佞倖(leng^{7} heng^{7})

·僥、儌、徼：同義，不勞或不當而得也 偽也，kiau heng^{7}（儌幸 儌倖 僥倖 僥幸 徼幸 徼倖，以上皆可。)
kiau→hiau 覬非望也
僥倖：hiau heng^{7} 同義複詞。求取非分也
僥擺：hiau pai^{2}→hiau pai 囂俳[教] 囂張也
徼：另音ㄐㄧㄠ丶

◯上古音聲母為k/kh→h的中古音文白變換的例字。
（漢語ㄏ系字）註：例字不多，也有其他非聲母為「ㄏ」的字音，僅供參考。例如：

·寒：han^{5}→koa^{n5} 寒冷 寒天 真寒/誠寒[教]

· 汗：han^{7}→koa^{n7} 汗流浹背 汗顏 汗滴 流汗

· 猴：ho͘^{5}→kau^{5} 猴急(ho͘^{5} kip^{4})

獼猴(bi^{5} ho͘^{5}) 死老猴　捉/掠猴(捉姦也)

猴猻 a(kau^{5} sun a→kau^{5} san a 走音)

變猴弄(pi^{n3} kau^{5} lang^{7})

著猴損(to^{7} kau^{5} sng^{2})

死老猴：有此一說，有學者在一僅有猴群居住的無人島上研究猴群的生活型態，發現約 15%的年輕猴子勇於嘗試、創新。
70%的猴子屬於沒意見的追隨者。
還有年長的 15%堅持不改變，可是這群年長的猴子卻是掌握資源，倚老賣老且固陋俗古的死老猴。

· 厚：ho͘^{7}→kau^{7} 忠厚 厚生 厚衫 厚面皮

· 憨：ham$^{1/3}$→kham^{2} 憨厚 憨人 悾憨

· 滑：hoat^{8}、hut^{8}→kut^{8} 溜滑梯 滑鼠

光滑(kong hoat^{8}) 滑溜 滑稽(kut^{8} ke)

· 環：hoan^{5}→khoan^{5} 環繞 玉環 環境 圓環

· 虹：hong^{5}→keng^{5} 彩虹(古名蝃蝀 te^{3} tong)

· 含/唅：ham^{5}→kam^{5} 含笑 金含(kim kam^{5} 昔球狀之糖果，或棒棒糖)

· 呼：ho͘→kho͘ 呼應 招呼 呼人(箍人，摺人)

ho͘→hau 呼誏 (參見第 81 頁，呼)

· 薅ㄏㄠ：ho→khau　拔去田草也，薅頭鬃

薅草/剾草教 (剾洗教 巧說也 khau^{2} soe^{3}/se^{3}) (參見第 334 頁，說)

·咳：ㄏㄞ　ㄎㄜˊ　he [白]→khe　嗽聲 咳咳嗽
khai^{3}《莊子 · 漁父篇》「幸聞咳唾之聲」
咳咳叫(he/he^{n} he/he^{n} kio^{3}，khe khe
kio^{3}，khai^{3} khai^{3} kio^{3})

·壺：ㄏㄨˊ　ho$^{\cdot5}$→ko$^{\cdot2}$　水壺 酒壺 壺漿
尿壺(jio^{7}/lio^{7}　ho$^{\cdot5}$/o$^{\cdot5}$)
茶壺(te^{5} ho$^{\cdot5}$→te^{5} o$^{\cdot5}$ [走聲])
茶鈷[教] (te^{5} ko$^{\cdot2}$)

·恢：ㄏㄨㄟ khoe→hoe/hui? 恢復(集)枯回切
大也，恢弘 法網恢恢

·丢：ㄉㄧㄡ hiat^{4}[白]→k/khiat^{4}[白]　heh^{4}[白]
丢掉，tiu (篇海)丁羞切，揚子《方言》：
一去不還也。專指「人」之丟，後來混
用。後來「物」之丟(參見第 522 頁，抭)

·翕：ㄒㄧˋ　hip^{4}→khip^{4} (正、唐)許及切
khip^{4} (集)迄及切，起也 合也 順也
動也。翕相[教] (hip^{4} siong^{7} 攝影也)

·噏：ㄒㄧ hip^{4}→khip^{4} 仝吸，噏吸管

·謫：ㄒㄧˋ　hip^{4}→khip^{4} 用話謫(hip^{4})人

·熻：ㄒㄧ hip^{4}→khip^{4}? 熱也 熻燒

·歙：ㄒㄧˋ　hip^{4}→khip^{4}→kim^{3}? 歙氣也 歙氣

·擷：ㄒㄧㄝˊㄐㄧㄝˊ hiat$^{4/8}$→khiat^{4} 捋取也

《相思·王維》「紅豆生南國，春來發幾枝(chi)
勸(願)君多采擷(kiat^{4})，此物最相思(si)。」

·涸：ㄏㄜˊhok[4]→khok[4] 水竭也，乾涸涸

干焦[教] 焦涸涸[教]（ta khok[4] khok[4]）

…

·破：ㄆㄛˋ pho[3][文] phoa[3][白] 剖也 裂也，破壞

破洞 破孔

撞破(tong[7] phoa[3]，long[3] phoa[3][俗])

「講著食，撞破瓦。」[諺] 好吃懶作也

撞：tong[7]→long[3][俗]。

撞球(tong[7] kiu[5]，long[3] kiu[5][俗])

（參見第 330 頁，童）

·鏡：ㄐㄧㄥˋ keng[3][文] kia[n3][白] 鑑也，鏡花水月

明鏡高懸 鏡台 眼鏡 目鏡 照鏡

·汲：ㄐㄧˊ khip[4][文] chhiu[n7][白] 引水於井也，

汲水也

汲汲：(khip[4] khip[4] 不休息也)

·蛇：（參見第 30 頁，蛇）

·驚：（參見第 502 頁，驚）

99. 牽手，牽拖，牽教，牽絆，門牽，牽罟，竹篾 a 現流 a，現潮 a

等魚入滬，不如牽罟。
自助人助，滿潮滿滬。

·魚：ㄩˊ gü^{5} [泉] [文] gi^{5} [漳] [文] hi^{5} [白] 鱗類水產

·牽：ㄑㄧㄢ khian [文] khan [白]（少了介音「i」）
引也 進也，牽制 牽掛 牽動 牽強 牽連 牽絲
牽挽(khian boan^{2}) 牽絆(khian poan^{7})
門牽(bng^{5} khian)
牽 a(khian a 門環或櫃、箱之環扣也)
牽手(khan chhiu^{2} 老婆也 彼此牽著手也)
牽拖(khan thoa) 牽教(khan ka^{3} 教導也)

「小漢偷挽爬/匏，大漢偷牽牛」[諺]

·罟：ㄍㄨˇ ko͘^{2} 漁網也，網罟 牽罟(khan ko͘^{2})
「火燒罟寮全無望(網)」[俚]（取其諧音也）

·扃：ㄐㄩㄥ keng^{1}（唐)古熒切，指門外關之鎖
(銅門閂或環鈕，台語稱為門牽 khian)
《說文》「外閉之關也」

·滬：ㄏㄨˋ ho͘$^{6-7}$（集)後五切，水名也，
滬尾(今名淡水也)

《陸龜蒙·漁具詠序》「網罟之流，列竹於海澨曰滬。」
《註》吳人今謂之簖(ㄉㄨㄢˋ toan[7])，把竹篾(biat[8]文 bih[8]白)編排，插在水裡用以捉魚蟹的竹柵。竹篾 a(tek[4] bih[8] a 竹薄片也)

·潮：ㄔㄠˊ tiau[5]文 tio[5]白 lau[5]勾
tiau[5]：潮水 黑潮 親潮 潮濕
tio[5]：潮州
lau[5]：仝流，潮流(同義複詞也)，大潮 小潮 洘潮 現潮/流海產(指現撈新鮮海產)
趕潮落水(意指漁夫隨潮汐出海捕魚)

◯台語文讀音的韻母音為「iau」，其中有些字音的韻母音會轉成「io」，而成為日常生活上的白話音。例如：
(詳見「目錄 88. 第 219 頁」，照)

100. 風騷，絕種，絕數，拄數，節日，節目，暫節、站節，撙節，撙--過

先生一躍離騷絕，我輩遍尋漁父悲。
蒲節香烟聊遠寄，風騷再現傲英姿。

·先：ㄒㄧㄢ sian 文 seng 白 先生 先知先覺
先出門 走在先(chau² tai⁷ seng，chau² chai⁷ sian)

·生：(參見第 49 頁，生)

·騷：ㄙㄠ so 擾動也 蹇也 愁也，牢騷 騷動
風騷(hong so) 華語謂之女人妖媚，台語謂之好玩不安分也，男女皆可適用，也有摸魚之意
《正字通》屈原作離騷，言遭憂也，今謂詩人為騷人。

·離騷：ㄌㄧˊ ㄙㄠ li⁵ so
離騷是一首「屈原的政治生涯傳記」詩。
以浪漫抒情的形式來敘事是其主要的風格。
賦、比、興三種修辭手法靈活穿插轉換是其語言運用上的最大特點。

·絕：ㄐㄩㄝˊ choat⁸ 文 斷也 息也 奇也，絕情
絕交 絕色 絕妙 絕筆 絕頂 絕對

cheh[8]白 絕種 絕數(cheh[8] siau[3] 抵帳也 拄數)
chiat[8]詩 入聲九屑韻

《柳宗元．江雪》 入聲九屑韻
「千山鳥飛絕(chiat[8])，萬徑人蹤滅(biat[8])。
孤舟簑笠翁，獨釣寒江雪(siat[4])。」

·輩：(參見第178頁，輩)

·父：ㄈㄨˋ hu[7] ㄈㄨˇ hu[2] 甫也，始生己者，
男子之美稱也 老人之尊稱也，尼父 漁父 杜甫
按「父」字古無去聲「hu[7]」《洪武正韻》始收
入五暮韻，俗音從之。

·漁父：屈原既放，遊於江潭，行吟澤畔，顏色憔
悴，形容枯槁。 漁父見而問之曰：「子非三閭
大夫歟？何故至於斯？」 屈曰：
「舉世皆濁我獨清，眾人皆醉我獨醒，是以見
放。」…

·蒲：ㄆㄨˊ po˙[5] 草名，菖蒲 蒲公英 蒲團
蒲月(農曆五月也) 蒲節(端午節也)

·節：ㄐㄧㄝˊchiat[4]文 節日 五日節 節目 節省
節骨眼(chiat[4] kut[4] gan[2])
chiat[4]→chat[4]→cheh[4]俗 走音 五日節 節日

chat[4]俗 走音 (少介音「i」)

竹或甘蔗之節也，竹節 甘蔗節 關節[教]
分寸也，站節[教] 暫節也
小節一下[教] 撙節也(chun^{2} chat^{4})
差一節(chha chit^{4} chat[錯意] 差一截也)
截：chiat^{8}[文] chat^{8}[走音]，少了介音「i」

撙節：猶克制。行為不敢放肆叫「撙」，不敢過度叫「節」。
《漢書・揚雄列傳》「是以君子恭敬撙節退讓以明禮」

撙ㄗㄨㄣˇ：chun^{2} 省也、限制，撙節
撙--過 chun^{2}--ke^{3}[輕聲] 。準節（彙）
（參見第 302 頁，暫）

·傲：ㄠˋ go^{7}[文] go^{n7}[俗] [鼻音] 慢也 踞也，傲慢
倨傲 驕傲 傲骨

·姿：ㄗ chü[泉] chi[漳] chai[白] 英姿 姿態
chai→chai^{5}[亂調]
穤姿(bai^{2} chai^{5} 不好也 不妙也)
穤才[教]（bai^{2} chai^{5} 不好也 不妙也）
穤姿姿(ㄇㄟˇ bai^{2} chi chi 很醜也)

101. 癶腳，手蹄 a，在在，厲害，淒厲

智貴乎早決，行順於不癶。
牛步不嫌遲，馬蹄快在秣。

·癶：ㄅㄛ poat^{4} 兩足相背不順也，走路腳癶癶
poat^{4}→phoat^{4} 氣音

·決：ㄐㄩㄝˊ koat^{4} 行流也 斷也 破也 絕也，
決口 決裂 處決 決心

·行：（參見第 423 頁，行）

·馬：（參見 97 頁，馬）

·蹄：ㄊㄧˊ te^{5} 獸足也，馬蹄 腳蹄(跤蹄 教) 蹄爪
手蹄 a (chhiu^{2} te^{5} a 手掌也)
te^{5}→the^{5} 氣音

·在：ㄗㄞˋ chai^{7} (集)盡亥切，存也 居也
在在(chai^{7} chai^{7} 到處也)
《楊萬里詩》「新晴在在野花香，過雨迢迢沙路長。」

·秣：ㄇㄛˋ boat^{4} 飼馬的穀料，糧秣
boe^{7} 動 飼養也，秣馬厲兵

·厲：ㄌㄧˋ le^7 (正)力霽切，嚴正也 猛也 虐也
勉也 磨也，嚴厲 厲行 勉勵 厲鬼
厲兵秣馬
厲害(le^7 hai^7→li^7 hai^7 走音，與利害一詞相混)

厲：liat^8 (正)良薛切，嚴也，淒厲(chhi liat^8，chhe liat^8)

102. 踢倒街，顛倒，倒貼，摔尾，摔破，倒摔向 向望、會向--咧、會望--咧，倒楣、衰 siau[5] 衰潲，重沓、重疊

楣倒建重立，事圓緩濟急。
心安天數明，八九不離十。

·倒：ㄉㄠˇ to[2] 傾倒也，倒塌 倒閉 倒賬/數
倒楣(to[2] bi[5] 仝倒霉 錯意)
踢倒街(that[4] to[2] koe/ke 指處處皆有也)

ㄉㄠˋ to[3] 顛倒(tian to[3]) 倒退 倒戈 倒置
倒懸 傾倒 倒貼(to[3] thiap[4]→to[3] thap[4] 走音)
倒不如 倒行逆施

到頭來 華：結果也
《元曲·羅李郎劇·一折》「到頭來只落得個誰消瘦」
註：此劇若依周德清的「中原音韻」，則應以華語的四聲調發音為是。

倒摔向 教 (to[3] siak[4] hia[n3] 向後倒也)
摔：ㄕㄨㄞ sut[4] (字彙)朔律切，音仝率，
摔尾(sut[4] bi[2] 捽尾 教 拂塵也) 蠓摔 a
siak[4] 俗 棄於地也，摔破(siak[4] phoa[3])

·向：ㄒㄧㄤˋ hiong[3] 泉 文 hiang[3] 漳 文 ng[3] 白
hia[n3] 教 方向 一向 向晚意不適 趨向 向背

向望(ng^{3} bang^{7} 同義複詞)
會向--咧(e^{7} ng^{3}--le 可寄望也)
會望--咧(e^{7} bang^{7}--le)

◯台語文讀音的韻母音為「ong」，則有許多字音可能轉成「ng」的白話音。 例如：
(詳見「目錄49. 第144頁」，荒)

·楣：ㄇㄟˊ bi^{5} 門框上的橫木也，門楣
倒楣(運氣很背也。衰 siau^{5}、衰溦[教])
(參見第316頁，溦)

·建：ㄐㄧㄢˋ kian^{3} 置也 立也，建立 重建

·圓：(參見第25頁，圓)

·緩：(參見第218頁，緩)

·重：ㄔㄨㄥˊ tiong^{5}[文] 復也 疊也，重複 重九
重重 重婚 重遊

teng^{5}[白] 重沓(teng^{5} t/thah^{8} 沓，重也，同義複詞) 重疊(teng^{5} thiap^{8}→teng^{5} thah^{8}[俗])
三重埔 重來

ㄓㄨㄥˋ tiong^{7}[文] 多也 不輕也，輜重 舉重
重心 重犯 重金 重大
tang^{7}[白] 輕重 重量 沉重

·濟：（參見第 176 頁，濟）

·數：（參見第 79 頁，數）

·離：ㄌㄧˊ li[5] 別[8]也 敬也，近曰離 遠曰別[8]

ㄌㄧˋ li[7] 漳 文 le[7] 泉 文 lai[n7] 白（集）力智切，
漸相遠也，又與荔仝 離支（荔枝也）
《禮．曲禮》「鸚鵡能言，不離飛鳥」
《書．胤征》「畔官離次」

103. 金輿、金鈎輿、金交椅，㪐/娶某大姊，歹鬼㪐頭竹箯，朱提客、呂宋客

晚雷期稔歲，重霧報晴天。
遇金乘金輿，逢木坐竹箯。

駟馬門開金輿進，三才會合朱人來。

‧晚：ㄨㄢˇ boan² 暮也 後也，早晚 晚年 晚安

‧稔：（參見第 91 頁，稔）

‧歲：ㄙㄨㄟˋ soe³ 文 hoe³ 漳 白 he³ 泉 白
歲年 歲月 歲歲平安
老歲 a 老歲仔 教 （老貨仔 錯意 老廢仔 錯意）
幾歲(kui² he³/hoe³，ki²→kui²)
（參見第 242 頁，幾）

‧重霧報晴天：「早霧晴，晚霧陰。」諺

‧重：（參見第 256 頁，重）

‧乘：ㄔㄥˊ seng⁵ 駕也 登也 因也 治也 計也，
乘勢 共乘 乘客 乘坐
ㄕㄥˋ seng⁷ 車也 四馬一車為一乘，車乘
史乘(記載史事的書)
三乘(佛家的教法，大乘 中乘 小乘)

·輿：ㄩˊ u5/ü5 泉 i5 漳 上平六魚韻，車也 轎也
地理也 眾人的，車輿 勘輿 輿情 輿論
金鈎輿(kim kau i2/ü2/u2 亂調 金交椅 俗
鑲金花轎)
「悉/娶某大姊，坐金鈎輿。」諺
悉：chhoa7 俗 教 娶也 帶也，歹鬼悉頭
悉囝 a (chhoa7 gin2 a) 相悉(sio chhoa7)

·木：(參見第 11 頁，木)

·竹：ㄓㄨˊ tiok4 文 tek4 白 竹簡 竹編 絲竹
植類之中，有物曰竹，不剛不柔，非草非木。
又八音之一。

·箯：ㄅㄧㄢ pian 文 pin 白 竹輿也，
竹箯(常見登山時用以載人)
(詳見「目錄 17. 第 58 頁」，燕)

·三才：(參見第 236 頁，三才)

·駟：ㄙˋ sü3 一乘四馬，兩服兩驂是也，馬在車中
為服，在車外為驂(ㄘㄢ chham)。

·朱提銀：古代的一種優質白銀。因產于今雲南昭通
縣境內之朱提山，故稱。
「朱人、朱提客」皆比喻有錢人，
台人多稱「呂宋客」，多金又好騙也，
引申詞為「騙宋販 phian3 song3 phan3」
(參見第 19 頁，販)

104. 出帆、出航，翻口供，翻觔斗、抛輪斗、倒頭栽迂迴，鎮壓，鎮對，鎮位

順風帆已盡，不轉船翻觔。
逆浪迂迴進，鎮瀾拜女神。

·帆：ㄈㄢˊ ㄈㄢ hoan^{5}[文] phang^{5}[白]
舟上幔以帆風使舟疾，
帆船(hoan^{5} chhoan^{5}[文] phang^{5} chun^{5}[白])
布帆(po˙^{3} phang^{5} 帆布也)
出帆(chhut^{4} phang^{5})
出航(chhut^{4} hong^{5}[文]/hang^{5}[白]/phang^{5}[俗])
(詳見「目錄 3. 第 17 頁」，肥)

·轉：(參見第 315 頁，轉)

·船：ㄔㄨㄢˊ chhoan^{5}（彙）chun^{5}[白] soan^{5}[文]
sian^{5}[詩]

《桃花谿·唐 張旭》下平一先韻
「隱隱飛橋隔野煙(ian)，石磯西畔問漁船(sian^{5})。
桃花盡日隨流水，洞在清溪何處邊(pian)。」

·翻：ㄈㄢ hoan 及也 飛也，翻身 翻砂
翻口供(hoan khau^{2} keng 一曰「反^{2}口供」)

·觔：ㄐㄧㄣ kin 仝筋 大腱也 肌肉 筋肉，
觔斗：以頭著地，全身上下反轉過來。

翻觔斗[華]　倒頭栽[台]
拋輪斗[台] (pha lin^{5} tau^{2}→pha lin$^{3-2}$ tau^{2} [亂調])

·逆：(參見第 240 頁，逆)

·孽：(參見第 240 頁，孽)

·迂：ㄩ u 路曲而遠也 思想不合實情也 緩慢也
曲折也，迂遠 迂腐 迂緩 迂迴(u hoe^{5})

·迴：ㄏㄨㄟˊ hoe^{5} 回轉也 躲避也 曲折也
旋轉也，迴車 迴避 迴廊 迴旋

·鎮：ㄓㄣˋ tin^{3} 重也 壓也 安也，鎮壓(tin^{3} ap^{4})
紙鎮 鎮靜 鎮日 鎮對(tin^{3} te^{3}/toe^{3} 反義複詞 偏鎮，指礙手礙腳) 鎮位(tin^{3} ui^{7})
(參見第 299 頁，對)

·瀾：ㄌㄢˊ lan^{5} 大波浪也，波瀾
lan^{7}[文]　loa^{n7}[白] (集)郎旰切，音爛 義仝。
又分散也，瀾漫淋漓 漚瀾(au^{3} loa^{n7})
瀾爛：lan^{7}→lam^{7}[落韻] (lam^{7} loa^{n7}罵語也)
(詳見「目錄 11. 第 40 頁」，忍)

鎮瀾拜女神：指拜媽祖，林默娘也。

105. 狸貓換太子，貍，貓、猫，媌 a，破媌，媌頭為頭媌到尾、攏媌，總卯，媌穡頭，看貓 e 無點鼠輩，貓鼠、鳥鼠、老鼠，雄雄，懦性，激懦懦

黃狸黑狸，得鼠則雄。
命弱運弱，見合為用。

·黃：ㄏㄨㄤˊ hong^5 文 ng^5 白 黃道吉日 黃昏
黃粱一夢 黃色 黃種人 黃先生
（詳見「目錄 49. 第 144 頁」，荒）

·狸：ㄌㄧˊ li^5 似貓，體肥而短。
「狸猫(li^5 ba^5) 換太子。」諺

·貍：ㄌㄧˊ li^5 似狐，但體稍小，俗稱「野貓」，皮可製裘，「貍裘」也
貍貓：ㄌㄧˊ ㄇㄠ 體較貓大，尾長能攀樹，產在亞洲南部。

·貓：ㄇㄠ biau 文→liau^n 白 貓 a 俗 妓女也。
ㄇㄠˊ biau^5 (集)眉鑣切，音仝苗，貍屬，俗作猫
尚有「彎腰」之義，貓著偷聽 華
猫：ㄇㄠˊ ba^5 俗 音仝媌 ba^5 白 狸猫換太子

媌：ㄇㄧㄠˊ bau^5 文→ba^5 白 (集)謨交切，音茅，妓女也，亦呼美好為媌
閩人謂妓女為媌，媌 a

破媌(poah^{4} ba^{5} 專罵女人之罵語)
(詳見「目錄105.第310頁」，單)

媌頭(bau^{5} thau^{5} 昔日妓女戶有龜公一職，負責打理或招呼客人之職，規定帶綠頭巾。後來引申為招攬工作的中間人，或是包攬工程之類的人。)

為頭媌到尾(ui^{3} thau^{5} bau^{5} kau^{3} be^{2} 全包了也)
攏媌(long^{2} bau^{5} 全攬了)
總卯(chong^{2} bau^{2} 獨吞也)
媌穡頭(bau^{5} sit^{4} thau^{5} 攬工作也)

「看貓e無點」俚 意指貓和豹同屬貓科，只因為體型較小，皮毛沒有豹點而被看弱。

·鼠：ㄕㄨˇ su^{2}文 鼠輩(su^{2} poe^{3}) 飛鼠(hui su^{2})
鼠竄(su^{2} chhoan^{3}) 鼠疫(su^{2} ek^{8})

chhu^{2}泉 白 chhi^{2}漳 白
貓鼠(偏義複詞，偏鼠也)。烏鼠教 (老鼠也)

·者：ㄓㄜˇ chhia^{2} 語助詞也，常以輕聲為之，如或--者
另代表人、事、物所用的字，學者 弱者 老者 義者 人格者皆用本調。

·雄：ㄒㄩㄥˊ hiong^{5} (集)胡弓切，音仝熊，牡也
武稱也，雄性 雄兵 雄風 雄心 雄雄
雄赳赳(hiong^{5} kiu^{2} kiu^{2} 兇悍也)

《人物志》「草之精秀者為英，鳥之將群者為雄。張良是英，韓信是雄。」

hiong^{5}→iong^{5} 氣音 係受切音之上字聲母「胡」字影響，「胡」ho$^{\cdot 5}$→o$^{\cdot 5}$ 少了「h」聲母。

·命：ㄇㄧㄥˋ beng^{7} 文 bia^{n7} 白 命題 使命 命運
性命 命案

·弱：ㄖㄨㄛˋ jiok^{8} 尪劣也，懦也，弱行 弱點
瘦弱 弱者 懦弱
(詳見「目錄 2. 第 10 頁」，入)

·尪：ㄨㄤ ong^{1} 文 ang^{1} 白 僂也 脛曲腳疲也
瘦弱也 病重倚牆而行也
(參見第 265 頁，尪)

·懦：ㄋㄨㄛˋ lo^{n7} 教羅 no$^{\cdot 7}$ 台羅 (集)奴臥切，
駑弱者也，懦弱 懦夫 懦性(lo^{n7} seng^{3})
激懦懦(kek^{4} lo^{n7} lo^{n7})

《前漢·兒寬傳》「善屬文，然懦於武」
《猛虎行·陸機》「急弦無懦響」

106. 尪劣，翁婿，潦水，長壽，長輩，長志，長短校長，荒涼，荒廢，荒穢，食了

澇長稼荒，伏久人尪。
雨停小滿，窖人見光。

· 尪：ㄨㄤ ong 文 ang 白 脛曲腳疲也 僂也
瘦弱也 病重倚牆而行也 玩偶也，尪劣 尪悴
尪瘵 尪 a 頭
翁婿 教 尪婿 錯意，這是很嚴重的錯用字

《荀子》「百姓賤之如尪，惡之如鬼」

《范仲淹 · 剔銀燈》下闋：
「人生都無百歲，少癡騃(ㄞˊ gai[5]癡呆也)老成尪悴(ㄘㄨㄟˋ chui[7])，只有中間，些子少年。忍把浮名牽繫，一品與千金，問白髮，如何迴避？」

《南史 · 褚淵傳》
「比雖尪瘵ㄓㄞˋ，仍力出臨哭」

瘵：ㄓㄞˋ chai[3] 癆病也 肺癆也，癆瘵
為凋為瘵

· 澇：ㄌㄠˊ lo[5] (集)郎刀切，大波也，飛澇
ㄌㄠˋ lo[7] (集)郎到切，亦作潦，淹也，澇水

·潦：ㄌㄠˇ lo^{2}（集）魯皓$^{6-7}$切，音仝老，雨大貌
ㄌㄠˋ lo^{7}（集）郎到切，勞去聲，同澇，淹也
ㄌㄧㄠˊ lo^{5}（集）郎刀切，水名
liau^{5}（集）憐蕭切，水名，潦草(lo^{2}/liau^{5} chho^{2}) 潦水(liau^{5} chhui^{2} 今意涉水也)

·長：ㄔㄤˊ tiong^{5}[泉] [文] tiang^{5}[漳] [文] 長遠 長短 長壽 長途 長空 長征
ㄓㄤˇ tiong^{2}[泉] [文] tiang^{2}[漳] [文] 成長 長大 長進 長志 長孫 長輩 長官

chiang^{2}[勾] 長進 元長鄉
tng^{5}[白] 長短 長工 有較長 久久長長
tiu^{n2}[勾] 校長 處長 師長 家長

·稼：ㄐㄧㄚˋ ka^{3}[文] [泉] ke^{3}[白] [漳] 種穀曰稼，農事曰稼穡 莊稼 禾稼
（參見第 161 頁，嗇）

◯文讀音韻母為 a→e 的白話音的例字：其中有甚多為漳州音。例如：

把、家、袈、傢、嘉、枷、渣、楂、查、
沙、砂、下、廈、夏、茶、爬、杷、琶、
耙、筢、牙、齖、芽、衙、蝦、爸、瘑、
啞、瘂、椏、叉、差、搾、吒、嘑、假、
傻、稼、架、價、駕、詐、乍、灑、馬、
瑪、碼、罵、…

·荒：ㄏㄨㄤ hong 文 hng 白 荒涼 荒唐 荒地
荒誕不經 荒廢(hng hui[3]) 拋荒(pha hng)
荒穢(hng oe[3]/e[3] 蕪也)
（詳見「目錄 49. 第 144 頁」，荒」）

·小滿：是二十四節氣之一，每年 5 月 20-22 日之間
小滿節氣適逢梅雨季，這個時候南方進入夏收
夏種季節，適合種植花草樹木等植物或進行扦
插、稼接等工作。
漁夫們可以在彰化附近的海域捕獲黑鯧漁獲，
東北部的蘇澳及南部海域則可捕獲到飛魚。
在高雄縣的旗山、美濃等地的香蕉則已經進入
盛產期。

·窘：ㄐㄩㄥˇ khun[2] 困迫也 枯窮也，窘迫 枯窘
窘態 窘鄉 窘蹙(khun[2] chhiok[4])

·光：ㄍㄨㄤ kong 文 kng 白 光明 光華 光景
光彩奪目 光線 照光 日光
吃光 華 食了 台 (chia[7] liau[2])

107. 單調，被單，數單，成就，成樣，成數，穿線穿針引線，針線，獨立，孤獨，周到，到位到時，掃帚，糞埽

單絲不成綫，獨木難成林。
人來禺變偶，運到埽變金。

· 單：ㄉㄢ tan [文] toa^{n} [白] 記事也 不成雙也 薄弱也，單身 單薄 單調^{7} 孤單 菜單 貨單 單據 簡單 被單(phe^{7}/phoe^{7} toa^{n}) 數單(siau^{3} toa^{n})
ㄕㄢˋ sian^{7} 縣名 單父
ㄔㄢˊ sian^{5} 單于

· 絲：ㄙ si 絲線 絲絨 絲 a 被 絲綢 絲路 絲毫 絲瓜 [華] 菜瓜 [台]

· 不：（參見第 107 頁，不）

· 成：ㄔㄥˊ seng^{5} [文] chia^{n5} [白] sia^{n5} [勾] 就也 畢也，成功 成就 贊成 成樣(chia^{n5} iu^{n7}) 成人
不成囝 a(m^{7} chia^{n5} gin^{2} a)
成數(sia^{n5} so·^{3}) 幾成(kui^{2} sia^{n5})
「歹囝成爸」[俚] (phai^{2} kia^{n2} chia^{n5} pe^{7})

晟 [教]：ㄕㄥˋ seng^{7} 明也 日光充盛也
ㄔㄥˊ chia^{n5} [白] seng^{5} [文] (集)時征切，
仝成，音義同，晟樣 晟人

·綫：ㄒㄧㄢˋ sian^{3}【文】 soa^{n3}【白】 音仝霰，字仝線，縷也，線索 線條 直線 粗線條

穿線(chhng soa^{n3}) 針線(chiam soa^{n3})
穿針引線(chhoan chim in^{2} sian^{3})

·獨：ㄉㄨˊ tok^{8}【泉】 tak^{8}【漳】【白】 單也 孤也，獨夫 獨佔 獨立(tok^{8} lip^{8}) 獨身 獨木舟 獨善其身
tak^{8}【白】 孤獨(ko˙ tak^{8} 為人不群也)

·禺：ㄩˊ gi^{5}【漳】 gu^{5}【泉】
gu^{7} (集)牛具切，獸名，猴屬。《正字通》禺似獼猴而大，赤目長尾。

ㄩˋ gi^{7}【漳】 gu^{7}【泉】 區也，每一方里大的區域。番禺，越地名，廣東省縣名。

·偶：ㄡˇ go˙^{2} (韻會)語口切，伉儷也 並也 合也 對也 諧也 雙也 適然也 俑也，配偶 偶像 偶數 偶然

偶：gio^{2} 語口切，(口，用詩韻音韻母切音)
口：kho˙^{2}【文】 khau^{2}【白】 khio^{2}【詩】 口舌 開口 口說無憑 口齒伶俐 路口

·到：ㄉㄠˋ to^{3}【文】 kau^{3}【白】 至也，周到 到手 到處 到位(kau^{3} ui^{7}) 到時(kau^{3} si^{5})

◯ o→ㄠ（台語韻母音若為「o」，很多音變為華語的韻母音「ㄠ」。例如：

褒高糕膏篙睾縞羔皋槔刀濤掏饕滔韜絛燾遭糟搔騷艘蒿翱熬鰲遨鏖操老腦瑙保寶堡勞牢...

·埽：ㄙㄠˇ ㄙㄠˋ so^{3} [文] sau^{3} [白] 掃的本字，
掃除 掃射 掃墓 掃興 [華] 糞埽
掃帚(sau^{3} chhiu^{2})

帚：ㄓㄡˇ chiu^{2}→chhiu^{2} [氣音]（集）止酉切，
《玉篇》「掃除糞穢也」

108. 干焦，顢頇，頇顢、汗漫

意興闌珊，時人有干。
好運未到，非我顢頇。

・意：（參見第 118 頁，意）

・興：（參見第 344 頁，興）

・闌珊：（參見第 129 頁，闌珊）

・干：ㄍㄢ kan 互不關涉也，不相干 干涉
干焦[教]（kan ta 偏偏也 堅持也）

・未：ㄨㄟˋ bi^{7}[文] boe^{7}[白] 不及也 過早也，
未完成 未曉（袂曉[教] 不知也）寒梅著花未

・我：ㄨㄛˇ go^{2}[文]（集）語可切，
go$^{\cdot 2}$[文] 叶阮古切，音仝五
go$^{\cdot n2}$[鼻音] [俗] goa^{2}[白]，己稱也，
我行我素（go$^{\cdot n2}$ heng^{5} go$^{\cdot n2}$ so$^{\cdot 3}$）
我的（goa^{2} e^{5}）

・顢：ㄇㄢˊ boan^{5}（集）謨官切，大面也
boan^{5}→ban^{5}[俗] 少了介音「o」
（參見第 132 頁，顢）

·頇：ㄏㄢ han（集）許干切，大面也

·顢頇→頇顢 教 han7 ban7 走音 1.臉大的樣子。
2.形容不明事理，糊里糊塗。3.延宕也。

·汗漫：han7 ban7 1.漫無標準，浮泛不著邊際。
2.水大渺茫無際的樣子。
（參見第 132 頁，漫）

《新唐書・卷四十四・選舉志上》
「因以謂按其聲病，可以為有司之責，捨是則汗漫而無所守。遂不復能易。」

《金史・卷一零七・高汝礪傳》
「內外百官所司不同，比應詔言事者不啻千數，俱不達各司利害，汗漫陳說，莫能盡。」

·顢頇，汗漫：都是衍聲複詞，一定是雙聲或疊韻，而且都是同樣的部首，不可以單獨一個字存在。如：彷彿，仿佛，髣髴…

109. 春雨綿綿，雨水，霎霎 a 雨，雨潲著，雷䡨霆雷公，相合，合意，合身，愜意

雷䡨雨非霪，無木不成林。
金銀銅淬煉，寶成三合金。

·䡨：tan5 俗 䡨雷公/霆雷公 教 陳雷公 音讀音

·雨：ㄩˇ u2 文 ho˙7 白 水從雲下也，雲行雨施
春雨綿綿 雨量 大雨 雨水 雨具 落雨
霎霎 a 雨 風颱雨

《爾雅·釋天》「暴雨謂之涷，小雨謂之霢霂，久雨謂之霪。」
《陸佃云》「疾雨曰驟，徐雨曰零，久雨曰苦，時雨曰澍。」

ㄩˋ u7 動 文 (集)王遇切，「春風風3人，夏雨雨7-3人」 天雨花(梁武帝時雲光法師講經，感動天而落下花朵)

雨--潲著(ho˙7--sau3 tioh4)
潲：ㄕㄠˋ sau3 (廣)所教切，水激也，指雨經風吹而斜掃，潲著風颱尾

潲，(ㄕㄠˋsiau5 教 錯意 精液也，一曰「洨ㄒㄧㄠˊ hau5」，水名也，華語借音)

孽潲教

(參見第 316 頁，潲)

.霪：一ㄣˊ im^{5}（集)夷針切，久雨也 雨過十日以上，霪雨

.無：(參見第 98 頁，無)

.林：ㄌㄧㄣˊ lim^{5}文 la^{n5}白 叢樹也，林木 高林 樹林 林 a 邊 林口

.金：ㄐㄧㄣ kim 五行之一位西方，五金之一
五行：金木水火土。五金：金銀銅鐵錫

.淬：ㄘㄨㄟˋ chhoe^{3}（集)取內切， sui^{3}（彙)
染也 犯也 煉刀劍時以水煅之使之堅固，
與焠通， 清水淬其鋒 淬煉 淬礪 淬染

.煉：ㄌㄧㄢˋ lian^{7} 冶金也，今亦作鍊，淬煉
鍛鍊 鍊氣 鍊鋼

.合：ㄏㄜˊ ㄍㄜˇ kap^{4}（集)曷閤切， kap^{4}→kah^{4}
係因為入聲韻尾收「t、p、k」習慣轉成入聲韻尾「h」的白話音。

(詳見「目錄 35. 第 109 頁」，合)

合意 (kah^{4} i^{3} 佮意教 甲意俗)

愜意：ㄑㄧㄝˋ kiap^4→kap^4→kah^2（集)詰斜切，音頰，快也，滿意，合乎心意

ㄍㄜˇ kap^4（正)古沓切，合也 集也，
相合(sa^n kap^4、a kap^4[走聲]) 合作陣

佮：ㄍㄜˊ kap^4 合取也
「相合米煮有飯」[俚] 「相佮米煮有飯」[教]

相：ㄒㄧㄤ ㄒㄧㄤˋ siong$^{1/3}$[泉] siang$^{1/3}$[漳]
sa^n[白] a[走聲]（少了聲母「s」）

合：hap^8（正)胡閤切，同也 配也 閉也 會也 聚也，合同 合作 配合 會合 聚合

hap^8→hah^8 兩人會合(e hah^8) 合需 合軀[教]
合身 合人袂倒

110. 蠢動，䨻，泥土，塗鴉，糊塗，塗塗塗，塗跤 昂首，昂聲

惷惷欲動，勞而無功。
斆公一䨻，出土首昂。

. 惷：ㄔㄨㄣˇ chhun[2] 仝蠢，亂也 擾亂不靜也
愚笨也，惷動 惷惷欲動 惷才

. 勞：ㄌㄠˊ lo[5] 功也 勤也 辛苦也，功勞 勤勞
(參見第 67 頁，勞力)

. 斆：ㄒㄧㄠˋ hau[7] (集)後教[3]切，覺悟也 教也
《書・盤庚》「盤庚斆于民」
ㄒㄧㄝˊ hak[8] (集)轄覺切，仝學，義仝

. 䨻：ㄌㄨㄥˊ long[5] (集)盧東切，雷聲也，
䨻䨻叫 (隆隆叫俗 狀聲詞也)

註：狀聲詞也稱擬聲詞、象聲詞、摹聲詞。
它是摹擬事物的聲音的一種詞彙。
在漢語裡，它只是把漢字當成「音標」符號，
用來表音，而和字義無關。

狀聲詞可以描繪物體的聲音，如「嘩啦嘩啦」形容雨聲，「硬叩叩」形容物擊聲，「颼颼叫」形容風聲，「咻咻叫」形容呼叫聲，「叮叮噹噹」形容鈴聲。

也可以形容動物的聲音，例如「汪汪汪」形容狗叫聲，「哞哞」形容牛叫聲，「喵喵」形容貓叫聲，「咩咩」形容羊叫聲，「嘓嘓」形容蛙叫聲，「呱呱」形容鴨叫聲，「嘎嘎」形容鵝叫聲，「ko^{n} ko^{n}」形容豬叫聲。

也有人的聲音，如「嘰里咕嚕」形容說話，「呼哧」形容忍住不笑之聲。

「婧瑠瑠、水噹噹[俗]」形容女人之美。
瑠：指女人配戴之珠玉的碰撞聲
（參見第 143 頁，婧）

·土：ㄊㄨˇ tho˙^{2}[文] tho˙^{5}[俗] [亂調]， 土地 土產 土匪 泥土(le^{5}/le^{n5} tho˙^{2})

塗 [教]：(ㄊㄨˊ t/tho˙^{5} 泥也 污也 厚貌)
不分曉也，泥塗 塗鴉(to˙^{5} ap^{4})
塗跤[教]（tho˙^{5} kha）糊塗(ho˙^{5} to˙^{5})
塗塗塗(tho˙$^{″}$ tho˙$^{5-3}$ tho˙^{5})
塗塗(tho˙$^{″}$ tho˙^{5} 雖非疊字三連音，但有人用之）（參見第 14 頁，開）

·昂：ㄤˊ gong^{5}[泉] gang^{5}[漳] 日昇也 舉也 高也 明也，昂頭 昂貴 軒昂 激昂 昂首(gong^{5} siu^{2})

昂聲：(gang^{5} sia^{n}→ang^{5} sia^{n}[走聲] 少了聲母「g」。)
（詳見「目錄 52. 第 151 頁」，言）

111. 賊窩、賊岫，蝨/虱篦，柴爬/耙，爬頭鬃，剃頭

賊來如梳，官來如篦，兵來如剃。

·賊：ㄗㄟˊ chek^{8} 文 chhat^{8} 白 盜也，盜賊 掠賊
賊岫 教 （ㄒㄧㄡˋ chhat^{8} siu^{7} 賊窩也）

·蝨：ㄕ sek^{4} 文 sat^{4} 白 仝虱 嚙人蟲也，虱母
頭蝨
sek^{4}→sat^{4} ？早期 1960 年代左右公共衛生尚不普及，女性蓄長髮常寄生虱母，需用虱篦來刮除此蟲。

·篦：ㄅㄧˋ pe 文 pin^{3} 白 （廣）邊兮切，竹篦
《說文》導也。眉篦(bi^{5} pe)
柴篦、竹篦(chha^{5} pe、tek^{4} pe)
柴爬/耙(chha^{5} pe^{5} 形容刺爬爬的女人)
篦櫛(pin^{3} chiat^{4})《說文》「梳枇之總名也。」
蝨/虱篦(sat^{4} pin^{3}) 用竹製成的梳頭用具，中間有梁，兩側有密齒，比舊時木製的梳子要密。

·梳：ㄕㄨ so͘ 文 se 泉 白 soe 漳 白 理髮也
櫛也，柴梳 梳頭 梳妝打扮 梳理

梳爬：同義複詞，梳頭髮 華 爬頭鬃 台 （另意抓頭髮也）

loah[8] 俗（攏 a 梳子也，梳/攏頭鬃）

·剃：ㄊㄧˋ the[3] 文 thi[3] 白 鬀髮也 用刀刮也，
剃頭 台（thi[3] thau[5] 理髮也）

·官：ㄍㄨㄢ koan 文 koa[n] 白 五官 官府 文官
官場 官官相護 官司 官僚
「交官窮，交鬼死，交著乞食食了米。」諺
（詳見「目錄 2. 第 12 頁」，安）

·賊來如梳，官來如篦，兵來如剃：
連用三個比喻，層層遞進，把舊社會裡賊、
兵，官吏對農民的搜刮，一個比一個厲害，一
次比一次慘重的情形深刻地揭露出來。
可見農民生活之悲慘。

《明史．洪鐘傳》「時有謠曰：『賊如梳，軍如
篦，土兵如剃。』」

112. 蹭蹬，話--諓，手--諓、手賤，篕籃、謝籃檻殼

路行蹭蹬，消息靜埩。
歲合喜來，禮物檻^{7}篕^{7}。

·路：（參見第 130 頁，路）

·行：（參見第 423 頁，行）

·蹭：ㄘㄥˋ cheng^{3} 延宕也 失勢也，磨蹭 蹭蹬

·蹬：ㄉㄥˋ teng^{3} 失道也，蹭蹬(cheng^{3} teng^{3})

·歲：ㄙㄨㄟˋ soe^{3}[文] he^{3}[泉][白] hoe^{3}[漳][白]
（參見第 258 頁，歲）

·消：ㄒㄧㄠ siau 散也 盡也 滅也 衰也 釋也
消息也，消化 消滅 消失 消除
消耗品[華] 消磨品[台]
消波塊(siau pho khoai^{3} 俗稱肉粽角也)

·息：ㄒㄧˊ sit^{4}/sek^{4} 息喘也 止也 嘆也，消息
信息 利息 休息 息事寧人

◯在中古音的韻書裡，由於四質韻和十三職韻有通韻的情形，也就是韻母音「it」和

「ek」有互轉用的情形，指在詩韻音的使用，但在日常生活上也有使用。 例如：
(詳見「目錄 58. 第 161 頁」，嗇)

·合：(參見第 109 頁、274 頁，合)

·竫：ㄐㄧㄥˋ cheng[7] 仝靜 停安也
《公羊傳・文十二年》「推諓諓善竫言」
諓：ㄐㄧㄢˋ chian[6-7] (集)在演切，
善言也 一曰譴也，話--諓(oe[7]--chian[7])
手--諓(chhiu[2]--chian[7] 手賤教) 人真諓

·筬/籯：ㄔㄥˊ seng[5] (集)時征切，竹名
《廣韻》筬筐(khong，盛物竹器也)
楹：seng[5] 木製盛物器也，嫁娶盛禮物之器也，楹殼

筬/籯 /楹：ㄕㄥˋ seng[7] 文 sia[7]/sia[n7] 白
籯 籃(sia[7] la[n5] 一日謝籃)
籯 殼(sia[n7] khak[4] 昔日婚嫁裝聘禮之紅木殼)
筬筐：seng[5] khong→sia[n5] khak[4] 今日楹殼 ？

筐/框：ㄎㄨㄤ khong 文 kheng 白 畚屬也，
柴筐 書筐 窗框 傾框

《詩・周南》「不盈傾筐」
(參見第 418 頁，傾)

113. 寒人，熱人，熇熱，焐燒，熇香，擥香、芟芳擥石頭，水道頭，水獭，心適，舒適、四是適配、速配、四配

寒仌凍壁，日晒勿熇。
下暑化冰，水來舒適。

·寒：ㄏㄢˊ han[5]文 koa[n5]白 寒風 寒冷 寒天
寒--人(koa[n5]--lang[5] 冬天也)
熱--人反（joah[8]--lang[5]夏天也）

○上古音聲母為 k/kh→h 的中古音文白的變換（華語聲母ㄏ系字）註：例字不多，也有其他非聲母為「ㄏ」的字音，僅供參考。
(詳見「目錄 98. 第 244 頁」，寒)

·仌：ㄅㄧㄥ peng（集)悲凌切，冰本字
《說文》象水凝之形。本作仌，旁省作冫

·凍：(參見第 157 頁、439 頁，凍)

·壁：ㄅㄧˋ piat[4]文 piah[4]白 垣也，牆壁 赤壁
壁畫 壁虎(蟮蟲仔教) 壁報 壁上觀

·晒：ㄕㄞˋ sai[3] 仝曬，曝也 日乾物也，日曬

·勿：ㄨˋ but[8] 禁止之詞也。勿：but[8]文→boh[8]白
勿愛(boh[8] ai[3] 不喜歡也) (參見第 477 頁，甭)

·煏：ㄅㄧˋ pek⁴ 火乾物也，煏燒 火煏
煏熱(pek⁴ joah⁸/loah⁸)
焐燒(焐：ㄨˋu³ sio 使熱也，用熱水袋焐手)

煏香/芳(pek⁴ phang→piak⁴ phang 用熱鼎炒，煏出物的芳味。)
掔香/芡芳[教] (khian³ phang 加配料增加本物的芳味)(煏香，掔香兩詞海台會提供)
掔：ㄑㄧㄢ khian³ (正)詰戰切，遣去聲，引也 挽也。khian[教] 牽也 擊也，掔石頭(khian/khiat⁴ chioh⁸ thau⁵) ian→iat 入聲

·水：ㄕㄨㄟˇ sui²[文] chui²[白] 流水 水土 水產 水患 水閘 水果 水星 水土不服 水性楊花
水道頭(chhui² to⁷ thau⁵ 水龍頭也，今人多走音而呼為 chhui² to·⁷ thau⁵)
水獺(chui² thoah⁴)(參見第 112 頁，獺)
媠[教]：ㄊㄨㄛˇ sui²[白] 艷美也
(參見第 143 頁，媠)

·適：ㄕˋ sek⁴ 如也 自得也 然也 至也 往也，適當 適意 適然 心適(sim sek⁴)
舒適(su sek⁴[泉]，si sek⁴[漳] so·sek⁴[俗])
四是[音讀音] [錯意] (su³ si⁷)

適配：sek⁴→suh⁴ poe³[泉] pe³[漳]
四配：[錯意] 指至聖孔子與四聖，速配[音讀音] 顏回、曾參、子思、孟子。(參見第 179 頁，配)

114. 澹溼，沃/渥澹，沍澹，澹糊糊，蛀齒，斧斤受氣，橫禍，坦橫，蠻橫，橫變霸、橫霸霸橫霸面，鬧前鬧後、乍前乍後，手橐a橐個束個，橐袋仔，斵柴、斫柴

久濕木蛀，除朽去腐。舊材新雕，斤上加斧。

良材未受繩，橫直難斧斤。
砍前遇高匠，倖免為火薪。

心似鼓橐，事如鍊鏷。淬煉斧斤，木金可斵。

·濕：ㄕ sip[4] 仝溼，潮濕 濕疹 溼度表 溼氣
　澹濕(tam[5-3/7] sip[4])
　澹：ㄉㄢˋ tam[7] 清苦也 平靜也，慘澹經營
　澹泊名利(tam[7] pok[8] beng[5] li[7])
　澹：ㄊㄢˊ tam[5] (集)徒甘切，水貌。
　tam[5]教 澹糊糊 澹漉漉 澹濾漉 沍澹
　沃/渥澹(參見第188頁，渥、沃)

　沍：ㄧㄣˋ gin[7] (韻會)銀去聲，澱也 滓也
　in[3]俗 少了聲母「g」，又亂調由第7聲轉第3聲

·蛀：ㄓㄨˋ chu[3]文 chiu[3]白 食木蟲也，木蛀
　蛀柴 蛀齒 蛀蟲

·朽：ㄒㄧㄡˇ hiu[2] 腐也，腐朽 朽木 老朽 不朽

au^{3} 訓讀音 （彙）朽柴　朽梨 a（漚梨也　引申為爛貨）（參見第 80 頁，漚）

·腐：ㄈㄨˇ　hu^{2}（彙）爛也　朽也，腐敗　腐爛　腐朽
hu$^{6-7}$ 俗 （唐）扶雨切，豆汁結成塊也，豆腐
臭豆腐（參見第 308 頁，腐）

·斤：ㄐㄧㄣ　kin 漳　kun 泉　斤兩
砍木用（横刃），斤斲　斧斤

·斧：ㄈㄨˇ　hu^{2} 文　po˙^{2} 白　劈木用（直刃）
兵器也，斧頭　斧鉞

《題李白墓詩．明　梅之渙》班門弄斧（hu^{2}）
「采石江邊一堆土（tho˙^{2}），李白之名高千古（ko˙^{2}）。
來來去去一首詩，魯班門前弄大斧（po˙^{2}）」

註：「斧（hu^{2}）」用在詩題以文讀音呼之，但最後一「斧（po˙^{2}）」字作者為求諧韻而以白話音呼之。

·受：ㄕㄡˋ　siu^{7} 承也，受累　享受　受困　自受
受氣（siu^{7} khi^{3}→siu^{n7} khi^{3} 鼻音　生氣也）

·繩：ㄕㄥˊ　seng^{5} 索也，繩索　麻繩
chin^{5} 直也，墨繩 台　繩墨 華　繩正　繩治
墨繩：木匠用墨斗引繩以畫直線
目珠（睭）繩（bak^{8} chiu chin^{5} 眼睛直視也）

目珠降（bak^{8} chiu kang^{3} 眼睛瞪，貶抑也）
繩繩 a 看→真真 a 看[錯意]
珠：chiu（韻補）叶音周。睭[教] 眼睛也

·橫：ㄏㄥˊ heng^{5}[文] hoai^{n5}[漳] [白] hui^{n5}[泉] [白]
縱之對也 度也，橫線 橫目 橫貫 橫膈膜
坦橫(than^{2} hoai^{n5}/hui^{n5}) 心肝擛坦橫(坦直[反])
ㄏㄥˋ heng^{7}[文] hoai^{n7}[漳] [白] hui^{n7}[泉] [白]
逆也 不順也 不正當也 意外也，
蠻橫 橫死 橫財 橫生 橫逆 橫禍 橫流
橫征暴斂 橫變霸(hoai^{n7} pi^{n3} pa^{3}) 橫霸霸[教]
橫霸面(hui^{n7}/hoai^{n7} pa^{3} bin^{7})

·砍：ㄎㄢˇ kham^{2} 斲也 斫也，砍伐 砍柴

·前：ㄑㄧㄢˊ chian^{5}[文] cheng^{5}[白] 先也 進也，
先前 前進 進前(chin^{3} cheng^{5} 之前也) 前後
前山 前任。 chen^{5}[走音] 少了介音「i」
(詳見「目錄 15. 第 54 頁」，還)

乍前乍後/閘前閘後[教]（cha^{7} cheng^{5} cha^{7} au^{7}）
《讓縣自明本志令・曹操》「劉表自以為宗室，
包藏奸心，乍前乍卻，以觀世事，…」

·遇：ㄩˋ gu^{7}[泉] gi^{7}[漳] 境^{3}遇 遭遇 遇害 遇難
遇險 遇人不淑

·匠：ㄐㄧㄤˋ chhiong^{7}[泉] [文] chhiang^{7}[漳] [文]
(集)疾亮切，ch→chh[氣音]

chhiu^{n7}[白]　木匠 工匠 水泥匠[華] 土水師[台]

. 橐：ㄊㄨㄛˊ thok^{4}（集)他各切，音拓
鼓橐：昔煉鐵之鼓風機也《說文》囊也，
《毛傳》「小曰橐，大曰囊」

《鄭燮. 予告歸里畫竹別濰縣紳士民》
「烏紗擲去不為官(koan)，囊橐蕭蕭兩袖寒(han^{5})，
寫取一枝清瘦竹，秋風江上作漁竿(kan)。」

橐個束個：橐 thok^{4}，沒有底的袋
今日(lok^{8} ko^{3} sok^{4} ko^{3})意指好壞什麼都
包含

lok^{4}[教] [走聲] 手橐仔 橐起來
lak^{4}[教] 又「o˙-a」文白音對轉成為橐袋 a，
橐袋仔[教]（lak^{4} te^{7} a 口袋也）

落：lok^{8}[文] loh^{8}[白] 落雨 落車 落肥 睏落眠
lau^{3}[教] 洩出也 丟失也 脫落也，落風 落屎
落氣 落褲 落鈎 （參見第 294 頁，落）
ok→oh 係文白音的對轉(參見第 109 頁、274 頁，合)

. 鏷：ㄆㄨˊ phok^{4} 未提煉過的銅鐵

. 斲：ㄓㄨㄛˊ tok^{4}[泉] tak^{4}[漳] 斫也 砍也，斲喪
斲雕為樸 斲柴(tok^{4} chha^{5})
「剖柴連柴砧斲」[俚]（喻過分也）

115. 貼錢，倒貼，姑情，大官，大家，姑不將，舅姑

情、官、商，如戰場，難^{5}免有死傷。
姑不將，己為重^{7}，三年見真章。

· 在世界的十二大語系中，台語屬於單音節、單形體的字音，特別的是一種有聲調，有變調的語言。
台語在句子中，句讀、頓挫是可以清楚表示語義。
也因為台語每個句讀、頓挫的最後一字必須念本調，其餘皆要變調，所以台語被稱為是一種旋律的語言。
日常生活中人們的口語約有 90%的字音會自然變調，只是許多人不甚清楚而已。

在這首讖詩中的「情^{5}、官^{1}、商^{1}」特別加以頓號，理由是指「情場、官場、商場」三件事，呼本調語義才清楚。

· 情：ㄑㄧㄥˊ　cheng^{5}[文]　chia^{n5}[白]　理也 實也
性之動處也，情感 情形 實情 心情
親情(chhin cheng^{5}，chhin chia^{n5} 文白異讀不同意思)
(詳見「目錄 173. 第 433 頁」，大)

· 官：(參見第 279 頁，官)

· 商：ㄕㄤ　siong[泉]　siang[漳]　商量 會商 經商

·場：ㄔㄤˊ tiong[5]泉 文 tiang[5]漳 文 tiu[n5]白
收禾圃也，場地 場所 工場 會場
《師古曰》「築土為壇，除地為場。」

·免：ㄇㄧㄢˇ bian[2] 罷也 脫也 釋也，罷免 免除
時下的口語都將介音「i」省略而呼「ben[2]」，
這是很嚴重的錯誤。
如同在華語的「謝謝ㄒㄧㄝˋ ㄒㄧㄝˋ」，
呼為「ㄒㄝˋㄒㄝˋ」，似嫌鄙俗。

但「貼錢」，「倒貼」（thiap[4] chi[n5]→thap[4] chi[n5]，to[3] thiap[4]→to[3] thap[4]）
少了介音「i」似乎已經變成強勢俗音。

·姑：ㄍㄨ ko͘ 文 ku 詩 夫之母，夫之姊妹，父之姊妹，未出嫁之女子尊稱，暫且也 姑且也，
大姑 小姑 姑母 姑娘 姑且 姑息
姑情(ko͘ chia[n5]教 再三請託也)

《新嫁娘・王建》下平七陽韻
「三日入廚下，洗手作羹湯(thong)。
未諳(ㄢ am)姑食性，先遣小姑嘗(chhiong[5])。」

姑：婆婆也。 小姑：丈夫之妹
大家：ta[1] ke[1]，「家」在古音為ko͘[1]
（集）古胡切，音姑
《詩・豳風》「予所蓄租，予口卒瘏，曰予未有室家。」

《近試上張水部．朱慶餘》上平七虞韻
「洞房昨夜停紅燭，待曉堂前拜舅姑(ku)。
　妝罷低聲問夫婿，畫眉深淺入時無(bu^5)。」

此「舅姑」是指公公婆婆也，即「母、舅」也
註：「舅姑」一詞在昔日中國係指父母親或大官(ta koa^n)、大家(ta ke)也。
今日喜宴謂「a 舅坐大位」係訛傳也。

．姑不將：指古中國封建時期男主外，女主內。
新婦嫁到夫家，一切唯大家(ta ke)是從，不得違背。若有不如意事，只能忍 耐撐過，保重自己。
今俗謂「孤不衷、姑不二將、姑不三將、姑不二三將」，皆是錯誤之詞。
但「姑不而將」一詞是正確的。

．三姑六婆：三姑是指尼姑、道姑、卦姑。
六婆是指牙婆、媒婆、師婆、虔婆、藥婆、穩婆。
這些人在封建時期都被認為不是職業高尚的婦女。

．己：(參見第 136 頁，己)

116. 桔槔，桔 a 槔，青 a 欉，策 a 麵、切仔麵 打馬膠，洩漏，竭盡，涸竭，外甥，外公

桔槔不洩，泉流涸竭。
另外開源，雨來出泬。

· 桔槔：一種汲水的工具。應用槓桿原理，在槓桿的一端固定重物，另一端吊掛水桶，汲水時一起一落，可以省力。

· 桔 a 槔：引申為吝嗇之義

台語在口語白話音的使用上，為使語音更順暢，更有韻律感，通常會加個虛字音如「a、e、le…」來平衡音節而已，不具其他意思。

但隨著語言的變化，「a」置於詞後常演變出「小化，小稱詞尾」，如：牛 a、淡薄 a、闌珊 a …，或「輕視化，貶稱詞尾」，如：不成囝 a、三七 a、牽猴 a、報馬 a …。

這個虛字音可置於詞項之前、之後、前後或兩字之間。例如：

a 斗，a 嬌，a 母，剪綹 a，老歲 a，魔神 a，椅 a
車鬢 a，對會 a，a 娘 a，a 啄 a，a 叔 a，青 a 欉
蠔/蚵 a 煎，歌 a 戲，糊 a 燈，麥 a 酒，番 a 火，
策 a 麵(chhek[4] a bi[n7] 切仔麵[俗])
tiam a ka [走音] (tam ma ka 瀝青也，打馬膠[教])

·策：ㄘㄜˋ chhek^{4} 簡也 謀也，(集)小箕也，
意指竹編之小斗狀，接有長柄(如今都改為金屬製)，用以煮麵，今俗稱「切仔麵」

(原名為策 a 麵)

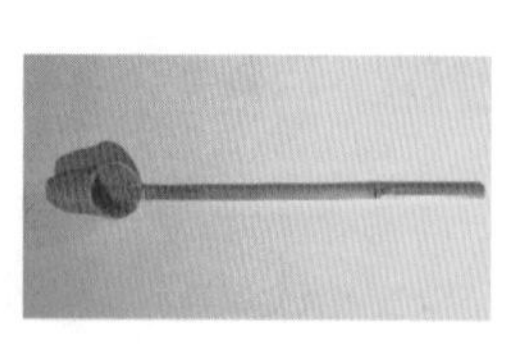

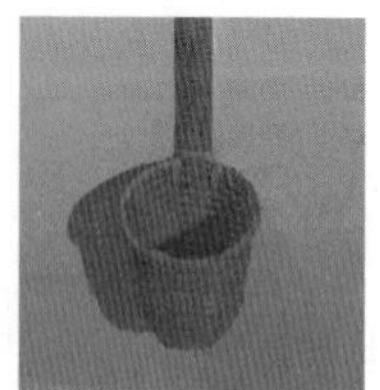

·桔：ㄐㄧㄝˊ kiat^{4}[文] kit^{4}[漳] (集)吉屑切，
音結，藥名，桔梗。橘：kut^{4}/kit^{4} (正)厥筆切

·橰：ㄍㄠ ko 汲水也，仝槔 桔槔(今俗名「水渫(iap^{8}) a」，是手壓式汲取地下水之機具)

·洩：ㄒㄧㄝˋ siat^{4} (集)私列切，siap^{8}[俗] 仝泄，
漏也，洩漏(siat^{4}/siap^{8} lau^{7}) 漏洩 發洩

·涸：ㄏㄜˊ hok^{4} 乾也 窮困也，涸竭 涸澤 涸轍

·竭：ㄐㄧㄝˊ kiat^{8} 負也 舉也 涸也 盡也，竭力
竭誠 竭盡(kiat^{8} chin^{7}) 涸竭(hok^{4} kiat^{8})

·外：ㄨㄞˋ goe^{7}[文] goa^{7}[白] 遠也 表也 疏斥也，
援外(oan^{5} goe^{7}) 外強中乾 外公 外行 外科
員外(oan^{5} goe^{7}→goan^{5} goe^{7}[走音])
外甥(goe^{7} seng→oe^{7} seng [走音])

·泬：ㄒㄩㄝˋ hiat^{8} (集)呼決切，水從穴疾出也

117. 名落孫山，布簾 a，下手，下腳手，落錢、橐錢落穗、落衰，落漆，離離落落，落車，落雨落鈎，落氣、漏氣，落褲杈

三年窗下，名落孫山。
刺股一夏，復元於三。

· 名落孫山：

宋朝時，有個蘇州書生，名叫孫山，他幽默風趣。

有一次他和一個同鄉的人一起到省城參加科舉考試。

放榜之後，孫山雖然考上了，但他的名字是榜上最後一名，而他的同鄉卻榜上無名。

孫山先回家鄉，家鄉的親戚朋友都來向他祝賀，那位同鄉的父親也來到，想打聽自己的兒子是否考上了。

孫山沒有直接回答，就隨口說了兩句：「解名盡處是孫山，賢郎更在孫山外。」

· 窗：ㄔㄨㄤ chhong 文 thang 白 「在牆曰牖(ㄧㄡˇ iu[2])，在戶曰窗。」窗戶 華

門窗 台 (bng[5] thang) 同窗(tong[5] chhong)

窗外的雨聲

窗簾 華 (カーテン 日 curtain 英)

布簾 a 台 po˙[3] li[5] a)

(窗簾，chhong liam[5] 文 thang li[5] 白)

·下：ㄒㄧㄚˋ he^7[漳] [文] ha^7[泉] [文] ke^7[白] e^7[白]
上下 下江陵 高下(koan^5 ke^7，懸 koan^5[教])
下手(he^7 chhiu^2 下手段也，e^7 chhiu^2 下一步也)
下腳手(e^7 kha chhiu^2 指下人也 部屬也)
下面(e^7 bin^7，頂面[反])
一下手[台] 一下子[華]

·落：ㄌㄨㄛˋ lok^8[泉] [文] lak^8[漳] [文] loh^8[白]
lau^3[俗] [教]
lok^8 落錢(投幣也，槖錢) 落後 天空落水[客]

lak^8 落穗[教] (lak^8 sui^7→lak^8 sui^1 落衰[錯意])
落物件 落漆[教] (lak^8 chhat^4 掉漆或不上道也)
落下傘[日] (らっかさん 降落傘也)
落花生[日] (らっかせ 塗豆[教] 土豆[俗])
落毛[教] (lak^8 bo·^{5}→lak^8 bo^{n5}/bng^5[俗])
離離落落(li^5 li^5 lak^8 lak^8)
二二六六[音讀音] [錯意]

loh^8[教] 落車 落雨 落肥 睏落眠
ㄌㄠˋ lau^3[教] [俗] 落鉤(lau^3 kau 遺漏也)
落氣(lau^3 khui^3 漏氣也)
落褲衩(lau^3 kho·^{3} chhe)

·刺：(參見第 229 頁，刺)

·復：(參見第 150 頁，復)

118. 及第，落第，簸貨、割貨，捎無寮a門 門簾a，笨桶、飯桶，褪色，褪衫，拍損，吮肉

不經唱第大門止，難上²瓊林槐樹枝。

·唱：ㄔㄤˋ chhong³泉 chhang³漳 chhiuⁿ³白
唱和 唱遊 走唱 唱歌(chhiuⁿ³ koa)
唱山歌(chhiuⁿ³ san ko)
唱聲教 /噲聲俗 (chhang³ siaⁿ)
唱桌頭(chhiuⁿ³ toh⁴ thau⁵ 唱套頭錯意 指童乩和桌頭，一搭一唱)(參見第331頁，唱桌頭)

◯台語文讀音的韻母音為「o」，則有許多字音轉變成「oa」的白話音。例如：

·歌：ko→koa 唱山歌 歌唱 歌詠 唱歌 歌聲
·柯：kho→koa 枝柯 伐柯 柯先生
·拖：tho→thoa 拖泥帶水 拖累 拖車 拖磨
·沙：so/sa→soa 沙河 沙洲 沙灘 翻沙 拖沙
·訶、呵：ho→hoah⁴ 訶/呵/喝聲 大小聲喝
·可：kho²→khoa² 小可(小寡 koa²)
·簸：ㄅㄛˋ名 ㄅㄛˇ動 po³ᐟ²→poa³ᐟ² 簸³箕
簸貨/撥貨(poa³ he³/hoe³) 簸²弄 簸³物件
割貨(koah⁴ he³/hoe³ 專指小盤商購貨)
·到：to³→toa³ 到處 到佗位(住哪裡也)
·靠：kho³→khoa³ 靠山 偎靠/倚靠教 (oa² kho³)
靠熟/靠俗教 (kho³ siok⁸) 靠佇頂頭
靠壁 靠下(khoa³ he⁷→khoa³--e/le 連音)

·破：pho[3]→phoa[3] 破例 破格 撞破(tong[7] phoa[3])
·挫、剉：chho[3]→chhoa[3] 挫/剉--le 等 皮挫
剉冰/礤冰[教]/擦冰[俗]
·舵：to[7]→toa[7] 船舵(chun[5] toa[7-3][亂調])
·磨：bo[5]→boa[5] 十年磨一劍 石磨 a 磨劍
磨利利(boa[5] lai[7] lai[7])
…

·第：ㄉㄧˋ te[7] 次第也 宅也，及第 門第 落第
下第 不第

·大：(參見第 433 頁，大)

·門：ㄇㄣˊ bun[5][文] bng[5][白] 門戶 閫門 門楣
門簾 a (bng[5] li[5] a 掛於內房門框之布幔也)
簾：ㄌㄧㄢˊ liam[5][文] li[5][白] (集)離鹽切，

「捎無寮 a 門→捎無貓 a 門[錯意]」[俚]

註：有少數之古典詩可能將白話音用入詩句中，如《李白．怨情》將「簾 li[5]」入詩以諧韻

「美人捲珠簾(li[5])，深坐蹙蛾眉(bi[5])。
但見淚痕濕，不知心恨誰(sui[5])。」

◯台語文讀音的韻母音為「un」，有些字音可能轉成「ng」的白話音，但字音不多。例如：

·門：bun[5]文　bng[5]白　門生　家門　大門　門簾 a
·頓：tun[3]→tng[3] 在量詞為次數的單位，頓位
頓足　頓首　食三頓　罵三頓　打三頓
·褪：thun[3]→thng[3] 褪色　褪衫
·笨：pun[7]→png[7] 以竹編之穀倉，竹裹也　粗率也
嘲謔人之形體臃腫、反應顢頇也，笨重
笨桶(png[7] thang[2] 飯桶俗)
·問：bun[7]→bng[7] 學問　問路　相借問　問問題
·損：sun[2]→sng[2] 損壞　虧損　拍損　損斷
·吮：ㄕㄨㄣˇ sun[2]（玉篇）食允切，舐也
sun[2]→chhun[2]→chhng[2] 吮骨頭　吮肉
·孫：sun→sng 姓也
·村：chhun→chhng 鄉村
·昏：hun→hng 昏迷(hun be[5]→hun[7-3] be[5] 亂調)
黃昏　昏花　昨昏教（chah[8] hng 昨天也）
昏：hian 叶許懸切，目眩也
…

·止：ㄓˇ chi[2] 停也　已也　靜也，停止　靜止

·上：（參見第 141 頁，上）

·枝：（參見第 235 頁，枝）

·及第：指科舉考試應試中選，因榜上題名有甲乙次第，故名。
隋唐只用於考中進士，明清殿試之一甲三名稱

賜進士及第，亦省稱及第，另外也分別有狀元及第、榜眼及第、探花及第的稱謂。
不中者稱為落第、下第、不第。

·瓊：ㄑㄩㄥˊ keng[5]→kheng[5] 氣音 赤玉也 玉之光彩也，瓊瑤 瓊花 瓊漿 瓊樓玉宇

·瓊林：宋太平興國九年至政和二年，天子均于瓊林苑賜宴新進士，故稱。後世賜宴雖非其地，然仍襲用其名。

《宋・辛棄疾・婆羅門引・用韻別郭逢道》
「見君何日？待瓊林宴罷醉歸時。」

《元本・高明・琵琶記・新進士宴杏園》
「每年狀元及第，赴瓊林宴，遊街三日」

·槐樹是中國古時三公的一個代表，是富貴的象徵。

119. 𨳇 𨳊，對不起，對數，對質，一對，鎮對 鎮位，對人走，對會 a，纏對、纏綴，奸宄 將軍，將進酒，少尉，尉遲恭

𨳇 𨳊 不對，疑神疑鬼。
將^{3}來心安，門承戶尉。

·𨳇：i^{n5}[俗]　狀聲詞也，指對開之門的左扇，開關門之聲也。

·𨳊：oai^{n}[俗]　狀聲詞也，指對開之門的右扇，也是開關門之聲也。

·𨳇 𨳊 close 閂：(i^{n5} oai^{n} close chhoa^{n3}→ i^{n5} oai^{n} kh-lok sok^{4} sah^{4}[走音]) 意思是關門或扣押也。句中引用了英語外來語「close」。

·對：ㄉㄨㄟˋ tui^{3}[文]　對不起 對方 對聯 對手
對數(tui^{3} siau^{3} 對帳也) 對童(tui^{3} tang^{5})
對質(tui^{3} chit^{4}[文]，tui^{3} chih^{4}[白] 對舌[錯意])
一對(撲克牌稱「chit^{8} phe」係 one pair [英])

toe^{3}[泉] [白]　te^{3}[漳] [白]　對會 a　對人走
纏對/纏綴[教] (ti^{n5} te^{3}/toe^{3} 禮尚往來也)
(參見第 425 頁，纏)
「人情世事對佮夠，你會無鼎佮無灶。」[諺]
鎮對(tin^{3} te^{3}/toe^{3} 妨礙也，偏義複詞，偏鎮)　鎮位(tin^{3} ui^{7})　「愛哭擱愛對路」[俚]

tui^{3}→ui^{3} 走聲 少了聲母「t」
對陀位去(tui^{3} to ui^{7} khi^{3}→ui^{3} to ui^{7} khi^{3})

·疑：一ˊ gi^{5}（集)魚其切，音仝宜，不定也 恐也 似也 嫌也，遲疑 懷疑 嫌疑

○由於近古音河洛語的華語沒有聲母音「g」，所以許多人呼音時都省略了聲母音「g」。
(詳見「目錄 52. 第 151 頁」，言)

·鬼：ㄍㄨㄟˇ kui^{2} 奸鬼 音讀音 (奸宄也) 鬼鬼祟祟 酒鬼 不問蒼生問鬼神
歹鬼悉頭 教 (phai^{2} kui^{2} chhoa^{7} thau^{5})
歹鬼柴頭 錯意

·將：ㄐㄧㄤ chiong 泉 chiang 漳 將來 將要 將 $^{1/3}$ 軍(視意思而呼之) 將本就利 將計就計
ㄐㄧㄤˋ chiong^{3} 泉 chiang^{3} 漳 將帥 將領 上將 將指(中指也)
ㄑㄧㄤ chhiong 泉 chhiang 漳
(集)千羊切，請也，將進酒(ㄑㄧㄤ ㄐㄧㄣˋ ㄐㄧㄡˇ chhiong chin^{3} chiu^{2})

·門神：源自中國傳說的司門之神，立於大門站崗守衛，阻嚇鬼怪入侵。最早記載的門神是神荼、鬱壘。
臺灣寺廟中最常見的門神是秦叔寶（又名秦瓊）與尉遲恭（又名尉遲敬德），皆屬武門神。

秦叔寶的外型為粉面、鳳眼，手持金鐧；尉遲恭則面黑、怒目，手持金鞭，因此又稱為「鞭鐧門神」。

關於二者作為門神的傳說有二：

其一是唐太宗在玄武門之變中誅殺兄弟，為此心神不寧，以為其兄弟化為厲鬼來索命，而秦叔寶與尉遲恭為當時著名武將，因此請他們來守衛宮廷大門，後唐太宗命畫師描繪兩人容貌於門上，也能得此效果。

另有一說是，傳說涇河龍王犯天規，玉帝命魏徵將之處斬，龍王向唐太宗求情，太宗答應要將魏徵留在身旁來拖過處斬時辰，不料魏徵入睡元神出竅，執行玉帝交代任務將龍王斬首。從此，太宗每夜夢見龍王提頭索命，驚嚇而無法入眠，後請秦、尉遲二將為太宗守門，龍王自此不敢再入內騷擾。

（文/臺灣大百科全書 門神，文化部）

註：尉 ㄨㄟ丶 ui^{3} (廣)於^{1}胃^{7}切，安也官名也，廷尉 少尉($siau^{2}$ ui^{3}) 大尉

ㄩ丶 ut^{4} (集)於^{1} 勿^{8}切，複姓也，尉遲恭

（圖/台北市省城隍廟）

120. 曝露，暴孔，曝乾，曝乎乾、曝予焦，暴風暴力，十誡，十足，愚公移山，戇人

一暴十寒，暫度艱難。
專心一志，愚公移山。

.暴：ㄆㄨˋ phok^{8} [文] phak^{8} [白] 日乾也 顯也，
仝曝，暴露(phok^{8} lo͘^{7}) 暴骨如莽 曝曬 曝日
暴孔(phok^{8} khong^{2}→piak^{8} khang [走音] 露餡也)
曝乾/干(phak^{8} koa^{n})
曝乎乾/曝予焦 [教] (phak^{8} ho͘ ta)

ㄅㄠˋ po^{7} 猛也 驟也 橫也 害也，暴虐 暴虎
暴風(po^{7} hong) 暴富 暴卒 自暴自棄
暴力(po^{7} lek^{8}→pok^{8} lek^{8} [走音])

.十：ㄕˊ sip^{8} [文] chap^{8} [白] 十面埋伏 十惡 十誡
十全 十足

○上古音以聲母辨音辨義，其中某些音的轉變，
演變成日後的文、白音的區別，
聲母 s ⇄ ch/chh。例如：
(詳見「目錄 1. 第 3 頁」，拭)

.寒：(詳見「目錄 98. 第 244 頁」，寒 k/kh→h)

.暫：ㄓㄢˋ ㄗㄢˋ cham^{7} (集)昨濫切，不久也
須臾也，暫且 暫時 暫定

暫節（cham[7] chat[4]） 坎暫 這暫 a，
暫時（chiam[7] si[5]（彙）多了介音「i」）

站節教：分寸也
站教：陣子，彼站 這站仔
節教：tsat[4]（chat[4]）關節 小節一下

·節：（參見第 251 頁，節）

·愚：ㄩˊ gu[5]泉 gi[5]漳 戇心也，愚笨
戇：ㄓㄨㄤˋ ㄍㄤˋ gong[7] 俗 愚直也
蠢也，戇人 戇頭

·愚公移山：比喻有克服困難的決心和堅定不移的毅力。
故事：古代有個人叫愚公，他的家門前有兩座大山，阻礙家人出入，於是他決心把山鏟平。有人笑他已近九十歲了，仍想把山鏟平，實在愚蠢。愚公反駁他說：「我雖然已經年老，但我死後還有子子孫孫可以繼續這項工作，而山卻不會再增高，那又怎會鏟不平呢？」（成語典故）

121. 耳腔結繭，姑息養奸，立馬、即馬、這馬，損斷

久行結趼，姑息養奸。
立即決斷，換新長安。

·久：ㄐㄧㄡˇ kiu^{2}[文] ku^{2}[白] (集)已有切，
久仰(kiu^{2} giong^{2}) 久別^{8} 永久 長久 久長
久年 無外久(不久[華])

·趼：ㄐㄧㄢˇ kian^{2}[文] lan[白] (集)吉典切，
仝繭，皮起也 腳上所生的厚皮
耳朵長繭[華]
(耳腔結繭[台] hi^{n7} khang kiat^{4} lan 喻聽多了)
(參見第 458 頁，繭)

·姑：(參見第 289 頁，姑)

·息：ㄒㄧˊ sit^{4}/sek^{4} (集)悉即切，喘也，休息
(參見第 280 頁，息)

·姑息養奸：對壞人容忍、讓步，致使惡人坐大

·立即：同義複詞，立馬[華]
即馬[台] (chek^{4}/chit^{4} ba^{n2})
這馬[教] (che^{3}→chit^{4} ma^{2})

·決：ㄐㄩㄝˊ koat^{4} 斷也 破也 絕也，決口 決裂
判決 處決 決定 決心

·斷：ㄉㄨㄢˋ toan^7 文 tng^7 白 (廣)(正)徒管切，
決也 截也 不續也，斷決 利可斷金 折斷 拗斷
斷糧 損斷(sng^2 tng^7 損壞也 糟蹋也)
(詳見「目錄 2. 第 8 頁」門)

·換：ㄏㄨㄢˋ hoan^7 文 oa^{n7} 白 易也 改變也，
更換 換文 換藥
(參見第 11 頁，換)

換湯莫換藥(莫，bok^8 文 boh^8 白)
(參見第 36 頁，莫)

·長：(參見第 266 頁，長)

·長安：在此是長治久安也，非指中國的長安
(西安)。

122. 打/拍變脯，鳥a脯，瘦變脯，菜脯，魚脯肉脯，豆豉，黜/詘臭，貪腐，臭豆腐，緣投走投無路

人餮香魚脯，我涎臭豆腐。
只要意相投，落霞伴野鶩。

·餮：ㄊㄧㄝˋ thiat^{4} 貪食也
饕餮(tho thiat^{4} 貪嗜飲食也)
孝孤[俗]：指民間於農曆七月普渡孝敬孤魂野鬼之簡稱也，今屬不雅之語。
(祭孤，參見第534頁，孤)

·香：(參見第34頁，香)

·脯：ㄈㄨˇ hu^{2}[文] po·^{2}[白] 乾肉也，
打/拍變脯(phah^{4} pi^{n3} po·^{2} 狠揍也)
囝a脯(gin^{2} a po·^{2} 形容小孩也)

註：台語文讀音韻母為「o·」→白話音韻母「a」的情形比比皆是，所以：
(參見第439頁，凍)

鳥a脯(chiau^{2} a po·^{2}→chiau^{2} a pa [亂調])
瘦變脯(san^{3} pi^{n3} po·^{2}→san pi^{n3}/pi pa [走音] 指身形太瘦也)

『甫』：初文為「甫」，韻母音為「u、o˙」
聲母為「h、p」

孳乳文：肉脯 hu² 魚脯 hu² 俌(輔)hu² 鬴 hu²
簠(簋)hu² 秿 hu²

菜脯 po˙² 魚脯 po˙² 補 po˙² 捕 po˙²
哺 po˙⁷ 豆蒲 po˙⁵ 菜瓜蒲 po˙⁵
（豆粕 phok⁴→phoh⁴）豆蒲 po˙⁵ 莆 po˙⁵

葡 po˙⁵ 匍 po˙⁵ 酺 po˙⁵ 餔 po˙ 逋 po˙
查甫/查埔[教]（cha po˙ 男性也）

·涎：ㄒㄧㄢˊ sian⁵[文]（集)徐連切，
ian⁵（彙）loaⁿ⁷[白] 口中液也 唾沫也，粘涎
涎皮賴臉 流涎 垂涎三尺
涎帕 a(loaⁿ⁷ phe³ a，領褯也）（參見第 176 頁，褯）

·臭：ㄔㄡˋ ㄒㄧㄡˋchhiu³（集)尺救切，抽去聲
thiu³/chhiu³→chhau³[俗] 遺臭 臭豆腐⁷ 臭味
「鹽到肉就臭」[俚]（來不及⁸也）

黜/詘：t/thut⁴→t/thuh⁴（集)敕律切，貶下也
黜/詘臭[教]（thuh⁴ chhau³ 掀糗事也）

·豆：ㄉㄡˋ to˙⁷[文] tau⁷[白] 仝荳 荳蔻年華 大豆
黃豆 豆芽 豆渣[華] 豆粕[台] 豆漿[華] 豆奶[台]
豆豉(ㄕˋ ㄔˇ si⁷ siⁿ⁷[鼻音]) 豉鹹菜

《七步詩．曹植》
「煮豆持作羹，漉豉以為汁。其在釜下燃，
豆在釜中泣。本是同根生，相煎何太急。」

·腐：ㄈㄨˇ hu^{2}/hu$^{6-7}$ (唐)扶^{5}雨^{2}切，腐^{2}敗
貪腐^{2} 陳腐^{2} 豆腐^{7} 臭豆腐^{7}

一說臭豆腐是一位落魄舉人意外的發現，但故事版本眾多。
清朝康熙八年，安徽仙源縣舉人王致和赴京趕考名落孫山，續留在北京經營豆腐店。
一天王致和存貨過多，打算製作豆腐乳，於是將豆腐切塊放入罈中。
數日後打開罈發現豆腐不僅變成青色，而且奇臭無比，不過卻非常好吃，因而沿傳至今。

·投：ㄊㄡˊ to·^{5}文 tau^{5}白 擲也 訴也 贈也
合也，投擲 投訴 投贈 投機 投奔 北投
投降 緣投教 (ian^{5} tau^{5} 帥也)
走投無路(chau^{2} tau^{5} bo^{5} lo·^{7} 走頭無路錯意)
(詳見「目錄24.第76頁」，頭)

·落：(參見第294頁，落)

·鶩：ㄨˋ bu^{7} / bok^{8} 會飛野生鴨

《滕王閣序．王勃》
「落霞與孤鶩齊飛，秋水共長天一色。」

123. 蹇步，迍邅、頓躓，昨昏，罩陣，蠓罩，罩霧罩腔，罩一擔，罩腳手，罩相共，竹篙罩菜刀膨泡，卵脬，抛抛走，捎物件，交懍恂，懍懍仔絞斷，遏斷，茭白筍，戴孝，孝尾a囝

人蹇也，行走迍，日暗月昏。
天光矣，日罩雲，夕陽時分。

·蹇：ㄐㄧㄢˇ kian² 跛也 迍難也 腳衰也，足蹇
　窮蹇 驕蹇 蹇步(kian² po˙⁷)

《和子由澠池懷舊．蘇軾》
「往日崎嶇還記否，路長人困蹇驢嘶。」

·迍：ㄓㄨㄣ chun→tun 迍邅/頓躓 （參見第58頁，躓）
　屯：tun（集）株倫切，難也
　邅：tian（集）張連切，難行不進貌。
　tian→chian(彙)
　迍(屯)邅：ㄓㄨㄣ ㄓㄢ tun tian
　(tun³ tian→tun³ tin 走音 遲疑不前也)

·昏：ㄏㄨㄣ hun 文 hng 白（彙）日瞑暗也 昧也，
　黃昏 昏昧 昏暗 昏花
　昨昏 教（chah⁸ hng→chahng 連音 昨天也）
　（參見第190頁，晡）

·光：ㄍㄨㄤ kong 文 kng 白 光明 光輝 月光
　光線 光度 （詳見「目錄49.第144頁」，荒）

·夕：ㄒㄧˋ sek^{8} 暮也，朝夕^{8} 夕$^{8-4}$陽

《登樂遊原‧唐 李商隱》下平十三元韻
「向晚意不適，驅車登古原。
夕$^{8-4}$陽無限好，只是近黃昏。」

·罩：ㄓㄠˋ tau^{3}[文] ta^{3}[白] (廣)都教切，遮掩也
捕魚器也 承也，籠罩 罩陣/鬥陣[教] 蠓罩
罩霧 罩雺霧(ta^{3} bong^{5} bu^{7}) 阿罩霧 罩一擔
相罩 罩相共 罩腔(tau^{3} khang) 罩腳手
竹篙罩菜刀 罩門[華] (tau^{3} bun^{5})

罩相共/鬥相共[教] (tau^{3} sa^{n} kang^{7} 幫忙也)

◯台語文讀音的韻母音為「au」，其中有些字音的韻母音會轉成「a」，而成為日常生活上的白話音。例如：

·炒、吵：chhau^{2}→chha^{2} 吵鬧 吵架[華] 炒飯
煎炒
·尻：khau→kha 尻川 chhoan→chhng [教] 屁股也
(腳脽 chhong→chhng) 腳撐[音讀音]
·拋、泡、脬：phau→pha 拋魚、拋藤、拋網、
拋荒、拋拋走(pha pha chau^{2} 趴趴走[俗])
泡：膨泡(phong^{3} pha)
脬：卵 ㄌㄨㄢˇ ㄌㄢˊ 脬ㄆㄠ
《博雅》「膀胱謂之脬」 卵脬(lan^{5} pha)
·捎：sau→sa 掠也，撟捎 捎物件。撟通矯

·飽：pau^2→pa^2 飽脹 飽食終日 飽穗垂頭

·交：kau→ka 交通 交交(鳥叫聲)

交懍恂[教] (ka lun^2 sun^2)

懍懍仔[教] (lim^2 lim^2 a 危懼 危險)

·較：kau^3→ka^3→kha^3 比較 較好(kha^3 ho^2)

無較差(bo^5 kha^3 chha)

無較縒(ㄘㄨㄛˋ$tsuah^8$[教] 無確誓[俗])

·鉸：kau^2→ka^2 剪也，鉸頭鬃 鉸刀/剪

·絞：kau^2→$kiau^2$/ka^2 繞也 縛也，絞刑 絞斷

(遏斷[教] at^4 tng^7 折斷也)

·跤[教]：ㄐㄧㄠ khau→kha 脛也(腳也)

·骹：ㄑㄧㄠ khau→kha 脛也 脛骨近足細處

·茭：kau→kha/ka 茭白筍

·教、酵：kau^3→ka^3/ka^{n3} 教室 教書 發酵

·孝：hau^3→ha^3 孝順 帶/戴孝(toa^3 ha^3)

孝尾 a 囝(ha^3 be^2 a kia^{n2} 遺腹子也)

·膠：kau→ka 膠柱鼓瑟 膠水 橡膠 猴膠

·豹：pau^3→pa^3 豹紋 虎豹獅象 花豹

·攪：$kiau^2$→ka^2 攪亂 諼攪(kun^2 ka^2)

·礁：chiau→ta 暗礁 礁溪 (聲母 ch→t)

·巧：$khau^2$→kha^2/$khiau^2$ 巧說 巧洗[俗] (khau soe^2 剾洗[教] 巧說也，(參見第 334 頁，說)

巧言令色 食巧 巧囝 a

·猫：$biau^5$→ba^5 狸猫換太子

·媌：$biau^5$→ba^5 妓女也，破媌($phoa^3$ ba^5 罵女人的不雅之詞)(參見第 262 頁，狸、貓、媌)

…

124. 一銑五厘、一仙五厘，作品，做事，二腳箸 二部冊、二步七仔，香香兩兩、芳香兩兩

一不做，二不休，三不成，四要就。
以柔克剛，圓滿無咎。

·一：一 it[4]文 chit[8]白 數之始也，一代女皇
一寡 一是a 一坎一坎(階也 地不平也)
一銑五厘(chit[8] sian[2] go·[5] li[5])
一仙五厘教 喻錢之少也 錙銖也
(參見第492頁，寡)

大部分的入聲調在文讀音或白話音都是同聲調，但此「一」的聲調卻是文讀音為第四聲，白話音為第八聲

·做：ㄗㄨㄛˋ 仝作 cho·[3] (彙)
註：做、作兩字習慣有別，具體的製造為「做」，抽象的為「作」

chok[4] (集)即各切，興起也，日出而作 工作 創作 作品 胡作非為
cho[3] (集)子賀切，作法 做事 作穡人教

·二：ㄦˋ ji[7]漳 li[7]泉 走聲 lng[7]白 數字也，
二八年華 二部冊 二個
二腳箸(lng[7] kha ti[7]/tü[7] 一雙筷子也)

·兩：ㄌㄧㄤˇ liong[2]泉 文 liang[2]漳 文
liu[n2]白 重量也 凡是二的數量也，斤兩 兩立
兩全 兩性 兩袖[7]清風 兩國論

lng[7]白 二也，兩歲 兩旁(lng[7] peng[5]) 兩項
香香兩兩(phang hiu[n] lng[7] liu[n2]) 芳香兩兩教

·二部冊：(lng[7] po·[7] chheh[4] 兩部冊) 冊：chhek[4]文
非(lng[7] po·[7] chhit[4] a，li[7] po·[7] chhit[4] 走音)
兩把刷子華 二步七仔教 錯意

昔日台民多文盲，若有人讀過幾本四書五經之類的書籍，就表示是讀書人。封建時代「士」是屬於高階人士。

「你若無讀二部冊，就無才調過虎尾溪。」諺
十七世紀當時台灣的第一大河「虎尾人溪」是台灣最大的鹿場(1640 年銷日本十萬多張鹿皮)，也因水患洪災嚴重，不易過溪。1911 年日本為發展蔗作製糖，才將虎尾溪斷源束洪，整治成現在的新虎尾溪、舊虎尾溪、虎尾溪和北港溪。

·三：(參見第 37 頁，三)

·就：(參見第 141 頁，就)

·咎：ㄐㄧㄡˋ kiu[7] 過也 愆也，休咎 罪咎

125. 七 a，三七 a，內疚，艾壯，艾草，針/鍼灸 輪轉，轉彎，轉動，轉倒，撇--輪轉 轉--來去、來--轉，踅轉，賙轉，轉途、轉行

七年之疚，三年艾灸。
轉好之時，殘花敗柳。

·七：ㄑㄧ chhit^{4} 七夕 七律 七情六慾
七出：封建時代男子棄妻的七個條件，無子，淫佚，不事舅姑，口舌，盜竊，妒忌，惡疾。

七 a：台灣低俗之人常用「七 a」一詞介紹其女友，其中有兩個意思，一為取諧音「擦、拭」，用完即丟也。另意為「三七 a」之七也。

·疚：ㄐㄧㄡ丶 kiu^{3} (集)居又切，久病也，在疚
內疚(loe^{7} kiu^{3})
《詩・小雅》「匪載匪來，憂心孔疚。」

·艾：ㄞ丶 gai^{n7} [文] hia^{n7} [白]
gai^{7} [文] (集)牛蓋切，音仐礙，草名可治病
幼也 安也 盡止也 五十曰艾，方興未艾
少艾 艾壯(gai^{n7} chong^{3}) 艾草(hia^{n7} chhau^{2})

·灸：ㄐㄧㄡˇ kiu^{2} [文] ku$^{3/7}$ [白] (正)舉友切，灼也
燒艾葉灼體療病也，針/鍼灸(chiam kiu^{2}/ku^{7})

·轉：ㄓㄨㄢˇ ㄓㄨㄢˋ choan^{2}[文] tng^{2}[白]

動也 旋也，旋轉 轉變 轉眼 轉行 迴轉 轉圈

輪轉(lun^{5} choan^{2}→lin^{5} tng^{2}→lin$^{3-2}$ tng^{2}[亂調])

轉動(tng^{2} tang^{7}→tin$^{2-1}$ tang^{7}[走音])

轉倒(tng^{2} to^{2} 迴旋轉向也)

轉彎(choan^{2} oan[文]，tng^{2} oan[白])

撇--輪轉(phiat^{4}--lin^{5} tng^{2} 講話溜^{7}也)

轉--來去(tng^{2}--lai^{5} khi^{3} 回家也)

來--轉、轉--來(lai^{5}--tng^{2}、tng^{2}--lai^{5} 回家也)

踅轉[教]（ㄒㄩㄝˊseh^{8} tng^{2} 旋轉也）

轉盤(lazy susan[英] 指餐桌上供菜之旋轉盤)

賙轉(chiu choan^{2} 給也 贍也 收也 借錢也)

「乞食賣葮注斗」[俚] 轉途也 轉行也

(參見第 355 頁，葮注斗)

·好：(參見第 194 頁，好)

·花：ㄏㄨㄚ hoa[文] hoe[白]（集)呼瓜切，

瓜：koa[文] koe[白] 。

花，在使用「切音」時，若「瓜」用文讀音「koa」則切出「hoa」的文讀音，若用白話音「koe」則切出白話音「hoe」。

·柳：ㄌㄧㄡˇ liu^{2} 古詩詞習慣用「折柳」來代表離別之意。折柳三千尺

126. 誠茹，茹袂煞，茹素，茹嬲嬲、茹潲潲，孽潲孽嬲、謔嬲、謔謏，茹氅氅、挐氅氅，不嬲你

一路含辛茹苦，前途有船無櫓。
驀聞老大招呼，兩兩安全過渡。

· 茹：ㄖㄨˊ ji^5/li^5 漳　$jü^5/lü^5$ 泉　相引貌 茅根也
吃也，茹苦 茹素 茹袂煞 教
誠茹 教 ($chia^n$ $lü^5/li^5$)
茹氅氅($lü^5$ $chhang^2$ $chhang^2$ 少了介音「i」)
挐氅氅 教：ㄖㄨˊ ji^5 $jü^5$ 仝拏，持也

氅：ㄔㄤˇ $chhiong^2$ 泉　$chhiang^2$ 漳　鳥羽也
羽絨衣也，鶴氅 大氅

· 茹嬲嬲：(ju^5 $siau^2$ $siau^2$ → ju^5 $siau^5$ $siau^5$ 亂調)
嬲：ㄋㄧㄠˇ $liau^2$ (廣)奴鳥切， $siau^2$(彙)
相擾也，不嬲你 華　不鳥你 俗　不甩你 華
《與山巨源絕交書・嵇康》「足下若嬲之不置」

茹潲潲 教 (ju^5 $siau^5$ $siau^5$)

· 潲：ㄕㄠˋ sau^3 (廣)所教切 稍去聲，水激也
灑也，奉/夆風颱雨潲着(奉/夆 教：予人 連音)
泔水也，潘也，洗米水也，餿水也，一曰汛潘
以食豕(ㄕˇ si^2)
(參見第 273 頁，雨)

孽潲(giat^{8} siau^{5}[教] 不正經也　潲[教]：精液也)
孽屭(giat^{8} siau^{2}→giat^{8} siau$^{2-5}$[走音])
謔屭(giak^{4} siau^{2}→giat^{4} siau$^{2-5}$[走音])
謔/逆謏(giak^{4}/gek^{8} siau^{2}→giat^{4}/gek^{8} siau$^{2-5}$
[走音])(參見第81頁，呼)
逆 siau^{5}(gek^{8} siau^{5}[文]→geh^{8} siau^{5}[白] 不爽也)

註：上述說詞，一說是由「謔笑」走音而來

謔：ㄋㄩㄝˋ hiak^{4}[漳] [文] hiok^{4}[泉] [文] gioh^{8}[白]
giak^{4} (正)迄却切， 戲也 調戲也，謔笑
戲謔 囝 a 真謔
迄：git^{4}
卻/却：khiok^{4}[泉] [文] khiak^{4}[漳] [文] khioh^{4}[白]

「siau^{5}」認知是指精液也，由於是方言音，一直沒有適當的相對漢字。在台語的惡口篇中，通常當作不雅的「虛字音」使用。例如：

註：(洨：ㄒㄧㄠˊ hau^{5} 水名也，有人借用華語音為 siau^{5})

.摐啥 siau^{5}：chhong sia^{n} siau^{5}，胡搞也
.講 siau^{5}講鼻：多言也
.無採 siau^{5}：可惜也 無用也
.衰 siau^{5}：落穗(落衰[俗])也
.猴猻 a 打手槍，不成 siau^{5}：m^{7} chia^{n5} siau^{5} 不成器也

·不別一箍 siau^{5}，也敢佮人貼香條：香條是宮廟遶境時貼於柱子上以指示路徑的兩張交叉黃紙條。

·無啥/甚 siau^{5} 路用：無助也

·甭插 siau^{5}：(bai^{n3} chhap^{4} siau^{5}) 不甩也

·但(hau siau^{5}) 不實也，是「呼謏」也
(參見第 81 頁，呼)
…

·船：ㄔㄨㄢˊ chhoan^{5}（彙）chun^{5}[白] soan^{5}[文]
sian^{5}[詩] 行船騙馬 船夫 行船

《楓橋夜泊. 唐 張繼》下平一先韻「ian」
「月落烏啼霜滿天(thian)，江楓漁火對愁眠(bian^{5})。
姑蘇城外寒山寺，夜半鐘聲到客船(sian^{5})。」

·無：(參見第 98 頁，無)

·櫓：ㄌㄨˇ lo͘^{2} 行船搖櫓 仝樐。
(詳見「目錄 38. 第 123 頁」，櫓)

·驀：ㄇㄛˋ bek^{8}（集)莫白切，上馬也 超越也
忽然也，驀地 驀然回首

·招：ㄓㄠ chiau[文] chio[白] 以手呼人也，招手
招數 招呼 相招 招認 出招 嘴招 奉/夆招？
(詳見「目錄 88. 第 219 頁」，照)

·老大：船老大也

127. 一語成讖，喝聲，喝采，喝茶，啉茶，大聲喝用話喝--人，輕聲傒傒、輕聲細說，真悉，淋水

一暴十寒，處境艱難。
讖同棒喝，夢醒轉安。

·暴：ㄆㄨˋ phok[8] 文 phak[8] 白 日乾也 顯也，
ㄅㄠˋ po[7] 猛也 驟也 橫也 害也，
（參見第 302 頁，暴）

·寒：ㄏㄢˊ han[5] 文 koa[n5] 白 寒冷 寒天 天寒
（詳見「目錄 98. 第 244 頁」，寒 k/kh→h）

·處：ㄔㄨˋ chhu[3]/chhü[3] 泉 chhi[3] 漳 地方也 事務的部分也，辦事處 好處 處處

ㄔㄨˇ chhu[2]/chhü[2] 泉 chhi[2] 漳 居住也
辦事也 不仕也 未嫁女也，獨處 處理 處士
處女 處方 處心積慮

·境：（參見第 122 頁，境）

·艱：ㄐㄧㄢ kan （集）居閑切，難也 險也，
艱辛 艱險 艱深 艱難
艱苦(kan kho͘[2]) 甘苦(kam kho͘[2])

·讖：ㄔㄣˋ chhim[3] （唐）楚蔭切，chham[3] （彙）
驗也，讖語 符讖 讖詩 俗 (chham[3] si)
一語成讖

·喝：ㄏㄜˋ hat^{4}[文] hoah^{4}[白]（集）許葛切，
訶也 大聲訶也， 喝聲(hoah^{4} sia^{n})
用話喝--人(iong^{7} oe^{7} hat^{4}--lang^{5} 恐嚇也)
喝采[華] (hat^{4} chhai^{2})
大聲喝(toa^{7} sia^{n} hoah^{4} 輕聲傈傈[反])

喝道(hat^{4} to^{7} 古時官員出行，儀衛喝聲清道)
（參見第109頁、274頁，合）

ㄏㄜ ha[俗] 喝水[華] 啉水 lim[台] [教]（飲水也）
喝酒 喝一杯 喝茶

傈：ㄒㄧㄝˋ ㄒㄧ siat^{4}[文] seh^{4}[白]
（集）先結切，小聲也，
《疏》「言聲音傈傈然也。」
輕聲傈傈 (khin sia^{n} seh^{4} seh^{4})
輕聲細細[俗] (khin sia^{n} se^{3} se^{3})
輕聲說說[俗] (khin sia^{n} soeh^{4} soeh^{4})
輕聲細說[教] (khin sia^{n} seh^{4} soeh^{4})
輕聲細語[教] (khin sia^{n} se^{3} gü^{2}/gi^{2})

悉：ㄒㄧ sit^{4}/sek^{4} 知也 詳盡也 諳究也，
知悉 熟悉 真悉(形容年輕卻很懂事、成熟也)

·啉：ㄌㄧㄣˊ ㄌㄢˊ lam^{5}（集）盧含切，音婪
《廣》「酒巡匝曰啉」，出酒律
《集》「飲畢曰啉」
lim[教] 啉茶 啉酒 啉一杯

淋：ㄌㄧㄣˊ lim^{5} 文 lam^{5} 白 以水沃也，
淋漓(lim^{5} li^{5}) 淋水(lam^{5} chui^{2}) 淋醬料

·安：(詳見「目錄 2. 第 12 頁」，安)

·搙：ㄖㄨㄢˊ joan^{5} (集)而宣切，仝擩，手進物也
挼挲也
loa^{n2} 教 推揉也 搓洗也，搙粿 搙衫 搙鹹菜
盤搙(poa^{n5} loa^{n2} 周旋也)
(詳見「目錄 2. 第 10 頁」，入)

128. 丁卯，榫頭，卯眼，拍損，變猴損，損斷有孔無榫，苟且，「狗咬呂洞賓」

丁卯久磨損，榫孔合不準。
苟且難支撐，換新棄舊穩。

·丁：ㄉㄧㄥ teng 天干也 等第也 人口也 伐木敲打聲也，甲乙丙丁 丁等 人丁 庖丁 壯丁 丁丁

·卯：ㄇㄠˇ bau$^{6-2}$ (集)莫飽切，地支也，子丑寅卯上午 5-7 時
卯酒，《白居易・醉 吟詩》「耳底齋鐘初過後，心頭卯酒未消時。」
清代官廳點名，點卯、應卯、卯冊
剡(siam^{2}→chhiam^{2})木相入，以虛入盈，
筍頭卯眼 榫也
清代鑄錢的單位

·丁卯：丁為天干之一，卯為地支之一，有錯就會影響農曆推算。
又丁為物之凸出者，即榫頭(sun^{2} thau^{5})；
卯為物之凹入者，即卯眼(bau^{2} gan^{2})，二者若錯就會安裝不上。
「丁是丁，卯是卯。」俚 表示做事認真、不馬虎，含有不肯通融之意。

「丁是丁，卯是卯，田無溝，水無流。」諺
(喻彼此沒有關係。)

·磨：(參見第 177 頁，磨)

·損：ㄙㄨㄣˇ sun[2]文 sng[2]白 失也 壞也
少也，損失 損壞 減損 拍損(phah[4] sng[2])
變猴損(pi[n3] kau[5] sng[2])
損斷(sng[2] tng[7] 損壞也 糟蹋也)

·榫：ㄙㄨㄣˇ sun[2] (集)悚尹切，剡木入竅
也 丁也，榫頭 有孔無榫
chun[2] (篇海)之允切，音仝準，義同。
精準：同義複詞，走精台 失準華
走鐘俗 錯意

·孔：ㄎㄨㄥˇ khong[2]文 khang白 通也 穴也
空也 甚也 姓也，壁孔，鼻孔 孔急 孔道
孔子 孔雀 榫孔 有孔無榫(無厘頭也)

·苟：ㄍㄡˇ ko·[2] 草率也 不正當也 如果也 姓也，
苟合 苟安 苟同 一絲不苟 苟或有之 苟延殘喘
苟且(ko·[2] chhia[2]) (參見第 392 頁，且)
ko·[2] 與「狗」文讀音同，ko·[2]→kau[2]白

「狗咬呂洞賓」係苟杳和呂洞賓兩人的故事。
而是「苟杳呂洞賓」一詞被諧音也。

「苟杳不是負心郎，路送黃金家送房，
你讓我妻守空房，我讓你妻哭斷腸。」

大意是呂洞賓收養貧困的苟杳，供給住宿及鼓勵讀書，並且作媒娶妻。

可是擔心苟杳分心，於是洞房花燭夜連續三天，呂洞賓賴在閨房以警惕苟杳不忘考取功名的初心，結果苟杳果然取得了功名，進京當了大官。

一日，呂洞賓家逢祝融，於是呂洞賓上京向苟杳求援。

苟杳聽完呂洞賓的敘述，只請呂洞賓於客房待著，三個月的時間不聞不問，呂洞賓一怒之下逕行回家。

回到家處，只見被燒毀的房子已經修復，而老婆正在大堂撫著一口棺木大哭。

經過查詢後，得知房子是苟杳差人復建，並告曰呂洞賓病亡，送回棺材。

於是呂洞賓將棺蓋打開，卻見一堆金銀珠寶，及一封信，信如上文。

所以就留有「狗咬呂洞賓，不是好人心。」諺之句。

·撐：（參見第 357 頁，撐）

·棄：ㄑㄧˋ khi3 捐也 忘也，放棄(hong3 khi3，phang3 khi3)

129. 卡片，卡車，瘸/哽著，自來，逐家，家婆 家己，冤家路窄、冤家娘債、冤家路債 冤家量債，窄--著，窄著--咧

不上不下，成敗自家。
一鋤一耙，不耕不芽。

·不上不下：卡也

·卡：ㄎㄚˇ chap[8]（字彙補)從納切，音仝雜。設兵
　守隘之地，謂之守卡
　ㄑㄧㄚˇ 卡住[華] 堵塞也
　瘸/哽著[台]（瘸 ka[5]/ke[5]，哽 keng[2]/ke[n2]）

　kha[2][俗]：卡車，卡片之「卡」係屬外來語之
「car，card」，所以呼音時沒有變調。

·自：ㄗˋ chü[7][泉] chi[7][漳] chai[7][白] 天然也
　當然也 不勉強也 從也 己身也，自己 自大
　自用 自主 自家 自耕農 自由自在
　自來（chai[7] lai[5] 一向也）自：chi[7]→chai[7]

○台語韻母音在韻書的四支韻、四紙韻、四寘韻「i」，
有些字音的韻母音會轉成「ai」而成為白話音。
例如：
(詳見「目錄83.第207頁」，似)

·家：ㄐㄧㄚ ka[泉]　ke[漳]　家庭　家事　家具　家產
家家戶戶　家私　人家　大家(ta ke 夫家婆婆也)

逐家[教]（tak^{8} ke 大家也[華]）
家婆/雞婆[錯意]（ke po^{5} 今喻多管閒事也）
家己[教]（ka ki^{2}→kai ki^{7}[走音] 自己也）
冤家路窄(oan ke lo$^{\cdot 7}$ chek^{4}[文]→cheh^{4}[白])
冤家娘債[錯意]/冤家路債[錯意]/冤家量債[教]
窄--著(chek^{4}--tioh^{4} 壓擠也)
窄著--咧(chek^{4} tiau^{5}--le 塞住了也)

·鋤：ㄔㄨˊ chhü^{5}→tü^{5}（集)床魚切，鋤頭　鋤草
斬草除/鋤根　鋤奸
(詳見「目錄 33. 第 101 頁」，持)

·耙：ㄆㄚˊ ㄅㄚˋ pa$^{5/7}$[文]　pe$^{5/7}$[白]　農具犁屬，橫闊多齒，犁後用之，犁以起土，耙以破塊。
柴爬、柴耙[教]（chha^{5} pe^{5} 今喻兇悍之女也）

耙的初文為「巴」，韻母音為「a」
孳乳文：吧、芭、疤、笆、把、粑、爸、靶
　　　　爬、耙、琶、葩、肥、弝 …

·耕：(參見第 161 頁，耕)

·芽：ㄧㄚˊ ga^{5}[泉]　ge^{5}[漳]　[白]（集)牛加切，始也，
萌芽　發芽(puh^{4} ge^{5})　豆芽　芽茶

130. 激滑，激詭，激使，激外外，激盼盼，激忤人 激力，使派，使弄，使性德/地，「雞嘴變鴨嘴」 低陋，詆/抵讕，諫公詆媽，噪諫譙，貧惰/憚

一無惰，二不錯，憂愁比人多。
刺激過，再重做，晏雞啼聲高。

·激：ㄐ一 kek⁴ 《說文》「水礙也，疾波也」
又鼓動也，斜出也 裝勢也，激流 激怒 激烈

·激滑：「滑」kut⁴ (廣)古忽切，激骨錯意
《滑稽列傳》用激滑一詞

·結愲：ㄍㄨ∨ kut⁴ (集)古忽切，音骨。
心亂也，用心過甚，故憂亂為愲
《前漢・息夫弓傳》「心結愲兮傷肝」

·激詭：(kek⁴ kui² 意仝激滑)
《後漢・范冉傳》「冉好違時絕俗，為激詭之行」

·激外外、激不知:「激」都表示，裝出與事實不符之狀態。

·激盼盼：(kek⁴ phan³ phan³ 大剌剌也)

·激酒教 (釀酒也)。激力教 (kek⁴ lat⁸ 使力也)

·激懦懦：(kek[4] lo^{n7} lo^{n7} 裝蒜 懶性也)

·激忤人 (kek[4] go·[2]/go^{n2} jin[5])
意指言行詼諧怪誕，出乎情理之外，而又以此沾沾自喜
.忤人、忤物：違逆也

.激使(kek[4] sai[2])擺架子，裝腔作勢，激派頭[教]
激屎[錯意]，又「結屎」另意也，指便秘
使：發號施令，支使也，表示放任，使性地、使弄
所以「激」與「使」有類似之意

·使：ㄕˇ su[2]/sü[2][文] si[2][漳] sai[2][白] 令也 差遣也
遣使 使用(su[2]/sü[2] iong[7]) 使弄(sai[2] lang[7])
ㄕˋ su[3]/sü[3][文] si[3][漳] sai[3][白] 大使(tai[7] sai[3]) 逢入京使(hong[5] jip[8] keng sü[3])

.使派，使派頭，激派頭：自大、傲慢、使態也

.使性德[台] 使性子[華] 仝使氣、激使氣：
意氣用事也（德：tek[4][文]→teh[4][白])
《南使·劉穆之傳》「使氣尚人」
使性地(sai[2] seng[3] te[7])

.使低嘴（「雞嘴變鴨嘴」[俚] [錯意] 意指說壞話詆毀別人也）低：te[文] ke[7][白]
「低嘴、雞嘴」 兩詞諧音也

《醒世姻緣・八卷》「指是慢慢截短拳，使低嘴，行狡計罷了」。 低陋（ke[7] lo˙[7]差勁也）

詆：ㄉㄧˇ te[2] ti[2] tu[2]（唐)都禮切，苛也訶也 誣也 毀也 辱也，詆毀 醜詆 詆/抵讕諫公詆媽

詆讕：tu[2] lan[5]泉 ti[2] lan[5]漳 誣也，訐也(ㄐㄧㄝˊ khiat[4])。tu[7] lan[7]亂調 錯意 俗

抵：te[2] tu[2] ti[2] 擠也 觸也 拒也 當也《前漢・梁平王傳》「抵讕置辭」

抵讕：抵賴也 忤也 冒犯也 拒也 當也 至也《漢書・梁孝王列傳》「王佯病抵讕，置辭驕慢。」

諫公詆媽：諫，kan[3] 直言悟人，規諷也，(kan[3] kong tu[2] ba[n2]→kan[2] kong[1] tu[7] ba[n2] 走音)

噪諫譙：chho[3] kan[3] chiau[7]→chho[3] kan[3] kiau[7]。譙: ㄑㄧㄠˋ chiau[7]→kiau[7]走聲（集)才笑切，仝誚，誚/譙責也 以辭相責也，譙言又ㄑㄧㄠˊ chiau[5]，樓之別稱也，譙門

·惰：ㄉㄨㄛˋ to[7]文 toa[n7]白 仝憚，懶也不恭也，惰性 懶惰 怠惰貧惰/憚教（pin[5] toa[n7]）

131. 何覓苦，看覓，童顛不介，莽撞，瞳孔，童乩紅姨，對童，撞球，唱桌頭

天時自有期，何必問童乩。
桃花結在午，驛馬駐於巳。

・天：ㄊㄧㄢ thian 文 thi^{n} 白 天地 天堂 天文 天地 天氣 天國 天南地北
行路看天（kia^{n5} lo$^{\cdot 7}$ khan^{3} thian→kia^{n5} lo$^{\cdot 7}$ khian^{3} thian 走音 不專心也 恍神也。「看」，多了介音「i」）

・何：ㄏㄜˊ ho^{5} 何時 何故 如何 何況^{3} 何妨 何苦
何覓苦/何乜苦 教（ho^{5} bih^{8}/bih^{n8} kho$^{\cdot 2}$ 何苦）
覓：ㄇㄧˋ bek^{8} 文 尋尋覓覓
bek^{8}→bih^{8}→bih^{n8}（入聲韻變 k→h 又多了鼻音）
看覓 教（khoa^{n3} bai^{n7} 看看也）

・問：ㄨㄣˋ bun^{7} 文 bng^{7} 白 學問 問答 問世
問路 問問題（bng^{7} bun^{7} te^{5}）

○台語文讀音的韻母音為「un」，則有許多字音可能轉成「ng」的白話音，但字音不多。例如：（詳見「目錄 118. 第 296 頁」，門）

・童：ㄊㄨㄥˊ tong^{5} 文 tang^{5} 白（彙）男子十歲以下也，（增韻）十五以下謂之童子，女子亦稱之

『童』：初文為「童」，韻母音為「ong、ang」
孳乳文：兒童 tong⁵　童顛不介 tong⁵
家僮 tong⁵　瞳孔 tong⁵　撞球 tong⁷
莽撞 tong⁷　童乩 tang⁵　對童 tang⁵

·乩：ㄐㄧ　ke 文　ki 白　神使也，占卜決疑也，
乩童
所以問疑，扶乩　降乩/降駕(kang³ ka³？)

·唱桌頭：意指童乩和桌頭一搭一唱，對童也

童乩是男性扮演，女性則稱為紅姨，因為紅姨通常會在頭上綁一條紅線。尪姨走音
唱桌頭(chhiu^{n3} toh^{4} tau^{5}→唱套頭走音)

「西醫看了看中醫，中醫看完看童乩。」諺
(病急亂投醫也)

·結：(參見第 27 頁，結)

·午：ㄨˇ　go͘^{2}/go͘^{n2}文　go͘^{7}白　日午也 辰名屬馬也，午馬 中午 中晝台 午夜 午時
地支第七位；子丑寅卯辰巳午未申酉戌亥

·驛：ㄧˋ　ek^{8}文　iah^{8}白　遞也 馬也，驛馬 驛站
前驛日　後驛日　(昔車站之前後站也)，
驛伕 a

132. 囥一邊、放一邊，目珠、目睭，白眼，白目當賋，博筊、博賋，當當時，輕省省，猶豫彳亍、𨑨𨑨、巧說、巧洗、剾洗

一個知音天邊等，眼前不遇當反省。
猶豫彳亍誤半生，說行就行虎文炳。

·個：ㄍㄜˋ ko^3 [文] e^5 [白] (集)居賀切，仝箇也
　仝个[教]，枚也 性格也，個位 個人 個性 一個

·邊：ㄅㄧㄢ pian [文] pi^n [白] 陲也 側也 岸也 近也
　旁也 姓也，邊陲 旁邊 岸邊 一邊

　囥一邊[教] (khng^3 chit^8 pi^n)
　囥：ㄎㄤˋ khong^3 [文] khng^3 [白] 藏也
　放一邊(pang^3/hong^3 chit^8 pi^n)

「近館邊，豬打拍。」[諺] (比喻近朱則赤，近墨則黑。)

◯台語文讀音的韻母「ian」轉成白話音的韻母「i^n」的白話音。也有少數習慣上念「e^n」
例如：(詳見「目錄 17. 第 58 頁」，燕)

·眼：ㄧㄢˇ gan^2 (集)語限切，gian^7 又叶五建切，
　言去聲，目珠也，目珠[台]/目睭[教] 眼珠[華]
　眼神(gan^2 sin^5) 白眼(白目 另意無知也)

chiu《韻補》珠，叶音周
geng[2] 勾 龍眼(leng[5] geng[2] 水果也)，(liong[5] gan[2] 龍之眼球也)
gin[2] (集)魚懇切，垠(gin[5])上聲
《註》眼突出貌

·前：(參見第286頁，前)

·當：ㄉㄤ tong 泉 文 tang 漳 文 tng 白
理合如是也 承也 抵也 担也，應當 擔當 相當
當家 當面 當地 當然 當當時 (tng tang si[5])

當䫀(䫀：ㄐㄧㄠˇ tong kiau[2] 賭博抽頭也)
博筊 教 (phoah[4] kiau[2] 博䫀 賭博也)
博：局戲也，《家語》「君子不博，為其兼行惡道故也」

ㄉㄤˋ tong[3] 泉 文 tang[3] 漳 文 tng[3] 白
妥也 中也 認為也 抵押也，當作 當鋪 華
當店 台 適當 妥當 當選(凍蒜 音讀音)

·反：(參見第20頁，反)

·省：ㄕㄥˇ ㄒㄧㄥˇ seng[2] 文 se[n2] 白 察也 視也
署也，省察 省視 省親 文部省 節省 反省
省略 省事 輕省省(khin se[n2] se[n2] 很輕也)

·猶：ㄧㄡˊ iu[5] 若也 謀也，猶豫不決 猶疑

.豫：ㄩˋ u7[泉]　ü7[泉]　去聲六御韻　i7[漳]　安也
樂也 遊也 參與也，干豫 逸豫 豫則立
猶豫(iu5 ü7 兩種獸名，進退多疑也)

.彳：彳ˋ chhek4[文]　thit4[白]（集)丑亦切，小步也
左腳出也。 丑：thiu2[白]

.亍：彳ㄨˋ chhiok4[文]　thiok4[白]（集)丑玉切，
小步 右腳出也，
左步為彳，右步為亍，合之則為「行」字

彳亍（thit4/thek4 thiok4)
迌迌[俗]（thit4/thek4 tho5 七逃、七桃[音讀音][錯意]）

.說：ㄕㄨㄛ soat4[文]　soeh4[泉][文]　seh4[漳][文]
小說 說情 演說 說話 說法

ㄩㄝˋ oat8[勾]，通悅也

ㄕㄨㄟˋ soat4→soeh4[白][泉]　seh4[白][漳] 說客
說服 輕聲說說(輕聲細細 se3　輕聲倸倸 seh4)
(參見第 320 頁，喝)

siat4[詩]　入聲九屑韻，讒說。屑韻古通「月韻
goat8」，所以「siat4→soat4」，如：說明、
口說無憑 說文解字

巧說：khau^{2} soe^{3}/se^{3}→khau$^{1-7}$ soe^{2}/se^{2} 亂調
《與李翱書・韓愈》「...子之言意皆是也，僕雖巧說，何能逃其責耶？」

巧洗俗　摳草俗　薅草俗（khau chhau^{2} 謔言也除去田草也）
剾洗教（ㄡ ㄒㄧˇ khau se^{2}）
剾風教（khau hong）
剾喙鬚教（khau chhui^{3} chhiu）

嘴：ㄗㄨㄟˇ chui^{2}文　chhui^{3}俗　喙教 好嘴
嘴嘴/水(chhui^{3} chui^{2} 好言好語，嘴甜也)
「雞食好米，人食嘴嘴(嘴水?)。」諺

喙：ㄏㄨㄟˋ　hoe^{3} 鳥獸尖長之口也，鳥喙不可置喙

· 炳：ㄅㄧㄥˇ peng^{2} 光耀也，炳煥 炳燭之明 炳彪

· 虎紋/文炳：斑斕的虎紋。借指虎、彪身上的斑紋，引申為有文采。

《宋蘇軾．壬寅二月作詩五百言寄子由》
「冒險窮幽邃，操戈畏炳彪。」

133. 了結，了人，去了了，壞了了，了然、瞭然

三五去了，四五來了。
再圓遇雲，茫茫渺渺。

·了：ㄌㄧㄠˇ ·ㄌㄜ liau² 決也 慧也 曉解也
快也，了結(liau² kiat⁴) 了不得 了人 去了了
壞了了(hai⁷ liu² liu² 福州腔也)
《後漢·孔融傳》「融年十二聰慧。陳煒
曰：小而了了，大未必奇。」
了然(liau² jian⁵ 聊解也 瞭然也) 一目了然

《盧梅坡 宋 雪梅·其二》上平十一真韻
「有梅無雪不精神(sin⁵)，有雪無詩俗了人(jin⁵)。
日暮詩成天又雪，與梅並作十分春(chin 詩)。」

·再：ㄗㄞˋ chai³ 又也 重也，再次 不再
再醮(chai³ chio³ 再嫁也)（參見第387頁，醮）
醮--人：女子訂婚也，做--人錯意

·三五：sam go·² 指農曆每月十五日，月圓時
秋三五指中秋也

·四五：sü³ go·² 指農曆每月二十日，月將缺

·茫：ㄇㄤˊ bong⁵（廣）莫郎切，茫茫(廣大貌)

·渺：ㄇㄧㄠˇ biau² 「渺渺乎，如窮無極」

134. 六分燒，分開，分攤，分錢，分張，過分還數，利息，磨利利，利刀

矛盾權利害，求全不應該。
六分還可以，四成從新來。

. 矛：ㄇㄠˊ bau5 baun5 鼻音 長柄有刃的兵器，
長矛 矛盾(bau5 tun7→bau5 tun2 亂調)

. 盾：ㄉㄨㄣˋ tun6-7 (集)杜7本2切，盾牌 矛盾

. 矛盾：言不相副也。《韓非子・難一篇》
「楚人譽其盾之堅曰：物莫能陷也。又譽其矛之利曰：物無不陷也。或曰以子之矛，陷子之盾，何如。其人弗能應。此矛盾之說也。」

. 權：ㄑㄩㄢˊ koan5 khoan5 氣音 (集)逵員切，
稱錘 勢力 輕重 變通，權力 權利 權其輕重
權變權宜 權威

. 利：ㄌㄧˋ li7 文 lai7 白 不鈍也 功用也 財也
宜也 好處也，利益 利純 水利 利害 利息
利令智昏 磨利利(boa5 lai7 lai7)
利刀(lai7 to) 嘴真利(伶牙俐齒也)

◯台語韻母音在四支韻、四紙韻、四寘韻「i」，有些字音的韻母音會轉成「ai」而成為白話音。
(詳見「目錄 83. 第 207 頁」，似)

‧厲：ㄌㄧˋ le^{7} 嚴也 猛也 虐也 勉也，嚴厲 厲行 厲兵秣馬 厲害

「心歹無人知，嘴歹上厲害。」諺

厲害(le^{7} hai^{7})，利害(li^{7} hai^{7}) 兩者音義皆不同，容易混淆。

‧六：ㄌㄧㄡˋ liok^{8}文 lak^{8}白 六法全書 六桂堂 六親不認 六樓 六萬

lak^{8}→lah^{8}走音 在入聲音韻尾字「t、p、k」經常有走音為「h」的現象。(參見第 109 頁，k→h)

‧分：ㄈㄣ hun文 pun白 分數 分布 分文 分裂

分開(hun khui，pun khui，pun--khui)

分攤(hun than文，pun thoa^{n}白)

分錢(pun chi^{n5} 另有乞討之意)

分張(pun tiu^{n} 有度量也)

ㄈㄣˋ hun^{7} 分量 過分

‧六分燒：lak^{8} hun sio→la lun sio走音

若指水溫，從 0～10 分，通常六分是最適合洗腳浸泡，溫溫 a 的溫度。

‧還：(參見第 54 頁，還)

‧成：(參見第 268 頁 ，成)

135. 月宮，月娘，月餅，草苞，草包

月[8]將兜，花含苞。
是時候，鳳還巢。

· 月：ㄩㄝˋ goat[8] 文 goeh[8] 白 漳 geh[8] 白 泉
月宮 月琴 月台 月下老人 月尾 月娘 月餅
a 月 a（人名是專有名詞，應使用文讀音為妥，所以呼音為 a goat[8] a）

· 將：ㄐㄧㄤ chiong 泉 chiang 漳
ㄐㄧㄤˋ chiong[3] 泉 chiang[3] 漳
ㄑㄧㄤ chhiong 泉 chhiang 漳
（參見第 300 頁」，將）

· 兜：ㄉㄡ to͘ 文 tau 白 （集）當侯切， to͘→tau
（參見第 81 頁，兜）

◯台語文讀音的韻母音為「o͘」，其中有些字音的韻母音會轉成「au」，而成為日常生活上的白話音。但也有少數由「o」轉乘「au」。 例如：
（詳見「目錄 24. 第 76 頁」，頭）

· 苞：ㄅㄠ pau 文 po͘[5] 白 （彙）草也，苞茅 苞桑
苞筍(冬筍) 草苞（草包：指無能也）
「內褲料，袂當作西裝」俚
苞苴(pau chhu)（參見第 475 頁，苴）

· 巢：（參見第 155 頁，巢）

136. 不黨、不侗，曭曚，莽撞

太陽暫曭曚，心境不慌愰。
午時猶未光，日落月明朗。

·黨：ㄉㄤˇ tong² 朋也 輩也 鄉黨也 相助匿為而暱者 偏也 比也 知也 美也 善也 不鮮也 姓也，政黨 朋黨 無偏無黨
不黨(put⁴ tong² 仝不侗，愚也 不知也)
（參見第 398 頁，喆）（參見第 367 頁，侗）

『黨』初文「黨」，韻母音為「ong」
孳乳文：讜 tong² 愰 thong² 儻 thong²
曭 thong² 矘 thong² 擋 thong²

·暫：ㄓㄢˋ cham⁷ (集)昨濫切，暫作蹔 �也
（參見第 302 頁，暫）

·曭：ㄊㄤˇ thong² (集)坦朗切，日不明也

·曚：ㄇㄤˇ bong² (集)母朗切，日無光也，
曭曚(thong² bong² 不明也)
莽撞：ㄇㄤˇ ㄓㄨㄤˋ(bong² tong⁷ 粗率也)

·愰：ㄊㄤˇ thong² 仝惝，失意不悅貌

·朗：ㄌㄤˇ long² 明也，明朗 開朗 天高氣朗

137. 艋舺，旋尿、漩尿、放尿，璇石、鑽石，空虛空缺，空地，空闊，空空隙隙，隙恨，外甥員外

冬艋遇漩渦，空旋無奈何。
幸逢漁父引，外海魚蝦多。

·冬：ㄉㄨㄥ tong 文 tang 白 終也 年也，冬眠
年冬 冬季 矮 a 冬瓜 一冬

·艋：ㄇㄥˇ beng[2] 小舟也，舴艋
艋舺(bang[2] kah[4] 俗 今之萬華)

·漩：ㄒㄩㄢˊ ㄒㄢˋ soan[5/7] 水迴也，漩渦
漩尿 教 (soan[5/7] jio[7]/lio[7])
放尿(pang[3] lio[7]/jio[7])
放：hong[3]→pang[3]/phang[3] 氣音 放手 放見
「路邊便所眾人旋/漩」 俚 後引申「旋/漩」為「罵」之意。

璇石 教 (soan[5] chioh[8] 鑽石也)

·旋尿：ㄒㄩㄢˊ (soan[5] jio[7]/lio[7])

在陳修先生主編的《台灣話大詞典》中，「旋」字，正好有「小便」之義。但《台灣話大詞典》只有解釋，沒有說明及根據。

結果在《康熙字典》中找到「《左傳.定三年》夷射姑旋焉。《註》旋，小便也。」

這個註解的人，原來就是三國時代的司馬懿的女婿杜預，大概在那個時代就很少使用「旋」，才須要另外註解。

另外，《教育部國語辭典》云：「旋，小便。唐.韓愈.張中丞傳後敘：『及城陷，賊縛巡等數十人坐；且將戮。巡起旋。』

上下文如下：「及城陷，賊縛巡等數十人坐；且將戮。巡起旋，其眾見巡起，或起或泣。巡曰：「汝勿怖，死，命也！」眾泣不能仰視。巡就戮時，顏色不亂，陽陽如平常。」被處死之前，有尿照旋，表示張巡臨死，仍然「顏色不亂，陽陽如平常」，韓愈的筆法既生動，又有說服力。

· 渦：ㄨㄛ o（集）烏禾切，水坳也 旋流也，旋/漩渦 渦旋 酒窩/渦 渦輪
ㄍㄨㄛ ko 水名也 地名也，渦河 渦口

· 空：ㄎㄨㄥ khong 文 khang 白 罄也 虛也，掏空 架空 空空 空洞 空虛 空中樓閣
空缺(khang[1] khoeh[4] 工作也)
空隙(khang khek[4]→khang khiah[4] 俗)
空空隙隙(khek[4])

隙：ㄒㄧˋ khek[4] (唐)綺戟切，閒孔也，怨也
《左傳‧昭元年》「牆之隙壞」

《史記‧樊噲傳》「大王今日至，聽小人之言，與沛公有隙」

隙恨：khek[4]→khioh[4] hun[7]俗 嫌隙記恨也

ㄎㄨㄥˋ khong[3]文 khang[3]白 留缺也 欠缺也
閒暇也，空地(khong[3]/khang[3] te[7]) 空白 虧空[3]
空閒 空闊(khong[3]/khang[3] khoah[4])

‧何：(參見第330頁，何)

‧父：(參見第251頁，父)

‧外：ㄨㄞˋ goe[7]文 goa[7]白 門外
外甥(goe[7] seng) 員外(oan[5] goe[7])
外交 外表 外家 外行

外卡英 (wild card 如舉辦網球國際賽，舉辦國享有積分不夠的球員可以直接打會外賽而晉級會內賽的優待)

‧魚：(參見第243頁，魚)

‧蝦：ㄒㄧㄚ ha[5]文 (集)何加切，he[5]漳 白
魚蝦(gü[5] ha[5]文，hi[5] he[5]白) 沒魚蝦嘛好

138. 興趣趣，趕趣趣，「日頭赤炎炎，隨人顧性命」發炎，紅膕赤熾，未免，未曉、袂曉未/袂堪--咧，也未

日炎未堪長路行，夜寒空對短檠燈。
天生我材必有用，投我興^{3}趣事完成。

·興：ㄒㄧㄥ heng 起也，興起 興盛 興亡 興奮
　　ㄒㄧㄥˋ heng^{3} 趣味 欣喜，興致 高興
　　興高采烈 興致勃勃 興^{3}酒(幸酒也)

·趣：ㄑㄩˋ chhu^{3} 疾也 移也，趣向 趣味
　　興^{3}趣趣(heng^{3} chhu^{3} chhu^{3})
　　ㄘㄨˋ chhiok^{4}[文] chhuh^{4}[白] 仝促
　　趕趣趣(koa^{n2} chhuh^{4} chhuh^{4})

·趕趣趣：戰國魏文侯時，鄴地的三老廷掾及祝巫，以河伯娶婦為名，向民勒索賦斂，並強選少女投入河中，後西門豹任鄴令為民除害。

《史記・滑稽列傳》
『西門豹治鄴』河伯娶婦・「…巫嫗何久也？弟子趣之！」「弟子何久也？復使一人趣之！」 趣：催促 仝促 (古文鑑賞集成)

又，催促也「趣趙兵亟入關」
趕快也「若不趣降漢，漢今虜若，若非漢敵也」

·炎：一ㄢˊ iam^{5}（集）于廉切，音鹽，熱也 焚也
一ㄢˋ iam^{7}（集）以贍切，音豔。通焰，火炎
發炎(hoat^{4} iam^{7}) 炎暑

熾：ㄔˋ chhi^{3} 燒也 旺也，熾熱
熾炎炎(chhi^{3} iam^{7} iam^{7}→chhi^{3} ia^{n7} ia^{n7})
iam^{7}→ia^{n7}（參見第 42 頁，監）
「日頭赤/熾炎炎，隨人顧性命。」 諺

赤：ㄔˋ chhek^{4} 文 chhiah^{4} 白 真也
深紅也 無也 裸也，赤心 赤紅 赤裸
赤炎炎(chhek^{4} iam^{7} iam^{7}→chhiah^{4} ia^{n7} ia^{n7})
紅擱赤熾(ang^{5} koh^{4} chhiah^{4} chhi^{3})

◯台語文讀音的韻母音為「am」，則有些字音可能轉成「a^{n}」的白話音。 例如：
（詳見「目錄 12. 第 42 頁」，監）

未：ㄨㄟˋ bi^{7} 文 boe^{7} 泉 白 be^{7} 漳 白 不及也
過早也，未時 未必 未免 未來 未亡人
未必然(bi^{7} pit^{4} jian^{5})
未雨綢繆(bi^{7} u^{2} tiu^{5} biu^{5})
未當(boe^{7}/be^{7} tang^{3}) 也未 未曉/袂曉 教
未/袂堪--咧(禁不住也)
未赴市(袂赴市 教)

《雜詩．唐．王維》去聲四寘韻
「君自故鄉來，應知故鄉事(si^{7})。
來日綺窗前，寒梅著花未(bi^{7})。」

也未(ia² boe⁷/be⁷→a boe⁷/be⁷ 走音 少了介音「i」 尚未也)

· 堪：(參見第530頁，堪)

· 檠：ㄑㄧㄥˊ keng⁵ 文 燈檠

檠指的是托燈盤的立柱。舊時照明用油燈，上面是燈盤，盛油放置燈芯，下面有立柱，叫做燈檠或者燈架。
以立柱的長短而分為長檠和短檠，長檠只有富貴人家才能使用，一般人家多用短檠。

《韓愈．短燈檠歌》
「長檠八尺空自長，短檠二尺便且光。」

· 「天生我材必有用，千金散盡還復來。」
取自《將進酒. 李白》
chhiong 泉 chhiang 漳
將進酒：ㄑㄧㄤ ㄐㄧㄣˋ ㄐㄧㄡˇ
(chhiong/chhiang chin³ chiu²)

· 投：ㄊㄡˊ to˙⁵ 文 tau⁵ 白
(參見第308頁，投)

139. 淘汰，漉嘴，漉湸湸、漉泅泅，漉醬醬 醬漉漉，濾漉叫，澹濾漉、澹漉漉

千淘萬漉，費盡苦心。
源已枯竭，怎得黃金。

·淘：ㄊㄠˊ to^{5} 淅也，淘米 淘氣 淘汰(to^{5} thai^{3})
(參見第 463 頁，汰)

·漉：ㄌㄨˋ lok^{8} (集)盧谷切，浚也 滲也 濾清也
漉酒 漉豉以為汁(lok^{8} si^{7} i^{2} ui^{5} chip^{4})
漉嘴/漉喙 教 (lok^{8} chhui^{3} 漱口也)
澹濾漉(tam^{5} li^{7} lok^{8}→tam^{5} li$^{3-2}$ lok^{4} 走音 很濕也)
濾漉叫(li^{7} lok^{8} kio^{3} 吵雜聲也)
漉湸湸(lok^{8} siu^{n5} siu^{n5})
生湸(si^{n} siu^{n5} 長膿水也)

漉泅泅(lok^{8} siu^{5} siu^{5})
漉醬醬(lok^{8}chiu^{n3}chiu^{n3}→lok^{8}chiu$^{3-2}$chiu^{3} 走音)

醬漉漉　澹漉^{8}漉^{8}：漉漉是指水流動的樣子
註：台語在疊字時，有些習慣兩字皆呼同調

《七步詩．曹植》
「煮豆持作羹，漉豉以為汁。
其在釜下燃，豆在釜中泣。
本是同根生，相煎何太急。」

・源：ㄩㄢˊ goan^{5} (集)愚袁切，水泉本也，源頭
水源 根源 源本流長
註：由於華語沒有聲母音「g」，所以許多華語人常常呼為「oan^{5}」 走聲

・枯：ㄎㄨ kho͘ (集)空胡切，ko͘ (彙) 走聲
枯木逢春 枯井 枯燥無味
《疏》「山林不茂為童，山澤無水為枯。」

・竭：(參見第 292 頁，竭)

・怎：ㄗㄣˇ choa^{n2} 語詞也。怎樣台 怎麼華 怎好

按此字，(廣韻、集韻)皆未收，唯韓孝彥(五音集韻)收之，各從方言音而分也。
今時揚州人讀「爭上聲 cheng^{2}」，
吳人讀「尊上聲 chun^{2}」，
金陵人讀「津上聲 chin^{2}」，
河南人讀如「摣ㄓㄚ che^{1}」，
台灣人讀「choa^{n2}」。

・得：(參見第 238 頁，得)

・黃：ㄏㄨㄤˊ hong^{5}文 ng^{5}白 黃道吉日 黃昏
黃粱一夢 黃泉 黃色 黃牛 黃疸
(詳見「目錄 49. 第 144 頁」，荒)

140. 高山、懸山，漲高價，高粱，高踏鞋，低能低氣壓，低陋、低路，低嘴，目珠/睭繩目珠/睭降，天梯，扶梯

行遍高和低，全身皮肉破。
受困臨絕境，空中降雲梯。

·高：ㄍㄠ ko[文] kau[俗] koan[5][白] 懸[教]（彙）
崇也，高雄 高山/懸山[教] 高興[3] 高貴
高高在上
高低(ko te[文]，koan[5] ke[7][白])
漲高價(tiu[n3] koan[5] ke[3]→tiuh[4] koan[5] ke[3][走音])
高粱(ko liong[5][文]，kau liang[5][俗])
頂懸 懸頂[教]（teng[5] koan[5]，koan[5] teng[2]）
高跟鞋[華] 高踏鞋[台]（koan[5] tah[8] oe[5]/e[5]）
(踏：tap[8][文]→tah[8][白])

·低：ㄉㄧ te[文] ke[7][白] 卑也 俯也，
低能(te leng[5]) 低劣(te liat[8]) 低聲下氣
低沉 低音
低氣壓(te khi[3] ap[4])
低陋/低路[教]（ke[7] lo͘[7] 差勁也）
低陋師(ke[7] lo͘[7]/ ke[7] lo͘[7] sai 差勁也)

·使低嘴：「雞嘴變鴨嘴」 [俚] [走音]
「低嘴 ke[7] chhui[3]」走音為「雞嘴 ke chhui[3]」，意指說壞話詆毀別人也

・肉：（參見第 17 頁，肉）

・受：（參見第 285 頁，受）

・歿：（參見第 191 頁，歿）

・絕：（參見第 250 頁，絕）

・境：ㄐㄧㄥˋ keng$^{2/3}$ （集）舉影切，疆也。
一曰竟也，通竟 「keng^{3}」
（參見第 122 頁，境）

・降：ㄐㄧㄤˋ kang^{3} 下也 貶也 落也，降級 降生 降低 降格以求
目珠繩，目珠降(bak^{8} chiu chin^{5}，
bak^{8} chiu kang^{3} 瞪也）
珠勼 （chiu） 仝睭也

（墨繩，bak^{8} chin^{5} 木匠以墨斗引繩量木也）
（參見第 285 頁，繩）
ㄒㄧㄤˊ hang^{5} 服也，投降 降伏 降龍服虎

・梯：ㄊㄧ the 文 thui 白 梯次 梯田 梯形 階梯 竹梯 樓梯(lau^{5} thui 白)
天梯(thian the 文， 因為「天梯」是一個詞項，建議以文讀音呼之。
同理「扶梯 hu^{5} the 文」亦同）

141.捷徑，宜蘭，出納，採納，笑納，納涼，拍納涼

行不由徑，坐不宜偏。
納之四正，風月無邊。

·徑：ㄐㄧㄥˋ keng[3] (集)古定切，小路也，徑路
谿徑，細小狹路。徑不容車軌，而容牛馬及人之步徑。
《送喪不由徑》「徑，邪路也。」
捷徑(chiat[8] keng[3] 捷：直也 疾也)

·宜：ㄧˊ gi[5] (集)魚羈切，所安也 適理也 合適也
當然也，宜其家室 事宜 宜人
宜蘭(gi[5] lan[5]→i[5] lan[5] 走聲 少了聲母「g」)

·偏：ㄆㄧㄢ phian 文 phi[n] 白 頗也 側也 旁也
(參見第35頁，偏)

·納：ㄋㄚˋ lap[8] 受也 入也 補也，收納 出納
繳納 納言 納悶 納福 採納 笑納(siau[3] lap[8])

lap[8]→lah[8] 入聲韻尾「p→h」而成為白話音之俗音，納涼(lah[8-3] liang[5]) 拍納涼(旁觀也)

·四：(參見第172頁，四)

·正：(詳見「目錄89.第224頁」，正)

·三清四正：是修道內省之要求

所謂三清者，即凡聖清，錢財清，男女界限清是也。

四正者，(sü^{3} cheng^{3} 文，si^{3} chia^{n3} 白)

言要正－言正一出啓迷濛　勿惡言
行要正－行正鬼神天護全　勿橫行
心要正－心正成佛無虛言　勿虧心
身要正－身正端莊道氣揚　勿累身

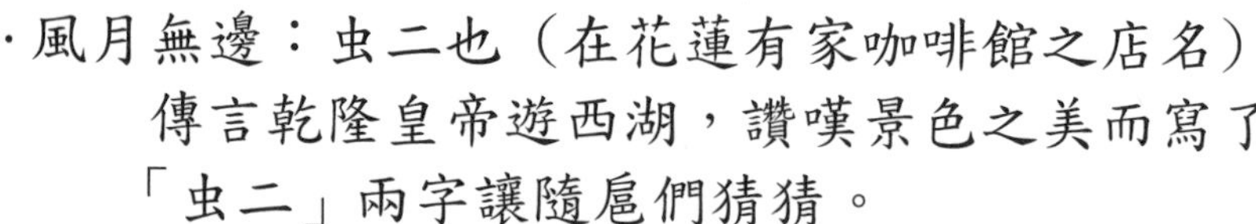

·風月無邊：虫二也（在花蓮有家咖啡館之店名）

傳言乾隆皇帝遊西湖，讚嘆景色之美而寫了「虫二」兩字讓隨扈們猜猜。

142. 禣手碗、擎手碗，流湧湧，漏湧湧，蒹草 鹹草，葭漏，葭注斗、葭注a、加薦仔

如梳、如篦、如剃，生氣、忍氣、鼓氣。
造反皆因水淹鼻，革新難免拆舊基。

·梳篦剃：請參閱「目錄111，第278頁」之說明。

·生：（詳見「目錄14.第49頁」，生）

·氣：（參見第242頁，氣）

·鼻：ㄅㄧˊ pi^{7}[文] phi^{n7}[白] 引氣息也 始也，
鼻腔/鼻孔[教] 鼻息 鼻祖 鼻樑
針鼻(chiam phi^{n7} 指針頭引線之孔也)

·腔：khiong[泉][文] khiang[漳][文] khiu^{n}[白]
khang[俗][詩]（上平三江韻）

人體部位有洞者皆曰腔(khang)如：目腔 耳腔
鼻腔/鼻孔[教] 嘴腔[台] 口腔[華] 肚臍腔
腳脽 腔/尻川孔[教] 嚨喉腔/嚨喉空[教]

膣屄腔(chi bai khang)
卵屌腔(lan^{7} chhiau^{2} khang)（參見第7頁，卵）
膣：chit^{4}→chih^{4}→chi 少了入聲韻尾 t.p.k.h
屄，pi→pai→bai 聲母濁化 p→b

khiu^{n} 腔口　口腔(方言音也)
(詳見「目錄 171. 第 428 頁」，薑)

·襣：ㄅㄧˋ　pit^{8}[文]→pih^{8}[白]
襣手䘼 (pih$^{8-4}$ chhiu$^{2-1}$ ng^{2} 捲袖也)。
䘼：ng^{2}[教]　擎手䘼[教] (pih$^{8-4}$ chhiu$^{2-1}$ ui^{2})

䘼，ㄨㄢˇ ui^{n2}[教] (宜蘭腔，習慣在華語有「ㄨ」介音時而呼為鼻音，例如：
酸：ㄙㄨㄢ sui^{n}
軟：ㄖㄨㄢˇ jui^{n2}/lui^{n2}
關：ㄍㄨㄢ kui^{n}
…

·濞：ㄆㄧˋ　phi^{3} (集)匹備切，水暴至也，滂濞
劉濞(劉邦之侄，七國之亂謀反；晉朝有八王之亂，合稱亂七八糟)
phe^{3} (集)匹計切，水暴至也，滂濞

·流濞濞：ㄌㄧㄡˊ (lau$^{5-3/7}$ phi^{3} phe^{3}，lau$^{5-3/7}$ phe^{3} phe^{3} 水橫流也)

·漏濞濞：ㄌㄡˋ (lau$^{7-3}$ phi^{3} phe^{3}，lau$^{7-3}$ phe^{3} phe^{3} 漏水嚴重也)
漏：ㄌㄡˋ　lo͘^{7}[文]　lau^{7}[白]　滲也 泄也
失也，洩漏 遺漏 屋漏 漏斗 漏稅
敆漏(ka lau^{7} 掉落也 遺失也)

葭注斗、葭注 a 俗 (ka chu^{2} tau^{2} 泉，ka chi^{2} tau^{2} 漳)，係用蒹草(鹹草 走音)所編成之手提袋，上世代家庭主婦普遍使用

由於是草編的袋子，上菜市場購買水濕魚類，方便水流掉。

蒹葭(ㄐㄧㄢ ㄐㄧㄚ kiam ka 衍聲複詞)
葭注袋 客 (ka chi^{2} thoi^{7}) 加薦仔 教

「嫁雞對雞笼，嫁狗對狗走，嫁著乞食就愛揹葭注斗。」諺 揹 教：ㄅㄞ丶phai^{n7}

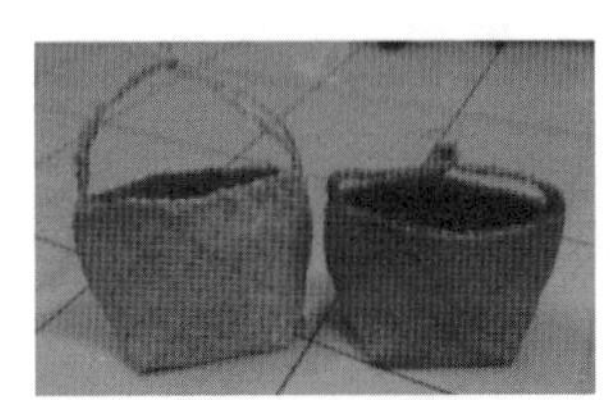

(圖/越南民間使用)

·擤：(參見第 514，擤)

·基：ㄐㄧ ki (集)居之切，據也，基礎 地基
koe 泉 白 ke 漳 白 (基隆原名雞籠)

143. 敗北，北極，北方，西北雨，撐篙，撐竿跳撐渡船，目珠撐開、目睭褫開，撐腿、挺腿鐵腿

行逢西北雨，渥濕全身軀。
轉路人撐傘，天晴車馬驅。

·西：(詳見「目錄27.第89頁」，西)

·北：ㄅㄟˇ pek[4]文 pok[4]俗 pak[4]白 (集)必墨切，
方位名 敗也 違背也，北極 北伐
敗北(pai[7] pek[4])
反北(hoan[2] pek[4] 反背也)
夜雨寄北(ia[7] u[2] ki[3] pok[4] 唐李商隱詩)
北方(pak[4] hong/hng)
北斗(pak[4] tau[2]，po[2] tau[2]俗 地名也，原名為「寶斗)
北斗鎮位於臺灣彰化縣東南，東螺溪北岸

註：由於「pok[4]」在民間已經成為強勢俗音，所以「pek[4]」大部分只在韻腳音時使用之。

·雨：(參見第273頁，雨)

·西北雨：一說是由「灑潑雨」走音而來。
因為西北雨是夏天時雨，應是由東南海上帶來的陣雨。

·渥：(參見第 188 頁，渥)

·沃：(參見第 188 頁，沃)

·澹：ㄊㄢˊ tam^{5}[教]（附和華語第二聲調轉變成台語第五聲調原則） 沃澹(ak^{4} tam^{5})

ㄉㄢˋ tam$^{6-7}$(集)杜覽切，水貌，澹淡 清苦平靜，澹泊名利 慘澹
(參見第 284 頁，澹)

·身軀：(參見第 90 頁，須)

·撐：ㄔㄥ theng[文] the[白] 支也 持也，撐船 撐傘 撐竿跳(theng kan thiau^{3}) 撐腰 撐篙 撐渡船(the to$^{\cdot 7}$ chun^{5})

仝挺，ㄊㄧㄥˇ theng^{2}[文] the^{n2} [漳] [白] thi^{n2}[泉] [白] 撐腿 挺腿(thi^{n2} thui^{2} 鐵腿[俗]) 目珠撐開/目睭䙹開[教]（bak^{8} chiu thi^{n2} khui 睜眼也）(參見第 137 頁，䙹)

·篙：(參見第 123 頁，篙)

·傘：ㄙㄢˇ san^{3}[文] 亦為上聲 san^{2}[文]（彙)音仝散$^{2/3}$ 雨傘 傘蓋 降落傘 龍角散^{2}
soa^{n3}[白] 蓋也，雨傘 遮陽傘 傘具 分散^{3} 散^{3}股(拆夥也)

·車：ㄐㄩ kü/ku 泉　ki 漳（廣）九魚切，音仝居
驅車上古原 車馬炮 車水馬龍 車載斗量
平聲六魚韻，韻母音為「ü」

ㄔㄜ chhia 俗（廣）昌遮切，輿輪總名 車輛
馬車 火車 車牀 水車 車胎 車資
扯盤反(chhia² poaⁿ⁵ peng²)
捙跋反 教/車盤反 俗
（參見第 20 頁，反）

·驅：ㄑㄩ khu 泉　khi 漳　趕也 逐也 奔走也，
驅逐 驅策 驅馳 驅遣 驅逐艦

144.飲泣，泣血，貫穿，貫耳，如雷貫耳，給付

有得有失，亦笑亦泣。
一以貫之，時合自給。

·有：(參見第 37 頁，有)

·得：(參見第 238 頁，得)

·失：ㄕ sit^4 銷也 過也 亡也 得之反也 縱也
遺也，消失 過失 失亡 失聯 遺失 失言 失足
失戀^7 失約

·亦：一ㄧˋ ek^8 (集)夷益切，總也 又也 旁及也，
亦復何言(ek^8 hiu^7 ho^5 gian^5) 亦步亦趨
弈，一ˋ ek^8[文] ih^8[白] 圍棋也，博弈
弈棋粒(ih^8 ki^5 lih^8 下棋也 行棋也)
粒：lip^8[文] liap^8[白] lih^8[白] 粒粒 飯粒 棋粒

·笑：(參見第 199 頁，笑)

·泣：ㄑ一ˋ khip^4 哭之細聲也 啜也，
飲泣(im^2 khip^4) 泣血(khip^4 hiat^4)
驚天地泣鬼神 豆在釜中泣

·一以貫之：《論語·衛靈公篇》中提到：
孔子說：「子貢啊！你認為老師的學問是靠博

學強記而得來的嗎？」回答說：「是啊！難道不是嗎？」
孔子說：「不是的，我是將所學一一融會貫通而歸納成一個中心思想！」

·貫：ㄍㄨㄢˋ koan³ 文 kng³ 白（集）古玩切，
錢貝之貫 穿也 中也，一貫錢 貫穿 貫孔
貫耳（kng³ hi^n7 穿耳洞也）
如雷貫耳（jü⁵ lui⁵ koan³ ji^n2）

·自：（詳見「目錄 83. 第 207 頁」，似）

○由於在台灣最多人口使用漳州腔及泉州腔的台語，所以泉、漳兩音的某些韻母音略有不同，如泉音的「ü」和漳音的「i」可互換。
（詳見「目錄 47. 第 139 頁」，是）

·給：ㄍㄟˇ ㄐㄧˇ kip⁴ 贍也 足也 供也 口才也，給予 供給 給付 給養 給錢 口才便給

註：此字音在華語收了兩音，台語雖然也有多音，但是普遍只使用「kip⁴」一音。
可參考《康熙字典》

145.「田無溝，水無流；丁是丁，卯是卯。」田徑賽，溝通，湍流，流湍，垃圾湍，清氣相渴旱、涍旱，麥a酒、啤酒

田無溝，水無流，何能共豐收。
水旱別，稼自由，米麥各千秋。

·田：ㄊㄧㄢˊ tian[5] 文 chhan[5] 白 種田 稻田 田園 田地 田賦 田徑賽(tian[5] keng[3] sai[3])

·無：(參見第98頁，無)

·溝：ㄍㄡ ko͘ 文 kau 白 曲澗之水也 通也，水溝 溝通(ko͘ thong 文 kau thong 白) 陰溝

「丁是丁，卯是卯；田無溝，水無流。」諺
係指彼此不相往來也。

○台語文讀音的韻母音為「o͘」，其中有些字音的韻母音會轉成「au」，而成為日常生活上的白話音。但也有少數由「o」轉成「au」。 例如：
(詳見「目錄24. 第76頁」，頭)

·水：(參見第283頁，水)

·流：ㄌㄧㄡˊ liu[5] 文 lau[5] 白 水行也，流水 流動 湍流(chhoa[n3] lau[5]) 上流 下流 流亡 流行

高山流水 流涎 流漦（lau^{5} siu^{n5} 流膿也）
流氓[華]（lo·^{5} boa^{n5} 鱸鰻[音讀音] [台]）
垃圾漦(lah^{8} sap^{8} siu^{n5})
清氣相(chheng khi^{3} siu^{n3})（參見第420頁，相）

·共：ㄍㄨㄥˋ kiong^{7}[文] kang^{7}[白] 同也 皆也
公也 眾也， 共同 總共 共犯 共鳴 共謀
相共(sio kang^{7}，sa^{n} kang^{7} 鹿港次方言)

·豐：ㄈㄥ hong[文] phong[白] 盛也，豐富
豐沛(phong phai^{3}[台] [客])（參見第17頁，豐）

·旱：ㄏㄢˋ han^{7}[文] oa^{n7}[白]（彙） hoa^{n7}[俗]
亢陽不雨也，旱災 苦旱 洘旱[教]
渴旱(khat^{4} han^{7}[文] khoh^{4} hoa^{n7}[白])

◯台語文讀音的韻母音為「oan、an」，則有許多字音可能轉成「oa^{n}」的白話音。 例如：
（詳見「目錄2.第12頁」，安）

·別：（參見第75頁，別）

·麥：ㄇㄞˋ bek^{8}[文] beh^{8}[白] 大麥 小麥 麥a片
麥a酒(beh^{8} a chiu^{2} 啤酒也 ビール[日]
beer[英])

146. 和解，唱和，我和你、我佮你，和諧，尷尬

此事欲和諧，苦心兼忍耐。
候至桂花開，分合不尷尬。

·和：ㄏㄜˊ ho5 順也 溫也 不堅持也，和平 和好 和風 和解
ㄏㄜˋ ho7 聲音相應也，唱和7 和7詩
ㄏㄢˋ與也 同也 跟也，我和你[華] 我佮你[台]

·諧：ㄒㄧㄝˊ hai5 (集)雄皆切，合也 調也，合諧 和諧(ho5 hai5) 詼諧 諧音 諧韻

·忍：ㄖㄣˇ jin2[文] (集)爾軫切，人上聲。
(詳見「目錄11. 第40頁」，忍)

·耐：ㄋㄞˋ lain7 忍也，忍耐 耐用

○在華語注音聲母為「ㄋ」的字音很多都有鼻化音的出現。例如：

那、娜、拿、乃、奶、迺、奈、倷、耐、
鼐、撓、腦、惱、瑙、鬧、淖、弄、耨、
尼、泥、妮、怩、旎、鳥、裊、嫋、尿、
妞、紐、忸、娘、釀、擰、奴、孥、駑、
努、弩、怒、儺、挪、懦、濃、農、膿、
儂…

·分：(參見第338頁，分)

·合：(參見第109頁、274頁，合)

·尷：ㄍㄢ kiam 仝尲、𡰥，左右為難也，尷尬

·尬：ㄍㄚˋ kai3 (集)居拜切，左右為難也
尷尬(kiam kai3)

·桂花開：桂花八月花也

147. 口渴、嘴乾、喙焦，遏制，壓制，知覺，卻覺 法揗，假先假覺，假仙、假先，放假，請假

求成若渴，養育阻遏。
知覺變通，豬肉食喝。

·渴：ㄎㄜˇ khat[4] 文 kho[2] 白 khoh[4] 白（彙）
口乾也，渴飲匈奴血 渴念 渴望(khat[4] bong[7])
渴旱/洘旱 教（khat[4] han[7] 文，khoh[4] hoa[n7] 白）
口渴 華 嘴乾 台/喙焦 教（chhui[3] ta）

·遏：ㄜˋ at[4] 絕也 止也，阻遏 遏止 遏惡揚善
遏抑 遏制(at[4] che[3]) 壓制(ap[4] che[3])

·知：ㄓ ti 文 chai 白 覺之喻也，知識 知道
知難而退 知覺 知也/知影 走音 教
(ti ia[2] 文→chai ia[n2] 白)（參見第 103 頁，知）

ㄓˋ ti[3] 仝智 明也 心有所知也，智慧 智能
智謀

·覺：ㄐㄩㄝˊ kak[4]（集）訖岳切，悟也 知也，覺悟
覺醒 不知不覺 發覺 卻覺(khioh[4] kak[4]) 知覺
先覺(先知先覺也，仙角 錯意) 假先假覺

《杜牧. 遣懷》下平八庚韻
「落魄江湖載酒行(heng[5])，楚腰纖細掌中輕(kheng)。
十年一覺揚州夢，贏得青樓薄倖名(beng[5])。」

ㄐㄧㄠˋ kau^{3} (集)居效切，睡醒也，睡覺
一覺到天明

·知覺：郤覺[反] (khioh^{4} kak^{4} 不自覺也，無救也)
抾捔[教]（ㄑㄩ ㄐㄩㄝˊ） 撿角[錯意]

郤：khiak^{4}[漳] [文] khiok^{4}[泉] [文] 退也
不要也，退郤 郤步
khiok^{4}→khioh^{4}[白] 郤覺(貶稱詞，無路用也)

·食：ㄕˊ sit^{8}/sek^{8}[文] chia^{8}[白] 食言 糧食
食物(sit^{8} but^{8}，chiah^{8} bih^{n8})
食食(chiah^{8} sit^{8})
(詳見「目錄58.第161頁」，啻)

·喝：(參見第320頁，喝)

·假：ㄐㄧㄚˇ ka^{2}[泉] ke^{2}[漳] 借也 非真也 設定詞也，假借 假冒 假如 假使 假仙[俗](假先也，先：是指先知先覺)

ㄐㄧㄚˋ ka^{3} 休息也，休假^{3} 假$^{3-2}$期
請假^{3}(chheng^{2} ka^{3}→chheng^{2} ka^{2} [亂調])
放假^{3}(hong^{3} ka^{3}→pang^{3} ka^{2}[走音] 時下語者搞不清楚何時該用文讀音，造成紊亂的混用)

148. 倥倥、悾悾，倥傯，倥憨、悾款、悾憨，悾戇

求全是倥，變更非悾。
火水能耐，心願不空。

·倥：ㄎㄨㄥ khong（集）枯公切，仝悾，無知也，
悾[1]侗(khong tong[2]) 倥倥
倥憨(khong ham→khong kham[2]俗)
ㄎㄨㄥˇ khong[2]（正)康董切，事迫促也，
倥[2]傯(khong[2] chong[2])

·侗：ㄊㄨㄥˊ tong[5] 愚也 無知也 為成器之人
ㄊㄨㄥˇ tong[2] 直也 長大也
ㄉㄨㄥˋ tong[3] 僅限於「侗族」一詞
也，倥侗 不侗(put[4] tong[2]亂調 不黨也)

·倥[2]傯：事情冗多而繁忙，倥[2]傯戎馬
《史可法·復多爾袞書》「今倥[2]傯之際，忽捧琬琰之章」
窮困也，《世說新語·本行》「倥[2]傯自厄，自處甚矣」

·悾：ㄎㄨㄥ khong（集)枯公切，誠也，實有愚誠，
不任悾款(悾憨俗 khong kham[2])
悾悾：無知也，《論語》「悾悾而不信。」
悾戇教（khong gong[7])
(參見第 303 頁，愚)
ㄎㄨㄥˇ khong[2] 窮困不得志也，悾傯

149. 蝗蟲、草蜢仔，尻脊骿，滷肉飯

旱洪蝗荒，復耕何方。
南脊北滷，東西無妨。

·洪：ㄏㄨㄥˊ hong5 文 ang5 白 大也 姓也，洪大
洪荒 洪量 洪先生

註：人名屬於專有名詞，應呼文讀音。但是台灣目前的習慣是，大約在姓氏呼文讀音、白話音各一半。名的部分大部分都呼文讀音。

·蝗：ㄏㄨㄤˊ hong5 食苗蟲也 蝗幼蟲，小如蝦，好食稻，稱為「稻蝦」，蝗蟲(hong5 thiong5)
蝗災
草蜢仔 教 (chhau2 meh4 a2 蝗屬 蚱蜢也)，
「草蜢仔弄雞公」俚 (作弄也)

·荒：(詳見「目錄49. 第144頁」，荒)

·復：(參見第150頁，復)

·脊：ㄐㄧˇ chhek4 文 chit4 文 瘦也 背脊也
山脊也 仝瘠，貧脊 脊髓 脊柱
chit4→chiah4 白
尻脊 教 (kha chiah4 後背也)
尻脊骿 教 (kha chiah4 phian)

·滷：ㄌㄨˇ lo˙2 與鹵仝 鹽滷也 苦也 苦地也，
滷蛋 滷肉飯(魯肉飯錯意)
滷肉腳錯意 (駑馬腳也)

·人真 low(人誠 low) 英：不入流也

·人真滷(人誠滷)：lo˙2 苦也

·人真陋(人誠陋)：lo˙7 低陋也

·人真茹(人誠茹)：ju5/lu5 jü5/lü5 茹嬲嬲，糾纏不清也

150. 疙頭，疙禿，一瘩一瘩、一跡一跡，雞皮疙瘩癭 a，苦衷，壁虎、蟮蟲仔，斷種

小疙成癭，苦衷莫名。
忍學壁虎，斷尾再生。

· 疙：ㄍㄜ git4 (正)魚6-2乞切，癡貌，疙頭
《正字通》「疙，頭上瘡突起也，俗呼疙禿」

· 瘩：ㄉㄚ ㄉㄚˊ tap4 文 tah4 白 皮膚上面腫起的息肉或痕跡，一瘩一瘩(chit8 tah4 chit8 tah4)
一跡一跡(chit8 jiah4 chit8 jiah4)
雞皮疙瘩(ke phi5 git4 tap4 起雞母皮也)

· 癭：ㄧㄥˇ eng2 頸瘤也 樹瘤也，禿癭 樹癭
癭 a(瘡小為疔，瘡大為癭) 失音病，通瘖。

· 衷：ㄓㄨㄥ tiong (集)陟隆切，thiong (彙)
正也 理也 善也 折也 誠也，折衷 言不由衷
衷心 莫衷一是
苦衷(kho·2 tiong→kho·2 chiong 走音)

· 壁虎：phek4 ho·2 蟮蟲仔 教 (sian7 thang5 a2)
蟮蟲仔食蠓蟲 教

· 斷：ㄉㄨㄢˋ toan7 文 tng7 白 斷絕 壟斷 判斷
斬斷 斷定 斷腸 拗斷 損斷 斷腳斷手
斷種(tng7 cheng2 絕種也)

151. 查甫、查埔，查某，查辦，檢查，海灘，水灘挈--來

查
慎行
萬里程
遇灘橫梗
雕人識而擎
化腐朽神奇成
玉樹臨風公孫情

· 一至七字詩俗稱寶塔詩，由中唐詩人元稹所創的雜言詩。本詩屬下平八庚韻，詩中少見。

· 查慎行：字初白，浙江海寧查氏，清康熙進士，詩人也。其長子克建、堂弟嗣珣都是進士。當時稱為「一門七進士、叔侄五翰林」。但此寶塔詩與查慎行無關。

· 查：ㄔㄚˊ chha[5] 察考也，查考 查收 查封 查辦
ㄓㄚ cha 泉 che 漳 (集)莊加切，仝槎，
水中浮木也 姓也 考察也，調查 檢查

查某：cha bo˙[2] 女人也 老婆也
某，代表不指明或未知的人、事、物，如某人、某事等；
在封建時代男尊女卑，所以以「某」代表女性。(查某之查，是虛字音也)

查甫：cha po·（甫：初文韻母音為「u、o·」，聲母有「h、p」，在此呼為「po·」）
甫：ㄈㄨˇ hu^{2}[文]　po·^{2}[白] 男子之美稱也，一樣受封建思想男尊女卑的影響而稱「甫」。

查甫/查埔[教]（cha po·^{2}→cha po·[走音] 男人也）
在此詩「查」是指水中浮木

◯文讀音韻母為 a→e 的白話音的例字：其中有甚多為漳州音。
（詳見「目錄 106. 第 266 頁」，稼）

·慎：ㄕㄣˋ sin^{7} 謹也 審也，慎重 謹慎 慎言 慎行

·萬：ㄨㄢˋ boan^{7}→ban^{7}（唐）無販切，數名 極端也，萬一 萬難 千萬 萬里
（參見第 132 頁，漫、萬）

·里：ㄌㄧˇ li^{2}（集）兩耳切，邑也 居也 路程也，鄉里 里巷 千里

·程：ㄔㄥˊ theng^{5}[文]　thia^{n5}[白]　工程 程序 程--先生

◯台語文讀音的韻母音為「eng」，則有許多字音可能轉成「ia^{n}」的白話音。
（詳見「目錄 89. 第 224 頁」，正）

·遇：ㄩˋ gu^{7}泉 gi^{7}漳 見也 待也 接也，相遇 待遇

·灘：ㄊㄢ than (集)他干切，瀨也，水灘 灘頭 海灘
than文→thoa^{n}白

◯台語文讀音的韻母音為「oan、an」，則有許多字音可能轉成「oa^{n}」的白話音。 例如：
(詳見「目錄 2. 第 12 頁」，安)

·横：(參見第 286 頁，横)

·梗：ㄍㄥˇ keng^{2} 莖也 阻塞也 正直也 大概也，
梗塞 梗直 梗概 梗化

·擎：ㄑㄧㄥˊ k/kheng^{5} 舉也 拓也 持高也，擎天
挈：(ㄑㄧㄝˋ khiat^{4}→kheh^{4}/theh^{4}俗 提也)
挈--來(kheh^{4}--lai^{5}，theh^{4}--lai^{5})

·朽：ㄒㄧㄡˇ hiu^{2} 木腐也 臭也 衰老也，朽木
朽漚(hiu^{2} au^{3}) 老朽 朽敗 朽木不可雕

·銀杏：落葉喬木，壽命可達 3000 年以上。
因生長緩慢，於公輩種植，常至孫輩始開花結果，故又名「公孫樹」。
其裸露的種子稱為白果。它有多種用途，可作為傳統醫學藥用和食物。

152. 清/生洴無味，流清汗，秋清，清糜，清糜清彩、請裁，活潑，活水

水清須活水，梅香要耐寒。
羞辱原自取，困難一肩擔。
身經千磨百擊後，人生字典不見難。

·清：ㄑㄧㄥ chheng 澄也 澈也 潔也，清澈 清楚
清/生洴無味(chheng/chhi^{n} chia^{n2} bo^{5} bi^{7})

洴[教] [假借]（ㄑㄧㄥˋ ㄐㄧㄥˇ 原意指小水也，今教育部另意為不鹹也，呼「chia^{n2}」

·清：ㄐㄧㄥˋ chheng^{3}[文] chhin^{3}[俗]
(集)(正)七正切，清去聲，寒也 冷也，
秋清(chhiu chhin^{3} 原指秋天之冷，今指閃邊)
清糜(chhin^{3} be^{5}/boe^{5}/boe^{n5} 與清糜意思不同)
食清糜/飯等你 流清汗

請裁/清彩[教]（chhin^{3} chhai^{2} 今意指隨便也。）
原意是「請你裁奪」的客氣話，簡稱「請裁」。
教育部將錯就錯，遷就走音而另行造詞為「清彩」

·活：ㄏㄨㄛˊ hoat^{8}[文] oah^{8}[白]（集）戶括切，
生也，活潑[俗]（oat^{8} phoat^{4}）活動 生活
活水(hoat^{8} sui^{2}[文]，oah^{8} chui^{2}[白])
（參見第 120 頁，活）

《宋．朱熹．觀書有感二首．其一》上平十灰韻
「半畝方塘一鑑開(khai)，天光雲影共徘徊(hai[5])。
問渠那得清如許，為有源頭活水來(lai[5])。」

·梅：(參見第 193 頁，梅)

·要：(參見第 193 頁，要)

·辱：ㄖㄨˋ jiok[8] 恥也 汙也 屈也，恥辱 辱罵
(參見第 10 頁，入)

·擔：(參見第 131 頁，担)

·身經千磨百擊後：此句脫胎於鄭燮詠竹詩

《清. 鄭板橋詠竹》下平七陽韻
「咬定青山不放鬆(song)，立根原在破岩中(tiong)。
千磨萬擊還堅勁，任爾東西南北風(hong)。」

·字典：1716(清康熙 55 年)《康熙字典》編成。它是中國第一部用「字典」命名的字書，「字典」一詞從此成為同類辭書的通名。之前通稱為《韻書》，如《廣韻》、《集韻》等。

153. 沉默，拖沙，延宕，延延，踢毽/箭子 穿山甲、鯪鯉，穿衫，穿針，穿″穿穿，甲意菜甲

沉默非金，拖延是毒。
一箭穿心，騎駱射鹿。

·沉：ㄔㄣˊ tim^5[文] tiam^5[白] 溺也，沉海 沉重 沉吟 沉淪 沉醉
全沈，但用在姓氏，只能用沈「ㄕㄣˇ sim^2」的字音

·默：ㄇㄛˋ bek^8 (集)密北切，靜也 幽也 不語也，靜默 默默不得語 默許 默認 沉默

北：必墨切，原音為 pek^4[文] pak^4[白] pok^4[俗]
(目前文讀音 pek^4 大部分只用在詩韻的韻腳，其餘都用 pok^4)
(參見第 356 頁，北)

·拖：ㄊㄨㄛ tho[文] thoa[白] 引也 延緩也 曳也，拖延 拖磨 拖欠 牽拖 拖車 拖沙 拖累 拖曳傘

·延：ㄧㄢˊ ian^5[文] chhian^5[白] 引也 遠也 長也 進也 旋也 遷也 納也，延長 拖延 蔓延 延醫 延宕(ian^5 tong^3) 延延(ian^5 chhian^5 耽擱也)

·是：ㄕˋ si[7]漳 俗 sü[7]泉 國是 是非 是否
(參見第139頁，是)

·毒：ㄉㄨˊ tok[8]文 tak[8]白 thau[7]白 怨毒 下毒
毒品 毒害 毒瘤 毒死(thau[7] si[2]白)

·箭：ㄐㄧㄢˋ chian[3]文 chi[n3]白 矢也，射箭
箭無虛發 踢箭/毽子

◯台語文讀音的韻母「ian」轉成白話音的韻母「i[n]」的白話音。也有少數習慣上念「e[n]」，例如：
(詳見「目錄17.第58頁」，燕)

·毽：ㄐㄧㄢˋ kian[3] (字彙補)經店切，音建
明朝劉侗、於奕正同撰的《帝京景物略》中記載：
楊柳兒枯，抽陀螺(秋)
楊柳兒青，放空鐘(扯鈴)(夏)
楊柳兒死，踢毽子(冬)
楊柳發芽兒，打拔兒(打尺)(春)

毽子又叫「箭子」，今稱「踢箭a，that[4] chi[n5] a」， chi[n3]→chi[n5]亂調 (可能是後代皆以有方孔的錢幣襯之，誤稱為踢錢a)

·箭子：1.謂上等稻。
《清 厲荃・事物異名錄・蔬穀・稻》
「稻品：稻之上品曰箭子，有一穗而三百餘粒者，謂之三穗子。」

2. 唐代《高僧傳》裡有一段記載：「十二歲小沙彌慧光，在洛陽天街天井欄邊踢毽子，連踢五百多下，引得眾人圍觀讚賞。」

相傳岳飛：「用箭之翎，配以金石之質，拋足而戲，以釋軍悶。」

宋朝高承所撰的《事物紀原》中也有紀錄：「小兒以鉛錫為結，裝以雞羽，呼為箭子，三五成群走踢，有裡外簾、拖槍、聳膝、突肚、剪刀、拐子、佛頂珠等不同招式玩法，亦蹴鞠之遺意也。」所以『毽子』也有人稱為『箭子』

・穿：ㄔㄨㄢ chhoan [文] 鑽也 貫也，穿通 穿插
穿梭 穿山甲(chhoan san kap^{4} 鯪鯉也)

・鯪鯉：ㄌㄧㄥˊ ㄌㄧˇ leng^{5} [文] la^{5} [白]
(leng^{5} li^{2}→la^{5} li^{2} 穿山甲也)
非「犰狳」也 ㄑㄧㄡˊ ㄩˊ (kiu^{5} ü^{5})

chheng^{7} [白] 穿也，穿衫(chheng^{7} sa^{n})
chhng [白] 貫也，穿針 穿線 穿鼻 穿孔
chhian [詩] [俗] (集)昌緣切，準也，
穿〃穿穿(chhian〃 chhian$^{1-7}$ chhian^{1} 準也)
打金珠 a 真穿(打彈珠很準也)

·甲：ㄐㄧㄚˇ kap[4]文 kah[4]白 草木初生之莩子也。甲意(合意也)(參見第 274 頁，合)
菜甲 甲等
(參見第 114 頁，p→h 甲)

「食魚食肉，ba[n5] 愛菜甲」諺

《有客．杜甫》「自鋤稀菜甲，小摘為親情」

註：在此「菜甲」是指嫩葉最好吃的部分，今引申為均衡配菜的意思，或相輔也。

·駱：ㄌㄨㄛˋ lok[8] 姓也 白馬黑尾黑鬃，良駒也

154. 現世，犀牛望月，犀利，解剖，解肉，解說討債，胎兒，第二胎，螃蟹，毛蟹，買賣望遠鏡、千里鏡

不見犀望天，不遷月無緣。
五分人勝天，一半佛修緣。

·見：ㄐㄧㄢˋ kian^3 視也 訪問，意見 拜見
　見笑(kian^3 siau^3)（參見第 199 頁，笑）
　ki^{n3}[白] 見面 相見 看見
　放見(phang^3 ki^{n3}/kian^3)（參見第 19 頁，放）

　ㄒㄧㄢˋ hian^7 仝現，呈現 看現現
　現世[教] (hian^7 si^3 丟人現眼也)

◯台語文讀音的韻母「ian」轉成白話音的韻母「i^n」的白話音。也有少數習慣上念「e^n」。
（詳見「目錄 17. 第 58 頁」，燕）

·犀：ㄒㄧ se[文] sai[白]（集)先齊切，犀牛(sai gu^5[白])
　兵器尖也，犀利[華] (se li^7[文] sai lai^7[白])
　心有靈犀一點通
　犀牛照角(大眼瞪小眼[華])

◯台語字音的使用，時有 e←→ai 的文讀、白話音互轉的情形。有些字音可以從詩韻書裡的「上平九佳 ke 韻」裡出現。例如：

·泥：ㄋㄧˋ le^7/le^{n7}→lai^{n7}(廣)奴禮切，以軟言柔語說盡好話要求也，

腮/顋泥：sai le^7/le^{n7}→sai lai^n[亂調]
司奶 sai lai^n[教]（參見第60頁，泥）

·荔：ㄌㄧˋ le^7→lai^{n7} 荔枝(lai^{n7} chi [日]れいし)
·齋：ㄓㄞ che→chai 素齋 齋戒
·西：ㄒㄧ se→sai 西方 西旁（西瓜 si koe）
「一片西來一片東」si [客]（參見第89頁，西）
·犀：ㄒㄧ se→sai 犀牛
·挨：ㄞ ㄞˊ $ai^{1/5}$→e 擊也 推也 旁排也 凡物之相近也，挨揍 挨罵 相挨 挨來 $khoe^3$去
·災、烖、灾：ㄗㄞ chai→che 災難 天災 著災 雞災
·胎：ㄊㄞ thai→the 胎盤 胎兒 胎紋 第二胎
·差：ㄔㄞ chhai→chhe 出差 信差 差教 差央
·解：ㄐㄧㄝˇ kai^2→ke^2 解剖(kai^2 $pho^{\cdot 2}$) 和解
解說(kai^2 $soat^4$[文]，ke^2 $seh^4/soeh^4$[白])
解肉(ke^2 bah^4)
·蟹：ㄒㄧㄝˋ hai^7→he^7 螃蟹 毛蟹 蟹a
·改：ㄍㄞˇ ke^2→kai^2 改裝 改變
·買：ㄇㄞˇ bai^2/bai^{n2}→be^2/boe^2 買賣 朱買臣
·賣：ㄇㄞˋ bai^7/bai^{n7}→be^7/boe^7 買賣 賣身
·債：ㄓㄞˋ $chai^3$→che^3 債台高築 債主 討債
·賽：ㄙㄞˋ sai^3→se^3 比賽 賽錢箱
塞/揳錢(seh^4 chi^{n5} 行賄也)
·齊：ㄑㄧˊ che^5→$chai^5$ 整齊 齊勻($chai^5$→$chiau^5$)?

·臍：ㄑㄧˊ che^{5}→chai^{5} 肚臍 轉臍(tng^{2} chai^{5})
·街：ㄐㄧㄝ ke/koe→kai 街路 天街(昴酉二星)
·鞋：ㄒㄧㄝˊ he^{5}/e^{5}/oe^{5}→hai^{5} 皮鞋 金縷鞋
·釵：ㄔㄞ chhe→chhai 金釵 釵頭鳳
…

·望：ㄨㄤˋ bong^{7}[文] bang^{7}[白] 日月相對為望，陰曆初一曰「朔」，陰曆十五曰「望」。
希望 願望 望族 望塵莫及^{8} 望聞問切 望你早歸
望遠鏡(bong^{7} oan^{2} keng^{3} 千里鏡[教])

·不見犀望天：指犀牛體型結構不易仰頭看天，
故「犀牛望月」意指盼不到也，一月望過一月。
(se giu^{5} bong^{7} goat^{8}[文]，sai gu^{5} bang^{7} ge^{8}/goe^{8}[白])

·遷：ㄑㄧㄢ chhian 徙也 移也，遷移 遷徙 變遷

·本詩韻尾字音為「天」、「緣」，是下平一先韻「ian」。
時下人們都將「天 thian」呼為「天 then」，
「變 pian^{3}」呼為「變 pen^{3}」，
而將「緣 ian^{5}」呼為「緣 en^{5}」，是嚴重的走音。
(參見第 126 頁，煎)

·人：ㄖㄣˊ jin^{5}[文] lang^{5}[白] (參見第 497 頁，人)

155. 搓圓 a 湯、挲圓 a 湯，挲草，空缺，缺欠缺角，缺一位，透明，透色、濫色，透水墨黑/烏，墨--著，抹黑/烏，抹--著

求滿未能團，候時缺自圜。
年頭運不透，歲尾搓湯圓。

·團：ㄊㄨㄢˊ toan[5]→thoan[5] 氣音 圓也，音仝摶，
摶：ㄊㄨㄢˊ toan[5]→thoan[5] 氣音 以手圓之也，捝聚也，摶丸(摶飯丸 捏飯丸，飯糰 華)

·搓圓 a 湯：原本是日語「談合罪」一詞而來，日本的「談合罪」即是台灣的「圍標」
因為「談合だんごう」與「湯圓だんご」的日語發音相近所致

·搓：ㄘㄨㄛ chho (集)倉何切，兩手相摩也，搓手

·挲、抄：ㄙㄨㄛ so (集)桑何切，手挼抄也，挲草
挼/挼：lo[5] 文 loe[5] 白 按揉也（參見第 57 頁，挲）
挲圓 a 湯(so i[n5] a thng 圍標也)

·缺：ㄑㄩㄝ khoat[4] 文 khoeh[4] 白 泉 kheh[4] 白 漳
玷也 不全也 少點也，
圓缺(oan[5] khoat[4]) 缺少(khoat[4] siau[2])
缺席(khoat[4] sek[8]) 缺點(khoat[4] tiam[2])
缺一下(khoeh[4]/kheh[4] chit[8] e[7] 擠一下)

缺一位(khoeh^{4}/kheh^{4} chit^{8} ui^{7} 擠一個位子也)
空缺(khang khoeh^{4}/kheh^{4} 工作也)
缺欠(khoeh^{4}/kheh^{4} khiam^{3} 欠缺也)

khih^{4}[白] 器破也
缺角(khih^{4} kak^{4}) 缺嘴(khih^{4} chhui^{3} 兔唇也)

註：漢字形聲字的聲符多有兼意。
如「青」為聲符，有「美好」意，日美為「晴」，眼美為「睛」，水美為「清」…。
如「叚」為聲符，有「紅」意，玉上紅點為「瑕」，雨後天紅為「霞」，古殉葬漆紅雕刻木偶為「假」…。
如「夬ㄍㄨㄞˋkoai^{3}」為聲符，有「不全」之意，如：缺、決、訣、抉、玦…。

·圜：ㄩㄢˊ oan^{5} (集)于權切，仝圓、環，
《說文》天體也，全也，周也，圜丘
ㄏㄨㄢˊ韓國幣制也，韓圜

·透：ㄊㄡˋ tho$^{\cdot 3}$[文] thau^{3}[白] 通也 過也，透明
透徹 透露 透支 透消息 走透透
透水(thau^{3} chui^{2} 參水也 兌水也)
透氣(thau^{3} khui^{3} 喘息也，thau$^{2-1}$ khui^{3}[亂調])
透風透雨(thau^{3} hong thau^{3} ho$^{\cdot 7}$)
透早透暗(thau^{3} cha^{2} thau^{3} am^{3})

規日透天(kui jit^{8} thau^{3} ti^{n} 整天也)

tho$^{\cdot 3}$→to$^{\cdot 3}$ 有氣音變成無氣音
透色(to$^{\cdot 3}$ sek^{4} 染也),(thau^{3} sek^{4} 混色也 滲色也)
另曰濫色(lam^{7} sek^{4} 濫:泛也)
o$^{\cdot}$→au(詳見「目錄24.第76頁」,頭)

墨黑/烏,墨--著:ㄇㄛˋ bek^{8}文 bak^{8}白
(bak^{8} o$^{\cdot}$,bak^{8}--tioh^{8} 皆有沾汙之義)

抹黑/烏,抹--著:ㄇㄛˇ boat^{4}文 boah^{4}白
(boah^{4} o$^{\cdot}$,boah^{4}--tioh^{8} 有主動誣衊之義)

156. 暗礁，礁溪，作醮，再醮，醮--人，蘸墨搵豆油，搵澹

抛錨了，前浪後礁。
錨抛了，隨與^{3}而醮。

·抛：ㄆㄠ phau 文 pha 白 擲也，抛棄 抛售 抛網

◯台語文讀音的韻母音為「au」，其中有些字音的韻母音會轉成「a」，而成為日常生活上的白話音。例如：
(詳見第 310 頁，罩)

·錨：ㄇㄠˊ biau^{5} (五音集韻)武瀌切，音苗，器也(使船停穩之器) bau^{5}俗 讀若茅，抛錨

◯河洛語音受到近古音的影響，若聲母是唇音「p、b、ph」，喉音「h」的時候，其介音「i、u 或『oa』」在目前的習慣上，某些字音則發生可有可無的走音現象。例如：
(詳見第 131 頁，尾)

·前：(參見第 286 頁，前)

·浪：ㄌㄤˋ long^{7}文 lng^{7}白 海浪 浪頭 浮浪言辭 浮浪蕩(phu^{5} long^{7} tong^{7} 浮浪槓錯意)

·礁：ㄐㄧㄠ chiau[文] ta[白] 江中有石處，觸礁
暗礁(am^3 chiau) 礁溪(ta khe 聲母 ch→t，
韻母 au→a，所以 chiau→ta)

·醮：ㄐㄧㄠˋ chiau^3[文] chio^3[白] 祭也 祈福也，
再醮 醮--人 作醮(cho^3 chio^3) 打醮

註：古時男子行冠禮時或女子出嫁時，父母酌
酒使飲之，《說文》曰「醮，冠娶禮祭」
所以婦人再嫁稱「再醮 chai^3 chiau^3」

今俗稱女子被下聘為「做--人」，應是「醮--
人」之走音也，也就是 chio^3→cho^3 少了介音
「i」

·蘸：ㄓㄢˋ cham^3 (集)莊陷切，斬去聲。以物投水
也，蘸墨 蘸筆

《十二月二日夜夢遊沈氏園亭．陸游》
「香穿客袖梅花在，綠蘸寺橋春水生。」

·搵：ㄨㄣˋ un^3(集)烏困切，溫去聲。按也，
手撩物也，搵豆油[教]
搵澹[教] (un^3 tam^5 澹：ㄉㄢˋㄊㄢˊ)

《司馬相如・子虛賦註》「焠亦搵染之義」
《寒山詩》「蒸豚搵蒜醬，炙鴨點椒鹽。」
《梁書》「(王)僧通取肉搵鹽以進(侯)景」

157. 栽培，培墓、掃墓，花蕾、花蕊，茂盛樹 a 真茂，家內，枯萎，螺絲牙萎去，發笋發穎，剪刀、鉸剪、鉸刀，剪綹 a

有培無蕾，外茂內萎。
剪枝澆肥，翌年發笋。

·培：ㄆㄟˊ poe^{5}[文] pe^{7}[白] (集)蒲枚切，益也
養也，栽者培之 栽培(chai poe^{5}) 培養 培植
poe^{7}[文] (集)薄亥切，重也
po·^{7} (集)薄口切，小阜也，壘培

《揚子·方言》晉楚之閒，塚或謂之培
培墓(poe^{7} bo·^{7})昔皆土葬，增添覆土也，清明時加土護墓，故稱之。今多火葬且放族墓或塔墓，稱掃墓(sau^{3} bo·^{7})或培墓可也

·蕾：ㄌㄟˇ lui^{2} 蓓蕾始華 花綻也，花蕾
蕊：ㄖㄨㄟˇ jui^{2} (集)乳捶切，花也 花聚也
lui^{2}[教] 朵也 隻也，一蕊花 兩蕊目睭/珠

·茂：ㄇㄠˋ bo·^{7}[文] am^{7}/om^{7}[白] 草木繁盛也
勉也，茂盛^{7} 茂林 茂才
樹 a 真茂(chhiu^{7} a chin am^{7}/om^{7})

·內：ㄋㄟˋ loe^{7}[文] lai^{7}[白] 裏也，內助 內閣
內憂外患 內容 內行 內亂 內臟
內人(loe^{7} jin^{5} 家內かない[日] ke lai^{7})

·萎：ㄨㄟ　ui^1/2 （唐）於危切，
蔫也(ian文　lian教　物不鮮也，花蔫)
(參見第143頁，蔫)
病也 磨損也 萎縮也，枯萎(kho˙ ui^2)
萎靡不振 哲人其萎 螺絲牙萎^1去

ㄨㄟˇ ui^2 （唐）鄔毀切，蘗草也

註：「於」，在《康熙字典》切音時，都歸於「陰平聲」，所以「於」呼音為「u」，為零聲母的第一聲。
但時下華語呼為「ˊ第二聲」，因而就有人將之呼為「u^5」而成為陽平聲。

·於：ㄨ o˙ （集）汪胡切，仝烏
《韻會》「隸變作於」。古文本象烏形，今用為嘆辭及語辭字，遂無以為烏鴉字者矣

另 u （集）衣虛切，音仝淤，語辭也，地名，
《戰國策》「商於(商鞅封邑)之地六百里」

ㄩˊ ü^5/u^5上平六魚韻、七虞韻收錄，
到也 在也 給也 被也 和也 對也，
於今 車行於路 贈於 敗於 大於 等於

·剪：ㄐㄧㄢˇ chian^2 斷也，剪斷 裁剪 剪影
剪刀(鉸刀也　ka^2 to) 鉸剪教
鉸：ㄐㄧㄠˇ kau^2文　ka^2白 （廣）古巧切，

剪綹 a(chian[2] liu[2] a) 剪綹仔教 (扒手也)
(參見第 124 頁，綹)

《唐．賀知章．詠柳》下平四豪韻
「碧玉妝成一樹高(ko)，萬條垂下綠絲絛(tho)。
不知細葉誰裁出，二月春風似剪刀(to)。」

·澆：ㄐㄧㄠ kiau(集)(正)堅堯切，jiau[5](彙)
沃也，澆花 澆水華 沃花 沃水台

○漢語中聲母「ㄐ」，往往在台語的聲母「k」。
例如：
雞機基譏機羈稽激肌姬畸饑畿箕奇及極吉級急擊金斤幾己給戟計既記紀忌技季繼寄妓悸驥覬騎家嘉佳加枷袈笳葭賈假甲舺軍嫁價架駕稼皆街階結偕揭傑潔劫竭擷羯孑訐解界介屆戒誡芥驕交教膠嬌叫較覺轎校窖九久韭舊救究舅咎疚間兼監堅肩艱姦見件建諫驚經京江疆姜薑僵緊錦僅局佝菊橘…

·翌：ㄧˋ ek[8] 明日也，翌日 翌年

·蒍：ㄨㄟˇ ui[2]文 i[n2]白 (集)尹捶切，草、木、花初生者。發穎教/發蒍(puh[4] i[n2])

發：hoat[4]文 hut[4]詩 (聲母 p→h 上、中古音聲母音變)
hut[4]→put[4]→puh[4]白 (入聲音 t、p、k 轉變成 h 成為白話音)

158. 畫循、描循、概循，袷循，闢循、癖循、必巡重循，且慢、慢且，鼎鍋仔

因循苟且，大海一孤棹。
風平浪靜，小舟行自速。
革故鼎新，漁獲全入橐。

·循：ㄒㄩㄣˊ sun[5]（集）松倫切，依也 順也
巡也，因循 循環 遵循
畫循(oe[7] sun[5] 畫線也)
描循(bio[5] sun[5] 畫線也)
概循(kai[3] sun[5] 畫線也)
袷循(kap[4] sun[5] 衣布接縫也)
目珠皮重循(teng[5] sun[5] 雙眼皮也)
闢循(pit[4] sun[5] 龜裂也) 必巡[教] 裂痕也
癖循(pit[4] sun[5] 仝闢紃ㄒㄩㄣˊ)

癖：piat[4]→peh[4]→pih[4]→pit[4] 腫滿悶而皮裂也

·紃：ㄒㄩㄣˊ sun[5]（集）松倫切 川本為貫流也，加「糸」部首後，穿鞋之五彩圜線。作「動詞」用時，當依循也，與「循」音義相通。
《淮南子·精神訓》「以道為紃」
《荀子·非十二子》「反紃察之」

·巡：ㄒㄩㄣˊ sun[5]（集）松倫切，相循也 行也
察看 線條，巡社區 畫一巡 目睭重巡 必巡[教]

· 苟：（參見第 323 頁，苟）

· 且：ㄑㄧㄝ∨ chhia^{2}（集）淺野切，chhia^{n2} [俗] [教]
等一下 稍待片刻，且慢 慢且 慢且講 苟且
慢且序/慢且是[教]（ban^{7} chhia^{2} si^{7}）

· 棹：ㄓㄠ丶 chau^{7}/tau^{7}，仝櫂，進船長楫也，
《秋風辭・漢武帝》「簫鼓鳴兮發棹歌」
ㄓㄨㄛ tok^{4}→toh^{4}[白]（類篇）直角切，仝桌，
案也 几棹之屬
tau^{7}→chau^{7} （詳見「目錄 33. 第 101 頁」，持）

· 小：（參見第 495 頁，小）

· 鼎：ㄉㄧㄥ∨ teng^{2}[文] tia^{n2}[白] 造飯具也，銅鼎
三鼎食 五鼎食 銑鼎 大鼎
鼎鍋仔[教]（tia^{n2} oe a）

「平埔某好牽，三腳鼎難安。」[諺]（指四百年前
閩人來台娶某容易飼家難。）

· 魚：（參見第 243 頁，魚）

· 獲：ㄏㄨㄛ丶 hek^{8}（集）胡陌切，得也，獲得 漁獲

· 橐：（參見第 287 頁，橐）

159. 赼趄，趄一倒，趄趄、趨趨，趨勢，屈勢 孤癖，歹癖，各癖，去奉癖，囁嚅，犬吠、狗吠

足將進而赼趄，心欲善而囁嚅。
再躊躇終如此，大聲喝犬吠豬。

· 將：(參見第 300 頁，將)

· 赼：ㄗ chi [漳] chü [泉]（集)千資切，
音仝咨(chi)， chhi [氣音] chhü [氣音]
行不進也 難行也 行止之礙也，
《說文》赼趄

· 趄：ㄐㄩ ㄑㄩ chhi [漳] chhu/chhü [泉]（集)千余切，仝跙[教] chhu 滑也 斜也 踉蹌前進也，
仝趨，
趄一倒 跙冰 趄趄(chhu chhu) 趨趨 趨雪

赼趄：chi chhu 遲疑猶豫、舉步不前(雙聲同義複詞)

趨：ㄑㄩ chhu [教] 斜也 滑也，趨趨(不正也)
趨雪(滑雪也)，仝趄
趨勢(chhu se[3] 行情也)

屈勢(khut[4] se[3] 指彎身姿勢 姿態也)
此音可能是日語外來語：

癖[日]：「くせ」，「kuse」，「khut^{4} se^{3}[台]」
癖：ㄆㄧˇ phek^{4}[文]　p/phih^{4}[白]　phiah^{4}[白]
　　嗜好之病也，歹癖 孤癖(ko$^{\cdot}$ phiah^{4})
　　癖好(phek^{4} ho^{3}/ho^{n3}) 各癖(kok^{4} pih^{4})
　　去奉癖(khi^{3} hong^{7} phih^{4}罵語也)

其義如下：
1. 無意識的習慣，習性，癖性，癖好：如晚睡或早起的習慣，抽菸的習慣，摸魚的毛病等
2. 特徵，特點：如有矯揉造作的文章
3. 故態，舊態，難以改變的狀態：如習慣性的髮型等
4. 有某種的傾向：如偷懶的傾向等
5. 儘管也：如儘管他很有錢，但是很吝嗇等

·囁：ㄋㄧㄝˋ liap^{4} (集)質涉切，口無節也 私罵也 口動也，囁嚅(liap^{4} ju^{5} 欲言又止也)

·嚅：ㄖㄨˊ ju^{5} (集)汝朱切，多言也，囁嚅，同義複詞
《送李顯歸盤谷序．韓愈》「足將進而趑趄，口將言而囁嚅。」

·喝：(參見第320頁，喝)

·吠：ㄈㄟˋ hui^{7}[文]　pui^{7}[白]　犬吠(khian^{2} hui^{7})
狗吠(kau^{2} pui^{7})
(參見第19頁，吠)

160. 目睫毛，三八，嬈，嬈--嬌，沒收，沒頭蠅
無頭神，撇--輪轉，眼一下，看一下，閃一下
閃--一下，瞭一下，瞬一下，瞥一下，瞄一下
探一下，瞇一下，瞠--人、睜--人，凝--人
繩--人，明哲、知徹

目不見睫，八字沒一丿。
事欲告捷，眼前是明喆。

· 目：ㄇㄨˋ bok[8] 文 bak[8] 白 眼也 條目也
（參見第 25 頁，夢）

· 睫：ㄐㄧㄝˊ chiap[4] 文 chiah[4] 白 上下眼皮邊毛
迫在眉睫(pek[4] chai[7] bi[5] chiap[4])
目睫毛(bak[8] chiah[4] bng[5] 眼睫毛也)
（參見第 116 頁，睫）

· 捷：（參見第 154 頁，捷）

· 八：ㄅㄚ pat[4] 文 poeh[4] 泉 白 peh[4] 漳 白 三八
1. 單獨使用時，如：八、九…
2. 連用在語詞的後面，如：第八
3. 連用在華語的陰平，陽平，上聲的前面，
如：八方 八國 八尺 八仙

ㄅㄚˊ（台語皆收入聲音，沒有區別）
1. 連用在去聲字和輕聲字的前面，
如：八卦(ㄅㄚˊ ㄍㄨㄚˋ) 八字(ㄅㄚˊ ㄗˋ) 八戒(ㄅㄚˊ ㄐㄧㄝˋ)

按照《大明律》規定：「凡軍民詞訟，皆須自下而上陳告。若越本管官司，輒赴上司稱訴者，笞五十。」
自宋至明婦女地位低落，不得自行提出訴訟。後來開放婦女每月 8 號、18 號、28 號可親臨擊鼓伸冤，但要先受笞杖，慘不忍睹。而這些婦女則被稱為「三八」

有關「三八」一稱，也指當初清國被迫開港通商時，外國人必須待在城外特定區域居住及限定與中國特定商賈進行交易。只開放外國人每月 8 號、18 號、28 號可以進城活動，因此少見到外國人的本地人看到了外國女子較為開放的穿著稱呼外國人進城為「看三八」。

在台語裡三八也能拿來形容男生，也就是「三八兄弟」，但其實不是罵而是嫌朋友太見外。
「三八假賢慧」[俚] 批評女人之話語

·嬈：ㄖㄠˊ jiau^5（集)如招切，姸媚貌，嬌嬈
jiau^5→hiau^5[走聲] 形容女孩騷也
ㄖㄠˇ liau^2（集)乃了切，擾戲弄也，
嬈--嬌(liau^2--kiau 批評女孩子不正經 謔也)

·沒：ㄇㄛˋ but^8[文] bok^8[俗] （集)莫勃切，音歿，
沉也 盡也 過也，貪也，沉沒 埋沒 沒收 沒落

沒命：《歡聞變歌 其五·南朝民歌，(屬吳歌西曲)》
「鍥臂飲清血，牛羊持祭天。
沒命成灰土，終不罷相憐。」

鍥:ㄑㄧㄝˋ：khiat[4] 刈也，鍥而不捨

ㄇㄟˊ bo[5]白 沒采 沒有好事，倒楣也
沒頭蠅俚（bo[5] thau[5] sin[5] 無頭蒼蠅/胡蠅也）
1. 指沒有根，到處流浪的人。
2. 形容沒頭沒腦的人。無頭神教（客語亦用之）

·丿：ㄆㄧㄝˇ phiat[4] 仝撇，左捩也，八字沒一撇
撇--輪轉(phiat[4]--lin[5] tng[2] 喻說話溜[7]也)

·眼一下：ㄧㄢˇ gan[2]文 （gian[7] 叶五[6-2]建切，言去聲，眼前 gian[7] chian[5]，但少人用）
·看一下：ㄎㄢˋ khan[3]文 khoa[n]白
·閃一下：ㄕㄢˇ （siam[2-1] chit[8] e[7]）躲在門縫裡偷看也，閃--一下(siam[2]--chit[8] e[7] 躲開也)
·瞭一下：ㄌㄧㄠˇ liau[2]文 lio[2]白 眼睛明亮望也，明瞭 瞭解
·瞬一下：ㄕㄨㄣˋ sun[3]文 sut[4]白 眨眼也
·瞥一下：ㄆㄧㄝ phiat[4] 過目也，飄瞥(帥氣也)
·瞄一下：ㄇㄧㄠˊ biau[5]文 bio[5]白 注視也
（ㄇㄧㄠ biau[n] 瞄一下華）
·探一下：ㄊㄢ ㄊㄢˋ tham 伸手遠取也 探頭也
·瞇一下：ㄇㄧ ㄇㄧˊ bi/bi[n]/bi[5] 仔細看也
（bi[5]--chit[8] e[7] 有小寐的意思 寐[7]一下）

- 瞠--人：ㄔㄥ theng→chhi^{n} 直視也
- 睜--人：ㄓㄥ cheng→chhi^{n} 不悅視也
- 凝--人：ㄋㄧㄥˊgeng^{5} 用冰冷、不屑的眼神瞧人
- 繩--人：ㄕㄥˊ seng^{5}→chin^{5} 直也，目珠/睭金金繩
  繩繩 a 看 目珠/睭繩(bak^{8} chiu chin^{5})
  (參見第 285 頁，繩)
- 降--人：ㄐㄧㄤˋ kang3 瞪也 貶也 下也，
  目珠/睭降 (參見第 350 頁，降)
- 瞪：ㄉㄥˋ teng^{7} 直視也，瞪眼
- 瞋：ㄔㄣ chhin (集)稱人切，張目怒視也，瞋目
- 瞧：ㄑㄧㄠˊ chiau^{5} 偷視貌，狗眼瞧人低
  …

- 前：ㄑㄧㄢˊ chian^{5}[文] cheng^{5}[白]
  前頭(chian^{5} tho$^{\cdot 5}$/thiu^{5}[文]) thiu^{5}[詩]
  頭前(thau^{5} cheng^{5}[白])

  「前聲呼後韻」是（使用《康熙字典》或其他韻書的「切音」口訣：上/前字取「聲母」，分陰陽；下 /後字取「韻母」，定平上去入。）
  (參見第 286 頁，前)

- 喆：ㄓㄜˊ tiat^{4} 仝哲，明也 智也 知也
  《揚子・方言》「黨、曉、哲，知也。楚謂之黨，或曰曉，齊宋之間謂之哲。」

  黨：若當「知」用，黨朗 不黨(今曰不懂也)
  喆：仝哲，tiat^{4}→thiat^{4}[氣音] 知也 通也
  徹也，明哲 知徹(chai thiat^{4} 今曰了解有徹)

161. 土地，土地公，接接、摭接，番薯，吐蕃圖博，塗跤，傳湠

地老天荒，不接青黃。
翻土改種，番薯煮湯。

· 地：ㄉㄧˋ ti7 文 te7 俗 文 (正)徒利切，
土地公(tho·2 ti7 kong)
(集)大計切，地方 土地(tho·2 te7) 在地 地球

· 老：(參見第 90 頁，老)

· 接：ㄐㄧㄝ chiap4 文 chih4 白 續也 交也 承也，
迎接 接受 接送 接待 交接
接一下(chiap4/chih4 chit8 e7)
接接 (chih4 chiap4)

摭：ㄓˊ chek8/chit8→chih8 取也，
摭接(chih8→chih4 chiap4 亂調)

· 不接青黃：put4 chiap4 chheng hong5
青，新米也。黃，陳米也
舊糧已經吃完，新糧尚未接上。也比喻人才或物力前後接續不上。同「青黃不接」。

· 土：(參見第 277 頁，土)

·種：ㄓㄨㄥˇ chiong^{2}[文]　cheng^{2}[白]　種類 種種
種族 人種 種子(cheng^{2} chi^{2}) 種著爸母
ㄓㄨㄥˋ chiong^{3}[文]　cheng^{3}[白]　種因
種植(chiong^{3} sit^{8}) 種瓜得瓜
種菜(cheng^{3} chhai^{3})
拖去種(thoa khi^{3} cheng^{3} 次方言俗稱埋葬也)

·番：ㄈㄢ hoan→han[走音]（少了介音「o」）
（詳見「目錄 44. 第 131 頁」，尾）

番：初文的韻母音為「o」、「oan」，孳乳文「吐蕃」一詞在唐朝時期呼為「to$^{\cdot 2}$ po^{5}」即後來的「西藏」，今之「圖博[音讀音]」。
聲母音「h←→p」（詳見「目錄 3. 第 17 頁」，肥）

·薯：ㄕㄨˇ chu^{5}[泉]　chi^{5}[漳]　仝甘藷 山芋

番薯雖有番字，但並非台灣土產，與原住民毫無關係，反而是遠在中南美的祕魯原產。
自哥倫布發現美洲大陸以後，番薯容易保存又方便烹煮食用，深得航海人的喜好。
隨著大航海時代來臨，番薯也跟著航海人的腳步，遍佈世界各地，非洲由葡萄牙人引進，亞洲由西班牙人引進，只要是溫熱地區，都能使番薯成長繁衍快速。

至於番薯加上艹頭成「蕃薯」，或「甘藷」都是日本時代學術與文獻上的稱呼。
（文/參閱蔡承豪先生的研究）

·「番薯厚根，番婆厚親。」諺 (han chi^{5} kau^{7} kin， hoan po^{5} kau^{7} chhin)

台灣 400 年前之明、清移民來台者多為羅漢腳，單身男子定居後，為傳宗接代而娶漢化原住民女子為妻(包括漢化者)。
根據林媽利博士的 DNA 研究，發現居台數代之台民八成以上都有原住民的基因，由此諺語也可印證之。

·「番薯毋驚落土爛，只求枝葉代代湠。」諺
湠：ㄊㄢˋ than^{3}文 thoa^{n3}白 大水也
水廣貌，湠漫 傳湠(thng^{5} thoa^{n3}白) 湠開

·煮：ㄓㄨˇ chu^{2}泉 chi^{2}漳 煮飯 煮食 煮豆燃萁
刀煮師 (to chi^{2} sai 俗 總舖師教 廚師也。此音未聞有人以泉州腔呼之)
「醫生驚治嗽，土水師驚掠漏，刀煮師驚食晝」諺

·湯：ㄊㄤ thong文 thng白 湯武革命 湯池 湯匙
菜湯 湯藥 湯頭

◯台語文讀音的韻母音為「ong」，則有許多字音可能轉成「ng」的白話音。 例如：
(詳見「目錄 49. 第 144 頁」，荒)

162. 袈裟，切菜，切開，一切，平均切，喝切切切--咧，掩來切去，切心、慼心，口罩喙掩，乇心，李哪乇，牢騷，囉嗦/唆

未穿袈裟愁多事，袈裟穿了事更多。
塵緣未盡，切莫牢騷。

·未：ㄨㄟˋ bi[7] 文 boe[7] 泉 白 be[7] 漳 白
(參見第 345 頁，未)

·穿：(參見第 378 頁，穿)

·袈：ㄐㄧㄚ ka 泉 文 ke 漳 白 (集)居牙切，
袈裟(ka sa 文，ke se 白 和尚的法衣也)

·裟：ㄕㄚ sa 泉 文 se 漳 白 (集)師加切
(參見第 266 頁，稼)

·愁：ㄔㄡˊ siu[5]→tiu[5]→chiu[5]/chhiu[5] 氣音
(唐)士尤切，(集)(正)鋤尤切，悲也 慮也
(詳見「目錄 18. 第 62 頁」，待)

·切：ㄑㄧㄝ chhiat[4] 文 chheh[4] 白 斷絕也 割也
刻也 迫也 急也，切開 切割 切菜 切磋 切齒

切心/慼心 教 (chheh[4] sim 心冷也)
切切--le(chheh[4] chheh[4]--le 斷絕關係)
喝切(hoah[4] chhiat[4]，hoah[4] chheh[4] 分手也)

ㄑㄧㄝˋ chhi[3]/chhe[3] 音仝砌 眾也 多也，
一切(it[4] chhe[3])
平均切(peng[5] kun chhe[3]→peng[5] kun chhe[2] 亂調 大約也)
掩來切去(iam[2] lai[5] chhe[3] khi[3]→am lai[5] chhe[3] khi[3] 走音)

掩：ㄧㄢˇ iam[2]→am 教
喙掩教（chhui[3] am 口罩也，kho˙[2] ta[3] 文，khau[2] tau[3] 白） 嘴：喙教 chhui[3]

吒：ㄓㄚˋ ㄓㄚ chha[3]（集)陟嫁切，
chha[1]（集)陟加切，chhe[3] 白（彙）

1. 怒聲相責，吒怒也，吒聲
2. 痛惜，撫心獨悲吒，怨吒(oan[3] chhe[3])
吒心(chhe[3] sim) 吒嘆(chhe[3] than[3])
4. 吃東西口舌作聲

李哪吒：li[2] lo[5] chha→li[2] lo[5] chhia 走音
（多了介音「i」）

·騷：ㄙㄠ so（正)蘇曹切，擾也 動也 愁也 蹇也，
騷擾 騷動 騷風 騷人(詩人也)
騷聲錯意（餿聲也 sau sia[n]，燒聲錯意
梢聲教）（參見第 77 頁，餿）

牢騷(lo[5] so)與囉嗦/唆(lo[5] so)意思不同

163. 突杈、出杈，跋倒，相嚷，蹛院，大聲號疏開，食燻，掩掩掖掖，僭權，落漆，落價過身，家己人，𣍐使，會使，揘柴，揘茶、燃茶，車䫌、奢䫌，映目，也是、曷是

不足月^{8}，易流產，急動𣍐平安。
無陣痛，何生產，時到留也難。

・流：ㄌㄧㄡˊ liu^{5}[文] lau^{5}[白] 上流 流放 流行 流水 外流 流洩 高山流水（參見第 361 頁，流）
潮流：同義複詞，現流/潮海產 新潮 流行

◯同義複詞的詞項，常有台語和華語各取一字使用，而彼此的意思相同。例如：

・澡浴：洗澡[華]，洗浴[台]
・謀畫：計謀[華]，計畫[台]（hoa^{7}、oe^{7}、ek^{4}）
・腦殼：頭腦[華]，頭殼[台]
・鄙陋：粗鄙[華]，低陋[台]
・測量：測時間[華] [台]，量時間[台] [華]
・倚偎：倚靠[華]，偎靠[台] 倚靠[教]（oa^{2} kho^{3}）
　偎：ㄨㄟ oe（集）烏回切。 oa^{2}[白]
・突出：突杈[台]（tut^{8} chhe^{7}），出杈（岔）[華]
　杈：ㄔㄚ ㄔㄚˋ chha（集）出加切
　chhe→chhe^{7}（集）初佳切
　出杈：ㄔㄨ ㄔㄚˋ
・烘烤：烘肉[台]，烤肉[華]

· 刺鑿：刺眼華，鑿目台

· 寵倖：寵孩子華，倖囝 a 台 (seng^{7} gin^{2} a)
(倖仝幸，heng^{7}→seng^{7})

· 答應：答話華，應話台 (in^{3} oe^{7}勾)

· 教訓：教示台，訓示華

· 虧損：很虧華，真損/打/拍損台 (phah^{4} sng^{2})

· 添加：加油華，添油/加油台

· 蹎跋：蹎倒華，跋倒台

· 真正：真實華，正實台 (chia^{n} sit^{8})

· 穩妥：穩當華，妥當台

· 眼目：大小眼 眼珠華，大小目 目珠(chiu 台)

· 契合：契目台，合/闔眼華

· 容允：容許華，允准台

· 衣衫：衣襬華，衫裾台

· 襬裾：裙襬華，裙裾台

· 行走：行春/行運台，走春/走運華

· 跑走：走路台，跑路華

· 捲跑：捲款華，跑錢台

· 均勻：平均華，齊勻台 (chiau^{5} un^{5})

· 敗壞：敗了了台，壞了華
壞了了台 (hai^{7} liau^{2} liau^{2})

· 寬闊：門很寬華，門真闊台

· 喧嚷：喧嘩華，相嚷台 (ㄖㄤ ㄖㄤ∨jiong^{2})

· 哭號：大聲哭華，大聲號台 (hau^{5}→hau^{2}亂調)

· 入住：入院/蹛院台 教，住院華

· 醫病：醫院華，病院台

· 散開：疏散華，疏開台 日

·總統：攏總[台]，攏統[華]（統--來[台] 拿過來也）

·菸(煙)薰(燻)：抽菸[華]，食薰(燻)[教] [台]

服菸/薰(pok^8 hun)(參見第 138 頁，服)

·吸食：吸菸[華]，食薰(燻)[教]

·遮掩：遮遮掩掩[華]，

掩掩掖掖[台]（iam^2 iam^2 iap^4 iap^4）

掖：一丶 一せ 一せ丶。

一丶音教育部取消不用，

只用一せ 一せ丶兩音

一せ，iap^4？藏也，掖錢 益錢[反]

一せ丶，ek^8 挾持也

·央求：央教(差教)[台]，求教[華]

·唸叨：雜唸[台]，嘮叨[華]

·越權：僭越[華]，僭權[台]（ch/chhiam^3 koan^5）

·心腹：心腸[華]，腹腸[台]

·乾焦：口乾[華]，嘴焦[台]/喙焦[教]

·火紅：很火[華]，真紅[台]/誠紅[教]

·將就：姑不將[台]，遷就[華]

·空閒：有空[華]，有閒[台]

·洩漏：洩氣[華]，漏氣[台]

·過往：過身[台]，往生[華]

·挖掘：挖土[華]，掘土[台]/掘塗[教]

·跑走：代跑[華]，代走[台]（日本職棒術語，台語亦用之）

·摒除：摒/拚掃[台]，掃除[華]

·欠缺：欠錢[台]，缺錢[華]

·缺失：缺德[華]，失德[台]

· 路途：無路用台，無用途華
· 共同：相共台，相同華
· 掉落：掉漆華，落漆台
· 降落：降價華，落價台
· 落下：落雨/落雪台，下雨/下雪華
· 濁醪：濁酒華，醪酒台。(醪 ㄌㄠˊ lo^5)
《說文》汁滓酒也。《廣韻》濁酒
· 自己：自家人華，家己人台
· 湊罩：湊熱鬧華，罩鬧熱台/鬥鬧熱教
湊陣華，罩陣台/鬥陣教
· 真誠：真好台 華，誠好教 ($chia^{n5}$ ho^2)
· 恬靜：恬恬台，靜靜華 (恬恬俗)
· 斡旋：彎斡台，迴旋華。越頭教/斡頭俗
· 滑溜：手滑華，溜手/手滑台 ($chhiu^2$ kut^8)
· 光明：精光台 (cheng kong)，精明華
· 仔細端詳：仔細華，詳細台。細節華 詳情台
· 詭怪：變詭台，搞怪華 狡怪教 (狡獪也)
· 打探ㄊㄢˋ：打聽華，探聽台 ($tham^3$ $thia^n$)
· 探伸ㄊㄢ：探頭台 (tham $thau^5$)，伸頭華
· 參兌/加：參水台，兌水/加水華
· 等候：等一下華 台，候一下台 (hau^7 $chit^8$ e^7)
· 等待：等一下台，待一會華
· 身世：過身台，去世華
· 芳香：真/誠芳教 ($chia^{n5}$ phang)，很香華
· 寬闊：寬敞華，空 [3] 闊台
· 混亂：混戰華，亂戰/亂刣台
· 裸露：赤身裸體華，赤身露體台

· 作使：作派[華]，使派[台]
· 順趁：順手[台]，趁手[華]
· 衝撞：衝突[華] [台]，撞突[台]（tong^{7} thut^{8} 唐突）
· 爬梳：爬頭鬃[台]，梳頭髮[華]（此兩詞今意不同）
· 算數：算計[華]，數想[台]
· 果子：開花結果[華]，開花結子[台]
· 澹溼：沃澹[台]，沾溼[華]
· 生性：生命[華]，性命[台]
· 腥臊：腥味[華]，臭臊[台]（chhau^{3} chho）
· 凍寒：凍酸[台]，寒酸[華]　凍霜[教]
· 店鋪：當店[台]，當鋪[華]
· 瓶罐：一瓶酒[華]，一罐酒[台]
…(其餘例句請參見第 29 頁，發生)

· 𣍐：boe^{7} 未也 不會也，此音是由「勿 but^{8}」「會 hoe^{7}」兩字音切出來的，「but^{8} + hoe^{7} =boe^{7}」（教育部用「袂」字替代）(參見第 477 頁，甭)
𣍐使(boe^{7} sai^{2}) 會使(e^{7} sai^{2})

會：ㄏㄨㄟˋ hoe^{7} 會計 會話
孳乳文：繪畫 蘆薈
ㄎㄨㄞˋ koe^{3} 會計
孳汝文：秦檜 市儈 膾炙 鱠魚
狡獪/狡怪[教]（kau^{2} koe^{3} 九怪[錯意]）
e [白] 會曉 會當 會使

· 疼：ㄊㄥˊ tong^{5}[文] thang^{3}[白]（集）徒冬切，痛也

·痛：ㄊㄨㄥˋ thong^{3} 文 thia^{n3} 白 (集)他貢切，病也，疼痛(thang^{3} thia^{n3})

◯台語文讀音的韻母音為「ong」，則有許多字音可能轉成「ia^{n}」的白話音。例如：

·娘：liong^{5}→lia^{n5} 娘子 舞孃(娘) a 娘
·向：hiong^{3}→hia^{n3} 倒向 倒向向? 倒摔向 教
·惶：hong^{5}→hia^{n5}→ia^{n5} 驚惶(驚營也 怔營也)
·揘：hong^{5}→hia^{n5} 揘火 揘柴入灶 揘茶/燃茶 教
·颺：iong^{5}→ia^{n5} 車颺/奢颺 教
·痛：thong^{3}→thia^{n3} 疼痛(thang^{3} thia^{n3})
·映：iong^{3}→ia^{n3} 光映映 放映^{3} 映$^{3-2}$目
·怎：choa^{n2}→chia^{n2} 怎樣 按怎
(此音集、廣韻皆未收。詳見康熙字典)
(此音可能是某兩字音或三字音連音而來？如「醬」：這樣也，「踹共」：出來講也)
…

·也：ㄧㄝˇ ia^{2} (集)(正)以者切，音仝野，語之餘也。但很多時候都呼之為輕聲，或第七聲。
你也$^{7-3}$來了 六代豪華春去也^{2}
也$^{2-1}$無風雨也$^{7-3}$無晴
也：ia^{2} 很多人習慣將介音「i」忽略了。
也是：ia$^{2-1}$ si^{7}→a si^{7}

曷：ㄏㄜˊ hat^{4} 何也，曷不 曷若
ah^{8} 教 曷是 走音 (也是，ia^{2}→a^{2} 走音)

164. 碾灰、碾烌，軋米，碾米，乘船騙馬，諞大耳諞惑，哄堂，哄騙，哄--人

心似晛晛，人事轉碾。
痛下決心，見馬就騙。

‧晛：ㄒㄧㄢˋ hian$^{6-7}$ (正)胡^{5}典^{6}切，小視也，
晛晛：因恐懼而不敢舉目揚眉的樣子

○ 依《康熙字典》的切音，若切出第 6 聲(陽上)時，聲母為「k-、t-、p-、h-、ch-、s-」 轉讀成第 7 聲
聲母為「零聲母、g-、b-」轉讀為第 2 聲
但是若聲母為「l-、j-」則依習慣轉第 2 聲或第 7 聲
(詳見「目錄 32. 第 98 頁」，戶)

‧轉：(參見第 315 頁，轉)

‧碾：ㄋㄧㄢˇ lian^{2}[文] geng^{2}[白] 碾壓 碾藥
碾灰/碾烌[教] (geng^{2} hu) 碾米(geng^{2} bi^{2})
軋：ㄧㄚˋ ㄍㄚˊ ka^{2}[俗] 軋米(ka^{2} bi^{2})

‧痛：(參見第 409 頁，痛)

‧就：(參見第 141 頁，就)

·馬：(參見第 97 頁，馬)

·騙：ㄆㄧㄢˋ phian^{3} (正)匹見切，
躍而乘馬也，乘船騙馬
今借為「誆騙」用也，欺騙 騙子

·諞：(參見第 68 頁，諞)

·騙、諞：此兩字可能在使用的過程中發生錯置的情形，不可考。
(參見第 68 頁，騙)

·謆：ㄕㄢˋ sian^{3} (集)式戰切，以言惑人也，
謆大耳(sian^{3} toa^{7} hi^{n7} 被騙也，被蠱惑也)
謆惑(sian^{3} hek^{8})

·哄：ㄏㄨㄥ hong 許多人同時發聲，哄堂 哄動
ㄏㄨㄥˇ hong^{2}[泉] hang^{2}[漳] [白] 用話騙人，
哄騙(hong^{2} phian^{3}) 哄小孩
哄--人(hang^{2}--lang^{5}) 用話哄人，有恐嚇之意

165. 八珍，囑咐，災厄，打嗝，打噎，打呃，搧開笮水，碁重，碁嗽，這踏，怨慼，嚇驚，鼎刷番麥，棉績被，倚畫，倚偎，傾偎

水洶囑自珍，厄禍隨時臻。
轉向或迴進，倚人亦靠神。

·洶：ㄒㄩㄥ hiong 音仝胸，湧也，洶湧

·囑：ㄓㄨˇ chiok[4] 託也 咐也，囑咐(chiok[4] hu[3]) 遺囑

·珍：ㄓㄣ tin 文 chin 白 (集)知鄰切，寶也 貴也 美也，珍惜 珍貴 珍寶 美珍 八珍

·八珍：是漢藥中的「四物湯」加上「四君子湯」所組成的。
四物湯包含川芎、白芍、熟地、當歸四味。
再加上君子湯的人蔘、茯苓、白朮、甘草(炙)這四味，所形成的八味藥材，是溫熱補氣又補血的家常漢藥。
如果再加兩味-黃耆和肉桂，就是家喻戶曉的「十全大補湯」了。

今日不管是「八珍」或是隱諱表達「十全欠二味」都是指三八，很寶，無知的女人。

tin→chin 珍珠

◯進入近古音的明朝《洪武正韻》之後，許多聲母音變，有些聲母「t→←ch」、「th←→chh」。但也有在中古音韻的韻書裡就同時收錄兩個上述不同的聲母。例如：

(詳見「目錄 33. 第 101 頁」，持)

·厄：ㄜˋ ek^{4}[文] eh^{4}[白] 難^{7}也 苦也，

災厄(chai ek^{4}/eh^{4}) 厄運(ek^{4} un^{7}) 度一切苦厄

◯台語常有「ek→eh」，文白音對轉韻的情形，在《彙音寶鑑》中，「經韻入聲」轉變成「嘉韻入聲」的例字音：

·伯/柏：pek^{4}→peh^{4} 伯仲 a 伯 松柏

·擘：pek^{4}→peh^{4} 擘開

·骼：kek^{4}→keh^{4} 骨骼

·格：kek^{4}→keh^{4} 格調 風格 格 a

·嗝：kek^{4}→keh^{4} 打嗝

·呃：ㄜˋ ek^{4}→eh^{4} 氣逆上衝，打呃

·隔：kek^{4}→keh^{4} 隔間

·搹：ㄍㄜˊ kek^{4}→keh^{4} 仝隔，搹開

·客：khek^{4}→kheh^{4} 客觀 客中行 人客 客氣

·笮：ㄗㄜˊ chek^{4}→cheh^{4}→teh^{4} 壓也 震也

伏也 迫也 疾也，笮水 笮--著。

磍[教]：ㄔㄜˋ teh^{4} 壓也 止也，磍重 磍嗽

·劈：ㄆㄧ phek^{4}→pheh^{4}/phoah^{4}/phoa^{3}

劈柴

·塞：sek⁴→seh⁴ 塞錢 揳錢，行賄也
揳：ㄒㄧㄝ siat⁴文 seh⁴白 不方正也
塞也（參見第 56 頁，烏）

·噎：ㄧㄝ ek⁴→eh⁴ 噎著 打噎

·厄：ek⁴→eh⁴ 災厄 苦厄 厄運

·這：仝則 chek⁴→cheh⁴ 這個 如此這般
則個：這個。 便了，語助詞。
即馬台/這馬教 立馬華
《水滸傳·十七回》「願聞良策則個」

這(則)踏：chek⁴/chit⁴ tap⁸→chih⁸ tah⁸白
這裡也
（鹿港腔：這腳踏，彼腳踏 hit⁴ kha tah⁸白）

·慼：ㄑㄧ chhek⁴→chheh⁴ 怨慼 愈想愈慼

·冊：chhek⁴→chheh⁴ 二部冊/二步七仔教 走音
讀冊 面冊教（臉書也）（參見第 313 頁，二部冊）

·嚇：ㄒㄧㄚˋㄏㄜˋ hek⁴→heh⁴（haⁿ²白）嚇驚

·白：pek⁸→peh⁸ 白頭偕老 明白 白色

·刷：ㄕㄨㄚ soat⁴→seh⁴（集）數滑切，測入聲
chhek⁴→chheh⁴
清也 除也 刮也 迅疾也
刷卡：soat⁴ kha²(card英)
鼎刷：chhek⁴→chheh⁴（tiaⁿ² chheh⁴）
一種金屬製的刷子以去除煙垢
鼎摖教：tiaⁿ² chhe³/chhoe³
漆刷：chhat⁴ seh⁴（寬長的毛刷）

.宅：thek^{8}→t/theh^{8} 住宅
.脈：bek^{8}→beh^{8} 山脈 含情脈脈 血脈
.麥：bek^{8}→beh^{8} 番麥 麥寮 麥a酒(啤酒也)
.績：ㄐㄧ chek^{4}→chheh^{4}/choh^{4} ？
絹也，棉績被(bi^{n5} choh^{4} phoe^{7}/phe^{7})
.德：ㄉㄜˊ tek^{4}→teh^{4} 德行(tek^{4} heng^{7})
歹性德(phai^{2} seng^{3} tek^{4}→phai^{2} seng^{3} teh^{4} 今日歹性地 phai^{2} seng^{3} te^{7})
…

.臻：ㄓㄣ chin (唐)(正)側詵切，至也 及也

.向：(參見第255頁，向)

.或：ㄏㄨㄛˋ hek^{8}[文] heh^{8}[白] 迷也 疑也
未定之詞，或者 或是，昔通惑，迷惑 疑惑

.倚：ㄧˇ i^{2}[文] oa^{2}[教] 依也 恃也 靠近也，倚賴
倚靠 倚重 倚老賣老
oa^{2}[教] 倚晝(近午也) 相倚 倚靠

.偎：ㄨㄟ oe 親近也，偎倚(oe i^{2})
偎靠[俗] (oa^{2} kho^{3})
偎來缺去(oe lai^{5} khe^{3}/khoe^{3} khi^{3})
傾偎[俗] (khi^{n5} oa^{2}) (參見第51頁，傾)

166. 久仰，久長，佳餚，糊塗，糊 a，「豬頭皮濺無油」，油炸檜、油車粿，炸彈，庶饈、四秀

久煮餚成糊，冷油炸不酥。
若釀珍饈熱，另薪旺灶爐。

木粗竈清，挨餓邊境^{3}。
逢刀劈柴，珍饈可等。

·久：ㄐㄧㄡˇ kiu^{2}[文] ku^{2}[白] 久仰(kiu^{2} giong^{2}) 久違(kiu^{2} ui^{5}) 久長(ku^{2} tng^{5})

·煮：(參見第 401 頁，煮)

·餚：ㄧㄠˊ hau^{5} (集)(正)何交切，gau^{n5}[俗] (彙) 仝肴，饌也 美食也，佳餚

·糊：ㄏㄨˊ ho˙^{5}[文] ko˙^{5}[白] 粘也 漫貌 煮米及麵為粥 不清楚也，漿糊[華] 糊 a[台] (ko˙^{5} a) 糊壁 糜糊 糊塗(ho˙^{5} to˙^{5}) 糊口[華] 糊弄[華] 糊膏纏(ko˙^{5} ko ti^{n5}) 膏膏纏[教] 勾勾纏[俗]

·炸：ㄓㄚˊ cha^{3}[泉] che^{3}[漳] chi^{n3}[白] 用油煎的烹調法，油炸 油炸檜(iu^{5} cha^{3} koe^{3}→iu^{5} chhia koe^{2}[走音]，油條也，油車粿[走音])

ㄓㄚˋ 火力爆發，炸裂 炸藥 炸彈(cha^{3} tan^{7})

「豬頭皮濺無油」俚，濺→炸 錯意
(cha^{3}→濺 choa^{n3})(參見第13頁，濺)

◯文讀音韻母為a→e的白話音的例字：其中有甚多為漳州音。
(詳見「目錄106.第266頁」，稼)

·酥：ㄙㄨ so͘ (集)孫租切，酪也 食品鬆而易碎 酒名 身體疲軟，酥胸 酥軟 酥酒 酥糖

·釀：ㄋㄧㄤˋ jiang^{7}漳 liong^{7}/jiong^{7}泉
醞酒也，釀酒 酒釀 釀災

·饈：ㄒㄧㄡ siu 膳也 美味也，珍饈

·庶：ㄕㄨˋ si^{3}漳 su^{3}泉 眾也 多也 進也 嫡也，
庶民 庶幾 庶子 庶務
庶羞(饈)(si^{3} siu 各種美味也，今曰零食也)
四秀 si^{3} siu^{3}教 (參見第172頁，四)
《荀子·禮論》「祭齋大羹，而飽庶羞」

·灶/竈：ㄗㄠˋ cho^{3}文 chau^{3}白 炊飯具也
「大目新娘沒看咧竈。」諺
(參見第22頁，灶)

167. 一粒一，粒積，飯粒，粒粒，揑翁 a，揑大漢 傾敧，傾向，傾傾筐筐，傾錢，益錢，掖錢 戒酒，解酒，戒菸、改薰

三年粒積，一夜傾空。
戒慎恐懼，防旱備洪。
今年無患，明歲有功。

·三：（參見第 37 頁，三）

·粒：ㄌㄧˋ lip^{8}[文] liap^{8}[白] lih^{8}[白] 米粒 粒 a
一粒一(it^{4} liap^{8} it^{4} 好友也)
飯煮真粒(liap^{8} 硬也) 粒積 飯粒
粒粒(liap^{8} liap^{8} 指飯煮得太硬也)
有粒(u^{7} liap^{8}有料也 豐富也)
棋粒(ki^{5} lih^{8})

.揑：ㄋㄧㄝ liap^{4} 捻、聚、捺、握也，揑造
揑翁 a，揑辭 揑手揑腳
揑大漢(liap^{4} toa^{7} han^{3} 拉拔長大也)

·一：（參見第 312 頁，一）

·傾：ㄑㄧㄥ kheng 側也 倚也 倒也 敗也，傾斜
傾敧（參見第 236 頁，敧） 傾向 傾吐 傾盆大雨
傾空
ㄑㄧㄥˊkheng^{5} 蕩盡也，傾衫 a 褲 傾傾咧
傾錢（kheng^{5} chi^{n5} 存錢也）

益錢(iah^{4} chi^{n5}。益，ek^{4}→iah^{4} 增也 利進也)
掖錢(一丶 iap^{8} chi^{n5} 藏也 挾也)

傾傾筐筐(kheng kheng khong khong)
傾筐倒屜：把筐筐裡的東西倒出來及所造成的聲響，今謂之傾傾筐筐

·空：(參見第342頁，空)

·三代粒積，一夜傾空：農業時代習慣在稻作收成後，存新米，出陳米。歷經三代辛勤存糧以積富，不幸一夜的火災付之一炬；意指富不過三代也。

·戒：ㄐㄧㄝ丶 kai^{3} 警也 諭也 告也 慎也，又通誡
豬八戒 警戒 告誡 戒慎
戒酒(kai$^{3-2}$ chiu^{2}) 戒菸(kai$^{3-2}$ hun)
解酒(kai$^{2-1}$ chiu^{2})與「戒酒」意義不同
改薰教(kai^{2} hun 戒菸也)

·旱：(參見第362頁，旱)

·患：ㄏㄨㄢ丶 hoan^{7} 憂也 慮也，患得患失
患難^{7}之交 災患

168. 互相，相聲，相共，相扑，相啄、相觸，相招走相覕，相輸、相輸贏，相相、相向，面相生相，破相，大箍呆，小箍、細箍，蓬鬆，輕鬆

上下不相親，圓桶散落因。
後箍太鬆緊，一切可重新。

. 上：(參見第 141 頁，上)

. 下：(參見第 294 頁，下。第 266 頁，稼)

. 相：ㄒㄧㄤ siong^{1}[泉] [文] siang^{1}[漳] [文] sio [白]
sa^{n}[白] 互助也 彼此也，相愛 相干 相好 相信
相思 互相^{1}(ho$^{\cdot 7}$ siong^{7}[亂調])
相共(sio/sa^{n} kang^{7}) 相扑(sio pah^{4})
相招(sio chio) 相告(sio ko^{3})
相輸(sio su 打賭也，係相輸贏的簡稱)
走相覕[教]：(chau^{2} sio bih^{8} 捉迷藏也)

覕：ㄇㄧㄝˋ biat^{8}[文] bih^{8}[白] (集)莫結切，
覓也 蔽也 躲藏也

相啄[台]/相觸[教] (sio tak^{4}，a 啄 tok^{4} a 指高鼻子白人)

啄：(集)竹角切，(角，中古音可呼 kak^{4}，也可呼 kok^{4}。所以「啄」可切 tak^{4}、tok^{4} 兩音)

ㄒㄧㄤˋ siong[3] 泉 文 siang[3] 漳 文 形貌也
百官之長也，相[3]貌 宰相[3] 相[3]術 相[3]聲
相[3]命 相相/相向 華 (sio siong[3])

siu[n3] 勾 破相(phoa[3] siu[n3] 臉部受傷或殘廢也)
生相(si[n] siu[n3] 長相也)
面相(bin[7] siu[n3]→bin[7] chhiu[n7]，是受了「面象」一詞的影響)

·親：ㄑㄧㄣ chhin 鄉親 相[1/3]親(聲調不同意思也不同) 親情(chhin cheng[5] 文 家人之情)
親情(chhin chia[n5] 白 親戚也)(文白音不同，意思也不同)
chhan 俗 親像(chhan chhiu[n7]，chhin chhiu[n7])
ㄑㄧㄥˋ chhin[3] (集)七刃切，婚姻相謂為親
親家(chhin[3] ke→chhin[3-2-1] ke 俗 連續變調)

·桶：ㄊㄨㄥˇ thong[2] 文 thang[2] 白 水桶 材/柴桶
笨桶 (pun[7]→png[7] 與飯 png[7] 諧音，今曰飯桶)

◯台語文讀音的韻母音為「un」，則有許多字音可能轉成「ng」的白話音，但字音不多。 例如：
(詳見「目錄 118. 第 296 頁」，門)

·散：ㄙㄢˋ san[3] 文 soa[n3] 白 放也 布也 不自檢束也，散步 散赤 教 (鬖赤也 sam[3] chhiah[4])
散形 分散 散兵 散開 散股(解散也)
ㄙㄢˇ san[2] 藥石屑也，藥散 龍角散 丸散

·落：(參見第 294 頁，落)

·箍：ㄍㄨ kho͘ 套器具的竹篾環或金屬環，桶箍
箍人(撂人 拉人也) 一箍人(單身也)
一箍銀(一元也)

大箍呆：木桶上寬下窄能固也，所以上箍較大。今引申身材肥胖的人，有嘲笑其反應不靈敏之意。

小箍：細箍也 (細：se^{3} [漳] soe^{3} [泉])

·鬆：ㄙㄨㄥ song [文] sang [白] 髮亂也，
髼/髶/蓬鬆(phong^{5} song) 輕鬆(khin sang)

·緊：ㄐㄧㄣˇ kin^{2} 糾也 急也，緊急 緊張
鬆緊(太鬆或太緊，屬「反義複詞」)

·切：(參見第 402 頁，切)

·重：ㄔㄨㄥˊ tiong^{5} [文] teng^{5} [白] 疊也 復也，
重新 重複 重疊 三重市(sam tiong^{5} chhi^{7})
三重埔(sa^{n} teng^{5} po͘) 重來 重重疊疊

ㄓㄨㄥˋ tiong^{7} [文] tang^{7} [白] 難也 多也
厚也 大也，注重 自重 重大 重臣 保重 重量
重頭 重頭輕 不知輕重

169. 放棄，步行，行路，銀行，行行堅強，德行反行、反型，象棋、圍碁，勝利，勝任

去似行棋，來如下碁。
東聲西擊，犧牲勝利。

·去：ㄑㄩˋ khü^{3}/khu^{3} 泉 khi^{3} 漳 離也 行也
棄也，來去（偏義複詞，偏去）離去 去了了
放去/放棄（phang^{3} khi^{3}）
（hong^{3}→hang^{3}→p/phang^{3}）（參見第 19 頁，放）

《崔護．題都城南莊》上平一東韻
「去（khü^{3}）年今日此門中，人面桃花相映紅；
人面不知何處去，桃花依舊笑春風。」

·行：ㄒㄧㄥˊ heng^{5} 文 步也 路也 往也 跡也
用也 文體也，步行 行文 行李 行動 行路

kia^{n5} 白 行船 作陣行 行路

ㄏㄤˊ hong^{5} 文 hang^{5} 白 太行山 排行 行伍
行列 銀行 內行 外行

ㄏㄤˋ hang^{7} 行行，堅強也
《座右銘．崔瑗ㄩㄢˋ》「行行鄙夫志，悠悠故難量。」
《論語》「子路行行如也」

ㄒㄧㄥˋ heng[7] 身之所行，
德行(在心為德，施之為行)
反行(hoan[2] heng[7] 有違德行也)
反型教 (hoan[2] heng[5])

·棋：ㄑㄧˊ ki[5] (正)渠宜切，博弈之棋子 象棋，
以前都用木製，棋粒台 (ki[5] lih[8] 棋子華)
行棋：指象棋子之推移也
下棋：指圍棋之落子也

·碁：ㄑㄧˊ ki[5] (集)渠之切，仝棋，博弈之子也，
《說文》「博棋/碁」，以前都為石製，圍碁也
宏碁(ㄏㄨㄥˊ ㄑㄧˊ→ㄏㄨㄥˊ ㄐㄧ俗)

·犧：ㄒㄧ hi 純也，宗廟之牲也，犧牲(喻棄也)

·牲：ㄕㄥ seng 《書·微子·傳》「色純白曰犧，
體完曰牷，牛羊豕曰牲，器實曰用。」

·勝：ㄕㄥˋ seng[3] 克也 過也 又事贏曰勝也，勝利
ㄕㄥ seng 當也 盡也，勝任

·利：(參見第 337 頁，利)

170. 蹂躪，百年，百面，纏綿，糊膏纏、膏膏纏勾勾纏，糾纏，纏足、縛跤，纏對，沒纏滯玩弄，戲弄，巷弄，業障，保障，頭璋瓦、頭璋 a

久經蹂躪，百病纏身。
業障[3]未盡，齋戒酬神。

事不彰，有業障[3]。拜開漳，喜弄璋。

·蹂：ㄖㄡˊ jiu[5] (集)(正)而由切，踐踏也 摧殘也，蹂躪 蹂踐

·躪：ㄌㄧㄣˋ lin[7] 摧殘相踐害也

·百：ㄅㄞˇ pek[4]文 pah[4]白 百年(一曰 pek[4] lian[5] 一百年也，另曰 pah[4] li[n5] 過身也 死也)
(參見第 433 頁，大)
貧賤夫妻百事哀 百貨 百面(pah[4] bin[7] 可能也)
百葉窗 百步穿楊 百發百中

·病：ㄅㄧㄥˋ peng[7]文 pi[n7]泉 白 pe[n7]漳 白 病理
毛病 病症 病夫 病假 病院台 (びょういん日)
醫院華

·纏：ㄔㄢˊ tian[5]文 ti[n5]白 繞也 約也 束也
縛也，纏繞(tian[5] jiau[7/2] 纏也)

纏足(tian^{5} chiok^{4} 縛跤[教] pak^{8} kha 綁也)
纏綿悱惻(tian^{5} bian^{5} hui^{2} chhek^{4})
糊膏纏(ko͘^{5} ko ti^{n5}) 膏膏纏[教]
勾勾纏[俗] [錯意]
纏膨紗[教] (ti^{n5} phong^{3} se)
縺纏(tat^{8} ti^{n5}→tak^{8} ti^{n5}[走音] 縺：死結也)
纏對(ti^{n5} te^{3}/toe^{3} 指應付各種交際應酬，
纏綴 [教])（參見第 299 頁，對）
沒纏滯(bo^{5} ti^{n5} tai^{7} 彼此無關也)

滯：te^{7}/ti^{7}→tai^{7} 韻母 i→ai
（詳見「目錄 83. 第 207 頁」，似）

·障：ㄓㄤˋ chiong^{3}[泉] chiang^{3}[漳]（集)之亮切，
屏遮也，屏障^{3} 障$^{3-2}$蔽 障$^{3-2}$礙 視障^{3} 保障^{3}
業障^{3}(時下多呼 po^{2} chiong^{1}，giap^{8} chiong^{1})

chiong（正)止良切，音仐璋，義同。按經傳釋
文凡「障」字，平去二音皆可讀
但為統一華語與台語聲調之間的轉換，仍建議
呼第三聲為妥
即「保障 po^{2} chiong^{3}，業障 giap^{8} chiong^{3}」

·開漳聖王：唐朝陳元光（657 年－711 年)，河南光
州固始縣人，十三歲時隨父親陳政南征福建之
「蠻獠嘯亂」。
父亡，二十一歲承父官職繼續平亂。

開漳州府，曾任漳州刺史兼任漳浦縣令。
閩南漳州移民後代，均尊稱其為「開漳聖王」。

·弄：ㄋㄨㄥˋ long^{7} 文 lang^{7} 白 玩也 戲也
侮也，玩弄(goan^{2} long^{7})
戲弄(hi$^{3-2}$ lang^{7})
弄璋 弄瓦(long^{7} oa^{2}) 弄巧成真

ㄌㄨㄥˋ小巷也，巷弄(hang^{7} long^{7})
門牌幾巷幾弄，
幾弄(kui^{2} long^{7}→kui^{2} long^{5} 亂調)

·璋：ㄓㄤ chiong 文 chiu^{n} 白 半圭曰璋，生男曰弄璋，生女曰弄瓦（瓦，指泥土燒成之紡錘也。以前封建時代父母寄望子女男官女織的用詞）
頭璋瓦(thau^{5} chiu^{n} oa^{2})，係指第一胎，不論男女
頭璋 a 走音，誤將「瓦」走音為「a」的虛字音

171. 老薑，茈薑、蘝薑，馦薑，耳腔，鼻腔，肚臍腔 膣腔，嘴腔，腔嘴，龍喉腔，螿蜍，鴨羴，魚羴 漲高價，拍咳嚏、拍咳啾，時尚，高尚，和尚 親像，面像

好酒藏窖，非人不窌。
配何佳餚，老薑鮮鱟。(參見第 70 頁，鱟)

·茈：ㄗˇ chi^{2} (唐)將此切，音仝紫，草也，茈草
茈薑(chi^{2} kiu^{n}→chi^{n2} kiu^{n} [鼻音] 嫩薑也)
蘝薑[教] ㄒㄧㄢ/ㄌㄧㄢˋ(hiam kiu^{n} 馦薑也，馦 hiam，昔日專指薑的辣味，今則通稱所有的辣味。)
《司馬相如·上林賦》「茈薑蘘荷」
《註》茈薑，茈上齊也，薑之息生者，連其株本則紫色也
蘘荷(jiong^{5} ho^{5}) 莖葉似薑，其根香而脆，可藥用及食用

「老翁疼茈婆」 [俚] (老夫疼少妻也) 茈，嫩也
老翁：lau^{5} ang 指老公也，lau^{5} ong 指老人也

·薑：ㄐㄧㄤ kiong [泉] [文] kiang [漳] [文] kiu^{n} [白]

◯台語文讀音的韻母音為「ong」，則有許多字音可能轉成「iu^{n}」的白話音。 例如：

·薑、韁：kiong→kiu^{n} 薑母 茈薑 馦薑 韁索

·腔：khiong/khiang 彙 /khang(枯江切)→ khiu^{n} 內空也，骨體曰腔。
耳腔 鼻腔 肚臍腔 膣腔 嘴腔(口腔也)
腔嘴(傷口也) 嚨喉腔/嚨喉空教

·張：tiong→tiu^{n} 出張 紙張 張飛

·章、漳、樟、鱆、璋、漿、螿：chiong→chiu^{n}
文章 漳浦 樟a 鱆魚 頭璋瓦 木漿 米漿
螿蜍(chiu^{n} si^{5}/su^{5}→chiu^{n} chi^{5}/chu^{5}
蟾蜍也)(參見第7頁，蜍)

·鴦：iong→iu^{n} 鴛鴦絃 鴛鴦

·鑲：siong→siu^{n} 鑲牙 鑲玉a

·潒：siong^{5}→siu^{n5} 生潒(si^{n} siu^{n5} 長膿水也)

·相、廂、箱：siong→siu^{n} 相好 相思 西廂記
包廂 皮箱

·相：siong^{3}→siu^{n3} 破相 生相(參見第420頁，相)

·猖、鯧：chhong→chhiu^{n} 猖狂 鯧魚

·香、鄉：hiong→hiu^{n} 香港 拜香 故鄉 鄉里

·兩：liong^{2}→liu^{n2} 斤兩 兩鬢 芳香兩兩教
香香兩兩(phang hiu^{n} lng$^{7-3}$ liu^{n2})

·長：tiong^{2}→tiu^{n2} 校長 連長 區長 長官

·蔣、掌、槳、獎：chiong^{2}→chiu^{n2} 蔣先生
手掌 八槳船 獎狀

·賞、鮝：siong^{2}→siu^{n2} 賞錢 魚鮝 鴨鮝

·養、舀：iong^{2}→iu^{n2} 成養 養父 舀湯
舀、抭：一ㄠˇ iau^{2}(集)以紹切，腰上聲，以手舀物也 iau^{2}(iong^{2}→iu^{n2}?)

·搶、廠：chhiong^{2}→chhiu^{n2} 搶快 搶劫 工廠

·帳、漲、脹：tiong^{3}→tiu^{n3} 帳簿 漲價 腹肚脹
漲高價(tiu^{n3} koan^{5} ke^{3}→tiu^{3} koan^{5} ke^{3})

·障、醬：chong^{3}→chiu^{n3} 故障 障礙 醬菜
醬糊糊

·槍：chhiong/chhiang→chhiu^{n}/chheng^{3} 刀槍
鏢槍 槍決(chheng^{3} koat^{4}) 槍手 長槍

·唱、嗆：chhong^{3}→chhiu^{n3} 走唱 唱歌
拍咳嗆(phah^{4} kai chhiu^{n3}) kai→ka?
拍咳啾[教] (pah^{4} ka/kha chhiu^{n3})

·場、塲：tiong^{5}→tiu^{n5} 場所 工場

·娘、孃、梁、樑、量、糧、涼：liong^{5}→liu^{n5}
娘奶 舞孃 橋梁 棟樑 量a 糧草 西涼

·薔、牆：chhiong^{5}→chhiu^{n5} 薔薇 牆圍

·羊、洋、楊、瘍、鎔、熔、溶：iong^{5}→iu^{n5}
羊a 太平洋 楊桃 熔金a 鎔鐵 溶雪

·量、讓：liong^{7}→liu^{n7} 肚量 重量 相讓 讓路

·丈：tiong^{7}→tiu^{n7} 白髮三千丈 丈人 姑丈

·上：siong^{7}→chiu^{n7}/chhiu^{n7} 上山 上(汲)水，
汲 kip^{4}→chhiu^{n7}，

·癢：iong^{7}→chiu^{n7} 不痛不癢 爬癢 爪癢

·尚：siong^{7}→siu^{n7} 時尚^{7} 和尚
高尚(ko siong^{7}→ko siong^{2}[亂調])

·想：siong^{7}→siu^{n7} 想看覓 數想(siau^{3} siu^{n7})

·樣：iong^{7}→iu^{n7} 模樣 成樣(chia^{n5} iu^{n7}) 樣本

·匠：chiong^{7}→ch/chhiu^{n7} 匠$^{7-3}$氣十足 木匠

·象：siong^{7}→chhiu^{n7} 大象 象牙 象鼻

·像：siong^{7}→chhiu^{n7} 親像 面像 chhiu^{n1}[亂調]

172. 把柄，壓手把，一把蕹菜，「雙頭無前後」熨衫，淥水、盪水，盪盪撼，撼韆鞦

火把雙頭點，逆風燙手臉。
適時棄一邊，火旺又無險。

· 火：(參見第 2 頁，火)

· 把：ㄅㄚˇ pa^{2}[文]　pe^{2}[白]　執也 握也，
把酒問青天 把握 把持 把風
一把蕹菜(chit^{8} pe^{2} eng^{3} chhai^{3})
蕹：ㄩㄥ ㄨㄥˋ iong[文]　eng^{3}[白] 蕹葉如落葵而小，治冶葛毒

ㄅㄚˋ pa^{3} (正)補下切，器物上的柄
把柄(pa^{3} peng^{2}→pa^{2} peng^{2}[亂調])
槍把^{3}(chheng^{3} pa^{3})
壓手把(ap^{4} chhiu^{2} pa^{3}→at^{4} chhiu^{2} pa^{3}[走音])
(參見第 326 頁，耙)

· 雙：(參見第 234 頁，雙)

· 頭：「雙頭無前後」[俚]　「雙頭無一 gauh^{n4}」[走音]
(參見第 76 頁，頭)

· 逆：ㄋㄧˋ gek^{8}[文]　geh^{8}[白] 亂也 忤也 不順也，
逆亂 逆風 忤逆 逆子(不肖也)
(孽子 giat^{8} chü^{2}，旁出也)
gek^{8} siau^{5} 頑皮也，geh^{8} siau^{5} 討厭也

·燙：ㄊㄤˋ tong^{7}[文] thng^{3}[白]（字彙)徒浪切，
高溫水火所炙，燙傷 燙酒 燙髮[華] 電頭鬃[台]
熨燙(同義複詞，熨衫[台] 燙衣服[華])

盪：ㄉㄤˋ tng^{7}[白] 仝盪 tong^{7}[文]，將物置
於水中飄洗，盪水 盪盪--咧(tng^{7} tng^{7}--le)

盪盪撼：撼 ㄏㄢˋ ham$^{6-7}$（集)戶感切，搖也
(tong^{7} tong^{7} ham^{7}→tong^{7} tong^{7} hai^{n3}[走音])
盪鞦韆、撼韆鞦(hai^{n3} chhian chhiu)

「飯濾(le^{7}/li^{7})撼韆鞦」[俚] 喻窮到沒米可吃

飯濾：撈米飯之竹編小箕，今多金屬製。
（參見第 453 頁，濾）

·臉：ㄌㄧㄢˇ kiam^{2}（集)居奄切，頰也，
liam^{2}（彙）[俗] 臉譜 丟臉[華] 沒面子[台]
臉書(liam^{2} su)（face book)[英]，面冊[教]

·棄：ㄑㄧˋ khi^{3} 放棄(hong^{3} khi^{3} 不要也，
phang^{3} khi^{3} 遺失也)

·邊：（參見第 332 頁，邊）

173. 大誌、代誌，大小婿、大細腎，大呻嘳，偌大公家，百年，出山，輕薄，孤獨，半山，兄弟空間，有長

未成莫嘳，默默不愧。
再忍半年，丁卯合嘴。

·大：ㄉㄚˋ tai[7]文 toa[7]白 台大 大人 大方 大戶
大誌/代誌教（tai[7] chi[3] 事情也）
大呻嘳(toa[7] sin khui[3])
大小婿(toa[7] soe[3] se[3]→toa[7] soe[3] sian[7]走音)
大細腎教
偌大(ㄖㄨㄛˋjia[3] toa[7]→hia[3] toa[7]走聲)

◯同一詞項，文、白音不同發音，各有不同意思例如：

·公 e：kong-e(團體共有的)
kang-e(雄性也)
·公家：kong-ka(政府單位)
kong-ke(平分共有)
·百年：pek[4]-lian[5](一百年)
pah[4]-li[n5](過世也)
·亂彈：lan[7]-tan[5](戲曲名)
loan[7]-toa[n7](胡扯，隨便彈也)
·先生：sian-si[n](老師、醫師、男性等尊稱，或指老公也)
seng-si[n](先出生也)

·親情：chhin-cheng^{5}(親人之情)
chhin-chia^{n5}(親戚也)

·孤獨：ko͘-tok^{8}(孤單寂寞也)
ko͘-tak^{8}(孤僻也)

·大家：tai^{7}-ke(逐家教 tak^{8}-ke 各位也)，
ta-ke(媳婦稱婆婆也)

·半山：poan^{3}-san(半山腰也)
poa^{n3}-soa^{n}(1949 年之前留學中國之台人)

·膽肝：tam^{2}-kan(器官名)
tam^{2}-koa^{n}，ta^{n2}-koa^{n}(食物名)

·傷重：siong-tiong^{7}(傷嚴重，事情超過)
siu^{n}-tang^{7}(物太重也) 傷教：siu^{n}
tang^{7}-siong(傷口嚴重)

·大人：tai^{7}-jin^{5}(清縣官也，日治時警察)
toa^{7} lang^{5}(成年人也)

·小人：siau^{2}-jin^{5}(品德差者或平民)
sio^{2}-lang^{5}(謙稱自己或指小孩)

·鼓吹：ko͘^{2}-chhui(遊說也)
ko͘^{2}-chhoe 漳 chhe 泉 (樂器名)

·骨肉：kut^{4}-jiok^{8}(至親也)
kut^{4}-bah^{4}(食物或骨頭和肉也)

·貼錢：thiap^{4}-chi^{n5}(補足錢或虧錢也)
thap^{4}-chi^{n5} 走音 (少介音「i」)

·貼心：thiap^{4}-sim(體貼，情投意合)
tah^{4}-sim (窩心也，愛人也)

·兄弟：heng-te^{7}(同胞兄弟)
hia^{n}-ti^{7}(哥兒們，黑道兄弟)

· 山水：san sui^{2}(風景也)
soa^{n} chui^{2}(山澗水也)

· 出招：chhut^{4}-chiau(出招數，出步數)
chhut^{4}-chio(開口相約)

· 出山：chhut^{4}-san(離開山林，學成出師也)
chhut^{4}-soa^{n}(出殯也)

· 輕薄：kheng-phok^{8}(不莊重也)
khin-poh^{8}(又輕又薄)

· 放棄：hong^{3}-khi^{3}(捨去也)
phang^{3}-khi^{3}(遺失也)

· 氣口：khui^{3}-khau^{2}(口氣也，對胃口也)
口氣：khau^{2}-khi^{3}(語氣也)

· 三花：sa^{n}-hoe (指歌a戲的女丑也)
sam-hoa (三朵花或專有名詞三花棉襪)

· 出世：chhut^{4}-si^{3}(出生也)
chhut^{4}-se^{3}(出家也)

· 下手：ha^{7}-siu^{2}/chhiu^{2}(動手也)
e^{7}-chhiu^{2}(下一步。下腳手：下屬也)

· 花枝：hoa-chi(花莖或花梗)
hoe-ki(墨魚或烏賊之類)

· 同儕：tong^{5}-chai^{5}(同輩，同學)
tang^{5}-che^{5}(一起作伴也)

· 老翁：lau^{7} ong(老人家也)
lau^{7} ang(老公也)

· 空間：khong kan(範圍也)
khang keng(空房間也)

·有長：u^{7} tiong^{2}(有剩也，多於也)
u^{7} tng^{5}(有利也，划算也)
·泊岸：pok^{8} gan^{7}(動 靠岸也)
poh^{8} hoa^{n7} (名 堤、隄也)
…

·莫：(參見第 36 頁，莫)

·呻：ㄕㄣ sin 病聲也，呻吟

·喟：ㄎㄨㄟˋ khui^{3} (廣)丘媿切，同嘳。太息也

·默：ㄇㄛˋ bek^{8} 不語也 黑也，沉默 默契 默認

·愧：ㄎㄨㄟˋ kui^{3} khui^{3}氣音 (集)基位切，慚也
慚愧 愧色 愧不敢當

·丁卯：(參見第 322 頁，丁卯)

·嘴：(參見第 335 頁，嘴)

174. 知也、知影，丈夫，丈人，尺丈，一丈差九尺 抹煞，抹黑、抹烏，抹壁雙面光，天篷

不知如何是好，丈夫新婦兩老。
一面抹壁雙光，棚下企久得到。

· 不知：put4 ti 文 m7 chai 白
知也→知影(chai1ia2→chai1-7ian2 走音)
知仝智 ti3 知識

· 丈：ㄓㄤˋ tiong7 泉 文 tiang7 漳 文 tng7 白
tiun7 白 十尺曰丈，方丈 丈量
百丈(pah4 tng7，pek4 tiong7) 一丈差九尺
尺丈(chhioh4 tng7) 一丈布(chit8 tng7 po·3)
丈夫(tiong7 hu) 白髮三千丈
丈人(tiun7 lang5) 姑姨之夫，姑丈 姨丈

◯台語文讀音的韻母音為「ong」，則有許多字音可能轉成「ng」的白話音。 例如：
(詳見「目錄 49. 第 144 頁」，荒)

· 夫：ㄈㄨ hu (集)風無切，男子通稱。《詩註》夫有傳相之德，而可倚仗，謂之丈夫。男女既配，謂之夫婦。
ㄈㄨˊ hu5 (集)馮無切，語端辭 虛字音也，《論語·雍也》「夫仁者，己欲立而立人，己欲達而達人。」

語已辭　文言助詞也，《論語・子罕》「子在川上曰：『逝者如斯夫！不捨晝夜。』」

・婦：ㄈㄨˋ　hu^{7} 文　pu^{7} 白　夫婦　新婦(sin pu^{7})
(詳見「目錄3. 第17頁」，肥)

・兩：ㄌㄧㄤˇ　liong^{2} 泉 文　liang^{2} 漳 文　liu^{n2} 白
斤兩　兩全　兩性　二兩　兩袖^{7}清風

・老：(參見第90頁，老)

・抹：ㄇㄛˇ　ㄇㄛˋ　ㄇㄚ　boat^{4} 文　boah^{4} 白　摩也
塗也，抹消　塗抹　抹滅　拐彎抹角　抹布
抹煞(boah^{4} soah^{4} 一筆勾銷也) 抹黑/抹烏 教
「抹壁雙面光」俚　兩面討好也

・壁：ㄅㄧˋ　pek^{4} 文　piah^{4} 白　(集)必歷切，牆壁
壁畫　壁報　壁櫥　壁虎 華　蟮蟲仔 教

・棚：ㄆㄥˊ　peng^{5} 文　pi^{n5} 泉 白　pe^{n5} 漳 白
機棚　棚架　戲棚　搭棚
天篷 教 (thian pong^{5} 天花板也)
「戲棚腳企久的人的」 俚

◯台語文讀音的韻母「eng」轉成白話音泉腔的韻母音「i^{n}」、漳腔的韻母音「e^{n}」的白話音。例如：
(詳見「目錄14. 第49頁」，生)

・企：(參見第163頁，企)

175. 無採工，嚨喉淀，水淀、飽滇，水滇

人非不採，未時無奈。
雪凍二春，晚梅人愛。

·採：ㄘㄞ∨ chhai[2] 取也 摘也，採取 採茶 採訪
無採工(bo[5] chhai[2] kang)
採薪《註》「大者可析謂之薪，小者合束謂之柴」

·未：(參見第 345 頁，未)

·無：(參見第 98 頁，無)

·奈：ㄋㄞ丶 lai[n7] 鼻音 爭何也，無奈 奈何 奈苦何
奈若何 奈河橋
註：在許多華語注音聲母為「ㄋ」時，在台語可能有鼻音。(參見第 363 頁，耐)

·凍：ㄉㄨㄥ丶 tong[3] 文 tang[3] 白 凍結 冰凍 冷凍
凍酸/凍霜 教 (tang[3] sng 吝嗇也)
結凍(kiat[4] tang[3]→kian tang[3] 一曰堅凍)
(參見第 27 頁，結)

◯至於在其他韻母音出現的「o˙←→a」對轉的文、白音情形，更是屢見不鮮，舉例如下：

工公蚣空孔眶東冬當瑺棠香蜂窗通鬃椶鬷鬆翁汪蔥烘籠朗講董紡桶總艋蠓放炕抗凍粽送饔豓藏北腹幅麴觸齴聾膿房縫馮同童銅筒蟲桐捧櫳紅洪行弄動望夢網縛磅曝墨鑿他
（參見第 25 頁，夢）

·梅：（參見第 193 頁，梅）

·淀：ㄉㄧㄢˋ tian[7]（正）蕩練切，淺水也 澱也淤也，
《夢溪筆談·沈括》「汴渠有二十年不浚，歲歲堙淀。」

ti[n7] 俗 水淀(chui[2] ti[n7] 水滿也)
嚨喉淀(la[n5] au[5] ti[n7] 哽咽也 嚨喉滇 教)

滇：ㄉㄧㄢ tian[1] 文（集）都年切，地名，滇池
tian[5] 文（集）亭年切，大水貌，滇污

ti[n7] 白 飽滇 滇流 水滇 教（chui[2] ti[n7]）

176. 定著、著定，定定，著猴，著不著，歹性德 歹性地，慶幸，得幸，僥倖，寵幸，幸囝 幸酒、興酒

旺衰天定，得失因性。
不合不求，非人非幸。

·旺：ㄨㄤˋ ong[7] 光美也，旺盛[7] 火旺 興旺

·衰：ㄕㄨㄞ soe 微也 耗弱也 小也，衰老 衰弱
衰退(soe thoe[3]→soai thoe[3] 走音)
衰猶教 (soe siau[5])
落穗(lak[4] sui[7]→落衰 lak[4] sui/soe 走音 錯意)

·定：ㄉㄧㄥˋ teng[7] 文 tia[n7] 白 安也 靜也 正也
凝也 決也，安定 決定 文定 確定 定奪 定罪

靜也 規矩也 置也，
定著(tia[n7] tioh[8]) 著定(tiok[8]→tek[8] tia[n7])

著(tiok[8]→tioh[8] 白) 著--啦(對也) 著猴
著不著(tioh[8] m[7] tioh[8] 對不對)
(參見第109頁、274頁，合)

定定(teng[7] 文 tia[n7] 白)死死地 牢牢地

《憶梅·李商隱》下平六麻韻
「定定住天涯(ga[5])，依依向物華(hoa[5])；
寒梅最堪恨，長作去年花(hoa)。」

《玉溪生詩意》(屈復說：「『定定』字俚語入詩卻雅。」)

·性：ㄒㄧㄥˋ seng^{3} [文] si^{n3} [泉] [白] se^{n3} [漳] [白]
定性 個性 性情 性命 男性 性能
性德、歹性德：tek^{4}→teh^{4} [白]→te^{7} [走音]
一日，性地 歹性地

《夏夜》上平二冬韻
「沉日山山後，息交冰鎮鍾(chiong)。
炎天偏性德(地)，涼夜抱從容(iong^{5})。」

·幸：ㄒㄧㄥˋ heng^{7} (集)下耿切，音仝倖
幸者，可慶倖也，故福善之事皆為幸，幸福
非分而得曰幸，得幸。
非所當得而得，與不可免而免曰幸。
小人行險以僥倖。
又冀也 覬也 御所親愛也，以媚貴幸 幸運
寵幸 幸災樂禍
幸囝(seng^{7} kia^{n2} [俗] 寵幸也) heng^{7}→seng^{7} [走聲]

幸酒：(heng$^{7-3}$ chiu^{2})喜歡、希冀
今日興酒(heng$^{3-2}$ chiu^{2})，喜歡飲酒也
《漢書·武帝本紀》「其後幸酒樂燕樂」

177. 相姦，魔神 a

姑息養奸，拖延必慘。
春來自安，心魔先斬。

·姑：(參見第 289 頁，姑)

·奸：ㄐ一ㄢ kan 仝姦，犯非禮也 亂也，通姦 奸臣
片岡嚴，台灣日殖時期在法院任通譯官，於西元 1921 年出版《臺灣風俗誌》。

其中第 11 節《惡口》述及「臺灣には惡口甚だ多し…」，如姦爾老母、姦爾娘…
相姦 $^{1-3}$ 走音 (sio kan$^{1-3}$) 指不倫也
今曰相幹、相干 音讀音

·拖：ㄊㄨㄛ tho 文　thoa 白　拖磨 拖累 拖沙
拖車 拖泥帶水(tho le^{5}/le^{n5} tai^{3} sui^{2})

○台語文讀音的韻母音為「o」，則有許多字音轉變成「oa」的白話音。例如：
(詳見「目錄 118. 第 295 頁」，歌)

·延：(參見第 376 頁，延)

·魔：ㄇㄛˊ bo^{5} (集)眉波切，鬼也，魔鬼 妖魔
bo^{n5} 鼻音 俗

◯在台灣的台語由於受到近古音的華語影響，凡注音符號聲母為「ㄇ」的字音，很多都有鼻化音的出現，例如：

麻瑪馬罵摸磨魔冒貌茂貿懋埋霾買梅媒煤玫謀每矛毛苗描瞄錨瞞悶芒彌妙眇廟眠綿免勉民命…

·魔神 a：(偏義複詞，偏魔)

反義複詞：意指兩個意義相反的字，組合成為一個複詞，其意思必須透過上下文的分析，多為兩義並存，不偏廢任何一方。例如：
冷暖，悲歡，離合，輕重，緩急，虛實，多少，老少，利害，利弊，得失…。

偏義複詞：意指兩個意義不同，屬性卻相同的字，組合成為一個複詞，但其意義卻偏向其中一字之義，而另一字之義卻消失。例如：
國家，來去，恩怨，異同，去留，忘記，翁婿，貓鼠/鳥鼠教，翁婯，痛快，虛實，魔神，鎮對…。

在文章中，如：父母，兄弟，姊妹，叔伯，叔姪，兄嫂，等皆指兩人，屬「反義複詞」。

178. 步輦、步輪，撆步，步數、步算，照步算過身，過門，賄賂，外賂 a

非無步數，過信恐誤。
事經三[3]思，取之有賂。

‧無：(參見第 98 頁，無)

‧步：ㄅㄨˋ po͘[7] 行也，步行 步調
步輦/輪(po͘[7] lian[2] 步行也)
腳步 舞步 撆步(phiat[8] po͘[7] 妙招也)
步罡踏斗(po͘[7] kong tah[8] tau[2] 罩不住也)
(參見第 212 頁，斗)

‧步數：(po͘[7] so͘[3]) 算計也 計畫也
布算、照布算：排列算籌，進行推算
《蘇軾‧真一酒歌並引》「布算以步五星，不如仰觀之捷；吹律以求中聲，不如耳齊之審。」

照步算(chiau[3] po͘[7] sng[3] 照紀綱也) 照步來
(參見第 219 頁，照)

‧過：ㄍㄨㄛˋ ko[3] 文 度也 罪愆也 失也 責也，
過錯 大小過 記過

ㄍㄨㄛ ko 文 經也 訪也， 過訪 過故人莊
《史記卷七七‧魏公子傳》「臣有客在市屠中，願往車騎過之。」

koe^{3}[漳] [白]　ke^{3}[泉] [白]　越也 超也，過去
頭過身就過

過身(koe^{3}/ke^{3} sin 死也)　過門(出嫁也)

註：此音已漸漸整合為一音「ㄍㄨㄛˋ ko^{3}/koe^{3}/ ke^{3}」，除非在古典詩詞因押韻的需要，才有平、仄區別。

·三：(參見第 37 頁，三)

·思：ㄙ sü/su[泉]　si[漳]　睿也 念也 慮也，思考
思慮 思念 相思 三^{3}思而後行

ㄙˋ sü^{3}/su^{3}/si^{3} 情懷也，意思^{3}
蔽思^{3}/閉思^{3}[教] (pi^{3} sü^{3} 害羞也)
追旅思^{3} 一絃一柱思^{3}華年

·賂：ㄌㄨˋ lo·^{7} (唐)洛故切，遺也 以財與人也，
賄賂(hoe^{3} lo·^{7})
賄：ㄏㄨㄟˋ hoe^{3} (唐)呼^{1}罪^{7}切
外賂 a(goa^{7} lo·^{7} a，外路 a [音讀音])

179. 有料，閉門羹，鰇魚羹、魷魚羹，討趁，討情講情，厭惡，討厭，人真厭，厭棄

中西料理，因人而異。
帶羴羊羹，討厭者棄。

·中：(參見第69頁，中)

·西：(參見第89頁，西)

·料：ㄌㄧㄠˋ liau[7] 部首從斗部，有量也 度也 計也 數也之意，料想 預料 難料 意料 料理 原料 草料 材料 物料

有料[日] (ゆうりょう日語指付費也，無料[反] 免費也)
有料[台] (u[7] liau[7] 指有內容，有內涵也)

·理：ㄌㄧˇ li[2] 治也 正也 道也，治理 調理 條理 道理 理由 理想 理容 理髮 理性

「初十，二五沒你法」[俚] (過時俚語，昔理髮同業公會定每月的初十和二十五公休兩天。取其諧音「無理髮」)

·異：ㄧˋ i[7] i[n7][鼻音] (集)羊吏切，不同也 怪也 奇也，怪異 奇異 異同 異人 見異思遷

·羴：ㄕㄢ sian (集)尸連切，音仝羶，羊臭也

·羹：ㄍㄥ keng [文] ki^{n}[泉] [白] ke^{n}[漳] [白] 湯汁濃稠之食品，肉羹 洗手作羹湯

閉門羹(pi^{7} bun^{5} keng [文])
《雲仙雜記・唐 馮贄》「史鳳，宣城妓也。待客有差等，最下者不相見，以閉門羹待之。」

魷魚羹[俗]/鰇魚羹[教]（jiu^{5}/liu^{5} hi^{5} ki^{n}/ke^{n}）

·討：ㄊㄠˇ tho^{2} 治也 求也 辱也 探也，討論
討伐 探討 討厭 討趁(tho^{2} than^{3} 賺錢也)
討生活 討情[華] 講情[台] 討人情

·厭：ㄧㄢˋ iam^{3}（彙）（集）於豔切，受氣足也
鎮也 壓也 笮也 足也 滿也，
貪得無厭 厭煩(iam^{3} hoan^{5})
厭惡(iam^{3} o·^{3}) 厭世(iam^{3} se^{3})
厭棄：iam^{3} khi^{3}→ian^{3} khi^{3}[落韻] 嚥氣[錯義]
厭氣[教]

iap^{4}（唐)於葉切，iap^{4}[文]→iah^{4}[白]
討厭(tho^{2} iah^{4})
人真厭(lang^{5} chin iah^{4} 厭煩也 倦也)
(參見第 109 頁、274 頁，合)

180. 先覺、仙角，子婿、囝婿，囡 a，子虛烏有 虛偽

先天無救，子虛烏有。
人可勝天，蕈生腐朽。

事屬子虛，化為烏有。
英雄豪傑，青梅煮酒。

· 先，天：兩字音皆是上平一先韻，韻母音為「ian」，應呼為「sian$^{1-7}$ thian」，不可呼為「sen$^{1-7}$ then」。
仙角 錯意 ，「先覺」是指「先知先覺」也

· 子：ㄗˇ chi^{2} 漳 文 詩 chu^{2}/chü^{2} 泉 文
(集)祖似切，嗣也 男子通稱 辰名，男子漢
種子 果子 子時 孝子。女子亦稱，婢子
kia^{n2} 俗 子孫 子婿
囝ㄐㄧㄢˇ ㄋㄢ kia^{n2} 教 囝兒 囝婿
囡ㄋㄢ gin^{2} 教 囡 a

· 虛：ㄒㄩ hu/hü 泉 hi 漳 空也 假也 弱也 徒然也，空虛 虛假 虛弱 虛有其表 虛構 虛無
太虛 虛偽(偽：ㄨㄟˋ gui^{7})

虛疒疒：ㄔㄨㄤˊ ㄋㄜˋ lek^{4}→leh^{4} 白
疾也 倚也，指人有疾病，像倚著形也
虛癝癝 教 魚累累 錯意 (參見第 66 頁，累)

·子虛：司馬相如〈子虛賦〉中的虛構人物，為楚國的使臣。以「子虛」為名，取其虛言義，表所言者皆虛假不真實。

·烏有：司馬相如〈子虛賦〉中的虛構人物。以「烏有」為名，取其無有義，表所言者皆無此事。作者藉齊國烏有先生之口，提出各種問題。烏有，今意為一切化為泡影

·烏：(參見第 29 頁、404 頁，同義複詞)
烏名烏鴉(o˙ a)。又金烏，指日中三足烏。
漢壁畫、古高句麗、日本鈴木家族家紋，屬古東夷民族圖騰之一，後借代為「太陽」。

·勝：ㄕㄥˋ seng[3] 負之對也 優也 克也，名勝
勝利 戰勝 略勝一籌 勝負 勝敗 勝境
ㄕㄥ seng 任也 當也 盡也，勝任 不勝感激

·蕈：ㄒㄩㄣˋ sim[7] (唐)慈荏切，菌生木上 地菌也
《陸雲》「思樂葛藟，薄采其蕈。疾彼攸遠，乃孚惠心。」

·朽：ㄒㄧㄡˇ hiu[2] 木腐也，朽木 老朽 不朽

·青梅煮酒，論天下英雄：
三國曹操、劉備論天下英雄唯劉備與曹操耳，時在三、四月之梅樹下煮酒。

181. 誶誶念、碎碎念、踅踅唸，鑾皮，飯濾，藝量澹濾漉，風颱回南，回失禮，回願、許願回話，回多謝，蠅頭小利，無/沒頭蠅，胡蠅

不去不休，無疚無咎。
自珍敝帚，江山依舊。
泉潮回首，美勝湧潮。

·疚：ㄐㄧㄡˋ kiu^3 久病也，在疚 內疚

·咎：ㄐㄧㄡˋ kiu^7 災也 病也 愆也 過也，休咎 咎由自取 既往不咎

·珍：(參見第 412 頁，珍)

·帚：ㄓㄡˇ chiu^2 (集)止酉切，掃具也，掃帚
(so^3 chiu^2 文 sau^3 chhiu^2 白)
敝帚千金(pi^7 chiu^2 chhian kim)
《曹丕・典論論文》:「裡(俚)語曰：家有敝帚，享之千金。斯不自見之患也。」

·敝：ㄅㄧˋ pi^7/pe^7 (集)毘祭切，壞也 敗衣也 棄也 謙虛也，敝人 敝屣 敝舍 敝帚自珍

◯台語韻母音不知是否受到近古音的影響，時有「e」、「i」互轉的情形，但不完全是文白的對轉，也有可能是文音的使用不同，或白音的使用不同。例如：

·蔽：ㄅㄧˋ pe^{3}/pi^{3} 衣不蔽體 蔽思^{3}/敝思[教]

·世：ㄕˋ se^{3}/si^{3} 世情 世界 一世人 一世界[教]

·姐：ㄐㄧㄝˇ che^{2}/chi^{2} 仝姊，a 姐 姊夫
a 姐 姐姐 (chi^{2}→chia^{2}[白])

·破：ㄆㄧ ㄆㄧˇ phe$^{1/2}$/phi$^{1/2}$ 破肉 破甘蔗
(參見第 191 頁，破)

·西：ㄒㄧ se/si sai [白] 西方 西元 西醫
東西南北，西瓜(si koe，si 古通支韻)

·戴：ㄉㄞˋ te^{3}/ti^{3} tai^{3}[文] 戴--先生(te^{3}--sian si^{n}) 戴帽 a(ti^{3} bo^{7} a) 愛戴(ai^{3} tai^{3}) 不共戴天

·剃：ㄊㄧˋ the^{3}/thi^{3} 《魯迅》「賊來梳，官來篦(pin^{3})，兵來剃」 剃頭

·閉：ㄅㄧˋ pe^{3}/pi^{3} 關閉 自閉 閉氣

·啼：ㄊㄧˊ te^{5}/ti^{5} 鳥啼山客猶眠 哭哭啼啼

·地：ㄉㄧˋ te^{7}/ti^{7} 地方 地球 土地公

·翳：ㄧˋ e^{3}/i^{3} 蔽翳 蟬翳葉(參見第 168 頁，翳)

·遞：ㄉㄧˋ te^{3}/ti^{3} 快遞 迢遞送斜暉

·催：ㄘㄨㄟ chhoe/chhui 鬢毛催 催酒

·誶：ㄙㄨㄟˋ sui^{3}→se^{3}/soe^{3} 罵也 諫也
誚責也 詬也 問也，誶誶念 誶嘴

·碎：ㄙㄨㄟˋ sui^{3}→se^{3}/soe^{3} chhui^{3}[白] 散也
細破也，破碎 碎片 碎碎念[俗]/踅踅唸[教]

·濞：ㄆㄧˋphi^{3}/phe^{3} 水暴至聲，劉濞
漏/流濞濞(phi^{3} phe^{3}，phe^{3} phe^{3}) 濞濞叫

·皮：ㄆㄧˊ phi^{5}/phe^{5} (集)蒲糜切，音仝疲
被也，皮蛋 真皮 皮膚 蠻皮 陳皮梅

《揚子・方言》「秦晉言非其事，謂之皮傳」
phi^{5} 姓也，後漢有皮揚，唐有皮日休

·濾：ㄌㄩˋ lu^{7}/li^{7}/le^{7} 洗也 澄也，過濾
濾水 飯濾(png^{7} le^{7}/li^{7} 濾米潘之箕)
澹濾漉(tam^{5} li^{7} lok^{8}→tam^{5} li$^{3-2}$ lok$^{8-4}$
亂調)

·藝：一ˋ ge^{7}/gi^{7} 技能也 栽也，技藝 園藝
藝量(gi^{7} liu^{n7} 做藝量 一曰藝倆)

·起：ㄑ一ˇ khi^{2}/khe^{2} 興也 發也，起--來
…

·潮：(參見第 249 頁，潮)

·湧：ㄩㄥˇ iong^{2} 泉水上溢也，洶湧 湧泉 湧現
此詩之「美勝」湧潮是指錢塘潮也。錢塘潮可觀者有三，今述如下：

交叉潮：又稱南北潮，即指東潮與黑潮兩股呈十字交會，匯流後進入呈喇叭狀的入海口-杭州灣。

一線潮：當潮水出入錢塘江口，江面仍是風平浪靜，突聞潮聲貫耳，轟隆巨響，如萬鼓齊發，震耳欲聾。江面如白素練布，陡然節節高升，像空中白虹，卻是十米白水牆，向前推移，若萬馬奔馳，勢不可當。

回頭潮：錢塘大潮順河道衝向西，至老鹽倉時，卻被一長達 660 公尺的攔河堤霸擋住，巨大咆嘯的

潮水不斷猛烈撞擊，能量翻滾、反射累積，最後疊昇如雪山白色層峰，急速向東奔回，回聲連綿低沉如獅吼，驚心動魄，即為有名的回頭潮。

·回：ㄏㄨㄟˊ hoe^{5}[文] [泉] he^{5}[白] [漳] hai^{5}[詩]
回家 回頭 章回 回扣
風颱回南(he^{5} lam^{5})
回失禮(he^{5} sit^{4} le^{2}) 回話(he^{5} oe^{7} 許話也)
回願(he^{5} goan^{7}) 許願(he$^{7-3}$ goan^{7})
回多謝(he$^{5-3}$ to sia^{7}) 許多謝(he$^{7-3}$ to sia^{7})
說多謝(seh^{4} to sia^{7})

《回鄉偶書．唐 賀知章》十灰韻
「少小離家老大回(hai^{5})，鄉音無改鬢毛催 (chhai)。
兒童相見不相識，笑問客從何處來(lai^{5})。」

·頭：ㄊㄡˊ tho·^{5}[文] thio^{5}[俗] thiu^{5}[詩] thau^{5}[白]
山頭 頭緒 哀江頭(thiu^{5}) 頭昏腦脹
蠅頭小利(eng^{5} tho·^{5}/thiu^{5} siau^{2} li^{7})
春雨樓頭尺八簫 出人頭地

頭璋瓦(頭璋 a [走音])，指頭胎，但男女皆是也
減/添/偏秤頭(phi^{n} chhin^{3} thau^{5} 偷斤兩也)
無/沒頭蠅(bo^{5}/boh^{8} thau^{5} sin^{5} 無頭蒼蠅[華]
胡蠅[教] ho·^{5} sin^{5} 無頭神[教] 健忘也)
(參見第 76 頁，頭)

182. 露營，露胸，露下頦，吐氣，吐一口氣，嘔吐 渴望，渴念，戽水、滸水，戽斗

花卉失水露，雪霜萎難吐。
渴望萎復甦，仲春雨來戽。

・花：（參見第 143 頁，蘤）

・卉：ㄏㄨㄟˋ hui[7] 艹木總稱，花卉

・失：（參見第 359 頁，失）

・露：ㄌㄨˋ lo͘[7] 文 （集）魯[6-2]故切，音仝路 潤澤也
顯出也 節氣名，白露 露營 露白 露面 甘露
朝露 露水 曝露(phok[8] lo͘[7])
ㄌㄡˋ lau[3] 白 見也 彰也，露面 露出馬脚
露胸(lau[3] heng) 曝露(phok[8] lau[3]) 錢財露白
露/落下頦(lau[3] e[7] hai[5] 胡說也)

・雪：ㄒㄩㄝˇ soat[4] 文 seh[4] 泉 白 soeh[4] 漳 白
白雪 雪花 江雪 雪中紅 落雪 霜雪
ㄒㄩㄝˋ 華 用在形容詞或副詞， 雪白 雪亮

・霜：ㄕㄨㄤ song 文 sng 白 霜鬢 砒霜 糖霜
霜 a 角(冰塊也) 霜雪 月落烏啼霜滿天
凍霜 教 （凍酸也 吝嗇也，也有結冰之意）

・萎：ㄨㄟˇ ui[2] 文 i[n2] 白 （參見第 390 頁，萎）

·吐：ㄊㄨˇ tho·^{2} 文 thau^{2} 白 口吐也，
吐氣(tho·^{2} khui^{3}，敨氣 教 thau^{2} khui^{3})
吐一口氣(thau^{2} chit^{8} khau^{2} khui^{3} 討回公道也) 周公一飯三吐哺(sam tho·^{2} po·^{7})
(詳見「目錄 24. 第 76 頁」，頭)
ㄊㄨˋ tho·^{3} 腹吐也，吐血
嘔吐(ㄡˇ ㄊㄨˋ o·^{2} tho·^{3})

·渴：ㄎㄜˇ khat^{4} 文 khoah^{4} 白 (彙) 口乾也
急也，口渴 渴望 渴念(khoah^{4} liam^{7}) 飢渴

·望：(參見第 382 頁，望)

·萎：(參見第 389 頁，萎)

·復：(參見第 150 頁，復)

·甦：ㄙㄨ so· 仝蘇，死而更生 息也，復甦 甦醒

·仲：ㄓㄨㄥˋ tiong^{7} 兄弟排行常用伯、仲、叔、季為次序，仲是第二。仲裁 仲夏 伯仲之間

·戽：ㄏㄨˋ ho·^{3} (彙)仝滬
ho·^{7} (集)後五切，音戶
戽斗(引水到田裡的農具，用戽斗或水車引水稱為滬/戽水，今有潑水之意)
戽斗，另意為稱人下巴上翹如斗

183. 真確，無的確，蛋殼、卵殼，水殼 a，殼菜孔雀蛤，孔雀蚶，蚶 a、蛤蠣，硬殼殼、硬叩叩，有硞硞

因循如過榷，決斷方真確。
棄杠改渡船，如蠶破繭殼。

· 循：ㄒㄩㄣˊ sun[5] 行順也 依也 善也 巡也，率循
循環 循次序 遵循 闢循/紃
（參見第 391 頁，循）

· 闢：ㄆㄧˋ pek[8]→pit[8]（職/質韻互換）（唐）房益切
啟也 避也 闢循/紃（織紝組紃）

· 過：（參見第 445 頁，過）

· 榷：ㄑㄩㄝˋ kak[4] 以木渡水也

· 確：ㄑㄩㄝˋ khak[4]（廣）苦角切，堅也 剛也，
確定 確實 真確（chin khak[4]）
的確（tek[4] khak[4]） 無的確[反]
（參見第 98 頁，無）

· 杠：ㄍㄤ kang[漳] kong[泉]（正）居郎切，
《說文》床前橫木也。在此指小橋也

· 船：（參見第 318 頁，船）

· 如：（參見第 10 頁，入）

·蠶：ㄘㄢˊ cham^{5} (唐)昨含切，虫名，吐絲為織物
chham^{5} (彙) 氣音 娘 a 白 春蠶到死絲方盡

·破：ㄆㄛˋ pho^{3}文 phoa^{3}白 破例 破洞 破孔/空
破格 撞破(tong^{7} phoa^{3}) (參見第 247 頁，破)

◯台語文讀音的韻母音為「o」，則有許多字音轉變成「oa」的白話音。例如：
(詳見「目錄 118. 第 295 頁」，歌)

·繭：ㄐㄧㄢˇ kian^{2}文 lan 白 (廣)古典切，蠶衣也
手腳因勞作而長厚皮，結繭(kiat^{4} lan 白)
蠶繭/娘 a 殼白 (cham^{5} kian^{2}/liu^{n5} a khok^{4})
(參見第 304 頁，趼)

·殼：ㄎㄜˊ khok^{4}泉 khak^{4}漳 堅硬外皮也，頭殼
蛋殼華 卵殼台 殼斗(khak^{4} tau^{2})
水殼 a(chhui^{2} khok^{4} a 舀水用也 iu^{n2} chui^{2})
殼菜(khak^{4} chhai^{3} 貝類也，淡菜 孔雀蛤 kap^{4}/
孔雀蚶 ham)

蚶 a 教 (ham a 台 はまぐり日 蛤蠣華)
硬殼殼(teng^{7} khok^{4} khok^{4}) 硬叩叩 音讀音
有：ㄑㄩㄝˋ teng^{7} 石聲也。有硞硞教
(參見第 37 頁，有)

184. 破綻，趖龜腳，放聲、放調，放見，通緝，裁縫縫褲腳，腳縫，門縫，紩衫，閬縫，閬閬曠曠垠垠壙壙，裂褲腳，裂腮腮，裂腳脛，翕燒熻熱，講話翕--人，翕油飯、蒸油飯

玉蘭失日光，無水又逢霜。
剪移等下季，綻放滿庭芳。

破綻線重緝，補衣緩濟急。
小針密密縫，裂縫分分翕。

‧玉蘭花因為香氣宜人，一直深受台灣人喜愛，該花需濕潤，畏積水，又喜長日照，頗適合台灣氣候土質，台灣的民俗花卉之一。

‧玉：ㄩˋ giok^{8}[文] gek^{8}[白] 美玉 玉貌 玉女 玉環
玉器 手玉 a

‧蘭：ㄌㄢˊ lan^{5} 蘭玉 蘭花 蕙蘭 空谷幽蘭

‧剪：(參見第 389 頁，剪)

‧季：ㄐㄧˋ kui^{3} 稚也 少也 末也，四季 季末

‧綻：ㄓㄢˋ chhan^{3}[俗] tan^{7} (正)丈襉切，衣縫也
解也，衣裳綻裂 綻放 花綻
破綻(pho^{3} chhan^{3} 趖龜腳[台] 露馬腳[華]) 破縫[教]

·放：ㄈㄤˋ hong^{3}[文] pang^{3}/phang^{3}[白] 野放 釋放 放心 放手(pang^{3} chhiu^{2}) 放聲(pang^{3} sia^{n}) 放話(pang^{3} oe^{7}) 放調(pang^{3} tiau^{7}) 放尿 放見(phang^{3} kian^{3}，phang^{3} ki^{n3} 遺失也)

·滿：ㄇㄢˇ boan^{2}[文] boa^{n2}[白] 豐滿 滿足 滿意 滿天星 大碗擱滿墘

◯台語文讀音的韻母音為「oan、an」，則有許多字音可能轉成「oa^{n}」的白話音。 例如：
(詳見「目錄 2. 第 12 頁」，安)

·緝：ㄑㄧˋ chhip^{4} 縫也 捉拿也，緝邊 緝縫 緝捕 緝毒 通緝(thong chhip^{4}→thong chip^{8}[走音])
(參見第 63 頁，輯、緝)

·縫：ㄈㄥˊ hong^{5}[文] pang^{5}[白] 縫紉 裁縫 密密縫 縫褲腳(pang^{5} kho$^{\cdot 3}$ kha) (參見第 19 頁，縫)
ㄈㄥˋ hong^{7}[文] phang^{7}[白] 衫縫 門縫(bng^{5} phang^{7}) 腳縫(kha phang^{7}) 孔縫 桌縫 椅 a 縫

閬縫(long^{7}→lang^{7}→lang^{3} phang^{7}[白] 空虛也) 閬閬曠曠/埌埌壙壙(long^{3} long^{3} khong^{3} khong^{3} 空曠也)

閬/埌：ㄌㄤˋ long^{7} (集)郎宕切，門高也 空虛也
(今音呼「long^{3}[文] lang^{3}[白]」可能是亂調)

壙：ㄎㄨㄤˋkhong[3]（集）苦晃切，指原野迴貌

《莊子．應帝王》
「遊無何有之鄉，以處壙埌之野。」

紩：ㄓˋ tiat[8] tit[8]（集）直質切，縫也
紩衫教(thi[n7] sa[n] 縫衣服也)
註：縫與紩，針法不同

．裂：ㄌㄧㄝˋ liat[8]文 lih[8]白 衣衫綻開 分開
破壞，分裂 破裂 裂痕
裂褲腳/裂褲跤教（lih[8] kho˙[3] kha）
裂腳脛（lih[8] kha keng走音 俗）
裂腮腮（lih[8] sai sai）
裂縫(lih[8] phang[7])
裂線綴教(lih[8] soa[n3] choe[7]/che[7])

脛：ㄐㄧㄥˋ heng[7]（集）形定切，
腳脛(膝以下骨也)
《釋名》「脛，莖也。直而長，似物莖也。」

莖：ㄐㄧㄥ heng[5]（集）何耕切，
《類篇》「草曰莖，竹曰箇，木曰枚。」
keng 俗（彙）

．翕：ㄒㄧˋ hip[4]（正）許及切，閉合之意 聚也
歛也，翕燒 翕合 翕教（悶也），翕油飯
蒸油飯(chheng[3] iu[5] png[7])（參見第83頁，蒸）

講話翕--人(疾言也)
翕翕(火炙也 熾也) 空氣翕翕(空氣悶也)

·歙：ㄒㄧˋ hip⁴ 音仝吸，仝翕(縮鼻也 斂氣也)

·噏：ㄒㄧ hip⁴ 意與「吸」同，
《揚雄·甘泉賦》「噏青雲之流瑕」

·熻：ㄒㄧ hip⁴ (廣)許及切，熱也，熻熱
gip⁴ (集)迄及切

185. 一蹴可幾，淘氣，汰水，管汰--伊，汰功夫 洗衫枋、汰枋/板，芥菜，玻璃摡乎清氣 借蹛，戴孝，戴物件

一蹵可幾非好事，再三淘汰得真金。

· 蹵：ㄘㄨˋ chhiok[4] 仝蹴，腳步跟在後面，一蹴可幾[1]。驚悚不安也，蹵然

用腳踢東西，蹴鞠(chhiok[4] kiok[4] 踢球也)

· 幾：ㄐㄧˇ ki[2]文 kui[2]白 問數目多少的口氣，

幾何 幾多 幾許 幾經 幾歲(kui[2] he[3]/hoe[3])

(詳見「目錄 97. 第 242 頁」，氣)

ㄐㄧ ki 微也 危也 尚也 期也 庶幾近也，

幾乎 庶幾 幾希

· 事：(詳見「目錄 83. 第 207 頁」，似)

· 再：(參見第 336 頁，再)

· 淘：ㄊㄠˊ to[5] (集)徒刀切，澄汰也 淅米也，

淘汰 淘米 淘氣(to[5] khi[3])

· 汰：ㄊㄞˋ thai[3]文→thoa[3/7]白 thoah[4]白(彙)

沖洗也，沙汰(sa thai[3]) 淘汰(to[5] thai[3])

汰水(thoah[4] chui[2] 用水漂洗也)

管汰--伊俗 (koan[2] thai[3]--i 不甩他也)

汰[7]乎清氣 汰[7-3]汰[7]--le 汰[7]功夫(學技藝也)

汰$^{3-2}$枋/板(thoa^{3} pang/pan^{2} 有橫槽之洗衣板)
洗衫枋教

◯台語文讀音的韻母音為「ai」，則有某些字音轉變成「oa」的白話音，而且都出現在華語的第四聲，台語的第三、第七聲調。例如：

·芥：ㄐㄧㄝˋ kai^{3}→koa^{3} 芥末 草芥 芥蒂
芥菜(長年菜也，俗寫為割菜、刈ㄧˋ菜)
「六月芥菜假有心」俚 虛偽也

·蓋：ㄍㄞˋ kai^{3}→koa^{3} 蓋世 蓋棺論定 車蓋
掀蓋(hian koa^{3}) 鼎蓋(tia^{n2} koa^{3})

·概：ㄍㄞˋ khai^{3}→k/khoa^{3} 拭也 滌也，玻璃概乎清氣

·蹛：ㄉㄞˋ tai^{3}→toa^{3} 踶也，蹛佇這 借蹛教
到佇這(toa^{3} ti^{7} chia^{2})
到：to^{3}→toa^{3}/kau^{3} 到佗位(住/到哪裡?)

·帶、戴：ㄉㄞˋ tai^{3}→toa^{3} 帶衰錯意（致衰也）
皮帶 戴孝 戴物件(toa^{3} bng^{7} kia^{n7})

·賴：ㄌㄞˋ lai^{7}→loa^{7} 依賴 賴東賴西(牽拖也)

·蔡：ㄘㄞˋ chhai^{3}→chhoa^{3} 蔡厝
蔡--先生(沒變調，「先生」兩字都念輕聲)

·大：ㄉㄚˋ tai^{7}→toa^{7} 大小 大型 大人大種
ta（ta ke 大家，ta koa^{n} 大官）

·在：ㄗㄞˋ chai^{7}→choa^{7} 在在(chai^{7} chai^{7})
無確在(bo^{5} khah^{4} choa^{7})
無確誓俗/無較縒教（ㄘㄨㄛˋ choah^{8}教）

…

186. 溢奶，溢--出來，益錢、搤錢，路隘，噎奶 𨑨夜市，玲瓏𨑨，嚙/噛骨頭，丟掉、抌掉 薛平貴，趺倒、跋倒，跋價，歡喜

食防噎，行防跌，從容不迫，喜過耄耋。

·食：(參見第366頁，食)

·防：ㄈㄤˊ hong[5] 禦也 禁也 堤也，防禦 堤防

·溢：ㄧˋ ek[8]泉 ik[8]漳 eh[8]白 滿也，溢收 溢價
溢奶(eh[8] li[n]/leng/le[n])
溢--出來(eh[8]/ek[8]--chhut[4] lai[5])

益：ek[4]文 iah[4]白 增也 利進也，利益(li[7] ek[4]) 益錢/搤錢教 (iah[4] chi[n5] 挖錢拿錢也)
隘：ai[3] ek[4] eh[4]白 狹窄也，隘口 狹隘 路隘

·噎：ㄧㄝ iat[4]文 eh[4]白 飯窒也 食塞也，拍噎a
噎奶(iat[4] li[n]/leng/le[n]，eh[4] li[n]/leng/le[n])

◯入聲音韻尾為「iat」，除了ek⟷it(四質韻和十三職韻通韻)之外，也可能iat→eh→ih→it而成為文白音對轉的情形。例如：

·鱉/鼈：ㄅㄧㄝ piat[4]→peh[4]→pih[4] 掠龜走鼈
·癟：piat[4]→peh[4]→pih[4]→pit[4] 腫滿悶而皮裂也，癟循/必巡教 (鬪糾ㄒㄩㄣˊ)

‧吉：ㄐㄧˊ kiat^{4}→kit^{4}(質韻) kek^{4}(職韻)
吉祥 大吉大利

‧契：ㄑㄧˋ khiat^{4}→kheh^{4}→khit^{4} 契闊談讌
契約 契丹(khit^{4} tan)
默契(bek^{8} khiat^{4}，bek^{8} kheh^{4})
契兄(與「客兄」意思不同)
(參見第 96 頁，契)

‧鐵：ㄊㄧㄝˇ thiat^{4}→thih^{4} 鐵口直斷 鐵鎚
鐵路

‧節：ㄐㄧㄝˊ chiat^{4}→cheh^{4} 節目 節日
五日節 中秋節 (參見第 251 頁，節)

‧咽/噎：ㄧㄢ ㄧㄝ iat^{4}→eh^{4} 聲塞也，簫聲咽
噎奶

‧踅：ㄒㄩㄝˊ chiat^{4}→seh^{4} 旋倒也，踅夜市
玲瓏踅

‧齧/嚙：ㄋㄧㄝˋ giat^{4}→geh^{4} 啃也，嚙骨頭

‧裂：ㄌㄧㄝˋ liat^{8}→lih^{8} 破裂 裂開 裂縫
(參見第 461 頁，裂)

‧切：chhiat^{4}→chheh^{4} 斷絕也 (參見第 402 頁，切)

‧襪：ㄨㄚˋ boat^{8}文 biat^{8}(彙)→beh^{8}泉
boeh^{8}漳 夜久侵羅襪(boat^{8})
裙襪步香階 襪 a 絲襪

‧孽/逆：ㄋㄧㄝˋ/ㄋㄧˋ giat^{8}/get^{8}→geh^{8}
講話逆--人(kong^{2} oe^{7} geh^{8}--lang^{5})

‧缺：khoat^{4}→khoeh^{4}→kheh^{4} 不全也 少點也
玷也 (參見第 383 頁，缺)

‧絕：ㄐㄩㄝˊ choat^{8}文 chiat^{8}詩 →cheh^{8}
斷絕(choat^{8}文) 千山鳥飛絕(chiat^{8}詩)
絕種(cheh^{8} cheng^{2}白)

·偰：ㄒㄧ siat^{4}→seh^{4} 小聲也，輕聲偰偰
(輕聲細語[教]/輕聲細說[教])
·丟 [白]：ㄉㄧㄡ tiu[文] k/khiat^{4}[白]
hiat^{8}[白]→heh^{8} 丟掉/抗掉[教]
(參見第 522 頁，抗)(參見第 246 頁，丟)

·屑：ㄒㄧㄝˋ siat^{4}→seh^{4} 穢屑(eh^{4} seh^{4})
·雪：ㄒㄩㄝˇ ㄒㄩㄝˋ soat^{4}[文] siat^{4}[詩]→
seh^{4}[白]
飄雪(soat^{4}) 獨釣寒江雪(siat^{4})
落雪(seh^{4})
·說：ㄕㄨㄛ ㄕㄨㄟˋ soat^{4}[文] siat^{4}[詩]→
seh^{4}[白] 說明 巧說(khau^{2} seh^{4}→seh^{8}[亂調]
圖洗[教]) (參見第 334 頁，說)
·薛：ㄒㄩㄝ siat^{4}→sih^{4}[漳] suh^{4}[泉] 薛平貴
…

·跌：ㄉㄧㄝˊ tiat^{8} 踢也 差也 蹶也 失據也，
跌倒 跌價 跌落

·跋：ㄅㄚˊ poat^{8}[文] poah^{8}[白] 躓跋也 強梁也
行也，跋涉(poat^{8} siap^{4}) 跋扈 跋倒 跋--倒
跋價(poah^{8} ke^{3} 跌價也) 起價[反] 漲高價[反]

·從：ㄘㄨㄥˊ chiong^{5} 就也 順也，順從 從來
從事 從命 從一而終 從政
ㄘㄨㄥ chhiong 舒縱也，從容

ㄗㄨㄥˋ chiong^{7} 僕役也 副的，隨從 侍從 從犯 從刑

·迫：ㄆㄛˋ pek^{4} 窘也 及也 困也 近也 附也，逼迫 壓迫 急迫 迫近 迫害 迫擊砲

·喜：ㄒㄧˇ hi^{2} 樂也 悅也，歡喜(hoa^{n} hi^{2} [白]) 喜歡(hi^{2} hoan [文]) 喜樂 恭喜 喜慶

·耄：ㄇㄠˋ bo^{7} （集)莫報切，bo$^{\cdot 7}$ （韻補）叶莫故切，bo^{n7}(彙) 惛忘也 年過七十也

(參見第 165 頁，耄)

·耋：ㄉㄧㄝˊ tiat^{8} 年過八十也，耄耋

187. 門扃，門戶，鴻鵠，鵠的，新聞，聲聞，家婆雞婆，客觀，人客官/倌

扃門今始開，鵠望好音來。
忽聞家犬吠，偏戶客上堦。

· 扃：ㄐㄩㄥ keng（集）涓熒切，
外閉之橫木也，門扃[名]。門戶也，柴扃[名]
關閉也，扃門[動]。 內門外扃

· 門戶：單扇曰戶，雙扇曰門

· 鵠：ㄏㄨˊ gok[8]（彙）hok[8]（集）胡沃切，水鳥也
一名天鵝也 大也 目標也，鴻鵠 鵠立 鵠望

ㄍㄨˇ kok[4]（集）姑沃切，射箭的目標 標準
也，鵠的(kok[4] tek[4]) 正鵠

· 好：（參見第 194 頁，好）

· 聞：ㄨㄣˊ bun[5] 知識也 消息也 耳聽也 傳達也，
見聞 新聞 聽聞 聞道
ㄨㄣˋ bun[7] 聲譽也，聲聞 聞人 聞達

· 家：ㄐㄧㄚ ka[泉] ke[漳] 家庭 家族 家累 家內
家婆[教]（ke po[5] 雞婆[錯意]）
（參見第 266 頁，稼）

·上：ㄕㄤˋ siong^{7}[名] [形] siong^{2}[動]
（參見第 141 頁，上）

·堦：ㄐㄧㄝ kai 仝階，登堂道也 級也 梯也，
官階 階段 階級 階下囚 階梯(kai the)

·偏：ㄆㄧㄢ phian[文] pi^{n}[白] 偏心 偏安 偏見
偏私 相偏(sio pi^{n}) 偏一旁(pi^{n} chit^{8} peng^{5})

○台語文讀音的韻母「ian」轉成白話音的韻母「i^{n}」的白話音。也有少數習慣上念「e^{n}」，例如：
（詳見「目錄 17. 第 58 頁」，燕）

·客：ㄎㄜˋ khek^{4}[文] kheh^{4}[白]（唐）苦格切，寄也
客觀(khek^{4} koan)
人客官/倌(lang^{5} kheh^{4} koa^{n} 客人也) 客中行
政客 客戶 客套 客氣 人客
客程車[走音]（計程車也）
（參見第 109 頁、274 頁，合）

188. 垂愛，垂--落來，伏案，伏倒、趴下，洗浴 什細，什麼，豆沙，沙漠

垂頭自惜千金骨，伏櫪仍存萬里心。
千淘萬漉雖辛苦，洗盡什沙始得金。

·垂：ㄔㄨㄟˊ sui^{5}[文] soe^{5}[白] 自上縋下也 布也，
下垂 垂釣 垂危 垂涎 垂問 垂愛(sui^{5} ai^{3})
垂落--來(sui^{5}/soe^{5}--loh^{8} lai^{5})

·頭：ㄊㄡˊ tho·^{5}[文] thio^{5}[俗] thau^{5}[白] thiu^{5}[詩]
(詳見「目錄 24. 第 76 頁」，頭)

·昔：ㄒㄧˊ sek^{4} 前也 昨也，昔日 昨昔

·伏：ㄈㄨˊ hok^{8}[文] phok^{8}[白] phak^{8}[白] 偃也
匿也，埋伏(bai^{5} hok^{8}) 伏兵 伏案(hok^{8} an^{3})
伏倒(phak^{8} to^{2} 趴下也)
(參見第 17 頁，肥)

·櫪：ㄌㄧˋ lek^{8} 養馬的地方，老驥伏櫪

·仍：ㄖㄥˊ jeng^{5} (集)如蒸切，因也 就也 重也，
仍然 仍舊
(參見第 10 頁，入)

·淘：(參見第 463 頁，淘)

·漉：ㄌㄨˋ lok[8] (集)盧谷切，浚也 滲也 濾也，
(參見第 347 頁，漉)

·洗：ㄒㄧˇ se[2] 漳 soe[2] 泉 滌也 淨也，洗衫
乾洗 洗盡鉛華 洗身軀 洗塵
洗浴 台 (se[2]/soe[2] ek[8] 洗澡也 華)

·什：ㄕˊ sip[8] 仝十，什物 什錦
chap[8] 仝雜意，什細 賣雜細(昔挑擔賣女紅也)

ㄕㄣˊ sia[n2] 疑問詞，什麼(sia[n2] bih[n4]/beh[n4]
甚麼)

·沙：ㄕㄚ sa 泉 se 漳 soa 白 沙門 沙丘
豆沙(tau[7] se)
沙漠(sa bok[8]) 土沙 白沙灣 沙眼 沙漏
(參見第 266 頁，稼)

·始：ㄕˇ si[2] 文 漳 su[2]/sü[2] 泉 文 開始 秦始皇
始終如一 始末 始祖
(詳見「目錄 47. 第 139 頁」，是)

189. 縆，揯衫，衫揯 a，罩揯，揯乎著，線索 線頭，老康健，勇健

弦斷線，該換弦，高不健，低要遷。
苦心就，盡心練，聲更美，音更鏗。

· 縆：ㄍㄥ keng（集)居曾切，大索也 急也
急張也，仝絚字

· 揯：ㄍㄥ keng（正)居層切，引急也，揯衫 衫揯 a
罩揯(tau[3] keng 幫忙支撐也) 揯乎著
引申為個性矜持也，人真揯
《淮南子・繆稱訓》「治國譬若張瑟，大弦揯(絚)，則小弦絕矣。」

· 弦：ㄒㄧㄢˊ hian[5] 通絃，弓線也 半月也 八音之系(細絲)也，弓弦 上/下弦月 弦/絃樂 斷絃 續絃

· 線：ㄒㄧㄢˋ sian[3] 文 soa[n3] 白 （集)私箭切，
仝綫，縷也，一線潮
線索(sian[3] sok[4] 文，soa[n3] soh[4] 白) 粗線條
針線 線頭(soa[n3] thau[5])

· 換：(參見第 11 頁，換)

· 高：(參見第 349 頁，高)

·健：ㄐㄧㄢˋ kian^{7}[文] kia^{n7}[白] 強也 康也
有力也 不倦之意也，健康 健美 老康健
健行 勇健(iong^{2} kia^{n7})
建：ㄐㄧㄢˋ kian^{3} 置也 立也，建立 建置

·低：（參見第 349 頁，低）

·要：（參見第 193 頁，要）

·遷：ㄑㄧㄢ chhian 徙也 移也，搬遷 遷移 喬遷

·聲：ㄕㄥ seng[文] sia^{n}[白] 聲明 聲援 聲音 聲色

◯台語文讀音的韻母音為「eng」，則有許多字音可能轉成「ia^{n}」的白話音。 例如：
（詳見「目錄 89. 第 224 頁」，正）

·美：ㄇㄟˇ bi^{2}[文] sui^{2}[白]（媠ㄊㄨㄛˇ sui^{2}[教]）
（參見第 143 頁，媠）

·鏗：ㄎㄥ kheng（正）丘庚切，金石聲 撞也，鏗鏘
khian（彙） khai^{n}[白] 鑼聲之餘音也

·鏘：ㄑㄧㄤ chhiang[文] giang[白]（正）千羊切，
khiang[白] 金玉聲也，鏘鏘
鏗鏘(kheng khiang)（參見第 202 頁，鏗、鏘）

190. 退時行，鞋苴，尿苴a，苴棉被，苴桌巾

成事需時，轉變三[3]思。
堅心必得，通行無趄。

·成：(參見第268頁，成)

·時：ㄕˊ si[5] (集)市之切，四時 時間 好雨知時節
退時行(thoe[3] si[5] kia[n5] 退流行也)

·變：ㄅㄧㄢˋ pian[3]→pen[3] 走音 pi[n3] 白 改變 變化
(在台語這是一個很嚴重的走音現象，也就是普遍大眾都少了介音「i」)(參見第126頁，煎)

·三：(參見第37頁，三)

·思：(參見第446頁，思)

·堅：ㄐㄧㄢ kian (集)經天切，音仝肩，實也 固也
勁也，堅強 堅實 堅固
肩：kian 文 keng 白 肩任 肩章
肩胛頭(keng kah[4] thau[5] 肩膀也)

·趄：(參見第393頁，趄)

·苴：ㄐㄩ chhi[1] 漳 chi[7] 俗 chhu[1]/chhü[1] 泉
chu[7]/chü[7] 俗 (集)千余切，

1. 麻也，《詩・豳風》「九月叔苴」
2. 履中草也，鞋苴(oe^{5}/e^{5} chu^{7} 鞋裡所襯的草墊) 鞋苴 a
3. 包裹也，中國古人賄賂恐他人見之，故包裹起來，稱為「苞苴」
   《禮・曲禮》「凡以弓箭、苞苴、簞笥問人者。」
4. 墊也，苴棉被(chhu bi^{5} pe^{7}/poe^{7}) 苴桌巾 尿苴 a(jio^{7} chi^{7} a 漳，jio^{7} chu^{7}/chü^{7} a 泉 尿片也)
   《前漢・郊祀志》「掃地而祠，席用苴稭。」
5. ㄔㄚˊ cha^{5} 枯也，
   《楚辭・悲回風》「草苴比而不芳」
   《註》枯曰苴

191. 甭客氣、甭細膩、莫客氣，𠕇，𠕇，㑳
㑳看，㑳食，針黹，針䇿，針鼻

看城門，甭看針鼻。

·看：ㄎㄢˋ khan[3]　ㄎㄢ khan

「看」，可仄可平，意思一樣，通常方便古典近體詩寫作的平仄運用，其他例字如：

「聽 theng[1/3]」，「忘 bong[5/7]」，「醒 seng[1/2]」…

·城：ㄔㄥˊ seng[5] 文　sia[n5] 白　城隍廟 城內 城市

◯台語文讀音的韻母音為「eng」，則有許多字音可能轉成「ia[n]」的白話音。 例如：

(詳見「目錄 89. 第 224 頁」，正)

·門：(參見第 296 頁，門)

·甭：ㄅㄥˊ bai[n3] 俗　pong[5] 俗 不用也 不必也，

甭客氣/甭細膩(bai[n3] se[3]/soe[3] ji[7])

莫客氣 教 (bai[n3] kheh[4] khi[3])

《康熙字典》沒收錄此字，是河洛近古音依「不用」兩字的方言音反切之音。

在台語白話音的使用上常有使用切音的方法，利用兩個字的意思，上字取「聲母」，下字取「韻母」而形成一個連音，但意思不變。

例如：

·勿＋會＝𣍐（boe^{7}[泉]　be^{7}[漳]）未也 袂也[教]
勿會 but^{8} hoe^{7}→ 𣍐 boe^{7}/be^{7}

·勿＋愛＝⿰勿愛（boai^{7}→boai^{3}[亂調]）不要也
勿愛 but^{8} ai^{3}→ ⿰勿愛 bai$^{7-3}$/boai$^{7-3}$

·勿＋用＝⿰勿用（bong^{7}→bong^{3}[亂調]）加減也
勿用 but^{8} iong^{7}→ ⿰勿用 bong$^{7-3}$ ⿰勿用看 ⿰勿用食
…

·針：ㄓㄣ chim[文]　chiam[白] 可以引線也，
針鋒相對 避雷針 針線 針鼻(穿線孔也)
針黹(chiam chi^{2} 黹，紩也)
針箍(chiam k/kho˙ 頂針也，縫紉時套在指上的金屬箍)

中古音河洛語在變成近古音河洛語(華語)相混的過程中，華語少了「m」的韻尾音，而以「ㄣ」取代，如：針(chim→ㄓㄣ) 斟(chim→ㄓㄣ) 陰(im→ㄧㄣ)，可由此詩可看出端倪。

《戲妻族語不正詩· 晚唐 胡曾》
「呼十(sip^{8})卻為石(ㄕˊ)，喚針(chim)將作真(ㄓㄣ)。
忽然雲雨至，總道是天因。(ㄧㄣ 天陰 im 也)」

·鼻：(參見第353頁，鼻)

192. 挑故意、刁故意、刁工，挑/刁致故，致蔭致衰、帶衰，真好挑，齒剔、齒戳，米篩目米苔目，率領，草率，圓周率

挑剔無知，篩選需智。
草率誤身，不合則止。

·挑：ㄊㄧㄠ thiau (集)他雕切，撥也 取也 杖荷也，挑擔 挑選
挑故意(thiau/tiau ko$^{\cdot 3}$ i^{3}刁工[教] 刁故意[教])
挑/刁致故(thiau/tiau ti^{3} ko$^{\cdot 3}$)
thio[白] 挑工 挑夫 真好挑(好賺也)

刁：tiau[文] thiau[白] 難也，刁致(tiau ti^{3})
致：ti^{3}[文] tai^{3}[白] 納也 傳也 極也，
致蔭(ti^{3} im^{3} 庇佑也) 致衰(tai^{3} soe 帶衰[俗])
(詳見「目錄83.第207頁，似」)

挑：ㄊㄧㄠˇ thiau^{2} (集)徒了切，音仝窕，
挑撥 挑弄 挑剔 挑戰

◯台語文讀音的韻母音為「iau」，其中有些字音的韻母音會轉成「io」，而成為日常生活上的白話音。例如：
(詳見「目錄88.第219頁」，照)

·剔：ㄊㄧ thek^{4}[文] thak^{4}[漳] [白] thok^{4}[泉] [白]
解骨也 挑也，剔除 剔嘴齒 挑剔
齒剔[台]/齒戳[教] (khi^{2} thok^{4}，牙籤也)

·爬羅，蒐集。剔抉，選擇。爬羅剔抉形容蒐集極廣博、選擇極正確。
《唐·韓愈·進學解》「爬羅剔抉，刮垢磨光，蓋有幸而獲選，孰云多而不揚?」
也作「爬梳剔抉」。

·篩：ㄕㄞ sai 文 (篇海)山皆切，除粗取細，篩選
thai 白，米篩目(bi[2] thai bak[8] 米苔目 錯意)
si 文 (正)申之切，(參見第 207 頁，似)

·草：(參見第 156 頁，艹、艸、草)

·率：ㄕㄨㄞˋ sut[4] (廣)所律切，音仝蟀，遵也
循也 領也 將也 從也 皆也，率領(sut[4] leng[2])
率先 表率(piau[2] sut[4]) 草率(chho[2] sut[4]) 率性

ㄌㄩˋ lut[8] (集)劣戌切，音仝律，約數也，
圓周率(oan[5] chiu lut[8]) 定率 兜率天

·合：(參見第 109 頁、274 頁，合)

·則：ㄗㄜˊ chek[4] (正)子德切，法也 節也 語助詞
也，規則 上則 下則 飢則思食

·止：ㄓˇ chi[2] (集)諸[1]市[6-7]切，停也 已也 靜也
留也 居也，行止 停止 靜止 止步

193. 喬遷，謅甘蔗，軟餅、潤餅，戊，戌，戍
豎子，戊 a，亥 a

金龍咬燒餅，半似月兮半日形。
木下一斤了，目上一刀一戊丁。

· 金龍咬燒餅

民間傳說劉基(伯溫)所著的「燒餅歌」，屬於讖緯(方士編造帶有隱語的政治預言詩歌)之書。

原貌如下：「明太祖一日身居內殿，食燒餅並啖一口，內監忽報國師劉基晉見，太祖以碗覆之，始召基入。禮畢，帝問曰：『先生深明數理，可知碗中是何物件？』

基乃掐指輪算對曰：『半似日兮半似月，曾被金龍咬一缺。此食物也。』開視果然。帝即問以天下後世之事若何。基曰『茫茫天數，我主萬子萬孫，何必問哉？』」

· 咬：一ㄠˇ kau (集)居肴切，音交，鳥聲也，風聲也，本是狀聲詞。交仝咬
《贈兄秀才入軍・嵇康》「咬咬黃鳥，顧儔弄音。」
遷喬仝喬遷(本指遷移至喬木，今曰搬家也)

《鶯梭・宋・劉克莊》下平八庚韻
「擲柳遷喬太有情(cheng5)，交交時作弄機聲(seng)。
洛陽三月花如錦，多少工夫織得成(seng5)。」

gau^{2}（集）五巧切，仝齩一ㄠ∨，齧骨也，
用嘴咬。
齧：ㄋ一ㄝ丶 giat^{8}→geh^{8} 白 （正）魚列切，
khe^{3} 教 啃也，齧甘蔗(khe^{3}/geh^{8} kam cha^{3})
《前漢・食貨志》「罷夫羸老，易子而齩其骨」

ka^{7} 白：上下齒合斷或夾物也，咬斷 咬合
咬牙切齒 咬文嚼字 程咬金

・燒：ㄕㄠ siau 文 sio 白（集）尸招切，焚也，
燃燒 焚燒 發燒 火燒厝 台 失火 華
燒聲 錯意（餿聲/梢聲 教 sau sia^{n} 聲啞也）

◯台語文讀音的韻母音為「iau」，其中有些字音的韻母音會轉成「io」，而成為日常生活上的白話音。例如：
（詳見「目錄 88. 第 219 頁」，照）

・餅：ㄅ一ㄥ∨ peng^{2} 文 pia^{n2} 白（正）補永切，麵糍也，月餅 豆餅 餅乾 軟餅(loan^{2} peng^{2} 今曰潤餅 jun^{7} pia^{n2})（參見第 225 頁，餅、丙）

・半似月兮半日形：拆字指「明」字也
（參見第 13 頁，半、絆）

・木下一斤了：拆字指「李」也，斤：斧斤也

・目上一刀一戊丁：拆字指「自成」也

·戊：ㄨˋ bo˙[7] 天干第五位「甲乙丙丁戊己庚辛壬癸」

·戌：ㄒㄩ sut[4] 地支第十一位「子丑寅卯辰巳午未申酉戌亥」

一曰「戌 a，亥 a 」為罵語也，意指該兩辰屬落於最後兩位(衰尾也)，即豎 a，卒 a。
(參見第 93 頁，豎子居肓)

·戍：ㄕㄨˋ su[3] (廣)傷遇切，守邊 過也，衛戍戍守

194. 障礙，虐待，礙虐，青睞、垂青，白目

秋收有礙，春耕移栽。
東君青睞，穀滿九畡。

· 礙：ㄞˋ gai^{7}（集）牛代切，止也 拒也 妨也 限也 阻也，妨礙 阻礙 障^{3}礙(chiong^{3} gai^{7}) 礙事 礙難遵命
礙眼[華]（gai^{7} gan^{2}）鑿目[台]

· 虐：ㄋㄩㄝˋ giok^{8}[泉] [文] giak^{8}[漳] [文]（集）逆約切，苛也 災也 殘也，虐待(giok^{8} t/thai^{7}) 殘虐
gioh^{8}[白] [教] 礙虐[教]（gai^{7} gioh^{8} 憋扭 不舒服 聽著真礙虐 愈想愈礙虐）

· 東君：指太陽神名，亦指太陽。
司馬貞索隱引《廣雅》:「東君，日也。」
屈原九歌裡的《東君》一詩是祭祀太陽神的祭祀辭，內容生動描述祭典的盛況。太陽神受人們虔誠感動，因而擊敗天狼星，暗喻光明戰勝黑暗的故事。

· 睞：ㄌㄞˋ lai^{7} 盼也 視也 顧念也，明眸善睞
青睞(chheng lai^{7})

· 青睞：青，黑色。「青眼」語出《晉書・阮籍傳》

「(阮)籍又能為青白眼，見禮俗之士，以白眼對之。及嵇喜來吊，籍作白眼，(嵇)喜不懌而退。(嵇)喜弟(嵇)康聞之，乃齎酒挾琴造焉，籍大悅，乃見青眼」。

人正視時黑色的眼珠在中間。後以青眼表示喜愛或看重。

亦作青目、青睞、垂青。白目[反]

·穀：ㄍㄨˇ kok[4] (正)古祿切，百穀之總名，穀類

·滿：ㄇㄢˇ boan[2][文] boa^{n2}[白] 客滿 滿員 滿月

◯台語文讀音的韻母音為「oan、an」，則有許多字音可能轉成「oa^{n}」的白話音。 例如：
(參見第12頁，安)

·晐：ㄍㄞ kai (集)柯開切，仝垓，《註》「九晐九州之極也」

《鄭語．註》
「嫦娥揚妙音，洪崖頷其頤(i[5])；
升降隨長煙，飄颻戲九晐(ki)。」 晐[詩] kai→ki

195. 兀兀，瘐瘐，更加，更改，三更，清癯 削足適履，剝削，懼怕，選舉

兀兀欲瘐，饕餮更臞。
削足適履，戒慎恐懼。
時來鵬舉，泉湧乾渠。

·兀：ㄨˋ gut^{8} (集)五$^{6-2}$忽切，高而上平也 刖足也，兀立 兀自(gut^{8} chü^{7}，逕自也 ki^{n3} chai^{7})
兀兀：不動貌，
《韓愈、進學解》「貪多務得，細大不捐。焚膏油以繼晷，常兀兀以窮年」

gut^{8}→ut^{8} 係受華語沒有聲母「g」的影響
(參見第 151 頁，兀立)
歸工兀佇人兜(整天窩在別人家)

·瘐：ㄩˇ u^{2}[泉] i^{2}[漳] (集)勇主切，病也 憂鬱也，瘐瘐 瘐死 瘐斃
《爾雅．釋訓》「瘐瘐，病也」

·饕餮：(參見第 91 頁，饕、餮)

·更：ㄍㄥˋ keng^{3} 再也，更加 更上一層樓
ㄍㄥ keng[文] ki^{n}[泉][白] ke^{n}[漳][白] 改也 過也 再也，更改 更新 更迭 更漏 更衣
ㄐㄧㄥ[勾] 三更(sam keng，sa^{n} ki^{n}，sa^{n} ke^{n})

◯台語文讀音的韻母「eng」轉成白話音泉腔的韻母音「i^{n}」、漳腔的韻母音「e^{n}」的白話音。
(詳見「目錄14.第49頁」，生)

·臞：ㄑㄩˊ ku^5[泉] ki^5[漳] 少肉也 瘠也，仝癯，
癯瘠 清癯(chheng ki^5/ku^5 清瘦也)

·削：ㄒㄧㄠ ㄒㄩㄝˋ siak^4[文] siah^4[白] 刮也
奪除也，削足適履(siak^4 chiok^4 sek^4 lu^2/li^2)
削職 剝削(pok^4/pak^4 siah^4，剝：北角切)
削鉛筆 削水果

·戒：ㄐㄧㄝˋ kai^3 警也 告也 慎也 守也，
(參見第419頁，戒)

·懼：ㄐㄩˋ ku^7 (唐)其遇切，恐也 怕也，恐懼
懼怕(ku^7 pha^3→khu^7 pha^3[走音])

·鵬：ㄆㄥˊ peng^5 pheng^5[氣音] (集)蒲登切，大鳥也，大鵬 鵬程萬里 鵬舉 鵬圖

·舉：ㄐㄩˇ ku^2/kü^2[泉] ki^2[漳] 舉行 舉措 舉人
選舉(soan^2 ku^2/kü^2/ki^2)
舉世 舉發 舉一反三

·渠：ㄑㄩˊ ku^5/kü^5[泉] ki^5[漳] (集)求於切，水所居也 溝也 大也，溝渠 渠道

196. 陷眠，眠夢，噩夢，鱷魚，潘水

事如陷漩，噩夢循環。
東西一轉，平安出潘。

‧陷：ㄒㄧㄢˋ ham^{7} 沒也 墜入地也，缺陷 陷害
失陷 陷阱 陷眠(ham^{7} bin^{5})

‧漩：(參見第 341 頁，漩)

‧噩：ㄜˋ gok^{8} (集)魚各切，仝愕，驚也，驚愕/噩
噩耗 噩夢(gok^{8} bong^{7}→ok^{8} bang^{7} [走聲]，少了聲
母「g」)
鱷魚(gok^{8} hi^{5}→khok^{8} hi^{5} [走聲])

‧夢：ㄇㄥˋ bong^{7} [文] bang^{7} [白] 空思夢想 夢幻
作夢 眠夢(bin^{5} bang^{7}) 噩夢

‧潘：ㄆㄢ phoan [文] phun [白] phoa^{n} [白] (唐)普官
切，淅米水也 水流也 姓也，
潘水(phun chui^{2} 泔水也 餿水也)
水潘(sui^{2} phoan 水流也)

◯台語文讀音的韻母音為「oan、an」，則有許多字音
可能轉成「oa^{n}」的白話音。 例如：
(詳見「目錄 2. 第 12 頁」，安)

197.摘花、挽花，躼跤、𨂿跤，腹腸，急躁

摘果無須躼，腹栫最忌躁。
是日子未到，非善心無報。

·摘：ㄓㄜˊ ㄓㄞ tek4 文 (唐)竹厄切，
tiah4 白 (彙) 手取也，摘花 華
挽花 台 (boan2/ban2 hoe)
摘要(tek4 iau3) 摘錄 摘星樓

·躼：ㄌㄠˋ lo3 (集)郎到切，身長貌，
躼跤(lo3 kha 𨂿跤 教)

·腹：ㄈㄨˋ hok4 文 pak4 白 心腹 腹地
腹稿(hok4 ko2) 腹肚(pak4 to͘2) 腹內
腹腸(pak4 tng5 內腔也 心胸也)
滿腹辛酸(boan2 hok4 sin soan)
滿腹心酸(boan2 pak4 sim sng)

·栫：(參見第156頁，栫)

·忌：ㄐㄧˋ ki7 (正)奇寄切，憎惡也 怨也 憚也
戒也 敬也 嫉也，《詩·周南·小星箋》「以色曰妒，以行曰忌」，忌諱 忌日 禁忌 忌憚 作忌

·躁：ㄗㄠˋ so3 疾進也 擾也 不安也，躁進 急躁

198. 棲托，棲教，央教，棲一下，央一下，宿舍 宿題，宿醉、二日醉，星宿，齣頭，楔子 楔縫、塞縫，揳錢、塞錢

淒風苦雨，栖宿不遇。
求安回頭，自家暫處。

·栖：仝棲　ㄒㄧ　ㄑㄧ　se 文　chhe 俗 (集)先齊切，
凡物止息也　鳥宿也，棲息　棲身
棲托(chhe thok^{4} 同義複詞)
棲一下(央一下，拜託也)
棲教(chhe ka^{3} 央教 iong ka^{3})
《禽經》「陸鳥曰栖，水鳥曰宿，獨鳥曰上，眾鳥曰集」
(參見第 4 頁，棲)

·宿：ㄙㄨˋ 形 siok^{4} (集)息六切，夜止也　住也，
食宿　宿願　宿怨　宿題 日 (siok^{4} te^{5} 家庭作業)
宿舍(siok^{4} sia^{3}→sok^{4} sia^{3} 走音)
宿醉(siok^{4} chui^{3} 二日醉也 日)

ㄒㄧㄡˇ 名 siok^{4} 住一宿　整宿未眠
ㄒㄧㄡˋ siu^{3} 勾　星群也，星宿　二十八宿

·齣：ㄔㄨ chhut^{4} 計算戲劇的名數(單位)，
一齣戲　換齣　齣頭

·齣頭：出自元曲中之雜劇。元曲中雜劇劇本通常由四折組成，每折由一套樂曲伴唱，故折亦為音樂單元，一折又稱為一齣。

四折之外另有楔子，置於劇本之首，猶如今日書籍之序，謂之齣頭(chhut^{4} thau^{5})

亦有置於過場戲(下半場)之開頭者，則成下齣頭，意指下齣戲之頭。
無論齣頭、下齣頭皆無數字限制，有劇本作者於此著墨較多，流傳至今，口語音即變成「齣頭真濟」，被用來形容花樣真多。

楔：ㄒㄧㄝˋ siat^{4}文 seh^{4}白
門兩旁的長木，門楔
尖的木片，可以楔縫(seh^{4} phang^{7}) 一曰塞縫
揳：ㄒㄧㄝ siat^{4}文 seh^{4}白 塞也

揳錢 塞錢：(seh^{4} chi^{n5} 引申行賄也)

楔子(siat^{4} chü^{2} 小說的引言，戲曲的開場白)

·暫：(參見第 302 頁，暫)

·處：(參見第 319 頁，處)

199. 守寡，一寡、一時 a、一匙 a、一絲 a，唏嘘小覷

期望成虛，寡歡欷歔。
笑顏何覷，見孩福居。

·望：（參見第 382 頁，望）

·虛：（參見第 449 頁，虛）

·寡：ㄍㄨㄚ∨ koa^{2}（集）古瓦切，少也 罕也 無夫也 王侯謙稱，寡言 寡歡 多寡 寡婦 寡人 守寡(chiu^{2} koa^{2}[白])

一寡(chit^{8} koa^{2}) 一時 a[教] 一匙 a 一絲 a
「講佮規半暝，做沒一湯匙。」[諺] 畫大餅也

寡：《陶淵明・歸園田居・其二》「野外罕人事，窮巷寡輪鞅」

輪鞅：輪指車輪也，泛指車馬也
鞅：一ㄤ 一ㄤ∨ iong$^{1/2}$ 馬駕具也 馬脖套也

·歡：（詳見「目錄 2. 第 12 頁」，安）

·欷：ㄒㄧ hi 悲痛哭泣氣噎也 仝唏，亦作歔欷

·歔：ㄒㄩ hu/hü泉 hi漳 欷也 啼也，歔嘘
《六書故》「鼻出氣為歔，口出為嘘。」

·笑：（參見第199頁，笑）

·顏：ㄧㄢˊ gan[5] 眉目之間也 彩色也，顏面 顏色

·覷：ㄑㄩˋ khu[3]/khü[3]泉 khi[3]漳 hi[3]（彙）
chhü[3]七濾切，
韻書歸屬在「去聲六御韻」可呼扁口「ü」
小覷（siau[2] khü[3] 輕視也） 不可小覷

◯上古音以聲母辨音辨義，其中某些音的轉變，演變成日後的文、白音的區別，如：
聲母 ch→k， chh→kh
（詳見「目錄94.第235頁」，枝）

200. 悖運，悖骨、背骨，偝巾，小氣，大中小

運悖災多，小鬼囉嗦。
災中幸遇，鍾馗巡邏。

眼高手高，難免要操勞。
時糟運糟，小鬼也囉嗦。
幸遇城隍巡邏。

‧悖：ㄅㄟˋ put^{8} (集)薄沒切，亂也 逆也 盛也，
反悖 悖離 悖逆 悖骨 悖運 並行不悖

poe$^{3/7}$ (集)補^{2}昧^{7}切，(集)蒲^{5}昧^{7}切，意仝背
背：ㄅㄟˋ poe^{3} 身後也，背後 背部
poe^{7} 辜負也 反面也，背叛 背信 背骨
ㄅㄟ [華] 背東西 背包

偝：ㄅㄟˋ poe^{7}[文] (集)蒲昧切，棄也
駝背也，仝背，偝立
ai^{n7}/iang^{7}[白] 偝(人)，偝巾[教] 偝囡仔[教]

揹：ㄅㄟ phai^{n7}[白] 背也，揹(物)，背冊包[教]

‧災：(參見第 94 頁，著災、著灾、著裁)

‧多：ㄉㄨㄛ to (集)當何切，有也 眾也 不少也，
多寡 多少^{2} 多餘 多事之秋

註：韻母音為扁口「o」，時下很多人呼音時常「o」、「o˙」不分，例如：

水「道」頭，「逃」走，「波」浪，山「歌」，「可」惡，「澳」洲，補「課」，廣「告」，「羅」東…

·小：ㄒㄧㄠˇ siau² 文 (正)先了切，細也 物之微也 輕忽也 年輕也，小看 細小 小人 小氣
sio² 白 小卒a 小兵 小心 大中小 小朋友 小型 小客車 小貨車

又叶蘇計切，se³ 漳 soe³ 泉 小漢(細漢 教) 小尾 大小 小隻 小型

「小人」一詞文白異讀則意思不同
(參見第433頁，大)

·鬼：ㄍㄨㄟˇ kui² (集)居偉切，人所歸為鬼 星名 不良嗜好也 陰險也 不實也，酒鬼 鬼鬼祟祟 暗藏鬼胎 鬼話 鬼混 鬼才 鬼計

「小鬼升城隍」 俚 罩不住也

·囉：ㄌㄨㄛ lo 歌助聲也 小兒語也 多言也，囉嗦(龜囉鱉嗦) 囉唆(嘮叨 華)

ㄌㄨㄛˊ lo⁵ 強盜的徒眾，嘍囉

·嗦：ㄙㄨㄛ so 仝唆，唆使 教唆

·鍾馗：ㄓㄨㄥ ㄎㄨㄟˊ chiong kui[5]

中國古代民間傳說中，有個打鬼除邪的英雄名為鍾馗，本是唐德宗年間陝西終南山的秀才長相奇醜無比，但為進士第一名。
殿試時，唐德宗認為狀元郎必須品貌兼優，而鍾馗卻奇醜無比，實不該為狀元。
鍾馗一氣之下，竟自刎而死。
鍾馗死後，人們對他產生敬仰和懷念，把他奉為神靈。
據說天上的玉皇大帝，見他不避邪惡，勇義雙全，便封他做了「驅魔大神」，派他遍行下，斬除妖邪。

·巡：ㄒㄩㄣˊ sun[5] 視行貌，巡守 巡邏 巡航 巡迴

·邏：ㄌㄨㄛˊ lo[5] 巡查也 游偵也，邏輯(logic 英)

201. 垂眉道人，衰尾道人，人忳忳，蓋蓋，軟軟勸勸，食食，使使，指指，婦人人，問問題樂樂樂，覬覦、數想，闔門

非無人覬覦，是自閉門閭。
戶立即開啟，人樂業安居。

·人：ㄖㄣˊ jin^{5} [文] lang^{5} [白] 人類 人工 人民
人生 人人好 人口 人手 人工呼吸 各人
垂眉道人(sui^{5} bi^{5} to^{7} jin^{5}→衰尾道人 [走音])
人忳忳(lang^{5} tun^{7} tun^{7} 愚也)

忳：ㄊㄨㄣˊ ㄉㄨㄣˋ tun^{7} (集)杜本切，
音仝盾，愚也。「頭昏昏，腦忳忳。」[諺]

《老子·道德經》
「我愚人之心也哉，忳忳兮。」

○ 台語字音也有疊字卻用文讀音、白話音或勾破音混合而呼之，進而產生其他的意思。例如：

·相相：sio siong^{3} 互看也
·蓋蓋：khap^{4}/kham^{3} koa^{3} 蓋蓋子也
kah^{4} [教] 蓋被
·軟軟：lng^{2} joan^{2}/loan^{2} 很軟也
·勸勸：khoan^{3} khng^{3} 相勸也
·食食：chiah^{8} sit^{8} 飲食不缺也

·延延：ian^{5} chhian^{5} 拖延也 耽擱也
·使使：sai^{2} sü^{2} 差遣也
·指指：ki^{2} chi^{2}，ki^{2} chai^{n2} 指指點點也，
食指也
·落落：lak^{4} loh^{4}，lok^{4}--loh^{4} 掉落也，丟進也
·重重：teng^{5} ta^{n5} 重複有誤也
·婦人人：hu^{7} jin^{5} lang^{5} 婦女也
·問問題：bng^{7} bun^{7} te^{5} 發問也
·樂樂樂：ㄧㄠˋ ㄩㄝˋ ㄌㄜˋ
gau^{n7} gak^{8} lok^{8}（指某八音社團名 樂器行
店名）
·香香兩兩：phang hiu^{n} lng^{7} liu^{n2} 香末二兩也
·密密密密：bit^{8} bit^{8} bat^{8} bat^{8} 緊密也
·當當時：tng tong/tang si^{5} 之前也
…

·覬：ㄐㄧˋ ki^{3}（集）几利切，幸也 非分希望也，
覬覦(ki^{3} u^{5}) 覬倖

·覦：ㄩˊ u^{5}（集）容朱切，欲得也，覬覦(數想也
siau^{3} siu^{n7})

·閉：ㄅㄧˋ pi^{3} pe^{3}（集）必計切，掩也 塞也
門闔偎也(bng^{5} khah^{8} oah^{4})，閉門 關閉 閉關
閉月羞花 閉門造車（詳見「目錄181. 第451頁」，敝）

·閭：ㄌㄩˊ lü^{5}[泉] li^{5}[漳] 里門也，閭里 閭巷
（昔二十五家為「一閭」）

202. 聒噪、噪耳，噪耳聾，荷花，負荷，賠償，欣賞

彌勒笑嘻嘻，喜鵲噪連枝。
荷盡蓬結子，夙願得償時。

· 彌：ㄇㄧˊ bi[5] 止也 滿也 甚也 徧也 填補也，
彌兵 彌月 彌堅 彌漫 彌補 彌留 彌勒

· 勒：（參見第 100 頁，勒）

· 彌勒菩薩：

五代後梁時期，以契此和尚為原型，塑成圓潤豐滿、滿口堆笑，手持布袋，坦胸露腹的大肚比丘，被認為是釋迦牟尼佛的繼任者，將在未來娑婆世界降生成佛，常被尊稱為當來下生彌勒尊佛或彌勒佛。

著名對聯：「大肚能容容天下難容之事，開口便笑笑世上可笑之人」，把彌勒菩薩的胸懷和樂觀描繪得淋漓盡致。

· 笑：（參見第 199 頁，笑）

· 嘻：ㄒㄧ hi 和樂聲 嘻噫嘆聲也，嘻笑

· 喜：（參見第 468 頁，喜）

·鵲：(參見第 58 頁，鵲)

·噪：ㄗㄠˋ so^{3} (集)先到切，仝譟，呼噪也 鳥鳴也，聒噪(koat^{4} so^{3}) 鼓譟 蟬噪 鵲噪 噪音

so^{3}→chho^{3}→chhau^{3} 落韻 (聒噪 koat^{4} so^{3}，噪耳 chho^{3} hi^{n7}，噪耳聾 chhau^{3} hi^{n7} lang^{5} 落韻)
噪諫譙 (參見第 329 頁，噪諫譙)

·枝：ㄓ chi 文 ki 白 枝葉 枝節 樹椏枝 杈椏枝

◯上古音以聲母辨音辨義，其中某些音的轉變，演變成日後的文、白音的區別，如：
聲母 ch→k， chh→kh
(參見第 235 頁，枝)

·荷：ㄏㄜˊ ho^{5} 蓮花之名也 南荷北蓮(中國南方稱為荷花，北方稱為蓮花，花大，實為蓮，地下莖為藕)
一名芙蕖，別名芙蓉，江東人(今之南方人)呼荷
ㄏㄜˋ ho$^{6-7}$ (廣)胡^{5}可^{2}切，擔也，負荷 荷槍

·蓬：ㄆㄥˊ pong^{5} 荷花結的果子稱「蓮蓬」，子稱「蓮子」
散亂也 興盛也，蓬鬆 蓬首 蓬頭垢面 蓬勃 蓬門 蓬萊 蓬華生輝

·夙：ㄙㄨˋ siok4 (集)息六切，早也 舊時也，
夙夜 夙願 夙怨 夙夜匪懈

·償：ㄔㄤˊ siong5 (集)辰羊切，酬報也，償還
如願以償 償命 償願
賠償(poe5/pe5 siong5 一曰 poe5/pe5 siong2)

siong2 (集)始兩切，(由於此音在華語的聲調為「ˊ」，所以建議「償」呼音為「siong5」

漢字有「形符」和「聲符」兩種辨別字義和字音的方法，「形符」用以辨義，「聲符」用來確定韻母音。
「償」是初文「賞」的孳乳文，所以基於有邊讀邊的概念，很多人自然就將「償 siong5」呼音為「siong2」

·賞：ㄕㄤˇ siong2 文 siun2 白 賜有功也 嘉也，
欣賞(him siong2) 賞月 賞賜 賞罰 賞光
「有功無賞(siun2)，打破愛賠。」諺

203. 震驚，驚怕，著驚，驚悚、驚營、驚惶、征營 怔營，濃縮，縮小，伸縮，縮帶、糾帶，老倒勼

驚弓之鳥，瑟縮難生存。
落葉之柳，再發綠二春。

· 驚：ㄐㄧㄥ keng文 kia^{n}白 恐也 惶也 懼也
駭也，震驚(chin^{3} keng) 驚動 驚天動地
驚風 驚怕(keng pha^{3}) 著驚台 (tioh^{8} kia^{n})
驚悚(keng siong^{2})
驚營(keng eng^{5}文 kia^{n} ia^{n5}白)
驚惶(keng hong^{5}文 kia^{n} hia^{n}白)

◯台語文讀音的韻母音為「eng」，則有許多字音可能轉成「ia^{n}」的白話音。 例如：
(參見第 224 頁，正)

· 驚營：(kia^{n} ia^{n5}白) 亦作
「征營、怔營」(cheng eng^{5}文 惶恐貌)
征亦作怔，驚也
營：小聲也 往來貌

《晉書・劉琨列傳》「徒懷憤踴，力不從願，慚怖征營，痛心疾首。」
《詠荊軻・陶淵明》「圖窮事自至，豪主正怔營」

·驚惶：(keng hong^{5}→kia^{n} hia^{n5}→kia^{n} ia^{n5} 走聲)
全驚營

·弓：ㄍㄨㄥ kiong 文 keng 白 （集)居雄切，射具也 彎曲也，拉弓 弓箭 鞋弓 弓形 弓蕉 教

◯台語韻母音為「iong」，則可能變化為白話音的「eng」，例如：
(詳見「目錄8.第32頁，宮)

·鳥：ㄋㄧㄠˇ liau^{n2}(正)尼^{5}了^{2}切，飛鳥也
ㄉㄧㄠˇ tiau^{2} 文 chiau^{2} 白 通「屌」字
(集)丁了切
(參見第103頁，鳥、屌)

·瑟：ㄙㄜˋ sek^{4}/sit^{4} 矜莊也 畏避也 風聲也 樂器也(古樂器，原用五十絃，後改二十五絃) 琴瑟和鳴 瑟縮 瑟瑟
(詳見「目錄58.第161頁」，嗇)

《李商隱．錦瑟》
「錦瑟無端五十絃，一絃一柱思^{3}華年…」)

·縮：ㄙㄨˋ ㄙㄨㄛ siok^{4} 文 kiu$^{1/3}$ 白
sok^{4} 走音，少介音 「i」
退也 短也 不伸也，濃縮 縮小 縮短 退縮
伸縮(sin sok^{4}，chhun kiu)
老倒勼 教 (lau^{7} to^{3} kiu) 勼：ㄐㄧㄡ 聚也
縮^{3}帶/糾帶 腳縮^{3}筋/跤糾筋 教

◯華語注音符號介音「一」，部分在台語的相對的介音為「i」。例如：
（註：有時是多母音 ian/iau/iam 或是零聲母）

- ㄅㄧㄝˊ：別 piat$^{4/8}$ 蹩 piat^{4}
- ㄅㄧㄝ　：憋 piat^{4}/pih^{4}白 鱉 癟 鼈
- ㄅㄧㄝˇ：癟 pit^{4}
- ㄅㄧㄢ　：邊 pian/pi^{n}白 編 鞭 蝙 砭
- ㄅㄧㄢˇ：貶 pian^{2} 扁 匾 窆
- ㄅㄧㄢˋ：變 pian^{3} /pi^{n3}白 遍
- ㄅㄧㄢˋ：便 pian^{7} 辯 辨 汴 卞 弁
- ㄆㄧㄝ　：撇 phiat^{4} 瞥 瞥
- ㄆㄧㄝˇ：撇 phiat^{4} ノ
- ㄆㄧㄠ　：飄 phiau 漂
- ㄆㄧㄠˊ：嫖 phiau^{5} 朴 瓢
- ㄆㄧㄠˇ：漂 phiau^{2} 殍
- ㄆㄧㄠˋ：票 phiau^{3}/phio^{3}白 漂 剽 驃 慓
- ㄆㄧㄢ　：篇 phian 偏 翩
- ㄆㄧㄢˊ：便 pian^{5} 胼 諞
- ㄆㄧㄢˇ：諞 pian^{2}
- ㄆㄧㄢˋ：片 phian^{3}/phi^{n3}白 騙 遍
- ㄋㄧㄝ　：捏 liap^{4}
- ㄋㄧㄝˋ：聶 liap^{4} 躡 涅 囓 齧(giat^{8})
- ㄋㄧㄝˋ：孽 giat^{8} 鎳 齧
- ㄋㄧㄠˇ：鳥 liau^{2}/liau^{n2}/chiau^{2}白 嫋 嬝 嬲(siau^{2})
- ㄋㄧㄠˋ：尿 jiau^{7}/jio^{7}白/lio^{7}白

. ㄋㄧㄡˊ：牛 giu5/giun5/gu5 白

. ㄋㄧㄢˊ：年 lian5/lin5 白 黏 粘 拈

. ㄋㄧㄢˇ：輦 lian2 碾 撚 攆 捻

. ㄋㄧㄢˋ：念 liam7 唸 廿(liap4)

. ㄌㄧㄢˋ：斂 liam7 殮

. ㄧㄢˊ ：言 gian5 沿 顏 妍

. ㄧㄢˊ ：研 gian2

. ㄧㄢˊ ：顏 gian5→gan5 俗 言

. ㄧㄢˊ ：嚴 giam5 岩 巖 閻 癌(gam5)

. ㄧㄢˊ ：沿 ian5 延 筵 檐 簷

. ㄧㄢˊ ：鹽 iam5

. ㄧㄢˊ ：炎 iam7

. ㄧㄢˋ ：焰 iam7 燄 炎 艷 灩 驗

. ㄧㄢˋ ：驗 giam7

. ㄧㄢˋ ：雁 gian7→gan7 俗 彥 諺 贗 唁

. ㄒㄧㄢˊ：涎 ian5/loan7 白

. ㄒㄧㄢˊ：嫌 hiam5

. ㄒㄧㄢˊ：賢 hian5 弦 絃 舷 嫻 嫺

. ㄒㄧㄢˊ：鹹 kiam5

…

. 難：(參見第 179 頁，難)

. 生：(參見第 49 頁，生)

. 二：(參見第 312 頁，二)

204. 螞蟻、蚼蟻、狗蟻，銑鍋，飯坩，戇呆，戇直 憨古，憨憨，悾憨

蟻入堝坩，飽死之間。
柴未進灶，不走戇憨。

·蟻：一ˇ gi$^{6-2}$（集）魚^{5}綺^{2}切，一稱蚼蟓 蚼蟻
狗蟻(文/萌典)
螞蟻：ba^{n2} gi^{2}[文] kau^{2} gia^{7}[白]
蚼：ㄍㄡˇ ko$^{\cdot 2}$（集）舉后切，
《說文》「北方有蚼犬，食人」
ko$^{\cdot 2}$→kau^{2}（參見第 76 頁，頭）

·堝：ㄍㄨㄛ ko[文] oe[泉][白] e[漳][白]
(集)古禾切，仝鍋，俗稱鑊子，昔以土製可置火上。 鍋則金屬製，能耐高溫。
有腳為「鼎」，無腳為「鑊、鍋」
銑鍋(se^{n} oe/e)

·坩：ㄍㄢ kham[文] kha^{n}[白] 土器也，
飯坩(png^{7} kha^{n} 不可置於火上) 食飯坩中
（參見第 42 頁，監）

·坩鍋：kham ko 熔煉金銀的陶器

·飽：ㄅㄠˇ pau^{2}[文] pa^{2}[白] 食充滿也，飽食終日
飽餐 食飽 睏飽 飽脹 枵飽吵(iau pa^{2} chha^{2})

○台語文讀音的韻母音為「au」，其中有些字音的韻母音會轉成「a」，而成為日常生活上的白話音。例如：

（詳見「目錄 12. 第 310 頁」，罩）

·間：ㄐㄧㄢ kan 文 keng 白（集）居閑切，當中也 地方也 時候也 計算房屋之名數，中間 空間 時間 房間 隔間 寫字間(辦公室也)

ㄐㄧㄢˋ kan[3]（正）居晏切，諜也 隔開也 夾雜也 偶然也 隙也，間諜 間隔 間斷 間接 間隙 間或

·戇：（參見第 303 頁，愚）

·憨：ㄏㄢ ham（集）呼甘切，癡呆也，憨態 憨笑

ham[3]（集）下瞰切，癡也，(siu[n] ham[3] 傷憨教) 憨古(ham[3] ko˙[2] 譀古教 在口語中表示不可思議也)

憨憨 a（ham[3] ham[3] a 口語中表示不過如此）

kham[2]白 憨憨(kham[2] kham[2] 歁歁教 不知嚴重性也)
悾憨(khong kham[2] 悾歁教 愚不可及也)

·悾：（參見第 367 頁，悾）

205. 惜福，惜惜，穩篤篤、穩觸觸，接觸，相觸相啄

既然不知惜福，何必求神問卜。
覺悟有勝於無，不出三冬定篤。

·知：（參見第 365 頁，知）

·惜：ㄒㄧˊ sek⁴文 sioh⁴白 吝也 憐也 受也
痛也，惜福(sek⁴ hok⁴) 憐惜 疼惜 愛惜 惜別
惜惜(sioh⁴ sioh⁴ 惜：白話音有「i」)

註：入聲音「oh」需唸扁口「o」，只在「op」、「ok」才呼圓口「o˙」

·卜：ㄅㄨˇ pok⁴ 卜卦也 預料也 姓也，卜卦 卜居
占卜 未卜先知

·覺：（參見第 365 頁，覺）

·篤：ㄉㄨˇ tok⁴文 tak⁴白 厚也 實也 固也，
篤實 篤定 篤厚 篤信 穩篤篤(un² tak⁴ tak⁴)
「貓鼠入牛角，穩篤篤。」俚
鳥鼠教 老鼠也
貓鼠：偏義複詞，偏鼠也

·定篤：篤定也，穩篤篤(un² tak⁴ tak⁴ 穩觸觸教)
觸：ㄔㄨˋ chhiok⁴ (唐)尺玉切，牴也，

tak^{4} 白 （彙）相觸(sio tak^{4} 仝相啄）

siok^{4} 走聲 （集)樞玉切，從衝(chhiong)入聲
接觸(chiap^{4} chhiok^{4}→chiap^{4} siok^{4} 走聲)

·於：ㄨ o˙ （集)汪胡切，仝烏《韻會》「隸變作於」
ㄩˊ ü（集)衣虛切，語辭也
ü^{5} 俗 代也 往也 到也 和也 承接連詞
也，於今 於是 等於 於事無補

註：「於」字華語多用「ㄩˊ」第二聲調，所以
台語也習慣呼「ü^{5}」相呼應。
但是在使用《康熙字典》的切音時，若「於」
字置於上字採聲母，則需以「陰平」視之，若
以「陽平」來切音，則造成混淆。

206. 瘸手、瘸腳，瘸腳絆手，半遂，令爸、恁爸 令子、令囝，振作，作主，亂主來，一箍瘥瘥

瘸不瘸，失志便作罷。
瘥不瘥，見鵲在明夏。

・瘸：ㄑㄩㄝˊ kia^{5}（正）巨靴切，腳手病也，
ka^{5}[文]（彙） ke^{5}[白] khe^{5}[氣音] 瘸腳(khe^{5} kha)
瘸手(khe^{5} chhiu^{2})

◯文讀音韻母為 a→e 的白話音的例字：其中有甚多為漳州音。
（參見第 266 頁，稼）

・絆：ㄅㄢˋ poan^{3}[文] poa^{n3}[白] 馬縶也 羈絆也
《增韻》「繫足曰絆，絡首曰羈」

瘸腳絆手(ke^{5} kha poan^{3}/poa^{n3} chhiu^{2}[白])
不靈光也 妨礙也
半遂：(poan^{3} sui^{7}) 半身不遂也，罵語也

・便：（參見第 126 頁，煎）

・作：ㄗㄨㄛˋ chok^{4}[文] choh^{4}[白] 造也 興也 起也
振也 治也 生也，振作(chin^{2} chok^{4}) 工作
作文 作品 作用 作為 作工(choh^{4} kang)
作主(choh^{4} chu^{2} 亂主來[反])

·罷：ㄅㄚˋ pa[7] 休也 已也 廢也，罷休 罷免 罷了
閩人呼父為郎罷，一曰令爸，今曰恁爸。
閩人呼子為囝，呼祖父為太翁、阿翁。

《戲遣老懷五首(其一) 宋・陸游》上平四支韻
「平生碌碌本無奇，況是年垂九十時。
阿囝略知郎罷老，稚孫能伴太翁嬉。
花前騎竹強名馬，階下埋盆便作池。
一笑不妨閑過日，嘆衰憂死卻成癡。」

《元・余埜山(一せˇ ia[2])・春日田園雜興》
「郎罷耕田呼囝牧，阿翁眠起問姑蠶。…」

令爸：ㄅㄚˋ pa[3]→pe[7] (集)必駕切，音霸
吳人呼父曰爸。a 爸 一曰乃翁
《正字通》夷語稱老者為八八或巴巴
後人因加父作爸字。今曰：恁爸、恁囝

囝：ㄐㄧㄢˇ ㄋㄢ kian[2]文 kia[n2]白
(集)九件切，音同蹇 kian[2]。令子/囝：令郎也
(參見第 449 頁，子)
死囝 a(si[2] kan[2] a) 閩人呼兒曰囝及罵小孩之語音。 死囡仔教 (si[2] gin[2] a白)

《青箱雜記》唐取閩子為宦官，顧況有哀囝詩
「郎罷別囝，囝別郎罷。」

·瘥：ㄔㄞˋ chha[3] 病癒也，病已告瘥
一箍瘥瘥(chit[8] kho˙ chha[5] chha[5] 亂調)
ㄘㄨㄛˊ cho[5] 病也，長得很瘥華

207. 硬拗，拗棉被、摺棉被，擤鼻，掠胡，捏翁a
舀湯，挫傷，拭玻璃，揠斷，捋捋--咧，相搏
摑嘴賴，倒揰，搨胸坎，搋轉動，控疕，一摞
搦頭，搦電鈴，一撮鹽，轆轤攄，攕頭鬃
糝粉，糝胡椒粉，扞家，攞紙，揨土，諒攪
擂乎死，揀粒a，揣測，抔卵脬，撟、矯、喬
抵頭鬃

委屈求全，拗久成攣。
壯士斷腕，終能凱旋。

·委：ㄨㄟˇ　ui[2]（廣)於[1]詭[2]切，任也 屬也
曲也，原委 委託 委任 委屈 委靡不振

ㄨㄟ ui 隨也 從容不迫也，委蛇(ui　i[5])

·屈：ㄑㄩ khut[4]（廣)區勿切，鬱也 軋也 曲也
請也，屈指 屈就 屈折 屈服 屈辱 屈膝

·攣：ㄌㄩㄢˊ　loan[5] 牽繫也，手足曲病也，拘攣
《韓愈·元和聖德詩》「解脫攣索，夾以砧斧。」

·腕：ㄨㄢˋ　oan[3]（集)烏貫切，oan[2] 俗(彙)
掌後節也，手腕 腕骨
註：《彙音寶鑑》注音為「oan[2]」可能是受華語走音為「ㄨㄢˇ」的影響而成為優勢音

·旋：ㄒㄩㄢˊ ㄒㄩㄢˋ soan$^{5/7}$ 旋轉 凱旋 旋律
旋風（參見第 341 頁，旋尿）

● 以下為「扌」部首的例字：

·拗：ㄠˇ ㄠˋ ㄋㄧㄡˋ au^{2} (正)於^{1}巧切，折也
《增韻》「折也」 拗花 拗斷 拗手
《尉繚子》「將^{3}已鼓，而士卒相囂，拗矢折矛抱戟，利後發。」

拗棉被(au^{2} bi^{n5} pe^{7}/poe^{7})
摺棉被(chih^{4} bi^{n5} pe^{7}/poe^{7})
硬拗：(gi^{n7} au^{2} 不講道理也，gi^{n7} au^{1}[亂調])

·扑：ㄆㄨ phok^{4}[文]→phah^{4}[白] 「撲」的簡寫字
刑杖 戒具[名]
擊打 杖也[動] 相扑 扑人 撲火
相撲(sio phah^{4}，日文「すもう」(su-mo-u)是指胖子摔角，是一項傳統的競技)

《史記・刺客傳》「高漸離舉筑扑秦皇帝，不中」

·掘：ㄐㄩㄝˊ、扫ㄍㄨˇ：kut^{8} 挖掘也，掘土
《荀子・堯問》「其猶地，深扫之，而得甘泉焉。」

·擤：ㄒㄧㄥˇ　heng^{2}（篇海）呼梗切，亨上聲，
手捻鼻膿也，
擤鼻(seng^{3} phi^{n7}，chheng^{3} phi^{n7})
又《焦竑·俗用雜字》音「seng^{3}」
heng^{2}[文]　seng^{3}[文]　chheng^{3}[白]　chhng^{3}[白]
sng^{3}[白]　(s→chh 聲母變)

·捏：ㄋㄧㄝ　liap^{4} 捻、聚、捺、握也，
捏造　捏大漢　捏翁 a/捏尪仔[教]

·舀/抭：ㄧㄠˇ　iau^{2}(集)以紹切，腰上聲
以手舀物也（iau^{2}→io^{2}→iu^{n2}）舀湯　舀水
（參見第 220 頁，舀）

·捱：ㄞˊ　gai^{5} 遭受也，捱罵[華]　奉罵(hong-ba^{n7}
予人罵，乎人罵之連音也)

·拴：ㄕㄨㄢ(華語音仝栓)。soan [文]→sng [白]
拴：chhian（正)且緣切，音銓，縛綁也，
栓：soan（廣)山員切，貫物也，木釘也，
門(栓)門

·掰/捒：ㄅㄞ pek^{4}[文]→peh^{4}[白]（集)博厄切，裂也，
掰開　掰半/擘爿[教]（peh^{4}　peng^{5}）

·拭：ㄕˋ　sek^{4}/sit^{4}[文]　chhet^{4}/chhit^{4}[白]　清也
揩也　擦也，拭桌 a　拭玻璃　拭 a/拊仔[教]

·挫：ㄘㄨㄛˋ chho^{3}(正)祖臥切，摧也 折也，挫折
chho^{3}→chhe^{3} 挫傷/剉傷
搽傷[教] (chhe^{3} siong)
《孟子》「思以一毫挫於人，若撻人之於市朝」

·投：ㄊㄡˊ to·^{5}(集)徒侯切，to·^{5}[文]→tau^{5}[白]
擲也 棄也 致也 納也 適也 託也，投閒置散
投話[台] 投訴[華] 投降 投球 投遞 投票 投機
《後漢·張儉傳》「儉得亡命，望門投止」

·揤：ㄐㄧˊ chek^{4}[文] chiat^{4}[文] jih^{8}[白] chhih^{8}[白]
手指壓也，揤電鈴
彈也，揤風琴
受人控制也，揤牢咧[教] (jih^{8} tiau^{5} le)

·捋：ㄌㄜˋ loat^{8} (集)盧活切，鸞入聲。
《詩詁》「以指歷取也」 以手撫順，搓揉。
loat^{8}[文]→loah^{8}[白] 捋捋--咧 捋背 捋虎鬚
「捋捋長髯，開懷大笑」
《樂府詩集·陌上桑》「行者見羅敷，下擔捋髭鬚」

·掉：tiau^{7} (集)徒吊切，丟/抗掉 亂掉
tiau^{3} (彙) 掉包 tiau^{7-3-2} [亂調]

·揠：ㄧㄚˋ at^{4} (唐)烏黠 hat^{8} 切，拔也，以手強行
拔出也，揠苗助長，揠斷(折斷也) 遏斷[教]

·挼：ㄖㄨㄛˊ ㄋㄨㄛˊ 按揉也 柔弄也 手摩也，
lo^{5}（集）奴禾切
loe^{5}（集）奴回切
「手挼裙帶繞花行」仝捼

·捘：ㄗㄨㄣˋ chun^{3}[文] chun^{7}[白]（集）祖寸切，
尊去聲，掐也 擠也，捘乾/捘焦[教]（chun^{7} ta）
《左傳・定八年》「涉佗捘衛侯之手及腕」

·擰：ㄋㄧㄥˇ ㄋㄧㄥˊ（字彙補）泥耕切，
leng$^{2/5}$→leng^{n2}或 li^{n2}
絞也，擰衫(li^{n2} sa^{n} 晾衣服也）擰手巾 擰乾
ㄋㄧㄥˋ leng^{7} 倔強也

·掣後腿：ㄔㄜˋ chhe^{3}（集）尺制切，牽引、抽取也
扯後腿：ㄔㄜˇ chhia^{2}（正）昌者切，車上聲，
裂開也 拉撕也 推倒也，扯倒
扯盤反/捙跋反[教]（捙 ㄧㄝˋ i$^{1/7}$ 牽引也）
《老殘遊記・十九章・劉鶚》「倘不願意，就扯倒罷休。」

·損：ㄙㄨㄣˇ sun^{2}[文] sng^{2}[白]（正）酥本切，減也
傷也 貶也 失也，損失 損害 損斷(sng^{2} tng^{7})
諢/滾損笑(kun^{2} sng^{2} chhio^{3})
拍損(phah^{4} sng^{2} 糟蹋也）

·揞：ㄏㄨㄚˊ hat^{8}（集）下瞎切，音轄，猜測也，
揞拳今曰划拳（hat^{8}→hoah^{8} 多了介音 o）

·搆：ㄍㄡˋ ko˙3 伸長手臂取物
ko˙ (集)居侯切，音鉤，搆不到
通「構」字，設計陷人於罪，搆怨 搆人怨

·搏：ㄅㄛˊ pok4 (唐)補各切，拊也 拍也 擊也
phok4 (集)匹各切，以手撲打
phok4 文→phah4 白 相搏(sio phah4 相打也)

·敤、敲ㄑㄧㄠ、搉ㄑㄩㄝˋ：khak4 文 khah4 白
(集)克角切，搉頭殼

·摑：ㄍㄨㄛˊ kok4(集)古獲切，音幗
以手打也 掌耳也，摑嘴顊 摑頭殼

·搕：ㄎㄜ khap4 (廣)烏合切，覆物也，
倒搕/倒匼 教 (匼：ㄢˋ am3 奉承迎合也)
掩搕(iam2 khap4→am2 kham3 走音 掩蓋也)

·揪：ㄐㄧㄡ chiu 文 (集)將由切，聚歛 約束也，
揪作陣 揪團 揪根源 挽瓜揪藤

·搨：ㄊㄚˋ tap4 (集)德盍切，搨本(摹拓也)，
收斂也，垂頭搨翼
tap4 文→tah4 白 拍打也，用手搨肩胛頭
搨胸坎

·抹：ㄇㄛˇ ㄇㄛˋ ㄇㄚ boat8 文 boah8 白 摩也
滅也 塗也，抹黑/烏 抹澹(boah4 tam5) 抹布

·擸：ㄌㄨˋ lok^{8}(集)盧谷切，振也 搖也，
lok^{8}→lak^{8}→lah^{8} 擸轉動(lah$^{8-3}$ tin^{2} tang^{7}俗)
烏面擸桮俗 (o͘ bin^{7} lah^{8} poe/pe 黑面琵鷺)?
黑面琵鷺(o͘ bin^{7} pi^{5} lo͘^{7})

·揾：ㄨㄣˋ un^{3}(集)烏困切，溫去聲。
揾澹(ㄉㄢˋ ㄊㄢˊun^{3} tam^{5}) 揾豆油
《六書故》指按也
《司馬相如・子虛賦註》「焠亦揾染之義」
《寒山詩》「蒸豚揾蒜醬，炙鴨點椒鹽。」

·抐：ㄋㄜˋ lut^{8}文 luh^{8}白 (集)奴骨切，擩也
捼挲也 揾也 撋也，揾抐(按物水中也)
抐鼎(luh^{8} tia^{n2} 刷鍋也)

·摭：ㄓˊ chit^{4} (集)之石切，取也，
chit^{4}→chih^{4} 摭接(chih^{4} chiap^{4} 接待也)
摭物件。接，chih^{4}白 (彙) 接一下
khioh^{4}俗 摭食/抾食教 摭錢/抾錢教

·揌：ㄙㄞ sai (集)桑才切，動也，揌嘴顊(搧也)

·摳：ㄎㄡ kho͘ (廣)口侯切，挖掘 抓緊 提也
吝嗇也，kho͘文→khau 白
抓緊也 提也《禮・曲禮》「摳衣趨隅」

·控：khong^{3}文 khang^{3}白 (正)若貢切，空去聲，
引也 除也，控疕(khang^{3} phi^{2}) 控粒 a

·摠：ㄗㄨㄥˇ chong[2]文 chang[2]白（集）祖動切，
用手聚束也，菜摠 摠頭 摠物件

·挾：ㄒㄧㄝˊ hiap[8]（唐）胡頰切，音協，帶也
掖也，hiap[8]→iap[8] 挾物件 挾錢(iap[8] chi[n5])
kiap[8](正)古洽切，與夾仝，亦持也。
kiap[8]→giap[8] 挾物件 挾予著(giap[8] ho·tiau[5])

挾：ㄐㄧㄚˊ geh[n8]白 漳 goeh[n8]白 泉 挾菜

·撂：ㄌㄧㄠˋ lau[3]（康)無此漢字釋義。但自清朝
已用此字，有丟開，放下之意
「撂人，撂話」，可能是以北京音當台語用，但
又少了華語的介音「一」

ㄌㄩㄝˋ liok[8]→liak[8]→liah[8]白（掠俗字）
(集)力灼切，取也 擦開也 分開也，
掠開(liah[8] khui) 掠胡(liah[8] ho·[5] 詐騙也)
腳手扭掠(kha chhiu[2] liu[2] liah[8] 敏捷也)

《三國志・魏志・武帝紀》「賊無輜重，惟以抄
掠為資」

·摞：ㄌㄨㄛˋ lo[7]（正)郎佐切，(集)盧臥切，
羅去聲，一摞一摞，疊乎好勢

累有堆積義，故以手整理為摞，重疊置放也。
又(集)盧戈切，音螺，理也

《後漢・輿服志》「古者有冠無幘，秦為絳袙，其後稍稍作顏題。漢興續其顏，却摞之，施巾連題，却覆之。」

·摐：ㄔㄨㄤ chhong（集）初江切，音窗，撞也
《司馬相如・子虛賦》「摐金鼓吹鳴籟」
摐撞(chhong tong^{7} 同義複詞，莽撞也)

·撈：ㄌㄠ lo（唐）魯刀切，撈ㄌㄠˊlo^{5}（集）郎刀切
沉取也，言沒入水中取物也，撈魚 撈錢
撈撈--咧(lo lo--le→lau lau--le 走音
閒逛也)

·撓：ㄋㄠˊlau^{5}→lau^{n5}(集)尼交切，抓也 搔也
擾也，撓亂/鬧亂 撓睃(lau^{n5} kiau^{2} 賭博搗蛋)

《釋名》「物繁則相雜撓也」
《左傳・成十三年》「撓亂我同盟」

撓：ㄋㄠ lau^{n}→giau^{n} 俗 癢癢撓華（不求人也）
撓肢/擽呧教（giau^{n} ti）
撓撓蠉/蟯蟯旋教（giau^{n} giau^{n} soan）

·搇、撳：ㄑㄧㄣˋ khim^{3}（集）丘禁切，欽去聲，
按也，搇電鈴(chhih^{8}/jih^{8} 撳電鈴 抑電鈴)

·搦：ㄋㄨㄛˋ lek^{8}（廣）尼革切，按也 捉搦也，
lek^{8}→lih^{8} 搦頭(lih^{8} thau^{5} 壓住頭也) 搦電鈴

·撝：ㄏㄨㄟ hui (廣)許為切，音麾，揮也，
發揮謙德為撝謙，撝撝--掉(不算也)

·撮：ㄘㄨㄛ chhoat⁴ (正)倉括切，以三指取也。
《禮・中庸》「今夫地一撮土之多」
chhoat⁴→chhoah⁴ 挽也，摠取也，撮頭鬃。
chhoat⁴→chhok⁴ 取也，撮合 一撮 a 鹽。

·擔：ㄉㄢ tam (集)都甘切，背曰負，肩曰擔
ㄉㄢˋtam³ (集)都濫切，謂所負也
扁擔(pian² tam→pin taⁿ 俗 piⁿ² taⁿ 教)

·擋：ㄉㄤˇ ㄉㄤˋ tong³ (正)丁浪切，當去聲，
摒擋也，擋著 台 (tong³ tiau⁵) 擋住 華 擋路

《晉書・阮孚傳》「祖約，性好財，正料財物，
客至，摒擋不盡」

擋踮 (ㄉㄧㄢˋtong³ tiam⁷) 踮 tiam³ 教

·擘：ㄅㄛˋ ㄅㄞ pek⁴ (集)博⁴厄切，揮也 裂也
pek⁴ 文→peh⁴ 白 擘開
pek⁸ (正)毗亦切

·撫：ㄈㄨˇ hu² 安慰也 養育也 按摩也 彈也，
撫卹 撫養 撫摩 撫琴
撫撫--掉(hu² hu² tiau⁷ 不算也 作廢也)

·挬：ㄅㄛˊ put^{8} (集)薄沒切，音勃^{8}，拔也。
埻：put^{8} (彙)塵也。挬糞埽 挬土/抔塗[教]

·扒：ㄅㄚ ㄆㄚˊ poai^{3}→pai^{3} (集)布怪切，仝音拜，拔也 破也 擊也，扒手[華] 扒竊[華]
扒癢(pe^{5} chiu^{n7}[俗]) 扒土(pe^{3}/poe^{3} tho$^{\cdot 5}$[俗])

或作捌 piat^{4}[文]→peh^{4}/poeh^{4}[白]
(集)筆別切，讀若辨別之別，擘也 剖分也，
扒開(peh^{4}/poeh^{4} khui)

闢：ㄆㄧˋ pek^{8}/pit^{8}(職/質韻互換)(唐)房益切，啟也 避也，開闢 闢邪 闢謠

·抉：ㄒㄩㄝˊ ㄩˋ ㄩㄝˋ hiat^{8}[文] heh^{8}[白]
(集)胡決切，音穴，擊也， 又《博雅》投也，
抉掉 抉捒[教] (捒：ㄙㄨㄥˇ hiat^{8} sak^{4}) 放捒

·攇：ㄒㄧㄢˇ hian^{2} (集)許偃切，軒上聲，通掀振動也，轆轤攇(lok^{8} lo$^{\cdot 5}$ hian^{2} 搖晃也)

·搣：ㄇㄧㄝˋ biat^{8} 批也 拔也 摩也 捽也
biat^{8}→bi^{n}/be^{n} 搣一把麵粉

·擸：ㄌㄧㄝˋ ㄌㄚ ㄌㄜˋ liap^{8} (集)力涉切，理持也，《崔駰·達旨》「無事則擸纓整襟」
liap^{8}→loah^{8} 擸頭鬃/捋頭鬃[教] (梳頭髮也)

·抔：ㄆㄡˊ pho͘⁵/po͘⁵（集）樸侯切，以手掬物也，
抔飲 抔卵脬(pho͘⁵ lan⁵ pha）一抔之土

·攏：ㄌㄨㄥˇ long²（集）魯孔切,持也 掠也，
聚集：攏共、攏總(總共也)
梳理：攏子[華]
停泊：攏岸

·攙：ㄔㄢ chham（唐）楚銜切，一曰扶也，通摻
混雜：攙假 攙雜
扶持：攙扶

·摻：ㄔㄢ chham 摻假
ㄕㄢˇ sam² 摻粉 摻胡椒
糝：ㄙㄢˇ sam² 米屑也 又雜也，米糝 雜糝
糝粉 糝胡椒粉

·攢：ㄗㄢˇ choan² 聚也 積蓄也，
攢食(choan² chiah⁴) 攢錢(choan² chiⁿ⁵)
ㄘㄨㄢˊ chhoan⁵[教] 準備也，攢便便 攢好勢
（參見第 147 頁，攢）

·扞：ㄏㄢˋ han⁷（集）侯幹切，禦難也，手抵也，
han⁷→hoaⁿ⁷[白] 扞/捍衛 扞家
an→oaⁿ（參見第 12 頁，安）

·攦：ㄌㄧˋ le⁷（集）郎計切，音麗，折也 撕也，
le⁷→li⁷ 攦紙 攦破 薄攦絲

·撕：ㄙ se (集)先齊切，音西，用手撕裂東西，
si (集)相支切，析也，析/撕菜 析/撕荷蘭豆
析/撕一絲一絲

·拆：ㄔㄞ thek^{4}→thiah^{4} (集)恥格切，裂也 開也，
拆開 拆紙 拆厝 拆票(引伸為購票也)

·攪：ㄐㄧㄠˇ kiau^{2}[文] ka^{2}[白] (集)古巧切，
音仝絞。亂也 手動也 以手混亂之，攪擾 攪吵
攪沙 諒攪(kun^{2} ka^{2})
《方岳詩》「搜攪平生書五車」

·擂：ㄌㄟˊ lui^{5}→loe^{5} (玉篇)力堆切，研物也，
仝檑，擂乎/予死 擂乎/予幼(磨細也) 擂鼓
擂茶[客] (loe$^{5-3}$ chha^{3})
ㄌㄟˋ lui^{7} 推石自高而下也，擂臺

·揀：ㄉㄨㄥˇ tong^{3}[文] tang^{3}[白] (集)覩^{2}動^{7}切，
擊也，以指甲壓擠也，揀甲
揀粒仔[教] (tang^{3} liap^{8} a 揀瘡也)

·揣：ㄔㄨㄞˇ chhui^{2} (集)楚委切，量也 度高也
猜想也 試探也，揣測(chhui^{2} chhek^{4})
揣度：ㄔㄨㄞˇ ㄉㄨㄛˋ chhui^{2} tok^{8}
度：tok^{8} (廣)徒落切，謀也
《淮南子・人間》「規慮揣度，然後敢以定謀」

·撟：ㄐㄧㄠˇ kiau^2 (集)舉^{2}天^{2}切，與矯通，正也
另意即詐也 《註》「稱詐以有為者」
《註》「正曲曰撟」
《前漢・諸侯王表》「撟枉過其正」
今俗曰「喬」chhiau^5

·抿：ㄇㄧㄣˇ bin^2 [白] bun^2 [文] [泉] 撫也，
刷頭髮的刷子：抿子→抿 a(bin^2 a)，抿頭鬃
輕微的合攏：抿嘴(bin^2 chhui^3→bi^3 chhui^3)
笑抿抿(chhio^3 bun^2 bun^2)
抿抿 a 笑(bun^2 bun^2 a chhio^3)
目抿笑(bak^8 bun^2 chhio^3)
唇沾酒杯淺嘗

·搐：ㄔㄨˋ thiok^4→thiuh^4 [白] (集)敕六切，牽制也
筋肉忽然牽動而痛，抽搐(thiu thiok^4)
心肝搐三下 搐搐 a 痛(thiuh^4 thiuh^4 a thia^{n3})
thiuh^4→tiuh^4 [走聲]

·捎：ㄕㄠ sau (集)師交切，選也 略取也，撟捎
《說文》「凡取物之上者為撟捎」
sau→sa [白] 捎物件(sa bng^7 kia^{n7})
(參見「目錄 123. 第 310 頁」，罩)

208. 蝕本，放映，有影有跡，躓/窒礙難行，娘子姑娘，娘家，a 娘、娘奶

蝕日暗影，欲行躓行。
待過曛景，月娘照明。

·蝕：ㄕˊ sit[8]文 sih[8]白 (集)實職切，敗創也
日月虧蝕，侵蝕 日蝕 月蝕 蝕本(sih[8] pun[2])
「小心沒蝕本」俚

·影：ㄧㄥˇ eng[2]文 ia[n2]白 物之陰也，形影 人影
電影 放影錯意 (hong[3] ia[n3] 放映也)
(參見第 409 頁，痛)

台語長期口耳相傳造成許多走音現象，以下是有關數字的詞項：

. 有影有跡(u[7] ia[n2] u[7] jiah[4] 活龍活現也)→有影有一隻

. 姑不將、姑不而將→姑不二將、姑不二三將

. 三不時→三不五時

. 親情五族→親情(chia[n5])五十，朋友六十
…

·躓：ㄓˋ ti^{3}→chi^{3} (集)陟利切，遇礙而跌也，
躓/窒礙難行(chi^{3} gai^{7} lan^{5} heng^{5}) 躓頓
困躓

·曛：ㄒㄩㄣ hun (集)許云切，日入餘光也 黃昏
也，夕曛 斜曛

·娘：ㄋㄧㄤˊ liong^{5}文 liu^{n5}白 lia^{n5}白
(集)尼良切，仝孃，母親也 少女也，
娘子(liong^{5} chü^{2}) 姑娘(ko˙ liu^{n5})
娘家(liong^{5} ka文 liu^{n5} ke白 後頭厝也)
a 娘(a lia^{n5}) 娘奶(liu^{n5} le^{n2} 母親也)
月娘台 (geh^{8}/goeh^{8} liu^{n5}) 月亮華
(參見第 339 頁，月)

·照：ㄓㄠˋ chiau^{3}文 chio^{3}白 按照 照明 照鏡

○台語文讀音的韻母音為「iau」，其中有些字音的韻母音會轉成「io」，而成為日常生活上的白話音。例如：
(詳見「目錄 88. 第 219 頁」，照)

209. 孬種，箸、筷子

夏芽孬，霜雪壞。
忍三冬，春荺快。

‧孬：ㄋㄠ　ㄏㄨㄞˋ　hoai^{3}（正字通）呼怪切，不好也，因為是「不好」的合文，所以義與「壞」同。

孬：是六書不收的後起字。《桂海雜誌‧范成大》「孬，土俗字。音矮，不長也。」

孬種(此字音似乎沒聽過以台語發音)

‧壞：(參見第 133 頁，壞)

‧荺：ㄨㄟˇ　ui^{2}[文]　i^{n2}[白]（集）尹^{2}揰^{5}切，草木花初生者。　發荺/發穎[教]（puh^{4}　i^{n2}　發芽也）

(參見第 390 頁，荺)

‧快：ㄎㄨㄞˋ　khoai^{3}　稱意也　爽也　喜也　疾也，愉快　快樂　快跑　快感　快馬加鞭

筷：初文為「快」，孳乳文為「筷」，形符為「竹」，俗稱「筷子」。中古音為「箸　ㄓㄨˋ」呼音為「tü^{7}/tu^{7}[泉]」、「ti^{7}[漳]」。

註：植物夏天才長芽不久便碰上秋霜、冬雪，牙嫩易傷，收成多不好。只有春芽才能使秋季豐收。

210.狼狽，狠毒，軍狼狗，軍用狗，不堪、未堪--咧

躊躇再三，謹慎勿貪。
忠言逆耳，狼狽不堪。

·躊：ㄔㄡˊ tiu^{5}（集)陳留切，猶疑不決也 自滿也，躊躇 躊躇不前 躊躇滿志

·躇：ㄔㄨˊ tu^{5}泉 ti^{5}漳（集)陳如切，猶豫也 駐足也，躊躇

「來無躊躇，去無相辭。」諺（謂不招呼也）
躊躇(tiu^{5} tu^{5}/ti^{5}) 張持教（tiu^{n} ti^{5}）

·踟躕：ㄔˊ ㄔㄨˊ ti^{5} tu^{5} 行不進也，踟躕 搔首踟躕

·躑躅：ㄓˊ ㄓㄨˊ tek^{8} tok^{8}/siok^{8}/chiok^{8}（彙）
躅音仝蠋，住足也 行走遲緩也
《史記·淮陰侯傳》「騏驥之跼躅，不如駑馬之安步。」
跼：ㄐㄩˊ kiok^{8} 曲也 不伸也 限也 曲也 促也，跼/侷限

·狼：ㄌㄤˊ long^{5}（集)盧當切，似犬，狼大如狗，野狼 狼狽 狼藉 狼心狗肺

·狽：ㄅㄟˋ poe^{3} (集)博蓋切，狼屬也 前足短也

·狼狽：聯合作惡也，狽前足短，走時常架在狼腿上面，狽沒有狼就不能行動。故用為譬喻困苦也。

狼狽：(long^{5} poe^{3}→liong^{5} poe^{7} 走音)
狠毒：(hun^{2} tok^{8}→long^{5} tok^{8} 走音)
心狠手辣：(sim hun^{2} siu^{2} loat^{8})
軍用狗：(kun iong^{7} kau^{2})
軍狼狗：(kun long^{5} kau^{2})
(kun liong^{5} kau^{2} 走音)

·堪：ㄎㄢ kham (正)苦含切，勝也 可也 任也
相地的人也，堪任 可堪 不堪 未堪--咧 難堪
堪輿(kham ü^{5})

211. 細菌，特殊，悠悠，刣肉，翡翠，舀一殼水孤僻，歹癖，孝孤，祭孤，孝男面，提去孝孝呆

果蓏成熟時，纍纍懸孤枝。
瓜破二八字，木瓜報瓊琚。

·果：ㄍㄨㄛˇ ko^{2} 文 ke^{2} 白 泉 koe^{2} 白 漳
《說文》木實也。木曰果，草曰蓏。有核曰果，無核曰蓏。
又勝也 剋也 決也 驗也，勝果 必果 果然
苦果 果實 果子
「食果子拜樹頭」俚 喻飲水思源也

·蓏：ㄌㄨㄛˇ lo^{2} (唐)郎^{5}果^{2}切，註：「蓏」字切出第六聲，但「郎」字聲母為「l」，依習慣轉成第二聲。(參見第98頁，戶)

·熟：ㄕㄡˊ ㄕㄨˊ siok^{8} (廣)殊^{5}六切，音仝淑
註：淑ㄕㄨˊ ㄕㄨ siok$^{4/8}$ 兩音兼收。
(集)昌六切，音「siok^{4}」，淑$^{4-8}$女 淑德
(廣)殊^{5}六切，音「siok^{8}」，良淑

由於華語和河洛語在歷史上有很長的時間「胡漢相混」，所以演變出如下規律的聲調變換。但也有很少比例的例外字音。此規律在文讀音很準確，白話音則受閩南方言影響，準確的比例較低。

華語的第 1 聲→台語的第 1 聲
華語的第 2 聲→台語的第 5 聲
華語的第 3 聲→台語的第 2 聲
華語的第 4 聲→台語的第 3/7 聲

其餘台語的入聲，即台語第 4、8 聲，則被打散，派入到華語的四個聲調裡

註：「殊」 ㄕㄨ 台語唸「su^{5}」，但由於華語音變成ㄅㄆㄇ注音符號第一聲，所以有人將台語唸成「su」。

其他不符合華語的四聲調和台語的八聲調互通模式的例外字音：

· 儉：ㄐㄧㄢˇ kiam^{2} 文 khiam^{7} 白
· 松：ㄙㄨㄥ siong^{1}(集)思恭切 (正)息中切
  siong^{5}(唐)詳容切 (由唐韻和集韻、正韻的不同年代，可知華語亂了調，
  由ㄙㄨㄥˇ→ㄙㄨㄥ)
  又，「紃」sun^{5} (集)松倫切，確定「松」為陽平聲(第 5 聲)
· 菌：ㄐㄩㄣ khun^{1} (集)區倫切
  ㄐㄩㄣˋkhun^{2} (唐)渠隕切，音仝窘
· 顆：ㄎㄜ kho^{2} (集)苦果切
· 疵：ㄘ chhu^{5} (正)才資切
· 蕈：ㄒㄩㄣˋ sim^{2} (唐)慈荏切
· 謎：ㄇㄧˊ be^{7} 文 bi^{7} 白 (集)彌計切

·詠/泳：ㄩㄥˇ eng^{7}（集）為命切。今習慣呼「eng^{2}」而成為強勢俗音。

·劑：ㄐㄧˋ che$^{1/7}$（正）津私切，（集）才詣切，仝齊去聲。藥劑(ioh^{8} che$^{1/3}$ 俗)

·劬：ㄑㄩˊ khu^{1}/khi^{1}(彙)，khu^{7}/khi^{7}(集)權俱切，音同衢^{7}。但《彙音寶鑑》注音「衢」為「khu^{5}/khi^{5}」

·炎：ㄧㄢˊ iam$^{5/7}$ 文 ia^{n7} 白（正）移廉切，（集）音豔^{7}，通焰^{7}

·悠：ㄧㄡ iu^{1}(彙)，iu^{5}（集）夷周切

·擋：ㄉㄤˇ ㄉㄤˋ tong^{3}（集）丁浪切

·傘：ㄙㄢˇ san^{3} 文 soa^{n3} 白 （廣）蘇旱切

·紀：ㄐㄧˋ ki^{2}（正）居里切，紀^{2}念(沒變調)

·鉛：ㄑㄧㄢ ian^{5}（集）音仝沿，鉛筆

·刣：ㄓㄨㄥ thai^{5} 俗（篇海）音仝鍾(chiong)，刲削物也，刣肉(thai^{5} bah^{4})

·嶼：ㄩˇ sü^{7}（唐）徐呂切，島嶼

·屢：ㄌㄩˇ lu^{2}（彙），lu^{7}（集）龍遇切

·鏖：ㄠˊ o^{1}（集）於^{1}刀切，鏖戰

·莖：ㄐㄧㄥ keng^{1}(彙)，heng^{5}（集）何耕切

·翡：ㄈㄟˇ hui^{2}(彙)，hui^{7}（集）父沸切 翡翠(hui$^{2-1}$ chhui^{3} 俗)

…

·時：ㄕˊ si^{5}（正）辰之切，時間 四時

等一時 a，喻時間不長

舀一匙 a（iu^{n2} chit^{8} si^{5} a 喻量不多）

舀一殼水（iu^{n2} chit^{8} khok^{4} chui^{2} 一瓢也）

戛/揢 一匙 a（khat^{4} chit^{8} si^{5} a 喻量不多）

·纍：ㄌㄟˊ lui^{5} (集)倫追切，索也 繫也 纏繞也
蔓也 疲累也，纍纍 纍囚 纍卵

·懸：ㄒㄩㄢˊ hian^{5} 繫也，懸掛 倒懸
he^{n5} [白](彙)[走音]，少了介音「i」
koan^{5}[教] 高也

·孤：ㄍㄨ ko͘ (集)攻呼切，無父也 王侯自稱 違背
單獨 怪癖也，孤兒 孤子 孤負 孤獨 孤僻
僻：ㄆㄧˋ phek^{4}[文] phiah^{4}[白] 陋也 偏也
癖：ㄆㄧˇ phek^{4}[文] phiah^{4}[白] p/phih^{4}[白]
嗜好病，歹癖 各癖(kok^{4} pih^{4}) 去奉癖(phih^{4})

·孝孤，祭孤：中元普渡孝敬孤魂野鬼，簡稱「孝孤」。以牲禮祭拜，故稱「祭孤」。後引申禮數不夠，不足以祭孤，「袂祭孤」亦指見不得人，上不了台面。
簡稱「孝孤」的「孝」字，亦引申出「吃」的用法，如「提去孝」，是負面的用詞。
至於「孝男面」是指喪家的哭喪臉。
「孝呆」應是另外的衍伸詞，也是負面的罵語。

·枝：(參見第 235 頁，枝)

·瓊：ㄑㄩㄥˊ keng^{5}[文] kheng^{5}[氣音] (集)葵營切，
赤玉也 玉之美者，瓊華 瓊英 瓊瑤 瓊琚 瓊瑩
瓊玖，皆謂玉色之美為瓊，非玉之名也。
《詩·衛風》「投我以木瓜，報之以瓊琚。」

● 漳州腔與泉州腔的互換規則

台灣十七世紀時的早期移民，漳州腔的移民約佔35%，泉州腔的移民約占45%。
所以我們在教學上是以漳、泉腔為主流音系。

漳、泉腔的異讀可以由聲母、聲調及韻母三部分來區別：

1. 聲母：
   在漳、泉腔的區別上只有「j」和「l」的聲母不同。以泉腔為母語的人，許多「j」的聲母音，常以「l」聲母音取代。
   但以漳腔為母語的人，則可以清楚的發「j」的聲母音。

   第七世紀陳政、陳元光父子從中原帶來了河洛中古音漳州腔的官話到福建，在詩韻書籍中，「l、j」的區別甚為清楚。
   所以根據分析，在華語注音中，聲母為「ㄖ」者，皆須發聲為「j」音，否則「當年(tong lian^5)、當然(tong jian^5)」則不易區別。例如：

「儒如茹孺濡繞遶任忍染然燃日戎茸若惹肉辱弱入讓嚷攘柔人擾…」。

當然還有其他音也須念成「j」聲母音，如華語注

音為「儿」的零聲母字音，聲母也須念成「j」。
例如：「二而兒爾耳餌洱…」等。

2. 聲調：

日常生活上，台語流利的人在言談中，幾乎有90%的聲調會變調而不自知。

需要變調的原因有五：
1. 平衡音節。 2. 旋律的需要，配合音韻之美。
3. 嘴型在發音時的方便及舒適，也就是求順口。
4. 清楚詞義。 5. 可以融入情緒，特別是在朗讀及吟唱詩詞的時候。

泉州腔的第五聲調，在變調時會轉成第三聲調，漳州腔的第五聲調則轉成第七聲調。
由於台語的現況是有漳泉濫的事實，所以第五聲調的變調(5→3/7)是很普遍的情形。

3. 韻母：

漳、泉腔韻母音的不同如下，共有五組：

◯漳州腔呼「i」，泉州腔呼「u」。例如：

- ·女：美女(bi$^{2-1}$ li^{2} 漳)，(bi$^{2-1}$ lu^{2}/lü^{2} 泉)
- ·呂：呂布(li$^{7-3}$ po$^{\cdot 3}$ 漳)，(lu$^{7-3}$/lü$^{7-3}$ po$^{\cdot 3}$ 泉)
- ·維：維持(i$^{5-7}$ chhi^{5} 漳)，(ui$^{5-3}$ chhi^{5} 泉)
- ·於：於是(i$^{5-7}$ si^{7} 漳)，(u$^{5-3}$/ü$^{5-3}$ si^{7} 泉)
- ·餘：多餘(to$^{1-7}$ i^{5} 漳)，(to$^{1-7}$ u^{5}/ü^{5} 泉)
- ·余：余太太(i$^{5-7}$ thai$^{3-2}$ thai^{3} 漳)，
(u$^{5-3}$/ü$^{5-3}$ thai$^{3-2}$ thai^{3} 泉)
- ·裕：富裕(hu$^{3-2}$ ji^{7} 漳)，(hu$^{3-2}$ lu^{7}/ju^{7} 泉)
- ·譽：名譽(beng$^{5-7}$ gi^{7} 漳)，(beng$^{5-3}$ gu^{7}/gü^{7} 泉)
- ·預：預備(i$^{7-3}$ pi^{7} 漳)，(ü$^{7-3}$/u$^{7-3}$ pi^{7} 泉)
- ·與：參與(chham$^{1-7}$ i^{2} 漳)，(chham$^{1-7}$ u^{2}/ü^{2} 泉)
- ·煮：煮飯(chi$^{2-1}$ png^{7} 漳)，
(chu$^{2-1}$/chü$^{2-1}$ png^{7} 泉)
- ·薯：番薯(han$^{1-7}$ chi^{5} 漳)，
(han$^{1-7}$ chu^{5}/chü^{5} 泉)
- ·豬：豬胚(ti$^{1-7}$ pe^{1} 漳)，(tu$^{1-7}$/tü$^{1-7}$ phoe^{1} 泉)
- ·廚：廚房(ti$^{5-7}$ pang^{5} 漳)，(tu$^{5-3}$ pong^{5} 泉)
- ·儲：儲蓄(ti$^{2-1}$ thiok^{4} 漳)，
(tu$^{2-1}$/tü$^{2-1}$ thiok^{4} 泉)
- ·鋤、除：斬草鋤/除根(cham$^{2-1}$ chhau^{2} ti$^{5-7}$ kin 漳)，(cham$^{2-1}$ chhau^{2} tu$^{5-3}$/tü$^{5-3}$ kun 泉)
- ·躅：躊躅(tiu$^{5-7}$ ti^{5} 漳)，(tiu$^{5-3}$ tu^{5} 泉)

·處：教務處(kau$^{3-2}$ bu$^{7-3}$ chhi^{3} 漳)，
(kau$^{3-2}$ bu$^{7-3}$ chhu^{3}/chhü^{3} 泉)

·御：駕御(ka$^{3-2}$ gi^{7} 漳)，(ka$^{3-2}$ gu^{7}/gü^{7} 泉)

·箸：恁/阮講箸(恁 lin$^{2-1}$ kong$^{2-1}$ ti^{7} 漳)，
(阮 gun$^{2-1}$ kong$^{2-1}$ tu^{7}/tü^{7} 泉)

·具：家具(ka$^{1-7}$ ki^{7} 漳)，(ka$^{1-7}$ ku^{7} 泉)

·據：收據(siu$^{1-7}$ ki^{3} 漳)，(siu$^{1-7}$ ku^{3} 泉)

·拒：拒絕(ki$^{7-3}$ choat^{8} 漳)，
(ku$^{7-3}$/kü$^{7-3}$ choat^{8} 泉)

·距：距離(ki$^{7-3}$ li^{5} 漳)，(ku$^{7-3}$/kü$^{7-3}$ li^{5} 泉)

·驢：驢 a(li$^{5-7}$ a 漳)，(lu$^{5-3}$/lü$^{5-3}$ a 泉)

·需：需要(si$^{1-7}$ iau^{3} 漳)，(su$^{1-7}$ iau^{3} 泉)

·虛：空虛(khang$^{1-7}$ hi^{1} 漳)，
(khong$^{1-7}$ hu^{1}/hü^{1} 泉)

·墟：牛墟(gu$^{5-7}$ hi^{1} 漳)，(gu$^{5-3}$ hu^{1}/hü^{1} 泉)

·魚：鮮魚(sian$^{1-7}$ hi^{5} 漳)，(sian$^{1-7}$ hu^{5}/hü^{5} 泉)

·居：居心(ki$^{1-7}$ sim 漳)，(ku$^{1-7}$/kü$^{1-7}$ sim 泉)

·車：車馬炮(ki$^{1-7}$ be^{2} phau^{3} 漳)，
(ku$^{1-7}$/kü$^{1-7}$ be^{2} phau^{3} 泉)

·拘：拘留(ki$^{1-7}$ liu^{5} 漳)，(ku$^{1-7}$ liu^{5} 泉)

·舉：選舉(soan$^{2-1}$ ki^{2} 漳)，(soan$^{2-1}$ ku^{2}/kü^{2} 泉)

·旅：旅行(li$^{2-1}$ heng^{5} 漳)，
(lu$^{2-1}$/lü$^{2-1}$ heng^{5} 泉)

·慮：考慮 (kho$^{2-1}$ li^{7} 漳)，(kho$^{2-1}$ lu^{7}/lü^{7} 泉)

·思：思想(si$^{1-7}$ siang^{2} 漳)，
(su$^{1-7}$/sü$^{1-7}$ siong^{2} 泉)

·殷：殷勤(in$^{1-7}$ khin^{5} 漳)，(un$^{1-7}$ khun^{5} 泉)

· 允：允--人(in^{2}--lang^{5} 漳)，(un^{2}--lang^{5} 泉)
· 銀：銀行(gin$^{5-7}$ hang^{5} 漳)，(gun$^{5-3}$ hang^{5} 泉)
· 恨：可恨(kho$^{2-1}$ hin^{7} 漳)，(kho$^{2-1}$ hun^{7} 泉)
· 斤：公斤(kong$^{1-7}$ kin^{1} 漳)，(kong$^{1-7}$ kun^{1} 泉)
· 巾：手巾(chhiu$^{2-1}$ kin^{1} 漳)，(chhiu$^{2-1}$ kun^{1} 泉)
· 跟：跟蹤(kin$^{1-7}$ chiang^{1} 漳)，
(kun$^{1-7}$ chiong^{1} 泉)
· 筋：腳筋(kha$^{1-7}$ kin^{1} 漳)，(kha$^{1-7}$ kun^{1} 泉)
· 均：平均(peng$^{5-7}$ kin^{1} 漳)，(peng$^{5-3}$ kun^{1} 泉)
· 近：將近(chiang$^{1-7}$ kin^{7} 漳)，
(chiong$^{1-7}$ kun^{7} 泉)
· 隱：歸隱(kui$^{1-7}$ in^{2} 漳)，(kui$^{1-7}$ un^{2} 泉)
· 芹：芹菜(khin$^{5-7}$ chhai^{3} 漳)，
(khun$^{5-3}$ chhai^{3} 泉)
· 趣：興趣趣(heng$^{3-2}$ chhi$^{3-2}$ chhi^{3} 漳)，
(heng$^{3-2}$ chhu$^{3-2}$ chhu^{3} 泉)
…

◯漳州腔呼「a、iang」，泉州腔呼「o˙、iong」。例如：

- ·央：中央(tiang$^{1-7}$ iang^{1} 漳)，(tiong$^{1-7}$ iong^{1} 泉)
- ·殃：災殃(chai$^{1-7}$ iang^{1} 漳)，(chai$^{1-7}$ iong^{7} 泉)
- ·洋：洋洋(iang$^{5-7}$ iang^{5} 漳)，(iong$^{5-3}$ iong^{5} 泉)
- ·陽：太陽(thai$^{3-2}$ iang^{5} 漳)，(thai$^{3-2}$ iong^{5} 泉)
- ·雀：麻雀(ba$^{5-7}$ chhiak^{4} 漳)，(ba$^{5-3}$ chhiok^{4} 泉)
- ·卻：卻步(khiak$^{4-8}$ po˙^{7} 漳)，(khiok$^{4-8}$ po˙^{7} 泉)
- ·養：養老(iang$^{2-1}$ lo^{2} 漳)，(iong$^{2-1}$ lo^{2} 泉)
- ·鄉：故鄉(ko˙$^{3-2}$ hiang^{1} 漳)，(ko˙$^{3-2}$ hiong^{1} 泉)
- ·相：首相(siu$^{2-1}$ siang^{3} 漳)，(siu$^{2-1}$ siong^{3} 泉)
- ·香：香港(hiang$^{1-7}$ kang^{2} 漳)，(hiong$^{1-7}$ kang^{2} 泉)
- ·漳：漳州(chiang$^{1-7}$ chiu^{1} 漳)，(chiong$^{1-7}$ chiu^{1} 泉)
- ·彰：彰化(chiang$^{1-7}$ hoa^{3} 漳)，(chiong$^{1-7}$ hoa^{3} 泉)
- ·章：文章(bun$^{5-7}$ chiang^{1} 漳)，(bun$^{5-3}$ chiong^{1} 泉)
- ·想：料想(liau$^{7-3}$ siang^{2} 漳)，(liau$^{7-3}$ siong^{2} 泉)
- ·享：享受(hiang$^{2-1}$ siu^{7} 漳)，(hiong$^{2-1}$ siu^{7} 泉)
- ·響：音響(im$^{1-7}$ hiang^{2} 漳)，(im$^{1-7}$ hiong^{2} 泉)
- ·餉：軍餉(kun$^{1-7}$ hiang^{2} 漳)，(kun$^{1-7}$ hiong^{2} 泉)

·將：將來(chiang$^{1-7}$ lai^{5} 漳)，
(chiong$^{1-7}$ lai^{5} 泉)

·疆：邊疆(pian$^{1-7}$ kiang^{1} 漳)，
(pian$^{1-7}$ kiong^{1} 泉)

·僵：僵化(kiang$^{1-7}$ hoa^{3} 漳)，(kiong$^{1-7}$ hoa^{3} 泉)

·強：勉強(bian$^{2-1}$ kiang^{2} 漳)，
(bian$^{2-1}$ kiong^{2} 泉)

·獎：獎狀(chiang$^{2-1}$ chng^{7} 漳)，
(chiong$^{2-1}$ chng^{7} 泉)

·漲：漲價(tiang$^{3-2}$ ke^{3} 漳)，(tiong$^{3-2}$ ke^{3} 泉)

·掌：掌握(chiang$^{2-1}$ ak^{4} 漳)，(chiong$^{2-1}$ ok^{4} 泉)

·昌：文昌(bun$^{5-7}$ chhiang^{1} 漳)，
(bun$^{5-3}$ chhiong^{1} 泉)

·唱：走唱(chau$^{2-1}$ chhiang^{3} 漳)，
(chau$^{2-1}$ chhiong^{3} 泉)，
(chau$^{2-1}$ chhiu^{n3} 俗)

·商：商量(siang$^{1-7}$ liang^{5} 漳)，
(siong$^{1-7}$ liong^{5} 泉)

·尚：高尚(ko$^{1-7}$ siang^{7} 漳)，(ko$^{1-7}$ siong^{7} 泉)

·良：良心(liang$^{5-7}$ sim^{1} 漳)，(liong$^{5-3}$ sim^{1} 泉)

·祥：祥兆(siang$^{5-7}$ tiau^{7} 漳)，
(siong$^{5-3}$ tiau^{7} 泉)

·詳：參詳(chham$^{1-7}$ siang^{5} 漳)，
(chham$^{1-7}$ siong^{5} 泉)

·長：長進(tiang$^{2-1}$ chin^{3} 漳)，
(tiong$^{2-1}$ chin^{3} 泉)

·上：上好(siang$^{7-3}$ ho^{2} 漳)，(siong$^{7-3}$ ho^{2} 泉)

‧常：經常(keng$^{1-7}$ siang^{5} 漳)，
(keng$^{1-7}$ siong^{5} 泉)
‧丈：丈夫(tiang$^{7-3}$ hu^{1} 漳)，(tiong$^{7-3}$ hu^{1} 泉)
‧脹：脹大(tiang$^{3-2}$ tai^{7}/toa^{7} 漳)，
(tiong$^{3-2}$ tai^{7}/toa^{7} 泉)
‧暢：暢快(thiang$^{3-2}$ khoai^{3} 漳)，
(thiong$^{3-2}$ khoai^{3} 泉)
‧輛：車輛(chhia$^{1-7}$ liang^{7} 漳)，
(chhia$^{1-7}$ liong^{7} 泉)
‧亮：明亮(beng$^{5-7}$ liang^{7} 漳)，
(beng$^{5-3}$ liong^{7} 泉)
‧諒：原諒(goan$^{5-7}$ liang^{7} 漳)，
(goan$^{5-3}$ liong^{7} 泉)
‧傷：傷害(siang$^{1-7}$ hai^{7} 漳)，(siong$^{1-7}$ hai^{7} 泉)
‧兩：兩--個(liang^{2}--ko^{3} 漳)，(liong^{2}--ko^{3} 泉)
‧量：份量(hun$^{7-3}$ liang^{7} 漳)，(hun$^{7-3}$ liong^{7} 泉)
…

○漳州腔呼「e、e^{n}」，泉州腔呼「i、i^{n}」。例如：

·青：青色(chhe^{n1-7} sek^{4} 漳)，(chhi^{n1-7} sek^{4} 泉)
·盲：青盲(chhe^{n1-7} be^{n5} 漳)，(chhi^{n1-7} bi^{n5} 泉)
·瞑：半瞑(poa^{n3-2} be^{n5} 漳)，(poa^{n3-2} bi^{n5} 泉)
·井：古井(ko·$^{2-1}$ che^{n2} 漳)，(ko·$^{2-1}$ chi^{n2} 泉)
·嬰：翁嬰(ang$^{1-7}$ e^{n1} 漳)，(ang$^{1-7}$ i^{n1} 泉)
·爭：相爭(sio$^{1-7}$ che^{n1} 漳)，(sio$^{1-7}$ chi^{n1} 泉)
·諍：相諍(sio$^{1-7}$ che^{n3} 漳)，(sio$^{1-7}$ chi^{n3} 泉)
·更：三更(sa^{n1-7} ke^{n1} 漳)，(sa^{n1-7} ki^{n1} 泉)
·庚：長庚(tiang$^{5-7}$ ke^{n1} 漳)，(tiong$^{5-3}$ ki^{n1} 泉)
·羹：鰇/魷魚羹(jiu$^{5-7}$ hi$^{5-7}$ ke^{n1} 漳)，
(jiu$^{5-3}$/liu$^{5-3}$ hi$^{5-3}$ ki^{n1} 泉)
·醒：清醒(chheng$^{1-7}$ chhe^{n2} 漳)，
(chheng$^{1-7}$ chhi^{n2} 泉)
·奶：牛奶(gu$^{5-7}$ le^{n1} 漳)，(gu$^{5-3}$ li^{n1} 泉)
·平：平平(pe^{n5-7} pe^{5} 漳)，(pi^{n5-3} pi^{n5} 泉)
·坪：坪數(pe^{n5-7} so·^{3} 漳)，(pi^{n5-3} so·^{3} 泉)
·彭：彭--先生(phe^{n5}--sian$^{1-7}$ se^{n1} 漳)，
(phi^{n5}--sian$^{1-7}$ si^{n1} 泉)
·澎：澎湖(phe^{n5-7} o·^{5}/ho·^{5} 漳)，
(phi^{n5-3} o·^{5}/ho·^{5} 泉)
·棚：戲棚(hi$^{3-2}$ pe^{n5} 漳)，(hi$^{3-2}$ pi^{n5} 泉)
·坑：古坑(ko·$^{2-1}$ khe^{n1} 漳)，(ko·$^{2-1}$ khi^{n1} 泉)
·病：病痛(pe^{n7-3} thia^{n3} 漳)，(pi^{n7-3} thia^{n3} 泉)
·姓：貴姓(kui$^{3-2}$ se^{n3} 漳)，(kui$^{3-2}$ si^{n3} 泉)

·生：生活(se^{n1-7} oah^{8} 漳)，(si^{n1-7} oah^{8} 泉
　　但此音少用，都呼 seng$^{1-7}$ oah^{8})

·鄭：鄭先生
　　(te^{n7}--sian$^{1-7}$ se^{n1} 漳 指鄭姓男子)，
　　(te^{n7-3} sian$^{1-7}$ se^{n1} 漳 指鄭姓醫生)，
　　(ti^{n7}--sian$^{1-7}$ si^{n1} 泉 指鄭姓男子)，
　　(ti^{n7-3} sian$^{1-7}$ si^{n1} 泉 指鄭姓醫生)

·省：省事(se^{n2-1} si^{7} 漳)，(si^{n2-1} sü^{7} 泉
　　但此音少用，都呼 seng$^{2-1}$ sü^{7})

…

◯漳洲腔呼「e」，泉州腔呼「oe」。例如：

- ‧鞋：皮鞋(phoe$^{5-7}$ e^{5} [漳])，(phe$^{5-3}$ oe^{5} [泉])
- ‧齊：整齊(cheng$^{2-1}$ che^{5} [漳])，(chheng$^{2-1}$ choe^{5} [泉])
- ‧雞：雞籠(ke$^{1-7}$ lang^{5} [漳])，(koe$^{1-7}$ lang^{5} [泉])
- ‧矮：矮矮(e$^{2-1}$ e^{2} [漳])，(oe$^{2-1}$ oe^{2} [泉])
- ‧溪：溪尾街(khe$^{1-7}$ boe$^{2-1}$ ke^{1} [漳])，(khoe$^{1-7}$ be$^{2-1}$ koe^{1} [泉])
- ‧街：街頭(ke$^{1-7}$ thau^{5} [漳])，(koe$^{1-7}$ thau^{5} [泉])
- ‧批：批紙(phe$^{1-7}$ choa^{2} [漳])，(phoe$^{1-7}$ choa^{2} [泉])
- ‧洗：洗盪(se$^{2-1}$ tng^{7} [漳])，(soe$^{2-1}$ tng^{7} [泉])
- ‧細：細漢(se$^{3-2}$ han^{3} [漳])，(soe$^{3-2}$ han^{3} [泉])
- ‧退：退貨(the$^{3-2}$ hoe^{3} [漳])，(thoe$^{3-2}$ he^{3} [泉])
- ‧窄/隘：門窄(bng$^{5-7}$ eh^{4} [漳])，(bng$^{5-3}$ oeh^{4} [泉])
- ‧挾：挾菜(geh^{n8-3} chhai^{3} [漳])，(goeh^{n8-3} chhai^{3} [泉])
- ‧八：八樓(peh$^{4-2}$ lau^{5} [漳])，(poeh$^{4-2}$ lau^{5} [泉])
- ‧題：宿題(siok$^{4-8}$ te^{5} [漳])，(siok$^{4-8}$ toe^{5} [泉])
- ‧犁：犁田(le$^{5-7}$ chhan^{5} [漳])，(loe$^{5-3}$ chhan^{5} [泉])
- ‧詈(罵也)：詈--人(leh^{8}--lang^{5} [漳])，(loeh^{8}--lang^{5} [泉])
- ‧未(袂[教])：未曉(be$^{7-3}$ hiau^{2} [漳])，(boe$^{7-3}$ hiau^{2} [泉])
- ‧喫：喫骨頭(khe$^{3-2}$ kut$^{4-8}$ thau^{5} [漳])，(khoe$^{3-2}$ kut$^{4-8}$ thau^{5} [泉])
- ‧配：配飯(phe$^{3-2}$ png^{7} [泉])，(phoe$^{3-2}$ png^{7} [漳])

·回：風颱回南(hong$^{1-7}$ thai^{1} he$^{5-7}$ lam^{5} 漳)，
(hong$^{1-7}$ thai^{1} hoe$^{5-3}$ lam^{5} 泉)

·買：買賣(be$^{2-1}$ be^{7} 漳)，(boe$^{2-1}$ boe^{7} 泉)

·鍋：銑鍋(se$^{1-7}$ e^{1} 漳)，(se$^{1-7}$ oe^{1} 泉)

…

○漳洲腔呼「oe」，泉州腔呼「e」。例如：

· 皮：皮膚(phoe$^{5-7}$ hu^{1} 漳)，(phe$^{5-3}$ hu^{1} 泉)
· 火：火車(hoe$^{2-1}$ chhia^{1} 漳)，(he$^{2-1}$ chhia^{1} 泉)
· 郭：郭--先生(koeh^{4}--sian$^{1-7}$ se^{n1} 漳)，
(keh^{4}--sian$^{1-7}$ si^{n1} 泉)
· 尾：尾絡(boe$^{2-1}$ liu^{2} 漳)，(be$^{2-1}$ liu^{2} 泉)
· 貨：貨物(hoe$^{3-2}$ but^{8} 漳)，(he$^{3-2}$ but^{8} 泉)
· 果：果子(koe$^{2-1}$ chi^{2} 漳)，(ke$^{2-1}$ chi^{2} 泉)
· 對：鎮對(tin$^{3-2}$ toe^{3} 漳)，(tin$^{3-2}$ te^{3} 泉)
· 粿：炊粿(chhoe$^{1-7}$ koe^{2} 漳)，(chhe$^{1-7}$ ke^{2} 泉)
· 歲：老歲 a (lau$^{7-3}$ hoe$^{2-1}$ a 漳)，
(lau$^{7-3}$ he$^{2-1}$ a 泉)
· 被：棉被(bi^{n5-7} phoe^{7} 漳)，(bi^{n5-3} phe^{7} 泉)
· 過：過去(koe$^{3-2}$ khi^{3} 漳)，(ke$^{3-2}$ khi^{3} 泉)
· 飛：放風飛(pang$^{3-2}$ hong$^{1-7}$ poe^{1} 漳)，
(pang$^{3-2}$ hong$^{1-7}$ pe^{1} 泉)
· 飛：飛車(phoe$^{1-7}$ 氣音 chhia^{1} 漳)，
(phe$^{1-7}$ 氣音 chhia^{1} 泉)
· 賠：賠償(poe$^{5-7}$ siong^{5} 漳)，(pe$^{5-3}$ siong^{5} 泉)
· 倍：幾倍(kui$^{2-1}$ poe^{7} 漳)，(kui$^{2-1}$ pe^{7} 泉)
· 稅：稅厝(soe$^{3-2}$ chhu^{3} 漳)，(se$^{3-2}$ chhu^{3} 泉)
· 月：正月(chia^{n1-7} goeh^{8} 漳)，(chia^{n1-7} geh^{8} 泉)
· 缺：缺欠(khoeh$^{4-2}$ khiam^{3} 漳)，
(kheh$^{4-2}$ khiam^{3} 泉)
· 髓：骨髓(kut$^{4-8}$ chhoe^{2} 漳)，(kut$^{4-8}$ chhe^{2} 泉)
· 底：到底(tau$^{3-2}$ toe^{2} 漳)，(tau$^{3-2}$ te^{2} 泉)
…

●「圓口u」和「扁口ü」的使用規則

目前教育部在台語教學上，有關羅馬拼音的基本母音(a i u e o o˙)中並沒有收錄扁口「ü」一音，可是一般民間的口語及古典河洛詩詞卻經常使用，特別是使用泉州腔語音的大多數人都可以很正確的發出此音，但使用漳州腔的語音則無區分「u」、「ü」兩音，只呼圓口「u」及「i」之音，而北京音則一律呼為「ㄨ」音。

因為在韻書裏有將「u」、「ü」區分，所以在《增廣詩韻集成》韻書中的平聲韻「上平六魚韻」，加註(古通虞韻略同)，發音為「扁口ü」。
而在「上平七虞韻」，則加註(古通魚韻)，發音為「圓口u」。

在仄聲韻中的上聲韻「上聲六語韻」，加註(古通麌韻)，發音為「扁口ü」。
而在「上聲七麌韻」，則加註(古通語韻)，發音為「圓口u」。

在仄聲韻中的去聲韻「去聲六御韻」，加註(古通遇韻)，發音為「扁口ü」。
而在去聲韻「去聲七遇韻」，則加註(古通御韻)，發音為「圓口u」。

以下介紹的範例字是從《增廣詩韻集成》裏節錄下來的部分，所以發音是以詩韻音為主，但是有大部份的發音與目前的文讀音一樣。
若有查不到的字，請參考該書。

. 六魚 ü：(上平六魚韻)

魚 漁 初 書 舒 居 裾 車 渠 蕖 余 予 譽 輿
餘 胥 狙 鋤 疏 蔬 梳 虛 噓 徐 豬 閭 廬 驢
諸 除 儲 如 墟 菹 琚 旟 璵 與 畬 疽 苴 攄
於 茹 蛆 且 沮 祛 袪 蜍 挐 櫚 臚 糈 淤 妤
躇 屠 趄 璩 耡 篨 咀 呿 …

. 七虞 u：(上平七虞韻)

虞 愚 娛 隅 芻 無 蕪 巫 于 盂 臞 衢 儒 濡
襦 須 鬚 株 誅 蛛 銖 瑜 榆 諛 愉 腴 區 驅
軀 朱 珠 趨 扶 符 鳧 雛 敷 夫 膚 紆 輸 樞
廚 俱 駒 模 謨 蒲 胡 湖 瑚 乎 壺 狐 弧 孤
辜 姑 觚 菰 徒 途 塗 荼 圖 屠 奴 呼 吾 梧
吳 租 盧 鱸 鑪 蘆 蘇 酥 烏 汙 枯 麤 都 鋪
禺 嵎 雩 吁 盱 瞿 劬 朐 需 逾 俞 窬 臾 萸
渝 嶇 婁 鏤 蔞 夫 荷 孚 莩 桴 郛 俘 柎 趺
迂 姝 躕 拘 摹 酺 蒱 醐 糊 螐 餬 酤 鴣 沽
沽 呱 蛄 鴣 菰 鴑 逋 壚 艫 孥 瀘 櫨 餔 晡
嚅 徂 扶 母 毋 顱 齵 轤 矑 隃 蝓 膜 嫫 惡
芋 …

· 六語 ü：（上聲六語韻）

語 圉 圄 禦 齬 敔 呂 侶 旅 膂 紵 苧 宁 佇
羜 杼 與 渚 煮 汝 茹 暑 鼠 黍 處 杵 貯 褚
楮 醑 糈 諝 湑 女 敉 許 拒 距 炬 怇 鉅 秬
苣 所 楚 礎 阻 俎 沮 舉 莒 筥 敘 序 緒 鱮
藇 嶼 墅 巨 著 去 櫸 詎 咀 …

· 七麌 u：（上聲七麌韻）

麌 雨 羽 禹 宇 舞 父 府 鼓 虎 古 股 羖 賈
蠱 土 吐 圃 庾 戶 樹 麈 煦 琥 怙 嶁 仵 滷
努 罟 肚 嫵 蒟 昫 咻 楰 枸 滬 齲 鄥 輔 組
乳 弩 補 魯 艣 覩 豎 腐 鹵 數 簿 姥 普 拊
侮 五 斧 聚 午 伍 縷 部 柱 矩 武 苦 取 撫
浦 主 杜 祖 堵 愈 祜 扈 虜 雇 虜 甫 父 莆
腑 俯 …

· 六御 ü：（去聲六御韻）

御 處 去 慮 譽 署 據 馭 曙 助 絮 著 豫 翥
箸 恕 與 遽 疏 庶 詛 預 倨 茹 語 踞 鋸 狙
沮 勴 澦 飫 淤 除 覷 …

· 七遇 u：（去聲七遇韻）

遇 路 潞 輅 賂 璐 露 鷺 樹 度 渡 賦 布 步
固 痼 錮 素 具 數 霧 務 怒 鶩 附 兔 故 顧

雇 句 暮 墓 慕 募 注 註 澍 駐 炷 胙 祚 阼
裕 誤 悟 寤 晤 住 戍 庫 護 頀 訴 蠹 妒 懼
趣 娶 鑄 袴 絝 傳 付 諭 嫗 芋 捕 哺 汙 忤
厝 措 錯 醋 鮒 袝 仆 賻 赴 餔 惡 互 孺 怖
煦 寓 沍 酤 瓠 輸 吐 鋪 塑 屢 捂 訃 菟 …

註：由於在台灣最多人口使用漳州腔及泉州腔的台語，所以泉、漳兩音的某些韻母音略有不同，
如泉音的「ü」和漳音的「i」可互換。

例如在平聲四支韻的：

· si→sü：師、思、私、司、
· si^{5}→sü^{5}：詞、辭、
· chi^{5}→chü^{5}：茨、瓷、慈、磁、
· ki→kü：居
· chi→chü：資、孜、姿、滋、茲、
…

例如在上聲四紙韻的：

· chhi^{2}→chhü^{2}：此
· si^{2}→sü^{2}：死、徙、屣、使、史、駛、始
· chi^{2}→chü^{2}：子、梓
· li^{2}→lü^{2}：旅、履
…

例如在去聲四寘韻的：

· si^{7}→sü^{7}：事、是、姒、士、仕、似、俟、祀、
飼、嗣、伺、序、緒、嗜、噬、

· si^{3}→sü^{3}：思、四、肆、駟、泗、柶、使、

· ji^{7}→jü^{7}：字

· khi^{3}→khü^{3}：去

…

● 台語兩疊字及三疊字連音的聲調變化

觀察歷來中國文學典籍中使用的形容詞，只有疊字成雙，不曾看到使用疊字三連音來加強形容的功能，而且皆使用文讀音呼之。

例如：楊柳青青、綿綿千里、磊磊落落、代代英賢、牧野洋洋、曲曲折折、臨行密密縫、面面看芙蓉、君子終日乾乾、黃梅時節家家雨、已驚顏貌徐徐改、鶴有飛飛八海寬…等等。

但是台語的疊字三連音僅出現在白話音的使用直到《日台大字典》才有敘述。
由此推測疊字三連音的使用應是台灣 400 年獨自演變出來的用法，有別於中國閩南。

台語漢字常有疊字的用法來改變詞性，或者比較之用，通常二疊字為形容詞比較級(氣勢較單字時弱化)，三疊字則為最高級(氣勢較單字時強化許多)。

若是三疊字，三連音時，則第一字變調成所謂的第九音，(教育部稱之，其符號為「〃」。)

第二字正常變調，第三字維持本調。
其中第一字用比較誇張的轉音、拉長，(有如台語的第五音)，有最高級形容詞之意，比較誇張。

但是，第九音僅限於第一字變調時，由高音階降為低音階才使用之，如：聲調1→7. 5→3. 7→3. 8→4. 即「降變調」，而且只在日常生活中所使用的白話音，文讀音則無。例如：

○ 降變調的例句：

·開開開：↓ 1→7 khui″ khui$^{1-7}$ khui^{1}
·香香香：↓ 1→7 phang″ phang$^{1-7}$ phang^{1}
·花花花：↓ 1→7 hoe″ hoe$^{1-7}$ hoe^{1}
·光光光：↓ 1→7 kng″ kng$^{1-7}$ kng^{1}
·甜甜甜：↓ 1→7 ti^{n}″ ti^{n1-7} ti^{n1}
·深深深：↓ 1→7 chhim″ chhim$^{1-7}$ chhim^{1}
·金金金：↓ 1→7 kim″ kim$^{1-7}$ kim^{1}
·近近近：↓ 7→3 kun″ kun$^{7-3}$ kun^{7}
·遠遠遠：↓ 7→3 hng″ hng$^{7-3}$ hng^{7}
·霧霧霧：↓ 7→3 bu″ bu$^{7-3}$ bu^{7}
·淀淀淀：↓ 7→3 ti^{n}″ ti^{n7-3} ti^{n7}
·亂亂亂：↓ 7→3 loan″ loan$^{7-3}$ loan^{7}
·直直直：↓ 8→4 tit″ tit$^{8-4}$ tit^{8}
·密密密：↓ 8→4 bat″ bat$^{8-4}$ bat^{8}
·白白白：↓ 8→3 peh″ peh$^{8-3}$ peh^{8}
·薄薄薄：↓ 8→3 poh″ poh$^{8-3}$ poh^{8}
…

反之，「升變調」則沒有第九音的情形，如：聲調 2→1. 3→2. 4→8. ，第一字變調時，聲調由低音階升為高音階，則前兩字依正常變調規矩，最後一字維持本調即可。例如：

○ **升變調的例句**：

- 軟軟軟：↑ 2→1 lng$^{2-1}$ lng$^{2-1}$ lng^{2}
- 媠媠媠：↑ 2→1 sui$^{2-1}$ sui$^{2-1}$ sui^{2}
- 爽爽爽：↑ 2→1 song$^{2-1}$ song$^{2-1}$ song^{2}
- 苦苦苦：↑ 2→1 kho·$^{2-1}$ kho·$^{2-1}$ kho·^{2}
- 滿滿滿：↑ 2→1 boa^{n2-1} boa^{n2-1} boa^{n2}
- 臭臭臭：↑ 3→2 chhau$^{3-2}$ chhau$^{3-2}$ chhau^{3}
- 暗暗暗：↑ 3→2 am$^{3-2}$ am$^{3-2}$ am^{3}
- 脹脹脹：↑ 3→2 tiu^{n3-2} tiu^{n3-2} tiu^{n3}
- 濕濕濕：↑ 4→8 sip$^{4-8}$ sip$^{4-8}$ sip^{4}
- 癶癶癶：↑ 4→8 phoat$^{4-8}$ phoat$^{4-8}$ phoat^{4}
- 闊闊闊：↑ 4→2 khoah$^{4-2}$ khoah$^{4-2}$ khoah^{4}
- 出出出：↑ 4→8 chhut$^{4-8}$ chhut$^{4-8}$ chhut^{4}

…

但是疊字三連音時的第一字為第 5 聲調，若是以泉州腔來變調，則是 5→3，屬於降變調。
但若是以漳州腔來變調，應為 5→7，則不屬於降變調(第 5 聲及第 7 聲兩音屬於同音階)。
所以不適用降變調的第九聲呼法。例如：

◯ <u>第 5 聲變調的例句</u>：

· 油油油：↓ 5→3 iu″ iu$^{5-3}$ iu^{5}
油油油：→ 5→7 iu$^{5-7}$ iu$^{5-7}$ iu^{5}
· 圓圓圓：↓ 5→3 i^{n}″ i^{n5-3} i^{n5}
圓圓圓：→ 5→7 i^{n5-7} i^{n5-7} i^{n5}
· 閒閒閒：↓ 5→3 eng″ eng$^{5-3}$ eng^{5}
閒閒閒：→ 5→7 eng$^{5-7}$ eng$^{5-7}$ eng^{5}
· 鹹鹹鹹：↓ 5→3 kiam″ kiam$^{5-3}$ kiam^{5}
鹹鹹鹹：→ 5→7 kiam$^{5-7}$ kiam$^{5-7}$ kiam^{5}
· 肥肥肥：↓ 5→3 pui″ pui$^{5-3}$ pui^{5}
肥肥肥：→ 5→7 pui$^{5-7}$ pui$^{5-7}$ pui^{5}
· 糊糊糊：↓ 5→3 ko·″ ko·$^{5-3}$ ko·^{5}
糊糊糊：→ 5→7 ko·$^{5-7}$ ko·$^{5-7}$ ko·^{5}
· 鬍鬍鬍：↓ 5→3 ho·″ ho·$^{5-3}$ ho·^{5}
鬍鬍鬍：→ 5→7 ho·$^{5-7}$ ho·$^{5-7}$ ho·^{5}
· 長長長：↓ 5→3 tng″ tng$^{5-3}$ tng^{5}
長長長：→ 5→7 tng$^{5-7}$ tng$^{5-7}$ tng^{5}
…

雙字音疊字的呼法，在「升變調」時前字音要變調，後字音念本調。
在「降變調」時則前後兩字音都念變調，也可後字不變調，而唸本調，端視語氣及習慣而定。
但是在「第 5 聲」時，視同「升變調」。 例如：

○ **兩疊字的例句**：

· 膽膽：↑ 2→1 tam$^{2-1}$ tam^{2}
· 渺渺：↑ 2→1 biau$^{2-1}$ biau^{2}
· 短短：↑ 2→1 te$^{2-1}$ te^{2}
· 緊緊：↑ 2→1 kin$^{2-1}$ kin^{2}
· 胖胖：↑ 3→2 phang$^{3-2}$ phang^{3}
· 燙燙：↑ 3→2 thng$^{3-2}$ thng^{3}
· 快快：↑ 3→2 khoai$^{3-2}$ khoai^{3}
· 臭臭：↑ 3→2 chhau$^{3-2}$ chhau^{3}
· 幼幼：↑ 3→2 iu$^{3-2}$ iu^{3}
· 細細：↑ 3→2 se$^{3-2}$ se^{3} 漳 soe$^{3-2}$ soe^{3} 泉
· 濕濕：↑ 4→8 sip$^{4-8}$ sip^{4}
· 澀澀：↑ 4→8 siap$^{4-8}$ siap^{4}

· 近近：↓ 7→3 kun$^{7-3}$ kun$^{7/7-3}$
· 現現：↓ 7→3 hian$^{7-3}$ hian$^{7/7-3}$
· 盪盪：↓ 7→3 tng$^{7-3}$ tng$^{7/7-3}$
· 直直：↓ 8→4 tit$^{8-4}$ tit$^{8/8-4}$
· 滑滑：↓ 8→4 kut$^{8-4}$ kut$^{8/8-4}$

· 花花：↓ 1→7 hoe$^{1-7}$ hoe$^{1/1-7}$
· 開開：↓ 1→7 khui$^{1-7}$ khui$^{1/1-7}$
· 悾悾：↓ 1→7 khong$^{1-7}$ khong$^{1/1-7}$
· 驚驚：↓ 1→7 kia^{n1-7} kia$^{n1/1-7}$
· 烏烏：↓ 1→7 o·$^{1-7}$ o·$^{1/1-7}$
· 貓貓：↓ 1→7 liau^{n1-7} liau$^{n1/1-7}$
· 歪歪：↓ 1→7 oai$^{1-7}$ oai$^{1/1-7}$

· 油油：↑ 5→3 iu$^{5-3}$ iu^{5}
· 油油：→ 5→7 iu$^{5-7}$ iu^{5}
· 肥肥：↑ 5→3 pui$^{5-3}$ pui^{5}
· 肥肥：→ 5→7 pui$^{5-7}$ pui^{5}
· 茫茫：↑ 5→3 bang$^{5-3}$ bang^{5}
· 茫茫：→ 5→7 bang$^{5-7}$ bang^{5}
· 綿綿：↑ 5→3 bi^{n5-3} bi^{n5}
· 綿綿：→ 5→7 bi^{n5-7} bi^{n5}
…

除了中國文學、詩詞常使用疊字且以文讀音呼之外，在台灣的白話音也發展出疊字形容詞。
它既可兩疊字單獨存在，也可在疊字之前加個字來形容，也可以在疊字之後加個字來加強形容狀態。

○ 字＋兩疊字

若在疊字之前加形容字，而兩疊字音是「升變調」，則前兩字音唸變調，第三字音唸本調。也就是依正常變調，僅最後一字音念本調。疊字 5→7 視為「升變調」。例如：
但是，將兩疊字都呼變調，似乎是目前的強勢呼音法

· 興趣趣：↑ 333→223 heng$^{3-2}$ chhu$^{3-2}$ chhu^{3}
· 趕趣趣：↑ 233→123 koa^{n2-1} chhu$^{3-2}$ chhu^{3}
· 花撒撒：↑ 144→724 hoe$^{1-7}$ sah$^{4-2}$ sah^{4}
· 光禿禿：↑ 144→784 kng$^{1-7}$ thut$^{4-8}$ thut^{4}
· 肥滋滋：↑ 544→384 pui$^{5-3}$ chut$^{4-8}$ chut^{4}
544→784 pui$^{5-7}$ chut$^{4-8}$ chut^{4}
· 紅記記教：↑ 533→323 ang$^{5-3}$ ki$^{3-2}$ ki^{3}
533→723 ang$^{5-7}$ ki$^{3-2}$ ki^{3}
· 酸吱吱：↑ 133→723 sng$^{1-7}$ ki$^{3-2}$ ki^{3}
· 幼/細綿綿：↑ 355→235 iu$^{3-2}$ bi^{n5-3} bi^{5}
→ 355→275 iu$^{3-2}$ bi^{n5-7} bi^{5}
· 醉茫茫：↑ 355→235 chui$^{3-2}$ bong$^{5-3}$ bong^{5}
→ 355→275 chui$^{3-2}$ bang$^{5-7}$ bang^{5}

·鹹篤篤教：↑ 544→384 kiam$^{5-3}$ tok$^{4-8}$ tok^{4}
544→784 kiam$^{5-7}$ tok$^{4-8}$ tok^{4}

·穩篤篤：↑ 244→184 un$^{2-1}$ tak$^{4-8}$ tak^{4}

·圓滾滾：↑ 522→312 i^{n5-3} kun$^{2-1}$ kun^{2}
522→712 i^{n5-7} kun$^{2-1}$ kun^{2}

·硬殼殼：↑ 744→384 teng$^{7-3}$ khok$^{4-8}$ khok^{4}

·瞠凝凝：↑ 155→735 chhi^{n1-7} geng$^{5-3}$ geng^{5}
155→775 chhi^{n1-7} geng$^{5-7}$ geng^{5}

·氣惙惙：↑ 344→224 khi$^{3-2}$ chhoah$^{4-2}$ chhoah^{4}

·氣怫怫：↑ 344→284 khi$^{3-2}$ h/phut$^{4-8}$ h/phut^{4}

·横霸霸：↑ 533→323 hoai^{n5-3} pa$^{3-2}$ pa^{3}
↑ 533→723 hoai^{n5-7} pa$^{3-2}$ pa^{3}

·茹鶬鶬：↑ 522→312 ju^{5} chhiang$^{2-1}$ chhiang^{2}
ju^{5} chhang$^{2-1}$ chhang^{2} 走音

·燒燙燙：↑ 133→723 sio$^{1-7}$ thng$^{3-2}$ thng^{3}

·靜悄悄：↑ 722→312 cheng$^{7-3}$ chhiau$^{2-1}$ chhiau^{2}

·吝 siu^{3} siu^{3}：↑ 833→323 bah$^{8-3}$ siu$^{3-2}$ siu^{3}

…

但在疊字之前加形容字，而兩疊字音是「降變調」，則第一字音唸變調，兩疊字音也都唸變調。也就是三個字音全部要變調。疊字 5→7 視為「升變調」。

例如：

·白泡泡：↓ 811→377 peh$^{8-3}$ phau$^{1-7}$ phau$^{1-7}$
·白蒼蒼：↓ 811→377 peh$^{8-3}$ chhang$^{1-7}$ chhang$^{1-7}$
·烏挲挲：↓ 111→777 o͘$^{1-7}$ so$^{1-7}$ so$^{1-7}$
·甜粅粅[教]：↓ 144→788 ti^{n1-7} but$^{4-8}$ but$^{4-8}$
·刺爬爬：↓ 355→235 chhia$^{3-2}$ pe$^{5-3}$ pe$^{5-3}$
→ 355→275 chhia$^{3-2}$ pe$^{5-7}$ pe^{5}
·裂腮腮：↓ 711→377 li$^{7-3}$ sai$^{1-7}$ sai$^{1-7}$
·媠璫璫：↓ 211→177 sui$^{2-1}$ tang$^{1-7}$ tang$^{1-7}$
·死殗殗[教]：↓ 277→133 si$^{2-1}$ gian$^{7-3}$ gian$^{7-3}$
·冷吱吱：↓ 211→177 leng$^{2-1}$ ki$^{1-7}$ ki$^{1-7}$
·恬寂寂：↓ 588→333 tiam$^{5-3}$ chih$^{8-3}$ chih$^{8-3}$
588→733 tiam$^{5-7}$ chih$^{8-3}$ chih$^{8-3}$
·穤姿姿：↓ 211→122 bai$^{2-1}$ chi$^{1-7}$ chi$^{1-7}$
·暗摸摸：↓ 311→277 am$^{3-2}$ bo͘$^{n1-7}$ bo͘$^{n1-7}$
·密颼颼：↓ 811→477 bat$^{8-4}$ siu$^{1-7}$ siu$^{1-7}$
·心慒慒：↓ 111→777 sim$^{1-7}$ cho$^{1-7}$ cho$^{1-7}$
·青凌凌：↓ 155→733 chhi^{n1-7} leng$^{5-3}$ leng$^{5-3}$
155→777 chhi^{n1-7} leng$^{5-7}$ leng$^{5-7}$

…

若在疊字之後加形容字，則前面兩疊字音不論是為「升變調」或「降變調」，則疊字全部念變調，最後之形容字音念本調。也就是依正常變調，僅最後一字念本調。例如：

但是，將兩疊字都呼變調，似乎是目前的強勢呼音法

○ 兩疊字十字

·撓撓蠉：↓ giau^{n1-7} giau^{n1-7} soan^{1}
·吱吱叫：↓ ki$^{1-7}$ ki$^{1-7}$ kio^{3}
·咻咻叫：↓ hiu$^{1-7}$ hiu$^{1-7}$ kio^{3}
·盪盪撼：↓ tong$^{7-3}$ tong$^{7-3}$ hai^{n3}
·皮皮剉：↓ phi$^{5-3}$ phi$^{5-3}$ chhoah^{4}
→ phi$^{5-7}$ phi$^{5-7}$ chhoah^{4}
·絡絡長：↑ loh$^{4-2}$ loh$^{4-2}$ tng^{5}
·金金看：↓ kim$^{1-7}$ kim$^{1-7}$ khoa^{n3}
·淌淌滾：↑ chhiang$^{3-2}$ chhiang$^{3-2}$ kun^{2}
chhiang^{3} chhiang^{3} kun^{2} 亂調
湆湆滴：↑ chhap^{4} chhap^{4} tih^{4} 漳 亂調
chhop^{4} chhop^{4} tih^{4} 泉 亂調
…

註：若遇到最後一音是輕聲，則維持輕聲的變調原則，亦即輕聲之前一個字音念本調，輕聲通常出現在兩疊字之後的「虛字音」。

·點點--咧：tiam$^{2-1}$ tiam^{2}--le
·離離--咧：li$^{5-3}$ li^{5}--le，li$^{5-7}$ li^{5}--le

參考資料

·張宗榮先生電視節目「台語傳真」

·康熙字典之「唐韻」、「廣韻」、「集韻」、「正韻」等韻書·世界書局·楊家駱主編·2062 年 6 月初版

·增廣詩韻集成·高雄復文圖書出版社·索引編者朱文祥·2003 年 9 月初版

·音韻闡微·台灣學生書局·清 李光地等編纂·1996 年 3 月初版

·歷代典故辭典·李志江/陸尊梧合編·建宏出版社·2000 年 7 月初版

·彙音寶鑑·沈富進著·文藝學舍出版社·1954 年 12 月 20 日初版

·最新國語辭典·文化出版社

·最新修訂·國語活用辭典·五南圖書出版公司·總主編周何·2005 年 3 月三版

·古唐詩·智揚出版社·發行人張有池·2001 年 10 月

·古文鑑賞集成·文史哲出版社·吳功正主編·1996 年 6 月再版

·易經古歌考釋(修訂本)·黄玉順著·上海古籍出版社·2014 年 5 月

·萌典·數位化漢語辭典·網站作者唐鳳

·教育部臺灣閩南語推薦用字 700 字詞

·開南大學應用華語系·呂理組先生碩士論文漢字臺語「文、白異讀」間聲、韻、調轉移規則研究·2017 年 5 月

編後感言

編者於十二年前自金融業的職場退休後，由於具有古漢語古典詩寫作的能力及理論，即全職從事母語詩文教學工作。
至今已累積了十六年的教學經驗，同時也蒐集了相當數量的資料，並且在課堂上介紹給學生。

在 2017 年秋季台語基礎班開課時，與臺北市臺灣省城隍廟董事長廖鴻昌先生閒聊有關台語推廣一事，甚感編者資料之豐富，且出處來源之嚴謹，若不將之集結出書將是台語的語音及用辭的損失。

一念之間，突然興起試試的念頭，於是在 2017 年 11 月著手整理資料，一鼓作氣，終於以四個月的時間完成初稿，並託人校正。

一開始就仿「詩三百」、「唐詩三百首」、「宋詩三百首」、「宋詞三百首」、「清詩三百首、「台詩三百首」之名而將本書定名為「讖詩三百首」。
可是著手整理後才發現若將三百首讖詩詳細編注，則頁數將很龐大。
中途思考後，才確定將之分為上、下兩冊，每冊以 150 首，四百頁左右為準。

但是經過年初第一次校稿與編輯群討論之後，似嫌不妥，最後還是決定編成一冊，這樣才能連成一氣，只是完稿的時程可能延後而已。

情況確實如此，在 2018 年 8 月終於將全書統合成一本完稿送校，全書約 600 頁，超過 176000 字，引用了 247 首詩文。

本書在編注的過程中發現有許多重複出現的字音，本來想精簡，但卻也發現本書兼具字典的功能，可以方便讀者查閱，所以只做部分的精簡。

何況台灣目前的台語字音還正在整合的階段，而且本書的許多字音多由聲韻的聲母音或韻母音演變出來，成為日常生活的文讀音及白話音的使用，僅此提供給台語字音研究的同好們以為參考。

回顧一生，年過七十，若能留下一點紀念，也是一件稱心的事。
過程中的忙碌，反而化為一件暢快的工作和愉悅。
特別是透過兒子黃諒利用閒暇，不厭其煩地教我解決許多電腦作業，不勝感激。

2019 03/14 黃明輝 敬上

讖詩三百首

由讖詩發現台語字音

作　　　者／黃明輝
發　行　人／詹慶和
總　編　輯／蔡麗玲
執 行 編 輯／蔡毓玲
執 行 美 編／韓欣恬
美 術 編 輯／陳麗娜・周盈汝
內 文 排 版／造極
出　版　者／雅書堂文化事業有限公司
發　行　者／雅書堂文化事業有限公司
郵政劃撥帳號／18225950
戶　　　名／雅書堂文化事業有限公司
地　　　址／新北市板橋區板新路 206 號 3 樓
電　　　話／(02)8952-4078
傳　　　真／(02)8952-4084
電 子 信 箱／elegant.books@msa.hinet.net

2019 年 11 月初版一刷　定價 800 元

經銷／易可數位行銷股份有限公司
地址／新北市新店區寶橋路 235 巷 6 弄 3 號 5 樓
電話／(02)8911-0825　傳真／(02)8911-0801

國家圖書館出版品預行編目 (CIP) 資料

讖詩三百首 : 由讖詩發現台語字音 / 黃明輝編注 .
-- 初版 . -- 新北市 : 雅書堂文化 , 2019.11
面；　公分 .--
ISBN 978-986-302-515-3(精裝)

1. 臺語 2. 詞典

803.33　　108016854